HET NEGENDE SCHRIFT VAN MAYA

Van Isabel Allende zijn bij Wereldbibliotheek verschenen

Het huis met de geesten
Liefde en schaduw
Eva Luna
Het goud van Tomás Várgas
Het oneindige plan
Paula
Afrodite
Fortuna's dochter
Portret in sepia
De stad van de wilde goden
Herinnering aan mijn Chili
Het rijk van de gouden draak
Het woud van de pygmeeën
Zorro
Inés, vrouw van mijn hart
De som der dagen
Het eiland onder de zee
Het negende schrift van Maya
Ripper
De Japanse minnaar
De winter voorbij
Bloemblad van zee
Wat wij willen
Violeta

Isabel Allende

Het negende schrift van Maya

Vertaald uit het Spaans
door Rikkie Degenaar

WERELDBIBLIOTHEEK · AMSTERDAM

Eerste druk 2011
Elfde druk 2022

Oorspronkelijke titel *El cuaderno de Maya*

Omslagontwerp bij Barbara
Omslagillustratie © Arcangel / Sarah Jarrett
NUR 302
ISBN 978 90 284 5279 4
www.wereldbibliotheek.nl

Voor de jonge mensen van mijn clan:
Alejandro, Andrea, Nicole,
Sabrina, Aristoteles en Achilleas

Tell me, what else should I have done?
Doesn't everything die at last, and too soon?
Tell me, what is it you plan to do
With your one wild and precious life?

MARY OLIVER
'The Summer Day'

ZOMER

(januari, februari, maart)

Het is inmiddels een week geleden dat mijn grootmoeder me zonder tranen omhelsde op de luchthaven van San Francisco en me voor de zoveelste keer vertelde dat ik, als ik ook maar enigszins waarde hechtte aan mijn leven, met niemand die ik kende contact mocht zoeken, tot we zeker wisten dat mijn vijanden niet meer achter me aan zaten. Nini is paranoïde, net als alle inwoners van de Onafhankelijke Volksrepubliek Berkeley, bedreigd als ze zich voelen door de regering en buitenaardse wezens, maar in mijn geval was het niet te veel gezegd, ik kan niet voorzichtig genoeg zijn. Ze gaf me een honderdblaadjesschrift mee om een dagboek in bij te houden, zoals ik dat sinds mijn achtste heb gedaan, tot op mijn vijftiende ineens alles misging in mijn leven. 'Je krijgt nog alle tijd om je te vervelen, Maya,' zei ze. 'Gebruik die om de enorme stommiteiten te beschrijven die je hebt begaan, misschien dat je dan beseft wat je hebt aangericht.' Ik heb verschillende dagboeken volgeschreven, die, verzegeld met ducttape, door mijn grootvader achter slot en grendel in zijn bureau werden bewaard en tegenwoordig in een schoenendoos onder Nini's bed liggen. Dit zou mijn negende schrift worden. Nini denkt dat die schriften me van pas zullen komen als ik in psychoanalyse ga, omdat ze de sleutels bevatten van mijn persoonlijkheidsdefecten, maar als ze ze had gelezen zou ze weten dat er zo'n ontzettende hoop verzinsels in staan dat Freud zelf er nog door op het verkeerde been gezet zou worden. Eigenlijk wantrouwt mijn grootmoeder professionals die uurtarieven hanteren, aangezien die geen enkele baat hebben bij snel resultaat, maar voor psychiaters maakt ze een uitzondering omdat eentje haar ooit heeft gered van een depressie en behoed voor de valstrikken van de magie, toen ze het in haar hoofd had gehaald met de doden te willen communiceren.

Om haar niet voor het hoofd te stoten heb ik het schrift in mijn rugzak gestopt, zonder van plan te zijn het te gebruiken, maar de tijd gaat langzaam hier, en schrijven is een manier om de uren door te komen. Deze eerste week in ballingschap heeft lang geduurd. Ik zit op een eilandje dat op de kaart vrijwel niet te zien is, terug in de middeleeuwen. Het valt me zwaar om over mijn leven te schrijven, omdat ik niet weet welke herinneringen echt zijn en wat het product is van mijn verbeelding; de strikte waarheid kan onaangenaam zijn en daarom, zelfs zonder dat ik me daarvan bewust ben, verander ik die, of ik overdrijf, maar ik heb me voorgenomen iets aan die tekortkoming te doen en in de toekomst zo min mogelijk te liegen. Vandaar dat ik schrijf op dit moment, met de hand, terwijl tegenwoordig zelfs de Yanomami-indianen in het Amazonegebied met computers werken. Het gaat langzaam en wat ik produceer lijkt wel cyrillisch schrift, want ik kan het zelf niet eens ontcijferen, maar ik veronderstel dat het er met elke volgende pagina beter op zal worden. Schrijven is als fietsen: je vergeet het niet, al heb je het jarenlang niet gedaan. Ik probeer een chronologische volgorde aan te houden, want enige orde is vereist, en ik dacht aanvankelijk dat ik daar geen moeite mee zou hebben, maar ik raak de draad kwijt, ik dwaal af of herinner me een aantal pagina's verder ineens iets belangrijks dat ik op geen enkele manier kan inpassen. Mijn geheugen beweegt zich in cirkels, spiralen en sprongen, als een trapezewerker.

Ik heet Maya, ik ben negentien jaar, van het vrouwelijk geslacht en vrijgezel. Op dit moment heb ik geen geliefde, niet uit kieskeurigheid maar bij gebrek aan gelegenheid. Ik ben geboren in Berkeley, in Californië, bezit een Amerikaans paspoort en ben tijdelijk uitgeweken naar een eiland in het zuiden van de wereld. Ze hebben me Maya genoemd omdat Nini iets met India heeft en mijn ouders geen andere naam wisten te bedenken, hoewel ze daar toch negen maanden de tijd voor hebben gehad. In het Hindi betekent *maya* betovering, illusie, droom, niet bepaald zaken die met mijn karakter overeenkomen. Attila zou beter bij me passen, want waar ik langs ben gekomen, groeit geen gras meer. Mijn geschiedenis begint in Chili, met mijn grootmoeder, mijn Nini, lange tijd voordat ik werd geboren, want als zij niet was geëmigreerd, als zij niet verliefd was geworden op Popo en zich niet in Californië had gevestigd, zou mijn vader mijn moeder niet hebben ontmoet en zou ik niet ik zijn, maar een heel ander iemand, een jonge Chileense. Wat kan ik verder vertellen over mezelf? Ik ben een meter tachtig, weeg achtenvijftig kilo als ik voetbal, en heel wat meer als ik mezelf niet in acht neem, ik heb gespierde benen, twee linkerhanden, blauwe of grijze ogen, dat hangt af van het tijdstip van de dag, en ik vermoed dat ik blond ben maar daar ben ik niet helemaal zeker van, want mijn eigen haarkleur heb ik al een jaar of wat niet meer gezien. Ik heb niets geërfd van het exotische uiterlijk van mijn grootmoeder, met haar olijfkleurige huid en die donkere kringen onder haar ogen waardoor ze er altijd wat verlopen uitziet, of van dat van mijn vader, elegant als een torero en net zo ijdel, en ik lijk ook niet op mijn grootvader – mijn onnavolgbare Popo –, want die is jammer genoeg mijn biologische voorouder niet; hij is Nini's tweede echtgenoot.

Ik lijk op mijn moeder, tenminste, wat lengte en huidskleur betreft. Ze was geen Laplandse prinses, zoals ik geloofde toen ik nog niet kon nadenken, maar een Deense stewardess op wie mijn vader, die piloot is, in de lucht verliefd werd. Hij was te jong om te trouwen, maar hij had het in zijn hoofd gezet dat zij de vrouw van zijn leven was en heeft zo koppig achter haar aan gezeten dat ze uiteindelijk uit vermoeidheid maar toegaf. Of misschien gaf ze toe omdat ze zwanger was. Maar feit is dat ze trouwden en daar binnen een week al spijt van hadden, hoewel ze bij elkaar zijn gebleven tot ik geboren was. Een paar dagen na mijn geboorte, terwijl haar echtgenoot aan het werk was, pakte mijn moeder haar koffers, wikkelde mij in een dekentje en stapte in een taxi om haar schoonouders op te zoeken. Nini was op dat moment in San Francisco om tegen de oorlog in de Perzische Golf te protesteren, maar Popo was thuis en nam het bundeltje in ontvangst, dat ze hem zonder veel verdere omhaal aanreikte, waarna ze weer naar de taxi holde, die op haar was blijven wachten. Een kleindochter die zo petieterig was dat ze in één hand van de grootvader paste. Kort daarop werden de papieren voor de scheiding per post thuisbezorgd, en gaf de Deense op de koop toe te kennen dat ze afzag van de voogdij over haar dochter. Mijn moeder heet Marta Otter en ik heb haar in de zomer van mijn achtste jaar leren kennen, toen mijn grootouders me mee naar Denemarken namen.

Ik bevind me in Chili, het geboorteland van mijn grootmoeder, Nidia Vidal, waar de oceaan happen neemt van de aarde en het Zuid-Amerikaanse continent in eilanden uiteenvalt. Preciezer gezegd bevind ik me in Chiloé, in La Región de los Lagos, tussen de eenenveertigste en de drieënveertigste breedtecirkel op het zuidelijk halfrond, op een archipel met een oppervlakte van ongeveer negenduizend vierkante kilometer en met zo'n tweehonderdduizend inwoners, die stuk voor stuk kleiner zijn dan ik. In het Mapudungun, de taal van de oorspronkelijke bewoners van het gebied, betekent *chiloé* 'land van de cáhuiles' – dat zijn luidruchtige meeuwen met zwarte koppen – maar het zou eigenlijk het 'land van hout en aardappels' moeten heten. Behalve Isla Grande, waar de dichtstbevolkte steden zich bevinden, zijn er veel kleine eilandjes, een aantal onbewoond. Sommige eilanden vormen groepjes van een stuk of drie, vier, zo dicht bijeen dat ze elkaar bij laagwater aanraken, maar ik was niet zo gelukkig op een van die eilanden terecht te komen; ik woon op drie kwartier varen met een motorboot op kalme zee van het dichtstbijzijnde dorp.

Mijn reis van Noord-Californië naar Chiloé begon in de trouwe gele Volkswagen van mijn grootmoeder, die sinds 1999 zeventien botsingen te verduren heeft gehad, maar loopt als een Ferrari. Het was hartje winter toen ik vertrok, een van die winderige, regenachtige dagen waarop de Baai van San Francisco zijn kleuren verliest en het landschap met een kroontjespen getekend lijkt – wit, zwart, grijs. Mijn grootmoeder reed zoals ze dat altijd doet, met horten en stoten, vastgeklampt aan het stuur als aan een reddingsboei, met haar ogen meer op mij gericht dan op de weg, druk bezig met haar laatste instructies. Ze had me nog niet verteld waar ze me precies heen zou sturen; Chili, dat was het enige wat ze had losgelaten toen ze het plan schetste om me te laten verdwijnen. In de auto onthulde ze me de details en ze overhandigde me een goedkoop toeristengidsje.

'Chiloé? Waar is dat?' vroeg ik.

'Hierin vind je alle informatie die je nodig hebt,' zei ze terwijl ze naar het boekje wees.

'Het lijkt wel erg ver weg...'

'Hoe verder, hoe beter. In Chiloé woont een vriend van me, Manuel Arias, op Mike O'Kelly na de enige op deze wereld aan wie ik zou durven vragen om jou één à twee jaar verborgen te houden.'

'Eén à twee jaar! Je bent gestoord, Nini!'

'Kijk eens, kind, er zijn van die momenten dat een mens geen enkele controle heeft over zijn eigen leven, dat de dingen gewoon gebeuren. En voor jou is dit zo'n moment,' verkondigde ze met haar neus tegen de voorruit gedrukt, terwijl we ons in den blinde voortbewogen over die wirwar van snelwegen.

We kwamen uitgeput op de luchthaven aan en namen daar zonder veel verdere poespas afscheid van elkaar, en het laatste beeld dat ik van haar bewaar is dat van de Volkswagen, die hortend en stotend wegrijdt in de regen.

De vliegreis naar Dallas nam een paar uur in beslag. Ik zat tegen het raampje aan gedrukt, naast een dikke vrouw die naar geroosterde pinda's rook, en daarna was het nog eens tien uur vliegen naar Santiago; ik was klaarwakker en had honger, terwijl ik piekerde en nadacht, en het boek over Chiloé las, dat de deugden roemde van het landschap, de houten kerken en het eenvoudige leven. Ik was doodsbang. De dageraad van die 2de januari van het jaar 2009 brak aan met een oranje hemel boven de donkerpaarse bergen van de Andes, definitief, eeuwig en immens, en de stem van de gezagvoerder kondigde de daling aan. Snel daarna doemde een groene vallei op; ik zag rijen bomen, ingezaaide velden en in de verte Santiago, waar mijn grootmoeder en mijn vader zijn geboren, en waar zich een geheimzinnig stukje van mijn familiegeschiedenis heeft afgespeeld.

Ik weet maar heel weinig van het verleden van mijn grootmoeder; ze heeft daar maar zelden iets over verteld, alsof haar leven pas was begonnen toen ze Popo leerde kennen. Haar eerste echtgenoot, Felipe Vidal, stierf in 1974, in Chili, een paar maanden nadat de militairen in een staatsgreep de socialistische regering van Salvador Allende omver hadden geworpen, wat het begin inluidde van een dictatuur in het land. Eenmaal weduwe, besloot ze dat ze niet in een onderdrukt land wilde leven en emigreerde met haar zoon Andrés, mijn vader, naar Canada. Mijn vader heeft niet veel aan dat verhaal kunnen toevoegen, want hij herinnert zich weinig uit zijn kindertijd, maar zijn vader, van wie maar drie foto's bewaard zijn gebleven, aanbidt hij nog steeds. 'We komen hier niet meer terug, hè?' had Andrés in het vliegtuig dat hen naar Canada bracht gezegd. Het was geen vraag, maar een beschuldiging. Hij was negen jaar en was de maanden daarvoor in één klap volwassen geworden, en hij eiste verklaringen, want hij realiseerde zich dat zijn moeder hem probeerde te beschermen met halve waarheden en leugens. Hij had zich flink gehouden toen hij te horen had gekregen dat zijn vader aan een hartaanval was overleden en al begraven was zonder dat hij het lichaam nog had kunnen zien om afscheid te nemen, en heel kort daarna zat hij al in een vliegtuig, op weg naar Canada. 'Maar natuurlijk komen we terug, Andrés,' had zijn moeder hem verzekerd, maar hij geloofde haar niet.

In Toronto werden ze opgevangen door vrijwilligers van het vluchtelingencomité, die moeder en zoon geschikte kleren verstrekten en hen installeerden in een gemeubileerd appartement, met opgemaakte bedden en een goedgevulde koelkast. De eerste drie dagen, zolang hun voorraad strekte, bleven ze binnen, bibberend van de eenzaamheid, en op dag vier kregen ze bezoek van een maatschappelijk werkster die goed Spaans sprak en hen informeerde over de rechten en plichten van alle inwoners van Canada. Om te beginnen gingen ze naar een intensieve cursus Engels en werd het kind ingeschreven op een school, daarna kreeg Nidia een baan als chauffeur om haar de vernedering te besparen haar hand op te moeten houden bij de staat zonder voor haar geld te werken. Het was werk waar Nini volledig ongeschikt voor was, want zo slecht als ze tegenwoordig rijdt, destijds was het nog erger.

De korte Canadese herfst maakte plaats voor een poolwinter, wat fantastisch was voor Andrés – die inmiddels Andy heette –, die het genot van schaatsen en skiën ontdekte, maar voor Nidia, die het maar niet warm kon krijgen en leed onder het verlies van haar man en haar vaderland, was het onverdraaglijk. Het aanbreken van een aarzelend voorjaar, met bloemen die als een fata morgana op een morgen ineens waren opgekomen op plekken waar voorheen aangetrapte sneeuw had gelegen, kon haar niet opbeuren. Ze voelde zich ontworteld en had haar koffer altijd gepakt klaarstaan, in de hoop terug te keren naar Chili zodra de dictatuur voorbij was, zonder zich te kunnen voorstellen dat dit zestien jaar zou gaan duren.

Nidia Vidal bleef een paar jaar in Toronto, waar ze de dagen en de uren telde, tot ze Paul Ditson II ontmoette, mijn Popo, hoogleraar aan de Universiteit van Californië in Berkeley, die naar Toronto was gekomen om een serie lezingen te geven over een onduidelijke planeet, waarvan hij het bestaan probeerde te bewijzen met poëtische berekeningen en een enorme verbeeldingskracht. Popo was een van de weinige Afro-Amerikaanse astronomen in een beroep met een overstelpend blanke meerderheid, een bekendheid op zijn vakgebied, met verscheidene boeken op zijn naam. Als jonge man had hij een jaar in Kenia aan het Turkanameer gezeten om de oude megalieten die in die streek voorkomen te bestuderen, en hij had op grond daarvan de theorie ontwikkeld – gebaseerd op archeologische ontdekkingen – dat die basalten kolommen astronomische observatoria waren, en dat die driehonderd jaar voor het begin van de christelijke jaartelling hadden gediend om de Borana-maankalender op te baseren, die tot de dag van vandaag in gebruik is bij herders in Ethiopië en Kenia. In Afrika leerde hij zonder vooroordelen te observeren, en zo waren zijn vermoedens begonnen van het bestaan van die onzichtbare planeet, waarnaar hij sindsdien tevergeefs de hemel afspeurde met de krachtigste telescopen.

De Universiteit van Toronto had hem in een hotel geïnstalleerd, in de suite die ze altijd voor bezoekende academici huurden; er werd hem een auto met chauffeur ter beschikking gesteld, en zo kon het gebeuren dat Nidia Vidal de opdracht kreeg hem gedurende zijn verblijf rond te rijden. Toen hij hoorde dat zijn chauffeur uit Chili kwam, vertelde hij haar dat hij in het La Silla-observatorium was geweest, en dat je op het zuidelijk halfrond constellaties waarneemt die in het noorden onbekend zijn, zoals de melkwegstelsels Kleine Magelhaense Wolk en Grote Magelhaense Wolk, en dat op sommige plekken de nachten zo helder en schoon zijn en het klimaat zo droog is dat het de ideale plek is om het firmament te bestuderen. Op die manier had hij ontdekt dat melkwegstelsels zich groeperen in patronen die op spinnenwebben lijken. Het is een romaneske toevalligheid te noemen dat zijn bezoek aan Chili indertijd ten einde liep op dezelfde dag in 1974 dat zij met haar zoon naar Canada was vertrokken. Toen ik dat hoorde bedacht ik dat ze misschien wel tegelijkertijd op de luchthaven hadden zitten wachten op hun respectievelijke vluchten zonder dat ze elkaar waren tegengekomen, maar volgens hen was dat volslagen onmogelijk, want die mooie vrouw zou hem zijn opgevallen, en zij zou hem ook hebben gezien, want een neger was in Chili nog tamelijk bijzonder indertijd, zeker eentje die zo lang en knap was als Popo.

Nidia besefte daar in Toronto al na één ochtend rondrijden met haar passagier op de achterbank dat die de zeldzame combinatie bezat van een briljante geest en de fantasie van een dromer, maar dat hij daarbij ook een volstrekt gebrek vertoonde aan het gezonde verstand waar zij bij zichzelf zo prat op ging. Nini heeft me nooit kunnen uitleggen hoe ze achter het stuur in dat drukke verkeer tot die conclusie kon komen, maar feit is dat ze helemaal gelijk had. De astronoom was net zo verloren in het leven als de planeet die hij zocht aan de hemel; hij was in staat om in een mum van tijd uit te rekenen hoelang een ruimteschip er met een snelheid van 28.268 kilometer per uur over doet om de maan te bereiken, maar wist zich geen raad met een elektrisch koffiezetapparaat. Ze had het vage klapwieken van de liefde in geen jaren meer gevoeld en die man, zo heel anders dan de andere mannen die ze in de drieëndertig jaar van haar leven had gekend, vond ze intrigerend en aantrekkelijk.

Popo, nogal geschokt door de gedurfde rijstijl van zijn chauffeur, was ook nieuwsgierig, naar de vrouw die schuilging achter dat te ruime uniform en die berenjagersmuts. Hij was geen man die makkelijk toegaf aan romantische ingevingen, en gesteld dat hij op het idee was gekomen om haar te verleiden, dan had hij het vast veel te lastig gevonden om dat uit te voeren. Nini daarentegen, die niets te verliezen had, besloot de astronoom te tackelen voordat hij klaar was met zijn lezingen. Ze vond zijn opvallende mahoniekleur aantrekkelijk – ze wilde hem helemaal zien – en had het gevoel dat ze veel gemeen hadden: hij zijn astronomie en zij haar astrologie, wat volgens haar praktisch op hetzelfde neerkwam. Verder had ze bedacht dat ze, allebei van zo ver gekomen, voorbestemd waren om elkaar op die plek van de aarde en op dat tijdstip in hun leven te ontmoeten, want zo stond het in de sterren geschreven. Toen al liet Nini haar leven bepalen door haar horoscoop, maar ze liet niet alles aan het toeval over. Voordat ze het initiatief nam voor een verrassingsoverval, had ze zich ervan vergewist dat hij een goede positie had, vrijgezel was, gezond en maar elf jaar ouder dan zij, hoewel zij op het eerste gezicht voor zijn dochter kon doorgaan als ze tot hetzelfde ras hadden behoord. Jaren later zou Popo lachend vertellen dat als zij hem niet in de eerste ronde al knock-out had geslagen, hij nu nog verliefd op de sterren zou zijn.

Op dag twee kwam de professor voorin zitten om zijn chauffeur beter te kunnen bekijken en maakte zij verschillende onnodige omwegen door de stad om hem de tijd te gunnen dat ook te doen. Diezelfde avond, nadat ze haar zoon te eten had gegeven en hem in bed had gestopt, trok Nidia haar uniform uit, nam een douche, stiftte haar lippen en meldde zich bij haar prooi met de smoes dat ze hem een map kwam brengen die hij in de auto had laten liggen, die ze hem net zo goed pas de volgende morgen had kunnen geven. Nog nooit had ze zo'n stoutmoedige amoureuze beslissing genomen. Ze trotseerde de ijzige sneeuwstorm, kwam aan bij het hotel, liep naar boven naar de suite, sloeg een kruis om zichzelf moed in te spreken en klopte aan. Het was halftwaalf toen ze definitief haar intrede deed in het leven van Paul Ditson II.

Nini had als een non geleefd in Toronto. 's Nachts verlangde ze naar een mannenarm om haar middel, maar ze moest overleven en een kind grootbrengen in een land waar ze altijd een vreemdeling zou blijven; ze had geen tijd voor romantische fantasieën. De moed die ze die avond bijeen had geraapt verdween op slag toen de astronoom de deur in pyjama opendeed; hij zag eruit alsof hij had liggen slapen. Ze staarden elkaar een halve minuut lang aan, sprakeloos, want hij verwachtte haar niet en zij had verder geen plan, maar toen vroeg hij haar binnen, verrast hoe anders ze eruitzag zonder haar uniformpet. Hij vond haar knap met haar donkere haren, haar onregelmatig gevormde gezicht en haar wat scheve glimlach, die hij tot dan toe alleen maar van opzij had gezien. En zij stond verbaasd over het verschil in lengte tussen hen, iets wat in de auto minder opviel: als ze op haar tenen ging staan, zou ze net aan het borstbeen van die reus kunnen snuffelen. Toen ze vervolgens de rampzalige wanorde in het kleine appartement zag, besloot ze dat die man haar echt hard nodig had.

Paul Ditson II was het grootste gedeelte van zijn bestaan bezig geweest met de bestudering van het mysterieuze gedrag van astrale lichamen, maar van een vrouwenlichaam wist hij maar heel weinig en van de grillen van de liefde helemaal niets. Hij was nog nooit echt verliefd geweest en zijn meest recente relatie was die met een collega van de vakgroep met wie hij tweemaal per maand een afspraakje had, een aantrekkelijke joodse vrouw die er voor haar leeftijd goed uitzag en er als ze samen uit eten gingen altijd op stond de helft van de rekening te betalen. Nini had slechts twee mannen bemind: haar echtgenoot en een geliefde die ze tien jaar geleden uit haar hoofd en haar hart had gerukt. Haar echtgenoot was een onbezonnen partijgenoot geweest, die opging in zijn werk en zijn politieke activiteiten, onophoudelijk op reis was en te veel aan zijn hoofd had om zich bezig te houden met wat zij nodig had, en die andere liefde was misgelopen. Nidia Vidal en Paul Ditson II waren klaar voor de liefde die hen tot de dood met elkaar zou verbinden.

Ik heb dat wellicht wat geromantiseerde verhaal over de liefde van mijn grootouders zo vaak horen vertellen dat ik het uiteindelijk woord voor woord uit mijn hoofd kende, als een gedicht. Natuurlijk weet ik de details niet van wat zich die nacht achter die gesloten deur afspeelde, maar ik kan me er iets bij voorstellen als ik me baseer op wat ik van hen beiden weet. Zou Popo beseft hebben dat hij zich, toen hij de deur opendeed voor die Chileense vrouw, op een belangrijk kruispunt in zijn leven bevond en dat de weg die hij insloeg bepalend zou zijn voor zijn toekomst? Nee, vast niet; zoiets kitscherigs zou nooit in hem zijn opgekomen. En Nini? Haar zie ik als een slaapwandelaar ronddolen tussen de op de grond liggende kleren en de asbakken vol peuken, het halletje door, de slaapkamer in, waar ze op het bed gaat zitten omdat de fauteuil en de stoelen vol liggen met papieren en boeken. Misschien knielde hij naast haar neer om haar te omhelzen en bleven ze zo een tijdje in die houding zitten, om te wennen aan die plotselinge intimiteit. Misschien kreeg zij het daarna langzamerhand stikheet omdat de verwarming zo hoog stond, en hielp hij haar uit haar jas en haar laarzen, en begonnen ze elkaar aarzelend te liefkozen; misschien herkenden ze elkaar en raadpleegden ze hun hart, om zeker te weten dat ze zich niet vergisten. 'Je ruikt naar tabak en toetjes. En je bent zo glad en zwart als een zeehond,' zou Nini dan zeggen, want dat zinnetje heb ik heel vaak van haar gehoord.

Het laatste stuk van het verhaal hoef ik niet te verzinnen, want dat hebben ze me wel verteld. Tijdens die eerste omhelzing besloot Nini dat ze de astronoom in andere levens had gekend en in andere tijden, dat dit alleen een weerzien was en dat hun sterrenbeelden en hun tarot-relatiekaarten elkaar aanvulden. 'Gelukkig maar dat je een man bent, Paul. Stel je voor dat je in deze incarnatie mijn moeder was geweest...' zuchtte ze op zijn schoot. 'En aangezien ik je moeder niet ben, wat zou je ervan zeggen als we trouwden?' luidde zijn antwoord.

Twee weken later arriveerde ze in Californië, met in haar kielzog een tegenstribbelend kind want Andrés had geen zin om voor de tweede keer te emigreren, en voorzien van een verloofdevisum dat drie maanden geldig was, waarna ze moest trouwen of het land weer verlaten. Ze trouwden.

Mijn eerste dag in Chili heb ik met een plattegrond door Santiago gesjouwd in een drukkende, droge hitte, en het heeft me uren gekost om een bus naar het zuiden te regelen. Het is een moderne stad, met niets exotisch of schilderachtigs; er zijn geen indianen in klederdracht, geen koloniale wijken in gedurfde kleuren zoals ik die met mijn grootouders in Guatemala en Mexico heb gezien. Ik ben met een kabelbaan naar de top van een heuvel gegaan, een obligaat toeristisch uitstapje, en kon me daarboven een idee vormen over de omvang van de hoofdstad, waar geen eind aan lijkt te komen, en van de vervuiling die er als een stoffige mist boven hangt. Tegen de avond stapte ik in een abrikooskleurige bus die me naar het zuiden zou brengen, naar Chiloé.

Ik probeerde wat te slapen, gewiegd door de beweging, het ronken van de motor en het gesnurk van de andere passagiers, maar vergeefs; ik ben nooit een goede slaper geweest en ik heb de afvalstoffen van het slechte leven nog in mijn aderen. Toen het licht werd stopten we bij een uitspanning om koffie te drinken en naar de wc te gaan, te midden van een idyllisch landschap met groene heuvels en koeien, en daarna moesten we nog een paar uur verder tot we bij een primitief soort aanlegsteiger kwamen, waar we onze botten konden losschudden en vrouwen in witte verpleegstersschorten kaasempanada's en schelp- en schaaldieren te koop aanboden. De bus reed een pont op voor de overtocht van het Chacaokanaal – een halfuur stilletjes varen over een lichtgevende zee. Ik stapte de bus uit om op het dek rond te wandelen, tegelijk met de rest van de stramme passagiers, die net als ik urenlang vastgebonden hadden gezeten in hun stoel. We trotseerden de snijdende wind en bewonderden de zwermen zwaluwen, wapperende zakdoeken in de lucht, en de *tonina's* – kleine dolfijnen met een witte buik – die dansend met de veerboot meezwommen.

De bus zette me af in Ancud, op Isla Grande, de op één na belangrijkste stad van de archipel, en daar moest ik overstappen op een andere bus die me naar het dorp zou brengen waar Manuel Arias op me wachtte, maar toen merkte ik dat mijn portemonnee was verdwenen. Nini had me nog zo gewaarschuwd voor de Chileense zakkenrollers, die zo vingervlug zijn als goochelaars; met het vriendelijkste gezicht weten ze je nog van je ziel te beroven. Gelukkig hadden ze me de foto van Popo en mijn paspoort, die ik in een ander vakje van mijn rugzak had gestopt, laten houden. Ik was alleen, zonder een rooie cent, in een vreemd land, maar als ik iets heb geleerd van mijn rampzalige avonturen van het afgelopen jaar is het wel dat ik me niet uit het veld moet laten slaan door de eerste de beste tegenslag.

In een van de kunstnijverheidswinkeltjes op het plein, waar producten van het eiland werden verkocht, zaten drie breiende vrouwen in een kringetje te kletsen, en ik ging er maar van uit dat ze net als mijn Nini waren, dat ze me zouden helpen. Chileense vrouwen snellen iedereen die in de problemen verzeild raakt te hulp, zeker als het buitenlanders zijn, en in mijn hakkelende Spaans vertelde ik hun de mijne. Ze legden ogenblikkelijk hun pennen neer, boden me een stoel aan en een glas sinaasappellimonade met prik, en begonnen mijn geval te bespreken, waarbij ze elkaar in de rede vielen om hun mening ten beste te geven. Ze belden een paar keer met een mobieltje en wisten vervoer voor me te regelen: een neef die me over een uur of wat kon oppikken en er geen bezwaar tegen had een stukje om te rijden teneinde mij op mijn bestemming af te leveren.

Ik gebruikte de tijd dat ik moest wachten voor een bezoek aan het dorp en aan een museum met een tentoonstelling over de kerken van Chiloé, driehonderd jaar geleden ontworpen door jezuïetenmissionarissen en plank voor plank in elkaar gezet door de Chiloten, die meesterlijke houtbewerkers en botenbouwers zijn. De gebouwen blijven overeind door hun ingenieuze constructie, zonder ook maar één spijker, met gewelfde daken als een soort omgekeerde boten. Toen ik het museum verliet kwam ik de hond tegen. Hij was middelgroot, mank, met een stugge, grijzige vacht en een zielige staart, maar hij had een trotse houding, een rashond waardig. Ik bood hem de empanada aan die ik nog in mijn rugzak had, die hij voorzichtig met grote, gele tanden aannam en op de grond legde, waarna hij me aankeek om me duidelijk te maken dat hij niet naar brood hongerde, maar naar gezelschap. Susan, mijn stiefmoeder, was hondentrainer, en ze had me geleerd nooit een hond aan te raken voordat hij uit zichzelf naar je toe kwam, ten teken dat hij zich op zijn gemak voelt, maar deze hond en ik hielden ons niet aan het protocol en vanaf het eerste moment konden we het goed met elkaar vinden. We maakten samen een toeristisch uitstapje en op het afgesproken tijdstip keerde ik terug naar de breiende vrouwen. De hond bleef buiten de winkel wachten, met één poot op de drempel, goedgemanierd.

De neef kwam een uur later dan was aangekondigd, in een tot de nok toe volgeladen vrachtwagen, met vrouw en baby. Ik bedankte mijn weldoensters, die me ook nog eens hun mobieltje hadden geleend om Manuel Arias te kunnen bellen, en nam afscheid van de hond. Maar die dacht er anders over; hij ging aan mijn voeten zitten en veegde de vloer aan met zijn staart, lachend als een hyena; hij was zo goed geweest mij te vereren met zijn aandacht en nu was ik zijn lievelingsmens. Ik veranderde van tactiek. 'Ksst! Ksst! Fucking rothond!' riep ik in het Engels. Hij verroerde zich niet, terwijl de neef het tafereel meewarig opnam. 'Maak je geen zorgen, joh, we kunnen jouw Fákin toch gewoon meenemen?' zei hij uiteindelijk. En zo is dat askleurige dier aan zijn nieuwe naam gekomen; misschien heette hij in zijn vorige leven wel Prins. We pasten maar net met z'n allen in de overvolle cabine, en een uur later kwamen we aan in het dorp waar ik de vriend van mijn grootmoeder moest ontmoeten, met wie ik had afgesproken bij de kerk, die uitkeek over zee.

Het dorp, in 1567 gesticht door de Spanjaarden, is een van de oudste van het eiland en telt tweeduizend inwoners, maar het was me een raadsel waar die zich ophielden, want je zag er meer kippen en schapen dan mensen. Manuel liet lang op zich wachten en ik was met Fákin naast me op de trap van de wit-met-blauw geschilderde kerk gaan zitten, van een afstandje aangestaard door vier stille, ernstige jongetjes. Van Manuel wist ik niet meer dan dat hij een vriend van mijn oma was en dat ze elkaar sinds de jaren zeventig niet meer hadden gezien, maar dat ze sporadisch contact met elkaar hadden gehouden, aanvankelijk via brieven, zoals dat gebruikelijk was in de prehistorie, en later via e-mail.

Eindelijk kwam Manuel Arias dan opdagen, en hij herkende me, want Nini had hem over de telefoon een beschrijving van mij gegeven. Wat zou ze hem hebben verteld? Dat ik een soort obelisk ben met in vier primaire kleuren geverfde haren en een piercing in mijn neus? Hij gaf me een hand en nam me met een snelle, schattende blik op: de restjes blauwe nagellak op mijn afgekloven nagels, mijn versleten spijkerbroek en mijn roze gespoten legerkistjes die ik in de tijd dat ik bedelde in een winkel van het Leger des Heils had opgeduikeld.

'Ik ben Manuel Arias,' stelde de man zich in het Engels voor.

'Hallo, ik heb de FBI, Interpol en een criminele bende maffiosi uit Las Vegas achter me aan,' kondigde ik hem ratelend aan, om misverstanden te voorkomen.

'Aangenaam,' antwoordde hij.

'Ik heb niemand vermoord, en eerlijk gezegd denk ik zelf niet dat ze de moeite zullen nemen om me aan het einde van de wereld te komen zoeken.'

'Dank je wel.'

'Sorry hoor, het was niet de bedoeling om je te beledigen. Het is hier prachtig, echt waar, veel groen en veel water, maar het is zo ver overal vandaan!'

'Waarvandaan?'

'Van Californië, de beschaving, de rest van de wereld. En Nini heeft me niet verteld dat het hier zo koud zou zijn.'

'Het is zomer,' zei hij.

'Zomer in januari, hoe is het mogelijk!'

'Zuidelijk halfrond,' antwoordde hij droog.

Shit, dacht ik, die vent heeft geen gevoel voor humor. Hij stelde me voor om ergens thee te gaan drinken, want we moesten wachten op een vrachtwagen die een koelkast voor hem mee zou nemen en die er al drie uur eerder geweest had moeten zijn. We gingen een huis binnen waar een paal voor stond met een witte lap eraan gebonden, als een soort vlag, een teken van overgave, maar het betekende dat daar vers brood werd verkocht. Er stonden vier rustieke tafeltjes, met allemaal verschillende stoeltjes eromheen; er was een toonbank en een fornuis, waar een zwartberoete theeketel op stond te koken. Een dikke vrouw met een aanstekelijke lach begroette Manuel Arias met een kus op zijn wang en nam mij eerst even enigszins verontrust op voordat ze besloot mij ook een kus te geven.

'Amerikaanse?' vroeg ze Manuel.

'Kun je dat niet zien?' zei hij.

'En wat is er met haar hoofd gebeurd?' voegde ze eraan toe, terwijl ze op mijn geverfde haar wees.

'Zo ben ik geboren,' antwoordde ik gepikeerd.

'Maar die *gringuita* spreekt Spaans!' riep ze verrukt uit. 'Ga toch gauw zitten, kind, ik kom zo met de thee.'

Ze nam me bij een arm en plantte me vastbesloten op een van de stoelen neer, terwijl Manuel me uitlegde dat in Chili iedere Engelssprekende blonde vreemdeling een *gringo* wordt genoemd en dat die benaming als zij in de verkleinvorm wordt gebruikt – *gringuito* of *gringuita* –, liefkozend bedoeld is.

De waardin bracht ons heet water en theezakjes, en een piramide geurige, vers gebakken broodjes, zo uit de oven, met boter en honing, en kwam vervolgens bij ons zitten om te kijken hoe we aten, zoals dat hoort. Kort daarop hoorden we het gereutel van de vrachtwagen die hortend en stotend aan kwam rijden over de ongeplaveide weg vol gaten, met een waggelende koelkast in de laadbak. Toen de vrouw in de deuropening ging staan en floot, kwam er onmiddellijk een groep jongens opdraven om te helpen met het uitladen van het apparaat, dat ze vervolgens naar het strand sjouwden en vanaf een planken steiger aan boord van Manuels motorboot hesen.

Het was een polyester schip van ongeveer acht meter lang, wit, blauw en rood geverfd, de kleuren van de Chileense vlag die op de boeg wapperde, haast dezelfde als die van Texas, en met op de zijkant de naam: CAHUILLA. Ze bonden de koelkast zo recht mogelijk vast en hielpen mij aan boord. De hond volgde me met zijn meelijwekkende drafje; hij heeft een halfverschrompeld pootje en loopt mank.

'En dat daar?' vroeg Manuel.

'Die is niet van mij, hij loopt sinds Ancud achter me aan. Ik heb gehoord dat Chileense honden heel slim zijn, en volgens mij is deze van een goed ras.'

'Ik vermoed dat het een kruising is van een Duitse herder met een foxterriër. Hij heeft het lijf van een grote hond en de poten van een kleintje,' zei Manuel.

'Wacht maar tot ik hem heb gewassen, dan ziet hij er prima uit.'

'Hoe heet hij?' vroeg hij.

'Fucking rothond, maar dan in het Chileens.'

'Wat?'

'Fákin.'

'Ik hoop dat jouw Fákin het met mijn katten kan vinden. En je zult hem 's nachts vast moeten leggen om ervoor te zorgen dat hij niet achter de schapen aan gaat,' waarschuwde hij.

'Dat is niet nodig, hij slaapt bij mij.'

Fákin viel neer op de bodem van de boot, met zijn snuit tussen zijn voorpoten, en bleef daar onbeweeglijk liggen, zijn blik strak op mij gericht. Hij is niet knuffelig, maar we begrijpen elkaar in de taal van de flora en de fauna: telepathisch Esperanto.

Aan de horizon zag ik enorme donderwolken op ons af komen rollen en er stond een ijskoude wind, maar de zee was kalm. Manuel leende me een wollen poncho en zei verder geen woord meer tegen me, druk bezig met het roer en zijn apparaten, een kompas, gps, scheepsradio en weet ik wat nog meer, terwijl ik hem vanuit mijn ooghoeken bestudeerde. Nini had me verteld dat hij socioloog was of iets dergelijks, maar op dat bootje van hem had hij voor een zeeman door kunnen gaan: middelgroot postuur, slank, sterk, gespierd en pezig, een door de zoute wind verweerde huid, karaktervolle rimpels, stug, kort haar, en ogen van hetzelfde grijs als zijn haren. Ik vind het moeilijk om de leeftijd van oude mensen te schatten; deze man ziet er van een afstand goed uit, want hij loopt nog vlot, niet zo gebogen als een bejaarde, maar van dichtbij kun je zien dat hij ouder is dan Nini; ik schat hem zeventig en nog wat. Ik ben als een bom zijn leven binnengevallen en zal op eieren moeten lopen als ik niet wil dat hij spijt krijgt van zijn gastvrijheid.

Na een klein uur varen, waarbij we verschillende eilandjes passeerden die op het eerste gezicht onbewoond leken, hoewel dat niet het geval is, wees Manuel Arias me op een vage vorm, die vanaf die afstand nauwelijks meer was dan een donkere vlek en van dichtbij een klif bleek te zijn met een strand met zwart zand en rotsen, waar vier houten boten met hun buik omhoog lagen te drogen. Hij manoeuvreerde de Cahuilla langszij een drijvende steiger en gooide de paar kinderen die aan waren komen rennen dikke touwen toe, die ze handig om wat palen bonden. 'Welkom in onze metropool,' zei Manuel, en hij maakte een gebaar naar een dorp van houten huizen op palen, die uitkeken op het strand. Ik huiverde, want dat zou de komende tijd mijn hele wereld zijn.

Er kwam een groep mensen het strand op om mij te bezichtigen. Manuel had aangekondigd dat een Amerikaanse hem zou komen helpen met zijn onderzoekswerk, en als die mensen een respectabel iemand verwachtten, dan waren ze nu vast teleurgesteld, want het T-shirt met de foto van Obama dat Nini me met kerst had gegeven, reikte niet eens tot mijn navel. Verschillende vrijwilligers hadden de taak op zich genomen om de koelkast uit te laden zonder hem te laten kiepen, en moedigden elkaar onder luid gelach aan; ze hadden haast, want het begon al donker te worden. We trokken in processie naar het dorp: de koelkast voorop, daarna

Manuel en ik, en daar weer achter een stuk of tien schreeuwende kinderen, met in de achterhoede een bonte bende honden die woedend naar Fákin blaften zonder zich te dicht bij hem te wagen, omdat zijn houding van superieure minachting het heel duidelijk maakte dat de eerste de beste die dat zou proberen ervan zou lusten. Het ziet ernaar uit dat Fákin niet makkelijk te intimideren is en dat er niet zomaar aan zijn kont wordt gesnuffeld. We kwamen langs een begraafplaats, waar tussen plastic bloemen geiten met gezwollen uiers graasden en kleine poppenhuisjes stonden, die de plaats van de graven aangaven, sommige met meubels erin voor de doden.

In het dorp waren de paalwoningen met houten bruggen met elkaar verbonden en in de hoofdstraat, om die maar zo te noemen, zag ik ezels, fietsen, een jeep met het embleem met de gekruiste geweren van de *carabinero's*, de Chileense politie, en drie à vier oude auto's die, als ze wat minder aftands waren geweest, in Californië collector's items zouden zijn. Manuel legde me uit dat vanwege het onregelmatige terrein en de alomtegenwoordige modder in de winter het zware transport met ossenwagens plaatsvond, lichtere dingen met muilezels werden vervoerd, en de mensen zich te voet of te paard verplaatsten. Afgebladderde uithangborden gaven bescheiden winkels aan, een paar kruidenierszaken – winkels waar van alles en nog wat verkocht werd –, de apotheek, wat kroegen, twee restaurants die niet meer waren dan wat metalen tafeltjes die voor flinke viswinkels waren neergezet, en een internetcafé, waar ook batterijen, frisdrank en tijdschriften te koop werden aangeboden, plus souvenirs voor de toeristen die door reisbureaus die zich op het ecotoerisme richten hierheen worden gebracht en die hier de beste *curanto* van heel Chiloé komen proeven. Op die curanto kom ik nog terug, want die heb ik zelf nog niet geproefd.

Er kwamen mensen naar buiten die me argwanend en

zwijgend aanstaarden, tot een kleine man, zo fors als een kleerkast, besloot me met een glimlach van goudomrande tanden te begroeten. Hij veegde zijn hand aan zijn broek schoon voor hij me die toestak. Het was Aurelio Ñancupel, een afstammeling van een beroemde piraat en de meest gewaardeerde persoon op het eiland omdat hij drank op de pof verkoopt, kiezen trekt en een televisie met een plat beeldscherm bezit, waar zijn klanten van kunnen genieten als er elektriciteit is. Zijn etablissement heeft de toepasselijke naam *La Taberna del Muertito* – de Taveerne van de Dode –, want vanwege de gunstige ligging vlak bij de begraafplaats is het de verplichte halte voor de nabestaanden om hun begrafenisverdriet te verlichten.

Ñancupel was ooit mormoon geworden met het idee dat hij dan meerdere vrouwen kon hebben, en was er te laat achter gekomen dat de mormonen hun ideeën over polygamie hadden bijgesteld als reactie op een nieuwe profetische onthulling die meer overeenstemde met de Amerikaanse grondwet, zo vertelde Manuel Arias me, terwijl het onderwerp van gesprek dubbelsloeg van het lachen, waar de omstanders zich bij aansloten. Manuel stelde me aan nog meer mensen voor, wier namen ik niet kon onthouden, maar die me te oud leken om de ouders te kunnen zijn van die horde kleine kinderen; nu weet ik dat het hun grootouders zijn; de tussenliggende generatie werkt buiten het eiland.

Toen kwam een zelfbewuste, stevige vrouw van een jaar of vijftig over straat naar ons toe lopen. Ze was mooi, met het beige haar van grijs geworden blondines dat ze samengebonden droeg in een staart op haar rug: Blanca Schnake, het hoofd van de school, die door de mensen uit respect *tía* Blanca, tante Blanca, wordt genoemd. Ze kuste Manuel op beide wangen, zoals hier de gewoonte is, en heette me namens de gemeenschap officieel welkom. Dat haalde de spanning uit de lucht en de kring nieuwsgierigen sloot zich dichter om me heen. Tía Blanca nodigde me uit om de volgende dag de school te bezichtigen en stelde me de bibliotheek, twee computers en videospelletjes ter beschikking, die ik tot maart kan gebruiken wanneer ik maar wil, tot de kinderen weer naar school moeten en er vanwege de schooltijden beperkingen zijn. Ze voegde eraan toe dat ze op zaterdag in de school dezelfde films draaien als in Santiago, maar dan gratis en voor niks. Ze bombardeerde me met vragen en ik vatte in mijn hakkelende Spaans mijn tweedaagse reis vanuit Californië voor haar samen, met vermelding van mijn gestolen portemonnee, wat een lachsalvo onder de kinderen veroorzaakte, die onder de ijzige blik van tía Blanca echter snel verstomde. 'Morgen komen jullie bij me eten, dan maak ik mijn met parmezaan gegratineerde *macha's* voor jullie, als eerste kennismaking van de gringuita met de Chilootse keuken. Ik verwacht jullie om negen uur,' zei ze tegen Manuel. Macha's zijn een soort schelpen. Later kwam ik erachter dat het heel gewoon is om een uur te laat te komen op een afspraak. Ze eten hier trouwens pas heel laat.

We beëindigden de kleine rondgang door het dorp en klommen in een wagen met twee muilezels ervoor, waar ze de koelkast al in hadden geladen, en gingen met een slakkengangetje op weg, over een aarden pad dat nauwelijks te zien was in het gras, Fákin achter ons aan.

Manuel Arias woont ongeveer anderhalve kilometer van het dorp, vlak aan zee, maar de kust is daar zo rotsachtig dat hij zijn boot niet kan aanmeren. Zijn huis is een goed voorbeeld van de plaatselijke architectuur, vertelde hij met een trotse klank in zijn stem. Ik zag weinig verschil met de huizen in het dorp; het staat ook op palen en het is van hout, maar hij liet me zien wat er anders aan is: op de palen en balken van zijn huis zijn met de bijl versieringen aangebracht en de ronde spanen van het dak en de muren zijn heel decoratief en gemaakt van hout van de Gualtecas-cipres, bomen die hier vroeger veelvuldig voorkwamen, maar tegenwoordig uiterst zeldzaam zijn. De Chilootse cipressen kunnen meer dan drieduizend jaar oud worden; het zijn de langstlevende bomen ter wereld, na de Afrikaanse baobabs en de sequoia's van Californië.

Het huis bestaat uit een woonvertrek dat twee keer zo hoog is als normaal en waar het leven zich afspeelt rond een indrukwekkend zwart fornuis, dat zowel dient om het huis te verwarmen als om op te koken. Het heeft twee slaapkamers, een van gemiddelde grootte, die van Manuel, en een kleinere, waar ik slaap, en er is een badkamer met een wasbak en een douche. Er is geen enkele binnendeur, maar voor de wc hangt een gerafelde wollen deken die voor wat privacy zorgt. In het kookgedeelte van de woonkamer staan een grote, stevige tafel, een kast en een kist met een deksel om de aardappelen in op te slaan die in Chiloé bij elke maaltijd gegeten worden, en aan het plafond hangen bossen kruiden, strengen knoflook en rode pepers, gedroogde worsten en zware gietijzeren pannen, geschikt om mee op een houtvuur te koken. De zolder, waar Manuel het grootste deel van zijn boeken en zijn papieren heeft ondergebracht, is bereikbaar via een ladder. Er hangen nergens schilderijen, foto's of frutsels aan de muur; je ziet niets persoonlijks, alleen kaarten van de archipel en een mooie scheepsklok met een mahoniehouten kast en bronzen moeren die wel van de *Titanic* gered lijkt. Buiten heeft Manuel van een grote houten ton een primitieve jacuzzi in elkaar geknutseld. Gereedschap, stookhout, kolen en de jerrycans met diesel voor de boot en de generator staan opgeslagen in het schuurtje op de patio.

Mijn kamer is net zo spartaans als de rest van het huis. Er staan een smal bed met eenzelfde deken als het wc-gordijn, een stoel en een kastje met drie laden, en er zijn wat spijkers in de muur geslagen om kleren aan op te hangen, genoeg voor mijn spullen, die immers ruim in mijn rugzak passen. Het bevalt me wel, die sobere, stoere inrichting. Het enige verontrustende is Manuel Arias' maniakale netheid; ik ben wat makkelijker.

De mannen zetten de koelkast op zijn plek, sloten hem aan op het gas en gingen vervolgens zitten om een paar flessen wijn soldaat te maken, met de zalm erbij die Manuel de week daarvoor boven een vuur van appelhout had gerookt in een oliedrum. Terwijl ze aten en dronken zaten ze zwijgend door het raam naar zee te staren, met als enige woorden een reeks uitgebreide, ceremoniële toosten die ze uitbrachten. 'Gezondheid!' 'Wel bekome het je.' 'Ik wens je van harte hetzelfde.' 'Op een lang, gezond leven.' 'Ik hoop dat je míjn begrafenis nog zult meemaken.' Manuel wierp me van opzij ongemakkelijke blikken toe, tot ik hem apart nam om hem te vertellen dat hij zich geen zorgen hoefde te maken, dat ik niet van plan was me op de flessen te storten. Mijn grootmoeder heeft hem vast gewaarschuwd en hij was waarschijnlijk van plan de drank voor me weg te stoppen, maar dat zou absurd zijn. De alcohol is het probleem niet, dat ben ikzelf.

Intussen namen Fákin en de katten elkaar behoedzaam de maat en verdeelden ze het territorium. De cyper heet Gato-Leso, want het arme dier is zo stom als wat, en de rode is Gato-Literato, omdat hij het liefst boven op de computer zit; Manuel beweert dat hij kan lezen.

Toen de mannen de wijn en de zalm op hadden, namen ze afscheid en vertrokken. Het viel me op dat Manuel geen aanstalten maakte om ze te betalen, zoals hij dat ook niet had gedaan met degenen die hem eerder hadden geholpen de koelkast te versjouwen, maar het zou onbeleefd zijn geweest om hem daarnaar te vragen.

Ik keek rond in Manuels kantoor: twee bureaus, een archiefkast, boekenkasten, een moderne computer met twee schermen, een fax en een printer. Hij had internet, maar hij herinnerde me eraan – alsof ik dat zou kunnen vergeten – dat ik geen contact met de buitenwereld mocht hebben. Hij voegde er enigszins verdedigend aan toe dat al zijn werk op die computer stond en hij niet wilde dat er iemand aan zat.

'Wat voor werk doe je?' vroeg ik.

'Ik ben antropoloog.'

'Antropofaag?'

'Ik bestudeer mensen, ik eet ze niet op,' legde hij uit.

'Man, dat was een grapje. Antropologen hebben toch geen werk meer, nu de laatste wilde op deze aarde televisie heeft, en een mobieltje?'

'Ik ben niet gespecialiseerd in wilden. Ik werk aan een boek over de mythologie van Chiloé.'

'Krijg je daarvoor betaald?'

'Zo goed als niets,' vertelde hij.

'Je kunt wel zien dat je niet veel geld hebt.'

'Dat is zo, maar ik leef goedkoop.'

'Ik wil je niet tot last zijn,' zei ik.

'Je zult moeten werken voor de kost, Maya, zo hebben je grootmoeder en ik dat afgesproken. Je kunt mij helpen met mijn boek en vanaf maart heeft Blanca werk voor je op de school.'

'Ik waarschuw je: ik ben heel dom, ik weet helemaal niets.'

'Wat kun je allemaal?'

'Koekjes bakken, en brood, voetballen en samoeraigedichten schrijven – je moest eens weten hoeveel woorden ik ken! Ik ben een wandelend woordenboek, maar in het Engels. Ik denk niet dat je daar veel aan hebt.'

'We zien wel. Dat van die koekjes, dat klinkt veelbelovend', en ik had het idee dat hij een glimlach wegstopte.

'Heb je nog meer boeken geschreven?' vroeg ik hem gapend; ik voelde de vermoeidheid van de lange reis en het tijdverschil van vijf uur tussen Californië en Chili zwaar op me drukken.

'Niets wat me beroemd kan maken,' zei hij, met een gebaar naar een aantal boeken op zijn bureau: de droomtijd van de Australische Aboriginals, initiatierites van stammen in het Orinoco-gebied, de kosmogonie van de Zuid-Chileense Mapuche-indianen.

'Volgens Nini is Chiloé pure magie,' zei ik.
'De hele wereld is magisch, Maya,' antwoordde hij.

Manuel Arias verzekerde me dat zijn huis een heel oude ziel bezit. Nini gelooft ook dat huizen herinneringen en gevoelens hebben. Zij kan hun vibraties opvangen en weet wanneer een plek geladen is met positieve energie, of negatieve, omdat er op die plek rampen zijn voorgevallen. Haar grote huis in Berkeley heeft een goede ziel. Het valt van ouderdom uit elkaar, en als we het ooit terugkrijgen zal het moeten worden opgeknapt, maar dan ben ik van plan er tot mijn dood te blijven wonen. Ik ben daar opgegroeid, op de top van die heuvel, met een uitzicht over de Baai van San Francisco dat overweldigend zou zijn als die twee enorme pijnbomen niet in de weg stonden. Popo heeft ze nooit willen laten omhakken; hij zei altijd dat bomen lijden als je ze iets aandoet en dat alles wat tot duizend meter daaromheen groeit dan meelijdt, omdat het onder de grond met elkaar in verbinding staat; het zou misdadig zijn om twee pijnbomen om te hakken vanwege het uitzicht over een plas water waar je net zo goed vanaf de snelweg van kunt genieten.

De eerste Paul Ditson had het huis in 1948 gekocht, hetzelfde jaar dat in Berkeley de restrictie voor zwarten op het bezit van onroerend goed werd opgeheven. De Ditsons waren het eerste en twintig jaar lang ook het enige kleurlingengezin in de wijk, tot er langzaam meer begonnen te komen. Het huis was in 1885 gebouwd door een sinaasappelbaron, die toen hij stierf zijn fortuin aan de universiteit schonk en zijn familie armlastig achterliet. Het stond lange tijd leeg en ging vervolgens van hand tot hand, waarbij het na iedere transactie verder in verval raakte, tot de Ditsons het kochten en de schade hersteld kon worden, want de constructie deugde en de funderingen waren goed. Na de dood van zijn ouders kocht Popo zijn broers en zussen uit en woonde verder in zijn eentje in die victoriaanse relikwie met zes slaapkamers, bekroond door een raadselachtige klokkentoren, waar hij zijn telescoop installeerde.

Toen Nidia en Andy Vidal in Berkeley aankwamen, had hij maar twee kamers in gebruik, plus de keuken en de badkamer; de rest was afgesloten. Nini viel als een verwoestende orkaan binnen; ze smeet allerlei troep bij het oud vuil, maakte schoon en luchtte, maar hoe woest ze de bende ook te lijf ging, tegen de chronische slordigheid van haar echtgenoot was ze niet opgewassen. Na vele ruzies kwamen ze overeen dat zij in het hele huis kon doen wat ze wilde, mits ze Popo's studeerkamer en de sterrentoren met rust liet.

Nini voelde zich op haar gemak in Berkeley, die smerige, radicale, extravagante stad met zijn mengelmoes aan rassen en soorten mensen, met meer genieën en Nobelprijswinnaars dan welke andere stad ter wereld ook, zo zelfvoldaan in het nastreven van edele doelen, zo onverdraaglijk in zelfgenoegzaamheid. Nini maakte een metamorfose door; was ze voorheen een bedachtzame, respectabele jonge weduwe, die zo min mogelijk probeerde op te vallen, in Berkeley kwam haar ware aard naar boven. Ze hoefde geen chauffeursuniform meer te dragen, zoals in Toronto, ze hoefde zich niets meer aan te trekken van de sociale hypocrisie, zoals in Chili, niemand die haar kende, ze kon zichzelf opnieuw uitvinden. Ze nam de stijl van de slome hippies over die langs Telegraph Avenue in wolken marihuana en wierook hun handgemaakte spulletjes verkochten; ze droeg tunieken en liep op sandalen, met grove Indiase kettingen om haar hals, maar leek verder in niets op een hippie. Ik heb haar nooit stoned gezien of liederen horen zingen in het Sanskriet. Ze had een baan, runde een huishouden, zorgde voor een kleindochter en was actief in de gemeenschap.

Tot ontzetting van de buren, haast allemaal collega's van haar echtgenoot, met hun donkere, met klimop begroeide huizen in Engelse stijl, schilderde Nini de Ditsonresidentie in psychedelische kleuren, geïnspireerd op Castro Street in

San Francisco, waar de *gays* – van wie er steeds meer leken te komen – de oude huizen renoveerden. Over de paars-met-groene muren van het huis, de gele friezen en de gipsen bloemguirlandes werd heel wat afgeroddeld en bij de gemeente kwam een aantal klachten binnen, totdat er een foto van het huis in een architectuurtijdschrift werd geplaatst en het zich ontwikkelde tot een van de toeristische trekpleisters van de stad. Al snel werd de stijl overgenomen door Pakistaanse restaurants, kunstenaarsateliers en winkels die zich op een jong publiek richtten.

Nini drukte ook haar persoonlijke stempel op het interieur. Aan de deftige meubels, de ostentatieve klokken en de afgrijselijke schilderijen met vergulde lijsten die de eerste Ditson had verworven, voegde zij haar eigen artistieke toets toe: kale tapijten, oosterse divans, gehaakte gordijntjes, en overal lampenkapjes met franje. In mijn mangogroen geverfde kamer stond een bed met een baldakijn van met spiegeltjes geborduurde Indiase stof, waaronder in het midden een gevleugelde draak hing die me kon doden als hij boven op me viel, en aan de muren had ze foto's opgehangen van ondervoede Afrikaanse kindjes, zodat ik kon zien hoe die ongelukkige schepsels stierven van de honger terwijl ik mijn eten weigerde. Volgens Popo waren de draak en de Biafraanse kinderen de oorzaak van mijn slapeloosheid en mijn gebrek aan eetlust.

Mijn ingewanden kregen een frontale aanval van Chileense bacteriën te verduren. Tijdens mijn tweede dag op dit eiland viel ik krimpend van de buikpijn op mijn bed, mijn tanden klapperen nog steeds en ik zit uren achtereen met een warmwaterzak tegen mijn buik voor het raam. Mijn grootmoeder zou zeggen dat ik mijn ziel de tijd geef om naar Chiloé te komen. Zij vindt reizen per vliegtuig maar niets, omdat de ziel nu eenmaal langzamer reist dan het lichaam, achterblijft en onderweg kan verdwalen. Volgens haar is dat de reden waarom piloten, zoals mijn vader, nooit ergens helemaal zijn; ze wachten op hun ziel, die nog ergens tussen de wolken verkeert.

Je kunt hier geen dvd's of games huren, en het enige wat er op bioscoopgebied is zijn de films die eenmaal per week in de school worden vertoond. Als afleiding heb ik alleen de heftige liefdesromans van Blanca Schnake en boeken over Chiloé, in het Spaans, wat natuurlijk heel nuttig is om de taal te leren, maar me wel veel moeite kost. Manuel heeft me een zaklamp op batterijen gegeven die je als een soort mijnwerkerslamp op je voorhoofd kunt bevestigen; dan kunnen we lezen als het licht uitvalt. Ik kan nog maar heel weinig over Chiloé zeggen, want ik ben nauwelijks het huis uit geweest, maar ik zou verschillende pagina's vol kunnen schrijven over Manuel Arias, de katten en de hond, die nu mijn familie vormen, over tía Blanca, die ons om de haverklap bezoekt met de smoes dat ze mij wil zien, hoewel het duidelijk is dat ze voor Manuel komt, en over Juanito Corrales, een jongetje dat ook elke dag langskomt, om met me te lezen en met Fákin te spelen. De hond is heel kieskeurig wat betreft zijn contacten, maar dit kind tolereert hij.

Gisteren heb ik kennisgemaakt met Juanito's oma. Ik had haar nog niet eerder ontmoet omdat ze met haar man naar het ziekenhuis van Castro was, de hoofdstad van Chiloé. In december is bij hem een been afgezet en de wond wil niet goed genezen. Eduvigis Corrales heeft een terracotta huid, een vrolijk gezicht vol rimpeltjes, een breed lijf en korte benen, een echte Chilootse. Ze draagt haar haar in een dunne vlecht die ze om haar hoofd wikkelt en kleedt zich als een zendelinge, met een grove rok en houthakkersschoenen. Ze lijkt een jaar of zestig, maar is niet ouder dan vijfenveertig; de mensen worden hier snel oud en leven lang. Ze had een loodzware gietijzeren pot bij zich, die ze op het fornuis zette om op te warmen, terwijl ze zich tot mij richtte met een voorbereide toespraak – iets in de trant van dat ze zich met gepaste eerbied voorstelde, ze was Eduvigis Corrales, de buurvrouw van meneer en zijn hulp in de huishouding. '*Jué*! Wat een schatje, deze gringuita. Moge de Here Jezus haar voor me bewaren. Meneer was zo benieuwd naar haar geweest, net als iedereen op het eiland, en laten we hopen dat ze het kippetje met de aardappeltjes die ik voor haar gemaakt heb lekker vindt.' Het was niet het dialect van het eiland waarin ze sprak, zoals ik eerst dacht, maar een vreemd soort, heel rap Spaans. Ik hield het er maar op dat Manuel Arias 'meneer' was, hoewel Eduvigis in de derde persoon over hem sprak, alsof hij er niet bij was.

Tegen mij daarentegen doet ze net zo bazig als mijn oma. Het brave mens komt schoonmaken, ze neemt de vuile was mee en bezorgt die schoon weer terug, ze splijt hout met een bijl die zo zwaar is dat ik hem niet eens omhoog zou kunnen krijgen, ze bewerkt haar stukje grond, melkt haar koe, scheert schapen en kan varkens slachten, maar ze heeft me uitgelegd dat ze vanwege haar artritis niet vist en geen schelpen raapt. Ze zegt ook dat haar man geen slechte inborst heeft, zoals de mensen van het dorp denken, maar dat de diabetes zijn karakter heeft veranderd en dat hij sinds zijn been is geamputeerd alleen nog maar dood wil. Van haar vijf levende kinderen woont er nog maar eentje thuis, de dertienjarige Azucena, en verder woont haar kleinzoon Juanito bij haar. Hij is tien, maar lijkt jonger 'omdat hij spiritueel is, zo is hij geboren', heeft ze me uitgelegd. Dat van die spiritualiteit kan twee dingen betekenen: dat iemand achterlijk is, of meer geest dan materie bezit. In Juanito's geval is het vast het laatste, want hij is allesbehalve achterlijk.

Eduvigis leeft van wat haar landje opbrengt, van wat Manuel haar betaalt voor haar diensten en van het geld dat een van haar dochters haar stuurt, Juanito's moeder, die in een zalmkwekerij werkt aan de zuidkant van Isla Grande. Chiloé was voorheen de tweede producent van kweekzalm ter wereld, na Noorwegen. De zalmkwekerij gaf de economie van de regio een enorme *boost*, maar vervuilde de zeebodem, maakte een eind aan de plaatselijke visserij en scheurde gezinnen uiteen. Het is nu afgelopen met die bedrijfstak, vertelde Manuel me, want er werden te veel vissen in de kooien gestopt en toen er een virus toesloeg moesten ze ze zulke hoeveelheden antibiotica voeren dat er geen redden meer aan was. De teloorgang van de zalmkwekerij heeft twintigduizend werklozen opgeleverd, voor het merendeel vrouwen, maar Eduvigis' dochter heeft nog steeds werk.

We gingen snel daarna aan tafel. Toen we het deksel van de pot nog maar nauwelijks hadden opgelicht en ik de geur van de stoofschotel in mijn neus kreeg, werd ik teruggevoerd naar de keuken van mijn kindertijd, in het huis van mijn grootouders, en sprongen de tranen van heimwee me in de ogen. Eduvigis' kipstoofschotel was mijn eerste vaste voedsel sinds een paar dagen. Het was gênant, mijn ziekte, want in een huis zonder deuren is het niet mogelijk om verborgen te houden dat je moet overgeven en aan de diarree bent. Toen ik Manuel vroeg wat er met de deuren was gebeurd, antwoordde hij dat hij niet van afgesloten ruimtes houdt. Ik ben ziek geworden na het eten van Blanca Schnakes met parmezaan gegratineerde macha's en de mirtenbessentaart, dat weet ik zeker. In het begin deed Manuel of hij de geluiden die van de wc kwamen niet hoorde, maar algauw kon hij niet langer doen of zijn neus bloedde, want hij zag me zieker en zieker worden. Ik hoorde hem met Blanca bellen om haar te vragen wat hij moest doen, en daarna maakte hij een rijstsoepje voor me, verschoonde mijn lakens en bracht me de warmwaterzak. Hij let op me, vanuit zijn ooghoeken en zwijgend, maar met aandacht voor wat ik nodig heb. Op de minste of geringste poging van mijn kant om hem te bedanken reageert hij met een grom. Hij heeft ook met Liliana Treviño gebeld, de verpleegster van het dorp, een jonge vrouw, klein en compact, met een aanstekelijke lach en een ontembare bos kroeshaar, die me gigantische, onregelmatig gevormde koolstoftabletten gaf, die haast niet weg te krijgen waren. Toen hij zag dat dit ook van geen kant hielp, organiseerde Manuel de kleine vrachtwagen van de groentewinkel om met me naar het dorp te rijden toen de dokter er spreekuur hield.

Elke donderdag komt hier het schip van het ministerie van Volksgezondheid, dat alle eilanden aandoet. De dokter leek wel een jongen van veertien. Hij is scheel en baardeloos, maar hij hoefde maar één keer naar me te kijken om de diagnose te stellen: 'Ze heeft chilenitis, dat krijgen alle reizigers die Chili aandoen. Niets aan de hand', en hij gaf me wat pilletjes in een papieren puntzak. Eduvigis maakte kruidenthee voor me, want ze heeft geen vertrouwen in pillen uit de apotheek; ze zegt dat het een louche handel is waar Amerikaanse bedrijven rijk mee worden. Ik heb haar thee trouw gedronken, en ik voel dat het helpt. Ik mag haar graag, Eduvigis Corrales. Ze praat en praat, net als tía Blanca; verder zijn de mensen hier nogal zwijgzaam.

Juanito Corrales, die nieuwsgierig was naar mijn familie, heb ik verteld dat mijn moeder een Laplandse prinses was. Manuel zat achter zijn bureau en onthield zich van commentaar, maar toen het kind weg was vertelde hij me dat de Sami, de inwoners van Lapland, geen koningshuis hebben. We waren aan tafel gaan zitten, hij met een in boter gebakken tong met koriander voor zich en ik met een heldere bouillon. Ik vertelde hem dat het verhaal over de Laplandse prinses op een moment van inspiratie door Nini was verzonnen, toen ik een jaar of vijf was en me begon te realiseren dat alles rond mijn moeder was omgeven met mysterie. Ik weet het nog; we zaten in de keuken, de gezelligste ruimte van het huis, en waren onze wekelijkse koekjes aan het bakken voor Mike O'Kelly's criminelen en verslaafden. Mike is Nini's beste vriend, die zich het onmogelijke doel heeft gesteld ontspoorde jongeren te redden. Van oorsprong is hij

Iers, geboren in Dublin, en hij is zo blank, met zulk zwart haar en zulke blauwe ogen dat Popo hem Sneeuwwitje had gedoopt, naar dat naïeve kind dat vergiftigde appels at in de Walt Disney-film. Ik zeg niet dat O'Kelly naïef is, zeker niet, integendeel zelfs, hij is eigenlijk juist heel slim: hij is de enige die Nini tot zwijgen kan brengen. De Laplandse prinses speelde een rol in een van mijn boeken. Ik beschikte over een serieuze bibliotheek, want Popo was van mening dat cultuur opgenomen wordt via osmose en vond dat je daar maar beter zo vroeg mogelijk mee kunt beginnen, maar mijn lievelingsboeken gingen over feeën. Volgens Popo waren kinderverhalen racistisch – want hoe is het anders te verklaren dat er in Botswana of Guatemala geen feeën bestaan? Maar hij censureerde niet, hij beperkte zich ertoe zijn mening te geven, met als doel mijn kritisch denkvermogen te ontwikkelen. Nini daarentegen heeft mijn kritisch denkvermogen nooit kunnen waarderen en placht het met slaag te ontmoedigen.

Er bestaat een tekening van mijn familie die ik op de kleuterschool heb gemaakt, met mijn grootouders in felle kleuren in het midden van het blad. In een uiterste hoek een vlieg – het vliegtuig van mijn vader – en aan de andere kant een kroontje, dat het blauwe bloed van mijn moeder symboliseerde. Om alle twijfel de kop in te drukken, nam ik een dag later mijn boek mee waar de prinses in stond, met een hermelijnen mantel aan en gezeten op een witte beer. De klas lachte me in koor uit. Toen ik die dag thuiskwam, stopte ik het boek in de oven, naast de maistaart, die op 350 graden gebakken wordt. Toen de brandweer vertrokken was en de vulkanische rook langzaam optrok, ging Nini op de gebruikelijke manier tegen me tekeer – 'Vreselijk rotkind dat je bent!' – terwijl Popo pogingen deed om me te redden voordat ze mijn hoofd van mijn romp trok. Hikkend en snotterend vertelde ik mijn grootouders dat ze me op school de Laplandse wees noemden. Nini, wier stemming van het ene moment op het andere kan omslaan, drukte me tegen haar papajaborsten; hoe kwám ik erbij dat ik wees was, ik had een vader en grootouders, en de eerste de beste ellendeling die het waagde mij te beledigen, zou te maken krijgen met de Chileense maffia. Die maffia bestaat alleen uit haarzelf, maar Mike O'Kelly en ik hebben zo veel respect voor Nini dat we haar don Corleone noemen.

Mijn grootouders haalden me van de kleuterschool af en ze onderwezen me een tijdlang thuis zelf in de beginselen van het kleuren en het kleien van wormpjes, tot mijn vader thuiskwam van een van zijn reizen en besloot dat ik contact moest hebben met kinderen van mijn eigen leeftijd, niet alleen met de verslaafden van O'Kelly en de slome hippies en fanatieke feministes met wie mijn grootmoeder optrok. Mijn nieuwe school was gevestigd in twee oude panden die met elkaar verbonden waren via een overdekte brug op de eerste verdieping, een gewaagde architectonische constructie die niet instortte dankzij het koepelvormige dak, net als de koepels van kathedralen, zoals Popo me vertelde, hoewel ik hem er niet naar had gevraagd. Ze werkten met een experimenteel Italiaans lessysteem, waarbij de leerlingen deden waar ze zin in hadden; de klaslokalen hadden geen schoolbord of tafeltjes met stoeltjes, we zaten op de grond, de juffen droegen geen bh en schoenen, en ieder kind leerde in zijn eigen tempo. Misschien had mijn vader me liever op een strenge school gezien, maar hij bemoeide zich niet met de keuze van mijn grootouders, want zij waren degenen die het contact zouden moeten onderhouden met school en me moesten helpen met mijn huiswerk.

'Dat kind is achterlijk,' besloot Nini toen ze merkte hoe traag mijn vorderingen waren. Haar vocabulaire was doorspekt met politiek incorrecte uitdrukkingen als 'achterlijk', 'vet', 'dwerg', 'bultenaar', 'mietje', 'manwijf', 'spleetoog' en nog vele andere, die mijn grootvader probeerde te rechtvaardigen door ze af te schuiven op de beperkte Engelse woordenschat van zijn vrouw. Zij is de enige in Berkeley die 'neger' zegt in plaats van 'Afro-Amerikaan'. Volgens Popo had ik geen geestelijke beperking, maar had ik last van te veel fantasie, wat minder ernstig is, en de tijd heeft hem gelijk gegeven, want ik had het abc nog maar net onder de knie of ik begon gulzig te lezen en schriften vol te pennen met hoogdravende gedichten en de bittere, droevige, verzonnen geschiedenis van mijn leven. Ik had al snel door dat in het schrijven geluk nergens toe leidt – als er geen leed is valt er niets te vertellen – en stiekem vond ik het heerlijk dat ze me 'wees' noemden, want de enige wezen op mijn radar, die uit de klassieke verhalen, waren allemaal even zielig.

Mijn moeder, Marta Otter, de onwaarschijnlijke Laplandse prinses, was in de Scandinavische mist verdwenen voordat ik haar geur had leren herkennen. Ik bezat een stuk of tien foto's van haar, en een cadeautje dat ze me voor mijn vierde verjaardag over de post had gestuurd: een zeemeermin die op een rots zit, in een glazen bol waarin het lijkt te sneeuwen als je hem schudt. Die bol was tot mijn achtste jaar mijn liefste bezit, tot hij plotsklaps alle gevoelswaarde verloor, maar dat is een ander verhaal.

Ik ben woest, want het enige waardevolle dat ik heb – mijn iPod, mijn geciviliseerde muziek – is verdwenen. Volgens mij heeft Juanito Corrales hem gejat. Ik wilde hem niet in de problemen brengen, het arme kind, maar ik kon niet anders dan het aan Manuel vertellen. Maar Manuel vond het volkomen onbelangrijk; hij zegt dat Juanito hem gewoon een paar dagen gebruikt en hem dan weer terug zal leggen waar hij hem vandaan heeft. Dat lijkt in Chiloé de gewone gang van zaken te zijn. Vorige week woensdag heeft iemand ons een bijl teruggebracht die hij meer dan een week daarvoor zonder toestemming te vragen uit het houthok had meegenomen. Manuel had wel een idee wie het had gedaan, maar het zou beledigend zijn geweest hem terug te vragen, aangezien stelen iets heel anders is dan lenen. De Chiloten, afstammelingen van waardige indianen en arrogante Spanjaarden, zijn trots. De man van de bijl legde niets uit, maar bracht een zak aardappels mee, die hij op de patio neerzette voordat hij bij Manuel op het terras ging zitten om appelchicha te drinken en naar de vlucht van de meeuwen te kijken. Iets dergelijks was ook gebeurd met een familielid van de Corrales dat op Isla Grande werkte en even voor Kerstmis hierheen kwam om zijn bruiloft te vieren. Eduvigis had hem de sleutel van dit huis gegeven – Manuel was er niet, die zat in Santiago –, zodat hij de muziekinstallatie kon halen om de trouwpartij mee op te vrolijken. Toen hij terugkwam, zag Manuel tot zijn verrassing dat zijn muziekinstallatie in rook was opgegaan, maar in plaats van de politie te waarschuwen wachtte hij geduldig af. Op het eiland zijn geen echte boeven, en mensen van elders zouden in de problemen komen als ze met zoiets enorms liepen te sjouwen. Kort daarop haalde Eduvigis weer op wat haar familielid had meegenomen en bracht de muziekinstallatie terug, met een mand schelpen. Als Manuel zijn installatie terug heeft gekregen, komt mijn iPod vast ook weer boven water.

Manuel zegt het liefst helemaal niks, maar heeft zich wel gerealiseerd dat de stilte in dit huis voor een normaal mens wel eens een beetje te veel van het goede kan zijn, en doet zijn best met me te converseren. Vanuit mijn kamer hoor ik hem en Blanca Schnake in de keuken met elkaar praten. 'Je moet niet zo nors tegen die gringuita doen. Zie je dan niet hoe eenzaam het kind is? Praat toch een beetje met haar,' adviseerde ze hem. 'Wat wil je dat ik tegen haar zeg, Blanca? Voor mij is het of ze van Mars komt,' mopperde hij, maar hij moet het in zijn oren geknoopt hebben, want sindsdien vraagt hij me af en toe naar mijn verleden in plaats van me daas te maken met zijn academische antropologische praatjes, zoals eerst, en zo beginnen we heel voorzichtig ideeën uit te wisselen en elkaar te leren kennen.

Mijn Spaans is nog steeds moeizaam; hij spreekt daarentegen vloeiend Engels, hoewel met een Australisch accent en een Chileense intonatie. We zijn het erover eens dat ik moet oefenen, vandaar dat we hadden afgesproken om zo veel mogelijk in het Spaans te communiceren, maar algauw begonnen we de talen in één zin door elkaar te husselen, en uiteindelijk zijn we uitgekomen op Spangels. Als we boos op elkaar zijn, begint hij heel nadrukkelijk in het Spaans te praten, om zeker te weten dat ik het begrijp, en schreeuw ik terug in straat-Engels, om hem te laten schrikken.

Manuel heeft het nooit over zichzelf; het kleine beetje dat ik weet heb ik van tía Blanca. Er is iets vreemds aan de hand met zijn leven. Zijn verleden moet nog bewogener zijn dan het mijne, want ik hoor hem 's nachts vaak kreunen en woelen in zijn slaap: 'Haal me eruit! Haal me eruit!' Je hoort alles door deze dunne muren. Mijn eerste reactie is om hem wakker te maken, maar ik durf zijn kamer niet binnen te gaan; het ontbreken van deuren verplicht me tot discretie. Zijn nachtmerries roepen kwade geesten op, het lijkt of het huis volstroomt met demonen. Zelfs Fákin wordt er bang van en ligt te bibberen, dicht tegen me aan in bed.

Mijn werk voor Manuel Arias kán niet makkelijker zijn. Ik moet de bandopnames van zijn interviews uitschrijven en zijn aantekeningen voor het boek in het net uitwerken. Hij is zo'n pietje-precies dat hij al wit wegtrekt als ik ook maar het kleinste papiertje op zijn bureau verschuif. 'Het is een hele eer, Maya, je bent de eerste en enige die ik ooit toestemming heb gegeven mijn studeerkamer te betreden. Ik hoop dat ik er geen spijt van krijg,' waagde hij te zeggen toen ik de kalender van het jaar daarvoor had weggegooid. Ik wist hem op een paar spaghettivlekken na onbeschadigd uit de vuilnisbak te redden, en plakte hem met kauwgom op zijn computerscherm. Hij heeft zesentwintig uur lang geen woord tegen me gezegd.

Ik vind zijn boek over de magie van Chiloé zo fascinerend dat het me uit mijn slaap houdt. Bij wijze van spreken dan; ik lig al wakker van de kleinste kleinigheid. Ik ben niet bijgelovig, zoals Nini, maar ik ben er wel van overtuigd dat de wereld mysterieus is en dat alles mogelijk is. Manuel heeft een heel hoofdstuk gewijd aan de organisatie van de heksen in Chiloé, *La Recta Provincia* – de Rechte Provincie –, zoals de leidende macht van de heksen wordt genoemd. Men is in deze streken heel bang voor heksen; op ons eiland gaat het verhaal dat de familie Miranda aan hekserij doet, en de mensen doen hun vingers over elkaar of slaan een kruis als ze langs het huis van Rigoberto Miranda komen, visser van beroep en familie van Eduvigis Corrales. Zijn achternaam is net zo verdacht als zijn geluk: zelfs als de zee zwart is verdringen de vissen zich om in zijn netten te geraken, en zijn enige koe heeft in drie jaar twee keer tweelingkalveren gekregen. Er wordt verteld dat Rigoberto Miranda een *macuñ* bezit om 's nachts te kunnen vliegen, dat is een soort vest, gemaakt uit de huid van de borst van een gestorvene, maar geen mens die die macuñ ooit onder ogen heeft gehad. Als iemand dood is kun je het best uit voorzorg met een mes of een scherpe steen kerven in diens borst aanbrengen, om te voorkomen dat zijn vel wordt misbruikt om zo'n vest mee te maken.

Heksen en tovenaars kunnen vliegen en richten veel kwaad aan; ze doden met hun gedachten en veranderen in dieren, en niets van dat alles past volgens mij bij Rigoberto Miranda, een verlegen man die Manuel regelmatig kreeftjes komt brengen. Maar mijn mening telt niet, ik ben een onwetende gringa. Eduvigis heeft me gewaarschuwd dat ik mijn vingers moet kruisen voordat ik Rigoberto Miranda binnenlaat, voor het geval hij van plan is een vloek uit te spreken. Wie hekserij nog nooit aan den lijve heeft ondervonden, heeft de neiging eraan te twijfelen, maar zodra er vreemde dingen gebeuren, rept iedereen zich naar een *machi*, een inheemse genezeres. Als hier op het eiland de leden van een gezin bijvoorbeeld ineens veel beginnen te hoesten, dan gaat de machi op zoek naar de basilisk, of, zoals ze het noemen, de *culebrón*, een kwaadaardig reptiel dat geboren wordt uit het ei van een oude haan. Zo'n culebrón kruipt weg onder het huis en voedt zich met de adem van slapende mensen.

De smakelijkste verhalen en anekdotes worden verteld door de heel oude mensen, op de meest geïsoleerde plekken van de archipel, waar het geloof en de gewoonten van eeuwen geleden bewaard zijn gebleven. Het zijn niet alleen die oude mensen bij wie Manuel te rade gaat, hij interviewt ook journalisten, docenten, boekhandelaren en winkeliers, die zich weliswaar spottend uitlaten over heksen en magie, maar zich voor geen goud 's nachts op een kerkhof wagen. Blanca Schnake zegt dat haar vader toen hij jong was wist waar de ingang van de mythische grot waar de heksen en tovenaars bijeenkomen zich bevond, in het vredige dorpje Quicaví, maar in 1960 zijn bij een aardbeving de zee en de aarde verschoven, en sindsdien heeft niemand hem meer kunnen vinden.

De grot wordt bewaakt door *invunches*, afgrijselijke wezens die door de heksen en tovenaars worden gemaakt van pasgeboren baby's, het eerstgeboren jongetje van een gezin, dat geroofd moet worden nog voordat het is gedoopt. De manier waarop ze zo'n invunche in elkaar knutselen is net zo luguber als onwaarschijnlijk: om te voorkomen dat hij ontsnapt knakken ze een beentje, wrikken dat om en stoppen het onder de huid van zijn rug, zodat de invunche zich alleen nog maar op drie poten kan verplaatsen; dan smeren ze hem in met een zalf die maakt dat hij een dikke geitenvacht krijgt, ze delen zijn tong in de lengte doormidden, als die van een slang, en voeden hem met het verrotte vlees van een dode vrouw en de melk van een indiaanse. Daarbij vergeleken mag een zombie van geluk spreken. Ik vraag me af hoe gestoord je moet zijn om zoiets afgrijselijks te bedenken.

Manuels theorie is dat de oorsprong van de Rechte Provincie gezocht moet worden in een politiek systeem. Vanaf de achttiende eeuw kwamen de Huilliches, de indianen die deze streken bevolkten, in opstand, eerst tegen de Spaanse overheersing en later tegen de Chileense machthebbers; waarschijnlijk hebben ze een illegale regering gevormd, die qua vorm identiek was aan het bestuurssysteem van de Spanjaarden en de jezuïeten: ze verdeelden het gebied in koninkrijken en benoemden presidenten, rechters, klerken enzovoort. Er waren dertien hoofdheksen, die gehoorzaamheid verschuldigd waren aan drie koningen: de koning van de Rechte Provincie, de koning van Boven de Aarde en die van Onder de Aarde. En omdat het absoluut noodzakelijk was om het geheim te bewaren en de bevolking eronder te houden, schiepen ze een klimaat van bijgelovige angst waarin een politieke strategie uiteindelijk in een magische traditie kon veranderen.

In 1880 zijn verschillende personen die op beschuldiging van hekserij waren gearresteerd in Ancud berecht en gefusilleerd, met het doel de macht van de Rechte Provincie te breken, maar niemand die met zekerheid durft te beweren dat ze daarin zijn geslaagd.

'Geloof jij in heksen?' vroeg ik Manuel.

'Nee, maar als ze er zijn, zijn ze er.'

'Ja of nee!'

'Het is onmogelijk om te bewijzen dat ze niet bestaan, Maya, maar om je gerust te stellen: in de vele jaren dat ik hier woon is Blanca de enige heks die ik heb leren kennen.'

Blanca gelooft helemaal niet in dat soort dingen. Zij vertelde me dat de invunches een verzinsel zijn van de missionarissen, in de hoop dat de Chiloten hun kinderen zouden laten dopen, maar dat lijkt me zelfs voor jezuïeten toch een wat te extreem hulpmiddel.

'Wie is ene Mike O'Kelly? Ik heb een onbegrijpelijke mail van hem ontvangen,' deelde Manuel me mee.

‘Ah, Sneeuwwitje! Hij is een familievriend, een Ier, en volledig te vertrouwen. Dat moet haast wel een idee van Nini zijn, om uit veiligheidsoverwegingen via Sneeuwwitje contact met ons op te nemen. Mag ik hem antwoorden?’

‘Niet zelf, maar ik kan een boodschap voor je sturen.’

‘Die voorzorgsmaatregelen zijn overdreven, Manuel, hoe kan ik je dat uitleggen?’

‘Je grootmoeder zal heus wel goede redenen hebben om zo voorzichtig te zijn.’

‘Mijn grootmoeder en Mike O’Kelly zijn lid van de Crimiclub en ze zouden er alles voor overhebben om in een echte misdaad verwikkeld te zijn. Maar ze moeten zich tevredenstellen met doen alsof.’

‘Wat is dat voor club?’ vroeg hij bezorgd.

Om het uit te leggen moest ik bij het begin beginnen. Elf jaar voordat ik werd geboren, had de openbare bibliotheek van Berkeley Nini in dienst genomen om kinderen verhalen te vertellen, als een soort naschoolse activiteit, om ze bezig te houden tot hun ouders van hun werk kwamen. Niet lang daarna stelde ze de bibliotheek voor om iets dergelijks ook voor volwassenen te organiseren, maar dan met misdaadverhalen, en toen ze akkoord gingen met haar voorstel richtte ze samen met Mike O’Kelly de Crimiclub op, zoals zij die noemen, hoewel de bibliotheek het project als de Misdaadromanclub promoot. Als ze de kinderverhalen vertelde, zat ik tussen de kindertjes die aan mijn oma’s lippen hingen en soms, als ze geen oppas kon vinden, nam ze me ook mee naar de bijeenkomsten voor de grote mensen. Tijdens het kinderuurtje vroeg Nini, die als een fakir met gekruiste benen op een kussen zat, de kinderen wat ze wilden horen, iemand stelde een onderwerp voor en binnen tien tellen stak ze van wal. Ze heeft het verplichte gelukkige einde van kinderverhalen altijd vreselijk ergerlijk gevonden; volgens haar kent het leven geen eindes, maar drempels; je slentert van hier naar daar, waarbij je soms struikelt en verdwaald raakt.

De gewoonte de held te belonen en de schurk te straffen beschouwt ze als een beperking, maar om haar baan te houden moet ze zich aan de traditionele formule houden; de heks kan de maagd niet ongestraft vergiftigen en vervolgens in het wit met de prins trouwen. Nini geeft de voorkeur aan het volwassen publiek omdat morbide moorden geen gelukkig eind eisen. Ze is ontzettend goed ingevoerd in de materie en heeft alles gelezen wat los- en vastzit over politiezaken en de forensische geneeskunde; ze beweert dat zij en Mike O'Kelly met het grootste gemak op de keukentafel samen een autopsie zouden kunnen uitvoeren.

De Crimiclub bestaat uit een groep liefhebbers van het spannende verhaal, onschuldige mensen die zich in hun vrije tijd wijden aan het bedenken van monsterlijke moorden. Het begon als een bescheiden initiatief van de openbare bibliotheek van Berkeley, maar dankzij internet doen er tegenwoordig mensen over de hele wereld aan mee. Alle kosten worden door de leden gedragen, maar omdat de bijeenkomsten plaatsvinden in een publiek gebouw, zijn er in de lokale pers verontwaardigde stemmen opgegaan die aanvoeren dat de misdaad wordt aangemoedigd met geld van de belastingbetaler. 'Waar hebben ze het over? Je kunt toch beter praten over misdaden dan ze begaan?' voerde Nini aan tegenover de burgemeester toen die haar op het matje riep om het probleem te bespreken.

De vriendschap tussen Nini en Mike O'Kelly werd geboren in een tweedehandsboekwinkel, waar ze allebei op de afdeling Misdaadromans aan het neuzen waren. Zij was net getrouwd met Popo en Mike studeerde aan de universiteit; hij liep nog rond op zijn twee benen en geen haar op zijn hoofd piekerde erover om sociaal activist te worden of delinquente jongeren van de straat en de gevangenis te gaan redden. Al zolang het me heugt bakt mijn grootmoeder koekjes voor O'Kelly's jongeren, de meesten van hen zwarten en latino's, het armste uitschot van de Baai van San Francisco. Toen ik oud genoeg was om bepaalde tekenen te duiden, kreeg ik het vermoeden dat de Ier verliefd is op Nini, hoewel hij twaalf jaar jonger is dan zij en het geen moment in haar zou zijn opgekomen om Popo te bedriegen. Het is een platonische liefde als in een negentiende-eeuwse roman.

Mike O'Kelly werd beroemd omdat er een documentaire is gemaakt over zijn leven. Hij kwam in een rolstoel terecht nadat hij door twee kogels in zijn rug was geraakt toen hij een jonge gangster probeerde te beschermen, maar dat belet hem niet zijn missie voort te zetten. Hij kan een paar stapjes lopen met een rollator en rijdt in een aangepaste auto, en zo struint hij de gevaarlijkste wijken af om zielen te redden, en als er een demonstratie in Berkeley en omgeving op touw wordt gezet, is hij er altijd als de kippen bij, waar het ook om gaat. De vriendschap tussen hem en Nini wordt hechter met iedere krankzinnige zaak waarvoor ze zich samen inzetten. Het was hún idee om de restaurants in Berkeley te vragen het eten dat overbleef te doneren aan de bedelaars, gekken en verslaafden van de stad. Zij organiseerde een aanhangwagen om het voedsel te kunnen distribueren en hij trommelde vrijwilligers op om het uit te delen. Op het nieuws verschenen beelden van nooddruftigen die konden kiezen uit een menu van sushi, curry, getruffeerde eend en vegetarische gerechten. Meer dan eens werd er geklaagd over de kwaliteit van de koffie. Algauw werden de rijen langer en langer, omdat de voedseluitdeling bepaalde types uit de middenklasse trok die uit waren op een gratis maaltijd. Er ontstonden schermutselingen tussen de oorspronkelijke clientèle en de klaplopers, en O'Kelly moest zijn jongens erbij halen om de orde te herstellen voordat de politie dat zou doen. Uiteindelijk werd de kliekjesuitdeling door het ministerie van Volksgezondheid verboden toen iemand met een allergie bijna dood was gegaan na het eten van Thaise pindasaus.

Nini en de Ier spreken vaak met elkaar af voor thee met zoete broodjes, en analyseren dan gruwelijke moorden. 'Denk jij dat een aan stukken gesneden lijk oplost in ontstoppingsvloeistof?' zou een vraag van O'Kelly kunnen zijn. Nini's antwoord zou dan mogelijk luiden: 'Dat hangt ervan af hoe groot die stukken zijn', en dan zouden ze dat vervolgens onderzoeken door een kilo karbonaadjes in Drano onder te dompelen en mij intussen de resultaten te laten noteren.

'Het verbaast me niets dat ze het samen hebben bekonkeld om mij hier aan het eind van de wereld weg te stoppen, zonder contact met wie dan ook,' zei ik tegen Manuel Arias.

'Te oordelen naar wat je vertelt, zijn het afschrikwekkender tegenstanders dan jouw veronderstelde vijanden, Maya,' antwoordde hij.

'Denk niet te min over mijn vijanden, Manuel.'

'Loste je grootvader ook karbonaadjes op in ontstoppingsmiddelen?'

'Nee, hij had niets met de misdaad, hij hield van sterren en van muziek, hij was de derde generatie van een familie die bezeten was van klassieke muziek en jazz.'

Ik vertelde hem dat mijn grootvader me leerde dansen toen ik nog maar nauwelijks op mijn benen kon staan, en op mijn vijfde een piano voor me kocht omdat Nini het in haar hoofd had gehaald dat ik een wonderkind was dat op televisie zou komen. Mijn grootouders verdroegen mijn luidruchtige oefeningen op het klavier manmoedig, tot de pianolerares opperde dat ik mijn energie misschien beter zou kunnen gebruiken voor iets waar niet per se een goed gehoor voor nodig was. Ik opteerde onmiddellijk voor *soccer*, zoals ze voetbal in Amerika noemen, een activiteit die Nini iets voor idioten vindt: elf grote kerels in korte broek die om een bal vechten. Popo had totaal geen verstand van voetbal, want die sport is niet populair in de Verenigde Staten, maar hij aarzelde geen moment om zijn geliefde honkbal te laten vallen om honderden wedstrijden tussen meisjeselftallen over zich heen te kunnen laten komen. Via collega's van het observatorium in São Paulo wist hij een poster met de handtekening van Pelé voor me te pakken te krijgen, die al een hele tijd met voetballen was gestopt en in Brazilië woonde. Van haar kant deed Nini haar uiterste best om me te leren lezen en schrijven als een volwassene, aangezien ik het niet in me had een muzikaal wonderkind te worden. Ze maakte me lid van de bibliotheek, liet me hele stukken uit klassieke boeken overschrijven en gaf me een draai om mijn oren als ze me op een spelfout betrapte of als ik met slechte cijfers thuiskwam voor Engels of letterkunde, de enige vakken die haar interesseerden.

'Nini is nooit al te zachtzinnig geweest, Manuel, maar Popo was een lieverd, de zon in mijn leven. Toen Marta Otter mij in het huis van mijn grootouders afleverde, hield hij me heel voorzichtig tegen zijn borst, want hij had nog nooit een pasgeboren kindje vastgehouden. Hij zegt dat hij helemaal van de kook was door de liefde die hij voor me voelde. Zo heeft hij het me verteld, en ik heb nooit aan die liefde getwijfeld.'

Als ik eenmaal over Popo begin, is er geen houden aan. Ik vertelde Manuel dat ik van Nini mijn liefde voor boeken heb, en mijn niet onaanzienlijke woordenschat, maar dat ik verder voor alles bij mijn grootvader in het krijt sta. Nini gebruikte dwang om me te laten studeren, ze zei dat 'leren lijden is', of zoiets barbaars, maar hij wist van studeren een spel te maken. Bij een van die spelletjes moest je het woordenboek op een willekeurige plek openslaan, zonder te kijken je vinger op een woord zetten en de betekenis raden. We hadden ook een 'rare-vragen-spelletje': waarom valt de regen naar beneden, Popo? Omdat je onderbroek nat zou worden als-ie omhoogviel, Maya. Waarom is glas doorzichtig? Om de vliegen in de war te brengen. Waarom zijn jouw handen zwart vanbuiten en roze vanbinnen, Popo? Omdat de verf op was. En zo ging dat maar door, tot mijn grootvaders geduld op was en hij het op een loeien zette.

De immense aanwezigheid van Popo vulde mijn kindertijd, zijn ironische humor, zijn oneindige goedheid, zijn onschuld, zijn tederheid, zijn buik als hij me wiegde. Hij had een klinkende lach die geboren werd in de ingewanden van de aarde, via zijn voeten omhoogsteeg en hem helemaal deed schudden. 'Popo, zweer me dat je nooit doodgaat,' eiste ik minstens één keer per week, en zijn antwoord was steeds hetzelfde: 'Ik zweer je dat ik altijd bij je zal zijn.' Hij probeerde altijd vroeg genoeg terug te zijn van de universiteit om nog wat tijd voor mij te hebben voordat hij zich in zijn studeerkamer terugtrok met zijn dikke astronomieboeken en zijn sterrenkaarten, om zijn lessen voor te bereiden, tentamens na te kijken, te onderzoeken en te schrijven. Hij ontving bezoek van studenten en collega's met wie hij zich opsloot om tot diep in de nacht schitterende en onwaarschijnlijke ideeën uit te wisselen, tot Nini, in nachtpon en met een grote thermoskan koffie, hen onderbrak. 'Je aura wordt dof, oudje. Ben je soms vergeten dat je morgen om acht uur al college moet geven?' En dan schonk ze koffie in en werkte het bezoek de deur uit. De overheersende kleur in mijn grootvaders aura was paars, wat heel goed bij hem paste, want paars is de kleur van het gevoel, van wijsheid, intuïtie, geestkracht, en van visie op de toekomst. Dat waren de enige keren dat Nini zich in de studeerkamer waagde; ik had daarentegen vrij toegang en had er zelfs mijn eigen stoel, en een hoekje van het bureau om mijn huiswerk te maken, met op de achtergrond die zachte jazzmuziek en de geur van pijptabak.

Volgens Popo is het officiële onderwijssysteem belemmerend voor de ontwikkeling van het intellect; docenten verdienen respect, maar verder moet je weinig aandacht aan hen besteden. Hij zei dat alle grote geesten de kennis van hun eigen tijdperk in twijfel hadden getrokken – Da Vinci, Galilei, Einstein en Darwin bijvoorbeeld, om slechts vier genieën uit de westerse cultuur te noemen, want daarbuiten zijn er immers ook vele geweest, zoals de Arabische filosofen en wiskundigen Avicenna en al-Khwarizmi. Als zij de idioterie die zij onderwezen kregen voor zoete koek hadden geslikt, zouden ze niets hebben uitgevonden en niets hebben ontdekt. 'Jouw kleindochter is geen Avicenna, en als ze haar best niet doet op school, zal ze de rest van haar leven hamburgers moeten bakken,' sputterde Nini tegen. Maar ik had andere plannen, ik wilde voetballer worden; die verdienen miljoenen. 'Dat zijn mannen, dom kind. Kun je één vrouw noemen die miljoenen verdient?' wierp mijn grootmoeder tegen, waarna ze meteen in een grievende tirade losbarstte die begon met het feminisme, afdreef naar sociale gerechtigheid, om te eindigen met de conclusie dat ik door al dat voetballen nog eens haar op mijn benen zou krijgen. Later legde mijn grootvader me in een onderonsje uit dat overbeharing niet veroorzaakt wordt door sporten, maar door genen en hormonen.

Mijn eerste levensjaren sliep ik bij mijn grootouders in bed, in het begin tussen hen in en later in een slaapzak die we onder het bed opborgen, en waarvan we overdag alle drie net deden of die er niet was. Als het donker werd nam Popo me mee naar de toren om naar de oneindige, met sterren bezaaide ruimte te kijken, en op die manier leerde ik onderscheid te maken tussen de blauwe sterren die dichterbij komen en de rode die zich verwijderen, tussen de wolken van de melkwegen en de superwolken, nog immensere structuren, waarvan er miljoenen zijn. Hij vertelde me dat de zon maar een kleine ster is tussen de wel honderd miljoen sterren van de Melkweg en dat er vast nog miljoenen meer universums bestonden dan we nu kunnen waarnemen. 'Maar Popo, dan hebben we minder te betekenen dan een vliegenpoepje!' 'Maar vind je dat niet fantastisch, Maya, dat die vliegenpoepjes het wonder van het heelal kunnen bevatten? Een astronoom heeft meer poëtische verbeeldingskracht nodig dan gezond verstand, want de schitterende complexiteit van het heelal is niet meetbaar en verklaarbaar, je kunt er alleen een vermoeden van hebben.' Hij vertelde me over het gas en het sterrenstof, die samen de prachtigste nevels vormen, ware kunstwerken, ingewikkelde vegen in wonderschone kleuren aan het firmament; hij vertelde hoe sterren geboren worden en sterven, over zwarte gaten, over de ruimte en de tijd, hoe alles misschien is ontstaan met de big bang, die onbeschrijflijke explosie, en praatte over de fundamentele deeltjes die de eerste protonen en neutronen vormden en hoe op die manier, in een steeds complexer proces, melkwegstelsels, planeten en leven zijn ontstaan. 'We komen van de sterren,' zei hij altijd. 'Zo denk ik er ook over,' voegde Nini daar dan aan toe, maar zij had daarbij haar horoscopen in gedachten.

En als we dan de toren met de magische telescoop hadden bezocht en hij me mijn beker melk met kaneel had gegeven, het geheime astronomenmiddel om de intuïtie te ontwikkelen, zag mijn grootvader erop toe dat ik mijn tanden poetste en stopte hij me in bed. Daarna kwam Nini me een verhaaltje vertellen, elke avond een ander, dat ze ter plekke verzon – een moment dat ik zo lang mogelijk probeerde te rekken. Maar onvermijdelijk naderde het tijdstip dat ik alleen achterbleef en dan begon ik schaapjes te tellen, op mijn hoede voor de gevleugelde draak die boven mijn bed bungelde, het kraken van de vloer en het zachte geschuifel en gefluister van de onzichtbare bewoners van dat behekste huis. Mijn strijd tegen de angst was nauwelijks serieus te noemen, want zodra ik het idee had dat mijn grootouders sliepen, sloop ik naar hun kamer, tastte in het donker naar mijn slaapzak en sleepte die naar een hoekje, waar ik vredig insliep. Mijn grootouders zijn jarenlang op de raarste tijdstippen naar hotels gegaan om daar stiekem de liefde te bedrijven. Nu pas, nu ik groot ben, besef ik wat ze voor me over hebben gehad.

Manuel en ik bogen ons samen over de cryptische boodschap die O'Kelly had gestuurd. De berichten waren gunstig: de situatie thuis was normaal en mijn achtervolgers hadden geen teken van leven gegeven, hoewel dat nog niet hoefde te betekenen dat ze me waren vergeten. De Ier vertelde dat niet met die woorden, wat logisch is gezien de situatie, maar versleuteld in een code die de Japanners in de Tweede Wereldoorlog gebruikten en die hij me had geleerd.

Ik ben nu een maand op dit eiland. Ik weet niet of ik ooit zal wennen aan het trage levenstempo van Chiloé, aan die sloomheid, de permanent dreigende regen, aan dat eeuwige landschap van water, wolken en groene weiden. Alles is altijd hetzelfde, kalmte en rust. De Chiloten hebben geen idee van stiptheid; plannen laten ze afhangen van het weer en hun stemming, de dingen gaan zoals ze gaan, waarom vandaag doen wat morgen ook kan? Manuel Arias steekt de draak met mijn lijstjes en plannen, die weinig zinnig zijn in deze tijdloze cultuur – een uur of een week, dat is hier om het even –, maar hij houdt zelf wel degelijk vaste werktijden aan en zijn boek vordert in het tempo dat hij zich heeft voorgenomen.

Chiloé heeft zijn eigen stem. Vroeger had ik altijd mijn oortjes in, mijn muziek was mijn zuurstof, maar nu probeer ik alert te zijn om het moeilijke Spaans van de Chiloten te verstaan. Juanito Corrales heeft mijn iPod teruggestopt in hetzelfde vakje van mijn rugzak als waar hij hem uit heeft gehaald en we hebben er geen woord aan vuilgemaakt, maar in de week dat hij erover heeft gedaan om hem terug te geven, heb ik gemerkt dat ik het ding niet zo hard nodig had als ik dacht. Zonder iPod kan ik de stem van het eiland horen: vogels, wind en regen, het knetteren van een houtvuur, ratelende karrenwielen en soms in de verte de violen van de *Caleuche*, een spookschip dat in de mist vaart en dat je herkent aan de muziek en het rammelen van de botten van de drenkelingen die aan boord dansen en zingen. Er zwemt altijd een dolfijn mee met het schip; dat is Cahuilla, naar wie Manuel zijn boot heeft vernoemd.

Soms verlang ik naar een slok wodka om op voorbije tijden te drinken, die weliswaar vreselijk waren, maar minder saai. Het is slechts een vluchtige opwelling, niet de paniek van de gedwongen onthouding die ik vroeger heb ervaren. Ik ben vast van plan me aan mijn belofte te houden – geen alcohol, drugs, telefoon of e-mail – en ik heb er eigenlijk minder moeite mee dan verwacht. Toen dat eenmaal duidelijk was, stopte Manuel de flessen wijn niet langer weg. Ik heb hem uitgelegd dat hij zijn gewoontes voor mij niet moet veranderen; alcohol is alom aanwezig en ik ben als enige verantwoordelijk voor mijn gedrag. Hij heeft het begrepen en maakt zich niet meer zo ongerust als ik naar La Taberna del Muertito ga voor een tv-programma of om naar een spel te kijken dat *truco* heet, dat wordt gespeeld met Spaanse speelkaarten en waarbij de deelnemers zo veel mogelijk moeten bluffen.

Sommige gewoontes op dit eiland, zoals truco, vind ik fantastisch, maar er zijn dingen waar ik zo langzamerhand een hekel aan krijg. Als de *chucao*, een piepklein, luidruchtig vogeltje, links van me zingt, betekent dat ongeluk en moet ik een kledingstuk uittrekken en dat binnenstebuiten weer aandoen voordat ik mijn weg vervolg; als ik in het donker buiten loop, kan ik er maar beter voor zorgen dat ik een schoon mes en wat zout bij me heb voor het geval een zwarte, staartloze hond met één oor me tegemoetkomt, want dat is een tovenaar, en om me te bevrijden moet ik met het mes een kruis in de lucht trekken en wat zout strooien. De diarree waaraan ik bijna bezweek toen ik net hier was, was geen dysenterie – want dan zouden de pillen van de dokter wel geholpen hebben – maar een vloek, zoals Eduvigis heeft bewezen door me met haar gebeden en haar thee van mirte, lijnzaad en citroenmelisse te genezen, en niet te vergeten door mijn buik te masseren met een soort crème waar je normaal metaal mee reinigt.

Curanto is hét traditionele gerecht van Chiloé, en de curanto van ons eiland is de beste. Het idee om er toeristen mee te lokken was een initiatief van Manuel, om het isolement van dit kleine dorp te doorbreken. Er komen hier maar zelden toeristen, omdat de jezuïeten ons niet één van hun kerken hebben nagelaten en we ook geen pinguïns of walvissen hebben, alleen zwanen, flamingo's en tonina-dolfijnen, maar dat is in deze streken heel gewoon. Eerst verspreidde Manuel het gerucht dat de grot van La Pincoya zich hier bevindt, en niemand die hem durft tegen te spreken, want over de exacte locatie van de grot is niemand het eens. Overigens zijn er meer eilanden die er aanspraak op maken. Curanto en de grot, dat zijn tegenwoordig onze attracties.

De noordwestelijke kust van het eiland bestaat uit woeste rotsen en kliffen, gevaarlijk om te bevaren, maar excellente visgrond, en daar is een grot te vinden die je alleen bij laagwater kunt zien, een perfecte plek voor het rijk van La Pincoya, die overigens een van de weinige vriendelijke wezens in de griezelige mythologie van Chiloé is, want ze helpt vissers en zeelieden die in de problemen zijn geraakt. La Pincoya is een mooie, dansende jonge vrouw met lange haren, gekleed in zeealgen, en als ze met haar gezicht naar de zee toe danst wil dat zeggen dat de vangst goed zal zijn; doet ze het met haar gezicht naar het strand, dan wordt de vangst mager en kun je maar beter een andere plek zoeken om je netten uit te gooien. Omdat haast niemand haar ooit heeft gezien, is die informatie tamelijk nutteloos. Als La Pincoya verschijnt, moet je snel je ogen dichtdoen en hard weglopen, want ze verleidt wellustelingen en neemt ze mee naar de bodem van de zee.

Op stevige schoenen en met een goed humeur is het een

wandeling van maar vijfentwintig minuten naar de grot, over een steil, rotsig pad waar enkele eenzame apenbomen het landschap domineren. Boven op het klif ontvouwt zich het idyllische panorama van zee, hemel en de nabijgelegen onbewoonde eilandjes, waarvan sommige slechts van elkaar gescheiden zijn door zo'n smalle strook water dat je elkaar bij eb kunt toeroepen van de ene naar de andere oever. Vanaf het klif kun je de grot zien, als een grote, tandeloze mond. Je kunt de plek bereiken door langs de met zeemeeuwenpoep bedekte rotswand naar beneden te klauteren, met het risico je rug te breken, en als je bekend bent met het water en de rotsen, kun je er ook per kajak komen door de kust te volgen. Er is wel wat verbeeldingskracht voor nodig om het onderzeese paleis van La Pincoya op waarde te schatten, want buiten die heksenmond is er niets te zien. In het verleden hebben een paar Duitse toeristen ooit het plan opgevat om erheen te zwemmen, maar onze carabinero's hebben dat verboden vanwege de verraderlijke stromingen. Wij vinden het maar niks als mensen van elders hier verdrinken.

Ze hebben me verteld dat januari en februari droge, warme maanden zijn op deze breedtegraad, dus dit moet een uitzonderlijke zomer zijn want het regent om de haverklap. De dagen zijn lang, de zon heeft nog geen haast om onder te gaan.

Ik zwem in zee, ondanks Eduvigis' waarschuwingen voor de stroming, voor de uit hun kooien ontsnapte vleesetende zalmen en voor Millalobo, een wezen uit de Chilootse mythologie met een goudkleurige vacht, half mens, half zeerob, die me met hoogwater mee kan slepen. Aan die lijst met rampen voegt Manuel nog hypothermie toe; hij zegt dat alleen een doldrieste gringa zo gek kan zijn om zonder wetsuit in dat ijskoude water te willen zwemmen. Ik heb hier inderdaad nog niemand voor zijn plezier het water in zien gaan. Koud water is gezond, zei Nini altijd als de boiler het weer eens liet afweten in dat enorme huis in Berkeley – dat wil zeggen, twee of drie keer per week. Het afgelopen jaar heb ik mijn lichaam te veel op zijn donder gegeven, ik had zomaar dood kunnen gaan op straat; hier werk ik aan mijn herstel en niets is daar beter voor dan een duik in zee. Het enige waar ik zelf bang voor ben is dat mijn blaasontsteking weer gaat opspelen, maar tot nu toe heb ik daar niets van gemerkt.

Ik ben met Manuel mee geweest naar andere eilanden en dorpen om de oude mensen te interviewen en heb inmiddels zo ongeveer een beeld van de archipel, hoewel ik nog niet in het zuiden ben geweest. Castro is het hart van Isla Grande, met meer dan veertigduizend inwoners en een bloeiende handel. Nou ja, bloeiend is een wat overdreven toevoegsel, maar na zes weken hier lijkt Castro New York wel. De stad kijkt uit over zee, met paalwoningen langs de oever en houten huizen in gewaagde kleuren, om de boel tijdens de lange winters wat op te vrolijken, als de hemel en het water grijs worden. Daar heeft Manuel zijn bankzaken lopen, daar gaat hij naar de tandarts en de kapper, doet hij zijn boodschappen en zit de boekhandel waar hij zijn boeken koopt en bestelt.

Als de zee te ruw is en we niet naar huis terug kunnen, verblijven we in het logement van een Oostenrijkse dame wier formidabele achterwerk en dikke boezem Manuel doen blozen, waar we onze buik rond eten aan varkensvlees en apfelstrudel. Oostenrijkers zijn er hier niet zo veel, maar het barst van de Duitsers. De immigratiepolitiek van dit land is altijd heel racistisch geweest: geen Aziaten, negers of inheemsen uit andere streken, louter blanken uit Europa. In de negentiende eeuw is hier een president geweest die Duitsers uit het Schwarzwald naar Chili haalde en hun land in het zuiden toewees, land dat overigens niet van hem was maar van de Mapuches, in de hoop op die manier het Chileense ras te verbeteren met de Duitse punctualiteit, werklust en discipline. Ik weet niet of het plan heeft uitgepakt zoals hij het in zijn hoofd had, maar in ieder geval hebben de

Duitsers met hun inspanningen enkele zuidelijke provincies verheven en die bevolkt met hun afstammelingen met blauwe ogen. Blanca Schnakes familie stamt af van die immigranten.

We maakten apart een reis naar pater Luciano Lyon, omdat Manuel mij aan hem wilde voorstellen. Pater Lyon is een indrukwekkende oude man, die tijdens de militaire dictatuur tussen 1973 en 1989 een paar keer gevangen heeft gezeten omdat hij opkwam voor de vervolgden. Toen het Vaticaan er genoeg van kreeg hem telkens op het matje te roepen vanwege zijn opstandige gedrag, stuurden ze hem met pensioen naar een afgelegen gehucht in Chiloé, maar ook daar waren genoeg zaken voor de oude strijder om zich over op te winden. Op zijn tachtigste verjaardag stroomden zijn bewonderaars toe van alle eilanden en arriveerden er wel twintig bussen met zijn parochianen uit Santiago; het feest op het plein voor de kerk duurde twee dagen, met lammeren en kippen aan het spit, empanada's en een rivier aan landwijn. Het was het wonder van de broodvermenigvuldiging, want hoewel er steeds maar meer mensen kwamen bleef er toch nog voedsel over. De dronkenlappen uit Santiago sliepen op het kerkhof zonder zich iets aan te trekken van de lijdende zielen.

Het huisje van de priester werd bewaakt door een majestueuze haan met veren in alle kleuren van de regenboog, die boven op het dak zat te kraaien, en een indrukwekkend, harig schaap dat voor dood in de deuropening lag. We moesten via de keukendeur naar binnen. Het schaap, met de toepasselijke naam Methusalem, was al zo veel jaren ontsnapt aan de kookpot dat het haast niet meer vooruit kwam van ouderdom.

'Wat doe je hier, mijn kind, zo ver van huis?' luidde de begroeting van pater Lyon.

En toen ik hem antwoordde: 'Op de vlucht voor de autoriteiten, pater,' barstte hij in lachen uit.

'Daar ben ik achttien jaar lang ook mee bezig geweest, en eerlijk gezegd, ik mis die tijd nog steeds.'

Hij is sinds 1975 met Manuel Arias bevriend, toen ze allebei naar Chiloé waren verbannen. Verbanning is een heel zware straf maar minder erg dan uitgewezen worden, want de veroordeelde is tenminste nog in zijn vaderland, legde hij me uit.

'Ze stuurden ons ver weg van onze familie, naar onherbergzame streken waar we alleen waren, zonder geld, zonder werk, waar we gesard werden door de plaatselijke politie. Manuel en ik hadden nog geluk, want ons stuurden ze naar Chiloé, en de bevolking hier heeft ons gastvrij opgenomen. Je zult het niet geloven, mijn kind, maar don Lionel Schnake, die nog meer de pest had aan rooien dan aan de duivel, heeft ons onderdak gegeven.'

In dat huis heeft Manuel Blanca leren kennen, de dochter van zijn genereuze gastheer. Ze was nog maar net twintig, en verloofd, en de faam van haar schoonheid lokte een enorme stoet bewonderaars die zich van de verloofde niets aantrokken.

Manuel is een jaar lang in Chiloé gebleven, waar hij als visser en met timmerwerk nauwelijks genoeg verdiende om in zijn eigen onderhoud te voorzien. Ondertussen las hij over de fascinerende geschiedenis en de mythologie van de archipel, zonder uit Castro weg te kunnen, omdat hij zich daar dagelijks moest melden op het politiebureau om het register te tekenen. Ondanks de omstandigheden werd hij gegrepen door Chiloé; hij wilde het hele gebied verkennen, het bestuderen en erover vertellen. Vandaar dat hij na zijn vele omzwervingen over de wereld was teruggekomen om hier zijn laatste dagen te slijten. Nadat hij zijn straf had uitgezeten kon hij naar Australië, een van de landen die Chileense vluchtelingen opnamen, waar zijn vrouw op hem wachtte. Het verbaasde me dat Manuel familie bezat, hij had daar nooit iets over gezegd. Hij blijkt twee keer getrouwd te zijn geweest, hij heeft geen kinderen, is al een tijd geleden ook van zijn tweede vrouw gescheiden, en geen van beide vrouwen woont in Chili.

'Waarom werd je verbannen, Manuel?' vroeg ik.

'De militairen sloten de faculteit voor sociale wetenschappen, waar ik doceerde, want ze beschouwden die als een communistisch bolwerk. Veel studenten en docenten werden gearresteerd, sommige van hen vermoord.'

'Heb jij ook vastgezeten?'

'Ja.'

'En Nini? Weet je of zij ook is gearresteerd?'

'Nee, zij niet.'

Hoe is het mogelijk dat ik zo weinig weet van Chili? Ik durf het niet aan Manuel te vragen want ik wil niet dom lijken, maar ik ben begonnen internet af te schuimen. Dankzij de gratis tickets die mijn vader als piloot kon krijgen, namen mijn grootouders me alle vakanties en vrije dagen mee op reis. Nadat we eerst Europa hadden gedaan, maakte Popo een lijst met plekken die je gezien moest hebben voor je stierf, en zo reisden we naar de Galápagoseilanden, het Amazonegebied, Cappadocië en Machu Picchu, maar nooit naar Chili, terwijl dat toch logisch zou zijn geweest. Nini's weigerachtigheid om haar vaderland te bezoeken is onbegrijpelijk, want ze houdt star vast aan haar Chileense gewoontes en raakt nog steeds ontroerd als ze in september de driekleurige vlag op haar balkon hangt. Ik denk dat ze een romantisch beeld koestert van Chili en bang is om geconfronteerd te worden met de werkelijkheid. Of zou er hier misschien iets zijn waar ze liever niet aan herinnerd wil worden...?

Mijn grootouders waren ervaren, praktische reizigers. In de fotoalbums zie je ons drieën altijd in dezelfde kleren, want we hadden onze bagage teruggebracht tot het absolute minimum en onze handkoffers stonden altijd gepakt, één per persoon, zodat we binnen een halfuur konden vertrekken, als de gelegenheid zich voordeed of gewoon in een opwelling. Zo waren Popo en ik een keer in een *National Geographic* een stuk over gorilla's aan het lezen, dat ze vegetariërs zijn, zachtaardig, en dat ze familiegevoel bezitten, toen Nini, die met een bloemenvaas in haar handen langs kwam, grapte dat we die dan maar eens moesten gaan bekijken. 'Goed idee,' antwoordde Popo; hij pakte de telefoon, belde mijn vader, regelde tickets, en de volgende dag vlogen we met onze armoedige koffertjes naar Uganda.

Popo werd regelmatig uitgenodigd voor seminars en congressen en als het maar even kon nam hij ons mee, want Nini was altijd bang dat er een ramp zou gebeuren en dat we dan niet bij elkaar zouden zijn. Chili is niet meer dan een vlekje tussen de bergen van de Andes en de diepten van de Stille Oceaan, met honderden vulkanen, sommige met nog lauwe lava, die elk ogenblik wakker kunnen worden en het land de zee in kunnen laten zakken. Dat verklaart dat mijn Chileense grootmoeder altijd uitgaat van het ergste, voorbereid is op noodsituaties en de wereld met een gezond fatalisme beziet, gesteund door een stuk of wat van haar favoriete katholieke heiligen en de schimmige aanbevelingen van de horoscoop.

Ik was regelmatig absent op school, enerzijds vanwege het vele reizen met mijn grootouders, maar ook omdat ik me er verveelde, en alleen mijn goede cijfers en de flexibiliteit van het Italiaanse systeem voorkwamen dat ik van school werd gestuurd. Ik was niet voor één gat te vangen; ik veinsde blindedarmontsteking, migraine, keelontsteking, en als dat niet lukte stuiptrekkingen. Mijn grootvader liet zich makkelijk genoeg belazeren, maar Nini nam haar toevlucht tot drastische middelen om me te genezen – een ijskoude douche of een lepeltje levertraan –, tenzij het haar goed uitkwam als ik niet naar school ging, wanneer ze me meesleepte om te protesteren tegen de oorlog van dat moment, posters te plakken tegen dierproeven of ons vast te ketenen aan een boom om de houtbedrijven te jennen. De vastbeslotenheid waarmee ze er bij mij sociaal bewustzijn probeerde in te hameren had iets heroïsch.

Popo heeft ons meer dan eens moeten redden van het politiebureau. De politie van Berkeley is mild, ze zijn er gewend aan demonstraties voor welke nobele zaak dan ook, aan goedbedoelende fanatici die in staat zijn maanden achtereen te kamperen op een openbaar plein, studenten die vastbesloten zijn om de universiteit in te nemen voor Palestina of voor rechten voor nudisten, verstrooide genieën die zich niets aantrekken van verkeerslichten, bedelaars die in een vorig leven summa cum laude afstudeerden, drugsverslaafden op zoek naar het paradijs, en tot slot alles wat je ook maar kunt verzinnen aan deugdzame, intolerante en strijdbare burgers in die stad van honderdduizend inwoners, waar haast alles is toegestaan, als het maar goedgemanierd gebeurt. In het vuur van hun strijd voor gerechtigdheid willen Nini en Mike O'Kelly dat laatste nog wel eens vergeten, maar als ze zijn gearresteerd eindigen ze nooit in een cel en gaat brigadier Walczak persoonlijk een cappuccino voor hen halen.

Ik was tien toen mijn vader hertrouwde. Hij had nog nooit een van zijn geliefden aan ons voorgesteld en had altijd zo de mond vol van de voordelen van de vrijheid dat we niet hadden gedacht dat hij die ooit nog zou opgeven. Op een dag kondigde hij aan dat hij een vriendin mee zou nemen voor het eten, en Nini, die in het geheim jarenlang op zoek was geweest naar een bruid voor hem, haalde alles uit de kast om een goede indruk te maken, terwijl ik me voorbereidde op de aanval. Er barstte een koortsachtige activiteit los in huis. Nini nam een schoonmaakbedrijf in de arm, waarna het in het hele huis geurde naar bleekmiddel en gardenia's, en maakte het zichzelf moeilijk met een Marokkaans recept van kip met kaneel dat naar toetjes smaakte. Popo nam een selectie van zijn lievelingsnummers op, zodat er achtergrondmuziek zou zijn – muziekbehang vond ik het.

Mijn vader, die zich al een paar weken niet had laten zien, kwam op de bewuste avond met Susan op de proppen, een sproeterige, slecht geklede blondine, wat ons verbaasde, want wij hadden altijd gedacht dat hij op glamourgirls viel, zoals Marta Otter was geweest voordat ze in Odense bezweek onder het gewicht van het moederschap en het huiselijk leven. Susan wist mijn grootouders in luttele minuten in te palmen met haar ongekunsteldheid, maar mij niet; ik was zo onaardig tegen haar dat Nini me onder het voorwendsel dat we de kip gingen halen aan een arm meesleurde naar de keuken en me een flink pak slaag in het vooruitzicht stelde als ik mijn gedrag niet bijstelde. Na het eten gebeurde het ondenkbare: Popo nodigde Susan uit in zijn astronomietoren, waar hij behalve mij nooit iemand toeliet, en daar bleven ze heel lang naar de hemel kijken, terwijl mijn grootmoeder en mijn vader mij de mantel uitveegden vanwege mijn onbeschofte gedrag.

Een paar maanden daarna trouwden mijn vader en Susan tijdens een informele ceremonie op het strand. Dat was al tien jaar uit de mode, maar de bruid had het zo gewild. Popo zou de voorkeur hebben gegeven aan iets eenvoudigers, maar Nini was in haar nopjes. De huwelijksceremonie werd geleid door een vriend van Susan, die per post een trouwvergunning had ontvangen van de Universal Life Church. Ze dwongen me aanwezig te zijn, maar ik verdomde het om de ringen te brengen en een prinsessenjurk aan te trekken, zoals mijn grootmoeder wilde. Mijn vader had een wit maopak aan dat niet bij zijn persoonlijkheid of zijn politieke sympathieën paste, en Susan droeg een lang hemd van een soort sluik vallende stof, met een diadeem met veldbloemen in haar haren, ook al ontzettend uit de mode. De gasten, met blote voeten in het zand en hun schoenen in de hand, moesten eerst een halfuur lang de mist en de suikerzoete raadgevingen van de trouwambtenaar verduren, voordat er in de jachtclub op hetzelfde strand een receptie werd gehouden. Er werd tot diep in de nacht gedanst en gedronken, terwijl ik mezelf opsloot in de Volkswagen van mijn grootouders en alleen mijn neus liet zien toen die bovenste beste O'Kelly me in zijn rolstoel een stuk taart kwam brengen.

Mijn grootouders hadden graag gezien dat de jonggehuwden bij ons in kwamen wonen, aangezien we toch zwommen in de ruimte, maar mijn vader huurde in dezelfde wijk een huisje, zo klein dat het in de keuken van zijn moeder paste, maar iets beters kon hij niet betalen. Piloten verdienen weinig, ze moeten hard werken en zijn altijd moe; het is geen benijdenswaardig beroep. Toen ze er eenmaal woonden, besloot mijn vader dat ik bij hen in huis moest komen; mijn woedeaanvallen konden hem niet vermurwen en ook Susan, van wie ik op het eerste gezicht had gedacht dat ik haar makkelijk aan zou kunnen, trok zich er niets van aan. Ze was een gelijkmatige, goedgehumeurde vrouw, altijd bereid om te helpen maar zonder het wat agressieve invoelingsvermogen van Nini, die mensen die ze helpt nogal eens voor het hoofd stoot.

Ik ben me er nu van bewust dat het een ondankbare taak was die Susan op haar dak kreeg geschoven; ze moest de zorg op zich nemen voor een tot op het bot verwend klein meisje dat door oude mensen was opgevoed, alleen witte dingen at – rijst, popcorn, witbrood, banaan – en 's nachts niet kon slapen. Ze probeerde me niet op de traditionele manier tot eten te dwingen; in plaats daarvan maakte ze kalkoenfilet met slagroom voor me, bloemkool met kokosijs en andere gewaagde creaties – hummus, bepaalde granen, koffie verkeerd –, waarbij ze langzaam van wit naar beige ging, om vervolgens over te schakelen op kleuren met meer persoonlijkheid, zoals sommige groentinten, oranje en rood, zolang het maar geen bietjes waren. Ze kon zelf geen kinderen krijgen en probeerde mijn liefde te winnen om dat gemis te compenseren, maar zag zich geconfronteerd met de koppigheid van een muilezel. Ik liet al mijn spullen achter in het huis van mijn grootouders en kwam alleen naar dat van mijn vader om te slapen, met een handtas, mijn wekker en het boek dat ik op dat moment las. Ik deed geen oog dicht, bevend van angst, mijn hoofd onder de dekens. Omdat mijn vader geen enkele onbeschoftheid zou hebben geaccepteerd, opteerde ik voor een hooghartig soort beleefdheid, geïnspireerd op het gedrag van de butlers in Engelse films.

Mijn enige thuis was dat grote, bont beschilderde huis, waar ik elke dag na school heen ging om mijn huiswerk te maken en te spelen, biddend dat Susan zou vergeten me na haar werk in San Francisco op te komen halen, maar dat gebeurde nooit, mijn stiefmoeder had een pathologisch verantwoordelijkheidsgevoel. Zo verstreek de eerste maand, tot ze een hond mee naar huis nam. Susan werkte als hondentrainer bij de politie van San Francisco, waar ze honden leerde bommen op te sporen, een specialisme dat sinds de antiterrorismeparanoia in 2001 losbarstte, in hoog aanzien staat, maar in de tijd dat ze met mijn vader trouwde nog aanleiding gaf tot grappen onder haar wat grove collega's, want er was al sinds onheuglijke tijden geen bom meer geplaatst in Californië.

Elk dier werd aan een vaste begeleider gekoppeld, zijn hele leven, en zo'n team raakte in de loop van de tijd zo goed op elkaar ingespeeld dat hond en mens elkaars gedachten konden lezen. Susan koos het levendigste hondje uit een nest en zocht dan de meest geschikte persoon om de hond mee te matchen, altijd iemand die met dieren was opgegroeid. Hoewel ik had gezworen mijn stiefmoeder een zenuwinzinking te bezorgen, bezweek ik voor Alvy, een zesjarige labrador die slimmer en liever was dan welk menselijk wezen ook. Alles wat ik over dieren weet heb ik van Susan, die zelfs de basisregels van het handboek overtrad door het goed te vinden dat Alvy bij mij in bed sliep – haar manier om me te helpen in de strijd tegen mijn slapeloosheid.

De stille aanwezigheid van mijn stiefmoeder werd zoiets natuurlijks en noodzakelijks in de familie dat het moeite kostte je voor te stellen hoe het leven er vóór haar had uitgezien. Als mijn vader op reis was – bijna altijd dus – gaf Susan me wel toestemming om in het magische huis van mijn grootouders te blijven slapen, waar niets was veranderd aan mijn kamer. Susan was dol op Popo; ze gingen samen naar Zweedse zwart-witfilms uit de jaren vijftig – zonder ondertiteling, je moest maar gissen wat de dialogen inhielden – en naar jazzconcerten in rokerige krochten. Ze behandelde Nini, die allesbehalve volgzaam is, op dezelfde manier als ze haar bomhonden trainde: met liefde en strengheid, straf en beloning. Liefde om haar te laten merken dat ze van haar hield en tot haar beschikking stond, strengheid om Nini duidelijk te maken dat ze het niet op prijs stelde als ze door het raam haar huis binnendrong om de wc te inspecteren of mij stiekem snoepjes voerde; ze strafte haar door een paar dagen van het toneel te verdwijnen als Nini haar overstelpte met cadeautjes, raadgevingen en Chileense stoofpotjes, en beloonde haar met een boswandeling als ze zich gedroeg. Hetzelfde systeem paste ze toe op haar echtgenoot, en op mij.

Die goede stiefmoeder kwam niet tussen mij en mijn grootouders, hoewel ze hun merkwaardige opvoedingsmethode schokkend gevonden moet hebben. En natuurlijk, ze hebben me te veel verwend, maar toch is dat niet de oorzaak geweest van mijn problemen, zoals de psychologen dachten met wie ik later in mijn jeugd te maken kreeg. Nini's opvoeding was Chileens: voedsel en liefde in overvloed, duidelijke regels en zo nu en dan een mep, maar niet te vaak. Toen ik ooit dreigde om haar wegens kindermishandeling aan te geven bij de politie, haalde ze met de soeplepel naar me uit. Ik hield er een bult op mijn hoofd aan over, maar het smoorde mijn initiatief in de kiem.

Ik heb de bereiding van de curanto meegemaakt – hét gerecht van Chiloé, veel en overvloedig – in een ceremonie waar de hele gemeenschap aan deelneemt. De voorbereidingen waren al vroeg begonnen, want de boten met ecotoeristen komen al tegen het eind van de ochtend aan. De vrouwen sneden tomaat, ui, knoflook en koriander voor de saus en begonnen aan de tijdrovende klus om *milcao's* en *chapaleles* te maken, een soort platgeslagen deegbolletjes die worden gemaakt van aardappel, bloem, varkensvet en uitgebakken spekjes en die ik heel vies vind, terwijl de mannen een groot gat groeven, onderin keien stapelden en daarop een vuur aanstaken. Toen het hout was opgestookt, waren de keien gloeiend heet, precies op het moment dat de boten aankwamen. De gidsen leidden de toeristen rond in het dorp, waarbij ze de gelegenheid kregen om gebreide spullen te kopen, schelpenkettingen, mirtejam, goudlikeur, houtsnijwerk, bosjes lavendel en een soort antirimpelcrème die van slakkenslijm wordt gemaakt – kortom, het kleine beetje dat het eiland produceert – en vervolgens werden ze naar de rokende kuil op het strand gebonjourd. De koks van de curanto plaatsten stenen potten op de keien om de sappen op te vangen, die, dat is algemeen bekend, lustopwekkend zijn, en legden daarop, laag voor laag, varkensvlees, lam, kip, schelpen, vis en groente, de milcao's en de chapaleles en andere heerlijkheden die ik niet heb genoteerd, en bedekten alles vervolgens met natgemaakte witte doeken, met daar weer overheen de enorme bladeren van de reuzenrabarber, dan een zak die als een rok over het gat werd getrokken, en als laatste zand. De bereidingstijd bedroeg ietsje meer dan een uur en terwijl de ingrediënten langzaam op smaak kwamen in het geheim van de hitte en hun eigen sappen en geuren, hielden de bezoekers zich bezig met foto's nemen van de rook, dronken ze *pisco* en luisterden ze naar Manuel Arias.

De toeristen zijn in verschillende categorieën in te delen:

gepensioneerde Chilenen, Europese vakantiegangers, Argentijnen van verschillende pluimage en backpackers, die moeilijker thuis te brengen zijn. Soms komt er een groep Aziatische of Amerikaanse toeristen met kaarten, reisgidsen en boeken over de flora en de fauna die ze met pijnlijke ernst raadplegen. Behalve de backpackers, die liever marihuana roken achter de bosjes, zien ze het allemaal als een buitenkansje om naar een schrijver te luisteren die verschillende boeken op zijn naam heeft staan, iemand die in staat is de mysteries van de archipel te verhelderen in het Engels of het Spaans, net wat ze willen. Manuel is niet alleen maar saai; op zijn eigen terrein kan hij heel onderhoudend zijn, mits het niet te lang duurt. Hij vertelt de bezoekers over de geschiedenis, de legendes en de gewoonten van Chiloé en waarschuwt hen dat de eilandbewoners schuw zijn, dat je ze beetje bij beetje voor je moet zien te winnen, met respect, net zoals je je beetje bij beetje moet aanpassen aan de ruige natuur, ook met respect, aan de onverbiddelijke winters en aan de grillen van de zee. Langzaam. Uiterst langzaam. Chiloé is niet geschikt voor mensen die haast hebben.

Toeristen reizen naar Chiloé met het idee terug te gaan in de tijd en zijn dan teleurgesteld in de steden van Isla Grande, maar op ons kleine eiland vinden ze wat ze zoeken. Het is uiteraard geen opzettelijk bedrog van onze kant, maar op de dag van de curanto zijn er heel toevallig ossen en lammeren in de buurt van het strand, liggen er meer netten en boten op het zand te drogen dan normaal, dragen de mensen hun grofste petten en poncho's, en zou niemand het in zijn hoofd halen om publiekelijk een mobiele telefoon te gebruiken.

De specialisten wisten precies wanneer de culinaire schatten in de kuil gaar waren en schepten het zand weg, lichtten heel voorzichtig de zak op, verwijderden het rabarberblad en de witte doeken, waarna er een wolk stoom opsteeg met de heerlijke geuren van de curanto. Er viel even een afwachtende stilte en toen klonk er applaus. De vrouwen haalden de buit naar boven en schepten het voedsel op kartonnen borden, met nog meer rondjes pisco sour, Chili's nationale drank, die in staat is een kozak te vellen. Op het laatst moesten we verschillende toeristen ondersteunen op weg naar de boten.

Popo zou dit leven wel hebben gewaardeerd, dit landschap, deze overvloed aan schaal- en schelpdieren, de tijd die zo langzaam gaat. Hij had vast nooit van Chiloé gehoord, anders zou hij deze archipel hebben opgenomen in zijn lijst met plekken die je voor je dood gezien moet hebben. Mijn Popo, ik mis hem zo! Hij was een grote beer, sterk, traag en zachtaardig, zo warm als een kachel; hij rook naar tabak en geurwater, had een donkere stem, een lach die diep uit de aarde leek te komen, en enorme handen om mij overeind te houden. Hij nam me mee naar voetbalwedstrijden en naar de opera, beantwoordde mijn eindeloze vragen, borstelde mijn haar en bejubelde mijn ellenlange verhalende gedichten die geïnspireerd waren op de films van Kurosawa waar we samen naar keken. We gingen naar de sterrentoren van het huis om met zijn telescoop het zwarte gewelf van de hemel af te speuren, op zoek naar die ene planeet die ons telkens weer ontsnapte, een groene ster die we nooit hebben kunnen vinden. 'Beloof me dat je altijd net zoveel van jezelf zult houden als ik van jou hou, Maya,' zei hij me vaak, en ik beloofde het, zonder een idee te hebben wat die merkwaardige zin betekende. Hij hield onvoorwaardelijk van me, hij accepteerde me zoals ik ben, met mijn beperkingen, onhebbelijkheden en gebreken, en zwaaide me lof toe, ook als ik die niet verdiende, in tegenstelling tot Nini, die vindt dat je niet al te veel drukte moet maken om de prestaties van kinderen want dan raken ze daaraan gewend en valt het leven ze later tegen, als niemand hen meer bejubelt. Popo vergaf me alles, troostte me en lachte als ik lachte; hij was mijn beste vriend, mijn handlanger, mijn vertrouweling, en ik was zijn enige kleinkind en de dochter die hij nooit heeft gehad. 'Zeg dat ik je allergrootste liefde ben, Popo,' vroeg ik hem, om Nini uit haar tent te lokken. 'Je bent onze aller-, allerliefste, Maya,' luidde zijn diplomatieke antwoord, maar ik was zijn favoriet, dat weet ik zeker; mijn grootmoeder was geen partij voor me. Popo was niet in staat zijn eigen kleren uit te zoeken – dat deed Nini voor hem – maar toen ik dertien werd nam hij me mee om mijn eerste bh te kopen, want het was hem opgevallen dat ik een sjaal ombond en krom liep om mijn borsten te verbergen. Hoewel ik te verlegen was om er met Nini of met Susan over te praten, vond ik er niets raars aan om met Popo in de kleedkamer bh's te passen.

Het huis in Berkeley was mijn wereld: de avonden met mijn grootouders als we tv-series keken, de zomerse zondagen als we op het terras ontbeten, de keren dat mijn vader er was en we 's avonds met ons allen aten terwijl Maria Callas kweelde op de oude vinylplaten, de studeerkamer, de boeken, de geuren uit de keuken. Rond die kleine familie speelde het eerste deel van mijn bestaan zich af, zonder noemenswaardige problemen, maar op mijn zestiende barstten catastrofale natuurkrachten los – zoals Nini dat noemt –, die mijn bloed onrustig maakten en mijn begrip vertroebelden.

Op mijn linkerpols heb ik een tattoo met het jaar dat Popo stierf: 2005. In februari hoorden we dat hij ziek was, in augustus namen we afscheid van hem, in september werd ik zestien en viel mijn familie uiteen.

De onvergetelijke dag dat Popo's sterven begon, was ik langer op school gebleven voor de repetitie van een toneelstuk – niets minder dan *Wachten op Godot*, de toneeldocente was ambitieus – en daarna liep ik naar het huis van mijn grootouders. Het was al donker toen ik thuiskwam. Binnen riep ik waar iedereen was en deed het licht aan, bevreemd door de stilte en de kou, want normaal was dit het gezelligste moment van de dag en was het warm in huis, klonk er muziek en rook het overal naar het eten dat Nini maakte. Dan zat Popo in de leunstoel in zijn studeerkamer te lezen en luisterde Nini tijdens het koken naar de nieuwsberichten op de radio, maar die avond was van dat alles geen sprake. Mijn grootouders zaten in de woonkamer, heel dicht naast elkaar op de bank die Nini zelf had bekleed aan de hand van de instructies uit een tijdschrift. Ze waren kleiner geworden en voor het eerst zag ik dat ze oud waren; tot dat moment was de tijd aan hen voorbijgegaan. Ik was dag in, dag uit bij hen geweest, jaar na jaar, zonder de veranderingen te zien; mijn grootouders waren net zo onveranderlijk en eeuwig als de bergen. Ik weet niet of dat kwam doordat ik alleen naar hen had gekeken met de ogen van mijn ziel of dat ze in die paar uur echt zo veel ouder waren geworden. Ik had ook niet gezien dat mijn grootvader de maanden daarvoor was afgevallen; zijn kleren slobberden en Nini leek ineens niet meer zo klein naast hem als vroeger.

'Wat is er aan de hand, oudjes?' Mijn hart sloeg over, want al voordat ze me konden antwoorden had ik het geraden. Nidia Vidal, die onoverwinnelijke strijdster, was gebroken, ze had gezwollen ogen van het huilen. Popo gebaarde dat ik naast hen moest komen zitten, sloeg zijn armen om me heen, drukte me tegen zijn borst en vertelde me dat hij zich al een tijdje niet zo goed voelde en last van zijn maag had. Ze hadden hem aan verschillende onderzoeken onderworpen en de dokter had hem zojuist de oorzaak meegedeeld.

'Wat heb je, Popo!' Het kwam eruit als een schreeuw.

'Het is iets met mijn alvleesklier,' zei hij, en Nini kermde zo meelijwekkend dat ik begreep dat hij kanker had.

Om een uur of negen kwam Susan eten, zoals ze zo vaak deed, en ze trof ons dicht tegen elkaar aan, bibberend op de bank. Ze deed de verwarming aan, pakte de telefoon en bestelde pizza's, belde mijn vader in Londen om hem het slechte nieuws te vertellen en kwam daarna bij ons zitten, hand in hand met haar schoonvader, zonder iets te zeggen.

Nini liet alles uit haar handen vallen om voor haar man te zorgen – de bibliotheek, de verhalen, de straatprotesten, de Crimiclub –, ze liet zelfs het fornuis uitgaan, dat ze mijn hele kindertijd brandend had gehouden. De kanker, die achterbakse vijand, had Popo aangevallen zonder iets van een waarschuwing, toen de ziekte al heel ver gevorderd was. Nini bracht haar echtgenoot naar het Georgetown University Hospital in Washington DC, waar de beste specialisten zitten, maar het was tevergeefs. Ze vertelden hem dat opereren geen zin had en hij weigerde zich te onderwerpen aan een chemisch bombardement om zijn leven met niet meer dan enkele maanden te verlengen. Ik bestudeerde zijn ziekte op internet en in de boeken die ik uit de bibliotheek haalde, en kwam er op die manier achter dat er van de drieënveertigduizend gevallen die er jaarlijks in de Verenigde Staten worden geconstateerd, ongeveer zevenendertigduizend sterven, dat bij zo'n vijf procent van de patiënten de behandeling aanslaat en dat voor hen de maximale levensverwachting vijf jaar bedraagt – kortom, alleen een wonder zou mijn grootvader kunnen redden.

Tijdens de week die mijn grootouders in Washington doorbrachten was Popo zo achteruitgegaan dat we hem haast niet herkenden toen ik hen met mijn vader en Susan op de luchthaven opwachtte. Hij was nog magerder geworden en liep sloffend en voorovergebogen; zijn ogen waren geel en zijn huid zag mat, de kleur van as. Met invalidenstapjes liep hij naar Susans bestelbus, zwetend van inspanning, en thuis had hij niet genoeg energie om de trap op te kunnen. We moesten op de begane grond voor hem een bed improviseren in zijn studeerkamer, en daar sliep hij tot ze een ziekenhuisbed brachten. Nini sliep naast hem, opgekruld tegen hem aan, als een kat.

Met dezelfde hartstocht als waarmee ze zich op verloren politieke en humanitaire zaken stortte, ging mijn grootmoeder nu de confrontatie aan met God om haar echtgenoot te redden, eerst met dringende verzoeken, gebeden en beloftes, later met vervloekingen en dreigementen dat ze atheïst zou worden. 'Wat heeft het voor zin om de strijd met de dood aan te binden, Nidia, als hij vroeg of laat toch altijd wint?' zei Popo spottend. Aangezien de traditionele wetenschap verklaard had niets meer voor hem te kunnen doen, nam zij haar toevlucht tot alternatieve geneeswijzen: kruiden, kristallen, acupunctuur, sjamanen, auramassages en een meisje uit Tijuana dat stigmata droeg en wonderen verrichtte. Haar echtgenoot liet die excentriciteiten goedgemutst over zich heen komen, zoals hij dat altijd had gedaan sinds hij haar had leren kennen. In het begin probeerden mijn vader en Susan de oude mensen nog te beschermen tegen de talloze charlatans die hun kans leken te ruiken om Nini een poot uit te draaien, maar later legden ze zich erbij neer omdat die wanhoopsmaatregelen haar tenminste bezighielden terwijl de tijd voortschreed. De laatste weken ging ik niet meer naar school; ik installeerde me in het magische huis om Nini te helpen, maar ik zat nog meer in de put dan Popo zelf en uiteindelijk had ze twee patiënten die ze moest verplegen.

Susan was de eerste die het hospice ter sprake durfde te brengen. 'Dat is voor stervende mensen, en Paul gaat niet dood!' riep Nini uit, maar langzaam maar zeker kon ze er niet langer onderuit. En toen kwam Carolyn, een deskundige, vriendelijke, zachtmoedige vrijwilligster, om ons uit te leggen wat ons te wachten stond en hoe haar organisatie ons van dienst kon zijn zonder dat het verder iets zou kosten; zij konden ervoor zorgen dat de patiënt zo min mogelijk leed; ze boden spirituele of psychologische begeleiding en hielpen de medische bureaucratie te omzeilen en zelfs de begrafenis te organiseren.

Popo wilde per se thuis sterven. Alles gebeurde zoals Carolyn het had voorspeld, in die volgorde en binnen dat tijdsbestek, maar het overviel me evengoed toch, omdat ik, net als Nini, had gehoopt op een goddelijke interventie die het vreselijke noodlot zou afwenden. De dood overkomt anderen, niet de mensen van wie je het meest houdt, en Popo al helemaal niet, die het middelpunt van mijn leven was, de zwaartekracht die de wereld verankerde. Zonder hem zou ik geen houvast meer hebben, het kleinste briesje zou me meevoeren.

'Je hebt me gezworen dat je nooit dood zou gaan, Popo!'

'Nee, Maya, ik heb gezegd dat ik altijd bij je zou zijn, en ik ben van plan me aan die belofte te houden.'

De vrijwilligers van het hospice installeerden het ziekenhuisbed voor het grote raam van de woonkamer, zodat mijn grootvader zich 's nachts het licht van de sterren en de maan kon voorstellen, die hij immers niet kon zien vanwege de takken van de pijnbomen. Ze brachten een infuus aan in zijn borst om hem zijn medicijnen te kunnen toedienen zonder hem telkens een injectie te moeten geven en leerden ons hoe we hem konden verleggen, hem konden wassen en zijn lakens verschonen zonder hem uit bed te hoeven halen. Carolyn bezocht hem vaak, zij regelde de zaken met de dokter, de verpleging en de apotheek, en meer dan eens deed ze zelfs de boodschappen als niemand van de familie dat kon opbrengen.

Mike O'Kelly kwam ook regelmatig langs. In zijn elektrische rolstoel, waarmee hij rondscheurde alsof het een racewagen was, en vaak in gezelschap van een paar van zijn berouwvolle bendeleden die hij, terwijl hij met Nini een kopje thee dronk in de keuken, het vuilnis liet opruimen, stofzuigen, de patio aanvegen of andere huishoudelijke karweitjes opdroeg. Ze hadden elkaar een maand of wat links laten liggen nadat ze tijdens een manifestatie ruzie hadden gekregen over het abortusvraagstuk want O'Kelly, een belijdend katholiek, is mordicus tegen, maar de ziekte van mijn grootvader had hen weer bij elkaar gebracht. Hoewel Nini en O'Kelly in sommige ideologische kwesties radicaal verschillende standpunten innemen, zijn ze niet in staat kwaad op elkaar te blijven, daarvoor geven ze te veel om elkaar, en ze hebben trouwens verder veel gemeen.

Als Popo wakker was, praatte Sneeuwwitje ook even met hem. Er had zich tussen hen nooit echte vriendschap ontwikkeld; volgens mij waren ze een beetje jaloers op elkaar. Ik hoorde O'Kelly een keer met Popo over God praten en voelde me verplicht om hem te waarschuwen dat hij zijn tijd verdeed, want mijn grootvader was agnost. 'Weet je dat zeker, mijn kind? Paul heeft zijn hele leven door een telescoop naar de hemel zitten turen, het kan niet anders dan dat hij een glimp van God heeft opgevangen,' luidde zijn antwoord, maar hij heeft nooit geprobeerd tegen Popo's zin diens ziel te redden. Toen de dokter morfine voorschreef en Carolyn ons liet weten dat we over alles zouden beschikken wat nodig was omdat de zieke het recht had waardig en zonder pijn te sterven, zag O'Kelly ervan af de discussie over euthanasie aan te gaan.

Toen brak het onvermijdelijke moment aan dat Popo te zwak werd en we de stroom studenten en vrienden die hem kwamen bezoeken moesten indammen. Hij was altijd ijdel geweest en ondanks zijn zwakte maakte hij zich nog druk om zijn uiterlijk, hoewel alleen wij hem nog zagen. Hij drong erop aan dat hij er netjes uit wilde zien, geschoren, en dat de kamer werd gelucht; hij geneerde zich voor alle narigheden die zijn ziekte met zich meebracht. Zijn diep weggezonken ogen zagen dof, zijn handen waren net vogelklauwtjes, zijn lippen waren gebarsten, zijn huid zat onder de blauwe plekken en zijn botten staken uit; mijn grootvader was het skelet van een verbrande boom, maar hij kon nog steeds luisteren naar zijn muziek en hij had zijn herinneringen. 'Doe het raam open en laat de vreugde binnen,' vroeg hij. Soms was hij zo ver weg dat hij nauwelijks nog iets kon zeggen, maar er waren ook betere momenten, en dan zetten we de leuning van zijn bed overeind, zodat hij rechtop kon zitten, en praatten we. Hij wilde me zijn ervaringen en zijn wijsheid meegeven voordat hij ging. Hij is altijd helder van geest gebleven.

'Ben je bang, Popo?' vroeg ik.

'Nee, maar wel verdrietig, Maya. Ik zou nog twintig jaar langer bij jullie willen blijven,' antwoordde hij.

'Wat zal er aan de andere kant zijn, Popo? Denk je dat er leven is na de dood?'

'Dat is mogelijk, maar het is niet bewezen.'

'Het bestaan van jouw planeet is ook niet bewezen en toch geloof je erin,' sprak ik hem tegen, en hij moest lachen, vergenoegd.

'Je hebt gelijk, Maya. Het is absurd om alleen maar te geloven in wat je kunt bewijzen.'

'Weet je nog, Popo, die keer dat je me meenam naar het observatorium om een komeet te zien? Die avond zag ik God. Er was geen maan, de hemel was zwart en vol diamanten, en toen ik door de telescoop keek zag ik heel duidelijk de staart van de komeet.'

'Droogijs, ammoniak, methaan, ijzerdeeltjes, magnesium en...'

'Het was een bruidssluier en daar weer achter was God,' verzekerde ik hem.

'Hoe zag hij eruit?' vroeg hij.

'Als een lichtgevend spinnenweb, Popo. Alles wat bestaat is met elkaar verbonden door de draden van dat web. Ik kan het je niet uitleggen. Als je doodgaat vlieg je weg als de komeet, en ik ga met je mee, vastgeklampt aan je staart.'

'Sterrenstof zullen we worden.'

'Ach, Popo!'

'Niet huilen, lieverd, want dan moet ik ook huilen, en dan begint Nidia ook nog eens en zijn we uiteindelijk nooit meer te troosten.'

Zijn laatste dagen kon hij alleen nog maar een paar lepeltjes yoghurt naar binnen krijgen, en slokjes water. Hij praatte haast niet meer, maar hij klaagde ook niet; hij klemde zich vast aan Nini's hand of aan de mijne en zijn uren verstreken in de sluimer van de morfine. Ik betwijfel of hij nog een idee had waar hij was, maar hij wist wel dat hij van ons hield. Nini is hem haar verhalen blijven vertellen tot het eind, toen hij al niets meer begreep, maar zich liet wiegen door de cadans van haar stem. Ze vertelde hem over de twee geliefden die in verschillende tijden opnieuw geboren werden, avonturen beleefden, stierven en elkaar in een nieuw leven weer ontmoetten, voor eeuwig samen.

Ik mompelde zelfverzonnen gebeden in de keuken, op de wc, in de toren, in de tuin, overal waar ik me kon verbergen, en ik smeekte de God van Mike O'Kelly zich over ons te ontfermen, maar hij bleef stom en kwam niet dichterbij. Ik zat onder de puisten, mijn haar viel uit en ik beet mijn nagels tot bloedens toe af; Nini wikkelde plakband om mijn vingertoppen en dwong me met wanten aan te slapen. Ik kon me mijn leven zonder mijn grootvader niet voorstellen, maar ik kon er ook niet tegen hem zo te zien lijden, en uiteindelijk vroeg ik God in mijn gebeden hem snel te laten sterven en een eind te maken aan zijn pijn. Als Popo me het had gevraagd, zou ik de dosis morfine opgevoerd hebben om hem te helpen doodgaan – wat makkelijk genoeg was – maar dat heeft hij nooit gevraagd.

Ik sliep met mijn kleren aan op de bank in de kamer, met één oog open, waakzaam, en daarom merkte ik als eerste dat het moment van het afscheid was aangebroken. Ik rende naar Nini om haar wakker te maken – ze had een slaappil genomen om even te kunnen rusten – en belde mijn vader en Susan, die er in tien minuten waren.

Mijn grootmoeder, in haar nachtpon, kroop bij haar man in bed en legde haar hoofd op zijn borst, zoals ze altijd hadden geslapen. Ik stond aan de andere kant van het bed en legde mijn hoofd ook op zijn borst, die voorheen sterk en breed was geweest, met ruimte genoeg voor ons allebei, maar ik voelde zijn hart al haast niet meer kloppen. Zijn ademhaling was nauwelijks nog waarneembaar en een paar eeuwig durende seconden leek het of hij helemaal niet meer ademde, maar ineens deed hij zijn ogen open, liet zijn blik over mijn vader en Susan glijden, die geluidloos naast hem stonden te huilen, hief moeizaam zijn grote hand en legde die op mijn hoofd. 'Als ik de planeet vind, noem ik hem naar jou, Maya,' was het laatste wat hij zei.

In de drie jaren die zijn verstreken sinds mijn grootvader stierf, heb ik maar heel zelden over hem gesproken. Dat heeft me meer dan eens in de problemen gebracht bij de psychologen in Oregon, die me wilden dwingen 'af te rekenen met mijn verdriet', of hoe ze het ook noemden. Flauwekul, maar er zijn nu eenmaal zulke mensen, mensen die geloven dat alle verdriet zo ongeveer hetzelfde is en dat er formules en termijnen bestaan om eroverheen te komen. Nini's stoïcijnse filosofie is doeltreffender in dit soort gevallen. 'Als we moeten lijden, doen we dat met de kaken op elkaar,' zegt ze altijd. Een verdriet als dit, zo'n diepe pijn, verdwijnt niet met medicijnen, therapie of vakantie; zo'n verdriet moet je eenvoudigweg doorleven, tot de bodem, zonder iets te verdoezelen, er zit domweg niets anders op. Ik had er beter aan gedaan Nini's voorbeeld te volgen, in plaats van mijn verdriet te ontkennen en het huilen dat me verstikte tot zwijgen te brengen. In Oregon schreven ze me antidepressiva voor, die ik niet nam omdat ze een zombie van me maakten. Ik werd in de gaten gehouden, maar ik wist ze te belazeren, want ik zorgde er stiekem voor dat ik kauwgom in mijn mond had, waar ik het pilletje met mijn tong op kon plakken, waarna ik het geheel na een minuutje of wat weer uitspuugde. Mijn verdriet was mijn vriendin, ik wilde er niet vanaf alsof het zomaar een verkoudheid was. Ik wilde mijn herinneringen ook niet delen met die goedwillende therapeuten, want alles wat ik tegen hen zou zeggen over mijn grootvader zou banaal zijn. Maar op dit Chilootse eiland gaat er geen dag voorbij zonder dat ik Manuel Arias iets over Popo vertel. Ze zijn heel verschillend, mijn Popo en deze man, maar ze hebben allebei wel iets van een grote, sterke boom, en ik voel me veilig bij hen.

Ik heb net met Manuel een zeldzaam moment van saamhorigheid ervaren, zoals ik dat met Popo zo vaak had. Het schemerde, hij zat door het grote raam naar buiten te kijken en ik vroeg wat hij aan het doen was.

'Ademhalen.'

'Ik haal ook adem. Dat bedoel ik niet.'

'Tot jij me stoorde, Maya, haalde ik adem, verder niets. Je moest eens weten hoe moeilijk het is om adem te halen zonder na te denken.'

'Dat heet meditatie. Nini mediteert hele dagen, ze zegt dat ze Popo dan naast zich voelt.'

'En jij, kun jij hem ook voelen?'

'Eerst niet, want ik was bevroren vanbinnen en voelde helemaal niets meer. Maar nu heb ik het gevoel dat Popo hier rondloopt, ergens in de buurt. Ik voel hem om me heen, om me heen...'

'Wat is anders?'

'Alles natuurlijk, Manuel. Om te beginnen heb ik nu niets gebruikt, en verder is het hier rustig, het is stil en er is ruimte. Het zou goed voor me zijn om te mediteren, net als Nini, maar ik kan het niet. Ik dénk altijd, mijn hoofd zit vol ideeën. Lijkt dat je slecht?'

'Dat hangt van de ideeën af...'

'Ik ben Avicenna niet, om met mijn grootmoeder te spreken, maar ik heb heus wel eens goede ideeën.'

'Zoals?'

'Op dit moment weet ik het niet zo gauw, maar zodra er iets geniaals in me opkomt, zal ik het je vertellen. Jij denkt te veel aan je boek, en je besteedt geen gedachten aan dingen die belangrijker zijn – hoe deprimerend je leven was voor mijn komst, bijvoorbeeld. En wat moet er van je worden als ik vertrek? Je moet nadenken over de liefde, Manuel. Niemand kan zonder een geliefde.'

'Aha. En jij dan?' vroeg hij lachend.

'Ik kan wachten, ik ben nog maar negentien en heb mijn hele leven nog voor me; jij bent negentig, en je kunt elk moment doodgaan.'

'Ik ben pas tweeënzeventig. Maar goed, je hebt gelijk, ik kan elk moment doodgaan. En dat is juist een goede reden om de liefde uit de weg te gaan. Het zou niet erg netjes zijn om een arme vrouw tot weduwe te maken.'

'Ach man, wat een stom argument.'

'Kom bij me zitten, Maya. Dan kunnen een stervende oude man en een mooi jong meisje samen ademhalen. Op voorwaarde dat je je mond even kunt houden, natuurlijk.'

En dat deden we tot het donker werd. En Popo was bij ons.

Toen mijn grootvader stierf was er niets meer om me aan vast te houden: ik had geen familie, want mijn vader woonde in de lucht, Susan was met Alvy naar Irak gestuurd om bommen op te snuffelen en Nini treurde om haar echtgenoot. We hadden zelfs geen honden meer. Susan had altijd drachtige honden mee naar huis genomen, die bij ons bleven tot de jonkies een maand of drie, vier waren, en ze ze meenam om ze af te richten; het afscheid was altijd weer een drama. De jonge hondjes zouden een grote troost voor me hebben betekend in de tijd dat mijn familie uiteenviel. Zonder Alvy en zonder puppy's was er niemand met wie ik mijn verdriet kon delen.

Mijn vader scharrelde weer druk met andere vrouwen en liet een indrukwekkende sliert sporen achter, alsof hij erom schreeuwde dat Susan erachter kwam. Hij was eenenveertig en probeerde eruit te zien als dertig; hij betaalde een fortuin aan zijn kapper en voor zijn hippe kleren, deed aan gewichtheffen en ging onder de zonnebank. Hij was knapper dan ooit, met zijn grijzende slapen die hem een zekere distinctie verleenden. Susan daarentegen, die het zat was om steeds maar te wachten op een echtgenoot die nooit helemaal landde, altijd klaarstond om weer te vertrekken en eeuwig met zijn mobiel andere vrouwen zat te bellen, had zich neergelegd bij het ouder worden en was dikker geworden; ze kleedde zich als een man en droeg goedkope brillen, die ze met bossen tegelijk van de drogist meenam. Toen haar werd gevraagd om deel te nemen aan de uitzending naar Irak, greep ze de kans om aan die vernederende relatie te ontsnappen met beide handen aan. De scheiding betekende een opluchting voor hen allebei.

Mijn grootouders hadden elkaar diep bemind. Die passie, in 1976 in Toronto ontvlamd tussen die Chileense in ballingschap die altijd met haar koffertje gepakt klaarstond, en de Amerikaanse astronoom op doorreis, heeft dertig jaar standgehouden. Toen Popo stierf was Nini ontroostbaar, volledig in de war, zichzelf kwijt. Ze had ook geen geld meer, want in een paar maanden had ze al haar spaargeld uitgegeven aan de kosten die met de ziekte gepaard gingen. Ze had een weduwepensioen, maar dat was niet toereikend voor haar huis, dat galjoen op drift. Zonder mij erin te kennen – tot twee dagen van tevoren wist ik van niets – verhuurde ze het huis aan een Indiase zakenman, die het volstouwde met familie en handelswaar, en verhuisde ze naar een kamer boven de garage in het huis van mijn vader. Ze deed afstand van het grootste gedeelte van haar bezittingen, behalve van de liefdesbrieven die haar echtgenoot haar tijdens al die jaren samen vanuit allerlei plekken had gestuurd, van mijn tekeningen, mijn gedichten en diploma's, en van de foto's, de onweerlegbare bewijzen van het geluk dat ze met Paul Ditson II had gedeeld. Weg zijn uit dat grote huis, waar zo onvoorwaardelijk van me was gehouden, was een tweede klap. Voor mij was het de genadeslag, ik had het gevoel nu alles kwijt te zijn.

Nini was zo diep in de rouw dat we onder hetzelfde dak konden leven zonder dat ze me zag. Een jaar daarvoor was ze nog een jonge vrouw geweest, energiek, vrolijk en opgewonden, met een wilde haardos, stevige sandalen en lange rokken, altijd bezig, hulpvaardig en impulsief, en nu was ze ineens veranderd in een rijpe weduwe met een gebroken hart. Met de urn met de as van haar man in haar armen vertelde ze me dat een hart breekt als een glas; soms valt het stilletjes kapot en soms knalt het met een klap in splinters. Onbewust elimineerde ze langzaam alle kleur uit haar garderobe, en uiteindelijk ging ze streng in de rouw, kleurde ze haar haar niet langer en leek ze tien jaar ouder. Ze keerde zich af van al haar vrienden, zelfs van Sneeuwwitje, die haar voor geen enkele anti-Bush-demonstratie meer warm kon krijgen, ondanks de kans dat ze gearresteerd kon worden, iets wat voorheen onweerstaanbaar geweest zou zijn. Ze begon de dood uit te dagen.

Mijn vader wist hoeveel slaappillen zijn moeder slikte, dat ze vaak aanrijdingen veroorzaakte met de Volkswagen, het gas liet branden en op de raarste momenten omviel, maar hij greep pas in toen hij erachter kwam dat ze het kleine beetje geld dat ze nog had, uitgaf aan communicatie met haar echtgenoot. Hij reed achter haar aan naar Oakland, waar hij haar redde uit een met astrale tekens beschilderde caravan van een gestoorde dame die haar brood verdiende met contact leggen tussen overledenen – zowel mensen als huisdieren – en hun nabestaanden. Nini liet zich meeslepen naar een psychiater die haar tweemaal per week behandelde en haar volstopte met pillen. Het 'haalde de pijn niet weg', en ze bleef rouwen om Popo, maar de verlammende depressie waarin ze was ondergedompeld ging voorbij.

Toen mijn grootmoeder langzaam maar zeker uit haar hol boven de garage kroop en opnieuw haar intrede deed in de wereld, had die tot haar stomme verbazing niet stilgestaan.

In korte tijd was de naam Paul Ditson II weggevaagd; zelfs zijn kleindochter sprak niet meer over hem. Ik had me als een slak in zijn huisje teruggetrokken en liet niemand meer bij me in de buurt komen; ik was veranderd in een boze, opstandige vreemde, gaf geen antwoord wanneer iemand iets tegen me zei, spookte als een schicht door het huis, verdomde het een handje te helpen in het huishouden en sloeg bij de minste tegenwerking met de deuren. De psychiater legde Nini uit dat ik leed aan een combinatie van puberteitsproblemen en een depressie, en gaf haar het advies me in te schrijven voor een gespreksgroep voor jongeren met rouwverwerkingsproblemen, maar ik wilde daar niets van weten. Als de nacht op z'n donkerst was en mijn wanhoop het diepst, voelde ik Popo's aanwezigheid. Mijn verdriet riep hem.

Nini had dertig jaar met haar hoofd op de borst van haar echtgenoot geslapen, gewiegd door het veilige geluid van zijn ademhaling; ze had een comfortabel, beschermd leven geleid in de warmte van die goedige man, die altijd had moeten lachen om haar extravagante horoscopen en de hippie-inrichting van haar huis, haar politiek extremisme en haar buitenlandse keuken, en die goedgemutst haar stemmingswisselingen had verdragen, haar emotionele woede-uitbarstingen en haar plotselinge voorgevoelens, die met grote regelmaat de mooiste familieplannen in de war schopten. Toen ze het hardst troost nodig had, gaf haar zoon niet thuis en was haar kleindochter in een boze feeks veranderd.

En toen was Mike O'Kelly er ineens weer. Hij had opnieuw een rugoperatie moeten ondergaan en had een paar weken in een revalidatiecentrum gezeten. 'Je bent me niet één keer komen opzoeken, Nidia, en je hebt niet eens gebeld,' zei hij bij wijze van begroeting. Hij was tien kilo afgevallen en had zijn baard laten staan; ik herkende hem nauwelijks, hij leek jaren ouder en kon niet meer doorgaan voor Nini's zoon.

'Het spijt me zo, Mike. Wat kan ik doen om het je me te laten vergeven?' smeekte ze, over zijn rolstoel gebogen.

'Ga maar koekjes bakken voor mijn jongens,' antwoordde hij.

Nini moest het alleen doen want ik zei dat ik het spuugzat was, Sneeuwwitjes berouwvolle delinquenten en die andere nobele zaken die me geen bal interesseerden. Ze hief haar hand om me een draai om mijn oren te geven – welverdiend overigens – maar ik ving die in de lucht op. 'Waag het niet me nog één keer te slaan, want dan zie je me nooit meer terug, begrepen?' Ze begreep het.

Dit was de schok die mijn grootmoeder nodig had om overeind te komen en weer te gaan lopen. Ze ging terug naar haar werk bij de bibliotheek, hoewel ze niet meer in staat was iets nieuws te bedenken en alleen de verhalen van vroeger opnieuw vertelde. Ze maakte lange boswandelingen en ontdekte het Zencentrum. Ze mist elk talent voor sereniteit, maar in de gedwongen stilte van de meditatie riep ze Popo aan, die als een zachte aanwezigheid toesnelde en naast haar kwam zitten. Ik ben één keer met haar meegegaan naar de zondagbijeenkomst in de zendo, waar ik met tegenzin een praatje aanhoorde over monniken die een klooster aanveegden, waarvan de betekenis me volledig ontging. Toen ik mijn grootmoeder daar in lotushouding zag zitten tussen die boeddhisten met hun geschoren schedels en hun oranje gewaden, kon ik me ineens een voorstelling maken van haar enorme eenzaamheid, maar dat gevoel van medelijden ebde meteen weer weg. Vlak daarna, toen we met de rest van het publiek groene thee dronken en biologische broodjes aten, haatte ik haar alweer, net zoals ik de hele wereld haatte.

Niemand heeft me zien huilen toen we Popo hadden gecremeerd en ze ons zijn as in een aardewerken urn overhandigden; ik noemde zijn naam nooit meer en vertelde niemand dat hij aan mij verscheen.

Ik zat op Berkeley High, de enige openbare middelbare school van de stad en een van de beste van het land, veel te groot, met vierendertighonderd leerlingen: dertig procent blank, dertig procent zwart en de rest latino, Aziatisch en van gemengd ras. In de tijd dat Popo op Berkeley High zat, was het er een beestenbende geweest – directeuren hielden het er niet uit en namen meestal binnen het jaar uitgeput ontslag – maar in mijn tijd was het onderwijs er uitstekend, hoewel het niveau van de leerlingen heel verschillend was. De directeur zat al vijf jaar op zijn post en de school zag er netjes en schoon uit, behalve de toiletten, die aan het eind van de dag walgelijk smerig waren. Ze zeiden vaak dat de directeur van een andere planeet leek te komen, want niets drong door zijn olifantshuid heen. Er werd aandacht besteed aan beeldende vorming, muziek, toneel, sport; we hadden natuur- en scheikundepractica, kregen talenonderwijs, godsdienstige oriëntatie, politieke voorlichting en maatschappijleer; er werden allerlei soorten workshops gehouden en we kregen de best denkbare seksuele voorlichting, aan jongens en meisjes tegelijk, zelfs de fundamentalistische moslims en christenen, die daar niet altijd op zaten te wachten. Nini schreef een ingezonden brief naar *The Berkeley Daily Planet* met het voorstel een H toe te voegen aan de afkorting LGBT *(lesbian, gay, bisexual, transgender)*, en wel voor de hermafrodieten. Van dat soort typische Nini-initiatieven werd ik bloednerveus, want die plachten hun eigen leven te gaan leiden en het draaide er altijd weer op uit dat we met Mike O'Kelly in protest de straat op moesten. En ze kregen het ook altijd voor elkaar om mij erbij te betrekken.

IJverige leerlingen floreerden op Berkeley High en stroomden daarna direct door naar de meest prestigieuze universiteiten, zoals in het geval van Popo, die vanwege zijn mooie cijfers en zijn uitstekende prestaties als honkballer een beurs had gekregen voor Harvard. Middelmatige leerlingen deden hun best zo veel mogelijk onopgemerkt te blijven en wisten zich net staande te houden, terwijl de zwakke broeders steeds verder achterop raakten en naar speciale programma's werden verwezen. De ergste probleemleerlingen, de drugsverslaafden en bendeleden, eindigden op straat, ze werden van school gestuurd of vertrokken uit zichzelf. De eerste twee jaar was ik een prima leerling geweest, en goed in sport, maar drie maanden na Popo's dood bungelde ik helemaal onderaan; mijn cijfers waren gekelderd, ik zocht ruzie, jatte, rookte marihuana en viel tijdens de lessen in slaap. Mr Harper, mijn geschiedenisdocent, maakte zich zorgen en sprak mijn vader erop aan, die er ook niets mee kon en me na een stichtelijke toespraak naar het gezondheidscentrum stuurde, waar ze me een aantal vragen stelden en me, toen ze eenmaal hadden vastgesteld dat ik geen anorexia had en ook geen poging had gedaan mezelf van kant te maken, verder met rust lieten.

Berkeley High is een open campus, hartje stad, waar het makkelijk was om op te gaan in de menigte. Ik begon systematisch te spijbelen, ik ging tussen de middag buiten het campusterrein lunchen en kwam daarna gewoon niet meer terug. We hadden een schoolkantine, maar als je daar at was je een watje; het was niet cool om je daar te vertonen. Nini had de pest aan de hamburgers en de pizza's die elders in de wijk verkocht werden en stond erop dat ik gebruikmaakte van de kantine, waar het voedsel biologisch, smakelijk en goedkoop was, maar ik heb me daar nooit iets van aangetrokken. Wij scholieren groepten samen op een plein in de buurt van school, op vijftig meter van het politiebureau, waar de wet van de jungle heerste. Ouders klaagden steen en been over die cultuur van drugs en lamlendigheid op het plein, er verschenen artikelen in de kranten, maar politieagenten deden hun ronde zonder in te grijpen en de schoolleiding waste haar handen in onschuld omdat het buiten haar jurisdictie viel.

Op het plein heerste een groepscultuur die werd bepaald

door sociale klasse en kleur. Er was het gedeelte van de marihuanarokers en de skaters, wij blanken hadden onze eigen plek, de latino's hielden zich aan de zijkant op, waar ze hun denkbeeldige territorium verdedigden met rituele dreiggebaren, en in het midden installeerden zich de drugsdealers. De beursstudenten uit Jemen, die ook hun eigen hoekje hadden, waren in het nieuws geweest toen ze waren belaagd door met honkbalknuppels en zakmessen bewapende Afro-Amerikaanse jongeren. Weer op een ander hoekje stond Stuart Peel, helemaal alleen, omdat hij ooit een meisje van twaalf had uitgedaagd de snelweg over te hollen, waarna het kind was aangereden door twee of drie auto's; ze had het er levend afgebracht, maar was blijvend invalide en verminkt, en de aanstichter van de grap betaalde met uitsluiting. Er was niemand meer die nog iets tegen hem zei. Behalve scholieren waren er oerpunkers, met hun groene haren, hun piercings en tatoeages, bedelaars met afgeladen winkelkarren en moddervette honden, een stuk of wat alcoholverslaafden, een knettergekke vrouw die haar broek telkens liet zakken en nog wat andere vaste pleinbewoners.

Sommigen van de jongeren rookten, dronken alcohol in colaflesjes, deden gokspelletjes, gaven elkaar onder de neus van de politieagenten wiet en pilletjes door, maar het merendeel werkte gewoon zijn lunch naar binnen en ging terug naar school als de drie kwartier van de pauze voorbij was, maar ik hoorde daar niet bij; ik ging nog maar zo weinig naar de lessen dat ik nauwelijks wist wat er werd behandeld. 's Middags nam de jeugd het centrum van Berkeley in. We trokken op in meutes, onder de wantrouwige blikken van winkeliers en publiek. We slenterden langzaam door de stad, met onze mobieltjes, koptelefoons, rugzakken, onze gescheurde spijkerbroeken, kauwgom en onze geheimtaal. Net als iedereen wilde ik liever dan wat ook deel uitmaken van de groep en geliefd zijn; er bestond geen erger lot dan buitengesloten worden, zoals Stuart Peel. Dat jaar, toen ik zestien was, voelde ik me anders dan de rest: gekweld, opstandig, en woedend op de wereld. Ik probeerde niet langer op te gaan in de kudde maar wilde juist opvallen, ik hunkerde niet langer naar acceptatie, ik wilde gevreesd worden. Ik verbrak mijn vroegere vriendschappen of mijn vrienden braken met mij, en vormde een kongsi met Sarah en Debbie, de meisjes met de slechtste reputatie van de hele school – en dat wil wat zeggen want er kwamen op Berkeley High echt pathologische gevallen voor. Met ons drieën vormden we een exclusief clubje. We waren dikke vriendinnen en vertelden elkaar alles, zelfs onze dromen, en we waren altijd samen, of anders stonden we wel met elkaar in verbinding via onze mobieltjes, pratend en pratend; we deden samen met kleren, make-upspulletjes, geld, eten en drugs, en konden ons het bestaan zonder elkaar niet meer voorstellen, onze vriendschap was voor altijd en eeuwig en niets of niemand die tussen ons zou kunnen komen.

Ik veranderde vanbinnen en vanbuiten. Ik had het gevoel dat ik elk moment kon ontploffen, dat ik te veel vlees had en te weinig botten en vel. Mijn bloed kookte, ik kon mezelf niet uitstaan. Ik was bang om te ontwaken uit een kafkaeske nachtmerrie, veranderd in een kakkerlak. Ik was gefocust op mijn tekortkomingen, mijn grote tanden, gespierde benen, mijn flaporen, mijn steile haar en mijn te kleine neusje, mijn vijf mee-eters, mijn afgekloven nagels en mijn slechte houding, en ik vond mezelf veel te blank, te lang en te onhandig. Ik voelde me verschrikkelijk, maar er waren momenten dat ik de macht van mijn nieuwe vrouwenlichaam bevroedde, een macht die ik niet kon hanteren. Ik vond het ergerlijk als mannen naar me keken of me op straat een lift aanboden, als jongens van school me aanraakten of een mannelijke docent – behalve de onberispelijke Mr Harper – te veel belangstelling toonde voor mijn gedrag of mijn cijfers.

Op school was geen meisjesvoetbalteam. Ik speelde bij een

club, waar de trainer me een keer op het veld liet nablijven om oefeningen te doen tot alle andere meisjes weg waren en daarna achter me aan kwam naar de douche en me overal betastte, en nog dacht dat ik het fijn vond ook omdat ik niet reageerde. Ik schaamde me dood en vertelde het alleen aan Sarah en Debbie, nadat ik ze eerst had laten zweren het geheim te bewaren. Na dat incident stopte ik met voetballen. Ik heb me nooit meer op de club laten zien.

De veranderingen in mijn lichaam en in mijn karakter vonden zo plotseling plaats dat het was alsof ik uitgleed op het ijs voor ik de tijd had gehad me te realiseren dat ik op mijn hoofd zou knallen. Als gehypnotiseerd begon ik vastberaden het gevaar uit te dagen, en algauw leidde ik een dubbelleven waarin ik alles met een verbluffend gemak bij elkaar loog en schreeuwend en met de deuren slaand de strijd aanbond met mijn grootmoeder, de enige autoriteit in huis sinds Susan naar de oorlog was vertrokken. Mijn vader was om onduidelijke redenen uit het zicht verdwenen; ik stel me zo voor dat hij een dubbel schema draaide, alles om de conflicten met mij maar te vermijden.

Samen met Sarah en Debbie ontdekte ik de sekssites op internet, net als de rest van de leerlingen op school, en we oefenden op de maniertjes en de poses van de vrouwen op het scherm, in mijn geval met twijfelachtig resultaat, want het zag er belachelijk uit. Mijn grootmoeder begon iets te vermoeden en wierp zich frontaal in de strijd, met opmerkingen over de seksindustrie die vrouwen exploiteerde en degradeerde; niets nieuws overigens, want ze had me vroeger – op mijn negende geloof ik – met Mike O'Kelly al eens meegetroond naar een demonstratie tegen de *Playboy*, toen Hugh Hefner op het absurde idee was gekomen om Berkeley met een bezoek te vereren.

Mijn vriendinnen waren mijn wereld. Alleen met hen kon ik mijn gedachten en gevoelens delen, alleen zij zagen de dingen zoals ik ze zag, alleen zij begrepen me. Verder snapte niemand iets van onze humor en onze smaak. De rest van de leerlingen van Berkeley High waren watjes; we waren ervan overtuigd dat niemand zulke gecompliceerde levens leidde als wij. Sarah begon dwangmatig te stelen, omdat ze zogenaamd door haar stiefvader werd verkracht en geslagen, en Debbie en ik verkeerden constant in staat van alarm om haar rugdekking te geven en te beschermen. In werkelijkheid woonde Sarah alleen met haar moeder en is er nooit sprake geweest van een stiefvader, maar die denkbeeldige psychopaat was zo aanwezig in onze gesprekken dat hij van vlees en bloed leek.

Sarah had wel wat weg van een sprinkhaan – louter ellebogen, knieën, sleutelbeenderen en andere uitstekende botten – en ze sjouwde rond met zakken vol snoep, dat ze achter elkaar naar binnen schrokte, waarna ze meteen naar de wc rende om haar vingers achter in de keel te steken. Ze was zo ondervoed dat ze flauwviel en naar dood rook; ze woog zevenendertig kilo, slechts acht kilo meer dan mijn rugzak met boeken, en had zich voorgenomen de vijfentwintig te halen en dan helemaal te verdwijnen.

Debbie, die thuis echt geslagen werd en door een oom was verkracht, was op haar beurt helemaal into horrorfilms en voelde zich op een morbide manier aangetrokken tot zaken die met de dood te maken hebben: zombies, voodoo, Dracula en demonen die bezit van je kunnen nemen; ze had *The Exorcist* gekocht, een stokoude film waar we van haar om de haverklap naar moesten kijken, want ze vond hem te eng om hem in haar eentje te zien. Sarah en ik namen haar gothic stijl over: alles in- en inzwart, tot aan onze nagellak toe, een grafachtig bleek gezicht, sieraden van sleutels, kruisen en schedels, en het matte cynisme van de Hollywood-vampiers, een stijl die ten grondslag lag aan onze bijnaam: de vampiers.

We hadden een soort competitie in wangedrag, waarbij we een puntensysteem hadden vastgesteld voor ongestraft gebleven delicten, die min of meer neerkwamen op het vernielen van andermans eigendommen, handelen in wiet, ecstasy, lsd en gestolen medicijnen, graffiti spuiten op de muren van de school, cheques vervalsen en rottigheid uithalen in winkels. We noteerden onze heldendaden in een boekje, aan het eind van de maand telden we de punten en de winnares kreeg een fles KU:L, de sterkste en goedkoopste wodka die er te koop was, een Pools drankje waar je verf mee zou kunnen afbijten. Mijn vriendinnen schepten op over promiscuïteit, geslachtsziekten en abortussen alsof het eremedailles waren, hoewel ik daar in de tijd dat we zo intensief met elkaar omgingen nooit iets van heb gemerkt. Vergeleken daarbij was mijn preutsheid iets om je dood voor te schamen; vandaar dat ik het hoog tijd vond om mijn maagdelijkheid te verliezen, en daar gebruikte ik Rick Laredo voor, de bruutste bruut van de wereld.

Ik heb me zo flexibel en beleefd aangepast aan het leven van Manuel Arias dat mijn grootmoeder versteld zou staan. Zij beschouwt me nog steeds als een rotkind, een term die ze zowel als troetelnaampje als als scheldwoord gebruikt, dat hangt af van de toon van haar stem (meestal het laatste). Ik heb geen idee in hoeverre ik echt ben veranderd, maar ik gedraag me voorbeeldig. 'Wat je met slaag niet leert, leert het leven je wel' is nog zo'n gezegde van haar dat in mijn geval aardig lijkt te kloppen.

Om zeven uur 's morgens port Manuel het vuur in het fornuis op om het water voor de douche en de handdoeken te verwarmen; daarna komt Eduvigis of haar dochter Azucena ons een verrukkelijk ontbijt voorzetten, met eieren van eigen kippen, zelfgebakken brood en melk van hun koe, schuimend en lauw. Die melk heeft een heel typische geur, die me in het begin tegenstond maar die ik inmiddels heerlijk vind; hij ruikt naar stal, naar veevoer, naar verse koeienmest. Eduvigis zou het liefst hebben dat ik op bed ontbijt, 'als een jongedame' – zoals dat tegenwoordig in Chili nog steeds gebruikelijk is in huizen waar ze *nana's* in dienst hebben, zoals ze vrouwen die in de huishouding werken hier noemen –, maar dat doe ik alleen op zondag, wanneer ik pas laat opsta, want dan komt Juanito, Eduvigis' kleinzoon, en lezen we samen in bed *Harry Potter*, met Fákin aan het voeteneind. We zijn al op de helft van deel 1.

's Middags, als ik klaar ben met mijn werk voor Manuel, ga ik hardlopend naar het dorp; mensen kijken me bevreemd na en meer dan eens heeft iemand gevraagd waar ik heen moet met zo veel haast. Ik heb beweging nodig, anders word ik nog tonnetjerond, ik ben aan het inhalen na alle honger van het afgelopen jaar. De Chilootse keuken bevat een overmaat aan koolhydraten, maar je ziet nergens te dikke mensen. Dat moet komen door al die fysieke inspanning, je ontkomt hier niet aan veel beweging. Azucena Corrales is een beetje dik voor haar dertien jaar, maar ik krijg haar niet mee als ik ga hardlopen. Ze schaamt zich, 'Wat zullen de mensen daar wel niet van denken,' zegt ze. Dit meisje leidt een ontzettend eenzaam bestaan want er zijn maar weinig jonge mensen in het dorp, er wonen alleen wat vissers, een stuk of vijf lamlendige pubers die altijd stoned rondlopen, en de jongen van het internetcafé, waar de koffie oplos is en het internetsignaal grillig, en waar ik zo min mogelijk probeer te komen om mezelf niet bloot te stellen aan de verleiding van het e-mailen. De enige mensen op het eiland die geen enkele verbinding met de buitenwereld hebben zijn *doña* Lucinda en ik, zij vanwege haar leeftijd en ik omdat ik op de vlucht ben. De overige dorpelingen hebben hun mobieltjes en de computers van het internetcafé.

Ik verveel me niet. Dat verbaast me, want vroeger verveelde ik me zelfs als ik naar actiefilms keek. Ik ben gewend geraakt aan lege uren, lange dagen, aan nietsdoen. Ik kan me met heel weinig amuseren: de sleur van het werken met Manuel, de vreselijke romans van tía Blanca, de eilandbewoners, en de kinderen, die in bendes rondzwerven zonder dat er op hen wordt gelet. Juanito Corrales is mijn favoriet; hij is net een pop met zijn tengere lijfje en zijn grote hoofd met die zwarte ogen die alles zien. Iedereen denkt dat hij niet erg snugger is omdat hij zo weinig praat, maar hij is juist heel slim: zo jong als hij is heeft hij zich gerealiseerd dat het niemand iets kan schelen wat je zegt en daarom praat hij dus maar helemaal niet. Ik voetbal met de jongens; de meisjes heb ik er niet warm voor kunnen krijgen, gedeeltelijk omdat de jongens weigeren ze mee te laten doen, maar ook omdat een vrouwelijk voetbalelftal hier nog nooit vertoond is. Tía Blanca en ik hebben besloten daar iets aan te gaan doen: zodra in maart de school weer begint en de kinderen ons niet meer kunnen ontsnappen, zullen we ons daarmee bezighouden.

De dorpsbewoners hebben hun deuren voor me geopend, hoewel dat bij wijze van spreken is, want deuren staan hier altijd open. Omdat mijn Spaans behoorlijk vooruit is gegaan, kan ik nu met enige moeite een gesprek met hen voeren. Chiloten praten nogal binnensmonds en ze gebruiken woorden en grammaticale constructies die je nooit ergens anders tegenkomt, en die volgens Manuel uit het Oudspaans afkomstig zijn omdat Chiloé zo lang geïsoleerd is geweest van de rest van het land. Chili heeft zich al in 1810 van Spanje losgemaakt, maar in Chiloé gebeurde dat pas in 1826, het was het laatste stukje Spanje in zuidelijk Zuid-Amerika.

Manuel had me gewaarschuwd dat de Chiloten stug zijn, maar daar heb ik niets van gemerkt. Ze doen juist heel aardig tegen me. Ze nodigen me uit bij hen thuis, en dan gaan we bij het fornuis zitten kletsen en maté drinken, een soort thee van groene, bittere kruiden die geserveerd wordt in een kalebas die van hand tot hand gaat, en iedereen zuigt aan hetzelfde rietje. Ze vertellen me over hun ziektes en over de ziektes van hun planten, die veroorzaakt kunnen worden door de afgunst van de buren. Verschillende gezinnen leven in onmin met elkaar vanwege roddelpraatjes of de verdenking van hekserij. Ik begrijp niet hoe ze het voor elkaar krijgen om dat soort vijandigheid in stand te houden, want we zijn hier maar met zo'n driehonderd mensen en leven samen op een beperkt oppervlak, als kippen in een hok. Het is niet mogelijk om ook maar iets geheim te houden in deze gemeenschap. Het is net een grote familie; de mensen zijn verdeeld en wrokkig, maar tot elkaar veroordeeld, verplicht om elkaar in geval van nood de helpende hand toe te steken.

We praten over aardappels – er zijn wel honderd variëteiten of 'kwaliteiten': rode aardappels, paarse, zwarte, witte, gele, ronde en langwerpige, aardappels, aardappels en nog eens aardappels –, over hoe ze geplant worden, met afnemende maan en nooit op zondag, dat je God moet danken als je de eerste plant of oogst, en hoe je voor ze zingt als ze slapen in de grond. Doña Lucinda, volgens de berekeningen al honderdnegen, is een van de mensen die de oogst bezwerend toezingen. Wat ze zingt betekent iets als: 'Pas goed op je aardappels, Chiloot, pas goed op. Kijk uit voor mensen van elders, Chiloot, die ze van je willen wegnemen.' Ze beklagen zich over de zalmkwekerijen, die de schuld krijgen van van alles en nog wat, en over de fouten van de regering, die veel belooft maar weinig nakomt, maar iedereen is het erover eens dat Michelle Bachelet de beste president is die ze ooit hebben gehad, ook al is ze een vrouw. Niemand is volmaakt.

Manuel is verre van volmaakt; hij is stuurs, streng. Hij heeft niet zo'n heerlijk gastvrije buik als Popo had, mijn Popo, en ook niet diens poëtische visie om het universum en het menselijk hart mee te duiden, maar ik ben op hem gesteld geraakt, dat valt niet te ontkennen. Ik hou net zoveel van hem als van Fákin, hoewel Manuel niet de minste moeite doet om zich bij wie dan ook geliefd te maken. Zijn grootste tekortkoming is zijn obsessieve ordelijkheid. Dit huis lijkt wel een kazerne en soms laat ik mijn spullen expres slingeren, of was ik in de keuken de vuile vaat niet af, om hem te leren een beetje minder spastisch te worden. We maken geen ruzie in de strikte zin van het woord, maar we hebben onze botsingen. Vandaag, bijvoorbeeld, had ik niets om aan te trekken omdat ik vergeten was mijn kleren te wassen, dus heb ik gewoon wat spullen van hem gepakt die op het fornuis te drogen lagen. Ik dacht dat als andere mensen zomaar iets uit dit huis mee kunnen nemen zonder dat hij daar boos om wordt, ik wel iets kan lenen wat hij op dat moment toch niet gebruikt.

'Vraag het de volgende keer alsjeblieft, voordat je mijn onderbroek aantrekt,' zei hij op een toon die me niet beviel.

'Je bent maniakaal, Manuel! Je zou haast denken dat het je enige onderbroek is,' antwoordde ik op een toon die hém misschien niet beviel.

'Ik zit nooit aan jouw spullen, Maya.'

'Omdat ik niets heb! Hier heb je je kloteonderbroek terug!' Ik maakte aanstalten mijn broek uit te trekken en hem zijn onderbroek terug te geven, maar hij hield me geschrokken tegen.

'Nee, nee, Maya! Je mag hem houden.'

En ik barstte als een idioot in snikken uit. Natuurlijk huilde ik niet om die stomme onderbroek. Weet ik veel waarom ik huilde, misschien omdat ik bijna ongesteld moest worden of omdat ik gisteravond aan de dood van Popo moest denken en de hele dag al met verdriet in mijn lijf rondloop. Popo zou me in zijn armen hebben genomen en dan zouden we samen binnen twee minuten in lachen zijn uitgebarsten, maar Manuel begon door de kamer te ijsberen, op zijn hoofd te krabben en tegen de meubels te schoppen, alsof hij nooit eerder tranen had gezien. Uiteindelijk kwam hij op het briljante idee een kop oploskoffie met gecondenseerde melk voor me te maken; dat kalmeerde me een beetje, en toen konden we praten. Hij zei dat ik moest proberen begrip voor hem op te brengen. Hij had al twintig jaar lang niet met een vrouw samengeleefd, hij heeft zo zijn ingeslepen gewoonten, orde is heel belangrijk in een kleine ruimte als dit huis en het zou makkelijker zijn als we elkaars ondergoed respecteerden. De stakker.

'Kijk eens, Manuel, ik heb behoorlijk wat verstand van psychologie, want ik heb meer dan een jaar tussen de gekken en de therapeuten gezeten. Ik heb jouw geval bestudeerd, en weet je wat er met jou aan de hand is? Je bent gewoon bang,' kondigde ik hem aan.

'Waarvoor?' Hij moest lachen.

'Dat weet ik niet, maar daar kom ik nog wel achter. Ik zal het je uitleggen: dat gedoe over orde en netheid van jou is een uiting van een neurose. Moet je zien wat een toestand je hebt gemaakt om een miezerige onderbroek, terwijl je geen krimp gaf toen een onbekende je complete muziekinstallatie had geleend. Jij probeert alles onder controle te houden, vooral je gevoelens, om je zeker te voelen, maar de eerste de beste sufkut weet dat zekerheid niet bestaat op deze wereld, Manuel.'

'Ah, ik begrijp het, ga door...'

'Je lijkt zo beheerst en afstandelijk als Siddharta, maar mij belazer je niet: ik weet dat je je vanbinnen hartstikke klote voelt. Je weet toch wie Siddharta was? De Boeddha.'

'Ja, de Boeddha.'

'Lach niet. De mensen denken dat jij wijs bent, dat je gemoedsrust hebt gevonden of zoiets idioots. Overdag ben je het toppunt van evenwicht en rust, net als Siddharta, maar ik hoor je 's nachts. Je schreeuwt en kermt, Manuel. Wat voor vreselijk geheim verberg je?'

Hiermee was onze therapiesessie afgelopen want hij zette zijn muts op, deed zijn sjaal om, floot Fákin mee en vertrok om te gaan wandelen, varen of zich over mij te beklagen bij Blanca Schnake. Hij kwam pas heel laat thuis. Ik haat het om alleen te zijn als het donker is, in dit huis vol vleermuizen!

Leeftijd is net als de wolken: vaag en veranderend. Soms kun je Manuel zijn jaren aanzien en andere keren, afhankelijk van het licht en van zijn stemming, komt de jonge man tevoorschijn die nog steeds onder zijn vel verborgen zit. Over het toetsenbord van zijn computer gebogen, in het harde blauwe licht van het scherm, is hij stokoud, maar als hij op zijn schip vaart, lijkt hij niet ouder dan vijftig. Eerst vielen me vooral zijn rimpels op, de kringen onder zijn roodomrande ogen, de aderen op zijn handen, zijn gevlekte tanden, de gebeeldhouwde botten van zijn gezicht, het hoesten en zijn heesheid 's morgens vroeg, het vermoeide gebaar waarmee hij zijn bril afzet en in zijn ogen wrijft, maar nu zie ik dat soort kleinigheden niet meer, nu zie ik hoe opvallend mannelijk hij is. Hij is aantrekkelijk. Ik weet zeker dat Blanca Schnake dat ook vindt, ik heb gezien hoe ze naar hem kijkt. Ik zeg net dat Manuel aantrekkelijk is! Mijn god, hij is ouder dan de piramides; ik heb een hersenverweking overgehouden aan mijn slechte levenswijze in Las Vegas, een andere verklaring is er niet.

Volgens Nini zijn de heupen het meest sexy onderdeel van een vrouw, omdat die een graadmeter zijn van haar voortplantingsvermogen, en bij een man zijn het zijn armen, want die zijn een graadmeter voor zijn vermogen om te werken. Ik weet niet waar ze die theorie vandaan heeft, maar Manuels armen zijn sexy, dat moet ik toegeven. Ze zijn niet zo gespierd als die van een jonge man, maar ze zijn stevig, met brede polsen en grote handen, wat je niet verwacht bij een schrijver; het zijn de handen van een zeeman of van een metselaar, handen met een verweerde huid en zwarte nagels van motorolie, diesel, brandhout, aarde. Die handen kunnen ook heel voorzichtig zijn, als hij tomaten en basilicum plukt of een vis stroopt. Ik bestudeer hem in het geniep, want hij houdt altijd een zekere afstand – volgens mij is hij bang voor me –, maar ik heb hem van de achterkant goed kunnen bekijken. Ik zou zijn harde, borstelige haar willen aanraken en mijn neus naar dat plooitje aan de onderkant van zijn nek brengen, dat iedereen heeft, denk ik. Hoe zal hij ruiken? Hij rookt niet en gebruikt ook geen reukwater, zoals Popo; die kon ik altijd al ruiken voor ik hem zag. Manuels kleren ruiken net als die van mij en als alles in dit huis: naar wol, hout, katten en naar de rook van het fornuis.

Als ik in Manuels verleden of in zijn gevoelens probeer te wroeten, verzet hij zich, maar tía Blanca heeft me inmiddels het een en ander verteld en ik heb nog meer ontdekt toen ik zijn mappen archiveerde. Behalve antropoloog is hij ook socioloog, wat het verschil ook mag zijn, en ik vermoed dat dit de verklaring is voor de aanstekelijk passie waarmee hij de cultuur van Chiloé bestudeert. Ik vind het fijn om met hem te werken en samen andere eilanden te bezoeken, ik vind het fijn om in zijn huis te wonen, ik vind zijn gezelschap fijn. Ik leer veel; toen ik in Chiloé aankwam was mijn hoofd een lege grot, die in de korte tijd dat ik hier ben is volgestroomd.

Blanca Schnake draagt haar steentje bij aan mijn opvoeding. Op dit eiland is haar woord wet; zij heeft hier meer in de melk te brokkelen dan de carabinero's van de politiepost. Blanca heeft als meisje op een nonneninternaat gezeten en heeft daarna een tijdje in Europa gewoond. Ze heeft pedagogiek gestudeerd, is gescheiden en heeft twee dochters, een in Santiago en de tweede, getrouwd en met twee kinderen, in Florida. Ze heeft me foto's laten zien, haar dochters zijn net fotomodellen en de kleinkinderen engeltjes. Ze is rector geweest van een lyceum in Santiago, maar een paar jaar geleden heeft ze overplaatsing gevraagd naar Chiloé omdat ze in Castro wilde wonen, bij haar vader in de buurt, maar ze hebben haar een baan op dit onbeduidende eilandje toegewezen. Volgens Eduvigis is Blanca's borstkanker genezen na behandeling door een machi, maar Manuel zegt dat ze chemotherapie heeft ondergaan nadat haar beide borsten waren geamputeerd, en dat de symptomen niet meer terug zijn gekomen. Ze woont achter de school, in het mooiste huis van het dorp, gerestaureerd en uitgebouwd, dat haar vader met één enkele handtekening onder een cheque voor haar heeft gekocht. In het weekend gaat ze naar Castro om hem op te zoeken.

Don Lionel Schnake is een man van aanzien in Chiloé, en hij is heel geliefd vanwege zijn schijnbaar onbegrensde vrijgevigheid. 'Hoe meer mijn vader weggeeft, des te beter het met zijn investeringen gaat, vandaar dat ik er geen enkel probleem mee heb bij hem om geld te komen,' verklaarde Blanca. Tijdens de landbouwhervorming van 1971 heeft de regering-Allende het landgoed van de familie Schnake in Osorno onteigend om het in handen te geven van de arbeiders die er al tientallen jaren woonden en werkten. Schnake verspilde zijn energie niet aan het cultiveren van zijn haat en het saboteren van de regering, zoals anderen in zijn situatie, maar keek om zich heen, op zoek naar een nieuwe horizon en nieuwe kansen. Hij voelde zich nog jong genoeg om opnieuw te beginnen. Hij verhuisde naar Chiloé, zette er een handelsmaatschappij op in visproducten en leverde zijn spullen aan de beste restaurants in Santiago. Hij wist te overleven, ondanks de politieke en economische ups en downs van die periode en de latere competitie van de Japanse vissersschepen en de zalmkwekerijen. Toen in 1976 de militaire regering hem zijn landgoed teruggaf, stelde hij zijn zoons aan als beheerders om de puinhoop waarin het was achtergelaten te herstellen, maar zelf bleef hij in Chiloé, want na het eerste van een hele reeks hartinfarcten had hij besloten dat het zijn redding zou zijn om het trage levenstempo van de Chiloten over te nemen. 'Ik ben nu vijfentachtig, en ondanks het feit dat ik heb genoten van al het goede dat het leven te bieden heeft, loopt mijn hart beter dan een Zwitsers horloge,' zei don Lionel tegen me, die ik zondag voor het eerst heb ontmoet toen ik met Blanca bij hem op bezoek was.

Zodra hij begreep dat ik Manuel Arias' gringuita was, drukte hij me in een stevige omhelzing tegen zich aan. 'Zeg die ondankbare communist dat hij me moet komen opzoeken, hij is sinds oud en nieuw niet meer geweest en ik heb een verrukkelijke cognac voor hem klaarstaan, een gran reserva.' Don Lionel is een patriarch met een rood hoofd, een snor, vier witte plukjes haar op zijn schedel en een buikje. Hij is openhartig, een levensgenieter, hij moet heel hard lachen om zijn eigen grappen en aan zijn tafel kan iedereen altijd aanschuiven. Zo stel ik me Millalobo voor, dat mythische wezen dat maagden ontvoert om die mee te nemen naar zijn onderzeese rijk. Deze Millalobo met zijn Duitse achternaam verklaart dat hij het slachtoffer is van vrouwen in het algemeen – 'Ik kan de schatten gewoon niets weigeren' – en van zijn dochter Blanca in het bijzonder. Volgens hem buit ze hem uit. 'Blanca schooiert nog opdringeriger dan een Chiloot, ze is altijd en eeuwig aan het bedelen voor haar school. Weet je wat ze me laatst heeft gevraagd? Condooms! Dat ontbrak er nog aan in dit land: condooms voor kinderen!' vertelde hij me schaterend.

Don Lionel is niet de enige die voor Blanca bezwijkt. Op haar verzoek hebben zich ruim twintig vrijwilligers verzameld om de school op te knappen en van een nieuw verfje te voorzien. Dat systeem wordt hier *minga* genoemd. Minga wil zeggen dat mensen samen onbetaald een karweitje verrichten, in de wetenschap dat het hun ook niet aan hulp zal ontbreken als zij die straks zelf nodig hebben. Het is de heilige wet van de wederkerigheid: als jij mijn rug krabt, krab ik de jouwe. Zo worden aardappels geoogst, daken gerepareerd en netten geboet; zo hebben ze Manuels koelkast vervoerd.

Rick Laredo had de middelbare school niet afgemaakt en zwierf met andere schoffies op straat rond. Hij verkocht drugs aan jonge kinderen, pleegde wat kruimeldiefstalletjes en kwam tussen de middag altijd naar het plein om zijn vroegere schoolkameraden van Berkeley High te treffen, en hun als dat zo uitkwam wat te verkopen. Hoewel hij dat nooit zou toegeven, had hij wel op zijn knieën terug willen kruipen; hij was van school gestuurd omdat hij de loop van zijn pistool tegen Mr Harpers oor had gezet. Het moet de man nagegeven worden: hij heeft zich meer dan fatsoenlijk opgesteld, hij heeft zelfs nog een goed woordje voor Laredo gedaan en gevraagd of ze hem niet van school wilden sturen, maar de jongen heeft zijn eigen graf gegraven door de directeur en de commissieleden voor rotte vis uit te maken. Rick Laredo hechtte veel waarde aan zijn uiterlijk, met zijn smetteloos witte merkschoenen, zijn mouwloze shirts die zijn spieren en tatoeages goed lieten uitkomen, zijn met gel verstevigde stekelvarkenhaar en zijn talloze kettingen en horloges; hij zou niet meer loskomen van een magneet. Hij droeg enorme spijkerbroeken die van zijn kont zakten en had de motoriek van een chimpansee. Het was zo'n minkukel dat hij zelfs niet interessant was voor de politie of Mike O'Kelly.

Toen ik had besloten iets aan mijn maagdelijkheid te doen, sprak ik zonder verdere uitleg met Laredo af op de lege parkeerplaats van een bioscoop, vóór de eerste voorstelling, als er niets te doen was. Ik zag hem al uit de verte zenuwachtig heen en weer drentelen met zijn uitdagende schommelloopje, met één hand zijn broek omhooghoudend, die zo zakkig was dat het leek of hij een luier droeg, en in zijn andere hand een sigaret, opgewonden en nerveus, maar toen hij me zag viel hij terug in de protocollaire onverschilligheid van macho's van zijn soort. Hij trapte zijn peuk uit op de grond en bekeek me van top tot teen met een spottende grijns.

'Schiet een beetje op, ik moet over tien minuten de bus

halen,' zei ik terwijl ik mijn broek uittrok. De superieure grijns verdween van zijn gezicht; misschien had hij een langere inleiding verwacht.

'Ik heb je altijd al een lekker ding gevonden, Maya Vidal,' zei hij. Die gek weet in ieder geval hoe ik heet, dacht ik.

Laredo pakte mijn arm en wilde me zoenen, maar ik draaide mijn gezicht weg want dat was niet in mijn plannen inbegrepen en hij stonk vreselijk uit zijn bek. Hij wachtte tot ik mijn broek uit had, drukte me tegen de grond en ging zonder te beseffen dat het mijn eerste keer was een minuut of twee boven op me tekeer, terwijl zijn kettingen en fetisjen in mijn borst prikten, waarna hij als een dood beest op me zakte. Ik duwde hem woest van me af, veegde mezelf schoon met mijn onderbroek, die ik daarna op de grond gooide, trok mijn broek aan, pakte mijn rugzak en rende weg. Pas in de bus zag ik de donkere vlek tussen mijn benen, en de vochtige plekken op mijn bloes van de tranen.

De volgende dag stond Rick Laredo op het plein te wachten met een rap-cd en een zakje wiet voor zijn 'vriendinnetje'. Ik had medelijden met de arme ziel en ik kon het niet over mijn hart verkrijgen hem, zoals een vampier betaamde, met een paar bijtende opmerkingen van me af te schudden. Ik wist me te onttrekken aan de waakzaamheid van mijn vriendinnen en vroeg hem mee naar een ijssalon, waar ik voor ons allebei een hoorntje met drie bolletjes kocht, pistache, vanille en malaga. Terwijl we aan ons ijsje likten, bedankte ik hem voor de belangstelling en voor zijn diensten op de parkeerplaats, en probeerde ik hem duidelijk te maken dat een tweede keer er niet in zat, maar de boodschap drong niet tot zijn apenhersens door. Rick Laredo zou nog maandenlang achter me aan zitten, tot een onverwacht ongeluk hem uit mijn leven vaagde.

Als ik 's morgens vroeg van huis ging, zag ik eruit als een schoolmeisje, maar halverwege school sprak ik af met Sarah en Debbie in een Starbucks, waar de personeelsleden ons een latte gaven in ruil voor onfatsoenlijke handelingen op de wc. Daar vermomde ik me als vampier, waarna we de hort op gingen tot het 's middags tijd was om op huis aan te gaan, met een fris gewassen gezicht en weer helemaal het schoolmeisje. Die vrijheid hield een aantal maanden stand, tot Nini haar antidepressiva liet staan, terugkeerde in de wereld der levenden en ineens dingen opmerkte die haar voorheen waren ontgaan omdat ze haar blik naar binnen had gericht: er verdween geld uit haar portemonnee, mijn rooster spoorde met geen enkel lesprogramma dat ze kende, ik zag er hoerig uit en gedroeg me ook zo, ik was stiekem geworden en loog. In mijn kleren hing een wietlucht en mijn adem rook verdacht naar pepermunt. Ze was er nog niet achter dat ik spijbelde. Het gesprek van Mr Harper met mijn vader had niets opgeleverd, en het was niet in de man opgekomen om mijn grootmoeder te bellen. In haar pogingen om contact met me te krijgen moest Nini opboksen tegen de oorverdovende muziek in mijn koptelefoon, mijn mobiel, de computer en de televisie.

Het zou het makkelijkst voor Nini zijn geweest om omwille van de lieve vrede die tekenen van gevaar te negeren, maar ze was zo gewend om in haar detectiveboeken mysteries te ontrafelen dat ze in haar drang mij te beschermen niet anders kon dan op onderzoek uitgaan. Ze begon met mijn kast en de nummers die ik in mijn mobiel had opgeslagen. In een tas vond ze pakjes condooms en een plastic zakje met twee gele pilletjes met het Mitsubishi-logo die ze niet thuis kon brengen. Ze stopte ze verstrooid in haar mond en kon na een kwartier het effect constateren: alles werd vaag en ze begon te klappertanden, ze werd warrig en wiebelig, en al haar zorgen ebden weg. Ze zette een plaat op uit haar jonge jaren en begon als een bezetene te dansen, en toen ze het te warm kreeg, ging ze al dansend de straat op terwijl ze haar kleren uittrok. Buren die haar op de grond zagen vallen snelden toe om een handdoek over haar heen te leggen. Net op het moment dat ze het alarmnummer wilden bellen verscheen ik op het toneel; ik herkende de symptomen en wist hen zover te krijgen me te helpen haar het huis in te brengen.

We kregen haar niet opgetild, ze leek wel een blok beton, en we moesten haar naar de bank in de kamer slépen. Ik legde die barmhartige samaritanen uit dat het niets bijzonders was, dat mijn oma wel vaker dit soort aanvallen had en dat het vanzelf weer overging. Ik duwde hen met zachte drang naar de deur en racete toen terug om de koffie van het ontbijt op te warmen en een wollen deken te halen, want Nini lag te klappertanden van de kou. Een paar minuten later gloeide ze van de hitte. De eerstvolgende drie uur moest ik haar afwisselend bedekken met de deken en met koude kompressen, tot ze haar temperatuur zelf weer kon regelen.

Het was een lange nacht. De volgende dag was mijn grootmoeder zo mat als een verslagen bokser, maar haar geest was helder en ze wist nog precies wat er was gebeurd. Ze geloofde er niets van dat een vriendin me die pillen in bewaring had gegeven en dat ik in mijn onschuld niet had geweten dat het om xtc ging. De ervaring van die ongelukkige trip gaf haar een extra impuls; eindelijk had ze de kans om alle theorie van de Crimiclub in praktijk te brengen. Tussen mijn schoenen vond ze nog tien Mitsubishi-pillen, en van O'Kelly vernam ze dat elke pil twee keer zoveel kostte als mijn wekelijkse toelage bedroeg.

Mijn grootmoeder wist iets van computers omdat ze er in de bibliotheek mee werkte, maar ze was bepaald geen expert; vandaar dat ze de hulp inriep van Norman, een technisch genie, die met zijn zesentwintig jaar al krom en kippig is van al dat turen op schermen, en wiens hulp Mike O'Kelly van tijd tot tijd inroept voor illegale zaken, want als zijn jongens in nood zijn heeft Sneeuwwitje nog nooit ergens mee gezeten; dan laat hij Norman op illegale wijze wroeten in de elektronische archieven van politieagenten, advocaten, aanklagers en rechters. Norman komt overal binnen, of het nu gaat om geheime documenten van het Vaticaan of om foto's van Amerikaanse Congresleden die met lichtekooien rollebollen, als er maar, hoe minimaal ook, een spoor is achtergelaten in de virtuele ruimte. Zonder zijn kamer in zijn moeders huis te verlaten zou hij mensen en bedrijven kunnen afpersen, geld van bankrekeningen halen en beursfraude plegen, maar hij heeft geen criminele neigingen, zijn passie is louter theoretisch.

Norman zag het niet zitten om zijn kostbare tijd te verdoen met de computer en de mobiel van een snotneus van zestien, maar was wel bereid zijn hackersvaardigheden met Nini en O'Kelly te delen, en leerde hun wachtwoorden kraken, privémails lezen, en dingen uit de ether te redden waarvan ik dacht dat ik ze had vernietigd. Eén weekend, meer had dat stel geboren detectives niet nodig om voldoende bewijsmateriaal te verzamelen dat Nini's ergste angsten bevestigde. Ze schrok zich kapot, want haar kleindochter zoop alles wat ze maar te pakken kon krijgen, van gin tot hoestdrank, ze rookte marihuana, handelde in ecstasy, acid en tranquillizers, jatte creditcards en had een heel speciaal handeltje opgezet, geïnspireerd op een tv-programma waarin FBI-agenten zich op internet voordoen als heel jonge meisjes met het doel smeerlappen op heterdaad te betrappen.

Het avontuur begon met een advertentie die de vampiers uit honderden van hetzelfde soort kozen: 'Papa zoekt dochter. Blanke zakenman (54), vaderlijk, oprecht, aanhankelijk, zoekt jong meisje, ras onbelangrijk, klein, lief, heel ongeremd, relaxed, dat zin heeft om vader-en-dochtertje te spelen, voor wederzijds genot, eenvoudig, direct, voor één nacht, maar wellicht meer. Gulle beloning. Alleen serieuze reacties. Geen fake, geen homoseksuelen. Alleen reacties met foto komen in aanmerking.' We stuurden hem een foto van Debbie, want zij was de kleinste van ons drieën, van toen ze dertien was, op haar fietsje, en we spraken met hem af in een hotel in Berkeley dat we kenden doordat Sarah er in de zomervakantie had gewerkt.

Debbie trok haar zwarte lappen uit, poetste de grafachtige make-up van haar gezicht en had vlak voor de afspraak een borrel achterovergeslagen om moed te vatten. Ze had zich verkleed als klein meisje: schooluniformrokje, witte bloes, sokjes, en strikken in haar haar. De man was pissig toen hij zag dat ze niet zo jong was als op de foto, maar hij kon moeilijk klagen, want hij was zelf tien jaar ouder dan hij in de advertentie had aangegeven. Hij legde Debbie het spel uit: zij hoefde alleen maar gehoorzaam te zijn, hij zou haar bevelen geven en zo nu en dan een beetje straffen, maar het was niet de bedoeling haar pijn te doen, alleen om haar te corrigeren, want dat is de plicht van een goede vader. 'En wat moet een goede dochter doen? Lief zijn voor haar papa. Hoe heet je? Ach, dat maakt niet uit, voor mij ben je Candy. Kom, Candy, kom eens hier zitten, op schoot bij je lieve papa, en vertel me eens: heb je vandaag al gepoept? Dat is heel belangrijk, kindje, dat is de basis van je gezondheid.'

Debbie zei dat ze dorst had en hij bestelde via de telefoon frisdrank en een broodje. Terwijl hij uitweidde over de zegeningen van een klysma, probeerde zij tijd te winnen door met haar duim in haar mond met gespeelde kinderlijke nieuwsgierigheid om zich heen te kijken.

Terwijl Sarah en ik op de parkeerplaats van het hotel wachtten, begaf Rick Laredo zich na de afgesproken tien minuten naar de kamer die Debbie had doorgegeven en klopte aan. 'Roomservice!' kondigde Laredo aan, precies zoals ik hem had geïnstrueerd. Zodra de deur werd opengedaan, stormde hij met getrokken pistool de kamer binnen.

Laredo, die wij 'de psychopaat' noemden omdat hij er prat op ging dieren te martelen, beschikte over de indrukwekkende spieren en de al even imponerende attributen van een gangster, maar het wapen had hij tot dan toe alleen maar gebruikt om de jeugdige klantenkring die hij drugs verkocht te intimideren en om van Berkeley High gestuurd te worden. Hij schrok zich kapot van ons plan om pedofielen af te persen, want zoiets kwam in zijn magere repertoire niet voor. Om dapper te lijken en indruk te maken op de vampiers had hij zich bereid verklaard ons te helpen, maar voordat hij de deur van de hotelkamer zou intrappen had hij tequila en crack nodig om moed bijeen te schrapen. Toen hij met een krankzinnige uitdrukking op zijn gezicht en veel gekletter van hakken, sleutels en kettingen naar binnen drong, het pistool in zijn twee handen, zoals hij op films had gezien, zakte de gefrustreerde papa in elkaar in de enige stoel, opgekruld als een foetus. Laredo aarzelde, want hij was zo zenuwachtig dat hij geen idee meer had wat de volgende stap was, maar Debbie had een beter geheugen.

Misschien begreep het slachtoffer nog niet de helft van wat Debbie zei, want de man jankte van angst, maar de paar woorden die wel tot hem doordrongen, zoals 'strafbaar feit', 'kinderporno', 'poging tot verkrachting van een minderjarige' en 'jarenlange gevangenisstraf', hadden het gewenste effect. Voor een fooi van tweehonderd dollar cash was er niets aan de hand, zeiden ze. De man zwoer bij alles wat hem heilig was dat hij dat bedrag niet bij zich had, en daar kreeg Laredo het zo van op zijn zenuwen dat hij misschien wel geschoten had als Debbie niet op het idee was gekomen mij met haar mobiel te bellen; ik was het meesterbrein van de bende. Daarop werd er opnieuw op de deur geklopt, en ditmaal was het een ober van het hotel, met de frisdrank en het broodje. Debbie nam het blad in ontvangst en tekende de rekening, met de deur op een kier, om het zicht te blokkeren op de man in onderbroek die in de stoel lag te grienen, en een tweede man, helemaal in het zwart, die nummer één de loop van een pistool in zijn mond stopte.

Ik begaf me naar de kamer van pappie en nam de leiding, met een rust die ik putte uit de joint die ik net had gerookt.

Ik zei de man dat hij zich aan moest kleden, verzekerde hem dat hem niets zou gebeuren als hij meewerkte, dronk de frisdrank, nam twee hapjes van het broodje, en gebood het slachtoffer vervolgens met ons mee te komen, zonder een kik te geven, want als hij kabaal schopte zou hij daar spijt van krijgen. Ik nam de stakker bij een arm en we gingen de vier verdiepingen via de trap naar beneden – in de lift liepen we het risico iemand tegen het lijf te lopen – met Laredo vlak achter ons. We duwden de man Nini's Volkswagen in, die ik zonder haar toestemming had geleend – ik had trouwens ook geen rijbewijs –, en reden naar een geldautomaat, waar hij zijn losgeld trok. Hij overhandigde ons de biljetten, wij stapten weer in de auto en gingen ervandoor. De man bleef hijgend van opluchting achter en, naar ik aanneem, genezen van de ondeugd vadertje te willen spelen. De hele operatie had vijfendertig minuten geduurd en de adrenalineontlading was net zo geweldig als de vijftig dollar die ieder van ons in de zak kon steken.

Mijn gewetenloosheid vond Nini nog het meest schokkend. In geen van de zeker honderd mails die ik dagelijks ontving en verstuurde kon ze een spoortje spijt of angst voor de gevolgen bespeuren, alleen het aplomb van een geboren crimineel. We hadden de truc toen al drie keer herhaald en waren er alleen maar mee gestopt omdat we Rick Laredo spuugzat waren, met zijn pistool, zijn kleffe schoothondjesliefde en zijn dreigementen me te vermoorden of ons te verlinken als ik zijn vriendinnetje niet wilde worden. Hij was een driftkikker; hij kon ineens in paniek raken, en dan was het niet denkbeeldig dat hij zomaar iemand neerschoot. Verder had hij een groter deel van de verdiensten opgeëist, omdat híj een paar jaar de bak in zou draaien als er iets fout ging, terwijl wij nog onder het jeugdstrafrecht vielen. 'En het belangrijkste is van mij: het pistool,' zei hij tegen ons. 'Nee, Rick, dat heb ík: hersens,' antwoordde ik. Daarop zette hij de loop van het pistool tegen mijn voorhoofd, maar ik schoof die met één vinger opzij en de drie vampiers keerden hem de rug toe en vertrokken, lachend. Zo eindigde ons lucratieve pedofielenhandeltje, maar het verloste me van Laredo, dacht ik. Hij bleef echter zo hardnekkig achter me aan zitten dat ik hem uiteindelijk ging haten.

Tijdens een van de inspecties van mijn kamer vond Nini nog meer drugs en zakjes met pillen, en een dikke gouden ketting waarvan ze de herkomst niet uit de onderschepte mails kon opmaken. Sarah had hem van haar moeder gestolen, en ik hield hem zolang verborgen tot we een manier zouden hebben gevonden om hem te verkopen.

Sarahs moeder was een onuitputtelijke bron van inkomsten voor ons want ze werkte voor een groot bedrijf, verdiende goed en hield van shoppen. Verder was ze vaak op reis, kwam ze 's avonds pas laat thuis, liet ze zich gemakkelijk belazeren en merkte ze het nooit als er iets weg was. Ze schepte op dat ze de beste vriendin van haar dochter was, en dat die haar alles vertelde, hoewel ze er in werkelijkheid geen flauw benul van had hoe Sarahs leven eruitzag; het was haar niet eens opgevallen hoe ondervoed en bloedeloos het meisje was. Soms nodigde ze ons uit om bij haar thuis een biertje te drinken en wiet te roken, want het was veiliger om dat daar te doen dan op straat, zoals ze zei. Ik kon maar niet begrijpen dat Sarah dat verhaal over die wrede stiefvader rondbazuinde terwijl ze zo'n benijdenswaardige moeder had: vergeleken met haar was mijn grootmoeder een monster.

Nini raakte buiten zichzelf van ongerustheid, ervan overtuigd dat haar kleindochter tussen de drugsverslaafden en de bedelaars op de straten van Berkeley zou eindigen, of in de gevangenis, bij de jonge delinquenten die Sneeuwwitje niet had weten te redden. Ze had gelezen dat een deel van de hersenen zich pas laat ontwikkelt, en dat pubers daardoor alle kanten op stuiteren en niet voor rede vatbaar zijn, en besloot dat ik was blijven steken in een fase van magisch denken, net als zijzelf toen ze had geprobeerd in contact te komen met Popo's geest en in handen was gevallen van die gestoorde vrouw in Oakland. O'Kelly, haar trouwe vriend en vertrouweling, probeerde haar gerust te stellen met het argument dat ik was meegesleurd door de tsunami van mijn hormonen, zoals dat nu eenmaal gebeurt in de puberteit, maar dat ik in wezen een prima kind was en dat het uiteindelijk allemaal in orde zou komen met mij, als zij me tenminste konden beschermen tegen mezelf en de gevaren van de wereld terwijl de onverbiddelijke natuur haar cyclus doorliep. Nini kon zich daar wel in vinden, want ik had tenminste geen boulimie, zoals Sarah, ik sneed mezelf niet met scheermesjes, zoals Debbie, en ik was ook niet zwanger en had geen hepatitis of aids.

Dat alles, en nog veel meer, waren Sneeuwwitje en mijn grootmoeder dankzij Normans godvergeten handigheid te weten gekomen uit de onverbloemde elektronische correspondentie tussen de vampiers. Nini stond voor een dilemma; ze voelde zich eigenlijk verplicht om het mijn vader te vertellen, met alle onvoorziene gevolgen van dien, maar in haar hart wilde ze Mikes advies opvolgen en me zonder veel verdere ophef uit de problemen helpen. Ze kreeg de kans niet om tot een besluit te komen, want ze werd opzijgeblazen door de storm der gebeurtenissen.

Tot de belangrijkste personen op dit eiland behoren de twee carabinero's – die ze hier smerissen noemen – Laurencio Cárcamo en Humilde Garay, die de orde moeten handhaven. Ik ben goede maatjes met hen, want ik train hun hond. Vroeger hadden de mensen weinig op met de smerissen, vanwege hun wrede gedrag tijdens de dictatuur, maar in de twintig jaar democratie die het land nu alweer achter de rug heeft, hebben ze het vertrouwen en respect van de burgers weten terug te winnen. In de jaren van de dictatuur was Laurencio Cárcamo nog maar een kind en Humilde Garay was nog niet eens geboren. Op de posters van de Chileense politie staan in uniform gestoken carabinero's met trotse Duitse herders afgebeeld, maar hier hebben we Livingston, een bastaardmormel dat vernoemd is naar Chili's beroemdste, inmiddels stokoude voetballer. De hond is nog maar net zes maanden, de ideale leeftijd om met zijn opvoeding te beginnen, maar ik ben bang dat hij van mij alleen maar leert om te gaan zitten, een poot te geven en dood te liggen. De carabinero's hebben me gevraagd hem te leren aanvallen en lijken op te sporen, maar voor het eerste is agressiviteit nodig en voor het tweede geduld, twee tegengestelde eigenschappen. Toen ik ze voor de keus stelde, opteerden ze voor het lijken opsporen, want er is hier niemand om aan te vallen en bij aardbevingen verdwijnen er wel eens mensen onder het puin.

Ik heb het nog nooit gedaan, maar de methode die ik uit een handboek heb, houdt in dat je een lap bevochtigt met cadaverine, een stof die naar lijken in ontbinding stinkt, dan de hond aan de lap moet laten ruiken voordat je die verstopt en er daarna voor moet zorgen dat hij hem vindt. 'Dat van die cadaverine wordt nog moeilijk, mevrouwtje. Zouden we daar geen rottende kippendarmen voor kunnen gebruiken?' stelde Humilde Garay voor, maar toen we dat deden, leidde de hond ons regelrecht naar Aurelio Ñancupels keuken in La Taberna del Muertito.

Ik ben nog steeds met verschillende geïmproviseerde methoden aan het experimenteren, onder de jaloerse blikken van Fákin, die in principe niets met andere dieren opheeft. Met de smoes van die training heb ik urenlang op de politiepost gezeten, waar ik oploskoffie drink en naar de fascinerende verhalen luister van de mannen 'in dienst van het vaderland', zoals ze dat zelf noemen.

De politiepost is een betonnen huisje, wit met een grauw soort groen geschilderd – de kleuren van de politie –, met een hek waar ze als versiering rijen machaschelpen aan hebben gehangen. De carabinero's praten heel weinig. Ze zeggen ‘positief’ en ‘negatief’, in plaats van ‘ja, ja’ en ‘nee, nee’, zoals de Chiloten, ik ben ‘mevrouwtje’, en Livingston is ‘dat beest’, ook ‘in dienst van het vaderland’. Laurencio Cárcamo, degene met het meeste gezag, was eerder gestationeerd in een geïsoleerd dorpje in de provincie Última Esperanza, waar hij een keer een voet heeft moeten amputeren van een man die vast was komen te zitten in een kloof. ‘Met een handzaag, mevrouwtje, en zonder verdoving. Aguardiente hadden we, verder niets.’

Humilde Garay, die me het meest geschikt lijkt als baasje voor Livingston, is bloedstollend knap. Hij lijkt op die acteur uit de Zorro-films, shit, ik weet niet meer hoe die heet... En hij heeft altijd een heel bataljon vrouwen achter zich aan, van incidentele toeristes die haast een appelflauwte krijgen in zijn aanwezigheid, tot volhardende meisjes die hem van het vasteland komen opzoeken, maar Humilde Garay is serieus, niet alleen omdat hij een uniform draagt, maar ook vanwege zijn geloof. Manuel heeft me verteld dat Garay ooit een groep Argentijnse bergbeklimmers heeft gered die verdwaald waren in het Andesgebergte. De reddingsploegen stonden op het punt het zoeken te staken omdat ze hen al hadden opgegeven, toen Garay zich ermee bemoeide. Met zijn potlood markeerde hij eenvoudigweg een plek op de kaart. Ze stuurden er een helikopter op af, en ja hoor: daar vonden ze de bergbeklimmers, half bevroren maar nog wel in leven. ‘Positief, mevrouwtje, de lokalisatie van de veronderstelde slachtoffers, afkomstig uit onze zusterrepubliek, was correct aangegeven op de Michelinkaart,’ antwoordde hij toen ik hem ernaar vroeg, en hij liet me een krantenberichtje uit 2007 zien met het bericht, met een foto erboven van de officier die hem het bevel had gegeven. ‘Als politiefunctionaris in actieve dienst Humilde Garay Renquileo water onder de grond kan opsporen, dan kan hij ook vijf Argentijnen vinden die boven de grond zitten,’ had de officier in het interview gezegd. Het blijkt dat als de politie ergens een waterput moet slaan, waar dan ook in het land, ze over de radio eerst contact opnemen met Garay, die op de kaart de exacte plek en de diepte aangeeft waar water zit en dan een fotokopie van de kaart faxt. Dat soort dingen moet ik vastleggen, want ze zullen ooit ideaal materiaal vormen voor Nini's verhalen.

Deze twee Chileense carabinero's doen me denken aan brigadier Walczak uit Berkeley: ze houden rekening met menselijke zwakheden. De twee cellen op de politiepost, een voor dames en een voor heren, zoals de bordjes op de tralies aangeven, worden voornamelijk gebruikt om dronkenlappen onder te brengen als het regent en ze écht niet naar huis gebracht kunnen worden.

De afgelopen drie jaar van mijn leven, tussen mijn zestiende en mijn negentiende, waren zo explosief dat Nini er haast aan onderdoor is gegaan, zoals ze zelf in één zin samenvatte: 'Ik ben blij dat je grootvader niet meer op deze wereld is om te zien wat er van je is geworden, Maya.' Ik had haar bijna geantwoord dat als mijn grootvader nog wel op deze wereld zou zijn geweest, ik niet zou zijn geworden wat ik was, maar ik hield me op tijd in; het was niet eerlijk om hem de schuld te geven van mijn gedrag.

Op een novemberdag in 2006, veertien maanden na Popo's dood, kreeg de familie Vidal om vier uur 's morgens een telefoontje van het Berkeley Hospital met de mededeling dat de minderjarige Maya Vidal per ambulance naar de afdeling Spoedeisende Hulp was vervoerd en op dat moment geopereerd werd. Nini was de enige die thuis was, en zij wist Mike O'Kelly te bereiken om hem te vragen uit te zoeken waar mijn vader was, waarna ze naar het ziekenhuis racete. Ik was die nacht weggeglipt om naar een rave in een verlaten fabriek te gaan, waar ik met Sarah en Debbie had afgesproken. Ik was niet met de auto, want Nini had voor de zoveelste keer een botsing gehad en de Volkswagen was in de garage om opgelapt te worden; vandaar dat ik mijn oude roestige fiets had gepakt, met slechte remmen.

Wij vampiers kenden de uitsmijter, een kerel met een boeventronie en de hersens van een kip, die ons binnenliet zonder een punt te maken van onze leeftijd. De fabriek vibreerde van de oorverdovende muziek en het publiek dat helemaal losging, willoze marionetten. Sommigen dansten, anderen sprongen, weer anderen lagen in catatonische toestand op de grond, hun hoofd schokkend op het ritme van de muziek. Jezelf ongans drinken, roken wat je niet kon spuiten, ongeremde seks met de eerste de beste die je bij de hand had, dat soort werk. De stank, de rook en de hitte waren zo intens dat we naar buiten moesten om adem te krijgen. Bij aankomst mixte ik voor mezelf een cocktail van eigen vinding om in de stemming te komen – gin, wodka, whisky, tequila en cola – en rookte ik een pijpje, met wiet, coke en een paar druppeltjes lsd, dat me haast knock-out sloeg. Ik verloor mijn vriendinnen al snel uit het oog; ze losten op in de uitzinnige menigte. Ik danste in mijn eentje, dronk nog meer, rommelde wat met verschillende jongens... Ik kan me het niet meer precies voor de geest halen, en ook niet wat er daarna is gebeurd. Twee dagen later, toen de werking van de tranquillizers die ze me in het ziekenhuis hadden gegeven begon af te nemen, hoorde ik dat ik was aangereden door een auto toen ik zo stoned als wat, zonder licht en zonder remmen terugfietste van de rave. Ik vloog door de lucht en kwam een paar meter verderop neer, in de bosjes naast de weg. De chauffeur van de auto was in zijn poging mij te ontwijken tegen een paal gebotst en had er een hersenschudding aan overgehouden.

Ik lag twaalf dagen in het ziekenhuis, met een gebroken arm, een ontwrichte kaak en een lijf dat in brand stond, want ik was neergekomen op een soort gifsumakstruiken, en daarna werd ik nog eens twintig dagen thuis gevangengehouden, met metalen moeren en staafjes in het gebroken bot, bewaakt door mijn grootmoeder en Sneeuwwitje, die Nini een paar uur per dag afloste zodat zij even kon rusten.

Nini geloofde dat het ongeluk een wanhoopspoging van Popo was geweest om mij te redden. 'Het feit dat je nog leeft bewijst dat, en dat je je arm hebt gebroken, en geen been, want dan zou het afgelopen zijn met voetballen.' Diep in haar hart denk ik dat mijn grootmoeder blij was met het ongeval, want het ontlastte haar van de plicht om mijn vader te vertellen wat ze over mij had ontdekt; dat deed de politie voor haar.

Nini ging die weken niet naar haar werk en installeerde zich als een fanatieke cipier naast mijn bed. Toen Sarah en Debbie me eindelijk kwamen opzoeken – ze hadden na het ongeluk hun neus nog niet durven laten zien – joeg ze hen krijsend als een viswijf de deur uit, maar Rick Laredo, die met een bosje verlepte tulpen en een gebroken hart aan kwam kloppen, vond ze zielig. Ik weigerde hem te ontvangen en zij moest ruim twee uur in de keuken zijn liefdesverdriet aanhoren.

'Maya, die jongen heeft gevraagd of ik je een boodschap wil overbrengen: hij heeft me bezworen dat hij nooit dieren heeft gemarteld en smeekt je om hem nog een kans te geven,' zei ze toen hij weg was. Mijn grootmoeder heeft een zwak voor mensen met liefdesverdriet.

'Als hij weer komt, Nini, zeg hem dan maar dat ik hem nooit meer wil zien, al was-ie vegetariër en red-de-tonijnen-activist,' antwoordde ik.

De pijnstillers en de schok dat mijn geheime leven was uitgekomen, hadden mijn wil gebroken, en in eindeloze kruisverhoren bekende ik Nini alles wat maar in haar opkwam om me te vragen, hoewel ze eigenlijk overal al van op de hoogte was, want dankzij de lessen van dat knaagdier Norman waren er geen geheimen meer in mijn leven.

'Volgens mij ben je niet echt slecht, Maya, en ook niet

helemaal achterlijk, hoewel je je uiterste best doet om dat te lijken,' zuchtte Nini. 'Hoe vaak hebben we je niet gewaarschuwd voor de gevaren van drugs? En hoe kón je, die mannen afpersen onder dreiging van een pistool!'

'Het waren smeerlappen, pedofielen, Nini, zo pervers als wat. Het was hun verdiende loon dat we ze te pakken namen. Nou ja, we hebben ze niet echt genomen, je begrijpt wel wat ik bedoel.'

'En wie denk jij dat je bent om eigen rechter te spelen? Batman soms? Ze hadden je wel kunnen vermoorden!'

'Er is niets ergs gebeurd, Nini...'

'Hoe kun je zeggen dat er niets ergs is gebeurd? Kijk nou toch eens naar jezelf! Wat moet ik met je, Maya?' Ze barstte in snikken uit.

'Het spijt me, Nini. Niet huilen alsjeblieft. Ik zweer het je: ik heb mijn lesje geleerd. Door het ongeluk zie ik alles weer helder.'

'Ik geloof er niets van. Zweer het me, op de paus!'

Ik had oprecht spijt, ik was echt geschrokken, maar dat maakte verder weinig verschil, want zodra de dokter me beter verklaarde, bracht mijn vader me naar een ontwenningskliniek in Oregon waar onhandelbare jongeren werden opgeborgen. Ik ging niet vrijwillig mee; hij moest een politievriend van Susan ronselen om me te ontvoeren, een mastodont die eruitzag als een Maori van het Paaseiland, die hem bijstond in die verwerpelijke actie. Nini had zich verstopt omdat ze het niet kon aanzien hoe ik als een dier naar het slachthuis werd meegesleurd, krijsend dat niemand van me hield, dat iedereen me in de steek had gelaten – waarom vermoordden ze me niet meteen, voordat ik het zelf zou doen.

In de ontwenningskliniek in Oregon zat ik tot begin juni 2008 vast, en met mij nog zesenvijftig rebelse, verslaafde, suïcidale, anorectische, manisch-depressieve, van school gestuurde jongeren, van wie er enkele zelfs in geen van die vakjes pasten. Ik nam me voor iedere poging om mij tot een normaal leven te bekeren te saboteren, en maakte plannen om wraak te nemen op mijn vader omdat hij me naar dat gekkengesticht had gebracht, op Nini omdat ze het had toegelaten, en op de rest van de wereld omdat niemand zich iets van me aantrok. De waarheid is echter dat ik daar terecht was gekomen door het besluit van de rechter die uitspraak had gedaan in de zaak die het ongeluk betrof. Mike O'Kelly kende de vrouw en was met zo veel welsprekendheid voor mij in de bres gesprongen dat hij haar hart had weten te raken, anders was ik in een staatsinrichting terechtgekomen, niet in de San Quentin, zoals mijn grootmoeder had geschreeuwd tijdens een van haar woedeaanvallen. Ze kan vreselijk overdrijven. Ze heeft me een keer meegenomen naar een gruwelijke film waarin een moordenaar werd geëxecuteerd in de San Quentin-gevangenis. 'Dan kun je eens zien wat er gebeurt, Maya, als je je niet aan de wet houdt. Het begint met kleurpotloden stelen op school en eindigt in de elektrische stoel,' waarschuwde ze me na afloop. Sindsdien is dat een vaste grap in de familie, maar ditmaal meende ze het serieus.

De rechter, een Aziatische vrouw die zwaarder was dan een zandzak, had me, mijn jeugdige leeftijd en blanco strafblad in aanmerking genomen, voor de keuze gesteld tussen een afkickprogramma en de jeugdgevangenis; dat laatste had de bestuurder van de auto die boven op me was geknald geëist, die me gestraft wilde zien toen bleek dat de verzekering van mijn vader hem niet zo ruimhartig schadeloos zou stellen als hij had verwacht. Het was niet míjn keuze, maar die van mijn vader; naar mijn mening werd niet eens gevraagd. Gelukkig werd mijn verblijf betaald door het Californische onderwijssysteem, anders hadden ze het huis moeten verkopen om de kosten van mijn reclassering te betalen: zestigduizend dollar per jaar. Er waren ouders die hun kinderen per privéjet kwamen opzoeken.

Mijn vader haalde opgelucht adem na de uitspraak van de rechter, want zijn dochter brandde zijn handen als gloeiende houtskool en hij was me liever kwijt dan rijk. Ik ging helemaal door het lint toen hij me naar Oregon bracht. Ze hadden me drie tabletten valium door mijn strot gewurmd, die geen enkel effect hadden. Er zou het dubbele nodig zijn om iemand als ik plat te krijgen, want ik was nog in staat normaal te functioneren met een cocktail van vicodin en Mexicaanse paddo's in mijn lijf. Hij sleepte me samen met die vriend van Susan het huis uit. Ze dróégen me min of meer het vliegtuig in, propten me vervolgens in een huurauto en brachten me van de luchthaven naar de ontwenningskliniek, over een eindeloze weg door de bossen. Ik had een dwangbuis en elektroshocks verwacht, maar de kliniek was een vriendelijk ogend complex van houten gebouwen in een park. Het leek in de verste verte niet op een gekkenhuis.

De directrice ontving ons op haar kantoor, in gezelschap van een jonge bebaarde man, die een van de psychologen bleek te zijn. Ze leken wel broer en zus, met hun in een paardenstaart gebonden lichte vlashaar, hun verbleekte spijkerbroek, grijze trui en laarzen: het uniform van het personeel van de kliniek, dat zich op die manier onderscheidde van de cliënten, die in bizarre uitdossingen rondliepen. Ze traden me tegemoet als een vriendin die op bezoek komt, en niet als een verward, krijsend meisje dat door twee mannen naar binnen wordt gesleurd. 'Je kunt me Angie noemen, en dat is Steve. We zijn er om je te helpen, Maya. Je zult zien dat het best meevalt hier,' riep de vrouw opgewekt uit. Ik braakte de vliegtuignootjes uit over haar tapijt. Mijn vader waarschuwde haar dat het helemaal niet zou meevallen met zijn dochter, maar zij had mijn gegevens voor zich op haar bureau en had mogelijk ergere gevallen meegemaakt. 'Het wordt al donker en u hebt nog een hele reis voor de boeg, meneer Vidal. U kunt nu maar beter afscheid nemen van

Maya. Maakt u zich geen zorgen, uw dochter is in goede handen,' zei ze. In zijn haast om weg te komen racete hij naar de deur, maar ik stortte me op hem en klampte me aan zijn colbertje vast, smekend om me niet achter te laten – alsjeblieft, papa, alsjeblieft. Angie en Steve hielden me zonder overdreven veel kracht te gebruiken vast, terwijl mijn vader en de Maori er zo snel mogelijk vandoor gingen.

En toen, eindelijk geveld door mijn vermoeidheid, gaf ik mijn verzet op en ging als een hond ineengerold op de grond liggen. Daar lieten ze me een hele tijd met rust. Ze ruimden mijn kots op en toen ik ophield met jammeren en snotteren, gaven ze me een glas water. 'Ik peins er niet over om hier in dit gekkenhuis te blijven! Zo gauw ik de kans heb, loop ik weg!' riep ik met het kleine beetje stem dat ik nog overhad, maar ik bood geen verzet toen ze me overeind hielpen en me meenamen voor een rondleiding.

Buiten was het een ijskoude nacht, maar binnen was het gebouw warm en comfortabel, met lange, overdekte gangen, grote ruimtes, hoge plafonds met zichtbare balken, ramen met bewasemd glas, de geur van hout, eenvoud. Er waren geen tralies of sloten. Ze lieten me een overdekt zwembad zien, een gymnastiekzaal en een algemene ruimte met gemakkelijke stoelen, een biljarttafel en een grote open haard waarin dikke houtblokken brandden. De pupillen waren verzameld in de eetzaal en zaten aan rustieke tafeltjes met vaasjes met bloemen erop, een detail dat me opviel omdat het niet het klimaat was om bloemen te kweken. Twee gedrongen, glimlachende Mexicaanse vrouwen met witte schorten voor stonden achter het buffet het eten op te scheppen. Er heerste een prettige, ontspannen sfeer, luidruchtig. Ik kreeg de verrukkelijke geur van bonen en gebakken vlees in mijn neus, maar weigerde te eten. Ik peinsde er niet over me met die lui af te geven.

Angie pakte een glas melk en een schaaltje met koekjes, en ging me voor naar een slaapzaal, een eenvoudig vertrek met vier bedden, blankhouten stoelen en schilderijen van vogels en bloemen aan de wand. Familiefoto's op de nachtkastjes waren het enige bewijs dat hier mensen sliepen. Ik huiverde bij de gedachte hoe abnormaal die types wel niet moesten zijn die in een dergelijke keurigheid leefden. Mijn koffer en mijn rugzak lagen op een van de bedden, open, en het was duidelijk dat ze waren doorzocht. Ik stond op het punt Angie te vertellen dat ik niet van plan was om met wie dan ook op één kamer te slapen, maar toen bedacht ik dat ik ervandoor zou gaan zodra het de volgende dag licht werd, en dat het de moeite niet waard was een scène te trappen voor maar een enkel nachtje.

Ik trok mijn broek en mijn schoenen uit en kroop zonder me te wassen in bed, onder het toeziend oog van de directrice.

'Ik heb geen spuitplekken, en ook geen littekens van het snijden,' daagde ik haar uit, terwijl ik mijn armen liet zien.

'Daar ben ik blij om, Maya. Welterusten,' antwoordde Angie op natuurlijke toon. Ze zette de melk en de koekjes op het nachtkastje en ging de kamer uit, zonder de deur achter zich dicht te trekken. Ik verslond die lichte maaltijd, eigenlijk snakkend naar iets stevigers, maar ik was bekaf en viel binnen enkele minuten in een loodzware slaap.

Bij het eerste daglicht dat door de blinden voor de ramen piepte, werd ik wakker, hongerig en verward. Toen ik de silhouetten van de slapende meisjes in de andere bedden zag, wist ik weer waar ik was. Gehaast kleedde ik me aan, pakte mijn jas en mijn rugzak, en liep op mijn tenen de kamer uit, eerst de hal door en daarna naar een brede deur die naar buiten leek te voeren maar naar een van die overdekte gangen tussen twee gebouwen in leidde.

De koude lucht voelde als een klap in mijn gezicht. De hemel kleurde oranje, de aarde was bedekt met een dun laagje sneeuw en het rook naar pijnbomen en houtvuur. Op een paar meter afstand stond een hertenfamilie me aan te staren, met dampende neusgaten en trillende staarten probeerden ze het gevaar in te schatten. Twee kalfjes – aan de vlekken kon je zien dat ze nog maar pas geboren waren – hielden zich onzeker overeind op dunne pootjes, terwijl de moeder met nerveuze oren over ze waakte. Het hert en ik keken elkaar aan in een eindeloos moment, wachtend op elkaars reactie, onbeweeglijk, tot een stem achter me ons deed opschrikken en de herten wegdraafden.

'Dit is hun drinkplaats. Er komen ook wasbeertjes, vossen en beren.'

Het was dezelfde baardmans die me de dag daarvoor had ontvangen, nu gehuld in een ski-jack, op laarzen en met een met bont gevoerde leren muts op zijn hoofd. 'We hebben elkaar gisteren al ontmoet, maar ik weet niet of je je dat nog herinnert. Ik ben Steve, een van de therapeuten. Het ontbijt is pas over twee uur, maar ik heb koffie', en hij liep weg zonder om te kijken. Werktuiglijk volgde ik hem naar de recreatiezaal, de ruimte met de biljarttafel, en wachtte wantrouwig af terwijl hij de houtblokken in de open haard met krantenpapier aanstak en twee bekers volschonk met koffie met melk uit een thermoskan. 'Vannacht is de eerste sneeuw van het seizoen gevallen,' zei hij terwijl hij met zijn muts het vuur aanwakkerde.

Tía Blanca moest dringend naar Castro, want haar vader had last van zorgwekkende hartkloppingen nadat hij op tv het 'billenconcours' had gezien, dat op de stranden werd gehouden. Blanca zegt altijd dat Millalobo alleen nog in leven is omdat het kerkhof hem zo saai lijkt. Die tv-beelden zouden fataal kunnen zijn voor een hartpatiënt: meisjes met onzichtbare tangaslipjes die met hun kont schudden voor een horde mannen die in hun enthousiasme met lege flessen gooien en de pers aanvallen. In La Taberna del Muertito zaten de mannen hijgend naar het scherm te kijken en spuugden de vrouwen met hun armen over elkaar op de grond.

Wat zouden Nini en haar feministische vriendinnen zeggen van zo'n wedstrijd! Het billenconcours werd gewonnen door een meisje met geblondeerd haar en een negerinnenkont, op het strand van Pichilemu, waar dat ook mag zijn. 'Die lellebel, ze had mijn vaders dood kunnen betekenen,' luidde Blanca's commentaar toen ze terugkwam uit Castro.

Ik heb de opdracht een jeugdvoetbalelftal samen te stellen; makkelijk zat, want in dit land leren jongetjes al tegen een bal trappen als ze nog maar net kunnen staan. Ik heb al een eerste team samengesteld, een reserve-elftal én een meisjesploeg, en dat laatste heeft aanleiding gegeven tot een stortvloed aan grappen, hoewel niemand zich ertegen heeft durven verzetten, want dan zouden ze het met tía Blanca aan de stok krijgen. De planning is dat ons eerste elftal meedoet aan het schoolvoetbaltoernooi dat in september tijdens de *Fiestas Patrias*, de onafhankelijkheidsfeesten, wordt gehouden. We hebben nog een paar maanden om te trainen, maar dat kan niet zonder voetbalschoenen en omdat geen van de families daar genoeg geld voor heeft, zijn Blanca en ik een beleefdheidsbezoekje gaan brengen aan don Lionel Schnake, die weer was hersteld van de door de zomerse billen veroorzaakte schade.

We paaiden hem met twee flessen van de allerbeste goudlikeur, die Blanca persoonlijk maakt met aguardiente, suiker, melkwei en specerijen, en brachten ter sprake hoe belangrijk het is om de kinderen met sportactiviteiten bezig te houden, want dan kunnen ze geen rottigheid uithalen. Daar kon don Lionel het mee eens zijn. Van dat onderwerp overgaan op voetbal was slechts een zaak van nog een glaasje goudlikeur, waarna hij ons elf paar voetbalschoenen beloofde in de maten die we nodig hadden. Toen moesten we hem uitleggen dat we er meer nodig hadden, behalve de elf paar voor El Caleuche, ons jongensteam, elf voor La Pincoya, de meisjes, en nóg eens elf voor het reserveteam. Toen hij hoorde wat dat zou gaan kosten, stortte hij zich in een hele tirade over de economische crisis, zalmkwekerijen, werkloosheid, en dat die dochter van hem een bodemloze put was en nog eens zijn dood zou worden met haar gebedel om meer en nog meer, en hoe het in godsnaam mogelijk was dat voetbalschoenen een prioriteit waren in het falende schoolsysteem van dit land.

Uiteindelijk veegde hij zijn voorhoofd af, schonk zich een vierde glaasje goudlikeur in en schreef de cheque uit. We hebben diezelfde dag nog de schoenen besteld in Santiago en een week later gingen we ze met de bus in Ancud ophalen. Tía Blanca bewaart ze achter slot en grendel, zodat de kinderen ze niet dagelijks dragen, en heeft verder verordonneerd dat ze uit het team worden gezet als hun voeten groeien.

HERFST

(april, mei)

Het herstel van de school is afgerond. De school is de plek waar de bevolking schuilt in geval van nood, het is het veiligste gebouw, op de kerk na natuurlijk, want dat gammele houten bouwsel wordt door God persoonlijk overeind gehouden. Dat bleek wel in 1960, toen de krachtigste aardbeving plaatsvond die ooit ter wereld is geregistreerd: 9,5 op de schaal van Richter. De zee kwam omhoog en stond op het punt het dorp te verzwelgen, maar de golven stopten vlak voor de deur van de kerk. In de tien minuten dat de aardbeving duurde krompen de meren, verdwenen hele eilanden, sperde de aarde zich open en zakten treinrails, bruggen en wegen de diepte in.

Chili wordt regelmatig bezocht door rampen: overstromingen, droogtes, orkanen, aardbevingen en golven die in staat zijn een schip midden op het dorpsplein neer te zetten. De mensen bezitten hun ziel in lijdzaamheid, het zijn door God gezonden beproevingen, maar als zich al te lang geen narigheid heeft voorgedaan worden ze zenuwachtig. Mijn Nini heeft dat ook; ze is altijd bang dat de hemel op haar hoofd valt.

Onze school is voorbereid op de volgende woede-uitbarsting van de natuur; het is het sociale hart van het eiland. Hier komen de vrouwenpraatgroep en de handwerkclub bij elkaar en houden de Anonieme Alcoholisten hun bijeenkomsten, waar ik ook een keer heen ben gegaan omdat ik dat Mike O'Kelly had beloofd, maar ik was de enige vrouw tussen vier of vijf mannen, die geen mond open durfden te doen in mijn aanwezigheid. Ik denk niet dat ik het nodig heb, ik sta al meer dan vier maanden droog. Het schoolgebouw is ook de plek waar we film kijken, waar de kleinere problemen die de moeite niet waard zijn om mee naar de carabinero's te lopen worden opgelost en de hangende zaken worden besproken, zoals het zaaien en oogsten, de prijs van de aardappelen en de schaal- en schelpdieren; hier doet Liliana Treviño de inentingen en geeft ze gezondheidsadviezen, die de oudere vrouwen geamuseerd aanhoren. 'Ik wil niet onbeleefd zijn, señorita Liliana, maar wat kunt u ons daar nu over vertellen!' zeggen ze. De vrouwen zijn van mening, en terecht, dat pillen uit een potje verdacht zijn, iemand moet er goud geld aan verdienen, en ze nemen liever hun toevlucht tot huismiddeltjes, die gratis zijn, of homeopathische poedertjes. In het schoolgebouw wordt ons het geboortebeperkingsprogramma van de regering uiteengezet, dat voor sommige grootmoeders nogal schokkend is, en hier delen de carabinero's luizenbestrijdingsinstructies uit voor als er een plaag uitbreekt, wat om het jaar gebeurt. Als ik alleen maar aan luizen denk krijg ik al jeuk op mijn hoofd. Geef mij maar vlooien, die beperken zich tenminste tot Fákin en de katten.

De schoolcomputers zijn precolumbiaans maar goed onderhouden, en op e-mailen na gebruik ik ze voor alles wat ik nodig heb. Ik ben gewend geraakt aan het leven zonder verbinding met de buitenwereld. Wie zou ik trouwens moeten schrijven als ik toch geen vrienden heb? Ik ontvang wel berichten van Nini en Sneeuwwitje, want die sturen Manuel hun versleutelde mails, maar ik zou zo graag mijn indrukken van dit merkwaardige ballingsoord met hen delen; ze kunnen zich geen voorstelling maken van Chiloé. Op deze plek moet je zelf zijn geweest.

Ik bleef in de kliniek in Oregon, want de winter had zich blijvend geïnstalleerd daar in die bossen, met zijn kristalheldere schoonheid van ijs en sneeuw en luchten die nu eens blauw en onschuldig waren en dan weer loodgrijs en woest; om te kunnen vluchten moest ik wachten tot het wat minder koud zou worden. Toen de dagen lengden, de temperatuur steeg en de buitenactiviteiten werden opgestart, begon ik me weer serieus met mijn vluchtplannen bezig te houden, maar toen kwamen de vicuña's, twee gracieuze dieren met rechtopstaande oortjes en kwijnende wimpers, een kostbaar cadeau van de dankbare vader van een van de vorig jaar afgezwaaide pupillen. Angie vroeg of ik de verzorging van de vicuña's op me wilde nemen, met als argument dat niemand daar beter geschikt voor was dan ik, aangezien ik was opgegroeid met Susans bomhonden, en dus moest ik mijn vlucht opnieuw uitstellen omdat de vicuña's me nodig hadden.

In de loop van de tijd schikte ik me in het programma van sport, kunst en therapie, maar ik sloot geen vriendschappen. Dat werd door het systeem ontmoedigd; wij pupillen werkten hoogstens samen om verboden dingen uit te halen. Ik miste Debbie en Sarah niet, alsof bij het veranderen van omgeving en omstandigheden mijn vriendinnen niet langer belangrijk waren. Als ik aan hen dacht was dat met een zekere afgunst; ze zetten hun leven voort zonder mij, net zoals verder iedereen op Berkeley High. Er werd vast en zeker heel wat afgeroddeld over die gestoorde Maya Vidal, die in een gekkenhuis zat. Misschien had een ander meisje mijn plaats wel ingenomen in het driemanschap van de vampiers.

In de kliniek maakte ik me het psychologische jargon eigen en leerde ik tussen de regels door laveren, die overigens geen regels werden genoemd, maar afspraken, waar je voor moest tekenen. De eerste van de vele afspraken die ik zou tekenen zonder van plan te zijn me eraan te houden, hield in dat ik, net als de rest van de pupillen, beloofde me verre te houden van alcohol, drugs, geweld en seks. Voor de eerste drie zaken was geen gelegenheid, maar mijn medepupillen grepen iedere kans aan om regel nummer vier te overtreden, ondanks het constante toezicht van begeleiders en psychologen. Ik onthield me van seks.

Om geen problemen te krijgen was het heel belangrijk om normaal te lijken, hoewel hun definitie van normaliteit nogal fluctueerde. At je veel, dan was je gespannen; at je weinig, dan was je anorectisch; je was depressief als je je graag afzonderde, maar alles wat op vriendschap leek was verdacht; nam je niet deel aan een bepaalde activiteit, dan pleegde je sabotage, maar als je ergens enthousiast voor was, wilde je aandacht trekken. 'Wie een hond wil slaan, vindt altijd wel een stok.' Nog eentje van Nini.

Het programma was gebaseerd op drie duidelijke vragen – wie ben je, wat wil je met je leven, en hoe ga je dat aanpakken – maar de therapeutische methodes waren minder doorzichtig. Een meisje dat verkracht was moest verkleed als Franse dienstbode een dansje uitvoeren ten overstaan van de rest van de pupillen; een jongen met zelfmoordneigingen lieten ze de brandtoren in het bos beklimmen om te zien of hij zich naar beneden zou storten, en iemand met claustrofobie werd geregeld opgesloten in een wc. Er waren strafsessies – reinigingsrituelen – en collectieve sessies waarin we onze trauma's moesten visualiseren teneinde ze te overwinnen. Ik verdomde het om de dood van mijn grootvader na te spelen en de anderen moesten dat voor mij in de plaats doen, net zolang tot de psycholoog van dienst me genezen verklaarde, of juist niet te genezen, dat weet ik niet meer. Tijdens eindeloos lang durende therapeutische groepsbijeenkomsten moesten we herinneringen, dromen, verlangens, angsten, plannen, fantasieën en onze meest intieme geheimen opbiechten – 'delen' noemden ze dat. Uitkomen op je naakte ziel, dat was het doel van die marathonsessies. Mobiele telefoons waren verboden, telefoneren mocht alleen onder toezicht, correspondentie, muziek, boeken en films werden gecensureerd, e-mailen en onverwacht bezoek waren uitgesloten.

Toen ik er drie maanden zat, kreeg ik voor het eerst familiebezoek. Terwijl mijn vader een voortgangsgesprek had met Angie, nam ik mijn grootmoeder mee om haar het park te laten zien en haar voor te stellen aan de vicuña's, die ik met linten om hun oren mooi had gemaakt. Nini had een klein, geplastificeerd fotootje van Popo voor me meegebracht waar hij in zijn eentje op stond, drie maanden voor zijn dood, met zijn hoed op en zijn pijp in zijn hand, lachend in de camera. Mike O'Kelly had de foto genomen tijdens het kerstfeest toen ik dertien was, en mijn grootvader zijn verloren planeet cadeau had gedaan: een groen balletje met honderd getallen erop, die correspondeerden met de kaarten en illustraties van alles wat er waarschijnlijk bestond op zijn planeet, zoals we dat samen hadden verzonnen. Hij was als een kind zo blij geweest met het cadeau, daarom lachte hij zo op die foto.

'Popo is altijd bij je, Maya. Vergeet dat niet,' zei mijn grootmoeder.

'Hij is dood, Nini!'

'Ja, maar hij is in jou aanwezig, hoewel je dat nog niet weet. In het begin had ik zo veel verdriet, Maya, dat ik dacht dat ik hem voorgoed kwijt was, maar tegenwoordig kan ik hem haast zien.'

'En heb je dan nu geen verdriet meer? Jij, van iedereen!' antwoordde ik woedend.

'Het verdriet is er nog, maar ik heb het geaccepteerd. Ik voel me stukken beter.'

'Hartelijk gefeliciteerd dan! Met mij gaat het steeds slechter in dit krankzinnigengesticht. Haal me hier weg, Nini, voordat ik knettergek word.'

'Doe niet zo melodramatisch, Maya. Het is hier veel prettiger dan ik had gedacht. Ze zijn begrijpend en vriendelijk.'

'Alleen omdat jullie hier op bezoek zijn!'

'Wil je zeggen dat ze je slecht behandelen als wij er niet zijn?'

'Niet dat ze slaan, maar we worden psychisch gemarteld,

Nini. Ze ontzeggen ons eten en slaap omdat ze eerst onze verdediging willen breken om ons daarna te hersenspoelen, ze stoppen dingen in ons hoofd.'

'Wat dan?'

'Ze vertellen vreselijke dingen over drugs, geslachtsziekten, gevangenissen, psychiatrische ziekenhuizen, abortus; ze behandelen ons als idioten. Vind je dat soms niet erg genoeg?'

'Dat lijkt me meer dan erg genoeg. Ik zal eens een hartig woordje met dat mens spreken, hoe heet ze ook alweer, Angie? Dat zal haar leren wie ze voor zich heeft!'

'Nee!' riep ik uit, terwijl ik haar tegen probeerde te houden.

'Wat nou, nee? Denk je dat ik mijn kleindochter als een Guantánamo-gevangene laat behandelen?' En de Chileense maffia stampte weg in de richting van de directiekamer. Een paar minuten later kwam Angie me halen.

'Maya, zou je alsjeblieft waar je vader bij is willen herhalen wat je tegen je lieve oma hebt gezegd?'

'Wat dan?'

'Je weet best waar ik het over heb,' drong Angie aan zonder haar stem te verheffen.

Mijn vader leek niet onder de indruk en herinnerde mij er alleen aan wat de rechter had besloten: afkicken of de gevangenis. Ik bleef in Oregon.

Tijdens het volgende bezoek, twee maanden later, kon Nini haar geluk niet op. Eindelijk had ze haar Maya terug, zei ze, geen Dracula-make-up meer, geen gangstermeisjesmanieren, ik blaakte van gezondheid en was uitstekend in vorm. Dat laatste dankzij de acht kilometer die ik dagelijks hardliep. Dat vonden ze alleen maar goed omdat ik, hoe ik ook rende, nergens heen kon. Ze hadden geen idee dat ik trainde voor mijn vlucht.

Ik vertelde Nini dat wij pupillen ons rot lachten om de psychologische testjes en de therapeuten, die zo doorzichtig waren in hun bedoelingen dat zelfs het groenste groentje ze nog kon manipuleren, om nog maar te zwijgen over het niveau van de zogenoemde 'lessen': aan het eind van onze 'opleiding' gaven ze ons een volkomen waardeloos diploma om aan de muur te hangen. We waren de documentaires over de opwarming van de polen en de excursies naar de Mount Everest spuugzat en snakten ernaar om te weten wat er in de wereld aan de hand was. Volgens Nini gebeurde daar niets wat de moeite waard was om te vertellen, er was alleen maar uitzichtloos slecht nieuws. De wereld liep naar zijn einde, maar zo traag dat het nog wel even zou duren, tot ik klaar was bij de kliniek. 'Ik tel de uren tot je terug bent, Maya. Ik mis je zo!' zuchtte ze, en ze streek me over mijn haren, die ik in verschillende, in de natuur niet bestaande tinten had gekleurd met de haarverf die zij me zelf met de post had gestuurd.

Ondanks mijn regenbooghaar zag ik er vergeleken met andere pupillen nog beschaafd uit. Ter compensatie van de talloze restricties en om ons een vals gevoel van vrijheid te geven, lieten ze ons naar hartenlust experimenteren met kleding en kapsels, maar het was verboden om piercings en tatoeages toe te voegen aan wat je al had. Zelf had ik een gouden neusring en mijn tattoo uit 2005. Een jongen die een korte neonaziperiode achter de rug had voordat hij zich op de methamfetamine had gestort, pronkte met een swastika die met een gloeiend merkijzer in de huid van zijn rechterarm was aangebracht, en iemand anders had FUCK op zijn voorhoofd getatoeëerd.

'Dat is een ontzettende loser, Nini. We mogen het niet over zijn tattoo hebben. De psychiater zegt dat dat traumatiserend voor hem kan zijn.'

'Wie is het, Maya?'

'Die slungel daar, met dat gordijn van haar voor zijn ogen.'

En mijn grootmoeder stevende op hem af om hem te vertellen dat hij zich geen zorgen hoefde te maken, omdat er tegenwoordig een laserstraal bestond waarmee dat lelijke woord van zijn voorhoofd kon worden verwijderd.

Manuel heeft de korte zomer gebruikt om informatie te vergaren en wil later, tijdens de donkere winteruren, het boek over de magie van Chiloé voltooien. Het gaat goed tussen ons, dat vind ik tenminste wel, hoewel hij nog steeds zo nu en dan naar me grauwt. Ik negeer het gewoon. Ik weet nog dat ik hem stug vond toen ik hem net kende, maar in de maanden dat ik bij hem woon heb ik ontdekt dat hij juist ontzettend aardig is, maar hij is iemand die zich daar eigenlijk voor schaamt; hij doet geen enkele poging om zich vriendelijk voor te doen en schrikt ervan als iemand genegenheid voor hem opvat, vandaar dat hij een beetje bang voor me is. Twee van zijn eerdere boeken zijn gepubliceerd in Australië, op groot formaat en met kleurenfoto's, en het is de bedoeling dat dit boek net zoiets wordt, dankzij de financiële steun van de Raad van Cultuur en een aantal bedrijven in de toeristenindustrie. De uitgever heeft de een of andere hotemetoot van een kunstenaar in Santiago opdracht gegeven voor de illustraties; die man krijgt het nog moeilijk met het tekenen van die ijzingwekkende wezens uit de Chilootse mythologie. Ik hoop maar dat Manuel nog meer werk voor me heeft, dan kan ik tenminste iets terugdoen, anders sta ik vanwege zijn gastvrijheid de rest van mijn dagen bij hem in het krijt. Het vervelende is dat hij niet kan delegeren; hij laat mij de meest simpele klusjes doen en verdoet daarna zijn tijd met alles weer te herzien. Hij denkt vast dat ik achterlijk ben. Tot overmaat van ramp heeft hij me ook nog eens geld moeten toestoppen, want ik had geen cent meer toen ik aankwam. Hij heeft me verzekerd dat mijn grootmoeder hem een cheque heeft gestuurd voor dat soort uitgaven, maar daar geloof ik niks van, want zo'n voor de hand liggende oplossing zou nooit in haar opkomen. Het ligt meer in haar lijn me een schep te sturen om schatten mee op te graven. De piraten van weleer hebben hier schatten verstopt, dat is algemeen bekend. In de nacht van San Juan, op 24 juni, zie je lichtjes op de stranden; dat is een teken dat er op zo'n plek een hutkoffer begraven ligt. Jammer genoeg blijven die lichtjes niet op hun plek, waardoor hebzuchtigen op een dwaalspoor worden gebracht, en verder kan zo'n lichtje ook nog betekenen dat er hekserij in het spel is. Er is nog nooit iemand rijk geworden door op de nacht van San Juan naar een schat te graven.

Het weer verandert snel en Eduvigis heeft een Chilootse muts voor me gebreid. De honderdnegen jaar oude doña Lucinda heeft de wol geverfd met behulp van planten, schors en vruchten van het eiland. Dat oudje is een expert, niemand die wol zo kleurecht geverfd krijgt als zij, in diverse bruintinten, roze, grijs, zwart, en een soort galgroen dat me goed staat. Met maar heel weinig geld heb ik warme kleren kunnen kopen, en schoenen, want mijn roze laarzen waren vergaan van het vocht. In Chili is het voor iedereen mogelijk aan fatsoenlijke kleding te komen. Overal wordt tweedehands kleding verkocht, of spullen die afkomstig zijn uit Amerikaanse of Chinese restantpartijen, waar soms dingen van mijn maat tussen zitten.

Ik heb ontzag gekregen voor de *Cahuilla*, Manuels boot, die zo fragiel oogt, maar zo'n dapper hart heeft. Hij heeft ons in galop over de Golf van Ancud gebracht en na de winter gaan we verder naar het zuiden, naar de Golf van Corvocado, via de kust van Isla Grande. De *Cahuilla* is niet snel, maar is betrouwbaar in deze kalme wateren; de ergste stormen vinden plaats op open zee, op de Stille Oceaan. Op de afgelegen eilanden en in de verre dorpen, waar het bestaan nog onveranderd is, wonen de ouden, die de legendes kennen. Ze leven van het land, van het fokken van dieren en de visvangst, en wonen in kleine gemeenschappen, waar de kermis van de moderne tijd nog niet is doorgedrongen.

Manuel en ik vertrekken bij het krieken van de dag en als het niet al te ver is proberen we voor het donker weer terug te zijn, maar als de afstand groter is dan drie uur varen blijven we slapen, want alleen marineschepen en de *Caleuche*, het spookschip, varen 's nachts. Volgens de ouden bestaat alles wat je op het land ziet ook onder water. Er zijn verzonken steden in de zee, in meren, rivieren en kreken, en daar wonen de *pigüichenes*, narrige wezens die ruwe zee en verraderlijke stromingen kunnen veroorzaken. Je moet vooral voorzichtig zijn op plekken waar het vochtig is, hebben ze ons gewaarschuwd, maar dat is een zinloos advies in deze streken waar het onophoudelijk regent en waar het vocht werkelijk overal in doordringt. Soms treffen we ouden die heel bereidwillig zijn om ons te vertellen wat hun ogen hebben gezien en komen we thuis met een schat aan opnamen, die vervolgens een crime blijken om uit te werken, want ze hebben een heel eigen manier van praten. In het begin van het gesprek willen ze het onder geen beding over magie hebben; dat is iets voor bejaarden, zeggen ze, daar gelooft geen mens meer in. Misschien zijn ze bang voor represailles van de 'vertegenwoordigers van de kunst', zoals zij heksen en tovenaars noemen, of misschien schamen ze zich voor hun reputatie van bijgelovigheid, maar met beleid en appelcider weet Manuel hen uit de tent te lokken.

Dit was de zwaarste storm die we tot nu toe hebben gehad. Hij viel met reuzenstappen over ons heen en ging woest tekeer tegen de wereld, met bliksemflitsen, donderslagen en een krankzinnige wind die zich op ons stortte, vastbesloten om het huis in de regen weg te blazen. De drie vleermuizen maakten zich los van hun balken en begonnen rond te vliegen door de kamer, terwijl ik ze met de bezem probeerde weg te jagen en Gato-Leso zijn nutteloze klauwen naar ze uitsloeg in het trillende licht van de kaarsen. De generator is al een paar dagen stuk en we hebben geen idee wanneer de *maestro chasquilla* komt, als hij al komt, want niemand die zich in deze streken aan zijn afspraken houdt. In Chili noemen ze iedereen die met een tang en een ijzerdraadje iets kan fiksen een maestro chasquilla, maar we hebben er geen op dit eiland, dus moeten we ze elders bestellen en die laten als hoogwaardigheidsbekleders op zich wachten. De storm maakte een oorverdovende herrie: het geluid van rollende rotsen, oorlogstanks, ontspoorde treinen, huilende wolven, en dan ineens een geluid dat uit de diepte van de aarde kwam. 'De aarde beweegt, Manuel!' Maar hij las onverstoorbaar door met zijn mijnwerkerslamp op zijn voorhoofd. 'Ach mens, het is alleen de wind maar. Als de aarde beeft, vallen de pannen naar beneden.'

En toen kwam Azucena Corrales, druipend van de regen, in een plastic cape en met rubberlaarzen aan, om te vragen of we konden komen helpen omdat het helemaal niet goed ging met haar vader. De storm was zo woest dat mobiele telefoons onbruikbaar waren, en het was ook niet mogelijk om naar het dorp te lopen. Manuel trok zijn regenjas aan, zette zijn pet op, schoot in zijn laarzen en ging op pad. Ik ging snel achter hem aan, want ik was niet van plan alleen achter te blijven, met de vleermuizen en die vliegende wind.

De Corrales wonen vlakbij, maar we deden er een eeuwigheid over om er te komen, kletsnat onder die waterval uit de hemel, ploeterend door de modder en vechtend tegen de wind, die ons precies de verkeerde kant op duwde. Ik had even het gevoel dat we verdwaald waren, maar toen zagen we ineens het gele lichtschijnsel van het raam van de Corrales.

Het huis, een stuk kleiner dan het onze en sterk vervallen, hield zich maar nauwelijks overeind in een hels kabaal van loszittende planken, maar binnen was het veilig. In het licht van een stuk of wat olielampen kon ik een samengeraapt zootje aan oude meubels zien, manden met ruwe wol, bergen aardappelen, potten en pannen, zakken, een drooglijn met was, bakjes om het water op te vangen dat door het dak lekte, en zelfs kooien met de konijnen en de kippen, die zo'n nacht immers niet buiten konden blijven. In een hoek stond een altaartje met een brandende kaars voor een gipsen Maagd Maria en een foto van pater Hurtado, Chili's eigen heilige. Aan de muren hingen kalenders, ingelijste foto's, ansichtkaarten, reclamemateriaal voor het ecotoerisme en propaganda van het ministerie van Volksgezondheid.

Carmelo Corrales, timmerman en botenbouwer, was altijd een robuuste kerel geweest, maar was geveld door de alcohol en zijn suikerziekte, die zijn gezondheid al heel lang ondermijnden. Aanvankelijk had hij de symptomen genegeerd. Later behandelde zijn vrouw hem met knoflook, rauwe aardappel en eucalyptus, en toen Liliana Treviño hem zover kreeg om naar het ziekenhuis in Castro te gaan, was het al te laat. Volgens Eduvigis had de tussenkomst van de dokters het alleen maar erger gemaakt. Corrales veranderde niets aan zijn levenspatroon; hij zoop gewoon door en bleef zijn gezin mishandelen, tot ze in december van het afgelopen jaar een been bij hem moesten amputeren. Zijn kleinzoon was hem voortaan te snel af als hij hem met zijn riem wilde afranselen, maar Eduvigis liep nog steeds regelmatig met een blauw oog rond, wat overigens niemand leek op te vallen. Manuel gaf me de raad me er niet mee te bemoeien. Dat zou te gênant zijn voor Eduvigis, want over huiselijk geweld zwijg je.

Ze hadden het bed van de zieke vlak bij het houtfornuis geplaatst. Door wat ik over Carmelo Corrales had horen vertellen, over zijn agressieve dronken buien en de manier waarop hij zijn gezin mishandelde, had ik me hem voorgesteld als een weerzinwekkende, grote kerel, maar daar in bed zag ik een onschadelijke oude man liggen, knokig en verkrampt, zijn ogen gesloten, zijn mond open, met de reutelende ademhaling van een stervende. Ik had altijd gedacht dat je een suikerpatiënt insuline moest toedienen, maar

Manuel gaf hem een paar lepeltjes honing, waar de zieke goed op reageerde, mede geholpen door Eduvigis' gebeden natuurlijk. Zwijgend dronken we de thee die Azucena voor ons had gezet, in afwachting van het luwen van de storm.

Het was een uur of vier in de morgen toen Manuel en ik terug naar ons eigen huis gingen, waar het inmiddels koud was, want het fornuis was al een tijd uit. Hij ging brandhout halen terwijl ik kaarsen aanstak en water en melk opwarmde op het oliestelletje. Zonder het me te realiseren beefde ik, niet zozeer van de kou als wel door de spanning van die nacht, de storm, de vleermuizen, de doodzieke man en een aanwezigheid die ik in het huis van de Corrales had gevoeld. Ik zou het niet precies kunnen uitleggen, maar het was iets boosaardigs, iets wat op haat leek. Als het waar is dat huizen doordrongen raken van het leven dat zich binnen hun muren afspeelt, is dat van de Corrales doordrongen van haat.

Manuel stak snel het vuur aan, we trokken onze natte kleren uit, deden onze pyjama en dikke wollen sokken aan, en sloegen Chilootse dekens om ons heen. We dronken staand, vlak voor de kachel, hij zijn tweede kop thee en ik mijn melk, en daarna liep hij de luiken na om te zien of er beschadigingen waren door de wind; hij vulde mijn warmwaterzak, bracht die naar mijn kamer en trok zich terug in de zijne. Ik hoorde hoe hij de badkamer in en uit liep en naar bed ging. Ik bleef luisteren naar de laatste stuiptrekkingen van de storm, naar het onweer dat steeds verder weg klonk, en naar de wind, die moe begon te worden van al dat blazen.

Ik heb verschillende strategieën ontwikkeld om mijn angst voor het donker te bestrijden, en niet één werkt. Sinds mijn komst naar Chiloé ben ik gezond van lijf en geest, maar mijn slapeloosheid is verergerd en ik wil niet aan de slaappillen. Mike O'Kelly heeft me ervoor gewaarschuwd: een normaal slaappatroon is het allerlaatste wat je na een drugsverslaving terugkrijgt. Aan het eind van de dag vermijd ik cafeïne en te veel prikkels, zoals films of boeken met gewelddadige scènes, die me dan 's nachts komen kwellen. Voordat ik naar bed ga neem ik een glas lauwe melk met honing en kaneel, het magische drankje dat Popo me altijd gaf toen ik klein was, en Eduvigis' rustgevende thee: lindebloesem, vlier, munt en viooltjes, maar wat ik ook doe en al ga ik zo laat mogelijk naar bed en lees ik tot mijn ogen dichtvallen, ik kan mijn slapeloosheid niet om de tuin leiden, die is onverbiddelijk. Ik heb vele nachten van mijn leven wakker gelegen. Vroeger telde ik schaapjes, tegenwoordig zwanen met zwarte halzen of dolfijnen met witte buiken. Ik breng úren in het donker door; het wordt één, twee, drie uur terwijl ik luister naar de ademhaling van het huis, het fluisteren van de geesten, het krabben van het monster onder mijn bed, altijd in doodsangst. Ik word aangevallen door mijn eeuwige vijanden, mijn verdriet, door alles wat ik ben verloren, mijn vernederingen en schuldgevoelens. Het licht aandoen staat gelijk aan opgeven, want dan slaap ik de rest van de nacht niet meer omdat het huis als het licht is niet alleen ademhaalt, maar ook beweegt, klopt, en uitstulpingen en tentakels ontwikkelt, geesten zichtbare omtrekken krijgen en gedrochten zich roeren. Dit zou een van die eindeloze nachten worden, want er was te veel gebeurd en het was te laat geworden. Begraven onder een berg dekens lag ik te kijken naar de zwanen die voorbijkwamen, toen ik Manuel in zijn slaap tekeer hoorde gaan in de kamer naast de mijne, zoals ik wel vaker had gehoord.

Er is iets wat die nachtmerries triggert, iets wat met zijn verleden te maken heeft, en misschien wel met het verleden van dit land. Ik heb een aantal dingen op internet gevonden die ermee te maken kunnen hebben, maar ik tast in het duister, met weinig aanwijzingen en geen enkele zekerheid. Het begon allemaal toen ik informatie zocht over Nini's eerste man, Felipe Vidal, en vervolgens terechtkwam bij de militaire staatsgreep van 1973, die Manuels bestaan op zijn kop zette. Ik vond een paar artikelen van Felipe Vidal over Cuba in de jaren zestig – hij was een van de weinige Chileense journalisten die over de revolutie schreven – en ik kwam ook andere reportages van hem tegen, van verschillende plekken op de wereld. Hij moet constant op reis zijn geweest. Een paar maanden na de opstand is hij verdwenen, dat is het laatste spoor dat ik op internet van hem vind. Hij was natuurlijk getrouwd en had een zoon, maar de namen van Nini en mijn vader komen nergens voor. Toen ik Manuel vroeg waar hij Felipe Vidal precies had leren kennen, antwoordde hij me kortweg dat hij het daar niet over wenste te hebben, maar ik heb het gevoel dat de levensverhalen van deze twee mannen op een of andere manier met elkaar verweven zijn.

In Chili hebben veel mensen lange tijd geweigerd de verhalen over de gruweldaden die het militaire bewind had gepleegd te geloven, tot in de jaren negentig de onweerlegbare bewijzen boven tafel kwamen. Hoewel volgens Blanca tegenwoordig niemand de wandaden nog langer kan ontkennen, zijn er nog steeds mensen die ze rechtvaardigen. Het is niet mogelijk het onderwerp aan te snijden tegenover haar vader en de rest van de familie Schnake, voor wie het verleden is begraven; de militairen hebben het land gered van het communisme, ze hebben de orde hersteld, subversieve elementen geëlimineerd en de vrijemarkteconomie ingesteld, die voorspoed heeft gebracht en de Chilenen, die nu eenmaal van nature lui zijn, heeft gedwongen te werken. Gruwelijkheden? Die zijn in tijden van oorlog nu eenmaal niet te vermijden, en dit was wél een oorlog tegen het communisme.

Waarover zou Manuel vannacht dromen? En weer voelde ik die vreselijke aanwezigheid van zijn nachtmerries, een aanwezigheid die me al eerder bang had gemaakt. Uiteindelijk stond ik op en begaf me tastend langs de muur naar zijn kamer, waar het schijnsel van het fornuis heel flauwtjes doordrong, nauwelijks genoeg om de omtrekken van de meubels waar te nemen. Ik was nog nooit in die kamer geweest. We leven heel dicht op elkaar, hij heeft me bijgestaan toen ik een dikkedarmontsteking had – niets intiemer dan dat –, we komen elkaar in de badkamer tegen, hij ziet me zelfs wel eens naakt als ik onder de douche vandaan kom en uit verstrooidheid vergeet iets aan te trekken, maar zijn slaapkamer is verboden terrein, dat alleen Gato-Leso en Gato-Literato onuitgenodigd betreden. Waarom heb ik het gedaan? Om hem wakker te maken, omdat ik niet wilde dat hij nog langer leed, om mijn slapeloosheid om de tuin te leiden en om bij hem te slapen. Dat is alles, verder niets, maar ik wist heus wel dat ik met vuur speelde, want hij is een man en ik ben een vrouw, ook al is hij tweeënvijftig jaar ouder dan ik.

Ik vind het fijn om naar Manuel te kijken, zijn versleten vest te dragen, in de badkamer zijn zeep te ruiken en zijn stem te horen. Ik hou van zijn ironie, zijn zekerheid, zijn zwijgende gezelschap. Ik vind het leuk dat hij niet weet hoe aardig mensen hem vinden. Lichamelijk voel ik me niet tot hem aangetrokken, niets van dien aard, maar het is niet in woorden uit te drukken hoeveel ik om hem geef. Eigenlijk heb ik niet zo veel mensen om van te houden: Nini, mijn vader, Sneeuwwitje, in Las Vegas twee personen die ik daar heb achtergelaten, in Oregon niemand behalve dan de vicuña's, en verder zijn er hier op dit eiland een paar mensen van wie ik te veel begin te houden. Zonder me iets aan te trekken van het geluid dat ik maakte liep ik naar Manuel, kroop zijn bed in en nestelde me tegen zijn rug aan, met mijn voeten tussen de zijne en mijn neus in zijn nek. Hij bewoog niet, maar ik wist dat hij wakker was geworden want hij veranderde in een blok beton. 'Rustig, man, ik kom alleen om samen adem te halen,' zei ik, het enige wat in me opkwam. En zo bleven we liggen: een oud echtpaar, gehuld in de warmte van de dekens en de warmte van ons twee. We haalden samen adem. Ik viel in een diepe slaap, net als toen ik tussen mijn grootouders in sliep.

Om acht uur maakte Manuel me wakker met een kop koffie en geroosterd brood. De storm was gaan liggen, de lucht was schoongewassen en het rook fris, naar vochtig hout en zout. In het ochtendlicht waarin het huis baadde, leken de gebeurtenissen van de nacht daarvoor een boze droom. Manuel had zich geschoren, zijn haren waren nat, en hij droeg dezelfde kleren als altijd: een slobberbroek, een polo, een vest met rafels op de ellebogen. Hij reikte me het blad aan en kwam naast me zitten.

'Het spijt me. Ik kon niet slapen en jij had een nachtmerrie. Het was niet slim om naar jouw kamer te komen, denk ik...' zei ik.

'Inderdaad.'

'Kijk niet zo pinnig, Manuel. Je zou denken dat ik een zware misdaad heb begaan. Ik heb je niet verkracht of zo.'

'Gelukkig maar,' antwoordde hij serieus.

'Mag ik je iets persoonlijks vragen?'

'Dat hangt ervan af.'

'Als ik naar je kijk zie ik een man, al ben je oud. Maar jij behandelt me hetzelfde als je katten. Je ziet me niet als een vrouw, of wel?'

'Ik zie je als jou, Maya. En daarom vraag ik je om niet meer bij me in bed te komen. Nooit meer. Is dat duidelijk?'

'Dat is duidelijk.'

Op dit landelijke Chilootse eiland lijkt mijn vroegere rusteloosheid onbegrijpelijk. Ik heb geen idee wat die constante kriebel was die me van het ene naar het andere dreef, altijd op zoek naar iets zonder te weten wat ik zocht; ik kan me niet helder voor de geest halen wat mijn drijfveren en gevoelens de afgelopen drie jaar waren, alsof de Maya Vidal van toen iemand anders was, een onbekende. Ik had het er met Manuel over tijdens een van onze zeldzame, min of meer intieme gesprekken, toen we met ons tweetjes waren. Buiten regende het, de elektriciteit was uitgevallen en hij kon zich niet verstoppen achter zijn boeken om aan mijn gebabbel te ontsnappen. Hij zei dat adrenaline verslavend is, dat je eraan went om onder spanning te leven, dat het niet mogelijk is je aan het melodrama te onttrekken, want dat maakt het leven per slot van rekening interessanter dan wanneer alles normaal verloopt. Hij voegde eraan toe dat een mens op mijn leeftijd nu eenmaal niet op zoek is naar geestelijke rust, dat ik de leeftijd heb om op avontuur te gaan, en dat ik deze verbanning naar Chiloé als een pauze moet zien, maar dat het voor iemand als ik geen manier van leven kan worden. 'Dus je probeert me duidelijk te maken dat hoe eerder ik vertrek, hoe beter het is, of niet?' vroeg ik. 'Beter voor jou, Maya, maar niet voor mij,' antwoordde hij. En ik geloof hem, want als ik er niet meer ben, zal die man zich eenzamer voelen dan een mossel.

Maar het is waar dat adrenaline verslavend is. In Oregon waren een paar pupillen zo fatalistisch dat ze zich eigenlijk prima voelden in hun ellende. Geluk is glibberig, het glipt tussen je vingers door, maar aan problemen kan iemand zich vastklampen, die geven houvast, die zijn rauw, hard. Daar in de kliniek beleefde ik mijn eigen Russische flutroman: ik was slecht, onzuiver en schadelijk, ik belazerde de mensen die het meest van me hielden, ik deed ze pijn, mijn leven was al naar de kloten. Hier op dit eiland daarentegen voel ik me haast altijd goed, alsof ik niet alleen van landschap, maar ook van huid ben verwisseld. Hier kent niemand mijn verleden, op Manuel na dan; de mensen vertrouwen me, ze denken dat ik een studente ben en in mijn vakantie Manuel kom helpen met zijn werk, een naïef, gezond meisje, dat in de ijskoude zee zwemt en voetbalt als een kerel, een halfmaffe gringa. Ik ben niet van plan hen teleur te stellen.

Soms, in de uren dat ik niet kan slapen, voel ik een stekend schuldgevoel om alles wat ik vroeger heb gedaan, maar als de ochtend aanbreekt verdwijnt dat met de geur van het hout in het fornuis, Fákins poot die me krabt omdat hij wil dat ik hem op de patio laat, en het allergische kuchje van Manuel die naar de badkamer loopt. Ik word wakker, gaap, rek me uit in bed en zucht tevreden. Het is niet nodig op mijn knieën te vallen en mijn borst te geselen, of voor mijn fouten te boeten met bloed en tranen. Popo zei altijd dat het leven een tapijt is waaraan je dag in, dag uit verder werkt met draadjes in velerlei kleuren, sommige dik en donker, andere dun en licht; ieder draadje helpt. De stommiteiten die ik heb begaan zijn al verwerkt in het tapijt, ze zijn niet meer uit te wissen, maar ik ben niet van plan er tot mijn laatste snik onder gebukt te gaan. Wat gebeurd is, is gebeurd; ik moet vooruitkijken. Er is hier in Chiloé geen brandstof voor wanhoopsvuren. In dit huis van cipressenhout komt het hart tot rust.

In juni 2008 had ik het programma van de kliniek in Oregon afgerond. Ze hadden me er dertien maanden gevangengehouden. Nog maar een paar dagen, dan zou ik door die brede deur weer naar buiten kunnen, en het enige wat ik zou missen waren de vicuña's en Steve, de lievelingstherapeut van de vrouwelijke pupillen. Net als de rest van de meisjes was ik vagelijk verliefd op hem, maar ik was te trots om dat toe te geven. Soms probeerde iemand 's nachts stiekem zijn kamer in te glippen, maar zo'n meisje werd dan altijd vriendelijk weer terug naar haar eigen bed gebonjourd. Steve was geniaal in afwijzen. Vrijheid, eindelijk! Ik zou mijn plaats in de wereld van de gewone mensen weer kunnen innemen, me volzuigen met muziek, film en verboden boeken, een Facebookaccount openen, de laatste hit in de sociale media, waar iedereen in de kliniek naar hunkerde. Ik bezwoer mezelf de rest van mijn leven geen voet meer in de staat Oregon te zetten.

Voor het eerst in maanden dacht ik weer aan Sarah en Debbie, ik vroeg me af wat er van hen geworden zou zijn. Met een beetje geluk zouden ze hun middelbare school hebben afgerond en in dat geval waren ze nu op zoek naar werk, want het was niet waarschijnlijk dat ze verder zouden studeren, daar hadden ze de hersens niet voor. Debbie was altijd een heel zwakke leerling geweest en Sarah had te veel problemen; als ze niet genezen was van haar boulimie, lag ze nu vast en zeker op het kerkhof.

Op een morgen nodigde Angie me uit voor een wandeling tussen de pijnbomen, op zich al tamelijk verdacht want dat was haar stijl niet. Ze zei dat ze tevreden was met mijn vooruitgang; ik had al het werk zelf gedaan, zei ze, de kliniek had het alleen mogelijk gemaakt, en nu zou ik naar de universiteit kunnen, ook al zaten er misschien wat gaten in mijn vooropleiding. 'Ravijnen, geen gaten,' onderbrak ik haar. Ze pareerde mijn brutale opmerking met een glimlach en herinnerde me eraan dat het niet hun taak was om kennis over te brengen – want dat kon ieder opvoedingsinstituut – maar dat het hun om iets ging wat veel gevoeliger lag, namelijk jongeren de benodigde emotionele instrumenten aan te reiken om hun potentieel maximaal te kunnen benutten.

'Je bent gegroeid, Maya, daar gaat het om.'

'Je hebt helemaal gelijk, Angie. Op mijn zestiende was ik van plan om met een oude miljonair te trouwen, die te vergiftigen en zijn fortuin op te strijken, maar nu weet ik beter. Ik ga vicuña's fokken voor de handel.'

Ze kon er niet om lachen. Nadat ze eerst wat om de hete brij heen had gedraaid, bood ze me een baantje aan voor de zomer, als sportinstructeur en assistente op het atelier. Dan kon ik na de zomer in september meteen door naar de universiteit. Ze voegde eraan toe dat mijn vader en Susan, zoals we al wisten, in scheiding lagen en dat mijn vader op het Midden-Oosten vloog en niet thuis was.

'Het is een lastige situatie, Maya, want je zit in een overgangssituatie waarin je stabiliteit nodig hebt. Hier heb je heel beschermd geleefd, maar in Berkeley is er niets wat structuur biedt. Het zou niet goed voor je zijn in dezelfde omgeving terug te keren.'

‘Ik kan bij mijn grootmoeder wonen.’

‘Dat is een omaatje, die is te oud om...’

‘Je kent haar niet, Angie! Ze heeft meer energie dan Madonna. En noem haar geen omaatje, want haar bijnaam is don Corleone, net als de Godfather. Nini heeft me met harde hand opgevoed. Wat wil je nog meer aan structuur!’

‘We gaan het hier niet over je grootmoeder hebben, Maya. Die twee of drie extra maanden kunnen beslissend zijn voor je toekomst. Denk er eerst maar rustig over na voordat je me antwoordt.’

En toen begreep ik het ineens: mijn vader had het met haar op een akkoordje gegooid. Hij en ik waren nooit erg close geweest; hij was er haast nooit toen ik klein was en had het altijd zo weten te plooien dat hij uit de buurt was als Nini en Popo met me in de clinch lagen. Toen mijn grootvader stierf en het helemaal niet meer ging tussen ons, waste hij zijn handen in onschuld en liet hij me opsluiten in het gesticht in Oregon. Nu vloog hij op het Midden-Oosten, voor hem de ideale oplossing. Waarom heeft hij me eigenlijk op de wereld gezet? Hij had beter moeten uitkijken met die Laplandse prinses, want geen van hen beiden had kinderen gewild. Ze zullen toen toch ook wel voorbehoedmiddelen hebben gehad? Zulke gedachten flitsten door mijn hoofd en ik besloot al heel snel dat het geen zin had hem uit te dagen of met hem te onderhandelen, want hij is zo koppig als een ezel als hij zich iets in zijn hoofd heeft gezet, dus zou ik iets anders moeten bedenken. Ik was achttien en formeel kon hij me niet dwingen om daar te blijven; vandaar dat hij Angie had ingeschakeld. Haar mening woog net zo zwaar als een diagnose. Als ik me verzette, zou dat worden uitgelegd als een gedragsprobleem en met de handtekening van de psychiater van de kliniek konden ze me dwingen te blijven, daar of in een soortgelijke inrichting. Ik ging zo vlot akkoord met Angies aanbod dat iemand die wat minder overtuigd was van zijn eigen autoriteit het verdacht zou hebben gevonden, en begon meteen met de voorbereiding van mijn uitgestelde vlucht.

De tweede week van juni, een paar dagen na die wandeling tussen de pijnbomen, werd er door een van de pupillen, die een sigaretje in de gymzaal had gerookt, brand veroorzaakt. Door de vergeten peuk vloog een van de matten in de fik en pas toen de vlammen het plafond bereikten, ging het alarm af. Zoiets vermakelijks was sinds de oprichting van de kliniek niet voorgevallen. Terwijl begeleiders en tuinpersoneel met brandslangen in de weer waren, maakten de pupillen van de gelegenheid gebruik door luid schreeuwend alle kanten op te stuiteren, in een verrukkelijke ontlading van al die in maanden van introspectie opgepotte energie, en toen eindelijk de politie en de brandweer arriveerden, stuitten die op een hallucinerend schouwspel, wat het algemene idee bevestigde dat het een gekkenhuis betrof. De brand breidde zich uit en bedreigde de bossen rondom het terrein, en de brandweer vroeg assistentie van een blushelikopter. Dit ter verhoging van de euforische feestvreugde van de pupillen, die onder de stralen chemisch schuim door renden en zich doof hielden voor de bevelen van de autoriteiten.

Het was een prachtige ochtend. Voordat de rook van het vuur de hemel had verduisterd, was de lucht lauw en helder geweest, ideaal om ervandoor te gaan. Maar eerst moest ik de vicuña's in veiligheid brengen, want niemand die in de verwarring nog aan ze dacht. Het duurde wel een halfuur voor ik ze zover had dat ze in beweging wilden komen, ze waren zo geschrokken van de brandlucht dat ze niet voor- of achteruit wilden, en pas toen ik op het idee kwam twee T-shirts nat te maken en die over hun kop te trekken, lukte het ze mee te trekken naar de tennisbaan, waar ik ze vastbond en achterliet, de shirts nog over hun kop. Vervolgens ging ik naar de slaapzaal, propte de meest onontbeerlijke spullen in mijn rugzak – de foto van Popo, wat kleren, twee energierepen en een fles water –, trok mijn beste gympen aan en rende het bos in. Ik deed het niet in een opwelling, ik wachtte al een eeuwigheid op een goede gelegenheid, maar toen het eindelijk zover was vertrok ik zonder vastomlijnd plan, zonder identiteitspapieren, geld en een kaart, met het krankzinnige idee een paar dagen spoorloos te verdwijnen om mijn vader de stuipen op het lijf te jagen.

Angie wachtte achtenveertig uur voordat ze mijn familie belde, want het was niet ongebruikelijk dat er van tijd tot tijd een pupil wegliep; ze smeerden 'm via de weg, liftten naar het dichtstbijzijnde dorp, dertig kilometer verderop, proefden van de vrijheid en keerden dan weer uit zichzelf terug omdat ze nergens heen konden, of werden door de politie afgeleverd. Dergelijke ontsnappingen waren zo gewoon, zeker bij vers aangekomen pupillen, dat ze werden beschouwd als een teken van geestelijke gezondheid. Alleen de meest willozen, de meest gedeprimeerden schikten zich gedwee in hun gevangenschap. Toen de brandweer eenmaal had bevestigd dat de brand geen slachtoffers had gemaakt, was mijn afwezigheid verder geen reden voor speciale zorg en pas de volgende morgen, toen alle opwinding rond de brand tot as was vergaan, gingen ze naar me op zoek in het dorp en organiseerden ze een actie om het bos uit te kammen. Maar toen had ik al vele uren voorsprong.

Ik weet niet hoe ik het voor elkaar heb gekregen om me zonder kompas in die zee van pijnbomen te oriënteren en zigzaggend de snelweg te bereiken. Puur geluk, een andere verklaring is er niet. Het was een urenlange marathon; ik was 's morgens vertrokken en zag het middag en avond worden. Ik stopte een paar keer om water te drinken en van de energierepen te knabbelen, kletsnat van het zweet, en bleef rennen tot het zo donker was dat ik echt niet meer verder kon. Ik kroop in elkaar tussen de wortels van een boom om daar de nacht door te brengen, intussen Popo smekend om de beren op afstand te houden, want het ritselde ervan daar in die streken, en ze waren brutaal; soms kwamen ze op zoek naar voedsel het terrein op zonder zich ook maar iets aan te trekken van de aanwezigheid van mensen. Wij stonden dan intussen achter de ramen toe te kijken hoe ze de vuilnisbakken overhoophaalden, zonder dat iemand ze weg durfde te jagen.

De communicatie met Popo, vluchtig als schuim, had ups en downs gekend tijdens mijn verblijf in de kliniek. In het begin, toen hij net dood was, liet hij zich aan me zien, dat weet ik zeker; ik zag hem in de deuropening, op de stoep aan de overkant van een straat, achter het raam van een restaurant. Het was onmiskenbaar Popo. Er is niemand als mijn grootvader, geen neger en geen blanke, niemand die zo elegant is, zo theatraal, met zijn pijp, zijn gouden brilletje en zijn borsalino. Daarna begon mijn drugs- en alchoholellende, lawaai en nog meer lawaai; toen mijn geest beneveld was zag ik hem niet meer, maar ik denk dat hij heel soms toch in de buurt was, want dan voelde ik zijn ogen in mijn rug. Volgens Nini moet je je heel rustig en stil houden om geesten waar te nemen, in een lege, schone ruimte waar geen klokken zijn. 'Hoe wil je Popo horen als je constant met een koptelefoon op je hoofd rondloopt?' zei ze.

Toen ik die nacht alleen in het bos was, werd ik opnieuw overvallen door de onredelijke angst van de slapeloze nachten uit mijn kindertijd, en kwamen de monsters van het huis van mijn grootouders me aanvallen. Alleen de omhelzing en de warmte van een ander wezen hielpen dan om in slaap te komen, iemand die groter en sterker was dan ikzelf: mijn Popo, een bomhond. Popo, Popo! Ik riep hem, mijn hart ging als een gek tekeer in mijn borst. Ik kneep mijn ogen stijf dicht en stak mijn vingers in mijn oren om de bewegende schaduwen niet te zien en de dreigende geluiden niet te horen. Ik dommelde in, maar dat kan nooit lang geduurd hebben, en schrok toen wakker van een lichtschijnsel dat tussen de boomstammen door viel. Het duurde even voor ik weer wist waar ik was en besefte dat het de lampen van een auto konden zijn en ik in de buurt van een weg was. Schreeuwend van opluchting sprong ik overeind en zette het op een rennen.

Een paar weken terug is de school begonnen en nu werk ik als juf, maar zonder salaris. Ik betaal Manuel Arias mijn verblijf terug door middel van een ingewikkelde wisseltruc. Ik werk op de school en in plaats van mij rechtstreeks te belonen, betaalt tía Blanca Manuel terug in hout, schrijfpapier, diesel, goudlikeur en andere luxeartikelen, zoals films die ze in het dorp niet vertonen omdat die 'weerzinwekkend' zijn of niet Spaans ondertiteld. Een buurtcomité censureert de films, niet Blanca zelf, en voor de leden van dat comité zijn Amerikaanse films met te veel seks 'weerzinwekkend'. Dat adjectief is niet van toepassing op Chileense films waarin naakte acteurs brullend liggen te rollebollen zonder dat het publiek van dit eiland ook maar een spier vertrekt. Ruilhandel is een essentieel onderdeel van de economie van deze archipel: vis voor aardappels, brood voor hout en kippen voor konijnen, en ook voor allerlei diensten wordt in natura betaald. De baardloze dokter van de boot rekent niets, want hij wordt betaald door het ministerie van Volksgezondheid, maar zijn patiënten geven hem evengoed kippen of gebreide spullen. Niemand zegt wat iets kost, maar iedereen weet precies wat alles waard is en ze houden de rekening bij in hun hoofd. Het is een elegant systeem dat voortreffelijk werkt, en niemand heeft het over schulden, over wat men geeft of ontvangt. Het ruilsysteem is zo complex dat iemand die hier niet is geboren de fijne kneepjes nooit helemaal onder de knie krijgt, maar ik weet inmiddels hoe ik de oneindige hoeveelheid koppen maté en thee die me in het dorp worden aangeboden terug kan betalen. In het begin wist ik er geen raad mee, want zo arm als nu ben ik nog nooit geweest, zelfs niet in de tijd dat ik bedelde, maar ik heb gemerkt dat de buren het op prijs stellen als ik met de kinderen speel of doña Lucinda help bij het verven en opwinden van haar wol. Doña Lucinda is zo oud dat niemand meer weet bij welke familie ze hoort, en ze zorgen om beurten voor haar; ze is de overgrootmoeder van het hele eiland en is nog steeds actief. Ze zingt de aardappelen toe en verkoopt haar wol.

Het is niet eens per se noodzakelijk om een gunst direct aan de schuldeiser terug te betalen; het kan ook via een carambole, zoals die van Blanca en Manuel met mijn werk op de school. Soms is het zelfs een dubbele of een driedubbele carambole: Liliana Treviño zorgt voor glucosamine voor de artritis van Eduvigis Corrales, die weer wollen sokken breit voor Manuel Arias, die op zijn beurt zijn exemplaren van de *National Geographic* in de boekhandel in Castro omwisselt voor vrouwenbladen en die aan Liliana Treviño geeft wanneer zij Eduvigis' medicijnen komt brengen, en zo is de cirkel rond en iedereen tevreden. Wat betreft die glucosamine moet gezegd worden dat Eduvigis die met tegenzin slikt, alleen om de verpleegster niet voor het hoofd te stoten, want het enige, onfeilbare middel tegen artritis zijn massages met brandnetelsap in combinatie met bijenstekentherapie. Met dergelijke drastische geneesmethoden is het niet verwonderlijk dat de mensen hier vroeg oud zijn. Verder krijgen ze last van hun botten door de wind en de kou, en kruipt het vocht in hun gewrichten; het lichaam raakt vermoeid van al dat rapen van aardappels uit de aarde en schelpen uit de zee, en het hart wordt zwaarmoedig omdat de kinderen ver wegtrekken. Chicha en wijn kunnen het verdriet een tijd tegenhouden, maar uiteindelijk krijgt de vermoeidheid de overhand. Het leven is niet makkelijk hier, en voor velen is de dood een invitatie om uit te rusten.

Mijn leven is er interessanter op geworden sinds de school is begonnen. Voorheen was ik de gringuita, maar nu ik de kinderen lesgeef, ben ik tía Gringa voor hen. In Chili spreek je mensen die ouder zijn dan jij met de titel tía of tío aan, ook al zijn ze geen familie. Ik zou dus eigenlijk tío tegen Manuel moeten zeggen, maar toen ik hier net was wist ik dat nog niet en nu is het te laat. Ik begin wortel te schieten op dit eiland, iets wat ik nooit had verwacht.

's Winters begint de school omstreeks negen uur, dat hangt een beetje af van het licht en de regen. Ik ga hardlopend naar school, samen met Fákin, die me bij de deur achterlaat en dan weer terug naar huis gaat, waar hij lekker droog ligt. De dag begint met het hijsen van de Chileense vlag en dan zingen we met z'n allen het volkslied, waarbij de hele school aangetreden staat – *Puro Chile es tu cielo azulado, puras brisas te cruzan también,* enzovoort – en daarna geeft tía Blanca ons het werk op voor die dag. Op vrijdag wijst ze de kinderen aan die de afgelopen week het best hebben gewerkt, deelt ze straf uit en vijzelt ons moreel op met een stichtelijke korte toespraak.

Ik breng de kinderen de basis bij van het Engels – de taal van de toekomst, vindt tía Blanca – met behulp van een tekst uit 1952, waarin vliegtuigen nog propellers hebben en moeders altijd blond zijn en op hoge hakken in de keuken staan. Ik leer ze ook omgaan met de computers, die probleemloos functioneren indien er elektriciteit is, en verder ben ik de officiële trainer van het voetbalteam, hoewel deze jochies stuk voor stuk beter spelen dan ik. Er heerst een olympisch fanatisme in El Caleuche, onze jongensploeg, omdat ik die keer dat don Lionel Schnake ons de voetbalschoenen cadeau gaf met hem gewed heb dat we het schooltoernooi in september zouden winnen. Als we verliezen scheer ik mijn haar af, wat een onverdraaglijke vernedering zou betekenen voor mijn spelers. Over La Pincoya, het meisjesteam, kunnen we het maar beter niet hebben; dat is onvoorstelbaar slecht.

El Caleuche heeft Juanito Corrales niet in het team willen opnemen. Ze noemen hem 'de dwerg' omdat hij zo'n miezerig mannetje is, hoewel hij watervlug is en niet bang voor een hard schot. Hij wordt gepest, en als de andere kinderen de kans krijgen, slaan ze hem in elkaar. De oudste leerling, Pedro Pelanchugay, is een paar keer blijven zitten, en de algemene mening is dat hij maar beter zijn ooms kan gaan helpen en zijn brood verdienen in de visserij, in plaats van het beetje hersens dat hij heeft te verspillen aan cijfers en letters leren, waar hij toch weinig aan heeft. Hij is een indiaan, een Huilliche: fors, donker, koppig en geduldig, een goedig joch, maar niemand die het met hem aan de stok wil krijgen want als hij eenmaal zijn geduld verliest, valt hij aan als een tractor. Tía Blanca heeft hem de opdracht gegeven om Juanito te beschermen. 'Waarom ik?' vroeg hij, naar zijn tenen starend. 'Omdat jij de sterkste bent.' Daarna riep ze Juanito bij zich en droeg hém op om Pedro te helpen met zijn schoolwerk. 'Waarom ik?' hakkelde het kind, dat haast nooit zijn mond opendoet. 'Omdat jij de slimste bent.' Met dat salomonsoordeel sloeg ze twee vliegen in één klap: niet alleen stopte het pesten van Juanito en begon Pedro betere cijfers te halen, het smeedde ook een hechte vriendschap tussen de twee kinderen, die tot hun beider profijt inmiddels onafscheidelijk zijn.

Tussen de middag help ik bij het uitdelen van de warme maaltijd die van overheidswege verstrekt wordt: kip of vis, aardappels, groente, een toetje en een beker melk. Tía Blanca zegt dat het voor sommige Chileense kinderen de enige maaltijd is die ze op een dag krijgen, maar op dit eiland is dat niet zo; we zijn hier arm, maar aan eten hebben we geen gebrek. Voor mij zit het werk er na de lunch op, dan ga ik naar huis om een paar uur te werken met Manuel en de rest van de middag ben ik vrij. Op vrijdag beloont tía Blanca de drie kinderen die zich die week het best hebben gedragen met een geel papiertje met haar handtekening, en als ze dat inleveren mogen ze in de jacuzzi, dat wil zeggen, in de met heet water gevulde houten ton van tío Manuel. In het huis geven we de onderscheiden kinderen een kop warme chocolademelk en koekjes die ik zelf heb gebakken, en daarna moeten ze zich inzepen en douchen. Dan mogen ze in de jacuzzi spelen tot het donker wordt.

Die nacht in Oregon heeft me voor altijd getekend. Ik was weggelopen uit de kliniek en had de hele dag door het bos gerend zonder een plan, zonder andere gedachten in mijn hoofd dan dat ik mijn vader pijn wilde doen en de therapeuten met hun groepssessies achter me wilde laten; ik was hun suikerzoete vriendelijkheid en de obscene vasthoudendheid waarmee ze in mijn geest peurden spuugzat. Ik wilde normaal zijn, verder niets.

Ik schrok wakker toen ik in de verte een auto voorbij hoorde komen en begon te rennen, me een weg banend tussen de takken van de pijnbomen en struikelend over struiken en boomwortels, maar toen ik eindelijk de weg bereikte, nog geen vijftig meter verder, was de wagen al verdwenen. De maan verlichtte de gele streep die de weg in tweeën deelde. Ik ging ervan uit dat er nog wel meer auto's langs zouden komen want het was nog relatief vroeg in de avond, en ik vergiste me niet. Algauw hoorde ik het geluid van een krachtige motor en zag ik in de verte twee lichtjes glanzen, die toen ze dichterbij kwamen bij een enorme vrachtwagen bleken te horen, met wielen zo groot als ikzelf en twee wapperende vlaggen voor op het chassis. Ik sprong naar voren en zwaaide wanhopig met mijn armen. De chauffeur, verrast door mijn onverwachte verschijning, trapte vol op de rem, maar ik moest toch snel achteruitspringen, want de vrachtwagen had zo veel massa dat hij nog zo'n twintig meter doorschoot voordat hij uiteindelijk helemaal tot stilstand kwam. Ik rende naar voren. De chauffeur stak zijn hoofd uit het raampje en bescheen me met een zaklamp van top tot teen, me aandachtig bestuderend, vol twijfel, want meisjes werden wel als lokaas gebruikt door dievenbendes, en het zou niet de eerste keer zijn dat een vrachtwagenchauffeur er op die manier in werd geluisd. Toen hij had vastgesteld dat er verder niemand in de buurt was, en mijn medusahoofd met de veelkleurige lokken zag, was hij gerustgesteld. Hij moet geconcludeerd hebben dat ik een onschadelijke junk was, de zoveelste gedrogeerde idioot. Hij maakte een gebaar, haalde het rechterportier van het slot en ik klom omhoog, de cabine in.

Van dichtbij gezien was de man net zo overweldigend als zijn wagen: groot, robuust, met de armen van een gewichtheffer, een mouwloos shirt en een armetierig paardenstaartje dat onder zijn honkbalpet uit piepte. Hij was een karikatuur van de brute macho, maar ik kon al niet meer terug. Ik zag een paar heiligenplaatjes en er hing een babyschoentje aan de achteruitkijkspiegel, wat in tegenspraak was met zijn dreigende uiterlijk. 'Ik ben op weg naar Las Vegas,' zei hij, en ik vertelde hem dat ik naar Californië ging en voegde eraan toe dat Las Vegas wat mij betreft net zo goed was, omdat er in Californië toch niemand was die op me wachtte. Dat was mijn tweede stommiteit; dat ik was ingestapt, de eerste.

Het uur daarna hield de chauffeur een geanimeerde monoloog. De energie spatte van hem af, alsof hij was geëlektriseerd door amfetaminen. Tijdens zijn urenlange ritten verdreef hij de verveling door met andere chauffeurs grappen uit te wisselen, commentaar te leveren op het weer, het asfalt, honkbal, hun trucks en de wegrestaurants, terwijl op de radio evangelische predikanten intussen luidkeels de terugkeer van Jezus Christus verkondigden. Hij rookte onophoudelijk, zweette, krabde zich en dronk water. De lucht in de cabine was niet te harden. Hij bood me chips aan uit een zak die op zijn stoel lag en een blikje cola, maar vroeg me niet naar mijn naam of wat ik zo laat nog deed op zo'n eenzame weg. Hij vertelde me daarentegen wel over zichzelf. Zijn naam was Roy Fedgewick. Hij kwam uit Tennessee en had in het leger gezeten tot hij een ongeluk kreeg en ze hem hadden ontslagen. In de orthopedische kliniek waar hij een paar weken was geweest om te revalideren, had hij Jezus ontmoet. Hij bleef maar praten en met Bijbelcitaten strooien, terwijl ik tevergeefs probeerde me te ontspannen, met mijn hoofd tegen het raampje aan mijn kant geleund, zo ver mogelijk bij zijn sigaret vandaan. Ik had kramp in mijn benen en mijn huid jeukte vreselijk na die geforceerde race van de afgelopen dag.

Tachtig kilometer verder sloeg Fedgewick af en stopte tegenover een motel. Een bord met blauwe letters met verschillende doorgebrande lampjes gaf de naam aan. Er was geen enkel teken van activiteit, alleen een rij kamers, een drankenautomaat, een openbare telefooncel, een truck en twee auto's die eruitzagen alsof ze daar al sinds het begin der tijden stonden.

'Ik zit al vanaf zes uur vanmorgen achter het stuur. We gaan hier slapen. Uitstappen jij,' kondigde Fedgewick aan.

'Maar ik blijf liever in uw vrachtwagen slapen, als het u niet uitmaakt,' zei ik. Ik had geen geld voor een kamer.

De man reikte met zijn arm boven mijn hoofd en haalde daar een fles met een kwart liter whisky en een halfautomatisch pistool uit een kastje. Hij pakte een linnen tas, stapte uit, liep om de truck heen, opende het portier aan mijn kant en beval me uit te stappen; dat zou beter voor me zijn, zei hij.

'Jij weet net zo goed als ik waarom we hier zijn, kleine slet. Of dacht je soms dat je niet hoefde te betalen voor de reis?'

Ik gehoorzaamde instinctmatig, terwijl ze ons op de cursus zelfverdediging op Berkeley High toch geleerd hadden dat de beste reactie in dit soort omstandigheden is je op de grond te laten vallen en het als een gek op een krijsen te zetten, en dat je nooit moet doen wat je aanvaller zegt. Ik realiseerde me dat de man mank liep en veel kleiner en dikker was dan ik had gedacht toen hij zat. Ik had kunnen ontsnappen. Als ik hard was weggerend, zou hij me niet hebben kunnen inhalen, maar het pistool weerhield me. Fedgewick raadde mijn gedachten en greep me stevig bij een arm. Hij droeg me haast naar de receptie, die was beschermd door dik glas en tralies, legde door het raampje wat biljetten neer voor een overnachting, nam de sleutel in ontvangst en bestelde een sixpack bier en een pizza. Ik kreeg de receptionist niet te zien en kon hem ook geen seintje geven, want de vrachtwagenchauffeur zorgde ervoor dat hij met zijn dikke lijf tussen mij en de balie in stond.

Met zijn klauw om mijn arm trok hij me mee naar kamer 32, een vochtig, naar creosoot stinkend hok met een tweepersoonsbed, gescheurd behang, een tv, een elektrisch kacheltje en een airco die het enige raam blokkeerde. Ik moest me van Fedgewick in de badkamer opsluiten tot ze het bier en de pizza zouden brengen. De badkamer bestond uit een douche met roestige kranen, een wastafel, een wc in twijfelachtige hygiënische staat en twee rafelige handdoeken; de deur kon niet op slot en er was alleen een klein bovenlicht voor de ventilatie. Angstig om me heen kijkend doorzocht ik mijn cel, en ik begreep dat ik nog nooit zo hulpeloos was geweest. Hierbij vergeleken waren mijn vroegere avonturen peanuts, dat was op bekend terrein geweest, met mijn vriendinnen, met Rick Laredo om ons rugdekking te geven en de zekerheid dat ik in geval van nood altijd kon schuilen onder mijn grootmoeders rokken.

De bestelling werd gebracht, de chauffeur wisselde een paar woorden met de bezorger, deed de deur weer dicht en riep me om te komen eten voordat de pizza koud zou worden. Ik kreeg geen hap naar binnen, alsof er een steen in mijn keel zat. Fedgewick drong niet aan. Hij rommelde in zijn tas, ging naar de wc zonder de deur dicht te doen en kwam terug in de kamer met zijn gulp open en een plastic bekertje met een vingerhoedje whisky.

‘Ben je zenuwachtig? Dit zal je goeddoen,’ zei hij, en hij reikte me het bekertje aan. Ik schudde mijn hoofd, ik kreeg er geen woord uit, maar hij greep me in mijn nek en bracht het bekertje naar mijn mond. ‘Drinken, ondankbaar kreng, of wil je dat ik het je persoonlijk door je strot duw?’ Ik slikte, hoestend, en de tranen sprongen me in de ogen. Meer dan een jaar had ik geen alcohol geproefd en ik was vergeten hoe die brandde.

Mijn ontvoerder ging op bed naar een soap op tv kijken, sloeg drie biertjes achterover en at driekwart van de pizza, lachend en boerend, alsof hij was vergeten dat ik bestond, terwijl ik in een hoekje tegen de muur geleund stond te wachten. Ik was misselijk, de kamer deinde, de meubels veranderden van vorm en Fedgewicks enorme gestalte en de beelden op tv liepen door elkaar. Mijn knieën knikten en ik moest op de grond gaan zitten, vechtend tegen de aandrang mijn ogen te sluiten en me weg te laten zakken. Ik was niet in staat om na te denken, maar begreep wel dat ik gedrogeerd was: de whisky in het plastic bekertje.

De man, die genoeg had van de soap, zette de televisie uit en kwam naar me toe om te zien hoever ik al heen was. Met zijn dikke vingers tilde hij mijn hoofd op, dat van steen was geworden; mijn nek kon het niet meer houden. Ik voelde zijn weerzinwekkende adem in mijn gezicht. Fedgewick ging weer op bed zitten, legde met een creditcard een lijntje coke op het nachtkastje en snoof het witte poeder genietend diep naar binnen. Vervolgens draaide hij zich naar mij om en terwijl hij met de loop van het pistool over zijn kruis streek zei hij dat ik me moest uitkleden, maar ik was niet in staat me te verroeren. Hij tilde me van de grond en rukte mijn kleren van mijn lijf. Ik probeerde me te verzetten, maar mijn lichaam deed niet wat ik wilde. Ik probeerde te schreeuwen, maar had geen stem. Ik zakte weg in een dikke modderpoel, zonder lucht, ik stikte, ik ging dood.

De uren daarna was ik maar half bij bewustzijn en van de

ergste kwellingen heb ik niets meegekregen, maar toen mijn geest op een gegeven moment terugkeerde in mijn lichaam, keek ik naar die scène in de morsige motelkamer alsof ik hem in zwart-wit op een scherm zag: de lange, slanke gestalte van een vrouw, inert, op haar rug op het bed, met boven haar de Minotaurus die obsceniteiten uitsloeg en keer op keer op dat vrouwenlichaam aanviel; de donkere vlekken in het laken, de riem, het pistool, de fles. Zwevend in de lucht zag ik hoe Fedgewick uiteindelijk kwijlend voorover-klapte en uitgeput en bevredigd ogenblikkelijk begon te snurken. Ik deed een bovenmenselijke inspanning om wakker te worden en keerde terug in mijn gepijnigde lichaam, maar was nauwelijks in staat mijn ogen open te doen, laat staan na te denken. Opstaan, hulp zoeken, ontsnappen: betekenisloze woorden die zich als zeepbellen vormden en vervolgens in de watten van mijn verdwaasde brein verdwenen. En opnieuw zonk ik weg in een barmhartige duisternis.

Ik werd om tien voor drie in de vroege morgen wakker, zoals de fluorescerende cijfers van de wekker op het nachtkastje aangaven, met een droge mond en gesprongen lippen. Ik stierf van de dorst. Toen ik overeind probeerde te komen, merkte ik dat ik geen kant uit kon omdat Fedgewick mijn linkerpols met een handboei aan het hoofdbord van het bed had vastgeklonken. Mijn hand was opgezet en de arm was stijf, dezelfde arm die ik indertijd had gebroken bij het fietsongeluk. In de paniek die ik voelde loste de dichte mist van de drugs enigszins op. Ik bewoog voorzichtig en probeerde me in het schemerduister te oriënteren, met als enig licht de groene lichtgevende cijfers van het wekkertje en het blauwe schijnsel van de reclameletters van het motel dat door de rafelige gordijnen viel. De telefoon! Naast de wekker, vlak bij me! Ik ontdekte hem op het moment dat ik me omdraaide om te zien hoe laat het was.

Met mijn vrije hand trok ik het laken van me af en veegde de kleverige nattigheid van mijn buik en mijn dijen, en daarna draaide ik me om naar links en gleed pijnlijk langzaam naar de grond. Ik kreunde het uit toen ik de ruk van de boei om mijn pols voelde, en het geknars van de veren van het bed klonk als het remmen van een trein. Met mijn knieën op de ruwe vloerbedekking, mijn arm in een onmogelijke hoek, wachtte ik in doodsangst op de reactie van mijn ontvoerder, maar boven het oorverdovende bonken van mijn eigen hart uit klonk alleen zijn geronk. Voordat ik de telefoon op durfde te pakken wachtte ik vijf minuten, om er zeker van te zijn dat hij nog steeds gevloerd lag, in de diepe slaap van de dronkenschap. Ik kromp ineen op de grond, zo ver mogelijk weg als de handboei toeliet, koos 911 om alarm te slaan, en hield een kussen klaar om mijn stem te dempen. Er was geen buitenlijn. Het telefoontoestel op de kamer had alleen verbinding met de receptie; om naar buiten te bellen moest je naar de openbare telefoon naast de ingang of had je een mobieltje nodig, en dat van de vrachtwagenchauffeur lag buiten mijn bereik. Ik koos het nummer van de receptie en hoorde de telefoon elf keer overgaan voordat een mannenstem met een Indiaas accent opnam. 'Ik ben ontvoerd, help me, help me...' fluisterde ik, maar de receptionist legde de telefoon neer zonder me de tijd te gunnen om nog wat te zeggen. Ik probeerde het nog een keer, met hetzelfde resultaat. Wanhopig smoorde ik mijn snikken in het smerige kussen.

Er was al meer dan een halfuur voorbij toen ik me eindelijk het pistool herinnerde dat Fedgewick had gebruikt als een pervers speeltje, het koude metaal in mijn mond, in mijn vagina, de smaak van bloed. Ik móést het vinden, het was mijn enige hoop. Er waren circustoeren voor nodig om met mijn vastgebonden hand terug in bed te komen en ik kon niet voorkomen dat het kussen wegschoof onder mijn gewicht. De vrachtwagenchauffeur maakte briesende-stierengeluiden, draaide zich op zijn rug en liet zijn hand op mijn heup vallen, zo zwaar als een baksteen. Ik was als verlamd, maar toen hij algauw weer begon te snurken kon ik weer ademhalen. De wekker wees vijf over drie aan; de tijd ging tergend langzaam, het zou nog uren duren voor het licht werd. Ik was me ervan bewust dat dit mijn laatste ogenblikken waren, want Fedgewick zou me nooit in leven laten, ik kon hem identificeren, zijn vrachtwagen beschrijven, dat hij me nu nog niet had vermoord betekende alleen dat hij van plan was opnieuw zijn gang met me te gaan. Het idee dat ik ten dode was opgeschreven, dat ik vermoord zou worden en ze mijn stoffelijk overschot hier in deze bossen nooit zouden vinden, gaf me onverwachte moed. Ik had niets te verliezen.

Ik schoof Fedgewicks hand met een bruusk gebaar van mijn heup en draaide me naar hem toe om in actie te komen. Zijn geur sloeg me in mijn gezicht: de adem van een roofdier, zweet, alcohol, zaad, verschaalde pizza. Ik zag zijn dierlijke gezicht van opzij, zijn enorme romp, de gezwollen spieren van zijn onderarmen, zijn behaarde geslacht, zijn benen, zo dik als boomstammen, en ik slikte de kots weg die ik omhoog voelde komen. Met mijn vrije hand tastte ik onder zijn kussen naar het pistool. Ik had het bijna meteen te pakken, ik kon er zo bij, maar het lag onder Fedgewicks grote kop. Hij moest wel heel erg overtuigd zijn van zijn macht en mijn berusting in mijn slachtofferrol om het daar te hebben laten liggen. Ik haalde diep adem, sloot mijn ogen, pakte de loop met twee vingers vast en begon te trekken, millimeter voor millimeter, zonder het kussen te verschuiven, en uiteindelijk had ik het te pakken. Het bleek veel zwaarder dan ik had gedacht en huiverend van inspanning en angst drukte ik het tegen mijn borst. Het enige wapen dat ik ooit had gezien was dat van Rick Laredo geweest en dat had ik nooit aangeraakt, maar ik wist hoe ik het moest gebruiken, dat had de film me geleerd.

Ik richtte de loop op Fedgewicks hoofd. Zijn leven of het mijne. Ik was nauwelijks in staat het wapen met één hand op te tillen want ik trilde van de zenuwen, mijn lichaam lag in een rare kronkel en ik was dizzy van de drugs, maar het was een schot van heel dichtbij en het kon gewoon niet misgaan. Ik legde mijn vinger om de trekker en aarzelde toen, afgeleid door het oorverdovende kloppen in mijn slapen. Ik realiseerde me met een absolute helderheid dat ik niet nog een kans zou krijgen om aan dat beest te ontsnappen. Ik dwong mezelf mijn wijsvinger te bewegen, voelde de lichte weerstand van de trekker en aarzelde opnieuw, anticiperend op de vlam, de terugslag van het wapen en het danteske beeld van uiteenspattende botten, bloed en stukjes hersenen. 'Nu, het moet, doe het, nu,' mompelde ik, maar ik kon het niet. Ik veegde het zweet weg dat over mijn gezicht droop en me het zicht benam, droogde mijn handen aan het laken, pakte het pistool nogmaals op, legde mijn vinger om de trekker en richtte. Tot twee keer toe herhaalde ik het gebaar, zonder de trekker te kunnen overhalen. Ik keek op de wekker: kwart over drie. Ten slotte liet ik het pistool op het kussen vallen, naast het oor van mijn slapende beul. Ik ging met mijn rug naar Fedgewick toe liggen en kroop in elkaar, naakt, verstijfd, huilend van frustratie om mijn gewetensbezwaren, maar ook van opluchting omdat ik was ontkomen aan de onomkeerbare verschrikking van het plegen van een moord.

's Morgens vroeg werd Fedgewick boerend wakker. Hij rekte zich uit, spraakzaam en goedgehumeurd, zonder een spoortje van een kater. Toen hij het pistool op het kussen zag, pakte hij het op, zette de loop tegen zijn slaap en haalde de trekker over.

'Pang! Hé, je dacht toch niet echt dat het geladen was?' zei hij, en hij barstte in lachen uit. Hij stond op, naakt, met beide handen om zijn ochtenderectie, bleef even staan nadenken maar weerstond de impuls, stopte het wapen in zijn tas, diepte een sleuteltje uit zijn broekzak op en bevrijdde me van de handboei. ‘Zo zie je maar, die komen altijd weer van pas. Vrouwen zijn er gek op. Hoe voel je je?’ vroeg hij, terwijl hij me met een vaderlijk gebaar over mijn hoofd streek. En ik – ik kon gewoon niet geloven dat ik nog leefde. Ik had een paar uur droomloos geslapen, alsof ik onder narcose was. Ik wreef over mijn pols en mijn hand om de bloedsomloop weer op gang te krijgen.

‘We gaan zo meteen ontbijten, het is de belangrijkste maaltijd van de dag. Op een goed ontbijt kan ik twintig uur rijden,’ kondigde hij me zittend op de wc aan, een sigaret tussen zijn lippen. Vlak daarna hoorde ik hoe hij zich douchte en zijn tanden poetste. Vervolgens kwam hij de kamer weer in, kleedde zich neuriënd aan en ging met zijn nepkrokodillenleren cowboylaarzen aan op bed tv liggen kijken. Ik probeerde mijn verstijfde botten langzaam in beweging te krijgen en kwam moeizaam als een oude vrouw overeind, wankelde naar de badkamer en deed de deur achter me dicht.

De warme douche viel als balsem over me heen. Ik waste mijn haar met de goedkope shampoo van het motel en schrobde mijn lichaam met woeste gebaren in een poging de vuiligheid van de afgelopen nacht met zeep weg te vagen. Ik had overal krassen, schrammen en blauwe plekken, vooral op mijn benen, mijn borsten en rond mijn taille; mijn rechterhand en -pols zagen er niet uit, zo gezwollen waren ze. Ik voelde een brandende pijn in de streek rond mijn vagina en mijn anus, en er liep een straaltje bloed langs mijn benen; ik vouwde een inlegkruisje van wc-papier en trok mijn slipje en de rest van mijn kleren aan.

De vrachtwagenchauffeur stopte twee pilletjes in zijn mond, die hij wegslikte met de helft van het laatste flesje bier, en bood mij daarna de rest van het bier aan, ook met twee pilletjes. ‘Neem maar gerust. Het zijn aspirientjes, tegen de kater. Vandaag komen we in Las Vegas aan. Je mag verder meerijden, kindje, je hebt al betaald voor de reis,’ zei hij. Hij pakte zijn tas, keek om zich heen of er niets was achtergebleven en ging de kamer uit. Ik volgde hem krachteloos naar de vrachtwagen. Het begon net licht te worden aan de hemel.

Kort daarop stopten we bij een wegrestaurant, waar meer zware transportvoertuigen stonden en een truck met oplegger. Binnen kreeg ik door de geur van gebakken spek en koffie ineens honger. Ik had de laatste vierentwintig uur niet meer dan twee energierepen en een handje chips binnengekregen. Toen de chauffeur het restaurant in liep was hij een en al bonhomie. Hij maakte grapjes met de andere stamgasten, die hij zo te zien kende, en had kusjes voor de serveerster en een groet in gebroken Spaans voor de twee Guatemalanen in de keuken. Hij bestelde voor ons allebei sinaasappelsap, eieren, worst, pannenkoekjes, geroosterd brood en koffie, terwijl ik met één blik de omgeving in me opnam: het linoleum op de vloer, de ventilators aan het plafond, de stapels zoete broodjes onder de glazen stolp op de bar.

Toen de bestelling werd gebracht, pakte Fedgewick mijn twee handen vast boven de tafel, boog theatraal zijn hoofd en sloot zijn ogen. 'Dank u, Heer, voor deze voedzame maaltijd en deze mooie dag. Zegen ons, Heer, en bescherm ons deze verdere reis. Amen.'

Ik keek wanhopig om me heen, naar de luidruchtig etende mannen aan de andere tafeltjes, naar de vermoeide vrouw met haar geverfde haar die de koffie serveerde, naar de stokoude indianen die eieren met spek bakten in de keuken. Niemand wie ik om hulp kon vragen. Wat kon ik zeggen? Dat ik had gelift en dat me om een tegenprestatie was gevraagd in een motel, dat ik een stomme idioot was geweest die haar verdiende loon had gekregen? Ik boog mijn hoofd, net als de vrachtwagenchauffeur had gedaan, en bad in stilte: 'Laat me niet alleen, Popo, zorg voor me.' En toen viel ik aan op mijn ontbijt, dat ik tot de laatste kruimel verslond.

Door Chili's geografische positie, zo ver weg van de Verenigde Staten en zo dicht bij niets, ligt het land buiten de gebruikelijke drugsroutes. Toch hebben ook hier drugs hun intrede gedaan, net als in de rest van de wereld. Ook hier kom je jongeren tegen die ver heen zijn; ik heb er eentje gezien toen ik op weg was naar Chiloé, op de pont over het Chacaokanaal, een hopeloos geval dat al in het stadium verkeerde van de onzichtbare wezens, wanneer mensen stemmen horen en druk gebarend in zichzelf praten. Marihuana is beschikbaar voor iedereen, het is goedkoper en makkelijker verkrijgbaar dan sigaretten en wordt op elke straathoek aangeboden; crack of base is meer een armeluisdrug, gebruikt door mensen die ook benzine, cola, oplosmiddelen en andere rotzooi inhaleren; voor wie behoefte heeft aan meer variatie bestaan er vele soorten hallucinogenen, zoals cocaïne, heroïne en hun derivaten, amfetaminen plus een compleet menu aan farmaceutische middelen die op de zwarte markt verkrijgbaar zijn. Op ons kleine eiland is de keuze echter wat minder, hier is voor wie dat wil alleen alcohol, en jongeren kunnen aan marihuana en base komen. 'Je moet heel alert zijn op de symptomen bij de kinderen, gringuita. Drugs zijn absoluut taboe op school,' had Blanca Schnake me geboden, waarna ze me uitlegde hoe ik die symptomen dan wel kon herkennen bij de leerlingen. Ze heeft er geen idee van dat ik een expert ben.

Toen we toezicht hielden tijdens de middagpauze, vertelde Blanca dat Azucena Corrales niet was komen opdagen en dat ze bang is dat het meisje met school stopt, net als de oudere kinderen in dat gezin, die geen van allen hun school hebben afgemaakt. Ze kent Juanito's moeder niet, die was al weg van het eiland toen zij er kwam wonen, maar ze weet dat het een buitengewoon intelligent meisje was dat op haar vijftiende zwanger werd en na de bevalling nooit meer terug is gekomen. Tegenwoordig woont ze in Quellón, in het zuiden van Isla Grande, waar de meeste zalmkwekerijen zaten voordat het virus uitbrak waar de vissen aan stierven. In de bloeitijd van de zalm was Quellón een soort Far West, het territorium van avonturiers, mannen alleen die gewend waren het recht in eigen hand te nemen, en van vrouwen van lichte zeden en met een ondernemende aard, die daar per week net zoveel konden verdienen als een arbeider in een heel jaar. Het meest in trek waren de Colombiaansen, die in de pers 'rondtrekkende sekswerkers' werden genoemd en door hun dankbare klanten 'lekkere zwarte wijven'.

'Azucena was altijd een goede leerling, net als haar zus, maar ze is ineens schuw en ontwijkend geworden. Ik heb geen idee wat er met haar aan de hand is,' zei tía Blanca.

'Ze komt ook niet meer bij ons om schoon te maken. De laatste keer dat ik haar heb gezien was tijdens de nacht van die vreselijke storm, toen ze Manuel kwam halen omdat Carmelo Corrales zo ziek was.'

Dat heeft Manuel me verteld. Carmelo had een hypo, een te lage bloedsuikerspiegel. Dat komt wel vaker voor bij alcoholverslaafde diabetici, maar hem honing geven was een riskante beslissing, het had Carmelo's dood kunnen betekenen. Stel je toch eens voor, wat een verantwoordelijkheid!

'Hij was hoe dan ook al half dood, tía Blanca. Manuel is bewonderenswaardig koelbloedig, is het je wel eens opgevallen dat hij nooit kwaad wordt en zich nooit haast?'

'Dat komt door die bubbel in zijn hersenen,' zei Blanca.

Nu blijkt dat ze tien jaar geleden bij Manuel een aneurysma geconstateerd hebben dat elk moment kan scheuren. En dat hoor ik nu pas! Volgens Blanca is Manuel naar Chiloé gekomen om in dit prachtige landschap zijn laatste jaren te slijten, en in alle rust en stilte te doen wat hij het liefst doet: schrijven en studeren.

'Een aneurysma staat gelijk aan een doodvonnis, en dat heeft hem zo onthecht gemaakt, maar niet dat hij zich nergens iets van aantrekt. Manuel gebruikt zijn tijd goed, gringuita. Hij leeft in het heden, met het uur, en heeft zich ermee verzoend dat hij doodgaat, veel meer dan ik, en ik draag ook een tijdbom in me. Sommige mensen mediteren jarenlang in een klooster zonder ooit die staat van vrede te kennen die Manuel heeft bereikt.'

'Ah, dus jij vindt ook dat hij op Siddharta lijkt.'

'Wie?'

'Niemand.'

Volgens mij heeft Manuel Arias nooit een grote liefde als die van mijn grootouders gekend, en berust hij daarom in zijn bestaan van eenzame wolf. De bubbel in zijn hersenen gebruikt hij als excuus om de liefde uit de weg te gaan. Is hij soms blind dat hij Blanca niet ziet? 'Jué!' zou Eduvigis zeggen. Het lijkt wel of ik hem aan Blanca probeer te koppelen. Die verderfelijke romantiek is het resultaat van al die liefdesromannetjes die ik de laatste tijd heb gelezen. De onontkoombare vraag is waarom Manuel erin heeft toegestemd iemand als ik in huis te nemen, een onbekende, iemand uit een andere wereld, met verdachte gewoonten, die ook nog eens voortvluchtig is. Hoe is het mogelijk dat zijn vriendschap met mijn grootmoeder, die hij tientallen jaren niet heeft gezien, meer gewicht in de schaal legt dan zijn onontbeerlijke rust?

'Manuel was niet gerust op jouw komst,' vertelde Blanca toen ik het haar vroeg. 'Hij was bang dat je zijn hele leven overhoop zou gooien, maar hij kon je grootmoeder die gunst niet weigeren, want toen hij zelf in 1975 werd verbannen, was er voor hem ook iemand die hem onderdak heeft gegeven.'

'Jouw vader.'

'Precies. Het was gevaarlijk om in die tijd slachtoffers van de dictatuur te helpen, en mijn vader werd van alle kanten gewaarschuwd. Vrienden en familieleden keerden zich van hem af en zelfs mijn broers namen het hem kwalijk. Lionel Schnake, die onderdak bood aan een communist! Maar hij zei dat als je in dit land je naaste niet eens meer mocht helpen, je maar beter kon maken dat je wegkwam. Mijn vader, die denkt dat hij onkwetsbaar is, zei dat de militairen hem met geen vinger zouden durven aanraken. De arrogantie van zijn klasse heeft er in dit geval toe geleid dat hij een goede daad heeft verricht.'

'En nu betaalt Manuel don Lionel terug door mij te helpen. De Chilootse wet van wederkerigheid in caramboles.'

'Precies.'

'Maar Manuels angst was eigenlijk heel terecht, tía Blanca. Ik ben als een olifant tekeergegaan in zijn porseleinkast...'

'Maar het heeft hem juist goedgedaan!' onderbrak ze me. 'Ik vind hem veranderd, gringuita, hij is opener geworden.'

'Open? Hij zit zo dicht als een zeemansknoop. Volgens mij heeft hij een depressie.'

'Dat is nu eenmaal zijn karakter, gringuita. Hij is nooit erg luchthartig geweest.'

Uit de toon in Blanca's stem en de dromerige blik in haar ogen kon ik opmaken hoeveel ze om hem geeft. Ze vertelde me dat Manuel negenendertig was toen hij naar Chiloé werd verbannen en bij don Lionel Schnake in huis kwam wonen. Hij was getraumatiseerd na meer dan een jaar in de gevangenis, door zijn verbanning, het verlies van zijn familie, zijn vrienden en zijn werk – alles –, terwijl het voor haar een tijd was waarin het leven haar toelachte. Ze was net tot schoonheidskoningin gekozen en was druk bezig met de voorbereidingen van haar bruiloft. Het contrast tussen die twee kon niet wreder zijn. Blanca wist haast niets over de gast van haar vader, maar ze voelde zich aangetrokken door de sfeer van tragiek en melancholie om hem heen; bij hem vergeleken leken andere mannen inhoudsloos, haar verloofde incluis. De nacht voordat Manuel in ballingschap naar het buitenland vertrok, precies dezelfde dag dat de familie Schnake de teruggave vierde van het in beslag genomen land in Osorno, ging zij naar Manuels slaapkamer om hem een klein beetje genot cadeau te doen, iets wat hij mee zou kunnen nemen naar Australië. Blanca was met haar verloofde naar bed geweest – een geslaagd ingenieur van rijke afkomst, aanhanger van de militaire regering, katholiek, het tegenovergestelde van Manuel en geknipt voor een meisje als zij –, maar wat ze die nacht met Manuel ervoer was totaal anders. De ochtendschemer trof hen aan in elkaars armen, verdrietig, als twee wezen.

'Uiteindelijk gaf hij míj een cadeau. Manuel heeft me veranderd, hij heeft me op een andere manier naar de wereld leren kijken. Hij heeft me niet verteld wat er met hem was gebeurd toen hij gevangenzat, daar praat hij nooit over, maar ik voelde zijn lijden op mijn eigen huid. Kort daarna heb ik mijn verloving uitgemaakt en ben ik op reis gegaan,' vertelde Blanca.

Omdat Manuel altijd contact was blijven houden met don Lionel, wist ze hoe het hem de twintig jaar daarna was vergaan en was ze op de hoogte van zijn scheidingen, zijn verblijf in Australië, zijn verhuizing naar Spanje en zijn terugkeer naar Chili in 1998. Zij was inmiddels getrouwd en had twee grote dochters.

'Mijn huwelijk was een aflopende zaak. Mijn echtgenoot was chronisch ontrouw – je kent dat soort mannen wel, geschapen om op hun wenken bediend te worden door de vrouwen. Je hebt vast al wel gemerkt hoe machistisch dit land is, Maya. Mijn man heeft me aan de kant gezet toen er kanker bij me geconstateerd werd; hij kon de gedachte naar bed te moeten met een vrouw zonder borsten niet verdragen.'

'En wat is er tussen jou en Manuel gebeurd?'

'Niets. We hebben elkaar hier op Chiloé weer teruggezien, allebei behoorlijk beschadigd door het leven.'

'Maar je houdt van hem, of niet soms?'

'Zo eenvoudig ligt dat niet...'

‘Dan zou je hem dat eigenlijk moeten vertellen,’ onderbrak ik haar. ‘Als je hoopt dat hij het initiatief neemt, kun je lang wachten.’

‘De kanker kan elk moment terugkomen, Maya. Mannen willen dat niet op hun nek, een vrouw met zo’n probleem.’

‘Maar Manuel heeft die klotebubbel die elk moment kan barsten, tía Blanca. Jullie hebben geen tijd te verliezen.’

‘Als jij het maar uit je hoofd laat om je ermee te bemoeien! Dat is wel het laatste waar we behoefte aan hebben, een koppelende gringuita,’ waarschuwde ze me gealarmeerd.

Maar ik ben bang dat als ik me er niet mee bemoei, ze van ouderdom zullen sterven zonder deze kwestie op te lossen. Later die dag, toen ik thuiskwam, trof ik Manuel in zijn luie stoel voor het raam. Hij zat losse velletjes na te kijken, met een kop thee op het tafeltje, Gato-Leso aan zijn voeten en Gato-Literato ineengerold boven op het manuscript. Het huis rook naar suiker, want Eduvigis had met de laatste pruimen van het seizoen jam gemaakt. De jam stond af te koelen in een rij hergebruikte potten in verschillende maten, klaar voor de winter, als de tijden van overvloed voorbij zijn en de aarde slaapt, zoals zij dat zegt. Manuel hoorde me binnenkomen en maakte een vaag gebaar met zijn hand, maar sloeg zijn blik niet op van zijn papieren. Ach, Popo, ik zou het niet kunnen verdragen als er iets met Manuel gebeurde. Zorg voor hem, laat hem niet ook doodgaan.

Ik liep op mijn tenen naar hem toe en sloeg mijn armen om hem heen, van achteren, in een trieste omhelzing. Ik ben niet bang meer voor Manuel sinds die nacht dat ik onuitgenodigd zijn bed in ben gekropen. Ik pak tegenwoordig zijn hand vast, ik kus hem, jat eten van zijn bord – wat hij vreselijk vindt –, ik leg mijn hoofd op zijn knieën als we lezen, vraag hem om op mijn rug te krabben – wat hij, doodsbang, doet. En hij moppert niet meer op me als ik zijn kleren draag, zijn computer gebruik en zijn boek corrigeer. Ik schrijf nu eenmaal beter dan hij.

Ik stak mijn neus in zijn stugge haar en mijn tranen vielen als steentjes naar beneden.

'Is er iets?' vroeg hij bevreemd.

'Dat ik van je hou,' bekende ik hem.

'Kus me niet, jongedame. Een beetje meer respect voor deze oude man,' bromde hij.

Tijdens de reis in de vrachtwagen, na dat overdadige ontbijt met Roy Fedgewick, moest ik de godganse dag countrymuziek, evangelische preken en die eindeloze monoloog van hem aanhoren, die ik gelukkig nauwelijks hoorde omdat ik zat te dommelen, een kater had van de drugs en nog doodmoe was van die vreselijke nacht. Ik had een keer of wat de kans om ervandoor te gaan en omdat hij niet meer in me geïnteresseerd was, zou hij heus niet hebben geprobeerd me tegen te houden, maar ik kon het eenvoudig niet opbrengen. Mijn lichaam was slap en mijn geest in de war. We stopten bij een tankstation, en terwijl hij sigaretten kocht, ging ik naar de wc. Plassen deed pijn en ik bloedde nog een beetje. Ik overwoog even om daar in die wc te blijven tot Fedgewicks vrachtwagen weggereden zou zijn, maar ik was bang om in handen te vallen van een andere griezel en verder was ik zo moe dat ik er maar van afzag. Met hangende pootjes liep ik terug naar de wagen, kroop weg in mijn hoekje en sloot mijn ogen. Pas toen het donker begon te worden en we Las Vegas binnenreden, knapte ik weer een beetje op.

Fedgewick zette me midden op de Boulevard af – de Strip – het hart van Las Vegas, met tien dollar fooi omdat ik hem aan zijn dochter deed denken, zoals hij me verzekerde. Om dat te bewijzen liet hij me op zijn mobiel een blond meisje van een jaar of vijf zien. Toen ik wegging aaide hij me over mijn hoofd en nam afscheid met een: 'God zegene je, schatje.'

Ik realiseerde me dat hij nergens bang voor was en zich ook niet schuldig voelde. Dit was slechts een toevallige ontmoeting geweest, een van de vele waar hij altijd op voorbereid was, met zijn pistool, zijn handboeien, de alcohol en de drugs; hij zou me met een paar minuten weer vergeten zijn. Tijdens zijn monoloog had hij me op een gegeven moment verteld dat het barstte van de van huis weggelopen jongeren – zowel jongens als meisjes – die zichzelf langs de weg aan de chauffeurs aanboden; er bestond een hele cultuur van kinderprostitutie. Het enige positieve dat je over hem zou kunnen zeggen is dat hij zijn maatregelen had getroffen om te voorkomen dat ik hem zou besmetten met de een of andere ziekte. Ik heb geen behoefte om precies te weten wat er die nacht in het motel is gebeurd, maar ik herinner me wel dat er 's morgens condooms op de vloer lagen. Ik heb geluk gehad: hij gebruikte een condoom toen hij me verkrachtte.

Op dat tijdstip van de dag was de lucht in Las Vegas al wat afgekoeld, maar het plaveisel hield de droge warmte van de uren daarvoor nog vast. Ik ging op een bankje zitten, kapot van de uitspattingen van de afgelopen nacht en overweldigd door het uitbundige licht in deze onwezenlijke stad, die als een fata morgana oprijst uit het stof van de woestijn. Het was druk op straat, in een eeuwig feest: verkeer, bussen, limousines, muziek en mensen. Overal mensen: oude mannen in korte broek en hawaïhemden, vrouwen van middelbare leeftijd met een chemisch bruin kleurtje, in met glittersteentjes geborduurde spijkerbroeken geperst en met cowboyhoeden op, maar ook heel gewone toeristen, armoedzaaiers en ontzettend veel extreem dikke mensen. Ik stond nog steeds achter mijn besluit om mijn vader te straffen, want ik gaf hem de schuld van al mijn narigheid, maar ik had wel de behoefte om mijn grootmoeder te bellen. In dit tijdperk van de mobiele telefoon is het praktisch onmogelijk ergens nog een openbare telefooncel te vinden. Maar toen ik er eindelijk een had gevonden die het deed, kon of wilde de telefoniste me niet collect call doorverbinden.

Ik ging het tiendollarbiljet wisselen voor muntgeld in een

casinohotel, een van de enorme luxeburchten met uit de Cariben gehaalde palmbomen, vulkaanuitbarstingen, vuurwerk, watervallen in allerlei kleuren en stranden zonder zee. Het platte vertoon van overdadige luxe is geconcentreerd op een paar honderd vierkante meter, en daar ritselt het dan ook van de bordelen, bars, nachtclubs, massagesalons en seksbioscopen. Op de boulevard kun je aan de ene kant in een kapel met knipperende harten in zeven minuten trouwen, en aan het andere uiteinde is het mogelijk om in precies dezelfde tijd te scheiden. Zo zou mijn grootmoeder de stad maanden later beschrijven, hoewel dat een onvolledige waarheid was, want Las Vegas is meer dan dat. Naast de plekken waar de rijken wonen in hun getraliede villa's, zijn er de voorsteden voor de middenklasse waar moeders achter hun kinderwagens wandelen, en de ellendewijken met de bedelaars, waar de bendes het voor het zeggen hebben. Maar er zijn ook scholen, kerken, musea en parken, die ik overigens alleen vanuit de verte heb gezien omdat mijn leven zich 's nachts afspeelde.

Ik belde naar het huis dat van mijn vader en Susan was geweest en waar alleen Nini nu nog woonde. Ik wist niet of Angie haar al op de hoogte had gesteld van mijn afwezigheid, hoewel ik al twee dagen daarvoor uit de kliniek was verdwenen. Toen de telefoon vier keer over was gegaan en het bandje me liet weten dat ik een boodschap kon inspreken, herinnerde ik me weer dat mijn grootmoeder donderdagnacht altijd als vrijwilliger in het hospice werkt, als tegenprestatie voor de hulp die ze zelf had ontvangen toen Popo zo ziek was. Ik hing op; er zou tot de volgende morgen niemand zijn.

Die dag had ik heel vroeg ontbeten en tussen de middag had ik Fedgewicks aanbod afgeslagen. Op dat moment voelde mijn maag aan als een groot gat, maar ik besloot mijn muntgeld te bewaren voor de telefoon. Ik ging op pad in tegengestelde richting van de lichtjes van de casino's, die mensenmassa's, het onwerkelijke schijnsel van de lichtreclames en het denderende geluid van het verkeer. De verbijsterende stad verdween en maakte plaats voor een andere, naargeestig en stil. Gedesoriënteerd liep ik maar wat, tot ik in een slaperige straat kwam waar ik op het bankje van een overdekte bushalte ging zitten en me op mijn rugzak installeerde om uit te rusten. Ik was zo uitgeput dat ik in slaap viel.

Na een tijdje werd ik gewekt door een onbekende die me op mijn schouder tikte. 'Kan ik je naar huis brengen, schone slaapster?' vroeg hij, op de kalme toon waarmee je een paard benadert. Hij was klein van stuk, heel dun, met een kromme rug, een schichtige uitdrukking op zijn gezicht en vettig piekhaar. 'Naar huis?' bauwde ik hem ontredderd na. Hij reikte me zijn hand, lachte zijn gevlekte tanden bloot en stelde zich voor: Brandon Leeman.

Tijdens die eerste ontmoeting was Brandon Leeman helemaal in het kaki gekleed: overhemd, broek met verschillende zakken en schoenen met spekzolen. Hij had de vertrouwenwekkende uitstraling van een boswachter. De lange mouwen bedekten tatoeages met vechtsportmotieven en blauwe spuitplekken; die zou ik pas veel later te zien krijgen. Leeman had twee keer in de gevangenis gezeten en werd in verschillende staten gezocht, maar omdat hij zich in Las Vegas veilig voelde had hij die stad als zijn tijdelijk toevluchtsoord gekozen. Hij was een boef, een heroïneverslaafde drugshandelaar, en verschilde in niets van de rest van zijn slag in die stad. Hij was altijd gewapend, uit voorzorg en gewoonte, niet omdat hij zelf zo graag geweld gebruikte, want als dat nodig was had hij daarvoor zijn twee handlangers, Joe Martin uit Kansas, en El Chino, een pokdalige Filippijn die hij in de gevangenis had leren kennen. Leeman was achtendertig maar zag eruit als vijftig. Die donderdag kwam hij net van de sauna, een van de weinige genoegens die hij zichzelf gunde, niet uit soberheid maar omdat hij zo ver heen was dat alles hem volkomen onverschillig liet behalve zijn witte dame, zijn sneeuw, zijn koningin, zijn *brown sugar*. Hij had net een spuit gezet en voelde zich zo fit als een hoentje, klaar om aan zijn nachtelijke ronde te beginnen.

Vanuit zijn auto, een naargeestige bestelbus, had Leeman me zien slapen op het bankje. Zoals hij me later vertelde, had hij een onwankelbaar vertrouwen in zijn vermogen mensen te beoordelen – heel nuttig in zijn branche – en ik leek hem een ruwe diamant. Aan het eind van de straat was hij omgedraaid om nogmaals stapvoets langs mijn bankje te rijden en had hij zijn eerste indruk bevestigd gezien. Hij had het idee dat ik een jaar of vijftien was, eigenlijk te jong voor zijn plannen, maar hij was niet in de positie om al te veeleisend te zijn, want hij was al maanden op zoek naar iemand als ik. Vijftig meter verderop hield hij stil, stapte uit, droeg zijn lijfwachten op te wachten tot hij hen riep en was daarna naar de bushalte gewandeld.

'Ik heb nog niet gegeten vandaag. Een paar honderd meter verderop zit een McDonald's. Heb je zin om mee te gaan? Ik betaal,' bood hij aan.

Ik probeerde de situatie snel in te schatten. Mijn eerdere ervaring met Fedgewick had me argwanend gemaakt, maar voor die als ontdekkingsreiziger verklede sukkel kon ik niet bang zijn. 'Zullen we dan maar?' drong hij aan. Ik liep enigszins aarzelend achter hem aan, maar toen ik de hoek omsloeg en de McDonald's-reclame zag, kon ik de verleiding niet weerstaan. Ik had honger. Onderweg kletsten we wat, en uiteindelijk vertelde ik hem dat ik nog maar net in de stad was, dat ik op doorreis was en naar Californië terugging zodra ik mijn oma had gebeld om me geld te sturen.

'Je zou mijn mobiel wel mogen gebruiken, maar mijn accu is leeg,' zei Leeman.

'Dank je wel, maar ik kan morgenochtend pas bellen. Ze is nu nog niet thuis.'

In de McDonald's waren maar weinig klanten en er stonden drie personeelsleden, een jonge zwarte vrouw met nepnagels en twee latino's, van wie eentje in een T-shirt met de Maagd van Guadalupe erop. De vettige geur wekte mijn eetlust en algauw zat ik achter een dubbele hamburger met frites en voelde ik mijn zelfvertrouwen, de kracht in mijn benen en de helderheid in mijn hoofd gedeeltelijk terugkeren. Het leek me ineens niet meer zo dringend om Nini te bellen.

'Las Vegas lijkt me hartstikke leuk,' zei ik met mijn mond vol.

'De stad der zonden, zo noemen ze het ook wel eens. Je hebt me nog niet verteld hoe je heet,' zei Leeman, die nog geen hap van zijn eten had geproefd.

'Sarah Laredo,' verzon ik ter plekke, om mijn naam niet aan een vreemde te hoeven geven.

'Wat is er met je hand gebeurd?' vroeg hij, op mijn gezwollen pols wijzend.

'Ik ben gevallen.'

'Vertel eens wat over jezelf, Sarah. Je bent toch niet van huis weggelopen?'

'Natuurlijk niet!' riep ik uit, me verslikkend in een frietje. 'Ik heb net eindexamen gedaan en voordat ik ga studeren wilde ik Las Vegas zien, maar ik ben mijn portemonnee kwijt en daarom moet ik mijn oma bellen.'

'Aha. Maar nu je toch hier bent, moet je echt de stad bekijken, het is hier een soort Disneyworld voor grote mensen. Wist je dat het de snelst groeiende stad van Amerika is? Iedereen wil zich hier vestigen. Blijf toch een tijdje, laat je plannen niet in de war schoppen door een kleine tegenvaller. Luister, Sarah, zolang de cheque van je oma er nog niet is, kan ik je wel wat geld voorschieten.'

'Waarom zou je? Je kent me niet eens,' antwoordde ik, op mijn hoede.

'Gewoon, uit aardigheid. Hoe oud ben je?'

'Ik word negentien.'

'Je ziet er jonger uit.'

'Dat lijkt maar zo.'

Op dat moment kwamen twee politieagenten de Mac binnen. De ene was jong, met een donkere zonnebril op, hoewel het buiten al donker werd, en met zulke worstelaarsspieren dat hij bijna uit zijn uniform knapte. De tweede was wat ouder, een jaar of vijfenveertig, zonder iets opmerkelijks aan zijn uiterlijk. Terwijl de jongste hun bestelling opgaf bij het meisje met de nepnagels, kwam de tweede Brandon Leeman gedagzeggen, die ons aan elkaar voorstelde: zijn vriend, agent Arana, en ik was zijn nichtje uit Arizona dat een paar dagen op bezoek was. De politieman keek me met een onderzoekende blik in zijn heldere ogen aan. Hij had een open gezicht met een makkelijke glimlach en een door de woestijnzon bruinverbrande huid. 'Pas maar goed op je nichtje, Leeman,' zei hij. 'In deze stad raakt een fatsoenlijk meisje makkelijk verdwaald.' Daarna voegde hij zich bij zijn collega aan een ander tafeltje.

'Als je wilt heb ik wel werk voor je, de rest van de zomer, tot je in september gaat studeren,' bood Brandon Leeman aan.

Mijn intuïtie deed allerlei alarmbellen rinkelen, als waarschuwing voor zo veel generositeit, maar het werd nacht, en ik was niet verplicht die gladjanus onmiddellijk antwoord te geven. Hij was misschien een ex-alcoholist, dacht ik, die zieltjes wil redden, een soort Mike O'Kelly, maar dan zonder het charisma van de Ier. Ik zie wel waar het schip strandt, besloot ik. Ik waste me zo goed en zo kwaad als het ging op de wc, stelde vast dat ik niet meer bloedde, trok de schone kleren aan die ik in mijn rugzak meedroeg, poetste mijn tanden en bereidde me opgefrist voor om Las Vegas te ontdekken, samen met mijn nieuwe vriend.

Toen ik terugkwam uit de wc zag ik Brandon Leeman in zijn mobiel praten. Maar had hij niet gezegd dat de accu leeg was? Wat maakte het ook uit. Ik had hem vast niet goed begrepen. We liepen naar zijn wagen, waar twee verdacht uitziende kerels stonden te wachten. 'Joe Martin en El Chino, mijn compagnons,' stelde Leeman hen voor. El Chino nam achter het stuur plaats, de andere man kroop naast hem en Leeman en ik gingen achterin zitten. Onderweg begon ik me toch ongerust te maken, want we reden een ongure wijk binnen, met vervallen huizen en veel leegstand, vuilnis op straat, lummelende jongeren in portieken, een paar bedelaars in gescheurde slaapzakken naast hun winkelwagentjes, volgeladen met zakken met allerlei troep.

'Maak je geen zorgen, bij mij ben je veilig; iedereen kent me hier,' stelde Leeman me gerust, die zag dat ik op het punt stond om er als een haas vandoor te gaan. 'Er zijn betere buurten, maar deze wijk is veilig, en hiervandaan werk ik nu eenmaal.'

'Wat voor soort werk?' vroeg ik.

'Dat merk je nog wel.'

We stopten voor een met graffiti volgekladderd, vervallen gebouw van drie verdiepingen, met gebroken ruiten. Leeman en ik stapten uit en zijn compagnons reden een stukje verder om de auto naar de parkeerplaats te brengen. Het was te laat om nog terug te krabbelen en ik liep dus maar vlak achter Leeman aan, om niet onzeker te lijken, wat van zijn kant een voor mij ongunstige reactie kon oproepen. Hij leidde me door een deur aan de zijkant van het gebouw – de hoofdingang zat dichtgetimmerd –, waarna we in een soort hal terechtkwamen die in staat van opperste verwaarlozing verkeerde, schaars verlicht met een paar peertjes die aan kale elektriciteitskabels bungelden. Hij vertelde me dat het gebouw oorspronkelijk een hotel was geweest dat later in appartementen was opgesplitst, maar dat het slecht beheerd werd – een omschrijving die nauwelijks recht deed aan de werkelijkheid.

We beklommen de twee delen van een gore, stinkende trap, en overal ontwaarde ik deuren die uit hun hengsels hingen, met een soort holen als kamers daarachter. We kwamen niemand tegen toen we de trap op liepen, maar ik hoorde stemmen, gelach, en zag in die open kamers onbeweeglijke menselijke gestalten. Later kwam ik erachter dat op de onderste twee woonlagen junks zich verzamelden om te snuiven, te spuiten, zich te prostitueren, te dealen en dood te gaan, maar niemand mocht zonder toestemming naar de bovenste verdieping. Het laatste stuk van de trap was afgesloten met een traliehek, dat Leeman met een afstandsbediening opende, waarna we in een gang terechtkwamen waar het wat minder goor was, althans vergeleken met de smeerboel van beneden. Hij schoof de grendel voor een stalen deur weg en we betraden een appartement met dichtgemetselde ramen, verlicht door kale peertjes aan het plafond en het blauwe schijnsel van een tv-scherm. Een airco hield de temperatuur draaglijk; het rook er naar oplosmiddel en munt. Er stonden een driezitsbank die in goede staat verkeerde en een grote tafel met stoelen. Op de grond lagen wat sjofele matrassen, waarop een jongetje van een jaar of twaalf voor een enorme, moderne tv popcorn lag te eten.

'Je had me opgesloten, klootzak,' riep het kind uit, zonder zijn ogen van het scherm af te wenden.

'Nou en?' antwoordde Brandon Leeman.

'Als er brand was uitgebroken, was ik hier levend gebraden!'

'Waarom zou er brand uitbreken? Dit is Freddy, de toekomstige *king of rap*,' stelde hij me de jongen voor. 'Freddy, zeg dit meisje eens gedag. Ze gaat voor me werken.'

Freddy keek niet op. Ik liep de merkwaardige woning door, met in de andere kamers nauwelijks meubels, maar wel stapels verouderde computers, nog meer kantoorapparatuur en verschillende raadselachtige butaanbranders in de keuken, die overigens nog nooit gebruikt leek te zijn om te koken, en verder lagen er over de hele lengte van de gang allerlei pakken en dozen.

De woning was verbonden met een tweede appartement op dezelfde verdieping, via een groot, open gat in de muur dat er zo te zien zomaar in was gemept. 'Dit hier is mijn kantoor, en daar slaap ik,' vertelde Brandon Leeman. We moesten bukken om door het gat te komen en kwamen toen in net zo'n kamer als de vorige, alleen zonder meubels, maar wel ook met airco. Hier waren de ramen met planken dichtgetimmerd en er zaten verschillende grendels op de buitendeur. 'Zoals je ziet, heb ik geen gezin,' zei mijn gastheer, terwijl hij met een theatraal gebaar naar de lege ruimte wees. In een van de kamers stond een breed, onopgemaakt bed, en in een hoek zag ik stapels dozen, er lag een koffer, en tegenover het bed hing nog zo'n chique tv. In de kamer ernaast, die kleiner was en net zo smoezelig als de rest van het appartement, zag ik een smal bed, een ladekast en twee witgeverfde nachtkastjes, als voor een kind.

'Als je blijft, wordt dat je kamer,' zei Brandon Leeman.

'Waarom zijn de ramen dichtgetimmerd?'

'Uit voorzorg. Ik hou niet van pottenkijkers. Ik zal je uitleggen om wat voor werk het gaat. Ik heb een representatief meisje nodig om naar de eersteklas hotels en casino's te gaan. Zo iemand als jij, die er niet verdacht uitziet.'

'Hotels?'

'Het is niet wat je denkt. Ik ben geen partij voor de prostitutiemaffia. Dat is een keiharde handel, en er lopen hier meer hoeren en pooiers rond dan er klanten zijn. Nee, het gaat niet om dat soort dingen. Jij hoeft alleen maar bestellingen rond te brengen.'

'Wat voor soort bestellingen?'

'Drugs. Rijke mensen hebben die graag thuisbezorgd.'

'Maar dat is bloedlink!'

'Dat valt wel mee. We steken het hotelpersoneel geld toe. Die kijken dus de andere kant op, en verder willen ze het hun gasten graag naar de zin maken. Alleen de speciale narcoticabrigade zou een probleem kunnen zijn, maar daar hebben we nog nooit iemand van gezien. Het is heel simpel, en je zult meer dan genoeg verdienen.'

'Op voorwaarde dat ik met je naar bed ga zeker...'

'O nee! Aan dat soort dingen denk ik al jaren niet meer, en je zult zien hoe eenvoudig dat het leven maakt,' zei Brandon Leeman met een opgewekte lach. 'Ik moet nu weg. Probeer uit te rusten, dan kunnen we morgen beginnen.'

'Je bent heel aardig voor me geweest en ik wil niet ondankbaar lijken, maar echt, dit is niks voor mij. Ik...'

'Je hoeft niet nú te beslissen,' onderbrak hij me. 'Ik dwing niemand om voor me te werken. Als je morgen wilt vertrekken, dan is dat prima, maar voorlopig kun je maar beter hier zitten dan op straat, vind je ook niet?'

Ik ging op het bed zitten, mijn rugzak op schoot. Ik had een vieze nasmaak van vet en ui in mijn mond, de hamburger lag als een steen in mijn maag, al mijn spieren deden pijn en ik was zo moe dat ik haast niet op mijn benen kon staan. Ik zat er helemaal doorheen. Ik dacht terug aan de geforceerde ontsnappingstocht door het bos, het geweld van de nacht in het motel, de uren in de vrachtwagen, toen ik me zo beroerd had gevoeld door de resten van de drugs die nog in mijn lijf zaten, en ik voelde dat ik mezelf de rust moest gunnen om bij te komen.

'Maar je mag ook mee als je dat liever wilt, dan kun je zien waar ik werk. Maar ik waarschuw je, het wordt een lange nacht,' bood Leeman aan.

Ik kon het niet opbrengen om daar alleen te blijven. Ik ging mee op zijn ronde, tot vier uur 's morgens, langs hotels en casino's op de Strip, waar hij de mensen die hem in het donker opwachtten een zakje overhandigde: portiers, parkeerwachten en jonge mannen en vrouwen die er als toerist uitzagen. El Chino bleef achter het stuur zitten, Joe Martin stond op de uitkijk, en Brandon Leeman bezorgde de handel; geen van drieën ging ergens naar binnen, want ze waren bekend en werden in de gaten gehouden; ze opereerden al te lang in hetzelfde gebied. 'Ik doe dit werk niet graag zelf,' legde Leeman me uit, 'maar ik wil ook geen tussenpersonen gebruiken. Die rekenen een veel te hoge provisie en zijn niet betrouwbaar.' Ik begreep best waarom die vent me in dienst wilde nemen, want dan zou ik het werk doen en de risico's lopen, maar zonder provisie te ontvangen. Wat zou mijn beloning zijn? Ik durfde het niet te vragen. Toen we rond waren, keerden we terug naar het haveloze gebouw, waar Freddy, de jongen die ik eerder had gezien, op een van de matrassen lag te slapen.

Brandon Leeman is altijd eerlijk tegen me geweest, dus ik kan niet met het excuus komen dat hij me heeft voorgelogen over de aard van zijn handel en het soort leven dat hij me bood. Ik was me volledig bewust van wat ik deed toen ik bij hem bleef.

Manuel ziet me zo geconcentreerd als een notaris met mijn schrift in de weer, maar hij vraagt me nooit wat ik schrijf. Zijn lauwheid staat in schril contrast met mijn nieuwsgierigheid, want ik wil juist meer over hem te weten komen, over zijn verleden, zijn liefdes, zijn nachtmerries, ik wil weten wat hij voor Blanca Schnake voelt. Hij vertelt mij niets; ik vertel hem daarentegen haast alles, want hij kan goed luisteren en bestookt me niet met raadgevingen. Wat dat betreft zou mijn grootmoeder nog iets van hem kunnen opsteken. Ik heb hem nog niet over die beschamende nacht met Roy Fedgewick verteld, maar dat komt er nog wel van want dat soort geheimen vergiftigt vroeg of laat je geest als je ze binnenhoudt. Ik voel me er niet schuldig om – de schuld ligt bij mijn verkrachter –, maar ik schaam me wel.

Gisteren merkte Manuel dat ik volledig opging in wat ik op zijn computer aan het lezen was over 'de karavaan des doods', een legereenheid die in oktober 1973, een maand na de staatsgreep, van noord tot zuid door Chili is getrokken om politieke gevangenen af te maken. De eenheid stond onder het bevel van ene Arellano Stark, een generaal die op volkomen willekeurige gronden gevangenen aanwees, hen simpelweg liet fusilleren en vervolgens de lichamen met dynamiet liet opblazen, een doeltreffende methode om terreur te zaaien onder de burgerbevolking en weifelmoedige soldaten. Manuel heeft het nooit over die periode, maar omdat hij ziet dat ik geïnteresseerd ben, heeft hij me een boek over die sinistere karavaan geleend, een paar jaar geleden geschreven door Patricia Verdugo, een moedige journaliste die de zaak heeft onderzocht.

'Ik weet niet of je het zult begrijpen, Maya, je bent nog te jong en komt uit het buitenland,' zei hij.

'Onderschat me niet, *compañero*,' antwoordde ik. Hij schrok, want geen mens gebruikt die term nog, die in de mode was in de tijd van Allende en later verboden werd door de dictatuur. Ik had hem op een weblog gelezen.

Er is zesendertig jaar verstreken sinds de militaire opstand en dit land heeft inmiddels al twintig jaar een democratische regering, maar de littekens zijn er nog, en in sommige gevallen zelfs open wonden. Er wordt niet veel gesproken over de dictatuur. Degenen die eronder hebben geleden proberen die tijd te vergeten en voor de jongere generaties is het geschiedenis, maar alle informatie is voorhanden, er staat veel over op internet en er zijn boeken, artikelen, documentaires en foto's, die ik in de boekhandel in Castro heb gezien waar Manuel zijn boeken koopt. Het is onderwerp van onderzoek op de universiteiten en het is geanalyseerd vanuit alle mogelijke invalshoeken, maar in het gewone leven heeft men het er niet graag over. Het Chileense volk is nog steeds verdeeld. De vader van de huidige president Michelle Bachelet, generaal bij de luchtmacht, werd ter dood gebracht door zijn eigen wapenbroeders toen hij weigerde zich neer te leggen bij de militaire coup, waarna Bachelet en haar moeder werden gearresteerd, gemarteld en in ballingschap gezonden, maar daar heeft ze het nooit over. Volgens Blanca Schnake is dat stukje van de Chileense geschiedenis modder onder in een meer: als je erin roert, weet je maar nooit wat er boven komt drijven. De enige met wie ik hierover kan praten is Liliana Treviño, de verpleegster, die bereid is me te helpen met mijn onderzoek. Ze heeft aangeboden om met me mee te gaan naar pater Luciano Lyon, die essays en artikelen over de repressie tijdens de dictatuur heeft geschreven. We zijn van plan hem zonder Manuel op te zoeken, om in alle openheid met hem te kunnen praten.

Stilte. In dit huis van het hout van de Gualtecas-cipres heersen lange stiltes. Het heeft me vier maanden gekost om me aan Manuels introverte karakter aan te passen. Mijn aanwezigheid moet ongemakkelijk zijn voor deze eenzelvige man, zeker in een huis zonder deuren, waar privacy een zaak van beleefdheid is. Op zijn manier is hij lief voor me. Enerzijds negeert hij me of geeft hij eenlettergrepige antwoorden, maar hij warmt handdoeken voor me op het fornuis als hij denkt dat ik ga douchen en brengt me mijn beker melk op bed: hij zorgt voor me. Gisteren heeft hij voor het eerst sinds ik hem ken zijn zelfbeheersing verloren. Ik was met twee vissers meegegaan om te helpen de netten uit te werpen, we werden overvallen door slecht weer, het regende, de zee ging tekeer en we kwamen pas heel laat terug, tot op het bot verkleumd.

Manuel stond ons op de steiger op te wachten, met Fákin en Laurencio Cárcamo, een van de carabinero's, die al radiocontact had gehad met Isla Grande met het verzoek een marineschip op pad te sturen om ons te zoeken. 'Wat moet ik je grootmoeder zeggen als je verdrinkt?' schreeuwde Manuel woedend zodra ik aan wal stapte. 'Rustig maar, man, ik kan heus wel voor mezelf zorgen,' zei ik. 'Jezus, ja, vandaar dat je hier bent: omdat je zo goed voor jezelf kunt zorgen!'

Laurencio Cárcamo was bereid ons naar huis te brengen,

en in de jeep pakte ik Manuels hand en legde hem uit dat de weersverwachting goed was geweest toen we uitvoeren en dat we officieel toestemming hadden gekregen, dat niemand deze plotselinge weersverslechtering had voorzien. Binnen enkele minuten waren de hemel en de zee asgrauw geworden en moesten we de netten alweer binnenhalen. We hadden een paar uur stuurloos rondgedobberd, want het was ineens stikdonker en we konden ons niet meer oriënteren. We hadden ook geen signaal en konden dus niet bellen, daarom had ik hem niet kunnen waarschuwen. Maar het was alleen ongemakkelijk geweest, we hadden geen moment gevaar gelopen, het schip was degelijk en de vissers kennen deze wateren. Manuel verwaardigde zich niet me aan te kijken of antwoord te geven, maar hij trok ook zijn hand niet terug.

Ik rammelde werkelijk van de honger en tot mijn grote vreugde had Eduvigis een ovenschotel met zalm en aardappels voor ons gemaakt. Tijdens het ritueel van aan tafel gaan, in de intimiteit van de gedeelde routine, loste Manuels slechte humeur op. Na het eten installeerden we ons op de gammele bank, hij om te lezen en ik om in mijn schrift te schrijven, met onze koppen cafeïnevrije koffie met zoete, stroperige gecondenseerde melk. Regen, wind, takken die tegen het raam krassen, brandend hout in het fornuis, spinnende katten. Dat is mijn muziek tegenwoordig. Het huis sloot zich als een omhelzing om ons en de dieren heen.

Het werd al licht toen ik met Brandon Leeman terugkeerde van mijn eerste ronde langs de casino's van de Strip. Ik viel om van vermoeidheid, maar voor ik naar bed kon moest ik nog poseren voor een camera, voor een foto voor mijn nieuwe identiteitsbewijs. Leeman had heus wel door dat Sarah Laredo mijn echte naam niet was, maar hoe ik dan wel heette maakte hem verder niet uit. Daarna kon ik eindelijk naar mijn kamer, waar ik op dat bed zonder lakens ging liggen zonder mijn kleren en mijn schoenen uit te trekken, omdat ik walgde van het matras, dat, zo stelde ik me voor, door mensen gebruikt was met twijfelachtige hygiënische gewoonten. Ik werd pas om tien uur wakker. De badkamer was net zo weerzinwekkend als het bed, maar ik douchte me toch, bibberend, want er was geen warm water en uit de airco waaide een Siberische storm. Ik trok mijn kleren van de dag daarvoor weer aan, waarbij ik bedacht dat ik een plek moest zien te vinden waar ik de paar dingen die ik in mijn rugzak had kon wassen. Vervolgens begaf ik me via het gat in de muur naar het andere appartement, het 'kantoor', waar geen mens te bekennen was. Het was er schemerdonker, want er kwam maar een enkel streepje licht door de planken voor het raam, maar ik ontdekte een lichtschakelaar en knipte de peertjes aan het plafond aan. In de koelkast trof ik alleen kleine, met plakband gesealde pakjes, een halflege fles ketchup en yoghurtjes in verschillende smaken die over de datum waren, met groene schimmelharen erop. Ik liep rond door de rest van de kamers, die nog smeriger waren dan die in het andere appartement, zonder iets te durven aanraken, en vond lege flesjes, spuiten, naalden, stukken rubber, pijpen, buisjes geblakerd glas, bloedsporen. En toen drong tot me door waar de butaanbranders in de keuken voor dienden en besefte ik dat ik in een drugshol terecht was gekomen, van gebruikers en dealers. Als ik verstandig was, maakte ik dat ik wegkwam.

De stalen deur was niet op slot en op de gang trof ik ook niemand. Ik was alleen in het appartement, maar kon niet weg doordat het elektrische hek van de trap dichtzat. Ik doorzocht het appartement opnieuw van boven tot onder, vloekend van de zenuwen, zonder de afstandsbediening aan te treffen, en ik vond ook geen telefoon waarmee ik om hulp zou kunnen vragen. Terwijl ik me probeerde te herinneren op welke verdieping ik me bevond, begon ik wanhopig aan de planken voor een van de ramen te trekken, maar die zaten zo stevig vastgespijkerd dat ik er niet één los kreeg. Ik was net van plan het op een krijsen te zetten toen ik stemmen hoorde, en het knerpen van het elektrische hekwerk op de gang, en vlak daarop kwamen Brandon Leeman, zijn twee compagnons en het jongetje, Freddy, binnen. 'Hou je van Chinees eten?' vroeg Leeman bij wijze van begroeting. Ik was zo in paniek dat ik niets kon uitbrengen, maar alleen Freddy leek daar iets van te merken. 'Ik vind het ook vreselijk als ze me opsluiten,' zei hij met een vriendschappelijke knipoog. Brandon Leeman legde me uit dat het een veiligheidsmaatregel was, dat niemand in zijn afwezigheid het appartement binnen mocht, maar dat ik als ik bleef mijn eigen afstandsbediening zou krijgen.

De lijfwachten – of compagnons, zoals ze liever genoemd werden – en het kind gingen voor de tv met stokjes zitten eten, direct uit de bakjes. Brandon Leeman sloot zich in een van de kamers op om via zijn mobiel langdurig tegen iemand te schreeuwen, en kondigde daarna aan dat hij ging rusten en verdween door het gat naar het andere appartement. Vrij snel daarop vertrokken Joe Martin en El Chino, en bleef ik alleen achter met Freddy. We brachten de warmste uren van de middag door met tv-kijken en kaartspelen. Freddy gaf een perfecte imitatie van zijn idool, Michael Jackson, ten beste.

Tegen vijven verscheen Brandon Leeman weer op het toneel, en vlak daarna bracht de Filippijn een rijbewijs op naam van een zekere Laura Barron, tweeëntwintig jaar, uit Arizona, met mijn foto erop.

'Dat gebruik je zolang je hier bent,' zei Leeman.

'Wie is dat?' vroeg ik, terwijl ik naar het rijbewijs tuurde.

'Vanaf nu ben jij Laura Barron.'

'Jawel, maar ik kan maar tot augustus in Las Vegas blijven.'

'Dat wist ik toch al? Je zult er geen spijt van krijgen, Laura, het is een prima baantje. Alleen dit nog: geen mens mag weten dat je hier bent – je familie niet, je vrienden niet. Helemaal niemand. Is dat duidelijk?'

‘Ja.’

‘We zullen in de wijk laten rondgaan dat je bij mij hoort, om problemen te voorkomen. Niemand die je dan nog lastig zal durven vallen.’

Leeman droeg zijn compagnons op lakens en een nieuw matras voor op mijn bed te kopen, en nam me daarna mee naar een chique kapper in een fitnesscentrum, waar een man met oorringetjes in een framboosrode broek kreten van afkeer slaakte toen hij de knallende kleuren van mijn regenboogkapsel zag. Er was geen andere oplossing dan kort knippen en ontkleuren, luidde zijn diagnose. Twee uur later zag ik in de spiegel een Scandinavische hermafrodiet met een te lange hals en flaporen. Mijn hoofdhuid voelde aan alsof hij in vuur en vlam stond na de ontkleuring met al die chemische producten. ‘Heel elegant,’ zei Brandon Leeman goedkeurend, en hij nam me meteen daarna mee op een tocht langs de shopping malls op de Boulevard. Hij had een verbijsterende manier van winkelen: we gingen een zaak binnen, hij liet me verschillende kledingstukken passen, koos er uiteindelijk maar eentje uit en betaalde dan met bankbiljetten van een hoge waarde. Vervolgens gingen we naar een volgende winkel, waar hij een van dezelfde dingen kocht die ik al eerder had gepast maar die we niet hadden aangeschaft. Ik vroeg hem of het niet handiger zou zijn om alles in een en dezelfde zaak te kopen, maar daar gaf hij geen antwoord op.

Mijn nieuwe garderobe bestond uit verschillende sportieve outfits, niets uitdagends of opzichtigs, een eenvoudig zwart jurkje, sandalen voor dagelijks gebruik en nette gouden sandaaltjes met hakken, wat opmaakspulletjes en twee grote tassen met in het oog springende logo’s van de ontwerpers, die naar mijn berekeningen net zoveel kostten als mijn grootmoeders Volkswagen. Leeman schreef me in op zijn fitnessclub, waar ook de kapper zat die mijn haar had gedaan, en gaf me de raad er zo veel mogelijk gebruik van te maken, omdat ik daar overdag meer dan genoeg tijd voor zou hebben. Hij betaalde cash, vanuit een stapel dollarbiljetten die met een elastiekje bij elkaar werden gehouden. Niemand die dat vreemd leek te vinden; geld stroomde in deze stad blijkbaar als water. Het viel me wel op dat Leeman altijd met briefjes van honderd betaalde, ook al bedroeg de prijs van de aankoop maar een tiende deel van dat bedrag, en ik kon geen verklaring bedenken voor die excentrieke manier van doen.

Rond tien uur die avond moest ik voor het eerst iets bezorgen. Ze zetten me af in het Mandalay Bay Hotel. In overeenstemming met Leemans instructies begaf ik me naar het zwembad, waar een man en een vrouw naar me toe kwamen, die me herkenden aan het logo op mijn tas, dat blijkbaar een soort wachtwoord was dat Leeman hun had gegeven. De vrouw, met een lange strandjurk aan en een ketting met glazen kralen om haar hals, negeerde me, maar de man, in een grijze lange broek, een witte polo en zonder sokken, gaf me een hand. We praatten even over niets, ik overhandigde ze heimelijk hun bestelling en kreeg daar twee in een toeristenfoldertje gevouwen briefjes van honderd dollar voor terug, waarna we afscheid namen.

In de hotellobby belde ik via de interne telefoon met de volgende klant, nam de lift naar de tiende verdieping, ging vlak langs een bewaker die naast de lift stond zonder me een blik waardig te keuren en klopte op de juiste deur. Een man van rond de vijftig, op blote voeten en in ochtendjas, liet me binnen, nam het zakje in ontvangst en betaalde, waarna ik snel weer vertrok. In de deuropening stuitte ik op een tropisch visioen: een knappe mulattin met een leren korsetje aan, in een heel kort rokje en op naaldhakken, van wie ik vermoedde dat het een escort was, zoals ze dure hoeren tegenwoordig noemen. We namen elkaar van top tot teen op zonder elkaar gedag te zeggen.

In de enorme lobby haalde ik diep adem, tevreden over

mijn eerste missie, want het was me allemaal enorm meegevallen. Leeman zat in de auto op me te wachten, met El Chino achter het stuur, om me nog naar andere hotels te brengen. Voor middernacht had ik meer dan vierduizend dollar opgehaald voor mijn nieuwe baas.

Zo op het eerste gezicht was Brandon Leeman anders dan al die andere junks die ik die maanden heb leren kennen, mensen die verwoest waren door de drugs. Hoewel hij fragiel oogde, zag hij er verder normaal uit, en pas door met hem in één huis te wonen begreep ik hoe ziek hij eigenlijk was. Hij at nog minder dan een mus, kon haast niets binnenhouden, en lag soms zo stil op bed dat je niet kon zeggen of hij sliep, bewusteloos was of lag te zieltogen. Hij rook raar, naar sigaretten, alcohol en iets giftigs – een combinatie van geuren, een soort mestlucht. Hij was zich ervan bewust dat zijn geest hem soms in de steek liet, en daarom hield hij mij naast zich; hij zei dat hij meer op mijn geheugen vertrouwde dan op dat van hemzelf. Hij was een nachtdier. Overdag liet hij de uren van de dag voorbijgaan in zijn kamer, in de koelte van de airco, aan het eind van de dag ging hij meestal naar de fitnessclub voor een massage, een sauna of een stoombad, en 's nachts deed hij zijn zaken. We zagen elkaar op de club, maar kwamen nooit tegelijk aan en zijn orders luidden om hem daar te negeren. Ik mocht trouwens met niemand praten, iets wat nog helemaal niet meeviel, want ik kwam daar elke dag en zag altijd dezelfde gezichten.

Leeman stelde hoge eisen aan zijn gif, zoals hij zelf altijd zei: alleen de duurste bourbon en de puurste heroïne. Hij zette vijf à zes keer per dag een shot, altijd met nieuwe naalden. Hij beschikte over net zoveel als hij wilde en hield zich strikt aan zijn gewoontes. Hij verviel nooit in de ondraaglijke wanhoop van de ontwenning, zoals anderen, de stakkers die zich in de allerhoogste nood naar zijn deur sleepten. Ik was getuige van het ritueel van de witte dame, de lepel, de vlam van een kaars of een aansteker, de spuit, het stuk rubber om zijn arm of zijn been, vol bewondering voor de handigheid waarmee hij zijn weggezonken aderen kon vinden, die niet te zien waren, zelfs in zijn enkel, zijn buik of zijn nek. Als zijn hand te zeer trilde liet hij zich door Freddy helpen, want ik was daar niet toe in staat, ik kreeg de zenuwen van de naald. Leeman gebruikte al zo lang heroïne dat hij doses verdroeg die voor ieder ander dodelijk geweest zouden zijn.

'Het is niet de heroïne waaraan je doodgaat, het is de manier van leven van verslaafden, de armoede, de ondervoeding, infecties, gebruikte naalden, de smerigheid,' legde hij me uit.

'Nou, waarom laat je het mij dan niet proberen?'

'Omdat ik niets heb aan een junk.'

'Eén keer maar, om te weten hoe het is...'

'Nee. Je zult tevreden moeten zijn met wat je krijgt.'

En ik kreeg alcohol, marihuana, hallucinogenen en pilletjes die ik blind slikte, zonder dat het me veel kon schelen wat het effect was, als ze mijn bewustzijn maar veranderden zodat ik aan de werkelijkheid kon ontsnappen, aan de stem van Nini, mijn Nini, die me riep, aan mijn lichaam, mijn angst voor de toekomst. De enige pilletjes die ik aan hun oranje kleur herkende waren de slaappillen, die gezegende capsules die mijn chronische slapeloosheid konden verslaan en me enkele uren droomloze slaap schonken. De baas stond me wel zo nu en dan een lijntje coke toe om me opgewekt en alert te houden, maar crack was verboden. Voor zijn lijfwachten, Joe Martin en El Chino, gold hetzelfde, maar die hadden zo hun eigen verslavingen. 'Dat soort vuiligheid is voor losers,' zei Leeman altijd geringschattend, hoewel die losers zijn trouwste klanten waren, die hij kon uitknijpen tot de dood erop volgde, kon dwingen tot stelen, tot prostitutie. Voor hun volgende shot waren ze overal toe bereid. Ik raakte de tel kwijt van de junks die ons omringden, die skeletten met hun snot en hun zweren, nerveus, trillend, zwetend, gevangen in hun hallucinaties, slaapwandelaars die achterna werden gezeten door stemmen en beestjes die hun lichaam via de natuurlijke openingen binnendrongen.

Ook Freddy ging door die stadia, het arme joch. Mijn hart brak als ik hem zo zag lijden. Soms hielp ik hem de brander bij het pijpje te houden en wachtte dan net zo gespannen als hij tot de gele kristalletjes met een droog geluid uiteenvielen en het magische wolkje het glazen pijpje vulde. Binnen dertig seconden vloog Freddy dan in een andere wereld. Het genot, de grootsheid en de euforie duurden maar een paar momenten, daarna zakte hij terug in zijn diepe afgrond van absoluut lijden, waar hij alleen uit kon komen met een nieuwe dosis. Hij had steeds meer nodig om zich staande te kunnen houden, en Brandon Leeman, die van hem hield, gaf hem dat.

'Waarom helpen we hem niet om af te kicken?' vroeg ik Leeman ooit.

'Voor Freddy is het te laat. Van crack kun je niet terug. Dat was de reden dat ik me van de meisjes die vóór jou voor me werkten moest ontdoen,' antwoordde hij.

Ik maakte uit die woorden op dat hij ze had ontslagen. Ik wist niet dat in die omgeving 'je van iemand ontdoen' gewoonlijk iets onomkeerbaars betekent.

Het was onmogelijk om aan de aandacht van Joe Martin en El Chino te ontsnappen, die de opdracht mij in de gaten te houden uiterst serieus namen. El Chino, een schichtige wezel, richtte nooit direct het woord tot mij en keek me ook niet recht aan. Joe Martin daarentegen stak zijn gedachten niet onder stoelen of banken. 'Leen mij het meisje voor een lekkere pijpbeurt, baas,' hoorde ik hem een keer zeggen. 'Als ik niet wist dat het grappig bedoeld is, zou ik je ter plekke neerschieten voor zo veel lompheid,' antwoordde Brandon Leeman bedaard. Ik leidde daaruit af dat zolang híj het voor het zeggen had, die twee klootzakken mij met geen vinger zouden durven aanraken.

Het was geen geheim waar de bende zich mee bezighield, maar toch zag ik Brandon Leeman niet als een crimineel, niet zoals Joe Martin en El Chino, die volgens Freddy verschillende moorden op hun geweten hadden. Het was natuurlijk zeer waarschijnlijk dat ook Leeman een moordenaar was, maar hij zag er niet naar uit. Hoe dan ook, het was maar beter dat ik het niet wist, net zoals hij liever niets van mij wist. Voor de baas had Laura Barron geen verleden en geen toekomst, en deden haar gevoelens er niet toe. Gehoorzaamheid, dat was het enige wat telde. Hij vertrouwde me een aantal dingen toe op zakelijk gebied die veiligheidshalve niet op papier gezet konden worden en liet me die uit mijn hoofd leren, omdat hij bang was ze te vergeten: wie hem geld schuldig was en welk bedrag, waar een pakket moest worden opgehaald, het bedrag dat hij de politie had moeten toesteken, wat de bendeleden die dag moesten uitvoeren.

De baas was heel sober. Hij leefde als een monnik, maar voor mij was hij gul. Ik ontving geen vast loon of provisie; hij gaf me gewoon geld uit zijn onuitputtelijke rolletje bankbiljetten als zakgeld, en de fitnessclub en mijn aankopen betaalde hij contant. Als ik meer wilde, gaf hij dat zonder te morren, maar algauw vroeg ik er niet meer om, want ik had niets nodig en verder verdween alles van waarde toch uit het appartement. We sliepen met een smal gangetje tussen ons in, dat hij nooit heeft geprobeerd over te steken. Hij had me verboden om relaties met andere mannen aan te knopen, uit veiligheidsoverwegingen. In bed praat je makkelijk je mond voorbij, zei hij.

Op mijn zestiende had ik, afgezien van de ramp met Rick Laredo, een aantal andere ervaringen met jongens gehad waar ik boos en gefrustreerd uit was gekomen. Van de porno op internet, waar iedereen van Berkeley High toegang toe had, werden de jongens geen steek wijzer. Ze waren grotesk onhandig en hadden promiscuïteit hoog in hun vaandel, alsof ze het zelf hadden uitgevonden, en de populairste uitdrukking van dat moment was *friends with benefits*, vrienden met voordelen, maar het was mij volkomen duidelijk dat die voordelen alleen voor hen golden. In de ontwenningskliniek in Oregon, waar de omgeving verzadigd was van de hormonen – we zeiden altijd dat het testosteron er van de muren droop –, leefden we gedwongen dicht op elkaar en was seks verboden. Die explosieve combinatie was voor de therapeuten een onuitputtelijke bron van materiaal tijdens de groepssessies. Ik kon me absoluut niet druk maken om die 'afspraak', maar voor anderen was het erger dan afkicken van de drugs, want behalve Steve, de psycholoog, die niet gevoelig was voor verleidingspogingen, was het er erbarmelijk gesteld op het gebied van mannen. In Las Vegas kwam ik niet in opstand tegen de door Leeman opgelegde onthouding, omdat die afgrijselijke nacht met Fedgewick me nog vers in het geheugen lag. Ik wílde niet eens dat iemand aan mijn lijf zat.

Brandon Leeman beweerde altijd dat hij aan iedere gril van zijn klanten tegemoet kon komen, van kleine kinderen voor ouwe viezeriken tot automatische wapens voor extremisten, maar dat was meer grootspraak dan werkelijkheid, want ik heb er nooit iets van gemerkt, alleen van handel in drugs en het helen van gestolen spullen – hij was een kleine kruimeldief vergeleken bij wat anderen ongestraft in die stad uitvraten. Er kwamen hoeren in alle soorten en maten voor hun drugs naar het appartement, onder wie heel dure, zoals je aan hun uiterlijk kon zien; andere daarentegen verkeerden in het laatste stadium van verval. Sommigen betaalden contant, anderen kochten op de pof, en soms, als de baas er niet was, rekenden Joe Martin en El Chino in natura af. Brandon Leeman vulde zijn inkomen aan met een handel in gestolen auto's, die hij afnam van een jeugdbende crackverslaafden, liet omkatten in een clandestiene garage en dan in een andere staat verkocht. Dit maakte het hem ook mogelijk om zelf elke twee à drie weken van auto te wisselen, om te vermijden dat hij gespot werd. En alles droeg bij aan de groei van zijn magische rol biljetten.

'Met jouw kip die gouden eieren legt zou je je een penthouse kunnen veroorloven in plaats van deze zwijnenstal, een vliegtuig, een jacht, wat je maar wilt...' zei ik verwijtend, toen de waterleiding was gesprongen en veranderd in een waterval van smerig water, en we naar de badkamers van de fitnessclub moesten uitwijken.

'Wil je soms een jacht voor Kerstmis?' vroeg hij verbaasd.

'Nee! Het enige wat ik vraag is een fatsoenlijke badkamer! Waarom verhuizen we niet?'

'Deze plek bevalt me.'

'Laat dan een loodgieter komen, verdomme. En misschien kun je dan meteen iemand inhuren om schoon te maken.'

Hij schaterde het uit. Het idee van een illegale immigrante die komt poetsen in een rovershol met boeven en verslaafden vond hij oerkomisch. Feitelijk was het Freddy's taak om schoon te maken – onder dat voorwendsel had hij hem in huis genomen –, maar het enige wat de jongen deed was de vuilnisbak leeghalen en eventuele bewijsstukken op de patio in een lege oliedrum verbranden. Hoewel ik geen enkele aanleg heb voor huishoudelijk werk, kwam ik er niet onderuit zo nu en dan rubberhandschoenen aan te trekken en met schoonmaakmiddelen aan de slag te gaan. Er zat niets anders op als ik daar wilde wonen, maar het was een onmogelijke strijd tegen het verval en de smerigheid die overal als een onverbiddelijke stank in doordrongen. Ik had er als enige last van; de rest merkte het niet eens. Voor Brandon Leeman waren die appartementen maar een tijdelijke regeling, aangezien hij van plan was zijn leven om te gooien zodra het een of andere geheimzinnige handeltje dat hij met zijn broer aan het opzetten was, concrete vormen zou aannemen.

Mijn baas – hij vond het prettig als ik hem zo noemde – had veel aan zijn broer Adam te danken, had hij me uitgelegd. Zijn familie kwam oorspronkelijk uit Georgia. Hun moeder had hen in de steek gelaten toen ze nog klein waren, en toen zijn vader in de gevangenis stierf – mogelijk vermoord, hoewel de officiële versie luidde dat het zelfmoord was geweest –, had Adam de zorg voor zijn jongere broertje op zich genomen. Adam had nooit fatsoenlijk werk gehad, maar was ook nooit in aanraking gekomen met justitie, niet zoals Brandon, die op zijn dertiende al een strafblad had. 'Ik moest daar weg omdat Adam anders door mij problemen zou krijgen,' biechtte Brandon me op. Samen werden de broers het erover eens dat Nevada de ideale plek voor hem was, met meer dan honderdtachtig casino's die dag en nacht open waren, met veel contant geld dat met duizelingwekkende snelheid van hand tot hand ging, en een gunstig aantal corrupte politiemensen.

Adam stopte zijn broer een stapeltje identiteitsbewijzen en paspoorten op verschillende namen toe die hem goede diensten zouden kunnen bewijzen, en geld om mee van start te gaan. Ze gebruikten geen van beiden creditcards. Op een van die zeldzame momenten dat we vertrouwelijk met elkaar praatten, vertelde Brandon Leeman me dat hij nooit getrouwd was geweest; zijn broer was zijn enige vriend, en zijn neefje, Adams zoon, zijn enige gevoelige plek. Hij liet me een foto van het gezinnetje zien: zijn broer – een heel ander type dan Brandon, een goede verschijning, fors –, zijn mollige schoonzus en het neefje, een schattig kereltje dat Hank heette. Ik ben een paar keer met hem meegegaan om elektronische speeltjes voor het kind te kopen, vreselijk duur en niet echt geschikt voor een jongetje van twee.

Voor de toeristen die een weekendje naar Las Vegas kwamen om aan hun saaie leven te ontsnappen en hun geluk in de casino's uit te proberen waren de drugs niet meer dan amusement, maar voor de hoeren, zwervers en bedelaars, voor de zakkenrollers, bendeleden en de andere ongelukkigen die rond het gebouw van Leemans appartement zwierven, bereid om het laatste restje van hun menselijkheid te verkopen voor een shot, waren ze de enige troost. Soms hadden ze geen cent en smeekten hem dan net zolang tot hij hun toch iets gaf, uit liefdadigheid of om hun verslaving te voeden. Anderen, die al hand in hand met de dood liepen, waren de moeite niet waard om te helpen. Ze kotsten bloed, hadden last van krampen en raakten bewusteloos. Dat soort lui liet Leeman eruit gooien. Sommigen van hen zal ik nooit vergeten, zoals de jongen uit Indiana die een explosie in Afghanistan had overleefd en toen hij in Las Vegas aan zijn eind kwam, zijn eigen naam niet eens meer wist. 'Verlies je benen en je krijgt een medaille, verlies je geest en je krijgt helemaal niets,' herhaalde hij als een mantra als hij zat te gebruiken. Of Margaret, een meisje van mijn leeftijd maar met een lichaam dat helemaal op was, die een van mijn merktassen had gejat. Freddy betrapte haar en we konden hem van haar afpakken voordat ze hem had kunnen verkopen, want Brandon Leeman zou haar er duur voor hebben laten betalen. Een andere keer kwam Margaret hallucinerend naar het appartement, en sneed toen ze niemand aantrof die haar kon helpen met een glasscherf haar polsen door. Freddy vond haar in het gangetje, in een plas bloed, en wist haar naar buiten te krijgen en haar een paar honderd meter verderop te dumpen, waarna hij per telefoon alarm sloeg. Toen de ambulance haar meenam leefde ze nog, maar we zijn er nooit achter gekomen wat er verder met haar is gebeurd, en we hebben haar ook nooit meer teruggezien.

En hoe zou ik Freddy kunnen vergeten? Ik heb mijn leven aan hem te danken. Ik was als een zus van het jongetje gaan houden, dat kind dat niet stil kon zitten, dat magere onderdeurtje, hard vanbuiten en zo lief vanbinnen, met zijn glanzende ogen en zijn snotneus. Hij kon nog lachen en zich tegen me aan nestelen als we tv-keken. Ik gaf hem vitaminen en kalk om hem te laten groeien, en kocht twee pannen en een kookboek om de keuken in gebruik te nemen, maar mijn gerechten verdwenen onaangeroerd in de vuilnisbak: Freddy proefde twee hapjes en had geen trek meer. Soms was hij heel ziek en kon hij zich niet bewegen op zijn matras. Andere keren verdween hij een paar dagen, zomaar, zonder uitleg te geven. Brandon Leeman voorzag hem van drugs, alcohol, sigaretten, wat hij maar vroeg. 'Zie je dan niet dat je hem vermoordt?' protesteerde ik. 'Ik ben al dood, Laura, maak je niet druk,' onderbrak Freddy ons goedgehumeurd. Hij gebruikte alle giftige stoffen die er maar bestonden, alle vuiligheid die je kon slikken, roken, snuiven of spuiten. Hij was écht half dood, maar hij had ritme in zijn bloed en kon zelfs aan een leeg bierblikje muziek ontlokken. Hij improviseerde rapsongs die nog rijmden ook; zijn droom was een carrière als popster, ontdekt te worden, zoals Michael Jackson. 'We gaan samen naar Californië, Freddy. Daar kun je een nieuw leven beginnen. Mike O'Kelly zal je helpen, zoals hij met honderden andere jongeren heeft gedaan, die er soms nog erger aan toe waren dan jij, maar als je die nu ziet, zou je het niet geloven. Mijn oma zal je ook helpen, daar is ze goed in. Je komt bij ons wonen, lijkt je dat wat?'

Op een avond, toen ik op een klant wachtte in een van de overdadige zalen van Caesar's Palace, met al die Romeinse beelden en fonteinen, liep ik Arana, de politieman, weer tegen het lijf. Ik probeerde er nog tussenuit te knijpen, maar hij had me al gespot en kwam glimlachend, met uitgestoken hand op me af en vroeg hoe het met mijn oom ging. 'Mijn oom?' herhaalde ik perplex, en toen herinnerde ik me weer dat Brandon Leeman me de eerste keer, toen we elkaar in een McDonald's ontmoetten, had voorgesteld als zijn nichtje uit Arizona. Zenuwachtig, want er zat handel in mijn tas, begon ik verklaringen te stamelen waar hij niet om had gevraagd.

'Ik ben hier alleen de zomer, ik ga binnenkort naar de universiteit.'

'Welke universiteit?' vroeg Arana, die naast me kwam zitten.

'Dat weet ik nog niet...'

'Je lijkt me een serieus meisje, je oom zal wel trots op je zijn. Sorry, ik ben je naam vergeten...'

'Laura. Laura Barron.'

'Ik ben blij voor je dat je gaat studeren, Laura. Ik zie in mijn werk te vaak tragische gevallen van veelbelovende jonge mensen die er helemaal aan onderdoor gaan. Wil je iets van me drinken?' En voordat ik kon weigeren, had hij al een fruitcocktail besteld bij een serveerster in een Romeinse tuniek. 'Jammer genoeg kan ik geen biertje nemen. Daar zou ik wel trek in hebben, maar ik ben aan het werk.'

'In dit hotel?'

'Ik moet een bepaalde ronde doen, en dit hotel maakt daar deel van uit.'

Hij vertelde me dat Caesar's Palace uit vijf torens bestaat, wel 3348 kamers heeft, sommige van bijna honderd vierkante meter, dat het negen luxe restaurants bevat, een mall met de chicste winkels ter wereld en een theater in de stijl van het Romeinse Colosseum dat plaats biedt aan 4296 toeschouwers, waar beroemdheden optreden. Had ik het Cirque du Soleil gezien? Nee? Dan moest ik mijn oom vragen om me mee te nemen, want hun voorstellingen waren het beste wat je in Las Vegas kon zien. Algauw kwam de nep-Vestaalse maagd met een groenig drankje in een glas dat bekroond werd met een stukje ananas. Ik telde de minuten, want buiten wachtten Joe Martin en El Chino, met hun horloge in de hand, en binnen zou mijn klant lopen te ijsberen tussen de pilaren en de spiegels, zonder er een idee van te hebben dat het meisje dat zo gezellig met een geüniformeerde politieman zat te babbelen zijn contact was. Wat zou Arana weten over Brandon Leemans activiteiten?

Ik dronk mijn veel te zoete sapje en nam zo gehaast afscheid van hem dat hij het wel verdacht moet hebben gevonden. Die politieman beviel me wel; hij keek je aan met een vriendelijke blik in zijn ogen, gaf een stevige hand en hij was relaxed. Als ik goed naar hem keek, vond ik hem zelfs aantrekkelijk, hoewel hij een paar kilo te zwaar was; zijn witte tanden contrasteerden met zijn gebronsde huid en als hij lachte, kneep hij zijn ogen tot spleetjes.

Degene die Manuel het meest na staat is Blanca Schnake, maar dat zegt niet veel. Hij heeft niemand nodig, zelfs Blanca niet, en hij zou de rest van zijn leven zonder praten kunnen. Alle inspanning om de vriendschap in stand te houden komt van haar. Zij is degene die hem uitnodigt om te komen eten of onverwacht binnenvalt met iets lekkers en een fles wijn; zíj dwingt hem om naar Castro te gaan om haar vader op te zoeken, Millalobo, die het zich aantrekt als hij hem niet regelmatig bezoekt; zíj zorgt voor Manuels kleren, voor zijn gezondheid en ze houdt zijn huis op orde, als een soort huishoudster. Ik ben een indringster die hun intimiteit heeft doorbroken. Voordat ik er was konden ze alleen zijn, nu hebben ze mij er altijd als pottenkijker bij. Ze zijn tolerant, deze Chilenen. Geen van beiden heeft ook maar enigszins blijk gegeven van weerzin tegen mijn aanwezigheid.

Een paar dagen geleden aten we bij Blanca thuis, zoals we vaak doen, want het is er veel gezelliger dan bij ons. Blanca had de tafel gedekt met haar mooiste tafelkleed, met gesteven linnen servetjes, kaarsen en een mandje met het rozemarijnbrood dat ik had meegenomen. De tafel was eenvoudig en verfijnd, zoals alles bij haar. Manuel is niet in staat om dit soort details te waarderen, maar ik sta er telkens weer van te kijken, want voordat ik deze vrouw leerde kennen dacht ik dat interieurstyling alleen iets was voor hotels en tijdschriften. Het huis van mijn grootouders was net een vlooienmarkt, met die overdaad aan meubels en al die afgrijselijke spullen die hun bestaansrecht alleen maar te danken hadden aan hun nut of aan het feit dat mijn grootouders te lui waren om ze bij het oud vuil te zetten. Dankzij Blanca, die een kunstwerk kan creëren met drie blauwe hortensia's in een glazen kan vol citroenen, gaat mijn smaak erop vooruit. Terwijl zij met een vissoep bezig waren, ging ik de tuin in om sla en basilicum te plukken, voordat er geen licht meer was, want het wordt al vrij vroeg donker. Op een paar vierkante meter heeft Blanca fruitbomen geplant en ze kweekt een keur aan groenten, die ze zelf verzorgt. Je ziet haar altijd met een strooien hoed op en handschoenen aan in haar tuin aan het werk. Ik ben van plan haar komend voorjaar te vragen om me te helpen met Manuels tuin, die nu alleen uit stenen en onkruid bestaat.

Toen het tijd was voor het toetje hadden we het over magie – Manuels boek fascineert me – en over bovennatuurlijke verschijnselen, waar ik een expert in had kunnen zijn als ik beter naar mijn grootmoeder had geluisterd. Ik vertelde dat ik was opgegroeid bij mijn agnostische grootvader, een rationalistisch astronoom, en mijn grootmoeder, die tarot-adept en aspirant-astroloog is, die aura's en energie leest, dromen verklaart en amuletten, kristallen en heilige stenen verzamelt, en dan heb ik het nog niet eens over haar vriendschap met de geesten die haar omringen.

'Nini verveelt zich nooit. Ze houdt zich bezig met protesteren tegen de regering en met communiceren met de doden,' zei ik.

'Welke doden?' vroeg Manuel.

'Met Popo, maar ook andere, zoals Sint-Antonius van Padua, een heilige die verloren voorwerpen en verloofden voor ongetrouwde meisjes vindt.'

'Jouw grootmoeder heeft zelf een verloofde nodig,' antwoordde hij.

'Jezus, man, ze is haast net zo oud als jij!'

'Heb ik jou niet zelf horen zeggen dat ik een liefde nodig

heb? Als je vindt dat ík nog niet te oud ben om verliefd te worden, dan geldt dat voor Nidia helemaal. Die is een paar jaar jonger.'

'Je bent geïnteresseerd in Nini!' riep ik uit. We zouden met ons drieën kunnen wonen, bedacht ik; ik was heel even vergeten dat Blanca de ideale verloofde voor hem was.

'Dat is een overhaaste conclusie, Maya.'

'Je zou haar bij Mike O'Kelly moeten wegkapen,' zei ik. 'Hij is Iers en invalide, maar hij ziet er tamelijk goed uit en is beroemd.'

'Dan heeft hij haar meer te bieden dan ik.' Hij moest lachen.

'En jij, tía Blanca, geloof jij in dat soort dingen?' vroeg ik.

'Ik ben heel praktisch, Maya. Als ik een wrat heb ga ik naar de dermatoloog, maar voor het geval dat, bind ik een haar om mijn pink en plas ik achter een eik.'

'Manuel zegt dat je een heks bent.'

'Dat is ook zo. Met vollemaan kom ik samen met andere heksen. Heb je zin om een keer mee te gaan? Komende woensdag hebben we een bijeenkomst. We zouden samen naar Castro kunnen gaan en een paar dagen bij mijn vader logeren, en dan neem ik je mee naar onze heksensabbat.'

'Een heksensabbat? Ik heb geen bezem,' zei ik.

'Als ik jou was zou ik het maar doen, Maya,' onderbrak Manuel ons. 'Die kans krijg je niet nog een keer. Blanca heeft mij nog nooit meegevraagd.'

'Het is een vrouwenkring, Manuel. Je zou verdrinken in het oestrogeen.'

'Jullie maken een grapje...' zei ik.

'Ik meen het serieus, gringuita, maar het is iets anders dan je denkt. Het heeft niets te maken met de hekserij in Manuels boek, geen invunches, of vesten uit de huid van gestorvenen. Onze groep is heel gesloten, en dat moet ook, anders kunnen we ons niet volledig ontspannen. We accepteren geen gasten, maar voor jou zijn we bereid een uitzondering te maken.'

'Waarom?'

'Omdat ik het idee heb dat je nogal eenzaam bent, dat je vriendinnen nodig hebt.'

Een paar dagen later ging ik met Blanca mee naar Castro. We kwamen aan bij Millalobo's huis op het heilige uur van de thee, een gewoonte die de Chilenen van de Engelsen hebben overgenomen. Blanca en haar vader houden onwrikbaar vast aan hun routine. Het is net een toneelstuk: eerst begroeten ze elkaar uitbundig met veel gekus, alsof ze elkaar niet de week daarvoor nog gezien hebben en niet dagelijks met elkaar hebben gebeld; meteen daarop geeft zij hem een standje omdat hij 'met de dag dikker wordt, en hoelang denk je nog door te gaan met roken en drinken, papa, dat wordt je dood nog eens', en dan antwoordt hij haar met opmerkingen over vrouwen die hun haar grijs laten worden en er als Roemeense boerenvrouwen bij lopen; vervolgens brengen ze elkaar op de hoogte van alle geruchten en roddels die de ronde doen, vraagt zij hem om een nieuwe lening en schopt hij een scène dat ze hem ruïneren, dat ze hem zijn geld aftroggelen en dat hij nog eens failliet gaat, waarna er vijf minuten van onderhandelingen volgen. Tegen de tijd dat ze eindelijk hun overeenkomst bezegelen met nog meer gekus, zit ik al aan mijn vierde kop thee.

Toen het donker werd leende Millalobo ons zijn auto en reden Blanca en ik naar de bijeenkomst. We kwamen langs de kathedraal met de twee torens die met metalen platen bedekt is, langs het plein, met op elk bankje een verliefd stelletje, lieten het oude deel van de stad achter ons, de nieuwere wijken met de lelijke betonnen huizen, en sloegen een kronkelend, eenzaam weggetje in. Even later hield Blanca stil op een plek waar al meer auto's geparkeerd stonden, en we liepen naar het huis over een pad dat nauwelijks zichtbaar was, onszelf bijlichtend met haar zaklamp. Binnen troffen we een groep van tien jonge vrouwen, gekleed in dezelfde artistiekerige stijl als Nini: tunieken, lange rokken of wijde katoenen broeken, en poncho's, want het was koud. Ze hadden op me gewacht en ontvingen me met die typisch Chileense spontane affectie, die ik in het begin, toen ik net in dit land was, choquerend vond, maar nu verwacht ik niet anders. Het huis was praktisch ingericht, er lag een oude hond languit op de bank en er slingerde overal kinderspeelgoed over de vloer. De gastvrouw vertelde me dat de kinderen bij hun oma gingen logeren als het vollemaan was en dat haar man van de gelegenheid gebruikmaakte om poker te spelen met zijn vrienden.

Via de keuken liepen we naar een grote achterpatio, verlicht met olielampen, waar een soort moestuin was met planten in kisten, een kippenhok, twee schommels, een grote kampeertent en iets wat op het eerste gezicht een bergje aarde leek waar zeildoek overheen was getrokken, maar door een gat in het midden kwam een dun sliertje rook naar buiten. 'Dit is de *ruca*,' zei de vrouw van wie het huis was. De ruca had de ronde vorm van een iglo of een *kiva*, en aan de oppervlakte was alleen het dak zichtbaar; de rest van de hut zat onder de grond. De ruca was gebouwd door de mannen van de groep vrouwen, die soms deelnamen aan ceremonies; dan werden ze overigens in de tent gehouden want de ruca was alleen voor vrouwen. Ik trok net als de rest mijn kleren uit; sommige van de vrouwen gingen helemaal naakt, andere hielden hun onderbroek aan. Blanca stak een bosje salie aan om ons te 'zuiveren' met de geurige rook toen we op handen en voeten door een smalle tunnel de ruca in kropen.

Binnen bleek het een soort ronde crypte, met een doorsnede van zo'n drie meter en een hoogte van een meter zeventig op het hoogste punt. In het midden brandde een houtvuur met stenen erin; de rook ontsnapte door het enige gat in het dak, boven de vuurplaats, en langs de wand stond een platform met wollen dekens, waar we in een kring op plaatsnamen. De warmte was intens maar draaglijk, het rook er naar iets organisch – paddenstoelen of gist – en het brandende vuur was de enige lichtbron. We hadden wat noten en fruit – abrikozen, amandelen, vijgen – en twee kannen koude thee.

De groep vrouwen was een visioen uit *Duizend-en-eennacht*, een harem odalisken. Ze waren prachtig in het schemerdonker van de ruca, als renaissancistische madonna's, met hun zware haardossen, op hun gemak in hun lichaam, traag bewegend, vol overgave. In Chili zijn het de sociale klassen die de mensen verdelen, zoals in India de kasten, of ras in de Verenigde Staten, en ik heb daar geen oog voor, maar die vrouwen met hun Europese uiterlijk moesten tot een andere klasse behoren dan de Chilootse vrouwen die ik inmiddels ken, die over het algemeen gezet zijn, klein, indiaanse gelaatstrekken hebben en al jong versleten zijn door het vele werken en zwoegen. Een van de vrouwen in de ruca was een maand of zes, zeven zwanger, te oordelen naar de omvang van haar buik, en een andere had net een baby gekregen, want haar borsten waren gezwollen en ze had donkere kringen om haar tepels. Blanca had haar staart losgemaakt en haar kroezende haar viel warrig als schuim op haar schouders. Ze pronkte met haar vrouwenlichaam met de natuurlijkheid van iemand die altijd mooi is geweest, hoewel ze geen borsten had en er een piratenlitteken dwars over haar borst liep.

Blanca rinkelde met een belletje en ze waren een paar minuten stil om zich te concentreren, toen riep een van hen *La Pachamama* aan, Moeder Aarde, in wier buik we waren samengekomen. De vier uur daarna verstreken langzaam, ongemerkt, terwijl we een grote zeeschelp doorgaven en om beurten ons verhaal deden, theedronken, op de noten en het fruit knabbelden, en elkaar vertelden wat er in ons leven op dat moment speelde en over verdriet dat we uit het verleden met ons meesleepten, luisterend naar elkaar, met respect, zonder te vragen, zonder te oordelen. Ze waren voor het merendeel afkomstig uit andere steden van het land, sommigen vanwege hun werk, anderen waren met hun mannen meegekomen. Twee van de vrouwen waren 'genezers', zij hielden zich bezig met verschillende alternatieve geneesmethoden die hier in Chili heel populair zijn, zoals reflexologie, homeopathie en behandelingen met kruiden, aromatische oliën, magneten, licht en energievelden. Men zoekt hier zijn heil pas bij farmaceutische middelen als al het overige niet heeft geholpen. Ze deelden hun verhalen zonder enige terughoudendheid. Een van de vrouwen was diep verdrietig omdat ze haar man in bed had betrapt met haar beste vriendin; een ander kon er maar niet toe komen haar man te verlaten, die haar geestelijk en lichamelijk mishandelde. Ze spraken over hun dromen, ziektes, angsten en hoop, ze lachten, sommigen huilden, en iedereen applaudisseerde toen Blanca vertelde dat de laatste onderzoeken hadden uitgewezen dat ze nog steeds vrij van kanker was. En toen een jonge vrouw, wier moeder nog maar pas was overleden, vroeg of we voor haar moeders ziel wilden zingen, zette een zilveren stem een lied in dat de rest overnam.

En toen, het was al na middernacht, stelde Blanca voor om de sessie te beëindigen met een eerbetoon aan onze overleden geliefden, en noemden ze allemaal één persoon – de pasgestorven moeder, een grootmoeder, een goede vriendin – en beschreven de erfenis die diegene hun had nagelaten; voor de een het artistieke talent dat ze had geërfd, voor een ander een receptenboek voor de bereiding van natuurlijke medicijnen, voor weer een ander de liefde voor de wetenschap, en zo kwam iedereen aan de beurt; ik als laatste, en ik riep Popo aan, maar ik was mijn stem kwijt en kon die vrouwen niet vertellen wie hij was. Daarna was er tijd voor een stille meditatie, met gesloten ogen, om de overledenen die we hadden aangeroepen te gedenken en hen te danken voor hun gaven, en om afscheid te nemen. En toen we daarmee bezig waren, herinnerde ik me ineens de zin die Popo jarenlang keer op keer herhaald had: 'Beloof me dat je altijd net zoveel van jezelf zult houden als ik van jou hou.' De boodschap was zo duidelijk dat het was alsof hij het op dat moment zelf hardop tegen me zei. Ik begon te huilen en de tranen bleven stromen: de zee van tranen die ik niet had vergoten toen hij stierf.

Ten slotte ging er een houten kom rond waar iedereen een steentje in kon deponeren. Blanca telde net zoveel steentjes als er vrouwen waren in de ruca; het was een stemming en ik was unaniem gekozen – de enige manier overigens waarop een nieuw lid in de groep kon worden opgenomen. Ze feliciteerden me en we brachten een toost uit met thee.

Toen ik terugkwam op ons eiland vertelde ik Manuel Arias vol trots dat hij de nachten bij vollemaan niet meer op me hoefde te rekenen.

Die nacht met de goede heksen in Castro heeft me aan het denken gezet over mijn ervaringen van het afgelopen jaar. Mijn leven is heel anders dan dat van die vrouwen en ik weet niet of ik hun in de intimiteit van de ruca ooit alles zal kunnen vertellen wat er met me is gebeurd, hun kan vertellen over de woede die me voorheen verteerde, wat het betekent om afhankelijk te zijn van alcohol en drugs, dat ik nooit rustig en stil kon blijven zitten. Bij de kliniek in Oregon hebben ze me het etiket ADHD opgeplakt, zo'n classificatie die neerkomt op een veroordeling tot levenslang, maar toen Popo nog leefde is daar nooit iets van gebleken en ik heb er nu ook geen last meer van. Ik ben in staat de symptomen van verslaving te beschrijven, maar die wrede intensiteit kan ik niet oproepen. Waar was mijn ziel al die tijd?

Er waren bomen en parken in Las Vegas, de zon, de lach van Freddy, de king of rap, ijsjes, de soaps op tv, de bruinverbrande jongeren en de frisdrank in het zwembad van de sportschool, de muziek en de lichtjes tijdens de eeuwigdurende nacht op de Strip. Er waren mooie momenten, zelfs een keer een bruiloft van vrienden van Brandon Leeman, en een verjaardagstaart voor Freddy, maar het enige wat ik me echt herinner is het vluchtige genot van het shot, en de langdurige hel van de jacht op een nieuwe dosis. De wereld van toen begint in mijn herinnering te vervagen tot een wazige vlek, hoewel er sinds die tijd nog maar een paar maanden verstreken zijn.

De ceremonie met de vrouwen in de buik van La Pachamama heeft me definitief verbonden met dit wonderbaarlijke Chiloé, en ik heb er op een merkwaardige manier ook mijn eigen lichaam door teruggekregen. Het was een verknipt bestaan dat ik het laatste jaar heb geleid. Ik dacht dat het afgelopen was met mijn leven en dat mijn lichaam onherstelbaar bezoedeld was. Nu ik heel ben, voel ik een ontzag voor mijn lichaam dat ik voorheen, toen ik telkens weer voor de spiegel stond om de telling bij te houden van al mijn minpunten, nooit heb gehad. Ik vind mezelf goed zoals ik ben, ik wil niets meer veranderen. Op dit gezegende eiland is er niets wat mijn slechte herinneringen voedt, maar ik neem al deze moeite om ze op te schrijven in dit schrift omdat ik wil voorkomen dat mij hetzelfde gebeurt als Manuel, die zijn herinneringen heeft opgesloten in een grot en als hij even niet oplet 's nachts wordt aangevallen als door een bende woedende honden.

Vandaag heb ik vijf bloemen uit Blanca's tuin op Manuels bureau gezet, de laatste van het seizoen. Hij zal ze vast niet op waarde weten te schatten, maar mij hebben die bloemen een rustig geluksgevoel bezorgd. Het is heel logisch dat je zwijmelt over een beetje kleur als je uit het grijs komt. En het laatste jaar is voor mij een grijs jaar geweest. Dit kleine bosje bloemen is volmaakt: een glazen vaas, vijf bloemen, een insect, het licht door het raam. Verder niets. Het is logisch dat het me moeite kost om me het donker van vroeger voor de geest te halen. Wat heeft het lang geduurd om volwassen te worden! Een ondergrondse reis.

Voor Brandon Leeman was mijn uiterlijk heel belangrijk, want ik moest onschuld, eenvoud en frisheid uitstralen, net als die prachtige meisjes die in de casino's werken. Zo wekte ik vertrouwen en kon ik opgaan in de omgeving. Hij hield van mijn witte, heel kortgeknipte haar, dat me een haast mannelijke uitstraling gaf. Hij liet me een elegant mannenhorloge met een brede leren band dragen om de tattoo op mijn pols te verbergen, die ik niet had willen laten weglaseren. In de winkels liet hij me de kleren showen die hij voor me uitkoos, en hij amuseerde zich kostelijk als ik overdreven modellenposes aannam. Ondanks alle fastfood en mijn gebrek aan beweging was ik niet dikker geworden; aan hardlopen zoals voorheen deed ik niet meer, want er was geen lol aan met Joe Martin of El Chino steeds in mijn kielzog.

Brandon Leeman nam me een paar keer mee naar een hotelsuite ergens op de Strip; dan bestelde hij champagne en moest ik me langzaam uitkleden, terwijl hij in hoger sferen verkeerde met zijn witte dame en zijn bourbon, zonder me aan te raken. Eerst voelde ik me daar verlegen onder, maar algauw realiseerde ik me dat het niets anders was dan mezelf in mijn eentje uitkleden voor de spiegel, want voor de baas beperkte de erotiek zich tot de naald en het glas. Hij hield me keer op keer voor dat ik van geluk mocht spreken met mijn werk voor hem. Andere meisjes werden geslagen, uitgebuit in massagesalons en hoerententen, zonder ooit het daglicht te zien. Wist ik wel hoeveel honderdduizenden seksslaven er waren in de Verenigde Staten? Vaak waren die afkomstig uit Azië en de Balkanlanden, maar er zaten ook heel wat Amerikaanse meisjes tussen die van straat waren geplukt, ontvoerd op metrostations en luchthavens, of pubers die van huis waren weggelopen, die opgesloten werden en onder de dope gehouden. Ze moesten dertig mannen per dag afwerken en soms wel meer, en als ze weigerden kregen ze elektrische schokken toegediend; die ongelukkige wezens waren onzichtbaar, wegwerpartikelen, ze waren niets waard. Er bestonden plekken die gespecialiseerd waren in sadisme, waar de klanten de meisjes net zoveel konden martelen als ze maar wilden, ze met de zweep afranselen, verkrachten, ze mochten ze zelfs doden als ze maar genoeg betaalden. De prostitutie was uiterst rendabel voor de maffia, maar voor de vrouwen was het een gehaktmolen; ze gingen nooit lang mee en het liep altijd slecht met ze af. 'Maar dat is iets voor mensen zonder geweten, Laura, ik ben daar te weekhartig voor,' zei hij me dan. 'Wees een braaf meisje, belazer me niet. Ik zou het erg vinden als je zo moest eindigen.'

Later, toen ik feiten die ogenschijnlijk niets met elkaar te maken hadden met elkaar in verband begon te brengen, raakte ik geïntrigeerd door dat aspect van Brandon Leemans zaken. Ik had niet het idee dat hij direct betrokken was bij de prostitutie, behalve dan dat hij de vrouwen die daarom kwamen drugs verkocht, maar hij had geheimzinnige afspraken met pooiers, die samenvielen met de verdwijning van meisjes die klant bij hem waren. Ik zag hem verschillende keren met heel jonge meisjes in de weer, die nog maar net verslaafd waren, die hij met zijn vriendelijke maniertjes het gebouw in lokte en het beste van het beste van zijn waren liet proeven. Hij leverde ze een week op krediet en daarna zag je hen niet meer; ze losten in rook op. Freddy bevestigde mijn vermoeden dat hij hen aan de maffia verkocht. Op die manier kon Brandon Leeman zijn slag slaan zonder zijn handen al te zeer vuil te maken.

De regels van de baas waren simpel, en zolang ik me aan mijn deel van de overeenkomst hield, hield hij zich aan het zijne. Zijn eerste voorwaarde was dat ik geen contact mocht zoeken met mijn familie of met andere mensen uit mijn vroegere leven. Dat viel me niet zwaar, want mijn grootmoeder was de enige die ik miste en omdat ik toch van plan was binnenkort naar Californië terug te keren, kon zij nog wel even wachten. Hij stond me ook niet toe nieuwe vriendschappen te sluiten, want de minste loslippigheid kon het fragiele bouwwerk van zijn zaken in gevaar brengen, zoals hij het zelf uitdrukte. El Chino briefde hem een keer door dat ik in de deuropening van de fitnessclub met een vrouw had staan praten. Leeman greep me bij mijn strot, duwde me met een verwonderlijke handigheid omlaag op mijn knieën – ik was immers veel langer en sterker dan hij – en sloeg me rood van woede twee keer in mijn gezicht. 'Idioot! Ondankbaar kreng!' Dat had een alarmbel moeten doen rinkelen, maar ik was niet in staat de gebeurtenissen goed in te schatten, het was een van die dagen – waarvan er steeds meer waren – dat ik niet coherent kon nadenken.

Even later zei hij dat ik iets elegants aan moest trekken omdat we uit eten gingen in een nieuw Italiaans restaurant; ik nam aan dat het zijn manier was om het goed te maken. Ik trok mijn zwarte jurk aan met de gouden sandaaltjes, maar deed geen poging mijn kapotte lip of de plekken op mijn wangen met make-up weg te werken. Het was een veel prettiger restaurant dan ik had verwacht, heel modern, met glas, roestvrij staal en zwarte spiegels – nergens geruite tafelkleden en als gondeliers vermomde obers. We stuurden de borden praktisch onaangeroerd terug, maar dronken samen twee flessen Quintessa 2005, die een fortuin kostten en de kou uit de lucht haalden. Leeman vertelde dat hij onder grote druk stond. Er had zich een buitengewone gelegenheid voorgedaan, iets geweldigs, maar gevaarlijk. Ik bracht dat meteen in verband met de twee dagen die hij laatst op reis was geweest, zonder te zeggen waarheen, zelfs zonder zich te laten vergezellen door zijn compagnons.

'Het is belangrijker dan ooit. Als we ons nu niet aan de

veiligheidsmaatregelen houden kan dat fataal zijn, Laura,' zei hij.

'Maar ik heb met die vrouw van de sportschool nog geen vijf minuten gepraat, over de yogales. Ik zweer het je, Brandon, ik weet niet eens hoe ze heet.'

'Laat het niet nog eens gebeuren. Voor deze keer zie ik het door de vingers, maar vergeet het nooit meer, is dat duidelijk? Ik moet mijn mensen kunnen vertrouwen, Laura. Ik ben tevreden over je. Je hebt klasse, dat bevalt me, en je leert snel. We kunnen nog veel voor elkaar krijgen, jij en ik.'

'Zoals?'

'Dat hoor je wel als het zover is. Je zit nog in je proefperiode.'

En dat aldus aangekondigde moment brak aan in september. In juni, juli en augustus liep ik nog steeds rond in de mist. Er kwam in het appartement geen water uit de leidingen en de koelkast was leeg, maar drugs waren ruim voorradig. Ik realiseerde me niet eens meer hoe gedrogeerd ik steeds rondliep; twee of drie pillen wegslikken met wodka of een joint opsteken waren automatische handelingen geworden die mijn geest niet meer registreerde. Ik gebruikte maar bescheiden vergeleken met de rest van mijn omgeving, hield ik mezelf voor. Ik deed het voor de lol, ik kon er elk moment mee stoppen, ik was niet verslaafd.

Ik raakte gewend aan het gevoel te zweven, aan de mist die mijn geest verwarde, aan de onmogelijkheid een gedachte af te maken of een idee uit te drukken en die enorme woordenschat die ik van Nini had geleerd langzaam te zien verdampen. In mijn spaarzame heldere momenten herinnerde ik me mijn plan naar Californië terug te keren, maar dan zei ik meteen tegen mezelf dat ik daar nog tijd zat voor had. Tijd. Waar bleven de uren toch? Ze liepen als zand tussen mijn vingers door. Mijn leven stond in het teken van wachten, maar er was niets om op te wachten, alleen weer een dag die hetzelfde was als de dag daarvoor, lethargisch met Freddy voor de tv. Mijn enige taak overdag bestond uit het wegen van poeders en kristallen, pillen tellen en plastic zakjes sealen, en zo verstreek ook augustus.

's Morgens vroeg nam ik een lijntje coke om wakker te worden en vertrok dan naar de sportschool om een duik in het zwembad te nemen. Ik bekeek mezelf met een kritische blik in de rijen spiegels van de kleedkamer, op zoek naar de tekenen van het ongezonde bestaan, maar kon niets ontdekken; niemand die zou kunnen zien hoe ik vroeger tekeer was gegaan of hoe gevaarlijk ik nu leefde. Ik zag eruit als een studente, zoals Brandon Leeman dat graag had. Nog een lijntje coke, pilletjes, een kopje zwarte koffie, en ik was klaar voor mijn avondronde. Misschien dat Brandon overdag andere koeriers had, maar die zag ik nooit. Soms ging hij mee, maar ik was een snelle leerling en hij vertrouwde me, zodat hij me alleen met zijn compagnons op pad stuurde.

Ik hield van het geluid, de lichtjes, de kleuren en de overdaad van de hotels en casino's, de spanning van de spelers achter de gokautomaten en de speeltafels, het klikken van de fiches, de met orchideeën en papieren parasolletjes gekroonde glazen. Mijn klanten daar, heel anders dan de gebruikers van de straat, hadden de impertinentie van mensen die erop rekenen dat hun daden ongestraft zullen blijven. De dealers hadden ook niets te vrezen, alsof er een stilzwijgende afspraak in die stad bestond dat je de wet kon overtreden zonder daar de gevolgen voor te hoeven dragen.

Leeman speelde met verschillende politiemannen onder één hoedje, die hun deel ontvingen en hem met rust lieten. Ik kende hen niet en Leeman heeft me nooit verteld wie het waren, maar ik wist hoeveel en wanneer hij ze moest betalen. 'Het zijn walgelijke zwijnen, onverzadigbare klootzakken, maar je moet voor ze oppassen want ze zijn tot alles in staat. Ze vervalsen bewijsmateriaal om onschuldige mensen erin te luizen, stelen geld en sieraden bij huiszoekingen, pikken de helft in van de drugs en de wapens die ze in beslag nemen en houden elkaar de hand boven het hoofd. Het zijn corrupte en racistische psychopaten. Zij zijn degenen die achter de tralies horen,' zei de baas tegen me. De arme zielen die naar het gebouw kwamen om hun drugs te scoren waren gevangenen van hun eigen verslaving, armer dan arm, onherstelbaar eenzaam; zij moesten zien te overleven, achtervolgd en opgejaagd, en hielden zich als mollen schuil in hun ondergrondse holen, blootgesteld aan de klauwen van de wet. Voor hen geen straffeloosheid; voor hen bestond alleen maar lijden.

Geld, alcohol en pillen had ik meer dan genoeg – ik hoefde er alleen maar om te vragen – maar verder had ik niets meer, geen familie, geen vriendschap en geen liefde: zelfs de zon was uit mijn leven verdwenen, want ik leefde 's nachts, als de ratten.

Op een dag was Freddy ineens uit het appartement van Brandon Leeman verdwenen, en we hoorden pas de vrijdag daarna weer wat van hem, toen we agent Arana toevallig tegen het lijf liepen; ik had hem nog maar een paar keer ontmoet, maar elke keer dat hij me zag had hij wel iets aardigs tegen me gezegd. Het gesprek kwam op Freddy, en de politieman vertelde ons terloops dat ze hem zwaargewond hadden gevonden. De king of rap had zich op het grondgebied van een vijandige bende gewaagd en was in elkaar geslagen en, in de veronderstelling dat hij dood was, bij het oud vuil gesmeten. Arana voegde er ter informatie voor mij aan toe dat de stad was verdeeld in verschillende territoria, die elk door een eigen bende gecontroleerd werden, en een latino als Freddy, ook al was hij nog zo donker, kon zich maar beter niet in het zwarte getto wagen. 'De jongen heeft verschillende arrestatiebevelen tegen zich lopen, maar de gevangenis zou funest voor hem zijn. Freddy heeft hulp nodig,' zei Arana toen hij afscheid van ons nam.

Omdat de politie hem in de gaten hield, kwam het Brandon Leeman eigenlijk niet goed uit om Freddy in het ziekenhuis op te zoeken, maar hij ging toch mee. We namen de lift naar de vijfde verdieping, en toen we op zoek naar Freddy's kamer door de met tl-buizen verlichte gangen liepen, was er niemand die op ons lette. We waren gewoon twee van de vele mensen in het komen-en-gaan van medisch personeel, patiënten en hun familie, maar Leeman liep tegen de muur gekleefd, schichtig omkijkend over zijn schouder, met zijn hand op de zak waar het pistool in zat. Freddy lag in een kamer met vier bedden, die allemaal bezet waren. Ze hadden hem gefixeerd met banden en hij zat vastgekoppeld aan een aantal slangen. Zijn gezicht was onherkenbaar, hij had gebroken ribben en een hand die zo beschadigd was dat ze twee vingers hadden moeten amputeren. Een van zijn nieren was beschadigd, en de urine in het zakje had een roestbruine kleur.

De baas gaf me toestemming om Freddy net zolang en zo vaak op te zoeken als ik wilde, als mijn nachtelijke werk er maar niet door in het gedrang kwam. In het begin hielden ze Freddy onder de morfine, en omdat hij een cold turkey in zijn toestand niet zou hebben overleefd gingen ze later over op de methadon, maar daar had hij niet genoeg aan. Hij was wanhopig, een gevangen beest dat zich woest verzette, vastgebonden op het bed. Als het personeel even niet oplette spoot ik wat heroïne in de infuusvloeistof, zoals Brandon Leeman me had geïnstrueerd. 'Als je dat niet doet, gaat hij dood. Voor Freddy is wat ze hem daar geven net water,' had hij gezegd.

In het ziekenhuis leerde ik een zwarte verpleegster kennen van ergens in de vijftig, een enorme vrouw met een zware keelstem die niet in overeenstemming was met haar zachte karakter en haar prachtige naam, Olympia Pettiford. Zij was degene geweest die Freddy had opgevangen toen hij van de operatiekamer naar de vijfde verdieping werd gebracht. 'Ik heb zo met hem te doen, zo mager en hulpeloos. Dat joch zou mijn kleinzoon kunnen zijn,' zei ze. Ik had met niemand vriendschap gesloten in de tijd dat ik in Las Vegas was, behalve met Freddy, en die stond op dat moment met één been in het graf. Voor één keer trok ik me niets aan van Brandon Leemans bevelen; ik moest gewoon met iemand praten en die vrouw was onweerstaanbaar. Olympia vroeg wat mijn relatie tot de patiënt was, en om er vanaf te zijn zei ik maar dat Freddy mijn broertje was. Daar vond ze blijkbaar niets raars aan: een in dure kleren gestoken blank meisje met platinablond haar dat familie was van een donker, verslaafd en mogelijk crimineel jongetje.

De verpleegster maakte van elk vrij moment gebruik om naast het kind te gaan zitten bidden. 'Freddy moet Jezus in zijn hart toelaten. Jezus zal hem redden,' verzekerde ze me. Ze had haar eigen kerkgenootschap in het westelijke deel van de stad en nodigde me uit voor een van hun avonddiensten, maar ik legde haar uit dat ik dan moest werken en dat mijn baas heel streng was. 'Kom dan op zondag, kind. Na de dienst serveren de Weduwen voor Jezus het beste ontbijt van heel Nevada.' Die Weduwen voor Jezus vormden een kleine maar zeer actieve groep, de ruggengraat van haar kerk. Het weduwschap was niet per se nodig om erbij te mogen, een verloren liefde in het verleden volstond al. 'Ikzelf ben op dit moment bijvoorbeeld getrouwd, maar ik heb twee mannen gehad die ervandoor zijn gegaan en een derde die overleden is, dus strikt genomen ben ik weduwe,' vertelde Olympia me.

De maatschappelijk werkster die Freddy door de kinderbescherming kreeg toegewezen bleek een wat oudere, onderbetaalde vrouw met meer gevallen op haar bureau dan ze kon afhandelen, die het helemaal had gehad met haar werk en de dagen telde tot haar pensioen. Ze kreeg de kinderen een korte tijd onder haar hoede en zorgde voor tijdelijke opvang, maar het duurde meestal niet lang of ze kwamen weer op haar pad, opnieuw geslagen of verkracht. Ze zocht Freddy een paar keer op en raakte in gesprek met Olympia, en zo kwam ik wat meer te weten over de achtergrond van mijn vriendje.

Freddy was veertien, en niet twaalf, zoals ik dacht, en ook niet zestien, zoals hij zelf zei; hij was geboren in de latinowijk van New York, uit een Dominicaanse moeder en een onbekende vader. Zijn moeder nam hem mee naar Nevada in de afgetrapte auto van haar minnaar, een Paiute-indiaan die net zo aan de drank was als zij. Ze streken nu eens hier en dan weer daar neer en trokken verder als ze geld voor benzine hadden, waarbij ze stapels verkeersboetes verzamelden en een spoor van schulden achterlieten. Ze verdwenen al snel weer uit Nevada, allebei, maar Freddy, zeven maanden oud, dumpten ze op een tankstation, waar het kind door iemand werd gevonden, ondervoed en vol blauwe plekken. Hij groeide op in staatskindertehuizen en werd in pleeggezinnen geplaatst, waar het altijd misliep. Hij vertoonde gedrags- en karakterproblemen, maar ging wel naar school en was een goede leerling. Op zijn negende werd hij gearresteerd vanwege een gewapende overval. Hij zat een paar keer in een heropvoedingsgesticht, maar verdween op een gegeven moment van de radar van kinderbescherming en politie.

De maatschappelijk werkster wilde weten hoe en waar Freddy de laatste jaren had gewoond, maar hij deed net of hij sliep en weigerde antwoord te geven. Hij was bang dat ze hem opnieuw naar een heropvoedingsgesticht zouden sturen. 'Dat overleef ik geen dag, Laura. Je kunt je niet voorstellen hoe dat is. Niks heropvoeden, het enige wat ze doen is straffen.' Brandon Leeman was het met hem eens en trof voorbereidingen om het te voorkomen.

Toen ze de jongen los hadden gekoppeld van zijn katheters, hij weer vast voedsel verdroeg en zelf kon staan, hielpen we hem zich aan te kleden en brachten hem, verscholen in de menigte tijdens de drukte van het bezoekuur, naar de lift. Eenmaal beneden schuifelden we voetje voor voetje naar de uitgang van het ziekenhuis, waar Joe Martin met draaiende motor op ons stond te wachten. Ik had durven zweren dat we Olympia Pettiford op de gang van de vijfde verdieping tegenkwamen, maar ze deed net of ze ons niet had gezien, de lieverd.

Een van de artsen die Brandon medicamenten voor de zwarte markt leverden, kwam naar het appartement om Freddy te onderzoeken en mij te laten zien hoe het verband om zijn hand verschoond moest worden, zodat de wonden niet zouden gaan ontsteken. Ik was eigenlijk van plan geweest om van de gelegenheid gebruik te maken hem van de drugs af te helpen, nu ik het kind in mijn macht had, maar ik kon het niet opbrengen hem zo vreselijk te zien lijden. Freddy herstelde vlot, tot verbazing van de dokter, die had verwacht dat hij nog maanden op bed zou moeten liggen, en al snel danste hij ondanks zijn hand in een mitella weer rond als Michael Jackson, maar hij bleef bloed in zijn urine houden.

Joe Martin en El Chino belastten zich met de wraakneming op de vijandelijke *gang*, want een dergelijke belediging konden ze niet zomaar laten passeren, vonden ze.

Freddy's mishandeling in de zwarte wijk had me diep geraakt. In Brandon Leemans ontwrichte universum kwamen en gingen mensen zonder herinneringen achter te laten. Sommigen vertrokken gewoon, anderen verdwenen in de gevangenis of gingen dood, maar Freddy hoorde niet bij die anonieme schaduwen; hij was mijn vriend. Toen ik hem zo zag in het ziekenhuis, moeizaam ademhalend, van tijd tot tijd buiten bewustzijn, stroomden de tranen me over mijn gezicht. Ik denk dat ik ook huilde om mezelf. Ik voelde me gevangen en kon mezelf niet langer voor de gek houden over mijn verslaving, ik was afhankelijk van alcohol, pilletjes, marihuana, coke en andere drugs om de dag door te komen. Als ik met een stevige kater van de nacht daarvoor wakker werd, nam ik me heilig voor die dag niet te gebruiken, maar binnen een halfuur bezweek ik dan alweer voor de verleiding een slok te nemen. Eén slokje wodka maar, tegen de hoofdpijn, beloofde ik mezelf. De hoofdpijn bleef, en de fles was bij de hand.

Ik kon ook het idee dat ik op vakantie was om de tijd te vullen tot ik ging studeren niet langer volhouden. Ik bevond me tussen criminelen. De minste onvoorzichtigheid kon mijn dood betekenen, of het ziekenhuis, zoals met Freddy was gebeurd, gekoppeld aan een bos buisjes en slangen. Ik was heel bang, hoewel ik weigerde die angst te benoemen, dat ineengedoken roofdier bij mijn maagopening. Een knagend stemmetje herinnerde me steeds aan het gevaar: hoe kon het dat ik het niet zag, waarom ging ik er niet vandoor voor het te laat was, waarom wachtte ik nog met naar huis bellen? Maar een andere, bittere stem antwoordde dat het niemand iets kon schelen wat er met me gebeurde, dat als Popo nog had geleefd, hij hemel en aarde zou hebben bewogen om me te zoeken, maar dat mijn vader niet eens de moeite had genomen. 'Je hebt niet gebeld omdat je nog niet genoeg had geleden, Maya,' zei Nini tegen me toen we elkaar terugzagen.

Tijdens het ergste stukje van de zomer in Nevada was het boven de veertig graden, maar omdat ik overdag in de koelte van de airco leefde en 's nachts werkte, had ik er niet al te veel last van. Mijn dagen waren allemaal hetzelfde; het werk ging door als altijd. Ik was nooit alleen. De sportschool was eigenlijk de enige plek waar Leemans compagnons me met rust lieten, want al gingen ze dan niet mee de hotels en casino's in, ze bleven wel buiten op me wachten terwijl ze de minuten telden.

Het was in die tijd dat de baas last kreeg van een hardnekkige bronchitis – hij noemde het zelf een allergie – en het viel me op dat hij nog magerder was geworden. In de korte tijd dat ik hem kende was zijn gezondheid verder achteruitgegaan. De huid van zijn armen hing als rimpelige stof naar beneden en zijn tatoeages waren verbleekt; je kon zijn ribben en zijn wervels tellen, hij was uitgeteerd, had enorme kringen onder zijn ogen en was voortdurend moe. Joe Martin, die het als eerste had gemerkt, begon zich op te blazen en de bevelen van de baas in twijfel te trekken, terwijl de zwijgzame El Chino zich onthield van commentaar, maar zijn maat rugdekking gaf bij zijn gesjoemel met geld en andere stiekeme zaakjes achter Brandon Leeman om. Ze werden op een gegeven moment zo brutaal dat Freddy en ik het er samen over hadden. 'Hou je mond, Laura, want straks laten ze je ervoor boeten. Dat soort lui vergeeft niets,' waarschuwde de jongen me.

De gorilla's hielden zich niet in als Freddy in de buurt was, want ze beschouwden hem als een ongevaarlijke paljas, een junk met door de coke verweekte hersenen. Maar Freddy's hersenen waren beter dan die van al die anderen, daar was geen twijfel over mogelijk. Ik probeerde de jongen ervan te overtuigen dat hij kon afkicken, dat hij naar school moest, iets aan zijn toekomst moest doen, maar hij antwoordde me met de dooddoener dat school hem niets kon leren, dat hij les had op de universiteit van het leven. En hij herhaalde Leemans kernachtige woorden: 'Voor mij is het te laat.'

Begin oktober vloog Leeman naar Utah en kwam hij in een auto terug, het nieuwste model Mustang cabriolet, blauw met een zilveren randje en met een zwartleren interieur. Hij vertelde me dat hij hem voor zijn broer had gekocht, die hem om allerlei ingewikkelde redenen niet persoonlijk kon ophalen. Adam, die op een afstand van twaalf uur rijden woonde, zou binnen enkele dagen iemand sturen om hem op te pikken. Zo'n luxe wagen kon in deze wijk geen minuut op straat blijven staan zonder te verdwijnen of gestript te worden; vandaar dat Leeman hem meteen binnen parkeerde, in een van twee garages met een deur die dicht kon. Voor de rest waren de garages spelonken vol afval, holen die gebruikt werden door toevallig langskomende junks en hoeren. Een paar van die krochten hadden vaste bewoners, die er soms jarenlang woonden, paupers die hun vierkante meter bevochten op andere stakkers en de ratten.

De volgende dag stuurde Brandon Leeman zijn compagnons op pad om een zending op te pikken in Ford Ruby, een van de zeshonderd spooksteden van Nevada, waar hij gewoonlijk afsprak met zijn Mexicaanse leverancier. Toen ze weg waren vroeg hij of ik zin had in een proefritje met de Mustang. De krachtige motor, de geur van nieuw leer, de wind in mijn haar, de zon op mijn gezicht, het immense landschap waar de weg als een mes doorheen sneed, de bergen tegen een bleke, wolkeloze hemel – alles werkte samen om me een dronken gevoel van vrijheid te bezorgen. Dat vrijheidsgevoel stond in schril contrast met de verschillende federale gevangenissen waar we langs kwamen. Het was een warme dag, en hoewel we het ergste van de zomer al achter de rug hadden, werd het snel toch zo heet dat het dak omhoog moest en we de airco aanzetten.

'Je weet dat Joe Martin en El Chino me bestelen, neem ik aan?' vroeg Leeman.

Ik deed er liever het zwijgen toe. Het was geen onderwerp waar hij toevallig over begon; ontkennen betekende dat ik had lopen suffen en een bevestigend antwoord stond gelijk aan toegeven dat ik hem had verraden door hem niet te waarschuwen.

'Het zat er wel in dat het vroeg of laat zou gebeuren,' voegde hij er nog aan toe. 'Ik kan ook niemand vertrouwen.'

'Mij wel,' mompelde ik, met het gevoel dat ik op de rand van een afgrond balanceerde.

'Daar ga ik van uit. Joe en El Chino begrijpen niet hoe

stom ze zijn. Ze kunnen het nergens beter hebben dan bij mij. Ik ben altijd heel genereus voor ze geweest.'

'Wat ga je eraan doen?'

'Hen vervangen, voordat ze mij vervangen.'

Zwijgend reden we verder, maar na een paar kilometer, toen ik al dacht dat we klaar waren met zijn ontboezemingen, kwam hij op het onderwerp terug.

'Een van mijn politiemensen vraagt om meer geld. Als ik daarop inga, wil hij vast nog meer. En jij, Laura, hoe denk jij daarover?'

'Ik heb geen verstand van dat soort dingen...'

En weer reden we verder zonder iets te zeggen. Brandon Leeman begon behoefte te krijgen aan een shot en reed een zijweggetje in, op zoek naar een geschikte plek, maar het was overal kaal en droog om ons heen, met niets dan rotsen, stekelige struiken en schriele grassprietjes. In het volle zicht van het overige verkeer stapten we de auto uit en hurkten neer achter het open portier, terwijl ik de aansteker voor hem vasthield en hij het goedje opwarmde. Binnen de kortste keren had hij zijn shot gezet. Daarna deelden we een pijpje wiet om het te vieren; als we gecontroleerd zouden worden door een wegpatrouille zouden ze een illegaal wapen aantreffen, cocaïne, heroïne, marihuana, Demerol, plus wat losse pillen in een zakje. 'Die politievarkens zouden nóg iets vinden waarvoor we geen verklaring zouden kunnen geven,' was de raadselachtige opmerking die hij er stikkend van het lachen nog aan toevoegde. Hij was zo ver heen dat ik moest rijden, hoewel ik haast geen rijervaring had en zo gedrogeerd was dat ik alles door een waas zag.

We reden Beatty binnen, een dorp dat uitgestorven leek op dat uur, en stopten om te lunchen bij een Mexicaans restaurant met een uithangbord met cowboys, hoeden en lasso's, dat een rokerig soort kantine bleek te zijn. In het restaurant bestelde Leeman twee tequila en de duurste rode wijn van de kaart, en hij wees lukraak twee gerechten aan.

Ik probeerde wat voedsel naar binnen te werken, terwijl hij met zijn vork met het eten op zijn bord zat te spelen en voren trok in zijn aardappelpuree.

'Weet je wat ik met Joe en El Chino zal doen? Als ik die vent van de politie toch zijn zin moet geven, dan kan ik hem net zo goed vragen mij als tegenprestatie een kleine dienst te bewijzen.'

'Ik begrijp het niet.'

'Als hij meer smeergeld wil, zal hij ervoor moeten zorgen dat die twee verdwijnen, zonder dat er ook maar iets op betrokkenheid van mij wijst.'

Toen ik begreep wat Leeman bedoelde, moest ik denken aan de meisjes die vóór mij voor hem hadden gewerkt en van wie hij zich had 'ontdaan'. Met afschrikwekkende helderheid zag ik de open afgrond onder mijn voeten en opnieuw wilde ik vluchten, maar weer werd ik verlamd door het gevoel weg te zakken in een dikke stroop, niet in staat iets te doen, willoos. Ik kan niet denken, mijn hersenen zitten vol zaagsel, te veel pillen, marihuana, wodka, ik weet niet wat ik vandaag allemaal heb gehad, ik moet ervan af, stamelde ik vanbinnen, terwijl ik na mijn tequila een glas wijn wegklokte.

Brandon Leeman leunde achterover in zijn stoel, met zijn hoofd tegen de leuning en zijn ogen dicht. In het strijklicht zag je zijn geprononceerde jukbeenderen, zijn ingevallen wangen en de groenige wallen onder zijn ogen; hij was net een lijk.

'Laten we naar huis gaan,' stelde ik hem haast kokhalzend voor.

'Eerst heb ik nog wat te doen in dit godvergeten oord. Bestel koffie voor me,' antwoordde hij.

Leeman betaalde contant, zoals altijd, en toen we uit de koelte van de airco kwamen viel de meedogenloze hitte van buiten over ons heen. Volgens hem werd in Beatty radioactief afval gestort en bestond het dorp alleen van het toerisme naar Death Valley, tien minuten rijden verderop. Hij reed slingerend naar een plek waar opslagruimte te huur werd aangeboden: lage betonnen loodsen met rijen turkoois geverfde, metalen deuren. Hij was er eerder geweest, want hij begaf zich rechtstreeks naar een van de deuren. Ik moest in de wagen blijven terwijl hij onhandig in de weer was met het intikken van de cijfercode van twee zware, industriële sloten, vloekend omdat hij moeite had met focussen en zijn handen al een tijdlang hevig beefden. Toen hij de deur open had, wenkte hij me dichterbij.

Door het zonlicht was een kleine ruimte zichtbaar, leeg, op twee grote houten kisten na. Uit de kofferbak van de Mustang haalde hij een zwarte plastic sporttas, waar EL PASO TX op stond, en daarna gingen we de opslagruimte binnen. Het was er kokendheet. Ik kon de afschrikwekkende gedachte dat Leeman me in dit hok levend zou kunnen begraven niet van me af zetten. Hij pakte me stevig bij een arm en keek me recht aan.

'Weet je nog dat ik zei dat we samen veel voor elkaar zouden krijgen?'

'Ja...'

'Het is zover. Ik hoop dat je me niet teleurstelt.'

Ik knikte, bang door de dreigende toon in zijn stem, en omdat ik daar alleen met hem was in die kokende oven, zonder een andere sterveling in de buurt. Leeman ging op zijn hurken zitten, deed de tas open en liet me de inhoud zien. Het duurde even voor ik begreep dat die groene pakjes bundels bankbiljetten waren.

'Het is geen gestolen geld, en niemand die het zoekt,' zei hij. 'Dit is nog maar een monster; binnenkort komt er nog veel meer. Je beseft toch wel dat dit een enorm blijk van vertrouwen is, hoop ik? Je bent de enige fatsoenlijke figuur die ik ken, buiten mijn broer. We zijn van nu af aan compagnons, jij en ik.'

'Wat moet ik doen?' mompelde ik.

'Voorlopig nog niets, maar als ik het zeg, of als er iets met me gebeurt, moet je onmiddellijk Adam bellen om hem te zeggen waar zijn EL PASO TX-tas is, is dat duidelijk? Herhaal wat ik net heb gezegd.'

'Ik moet je broer bellen en hem vertellen waar zijn tas is.'

'Zijn EL PASO TX-tas, vergeet dat vooral niet. Heb je nog iets te vragen?'

'Hoe krijgt je broer die sloten open?'

'Dat gaat je niet aan,' blafte Brandon Leeman, zo venijnig dat ik ineenkromp omdat ik een mep verwachtte, maar hij bedaarde en ritste de tas dicht. Nadat hij hem op een van de kisten had gezet, vertrokken we.

Vanaf het moment dat ik met Leeman naar Beatty was geweest om daar de tas in de opslag achter te laten, kwamen de gebeurtenissen in een stroomversnelling, en wat er daarna is gebeurd kon ik niet op een rij krijgen omdat sommige dingen tegelijk plaatsvonden en ik bij andere niet persoonlijk aanwezig ben geweest en die pas later te weten kwam.

Twee dagen daarna moest ik van Brandon Leeman achter hem aan rijden in een Acura, die net in de clandestiene garage was omgekat, terwijl hij achter het stuur zat van de Mustang. Over Route 95 volgde ik hem drie kwartier lang in een onbarmhartige hitte door een landschap met trillende luchtspiegelingen naar Boulder City, een stad die voor Brandon Leeman eigenlijk niet bestond, want het is een van de enige twee steden in Nevada waar gokken illegaal is. We stopten bij een tankstation en maakten ons klaar om te wachten in de gloeiende zon.

Twintig minuten later stopte er een auto met daarin twee mannen. Brandon Leeman overhandigde hun de sleutels van de Mustang, nam een middelgrote reistas in ontvangst en kwam naast me zitten in de Acura. De Mustang en de andere wagen reden weg in zuidelijke richting en wij namen aanvankelijk dezelfde weg terug als heen, alleen reden we nu niet via Las Vegas, maar gingen direct door naar de opslagruimte in Beatty, waar Brandon Leeman weer precies hetzelfde deed als de vorige keer en de sloten opende zonder mij de cijfercombinatie te laten zien. Hij zette de tas naast de andere en sloot de deur.

'Een half miljoen dollar, Laura!' Hij wreef vergenoegd in zijn handen.

'Dit bevalt me helemaal niet...' mompelde ik, en ik stapte achteruit.

'Wat bevalt je niet, teef!'

Lijkbleek greep hij me bij mijn armen en schudde me door elkaar, maar ik duwde hem huilend van me af. Ik was doodsbang voor die zieke, zwakke man, die ik onder mijn hakken kon verpletteren. Hij was tot alles in staat.

'Laat me met rust!'

'Denk na, sukkeltje,' zei Leeman op verzoenende toon. 'Wil je dan zo doorgaan, met dit kloteleven? Mijn broer en ik hebben het helemaal voor elkaar, we vertrekken uit dit godvergeten rotland, en jij gaat met ons mee.'

'Waarheen?'

'Naar Brazilië. Over een paar weken zitten we op een palmenstrand. Je wilde toch een jacht?'

'Een jacht? Wat moet ik nu met een jacht? Het enige wat ik wil is terug naar Californië.'

'Moet je dat horen, die slettenkop wil terug naar Californië!' spotte hij dreigend.

'Alsjeblieft, Brandon. Ik zal niemand iets vertellen, ik zweer het je. Je kunt rustig naar Brazilië met je familie.'

Hij liep met grote stappen op en neer, stampvoetend op de betonnen vloer, woedend, terwijl ik druipend van het zweet naast de auto stond te wachten en me voor de geest probeerde te halen wat ik in godsnaam allemaal fout had gedaan om in die stoffige hel terecht te komen, met die tassen met groene bankbiljetten.

'Ik heb me in je vergist, Laura. Je bent niet zo slim als ik dacht,' zei hij uiteindelijk. 'Ga rustig naar de verdommenis, als dat is wat je wilt, maar de komende twee weken heb ik je nog nodig. Kan ik op je rekenen?'

'Natuurlijk, Brandon, wat je maar wilt.'

'Voorlopig doe je niets, behalve dan je mond houden. Als ik het zeg, bel je Adam. Herinner je je de instructies nog die ik je heb gegeven?'

'Ja, ik bel hem en zeg waar de twee tassen zijn.'

'Nee! Je zegt waar de EL PASO TX-tassen zijn. Dat, en verder niets. Snap je?'

'Ja, natuurlijk, ik zeg dat de EL PASO TX-tassen hier zijn. Maak je geen zorgen.'

'Discretie, discretie boven alles, Laura. Als je hier ook maar één woord over laat vallen, zal het je nog berouwen. Wil je precies weten wat er dan met je gebeurt? Ik kan het je tot in detail vertellen.'

'Ik zweer het je, Brandon, ik zeg niemand iets.'

We reden zwijgend terug naar Las Vegas, maar ik kon Brandon Leemans gedachten in mijn hoofd horen, als beierende klokken: hij was van plan zich van mij 'te ontdoen'. Ik vertoonde dezelfde fysieke reactie van misselijkheid en duizeligheid als die keer dat Fedgewick me had vastgebonden aan het bed in dat ranzige motel; ik zag de groenige weerschijn van de wekker, rook de geur, voelde de pijn en de angst. Ik moet nadenken, ik moet nadenken, ik moet een plan maken... Maar hoe kon ik nadenken als ik vergiftigd was door de alcohol en me niet eens wist te herinneren welke pillen ik had geslikt, hoeveel en hoe laat?

Om vier uur 's middags kwamen we moe en uitgedroogd terug in de stad, met kleren die aan ons lijf plakten van het zweet en het stof. Leeman zette me af bij de sportschool, zodat ik me kon opfrissen voordat ik aan mijn nachtelijke ronde begon, en ging zelf naar het appartement. Toen we afscheid namen greep hij mijn hand stevig vast en zei dat ik me geen zorgen hoefde te maken; hij had alles onder controle. Dat was het laatste wat ik van hem zag.

De fitnessclub had niet die extravagante luxe van de hotels op de Strip, met hun decadente melkbaden in marmeren badkamers en hun blinde masseurs uit Sjanghai, maar het was de grootste en meest complete sportschool van de stad, met verschillende trainingsruimten met allerlei martelwerktuigen om spieren op te blazen en pezen op te rekken, een spa met een à-la-cartemenu van gezondheids- en schoonheidsbehandelingen, een mensen- en een hondenkapper, en een overdekt zwembad waar volgens mij een walvis nog in paste. Voor mij was het mijn honk, ik had er een doorlopende rekening en kon naar de spa, zwemmen of naar yoga als ik daar zin in had, wat overigens steeds minder voorkwam. Het merendeel van mijn tijd daar bracht ik door op een van de ligbedden, met mijn verstand op nul. De afsluitbare kluisjes gebruikte ik om mijn waardevolle spullen op te bergen, want in het appartement verdwenen die, gestolen door stakkers als Margaret en zelfs door Freddy als die iets nodig had.

Terug uit Beatty spoelde ik onder de douche de vermoeidheid van de reis van me af en zweette de schrik uit in de sauna. Toen ik weer schoon was en wat tot rust kwam, leek de situatie me ineens minder nijpend. Ik had nog twee hele weken om te besluiten wat ik met mijn toekomst moest; dat moest voldoende zijn. Ik bedacht dat elke overhaaste actie van mijn kant mogelijk fatale gebeurtenissen zou kunnen bespoedigen, dus ik moest Brandon Leeman te vriend houden tot ik had bedacht hoe ik me van hem kon losmaken. Het idee van een Braziliaans strand met palmbomen in het gezelschap van zijn familie bezorgde me koude rillingen; ik moest terug naar huis.

Toen ik net in Chiloé was, klaagde ik steen en been dat er hier niets gebeurt, maar die woorden moet ik terugnemen, want er is iets gebeurd wat de moeite waard is om met gouden inkt en in hoofdletters te noteren: IK BEN VERLIEFD! Het is misschien wat te vroeg om erover te praten, want het is nog maar nauwelijks vijf dagen geleden gebeurd, maar tijd betekent niets in dit geval en ik ben volkomen zeker van mijn gevoelens. Hoe kan ik mijn mond houden als ik zo in hoger sferen ben? Zo wispelturig is de liefde, zoals de woorden van een stompzinnig liedje luiden dat Blanca en Manuel in koor voor me zingen. Sinds Daniel aan de horizon is verschenen, lachen ze me telkens uit. Wat moet ik met zo veel geluk, met deze ontploffing in mijn hart?

Maar ik kan beter bij het begin beginnen. Ik ging met Manuel en Blanca naar Isla Grande om een *tiradura de una casa* te zien, zonder ook maar te kunnen dromen dat me daar, ineens, toevallig, iets magisch zou overkomen – dat ik Daniel Goodrich zou ontmoeten, de man van mijn leven. Een tiradura is iets unieks in de wereld, zo veel is zeker. Het houdt in dat een houten huis, drijvend op zee, door een paar boten naar een bepaald punt gesleept wordt, waar het met een span van zes of twaalf ossen over land naar de juiste plek wordt gebracht. Als een Chiloot naar een ander eiland verhuist, of wanneer de waterput opdroogt en het nodig is om te verkassen naar een plek een paar kilometer verderop waar wel water is, sjouwt hij zijn huis mee, net als een slak. Omdat het zo vochtig is, zijn de Chilootse huizen van hout en hebben ze geen fundering, vandaar dat ze drijvend op het water of rollend over boomstammen kunnen worden voortbewogen. Zo'n tiradura past in het systeem van wederkerigheid, en er wordt een minga georganiseerd, een feestelijke gebeurtenis waarbij buren, familieleden en vrienden bijeenkomen om de klus te klaren. Sommigen brengen de boten in, anderen de ossen, en de eigenaar van het huis zorgt voor eten en drinken, maar in dit geval was de minga een toeristenlokkertje: een en hetzelfde huis wordt maandenlang heen en weer gesleept over water en land, net zolang tot het in stukken uiteenvalt. Dit zou de laatste keer van het seizoen zijn dat het spektakel plaatsvond, tot de volgende zomer, als er weer een nieuw reizend huis zou zijn. Het idee erachter is om de wereld te tonen hoe slim de Chiloten wel niet zijn, en om de onschuldige zielen die met bussen door de reisbureaus worden aangevoerd een plezier te doen. En een van die toeristen was Daniel.

Het was al een paar dagen droog en warm, ongebruikelijk in dit jaargetijde, dat normaal regenachtig is. Het landschap was anders. Ik had nog nooit zo'n blauwe lucht gezien of zo veel hazen zien spelen op de weiden, de zee was nog nooit zo zilverig geweest en nooit eerder had ik de vogels zo vrolijk in de bomen horen kwetteren. Ik hou wel van regen. Die inspireert tot vriendschap en nodigt uit om je terug te trekken, maar in de volle zon komt de schoonheid van deze eilanden en wateren beter tot zijn recht. Nu het zulk mooi weer is kan ik zwemmen zonder te vernikkelen van de kou, en een beetje zonnebaden, hoewel je daarmee moet uitkijken, want de ozonlaag is hier zo dun dat er blinde lammeren en misvormde padden geboren worden. Dat zeggen ze tenminste, maar ik heb die nog niet gezien.

Op het strand stond alles klaar voor de tiradura: ossen, touwen, paarden, twintig mannen voor het zware werk en een aantal vrouwen met manden vol empanada's, een hele meute kinderen, honden, toeristen, mensen uit de buurt die zich een feestje niet laten ontzeggen, onze twee carabinero's om zakkenrollers af te schrikken en een lekenvoorganger om de boel te zegenen.

Met vloed werd het huis vlotgetrokken, wiegend als een karveel van weleer, voortbewogen door twee boten en tot de ramen onder water. Aan een stok op het dak wapperde de Chileense vlag, en twee kinderen zaten schrijlings op de moerbalk, zonder reddingsvest. Toen het karveel het strand bereikte, werd het ontvangen met een welverdiende ovatie, en de mannen wierpen ankers uit tot de zee weer zou zakken.

Ze hadden het allemaal goed uitgekiend, want het wachten mocht niet te lang duren. De tijd vloog voorbij in een feest van empanada's, alcohol, gitaren, met voetballen en een *payada,* een wedstrijd in geïmproviseerde liederen – liederen die moeten rijmen en heel dubbelzinnig en pikant zijn, volgens mij tenminste. Humor is het laatste wat je in een vreemde taal onder de knie krijgt en ik ben daar nog lang niet aan toe. Toen het zover was, werd een aantal boomstammen onder het huis geschoven, zetten ze de twaalf ossen in hun juk en bonden ze met touwen en kettingen vast aan de palen van het huis, waarna het monumentale karwei kon beginnen, aangemoedigd door het applaus van het schreeuwende publiek en de op hun fluitjes blazende carabinero's.

De ossen bogen hun hals, spanden iedere spier van hun machtige lichaam en bewogen zich op een bevel van de mannen loeiend naar voren. De eerste ruk was nog aarzelend, maar de tweede keer hadden de dieren hun krachten al gecoördineerd en kwamen toen veel sneller vooruit dan ik voor mogelijk had gehouden, met die mensenmassa eromheen. Sommigen liepen voorop, anderen moedigden de stoet langs de zijkant aan, en weer anderen duwden tegen de achterkant van het huis. Wat een feest! Al die gedeelde inspanning en zo veel vrolijkheid! Ik rende met de kinderen mee, kraaiend van plezier, met Fákin achter me aan, en tussen de poten van de ossen. Om de twintig, dertig meter hield de tiradura stil, om de dieren weer opnieuw op te stellen, flessen wijn te laten rondgaan onder de mannen en te poseren voor de camera's.

Het was maar een voorstelling, iets voor de toeristen, maar dat deed niets af aan de menselijke durf en de kracht van de ossen. Uiteindelijk, toen het huis op zijn plek stond, vlak aan zee, toen de lekenvoorganger er zijn wijwater over had uitgestort en het publiek zich begon te verspreiden, toen de toeristen weer in hun bussen klommen en de Chiloten hun ossen meenamen, liet ik me neerzakken in het gras om na te denken over wat ik allemaal had gezien. Ik had spijt dat ik mijn schrift niet had meegenomen om de details te noteren. En toen voelde ik dat er iemand naar me keek; ik sloeg mijn ogen op en ontmoette die van Daniel Goodrich: ronde, donkere ogen, als die van een veulen. Ik voelde mijn maag van schrik samenkrimpen. Het was alsof een personage uit een boek tot leven was gekomen, iemand die je kent uit een andere realiteit, uit een opera of van een van de renaissanceschilderijen die ik met mijn grootouders in Europa heb gezien. Iedereen zou me voor gek verklaren: er komt een vreemde man voor me staan en ik voel meteen vlinders in mijn buik. Iedereen, behalve Nini natuurlijk, zij zou het begrijpen, want haar is precies hetzelfde overkomen toen ze Popo tegenkwam, in Canada.

Zijn ogen, die zag ik het eerst: ogen met dikke wenkbrauwen en kwijnende wimpers, vrouwenwimpers. Het duurde haast een minuut voordat ik de rest kon bekijken: hij was groot, breed, met lange botten, een sensueel gezicht, volle lippen en een karamelkleurige huid. Hij liep op wandelschoenen en had een videocamera bij zich, en een grote, stoffige rugzak met een opgerolde slaapzak erbovenop. Hij groette me in goed Spaans, zette zijn rugzak op de grond, kwam naast me zitten en begon zich met zijn hoed koelte toe te wuiven. Hij had kort, donker haar met dichte krullen. Hij stak me een donkere hand met lange vingers toe en stelde zich voor: Daniel Goodrich. Ik bood hem mijn fles water aan, waar nog een beetje in zat, en hij nam drie slokken zonder zich druk te maken om mijn bacteriën.

We raakten in gesprek over de tiradura, die hij vanuit verschillende hoeken had gefilmd, en ik legde hem uit dat het een soort voorstelling was voor de toeristen, maar dat maakte zijn enthousiasme er niet minder om. Hij kwam uit Seattle en trok vijf maanden door Zuid-Amerika, zonder plan of vast doel, als een zwerver. Zo drukte hij dat zelf uit:

als een zwerver. Hij wilde zo veel mogelijk zien, en het Spaans oefenen dat hij op school en uit de boeken had geleerd, zo anders dan gesproken taal. De eerste dagen dat hij in dit land was had hij niets verstaan, net zoals mij was overkomen, want Chilenen praten in verkleinwoorden, zangerig en snel, ze slikken de laatste lettergreep van elk woord in en spreken alle sisklanken hetzelfde uit. 'Met alle onzin die mensen uitkramen is het maar beter als je ze niet verstaat,' vindt tía Blanca.

Daniel maakt een trektocht door Chili, en vóór Chiloé heeft hij de Atacamawoestijn bezocht, met zijn maanlandschappen van zout en geisers met kokend water. Hij is in Santiago en andere steden geweest, die hem niet bijster interesseren, en heeft het gebied bezocht met de bossen, de rokende vulkanen en de smaragdgroene meren. Hij is van plan door te reizen naar Patagonië en Vuurland, om de fjorden en de gletsjers te bekijken.

Manuel en Blanca, die boodschappen waren gaan doen in het dorp, kwamen ons veel te vlug alweer storen, maar het klikte tussen hen en Daniel, en tot mijn grote vreugde nodigde Blanca hem uit om een paar dagen bij haar te logeren. Ik zei hem dat je niet in Chiloé kon zijn geweest zonder een echte curanto geproefd te hebben en dat we er donderdag een organiseerden op óns eiland, de laatste curanto van het toeristenseizoen, de beste van heel Chiloé, en dat hij dat echt niet mocht missen. Het was niet nodig Daniel te smeken, hij was al lang genoeg in het land om niet meer te schrikken van de impulsieve gastvrijheid van de Chilenen, die altijd bereid zijn hun deuren te openen voor een verdwaalde vreemdeling die hun pad kruist. Ik denk dat het alleen vanwege mij was dat hij het aanbod accepteerde maar Manuel waarschuwde me dat ik me niets in mijn hoofd moest halen, want Daniel zou wel gek zijn om een aanbod van gratis kost en inwoning af te slaan, zegt hij.

We voeren uit in de Cahuilla, met een kalme zee en de wind achter, en kwamen precies op het juiste moment aan om de zwanen met hun zwarte halzen te kunnen zien, gracieus en elegant als de gondels in Venetië. 'Stipt als de zwanen,' zei Blanca, die net zo praat als de Chiloten. In het licht van de vroege avond was het landschap mooier dan ooit; ik was er ineens enorm trots op om in dit paradijs te leven en het Daniel te kunnen laten zien. Ik wees het hem aan met een breed armgebaar, dat de hele horizon omvatte. 'Welkom op het eiland van Maya Vidal, mijn vriend,' zei Manuel tegen hem, met een knipoog die ik onderschepte. Hij mag net zoveel grappen over me maken als hij wil wanneer we met ons tweeën zijn, maar als hij dat van plan is met Daniel erbij, krijgt hij daar spijt van. En dat heb ik hem laten weten ook, zodra we alleen waren.

We gingen naar Blanca's huis, waar Manuel en zij meteen aan het eten begonnen. Daniel vroeg of hij mocht douchen, wat hoognodig was, en hij wilde graag wat kleren wassen, terwijl ik naar ons huis draafde om een paar flessen goede wijn te halen die Millalobo Manuel cadeau had gedaan. Ik legde het traject in elf minuten af – een wereldrecord, ik had vleugels. Ik waste me, maakte mijn ogen op, trok mijn enige jurk aan, voor het eerst, en rende weer terug, met mijn sandalen en de flessen in een tas en Fákin achter me aan, met zijn tong uit zijn bek, slepend met zijn manke poot. Ik had er in totaal veertig minuten over gedaan, en in dezelfde tijd hadden Manuel en Blanca een salade in elkaar geflanst en pasta met schelpdieren die in Californië *tuti-mare* heet, maar hier restjestagliatelle wordt genoemd, omdat het gerecht wordt gemaakt met wat er over is van de vorige dag. Manuel floot bewonderend, want hij had me alleen in lange broek gezien en moest haast wel geloven dat ik geen stijl heb. Ik heb de jurk in Castro gekocht in een winkel met tweedehands kleren, maar hij is zo goed als nieuw en niet eens zo heel erg uit de mode.

Daniel kwam gladgeschoren en met een huid die glansde als gewreven hout uit de douche, zo knap dat ik me moest bedwingen niet te veel naar hem te kijken. We trokken poncho's aan om op het terras te kunnen eten, want het wordt al vroeg koud in deze tijd van het jaar. Daniel toonde zich heel dankbaar voor de gastvrijheid. Hij vertelde dat hij al maanden op stap was met maar heel weinig geld, en dat hij vaak op de meest primitieve plekken had moeten slapen, of onder de blote hemel. Hij wist de tafel op waarde te schatten: het heerlijke eten, de Chileense wijn en het landschap van water, lucht en zwanen. De trage dans van de zwanen op de paarszijden zee was zo elegant dat we er in bewonderend zwijgen naar bleven kijken. Uit het westen kwam nog een troep zwanen aanvliegen, die de laatste oranjekleurige stralen uit de hemel verduisterden met hun grote vleugels, maar zij vlogen door. Deze vogels, zo waardig van uiterlijk en zo dapper van hart, zijn gemaakt om te zwemmen – op land zijn het net dikke eenden –, maar nooit zijn ze zo schitterend als in volle vlucht.

Ze werkten twee van Millalobo's flessen naar binnen en ik nam frisdrank, ik had geen wijn nodig, ik was al halfdronken van het gezelschap. Na het toetje – appels in de oven met *dulce de leche* – vroeg Daniel heel terloops of we zin hadden in een jointje. Ik schrok me wild. Dat voorstel zou niet goed vallen bij die ouwelui, maar tot mijn stomme verbazing vonden ze het een prima idee en Blanca ging een pijp halen. 'Denk eraan dat je daar je mond over houdt op school, gringuita,' zei ze samenzweerderig, en ze vertelde dat ze zo nu en dan een jointje rookte met Manuel. En nu blijkt dat er op dit eiland verschillende families zijn die eerste kwaliteit wiet verbouwen; de beste is die van doña Lucinda, de overgrootmoeder, die haar marihuana al een halve eeuw lang exporteert naar andere plekken op Chiloé. 'Doña Lucinda zingt tegen haar planten. Ze zegt dat je met ze moet praten om ze meer te laten opleveren, net als met de aardappelen, en daar kan ze wel eens gelijk in hebben, want niets kan aan haar wiet tippen,' vertelde Blanca. Ik sta helemaal paf: ik ben tig keer bij doña Lucinda geweest om haar op de patio te helpen met het verven van haar wol, en die planten zijn me niet eens opgevallen! Hoe dan ook, ik kon het haast niet geloven toen ik Blanca en Manuel, die twee braveriken, elkaar de waterpijp zag doorgeven. Zelf nam ik ook een trekje. Ik weet dat ik het kan zonder dat het een noodzaak wordt, maar alcohol durf ik niet te proberen – nog niet, misschien nooit meer.

Ik hoefde Manuel en Blanca niet op te biechten dat Daniel zo'n indruk op me had gemaakt; dat hadden ze al geraden toen ze me met mijn jurk en mijn opgemaakte ogen zagen, want ze zijn gewend dat ik er als een voddenbaal uitzie. Blanca, die een romantische ziel is, zal het ons zo makkelijk mogelijk maken, omdat we maar weinig tijd hebben. Manuel daarentegen volhardt in zijn knorrige houding.

'Voordat je sterft van liefde, Maya, kun je er misschien beter eerst achter zien te komen of die jongeman van je aan dezelfde ziekte lijdt, of dat hij van plan is verder te gaan met zijn reis en jou te laten stikken,' adviseerde hij.

'Als iedereen zo voorzichtig was zou niemand ooit nog verliefd worden, Manuel. Of ben je soms jaloers?'

'Integendeel, Maya, ik ben juist vol hoop. Misschien neemt Daniel je wel mee naar Seattle. Dat is nu echt de ideale stad om je te verbergen voor de FBI en de maffia.'

'Wil je me weg hebben?'

'Ach kindje, nee, waarom zou ik je weg willen hebben? Je bent het licht van mijn trieste oude dag,' zei hij op die ironische toon die me tot razernij drijft. 'Ik maak me alleen zorgen dat je verwachtingen teleurgesteld zullen worden bij deze liefdesgeschiedenis. Heeft Daniel je verteld wat *zijn* gevoelens zijn?'

'Nog niet, maar dat komt vast nog wel.'

'Je lijkt wel heel zeker van je zaak.'

'Maar een verliefdheid als deze kan niet maar van één kant komen, Manuel.'

'Nee, natuurlijk niet, het is een zielsontmoeting...'

'Precies, maar dat is jou nooit overkomen. Daarom zet je me voor gek.'

'Je moet niet oordelen over wat je niet weet, Maya.'

'Jij bent degene die oordeelt over wat hij niet weet!'

Daniel is de eerste Amerikaanse leeftijdgenoot die ik heb ontmoet sinds ik in Chiloé ben, en de enige interessante die ik ooit ben tegengekomen. De snotjongens van school, de neuroten in Oregon en de verslaafden in Las Vegas tellen niet mee. We zijn niet precies even oud; ik ben acht jaar jonger, maar ik heb een eeuw langer geleefd en zou hem een hoop kunnen vertellen over volwassenheid en ervaring. Ik heb me vanaf het eerste moment bij hem op mijn gemak gevoeld, we houden ongeveer van dezelfde boeken en films en van dezelfde muziek, en moeten lachen om dezelfde dingen, en samen kennen we meer dan honderd grappen over gekken, waarvan hij de ene helft op de universiteit heeft geleerd en ik de andere helft van de ontwenningskliniek heb. In alle andere opzichten zijn we heel verschillend.

Daniel is geadopteerd toen hij een week oud was, door een blank echtpaar, welgesteld, vooruitstrevend en ontwikkeld, het soort mensen dat schuilt onder de grote paraplu van de normaliteit. Hij was een redelijke leerling en een uitstekend sporter, hij heeft altijd een geregeld leven geleid en is in staat zijn toekomst te plannen met het irrationele vertrouwen van iemand die altijd de wind mee heeft gehad. Hij is gezond, zelfverzekerd, vriendelijk en relaxed; hij zou irritant zijn als hij niet zo nieuwsgierig was. Hij heeft zich vast voorgenomen om te leren van deze reis, en dat is zijn redding, want anders zou hij gewoon een van de vele toeristen zijn. Na zijn middelbare school besloot hij in de voetsporen te treden van zijn adoptievader en is hij medicijnen gaan studeren, en halverwege het afgelopen jaar heeft hij zijn assistentschap psychiatrie afgerond. Als hij terug is in Seattle, is hij zeker van werk in de afkickkliniek van zijn vader. Wat een ironie: ik zou een van zijn patiënten kunnen zijn.

Daniel is op een natuurlijke manier gelukkig, zonder poeha, zoals een kat gelukkig is, en ik ben daar jaloers op. Op zijn trektocht door Latijns-Amerika is hij met de meest verschillende mensen in aanraking gekomen, met rijke stinkerds uit Acapulco, met Caribische vissers, houtkappers uit het Amazonegebied, Boliviaanse cocaboeren, Peruaanse indianen en verder met gangsters, pooiers, dealers, criminelen, corrupte politiemensen en militairen. Hij is van het ene in het andere avontuur gerold, zijn onschuld onaangetast. Bij mij heeft daarentegen alles wat ik heb meegemaakt littekens, schrammen en lelijke plekken achtergelaten. Deze man is een zondagskind. Als dat maar geen probleem wordt tussen ons. Hij is de eerste nacht in het huis van tía Blanca gebleven, waar hij heeft geslapen tussen dons en linnen lakens, zo verfijnd is ze, maar daarna is hij naar ons huis gekomen, want zij vond een reden om naar Castro te gaan en haar gast aan mij over te doen. Daniel heeft zijn slaapzak in een hoekje van de woonkamer geïnstalleerd en slaapt sindsdien daar, met de katten. Elke avond eten we pas laat. We liggen te weken in de jacuzzi, we praten, hij vertelt me over zijn leven en zijn reis; ik laat hem de zuidelijke sterrenconstellaties zien, ik vertel hem over Berkeley en mijn grootouders, en ook over de kliniek in Oregon, maar over Las Vegas zwijg ik. Daar kan ik nu nog niet over praten, daarvoor moeten we eerst op vertrouwelijker voet staan, het zou hem afschrikken. Het is alsof ik dat afgelopen jaar halsoverkop weggezonken ben in een sinistere wereld. Terwijl ik daar onder de grond verkeerde, als een soort zaadje of een knol, was een andere Maya Vidal aan het duwen om omhoog te komen; er groeiden dunne worteldraadjes uit me, hunkerend naar vocht, en daarna wortels, als vingers op zoek naar voedsel, en uiteindelijk een taaie stengel, en blaadjes die licht nodig hebben. Maar nu sta ik in bloei, denk ik, en daarom kan ik nu de liefde herkennen. Hier, in het zuiden van de wereld, waar de regen alles vruchtbaar maakt.

Tía Blanca is terug op het eiland, maar ondanks haar linnen lakens lijkt Daniel geen aanstalten te maken naar haar terug te gaan. Hij blijft bij ons – een gunstig voorteken. We brengen al onze tijd samen door, want Blanca en Manuel hebben me van mijn verantwoordelijkheden ontslagen zolang Daniel hier is, dus ik hoef niet te werken. We hebben het over van alles en nog wat gehad, maar mijn geheimen kan ik hem niet vertellen; daar heeft hij me nog geen opening voor gegeven. Hij is veel voorzichtiger dan ik. Toen hij me vroeg hoe ik in Chiloé terecht was gekomen, heb ik hem geantwoord dat ik Manuel help met zijn werk en het land wil leren kennen omdat mijn familie oorspronkelijk uit Chili komt, wat een halve waarheid is. Ik heb hem het dorp laten zien en hij heeft de begraafplaats gefilmd, de paalwoningen, ons pathetische, stoffige museum met zijn vier prullen en zijn olieverfschilderijen van vergeten illustere personen. Verder heb ik hem voorgesteld aan doña Lucinda, die met haar honderdnegen jaren nog steeds wol verkoopt en aardappels en marihuana oogst, aan de dichters van het trucospel in La Taberna del Muertito, en aan Aurelio Ñancupel met zijn verhalen over piraten en mormonen.

Manuel Arias is in zijn nopjes met die aandachtige gast, die vol bewondering naar hem luistert en geen kritische opmerkingen maakt, zoals ik. Terwijl zij zitten te kletsen, tel ik de minuten die verloren gaan aan legendes over heksen en monsters, minuten die Daniel beter zou kunnen besteden, en wel met mij alleen. Hij is aan de laatste weken van zijn reis bezig en wil nog naar het uiterste zuiden van het continent en naar Brazilië, en het is dus zonde dat hij zijn kostbare tijd verspilt aan Manuel. We hebben de gelegenheid gehad om intiemer te worden, maar te weinig, vind ik, en hij heeft alleen mijn hand maar vastgepakt om me van een rots af te helpen. We zijn haast nooit alleen, want de vrouwen van het dorp bespieden ons en Juanito Corrales, Pedro Pelanchugay en Fákin volgen ons overal. De oude vrouwen hebben mijn gevoelens voor Daniel geraden, en ik vermoed dat ze een collectieve zucht van opluchting hebben geslaakt, want er gingen al absurde roddels over Manuel en mij rond. Mensen vinden het maar verdacht dat we samen in één huis wonen, ook al schelen we meer dan een halve eeuw in leeftijd. Eduvigis Corrales en andere vrouwen hebben een soort kongsi gesloten en proberen Daniel en mij te koppelen, maar ze moeten het wat omzichtiger aanpakken of ze jagen die jongen nog terug naar Seattle. Manuel en Blanca spannen ook samen.

Gisteren vond de curanto plaats die Blanca al had aangekondigd, en Daniel heeft alles kunnen filmen. De mensen van het dorp zijn aardig tegen toeristen, omdat die hun kunstnijverheidsproducten kopen en de reisbureaus goed voor de curanto betalen, maar na hun vertrek heerst er toch altijd een algemeen gevoel van opluchting. Ze voelen zich ongemakkelijk bij die hordes vreemdelingen die in hun huizen rondsnuffelen en foto's van hen nemen alsof zíj de exoten zijn. Maar met Daniel is het anders; hij is Manuels gast, dat opent deuren, bovendien zien ze hem steeds met mij, vandaar dat ze hem de gelegenheid geven om te filmen wat hij wil, zelfs bij hen thuis.

Dit keer ging het om een groep senioren uit Santiago, gepensioneerden met witte haren, heel vrolijk, hoewel het moeizaam lopen was over het zand. Ze hadden een gitaar meegenomen en tijdens het garen van de curanto zongen ze en dronken heel veel pisco sour, wat bijdroeg aan de ontspannen sfeer. Daniel wist de gitaar te bemachtigen en onthaalde ons op Mexicaanse bolero's en Peruaanse walsen die hij tijdens zijn reis heeft opgepikt; hij heeft geen geweldige stem, maar hij zingt niet vals en de bezoekers vielen voor zijn bedoeïenenuiterlijk.

Nadat we het eten hadden verorberd, dronken we het vocht van de curanto dat was achtergebleven in de aarden potten die altijd onder in de kuil op de hete stenen worden gezet om die nectar op te vangen. De smaak van de geconcentreerde bouillon die overblijft na het koken van de heerlijkheden van de aarde en de zee is onbeschrijflijk. Niets is vergelijkbaar met het gevoel van dronkenschap dat je bevangt als je het drinkt; je voelt het door je aderen stromen als een hete rivier en je hart begint er sneller door te kloppen. Er werden veel grappen gemaakt over de prikkelende krachten die het zou hebben en de oudjes uit Santiago die bij ons op bezoek waren vergeleken het stikkend van het lachen met viagra. Maar het moet wel waar zijn, want ik voel voor het eerst van mijn leven het concrete, onontkoombare, overstelpende verlangen om met iemand de liefde te bedrijven, en wel met een zeer concreet iemand: Daniel.

Ik heb hem van heel dichtbij kunnen meemaken, me kunnen onderdompelen in dat wat hij gelooft dat vriendschap is en waarvan ik weet dat het een andere naam verdient. Hij is op doorreis, hij zal spoedig vertrekken, hij wil zich niet binden, misschien zie ik hem nooit meer, maar die laatste gedachte is zo ondraaglijk dat ik die heb weggeschoven. Je kunt sterven aan de liefde. Manuel zegt dat voor de grap, maar het is echt waar. Er bouwt zich een rampzalige spanning op in mijn borst, en als die niet snel minder wordt, knap ik nog uit elkaar. Blanca heeft me aangeraden om zelf het initiatief te nemen, een advies waar *zíj* zich overigens niet aan houdt met Manuel, maar ik durf het niet. Het is belachelijk, op mijn leeftijd en met mijn verleden – ik zou een afwijzing toch wel moeten kunnen verdragen? Kan ik dat? Als Daniel me afwijst, stort ik me in zee tussen de vleesetende zalmen. Ik ben niet al te lelijk, zeggen ze, waarom zoent hij me niet?

De nabijheid van deze man die ik nauwelijks ken is bedwelmend, een woord dat ik met de nodige voorzichtigheid gebruik want ik weet maar al te goed wat het betekent, maar ik kan geen andere term bedenken om mijn gevoelens te beschrijven, deze vervoering, deze afhankelijkheid die zo op verslaving lijkt. Nu pas begrijp ik waarom geliefden in de opera en de literatuur zelfmoord plegen of sterven van verdriet als ze van elkaar gescheiden dreigen te raken. In de tragedie schuilt grootsheid en waardigheid, daarom is die een bron van inspiratie, maar ik wil geen tragedie, hoe groots ook; ik wil gewoon geluk, zonder heisa, intiem en heel bescheiden, om de afgunst van de goden, die altijd op wraak loeren, niet te wekken. Wat een idiote dingen zeg ik! Deze fantasieën slaan echt nergens op. Daniel doet net zo aardig tegen Blanca als tegen mij, en zij zou zijn moeder kunnen zijn. Misschien ben ik zijn type niet. Of is hij soms homo?

Ik heb Daniel verteld dat Blanca in de jaren zeventig schoonheidskoningin was, en dat er mensen zijn die geloven dat zij de inspiratiebron was van een van Neruda's twintig liefdesgedichten, hoewel ze in 1924, toen die werden gepubliceerd, nog niet eens was geboren. Zo stom zijn mensen nu eenmaal. Blanca heeft het maar zelden over haar ziekte, maar ik denk dat ze naar dit eiland is gekomen om te genezen van de kanker en van de teleurstelling van haar scheiding. Ziekte is hier zo'n beetje het meest besproken onderwerp, maar tot mijn geluk heb ik de enige twee Chilenen getroffen die zo stoïcijns zijn dat ze het er nooit over hebben. Voor Blanca Schnake en Manuel Arias valt het leven niet mee, maar klagen maakt het er niet beter op. Ze zijn al jarenlang de beste vrienden. Ze kennen elkaar in alles, behalve als het gaat om zijn geheimen die hij voor zichzelf houdt en om haar gemengde gevoelens over de dictatuur. Ze amuseren zich samen, lenen elkaars boeken, koken samen en soms zie ik hen samen door het raam naar de zwanen kijken, zwijgend.

'Blanca kijkt naar Manuel met ogen vol liefde,' zei Daniel tegen me. Ik ben dus niet de enige die het heeft opgemerkt. Gisteravond, nadat we nog wat blokken hout in het fornuis hadden gegooid en de luiken dicht hadden gedaan, gingen we slapen, hij in zijn slaapzak in de woonkamer en ik in mijn eigen kamer. Het was al heel laat. Opgerold in mijn bed, zonder de slaap te kunnen vatten, onder drie dekens, met mijn galgroene muts op mijn hoofd uit angst voor de vleermuizen die zich aan je haar vastgrijpen, zoals Eduvigis beweert, kon ik de planken van het huis horen zuchten. Ik hoorde het knetteren van het vuur, de schreeuw van de uil in de boom voor mijn raam, Manuels ademhaling in de kamer naast me – hij slaapt zodra hij zijn hoofd op het kussen legt – en Fákins zachte gesnurk. En ik bedacht dat Daniel de enige was naar wie ík in de bijna twintig jaar van mijn leven met ogen vol liefde had gekeken.

Blanca drong er bij Daniel op aan nóg een week in Chiloé te blijven om de afgelegen dorpen te bezoeken, de paden door de bossen te bewandelen en de vulkanen te zien, en daarna kan hij een lift krijgen naar Patagonië, in het vliegtuig van een vriend van haar vader, een multimiljonair die een derde deel van alle grond in Chiloé heeft gekocht en van plan is zich kandidaat te stellen voor het presidentschap van het land, komende verkiezingen in december. Maar ik wil dat Daniel bij mij blijft; hij heeft al genoeg rondgezworven. Het is nergens voor nodig dat hij naar Patagonië gaat, of naar Brazilië, hij kan in juni net zo goed rechtstreeks hiervandaan naar Seattle.

Niemand kan hier langer dan een paar dagen verblijven zonder dat het hele eiland op de hoogte is, en iedereen weet al wie Daniel Goodrich is. De dorpelingen zijn extra aardig voor hem, want ze vinden hem heel exotisch en ze waarderen het dat hij Spaans spreekt. Ze nemen aan dat hij mijn minnaar is (was dat maar waar!). Ze zijn ook onder de indruk van de rol die hij heeft gespeeld in de kwestie-Azucena Corrales.

We waren met de kajak naar de grot van La Pincoya geweest, dik ingepakt want het was al eind mei, zonder een idee te hebben van wat ons bij terugkomst te wachten stond. Er was geen wolkje aan de hemel, de lucht voelde heel koud aan en de zee was kalm. Ik ga nooit via de route die ze voor de toeristen gebruiken, maar geef de voorkeur aan een andere, die gevaarlijker is vanwege de rotsen maar die me dichter bij de zeerobben brengt. Dat is mijn meditatie, ik kan geen ander woord bedenken om de mystieke extase te omschrijven die de stugge borstelsnor van La Pincoya – zoals ik mijn natte vriendin, een vrouwtjesrob, heb gedoopt – bij mij veroorzaakt. Op de rotsen huizen ook een dreigend mannetje, waar ik bij vandaan moet blijven, en acht tot tien moeders met hun kleintjes, die liggen te zonnebaden of in het water aan het spelen zijn tussen de zeeotters. De eerste keer, toen ik in mijn dobberende kajak bleef zitten zonder dichterbij te komen, heel stil, om de zeeotters van dichtbij te bekijken, kwam al vrij snel een van de vrouwtjesrobben naar mijn kajak toe. Op land zijn het stuntelige dieren, maar in het water bewegen ze zich heel sierlijk en snel. Ze schoot als een torpedo onder de kajak door en dook weer op aan de oppervlakte, met haar zeeroverssnor en haar ronde, donkere ogen vol nieuwsgierigheid. Met haar neus duwde ze tegen mijn kwetsbare bootje, alsof ze wist dat ze maar hoefde te blazen of ik lag al op de bodem van de zee, maar haar gedrag was puur speels. Langzaam maar zeker leerden we elkaar beter kennen. Ik begon haar vaker op te zoeken en al heel gauw kwam ze me tegemoet zwemmen zodra ze de kajak zag. La Pincoya vindt het lekker om met haar snorrenbaard langs mijn blote arm te wrijven.

Die momenten met de zeerob zijn heilig. De liefde die ik voor haar voel is zo omvangrijk als een encyclopedie. Ik zou dolgraag in het water willen springen om met haar te ravotten. Ik kon me geen groter bewijs van mijn liefde voorstellen dan Daniel mee te nemen naar de grot. La Pincoya lag te zonnebaden en ze had me nog niet gezien of ze plonsde in het water om me gedag te komen zeggen, maar ze bleef wat op afstand om Daniel te bestuderen, en zwom uiteindelijk weer terug naar de rotsen, gepikeerd omdat ik een vreemde had meegenomen. Het gaat me heel wat tijd kosten om haar vertrouwen te herwinnen.

Toen we in het dorp kwamen, om een uur of één, stonden Juanito en Pedro zenuwachtig op de steiger te wachten, met het bericht dat Azucena een bloeding had gehad in Manuels huis, waar ze heen was gegaan om schoon te maken. Manuel had haar gevonden, in een plas bloed, en had de carabinero's met zijn mobiel gebeld, die haar in de jeep waren komen halen. Juanito zei dat het meisje op dat moment op de politiepost was, in afwachting van de ambulanceboot.

De carabinero's hadden Azucena op de brits van de vrouwencel neergelegd en bij gebrek aan een doeltreffender remedie legde Humilde Garay vochtige lappen op haar voorhoofd, terwijl Laurencio Cárcamo met het hoofdbureau in Dalcahue belde voor verdere instructies. Daniel Goodrich legitimeerde zich als arts, stuurde ons de cel uit en begon Azucena te onderzoeken. Tien minuten later kwam hij terug met de mededeling dat het meisje ongeveer vijf maanden zwanger was. 'Maar ze is pas dertien!' riep ik uit. Ik snap niet hoe het mogelijk is dat niemand het had gemerkt – Eduvigis en Blanca niet, zelfs de verpleegster niet. Azucena had gewoon alleen maar dik geleken.

Op dat moment arriveerde de ambulanceboot en de carabinero's gaven Daniel en mij toestemming om met Azucena mee te gaan. Het meisje huilde van angst. We kwamen met haar via de afdeling Spoedeisende Hulp het ziekenhuis van Castro binnen en ik moest blijven wachten op de gang, maar Daniel maakte gebruik van zijn dokterstitel en liep achter de brancard aan naar de afdeling. Diezelfde avond nog werd

Azucena geopereerd om de dode foetus eruit te halen. Er komt een onderzoek, zoals de wettelijke procedure is in dit soort gevallen, omdat men wil weten of de abortus was opgewekt – alsof het niet belangrijker is om te onderzoeken hoe het mogelijk is dat een meisje van dertien zwanger raakt, zoals Blanca Schnake terecht woedend opmerkte.

Azucena Corrales weigert te vertellen wie haar zwanger heeft gemaakt. Op het eiland gaat het gerucht al dat het *El Trauco* geweest is, een mythische dwerg van nog geen meter groot, gewapend met een bijl, die in holle bomen woont en het bos beschermt, de ruggengraat van een volwassen man met zijn blikken kan breken en achter maagden aan zit om hen zwanger te maken. Het kan niet anders, het moet El Trauco zijn geweest, zeggen ze, want er is gele stront gevonden, vlak bij het huis van de familie Corrales.

Eduvigis heeft heel merkwaardig gereageerd: ze weigert haar dochter op te zoeken en wil niets horen over wat er is gebeurd. Alcoholisme, huiselijk geweld en incest zijn Chiloés vloeken, met name in de meest geïsoleerde gemeenschappen, en volgens Manuel komt de mythe van El Trauco daaruit voort, om de zwangerschappen te verdoezelen van meisjes die door hun vaders of broers verkracht zijn. Ik ben er net achter gekomen dat Juanito niet alleen Carmelo Corrales' kleinzoon is, het kind is ook zijn zoon. Juanito's moeder, die in Quellón woont, was misbruikt door haar vader Carmelo, en kreeg het kind op haar vijftiende. Eduvigis heeft hem grootgebracht als haar eigen kind, maar het dorp weet wel beter. Ik vraag me af hoe die bedlegerige invalide misbruik heeft kunnen maken van Azucena, maar het moet in december vorig jaar zijn gebeurd, vlak voordat zijn been werd geamputeerd.

Daniel is gisteren vertrokken! 29 mei 2009 zal in mijn herinnering gegrift blijven als de op één na droevigste dag van mijn leven. De droevigste was toen Popo stierf. Ik ga 2009 op mijn andere pols tatoeëren, opdat ik het nooit meer vergeet. Ik heb twee dagen onophoudelijk gehuild, Manuel zegt dat ik nog eens uitdroog, dat hij nog nooit zo veel tranen heeft gezien en dat geen enkele man al dat lijden waard is, zeker niet omdat Daniel alleen maar naar Seattle is gegaan en niet naar de oorlog is vertrokken. Wat weet hij daar nu van! Scheidingen zijn heel gevaarlijk. In Seattle zijn vast tig meisjes die allemaal leuker en minder ingewikkeld zijn dan ik. Waarom moest ik hem zo nodig alles over mijn verleden vertellen? Nu zal hij de tijd hebben om erover na te denken, hij kan het zelfs met zijn vader bespreken, en je weet maar nooit wat de conclusies zullen zijn van die twee psychiaters. Ze zullen me als een verslaafde wegzetten, als een neuroot. Als hij niet bij mij is, zal Daniels enthousiasme bekoelen, en kan hij besluiten dat een relatie met iemand als ik niet zo handig is. Waarom ben ik niet met hem meegegaan? Nou goed, eerlijk gezegd: omdat hij het me niet heeft gevraagd...

WINTER

(juni, juli, augustus)

Als iemand me een paar weken geleden had gevraagd wat de gelukkigste periode uit mijn leven was, zou ik gezegd hebben dat die al voorbij was, dat het mijn kindertijd was, bij mijn grootouders, in het magische huis in Berkeley. Nu echter zou mijn antwoord luiden dat ik nog nooit zo gelukkig was geweest als die dagen eind mei, met Daniel, en dat ik die, wind en weder dienende, in een nabije toekomst opnieuw zal beleven. Ik ben negen dagen met hem samen geweest en drie van die dagen waren we alleen met ons tweetjes, in dit huis met zijn ziel van cipres. In die wonderbaarlijke dagen heeft zich een deur voor me geopend en is de liefde verschenen. Het licht was haast onverdraaglijk. Popo zei altijd dat de liefde ons beter maakt. Het doet er niet toe van wie we houden, het doet er ook niet toe of onze liefde wordt beantwoord of dat de relatie standhoudt; het is voldoende om de liefde te voelen, die ervaring verandert ons.

Ik zal proberen om de enige liefdesdagen van mijn leven te beschrijven. Manuel Arias moest ineens op reis, iets wat te maken had met zijn boek, zei hij, maar volgens Blanca ging hij naar de dokter om de bubbel in zijn hersenen te laten controleren. Ik denk zelf eigenlijk dat het was om mij wat tijd alleen te gunnen met Daniel. We waren echt helemaal alleen, want Eduvigis was sinds het schandaal van Azucena's zwangerschap niet meer komen schoonmaken, Azucena zelf lag nog in het ziekenhuis in Castro om te herstellen van een infectie, en Blanca had Juanito Corrales en Pedro Pelanchugay verboden om ons te storen. Het was eind mei, de dagen waren kort en de nachten lang en ijskoud – het ideale weer voor de liefde.

Manuel vertrok 's middags en had ons opgedragen om jam te maken van de tomaten, voordat die weg zouden rotten. Tomaten, tomaten en nog eens tomaten. Tomaten in mei, hoe is het mogelijk? Ze doen het zo goed in Blanca's tuin, en we krijgen er zo veel cadeau dat we gewoonweg niet meer weten wat we ermee aan moeten: saus, pasta, gedroogde tomaten, ingemaakte tomaten. Jam is een extreme oplossing; ik zou niet weten wie dat lekker vindt. Daniel en ik pelden kilo's tomaten, sneden ze in stukken, verwijderden de pitjes, wogen ze en stopten ze in de pannen. Dat heeft ons meer dan twee uur gekost, geen verloren tijd overigens, want de afleiding van de tomaten maakte onze tongen los en we hebben elkaar van alles en nog wat verteld. We voegden op elke kilo tomatenpulp een kilo suiker toe, goten er een beetje citroensap bij, kookten de massa in een minuut of twintig al roerend in tot de juiste dikte, en stortten de jam meteen daarna over in goed schoongemaakte potten. De volle potten moesten vervolgens een halfuur koken en waren dan, hermetisch afgesloten, klaar om geruild te worden voor andere producten, zoals de kweeperengelei van Liliana Treviño en doña Lucinda's wol. Toen we klaar waren, was het donker in de keuken en rook het heerlijk naar suiker en brandhout in huis.

We installeerden ons voor het raam om naar de nacht te kijken, met een dienblad met brood, vette kaas, worst die don Lionel Schnake heeft gestuurd, en Manuels gerookte vis. Daniel maakte een fles rode wijn open en schonk in, maar toen hij een tweede glas wilde vullen, hield ik hem tegen. Het was tijd om te vertellen waarom ik geen slokje wilde proeven, en om hem uit te leggen dat hij rustig kon drinken zonder zich zorgen te maken om mij. Ik vertelde hem over mijn verslavingen, in het algemeen, zonder al te diep in te gaan op de puinhoop die mijn leven het jaar daarvoor was geweest, en probeerde hem duidelijk te maken dat het niet de verdrietige momenten zijn die ik weg wil drinken, maar dat ik de drank mis op hoogtepunten, zoals dat moment, daar voor het raam, maar dat we evengoed een toost konden uitbrengen, hij met wijn en ik met appelsap.

Ik denk dat ik de rest van mijn leven zal moeten uitkijken met alcohol; drank is veel moeilijker te weerstaan dan drugs, want het is legaal, beschikbaar en het wordt je overal aangeboden. Als ik een glas neem zou mijn wil zwakker worden en zou het me moeite kosten nee te zeggen tegen het tweede, en vandaar naar de afgrond van vroeger is het niet meer dan een paar slokken. Ik heb nog geluk gehad, zei ik tegen Daniel, omdat mijn afhankelijkheid zich in die zes maanden in Las Vegas niet al te diep heeft kunnen invreten. Als ik nu in de verleiding kom, denk ik aan de woorden van Mike O'Kelly, die er alle verstand van heeft want hij is zelf een afgekickte alcoholist; hij zegt dat een verslaving net zoiets is als een zwangerschap: ja of nee, een tussenweg is er niet.

Eindelijk – ik dacht dat het er nooit van zou komen – heeft Daniel me gekust, eerst heel zachtjes, hij raakte me nauwelijks aan, en toen met meer overtuiging, zijn volle lippen op de mijne, zijn tong in mijn mond. Ik proefde een flauwe wijnsmaak, voelde zijn lippen – heel stevig –, de zoete vertrouwelijkheid van zijn adem – hij ruikt naar wol en tomaten –, het geluid van zijn ademhaling, zijn warme hand in mijn nek. Hij maakte zich los en keek me onderzoekend aan, en toen merkte ik pas dat ik volkomen verkrampt was, met mijn armen tegen mijn zij geklemd en mijn ogen wijd opengesperd.

'Het spijt me,' zei hij, terwijl hij zich losmaakte.

'Nee! Het spijt míj!' riep ik zo hard uit dat hij schrok. Hoe kon ik hem uitleggen dat dit eigenlijk mijn eerste zoen was, dat alles daarvoor anders was geweest, dat het niet eens op liefde had geléken, dat ik over die zoen al een week lang had lopen fantaseren, en dat ik er zo naar had verlangd dat ik er nu van was geschrokken, dat ik zo bang was geweest dat het nooit zou gebeuren dat ik nu op het punt stond in snikken uit te barsten. Ik wist niet hoe ik hem dat allemaal moest vertellen, en het was maar het makkelijkst om zijn hoofd met twee handen vast te pakken en hem een tragisch soort afscheidskus te geven. En vanaf dat punt was het verder een kwestie van de trossen losgooien, alle ballast van het verleden overboord smijten en met volle zeilen verder varen, over onbekende wateren.

Tijdens een pauze, tussen twee zoenen in, bekende ik hem dat ik wel seksuele relaties had gehad, maar de liefde nog nooit echt had bedreven.

'Had je kunnen denken dat het je hier zou overkomen, aan het einde van de wereld?' vroeg hij.

'Toen ik hier net was, noemde ik Chiloé ook zo: de rimboe, het einde van de wereld. Maar nu weet ik dat het hier het oog van de Melkweg is,' antwoordde ik.

Manuels gammele bank bleek ongeschikt voor de liefde. Je voelt de spiraalveren en hij zit onder de grauwe en de rode haren van Gato-Leso en Gato-Literato, dus sleepten we dekens van mijn bed naar de kamer en maakten een nest naast het fornuis.

'Als ik had geweten dat jij bestond, Daniel, dan zou ik beter naar mijn grootmoeder hebben geluisterd en voorzichtiger zijn geweest,' zei ik, bereid hem de hele rozenkrans van mijn fouten op te biechten. Maar het volgende moment was ik dat alweer vergeten, want afgezet tegen de grootsheid van de liefde – shit, wat maakt het allemaal uit? Ik viel aan op zijn kleren. Zijn trui moest uit, zijn T-shirt met lange mouwen, en ik begon met zijn riem te worstelen, de gulp van zijn spijkerbroek – lastige dingen toch, mannenkleren –, maar hij nam mijn handen in de zijne en begon me weer te zoenen. 'We hebben drie dagen, we hebben geen haast,' zei hij.

Ik liefkoosde zijn naakte bovenlijf, zijn armen, zijn schouders, en verkende de onbekende landkaart van dat lichaam, met zijn heuvels en dalen, bewonderde zijn gladde, bronskleurige huid – de huid van een Afrikaan –, de architectuur van zijn lange botten, de nobele vorm van zijn hoofd. Ik kuste het kuiltje in zijn kin, zijn hoge jukbeenderen, zijn kwijnende wimpers, zijn onschuldige oortjes, zijn adamsappel, het lange weggetje van zijn borstbeen, zijn tepels, die op blauwe bessen lijken, klein en donker. En weer viel ik aan op zijn riem en opnieuw hield Daniel me tegen, met de smoes dat hij naar me wilde kijken.

Ik begon me uit te kleden, een karwei waar geen eind aan leek te komen: Manuels oude kasjmier vest, een dik wintershirt, daaronder nog een dunner hemd, zo vaal dat Obama er donker bij is, een bh met een bandje dat met een veiligheidsspeld is gerepareerd, een lange broek die ik met Blanca in de tweedehandswinkel heb gekocht en die hoogwater is maar wel lekker warm, dikke sokken en als laatste de witte meisjesonderbroek die nog in Berkeley door mijn grootmoeder in mijn rugzak is gestopt.

Daniel vlijde me neer in ons nest, op mijn rug, en ik voelde de ruige Chilootse dekens kriebelen, in andere omstandigheden onverdraaglijk, maar op dat moment sensueel. Met het puntje van zijn tong likte hij me alsof ik een snoepje was, en daarmee wekte hij wie weet wat voor slapend diertje, want ik kreeg er kippenvel van op sommige plekken, en hij maakte opmerkingen over het contrast tussen zijn donkere huid en mijn oorspronkelijk Scandinavische kleur, die in zijn dodelijke bleekheid zichtbaar was op de plekken die nooit in de zon komen.

Ik deed mijn ogen dicht en gaf me over aan het genot, kronkelend, hunkerend naar die wetende, wijze handen, die me bespeelden als een viool, langzaam, tot ik ineens een orgasme kreeg, heftig, traag, lang, en ik zo hard schreeuwde dat Fákin ervan schrok en met opgetrokken lip begon te grommen. 'It's okay, fucking dog', en ik kroop weg in Daniels omhelzing, spinnend van genot in de warmte van zijn lichaam en de geur van muskus. 'En nu ben ik aan de beurt,' kondigde ik uiteindelijk aan, na een hele tijd, en toen vond hij het wél goed dat ik hem uitkleedde en met hem deed wat ik maar wilde.

Daniel en ik sloten ons drie gedenkwaardige dagen lang op in huis, een geschenk van Manuel; mijn schuld aan die oude mensenvreter is hiermee tot alarmerende hoogten gestegen. We hadden elkaar allerlei ontboezemingen te doen en de liefde om uit te vinden; onze lichamen moesten aan elkaar wennen, we moesten in alle rust ontdekken hoe we elkaar konden laten genieten, leren samen te slapen zonder elkaar te storen. Daar heeft hij geen ervaring in, maar voor mij is het heel gewoon, want ik heb mijn hele jeugd in het bed van mijn grootouders gelegen. Als ik tegen iemand aan geklemd lig, hoef ik geen schaapjes te tellen, geen zwanen of dolfijnen, en zeker niet als het iemand is die groot is, warm, geurig, iemand die zachtjes snurkt, zodat ik weet dat hij nog leeft. Mijn bed is maar smal en omdat we het te ver vonden gaan om dat van Manuel in te pikken, hielden we het bij onze stapel kussens en dekens op de grond, naast het fornuis. We kookten, praatten en we vrijden; we keken naar buiten door het raam, wandelden even over de rotsen, luisterden naar muziek en we vrijden; we badderden in de jacuzzi, hakten hout, lazen Manuels boeken over Chiloé, en we vrijden opnieuw. Het regende en we hadden geen zin om naar buiten te gaan. De melancholie van de Chilootse wolken leent zich goed voor de liefde.

Tijdens die enige gelegenheid die ik heb gehad om ongestoord met Daniel alleen te zijn, stelde ik me het exquise doel om onder zijn leiding alle mogelijkheden van de zintuigen te ontdekken en het genot te leren kennen elkaar zomaar te strelen zonder verder iets te willen, alleen om mijn huid tegen de zijne te voelen. Met een mannenlichaam kun je je jarenlang amuseren; het heeft gevoelige plekjes die op een bepaalde manier gestimuleerd kunnen worden, plekjes die een andere behandeling eisen en plekjes die je niet eens aanraakt, maar waar je alleen zachtjes tegen hoeft te blazen, en elke wervel heeft zijn eigen verhaal. Je kunt verdwalen in het brede landschap van de schouders, zo geschikt om zware lasten en verdriet te sjouwen, en in de harde spieren van de armen, geschapen om de wereld te torsen. En onder de huid zitten nooit geformuleerde verlangens verstopt, verborgen droefheid, merktekens die je zelfs met een microscoop niet kunt zien. Over het zoenen moeten handboeken bestaan. Kussen als een specht, vissenzoentjes – de mogelijkheden zijn oneindig. De tong is een vermetele, indiscrete slang, en dan heb ik het niet over de dingen die ermee gezegd worden. Het hart en de penis, die heb ik het liefst: ontembaar, doorzichtig qua bedoelingen, naïef en kwetsbaar. Daar mag je nooit misbruik van maken.

Eindelijk kon ik Daniel mijn geheimen vertellen. Ik vertelde hem over Roy Fedgewick, over Brandon Leeman en de mannen die hem hebben vermoord, dat ik drugskoerier was geweest en alles kwijt was geraakt, en als bedelaar op straat was geëindigd, hoeveel gevaarlijker de wereld is voor vrouwen, dat je in een stille straat snel moet oversteken als aan de overkant een man je tegemoetkomt, en dat je ze straal moet negeren als ze in groepen zijn, altijd op je hoede, om je heen kijken, jezelf onzichtbaar maken. De laatste tijd van mijn verblijf in Las Vegas, toen ik alles al kwijt was, beschermde ik mezelf door me als jongen te vermommen. Dat ik lang ben, en zo plat als een dubbeltje, met kortgeknipt haar en mannenkleren van het Leger des Heils, hielp daarbij. Het heeft me meer dan eens gered, neem ik aan. De straat is keihard.

Ik vertelde hem over de verkrachtingen waarvan ik getuige was geweest, iets wat ik alleen nog maar aan Mike O'Kelly had verteld, die alles kan verdragen. De eerste keer, een walgelijke dronkenlap, een boom van een vent die nog groter leek dan hij al was door alle lagen vodden die hem bedekten, hoewel hij daaronder net zo goed broodmager zou kunnen zijn, had een meisje klem gezet in een doodlopende steeg vol rotzooi en troep, midden op de dag. Op die steeg kwam de keuken van een restaurant uit, en ik was niet de enige die daar in de vuilnisbakken kwam scharrelen op zoek naar restjes die we bevochten op de zwerfkatten. Er zaten ook ratten; die kon je horen, maar ik heb ze nooit gezien. Ik had het zelf kunnen zijn, dat meisje, een jonge verslaafde, vuil en hongerig. De man greep haar van achteren vast, gooide haar voorover op de straatstenen, tussen het afval en de plassen stinkend water, en sneed haar broek van opzij met een mes open. Het gebeurde op nog geen drie meter bij me vandaan. Ik had me verstopt tussen de vuilnisbakken en het was puur toeval dat zij degene was die het uitschreeuwde, en niet ik. Het meisje verzette zich niet. Het was in een minuut of twee gebeurd. Hij schikte zijn vodden weer recht en liep hoestend verder. Ik had hem in die twee minuten onschadelijk kunnen maken door een van de flessen die her en der op de grond lagen in zijn nek stuk te slaan; het zou makkelijk zat zijn geweest en het was ook wel in me opgekomen, maar ik had het idee onmiddellijk terzijde geschoven: het was godverdomme míjn probleem niet. En toen de vent weg was, ben ik ook niet naar het meisje gegaan om te kijken of ik kon helpen; ze lag onbeweeglijk op de grond en ik liep met afgewende blik langs haar heen en maakte me snel uit de voeten.

De tweede keer waren het twee jonge mannen, misschien drugshandelaars of leden van een gang, en het slachtoffer was een vrouw die ik wel meer op straat had gezien, die er heel slecht aan toe was, ziek. Haar heb ik ook niet geholpen. Ze sleurden haar mee onder een viaduct, lachend en spottend, terwijl zij zich verzette met een woede die even ingehouden als zinloos was. Ineens zag ze me. Onze blikken kruisten elkaar in een eeuwig, onvergetelijk moment, waarna ik me omdraaide en wegrende.

Tijdens mijn eerste maanden in Las Vegas, toen ik meer dan genoeg geld had, was ik niet eens in staat geweest voldoende te sparen voor een vliegtuigticket naar Californië. Het was al te laat om te denken aan een telefoontje naar Nini. Mijn zomeravontuur had een rampzalige wending genomen en ik kon mijn onschuldige grootmoeder onmogelijk betrekken bij de wandaden van Brandon Leeman.

Na de sauna ging ik gehuld in een badjas naar het zwembad van de sportschool, waar ik frisdrank bestelde, die ik opleukte met een scheut wodka uit het flesje dat ik altijd in mijn tas bij me droeg, nam twee tranquillizers en nog een pilletje waarvan ik geen idee had wat het was; ik slikte zo veel pillen in zo veel vormen en kleuren dat ik ze onmogelijk nog uit elkaar kon houden. Ik strekte me uit in een stoel, zo ver mogelijk bij een groep geestelijk gehandicapte jongeren vandaan, die met hun begeleiders in het water aan het spetteren waren. Normaal zou ik een tijdje met hen mee hebben gespeeld. Ik had ze wel vaker gezien en het waren de enige mensen met wie ik contact durfde te leggen, want ze vormden geen enkel gevaar voor Brandon Leemans veiligheid, maar ik had hoofdpijn en moest even alleen zijn.

Toen ik de gezegende vrede van de pillen door me heen voelde stromen, hoorde ik de naam Laura Barron omroepen, iets wat nooit eerder was voorgekomen. Ik dacht dat ik het verkeerd verstaan had en reageerde niet tot er een tweede oproep volgde, waarna ik me naar de huistelefoon begaf en het nummer van de receptie koos. Ze zeiden dat iemand me zocht, en dat het een noodgeval betrof. Op blote voeten en in mijn badjas ging ik naar de hal, waar ik Freddy trof, helemaal over zijn toeren. Hij greep mijn hand en trok me mee naar een hoekje, waar hij me, één bonk zenuwen, vertelde dat Joe Martin en El Chino Brandon Leeman hadden vermoord.

‘Ze hebben hem aan flarden geschoten, Laura!’

‘Waar héb je het over, Freddy?’

‘Het bloed zat overal, stukjes hersenen…! Je moet ervandoor, ze gaan jou ook vermoorden!’ gooide hij eruit.

‘Mij? Waarom ik?’

‘Dat vertel ik later wel. We moeten meteen gaan, schiet op!’

Ik racete weg om me aan te kleden, nam al mijn geld mee en ging terug naar Freddy, die als een panter heen en weer liep, onder de argwanende blikken van het receptiepersoneel. Op straat maakten we ons zo snel en onopvallend mogelijk uit de voeten. Een paar straten verder lukte het ons een taxi aan te houden. Uiteindelijk belandden we in een motel in een van Las Vegas’ buitenwijken, na wel drie keer van taxi te zijn gewisseld om achtervolgers op een dwaalspoor te brengen, om haarverf te kopen en de sterkste en goedkoopste fles gin die er maar te krijgen was. In het motel rekende ik één nacht af en we sloten ons op in een kamer.

Terwijl hij mijn haar zwart verfde, vertelde Freddy dat Joe Martin en El Chino de hele dag het appartement in en uit hadden gelopen, steeds maar bezig met hun mobieltjes, zonder ook maar enige aandacht aan hem te besteden. ‘Ik was vanmorgen niet lekker, Laura, je weet hoe rot ik me soms voel, maar opeens realiseerde ik me dat die twee klootzakken iets in hun schild voerden en begon ik ze af te luisteren, zonder van het matras op te staan. Ze waren vergeten dat ik bestond, of ze dachten dat ik te ver heen was.’ Uit hun telefoontjes en hun gesprekken kon Freddy eindelijk opmaken wat er aan de hand was.

De mannen waren te weten gekomen dat Brandon Leeman iemand had betaald om hen om te brengen, maar om een of andere reden had die dat niet gedaan, maar hén daarentegen gewaarschuwd, en hun de opdracht gegeven Brandon Leeman te ontvoeren en hem te dwingen te vertellen waar hij zijn geld bewaarde. Freddy had het idee, vanwege de respectvolle toon van Joe Martin en El Chino, dat de geheimzinnige man aan de andere kant van de telefoon iemand met gezag was. 'Ik kon Brandon niet waarschuwen. Ik had geen telefoon, en het ging te snel,' kermde de jongen.

Brandon Leeman kwam voor Freddy het dichtst in de buurt van familie. Hij had de jongen van straat geraapt en hem in huis genomen; hij gaf hem te eten en beschermde hem zonder enige tegenprestatie te vragen; hij probeerde hem nooit van de drugs af te krijgen en genoot van Freddy's grappen en rapvoorstellingen. 'Hij heeft me verschillende keren betrapt toen ik hem bestal, Laura, en weet je wat hij deed in plaats van me te slaan? Hij zei dat ik er voortaan om moest vragen en dat hij het me dan zou geven.'

Joe Martin was naar de garage van het gebouw gegaan om Leeman daar op te wachten, omdat die daarheen moest om de auto weg te zetten, en El Chino hield de wacht in het appartement zelf. Freddy bleef gewoon op zijn matras liggen en hield zich slapend, en daar hoorde hij hoe El Chino via zijn mobiel werd gewaarschuwd dat de baas eraan kwam. De Filippijn rende naar beneden en Freddy volgde hem op veilige afstand.

De Acura reed de garage binnen, Leeman zette de motor af en maakte aanstalten om uit te stappen, toen hij in de achteruitkijkspiegel de schaduw zag van de twee mannen die de uitgang blokkeerden. Hij reageerde onmiddellijk. Het was zijn tweede natuur om op zijn hoede te zijn, en in een vloeiend, instinctief gebaar trok hij zijn wapen, wierp zich op de grond en schoot, zonder verder iets te vragen. Maar Brandon Leeman, altijd zo geobsedeerd door zijn veiligheid, kende zijn eigen pistool niet. Freddy had het hem nog nooit zien schoonmaken of hem ermee zien oefenen zoals Joe Martin en El Chino deden, voor wie het uiteenhalen en weer in elkaar zetten van hun wapen een kwestie van luttele seconden was.

Door in het wilde weg te schieten op die schaduwen in de

garage, bespoedigde Brandon Leeman zijn dood, al zouden ze hem anders vast ook wel te pakken hebben genomen. De twee moordenaars schoten hun wapen leeg op de baas, die klem zat tussen de auto en de muur.

Nadat Freddy getuige was geweest van de slachtpartij, ging hij er als een haas vandoor, voordat de rust zou wederkeren en de mannen hem ontdekten.

'Maar waarom denk je dat ze mij willen vermoorden? Ik heb hier niets mee te maken, Freddy,' zei ik.

'Ze dachten dat jij bij Brandon in de auto zat. Ze wilden jullie allebei te pakken nemen – je weet te veel, zeggen ze. Waar ben je mee bezig, Laura?'

'Nergens mee! Ik heb geen idee wat die kerels van me moeten!'

'Ik weet zeker dat Joe en El Chino in de fitnessclub naar je zijn gaan zoeken. Dat is de enige plek waar je zou kunnen zijn. Het kan haast niet anders dan dat ze daar een paar minuten na ons vertrek zijn aangekomen.'

'Wat moet ik nu doen, Freddy?'

'Hier blijven, tot we iets bedacht hebben.'

We maakten de fles gin open en namen om beurten een slok, naast elkaar op het bed, tot we wegzakten in dronkenschap, zo diep als de dood.

Ik kwam uren later pas weer tot leven, in een onbekende kamer, met het gevoel of ik door een olifant was platgestampt en met naalden die achter mijn ogen prikten, zonder dat ik me nog kon herinneren wat er was gebeurd. Met een immense krachtsinspanning kwam ik overeind, liet me op de grond vallen en sleepte me naar de badkamer, net op tijd om me aan de wc-pot vast te klemmen en een eindeloze stroom rioolslijk uit te kotsen. Ik bleef daar op het linoleum liggen, bevend, met een bittere smaak in mijn mond en een klauwende buikpijn, en moest kokhalzen terwijl er niets meer uit kwam, 'Ik wil dood, ik wil dood…' stamelend. Pas veel later lukte het me om wat water in mijn gezicht te sprenkelen en mijn mond te spoelen. Ik schrok van de onbekende in de spiegel, met dat zwarte haar en die lijkbleke kleur. Ik had de kracht niet om terug naar bed te gaan en liet me kermend op de grond vallen.

Een tijd later werd er drie keer op de deur gebonkt, wat me als kanonschoten in de oren klonk, en iemand met een Spaans-Amerikaans accent riep dat ze de kamer kwamen schoonmaken. Steun zoekend langs de muur bewoog ik me naar de deur, deed hem net ver genoeg open om het kamermeisje vloekend weg te jagen en het NIET STOREN-bordje op te hangen, en zakte opnieuw door mijn knieën. Ik kroop naar het bed met het voorgevoel van een acuut, noodlottig gevaar, dat ik echter niet precies kon benoemen. Ik had geen idee meer hoe ik in die kamer terecht was gekomen, ik wist nog wel dat het geen hallucinatie of een nachtmerrie was, maar iets echts, iets vreselijks, iets wat met Freddy te maken had. Ik voelde een ijzeren band zich om mijn hoofd sluiten, steeds strakker, terwijl ik met een dun stemmetje om Freddy riep. Toen ik eindelijk uitgeput was van het roepen, ging ik wanhopig naar hem op zoek – onder het bed, in de wc, de badkamer – voor het geval hij een grap met me uithaalde. Ik vond hem nergens, maar ontdekte wel dat hij een zakje crack, een pijp en een aansteker voor me had achtergelaten. Wat eenvoudig, en zo vertrouwd!

Crack was Freddy's hemel en zijn verdoemenis. Ik had het hem dagelijks zien gebruiken, maar had het zelf nooit geprobeerd, omdat de baas me dat had verboden. Gehoorzaam meisje. Kut! Mijn handen weigerden dienst en ik zag scheel van de hoofdpijn, maar het lukte me om de korrels in het glazen pijpje te wurmen en de crack met de aansteker te verwarmen – een titanenklus. Uitgeput, krankzinnig, wachtte ik seconden die een eeuwigheid duurden, terwijl ik de waskleurige korrels verhitte en het pijpje mijn vingers en mijn lippen verschroeide, tot de kristallen eindelijk uiteenvielen en ik de reddende wolk kon inademen, het zoete aroma, de vluchtige mentholgeur – en toen verdwenen alle ellende en akelige voorgevoelens en steeg ik op naar de gelukzaligheid, licht en sierlijk, als een vogel op de wind.

Heel even voelde ik me euforisch, onoverwinnelijk, maar meteen daarna landde ik weer met een enorme klap in het schemerduister van die kamer. Nog een keer aan het glazen pijpje lurken, en nog een keer. Waar was Freddy? Waarom had hij me alleen achtergelaten, zonder afscheid te nemen, zonder iets uit te leggen? Ik had nog een beetje geld over en liep met aarzelende stapjes naar buiten om een nieuwe fles te kopen, en kroop daarna gauw terug in mijn hol.

Twee dagen zweefde ik in een roes van crack en alcohol, verloren, zonder te slapen, zonder te eten of me te wassen, onder de kots, want het lukte me niet om de badkamer te halen. Toen ik door de alcohol en de drugs heen was, schudde ik mijn tas leeg en vond nog een sealtje met cocaïne, waarmee ik meteen een lijntje legde, en een potje met drie slaappillen. Ik nam me voor daar zuinig op te zijn. Ik slikte er twee, en toen ik geen enkel effect voelde, nam ik de derde ook maar. Ik wist niet of ik sliep of bewusteloos was. De klok wees cijfers aan die niets betekenden. Welke dag is het? Waar ben ik? Ik had geen idee. Ik deed mijn ogen open, ik verdronk, mijn hart was een tijdbom: *tikke-takke-tikke-takke*, steeds gejaagder. Ik voelde stroomstoten, stuiptrekkingen, rochelde, en toen leegte.

Ik werd wakker toen er opnieuw werd geklopt, en ditmaal was het de hotelmanager die voor de deur stond te krijsen. Jammerend om verlichting begroef ik mijn hoofd onder mijn kussen. Nog één trekje van die gezegende rook, nog één slokje, het maakte niet uit van wat. De deur werd geforceerd door twee mannen, die vervolgens vloekend en dreigend de kamer binnenvielen. Even deinsden ze geschrokken achteruit toen ze met het beeld geconfronteerd werden van die angstaanjagende gekkin, die compleet over haar toeren de vreselijkste wartaal uitsloeg, in een kamer die was veranderd in een stinkende zwijnenbende, maar ze hadden in dat louche motel al van alles meegemaakt en hadden er dus wel een idee van wat er aan de hand was. Ze dwongen me mijn kleren aan te trekken, trokken me aan mijn armen overeind, sleurden me de trap af en duwden me de straat op. De paar dingen van waarde die ik bezat, de dure merktas en mijn zonnebril, namen ze in beslag, maar ze hadden nog wel de consideratie om me mijn rijbewijs en mijn portemonnee, met twee dollar en veertig cent, te laten houden.

Buiten was het verzengend heet, ik voelde het halfgesmolten asfalt door mijn zolen heen branden, maar het kon me allemaal niets schelen. Mijn enige obsessie was iets te pakken te krijgen om mijn pijn en angst weg te nemen. Ik kon nergens heen en had niemand wie ik om hulp kon vragen. Ik herinnerde me dat ik Brandon Leeman had beloofd om zijn broer te bellen, maar dat kon wachten, en ik herinnerde me ook de heerlijkheden die zich in het gebouw bevonden waar ik de afgelopen maanden had gewoond: bergen prachtige poeders, kostelijke kristallen, wonderbaarlijke pillen, die ik sorteerde, woog, telde en voorzichtig in plastic zakjes verpakte. Daar kon zelfs de grootste zielenpoot over zijn eigen stukje hemel beschikken, hoe kortstondig dat genot ook mocht zijn. Waarom zou ik daar in de spelonken van de garages niet iets kunnen scoren, op dat kerkhof van de begane grond en de eerste verdieping? Waarom zou ik daar godverdomme niet iemand treffen die me iets kon geven? Maar met mijn laatste beetje helderheid besefte ik dat die wijk binnengaan gelijkstond aan zelfmoord.

Denk na, Maya, denk na, zei ik keer op keer hardop tegen mezelf, zoals ik die laatste maanden zo vaak had gedaan. 'Er zijn hier overal drugs te krijgen in deze klotestad, het is alleen zaak ze te vinden,' jammerde ik, terwijl ik als een hongerige coyote voor het motel heen en weer liep, tot mijn nood zo hoog werd dat ik wat helderder werd en kon denken.

Van het motel waar Freddy me had achtergelaten liep ik naar een tankstation, vroeg de sleutel van de openbare wc, om me daar zo goed en zo kwaad als het ging te wassen, waarna ik iemand zover wist te krijgen me een lift te geven en me een paar honderd meter van de sportschool af te zetten.

De sleutels van de kluisjes zaten in mijn broekzak en ik bleef in de buurt van de ingang rondhangen tot ik de gelegenheid zou krijgen om ongemerkt binnen te komen. Toen ik drie mensen zag komen aanlopen, druk met elkaar in gesprek, glipte ik met dat groepje mee. Ik stak de hal van de receptie over en toen ik de trap bereikte kwam ik in botsing met een van de medewerkers, die een moment aarzelde voordat hij me begroette, verbaasd over de kleur van mijn haar. Ik wisselde nooit een woord met iemand in de sportschool, ze zullen me wel arrogant hebben gevonden, of misschien stom, maar er waren leden die me van gezicht kenden en sommige medewerkers wisten hoe ik heette. Ik liep verder naar de kleedkamers en smeet de inhoud van mijn kluisjes zo haastig op de grond dat een vrouw me vroeg of ik misschien iets kwijt was; ik begon vreselijk te vloeken, want ik vond niets waar ik wat aan had, terwijl zij me openlijk via de spiegel aan stond te staren. 'Kijk voor je, trut!' riep ik, en op dat moment zag ik in de spiegel wat zij zag, en ik herkende die gekkin daar niet, met haar rode ogen, die gevlekte huid en dat zwarte beest op haar hoofd.

Ik stopte alles in het wilde weg terug in de kluisjes, smeet mijn vuile kleren en het mobieltje dat Brandon Leeman me had gegeven, waarvan het nummer bij de moordenaars bekend was, in de prullenbak, nam een douche en waste snel mijn haar; ik kon de dure tas die ik nog had wel verkopen, bedacht ik, en met de opbrengst zou ik een paar dagen vooruit kunnen. Ik trok mijn zwarte jurkje aan, stopte een setje schone kleren in een plastic tas en deed niet eens een poging om mezelf op te maken, want ik beefde over mijn hele lichaam en mijn handen gehoorzaamden me nauwelijks.

De vrouw stond daar maar, met een handdoek om zich heen en de föhn nog in haar hand, hoewel haar haar al droog was, en loerde naar me alsof ze overwoog de bewaking te bellen. Ik probeerde naar haar te lachen en vroeg of ze mijn tas misschien wilde kopen. Het was een echte Louis Vuitton en zo goed als nieuw, zei ik. Mijn portemonnee was gestolen en ik had geld nodig om naar Californië terug te gaan. De afkeurende uitdrukking op haar gezicht maakte haar lelijk, maar uiteindelijk won haar hebzucht het en kwam ze naar me toe om de tas beter te kunnen bekijken. Toen ze tien dollar bood, stak ik mijn middelvinger naar haar op en liep snel weg.

Ik kwam niet ver. Boven aan de trap had ik goed zicht over de hele receptie, en aan de andere kant van de glazen deur van de ingang zag ik de auto van Joe Martin en El Chino. Misschien kwamen ze daar elke dag posten, in de wetenschap dat ik vroeg of laat naar de club zou komen, maar het was ook mogelijk dat iemand hun mijn komst had doorgegeven, en in dat geval zou op datzelfde moment een van hen in het gebouw naar mij op zoek zijn.

Heel even sloeg de paniek toe, die me een moment verlamde, maar daarna trok ik me terug in de spa, die in een aparte vleugel van het gebouw was ondergebracht, met een boeddha, offers van bloemblaadjes, vogelmuziek, de geur van vanille, en kannen water met komkommerschijfjes. De masseurs, van beide seksen, kon je herkennen aan hun blauwgroene badjassen. De badjassen van de rest van het personeel, meisjes die allemaal sprekend op elkaar leken, waren roze. Omdat Brandon Leeman me de luxe van de spa had gegund, kende ik de gang van zaken daar, en ik wist ongezien de gang door te glippen en schoot een van de cabines binnen. Ik deed de deur dicht en knipte het lichtje aan dat aangaf dat het hokje bezet was. Zolang dat rode licht brandde zou niemand me komen storen. Op een tafel zag ik een warmwaterschaal met eucalyptusbladjes, platte stenen voor de massages en verschillende schoonheidsproducten. Ik liet de crèmes voor wat ze waren en klokte in drie slokken een fles lotion naar binnen, maar als die al alcohol bevatte, was de hoeveelheid minimaal, en het hielp geen zier.

In de cabine was ik veilig, een uur lang tenminste, want dat was de normale tijd die voor een behandeling stond. Maar ik kreeg het algauw stikbenauwd in die afgesloten ruimte zonder raam en met die doordringende tandartslucht waar ik misselijk van werd. Ik kon daar niet blijven. Ik trok de badjas die over de massagetafel hing over mijn kleren aan, wikkelde een handdoek als een tulband om mijn hoofd, smeerde een dikke laag witte crème op mijn gezicht en liep de gang op. Mijn hart sloeg over: daar stond Joe Martin met een van de roze-badjasmeisjes te praten.

De drang om er als een haas vandoor te gaan was onverdraaglijk, maar ik dwong mezelf zo rustig mogelijk verder te lopen door de gang, op zoek naar de personeelsuitgang, die niet ver weg kon zijn. Ik kwam langs verschillende gesloten hokjes, tot ik een wat bredere deur vond, die ik openduwde, waarna ik me in het trappenhuis bevond dat door het personeel werd gebruikt. Het was een heel ander soort omgeving dan de vriendelijke wereld van de spa: een betegelde vloer, ongeverfde betonnen muren, hard licht, de onmiskenbare geur van sigarettenrook, en vrouwenstemmen in het trapportaal, een verdieping lager. Ik kon niet verder, maar ook niet terug naar de spa, en tegen de muur gedrukt bleef ik daar een eeuwigheid wachten, tot de vrouwen eindelijk hun sigaretten uitmaakten en vertrokken. Ik veegde de crème van mijn gezicht, liet de handdoek en de badjas in een hoekje achter en daalde verder af in de ingewanden van het gebouw, waar je als lid van de club nooit kwam. Ik maakte op goed geluk een deur open en bevond me in een grote ruimte met overal leidingen voor water en lucht, waar wasmachines en droogtrommels een oorverdovend geluid produceerden. De deur aan de andere kant kwam niet zoals ik had gehoopt op straat uit, maar in het zwembad. Ik draaide me om en hurkte neer in een hoek, verborgen achter een berg gebruikte handdoeken, in die ondraaglijke herrie en de hitte van de wasserij; ik zou pas weg kunnen als Joe Martin het opgaf en vertrok.

Terwijl de minuten verstreken in die lawaaiige onderzeeër, werd de allesoverheersende angst om in handen te vallen van Joe Martin langzaamaan verdrongen door de drang om te vluchten. Ik had al een paar dagen niet gegeten, ik was uitgedroogd, mijn hoofd tolde en ik had buikkrampen. Mijn handen en voeten sliepen, ik zag duizelingwekkende spiralen van kleine gekleurde puntjes, zoals bij een *bad trip*. Ik had geen idee meer van de tijd; het kan één uur hebben geduurd maar net zo goed veel langer. Ik weet niet meer of ik heb geslapen of dat ik zo nu en dan buiten bewustzijn was. Ik neem aan dat er personeel met wasgoed in en uit liep, maar niemand die me heeft gezien. Ten slotte kroop ik mijn schuilplaats uit en wist met een enorme krachtsinspanning overeind te komen, waarna ik me met loodzware benen in beweging zette, zo duizelig dat ik steun moest zoeken tegen de muur.

Buiten was het nog licht. Het moet een uur of zes, zeven zijn geweest, het zwembad zat vol. Dan was het op z'n drukst op de sportschool, het uur dat de kantoren sloten en mensen massaal toestroomden, maar het was ook het tijdstip dat Joe Martin en El Chino zich moesten voorbereiden op hun nachtelijke bezigheden, dus die zouden hoogstwaarschijnlijk vertrokken zijn. Ik liet me op een van de ligbedden neerzakken, met de chloorlucht die uit het water opsteeg in mijn neus, zonder een duik te durven nemen, want in geval van nood moest ik me onmiddellijk uit de voeten kunnen maken. Ik bestelde een vruchtenshake bij een ober, die ik op mijn rekening liet zetten, binnensmonds vloekend, want er werden daar alleen gezonde drankjes geserveerd, absoluut geen alcohol. Ik nam twee slokjes maar vond de dikke drab zo weerzinwekkend dat ik hem niet weg kreeg. Het had geen zin om nog meer tijd te verliezen en ik besloot het erop te wagen en langs de receptie te gaan, in de hoop dat degene die me verlinkt had geen dienst meer zou hebben. Ik had geluk en wist zonder verdere problemen het gebouw uit te komen.

Om de straat te bereiken moest ik eerst het parkeerterrein oversteken, dat op dat tijdstip helemaal vol stond. In de verte zag ik iemand die ik herkende van de sportschool – een veertiger die net zijn tas in de kofferbak zette – en blozend van schaamte liep ik op hem af om te vragen of hij tijd had om iets met me te gaan drinken. Ik weet niet waar ik de moed vandaan haalde. Verrast over die frontale aanval had de man even moeite me te plaatsen; als hij me al eerder had gezien, dan herkende hij me op dat moment niet, en ik kwam niet overeen met zijn idee van een hoer. Hij nam me van top tot teen op, schokschouderde, stapte in zijn auto en vertrok.

In mijn korte leven had ik al veel stommiteiten uitgehaald, maar tot dat moment had ik mezelf nog niet zo vernederd. Dat met Fedgewick was ontvoering en verkrachting geweest; dat was uit onvoorzichtigheid gebeurd, niet uit onbeschaamdheid. Dit was anders, en het had een naam, maar ik verdomde het om die hardop uit te spreken. Even later spotte ik een andere man, van een jaar of vijftig, zestig, met een dikke buik, in korte broek, met witte benen vol blauwe aderen. Hij was onderweg naar zijn auto en ik ging achter hem aan. Dit keer had ik meer geluk... of minder, dat weet ik niet. Als hij me ook had afgewezen, dan was mijn leven misschien minder uit de hand gelopen.

Als ik terugdenk aan Las Vegas, word ik onwel. Manuel herinnert me eraan dat het allemaal nog maar nauwelijks een paar maanden geleden is gebeurd, en dat het nog vers in mijn geheugen ligt. Hij verzekert me dat de tijd alle wonden heelt en zegt dat ik ooit met de nodige ironie over deze periode van mijn leven zal kunnen praten. Dat beweert hij nu wel, maar in zijn geval is dat niet zo, want hij heeft het zelf nooit over zijn verleden. Ik dacht dat ik met het mijne in het reine was; ik was zelfs een beetje trots op mijn stommiteiten, omdat ik er sterker door was geworden, maar nu ik Daniel heb leren kennen zou ik liever een wat minder interessant verleden willen hebben, om me tegenover hem niet zo minderwaardig te voelen. Dat meisje dat op de parkeerplaats van de fitnessclub een man met een dikke pens en spataderbenen oppikte, was ik; dat meisje dat bereid was zichzelf te verkopen voor een slok alcohol, was ik; maar nu ben ik iemand anders. Hier, in Chiloé, krijg ik een tweede kans. Ik heb nóg duizend kansen, maar soms lukt het me niet de beschuldigende stem van mijn geweten tot zwijgen te brengen.

Die oude vent in zijn korte broek was de eerste van een hele serie mannen, en dat hield me een week of wat gaande, tot ik het niet meer kon opbrengen. Mezelf op die manier verkopen was erger dan hongerlijden, erger nog dan de marteling van de ontwenningsverschijnselen, want nooit, al was ik nog zo dronken of onder invloed van drugs, kon ik me onttrekken aan het gevoel van ultieme vernedering. Altijd was daar mijn grootvader die naar me keek, die leed, om mij. Die mannen maakten misbruik van mijn verlegenheid en mijn gebrek aan ervaring. Vergeleken met andere vrouwen die hetzelfde deden als ik, was ik jong en zag ik er goed uit. Ik had er meer uit kunnen slaan, maar ze konden me krijgen voor een paar slokken drank, een puntje wit poeder, een handje gele kiezeltjes. Degenen met het meeste fatsoen gaven me een gehaaste borrel in een bar of boden me wat coke voordat ze me meenamen naar een hotelkamer; sommigen kochten een fles goedkope drank en deden het in de auto; anderen gaven me tien of twintig dollar, en weer anderen gooiden me na afloop zonder een cent de straat op.

Wist ik veel dat je van tevoren je geld moest vragen, en tegen de tijd dat ik dat eenmaal doorhad, was ik niet meer bereid om op die weg verder te gaan.

Met een van die 'klanten' heb ik voor het eerst heroïne gebruikt, rechtstreeks in mijn ader, en op dat moment vervloekte ik Brandon Leeman, die zijn paradijs niet met me had willen delen. Het is onmogelijk om het moment te beschrijven dat die goddelijke vloeistof je bloed binnendringt. Ik probeerde het kleine beetje dat ik bezat te verkopen, maar niemand die geïnteresseerd was. Alleen voor mijn merktas ving ik wat, zestig dollar, na heftig onderhandelen met een Vietnamese vrouw, voor de deur van een kapperszaak. De tas was twintig keer zoveel waard, maar ik had hem haar nog voor de helft gelaten, zo hoog was mijn nood.

Ik was Adam Leemans telefoonnummer niet vergeten, en de belofte die ik Brandon had gedaan om zijn broer te bellen als hem iets overkwam evenmin, maar ik deed het niet. Ik was van plan zelf naar Beatty te gaan en het kapitaal dat in die tassen zat voor mezelf te houden. Maar dat plan vereiste een strategie, en een zekere mate van helderheid, die ik ten enenmale ontbeerde.

Ze zeggen dat je al na een paar maanden op straat voorgoed verloren bent, omdat je dan volledig bent verpauperd, je identiteit kwijt bent en je sociale netwerk. In mijn geval ging het sneller; bij mij duurde het maar drie weken. Ik zonk met een angstaanjagende snelheid weg in die ellendige, gewelddadige, gore dimensie die parallel bestaat aan het normale leven in een stad, een wereld van misdadigers en hun slachtoffers, van krankzinnigen en verslaafden, een wereld zonder solidariteit of mededogen, waar je alleen overleeft door anderen te vertrappen. Ik was altijd onder invloed van drugs of op jacht naar middelen om onder invloed te raken; ik was smerig, met piekerig haar; ik stonk en werd steeds gekker, steeds zieker. Ik kon haast geen eten binnenhouden, ik hoestte en snotterde constant, mijn ogen zaten zo vol pus dat ik ze bijna niet open kreeg, en soms viel ik zomaar flauw. Een aantal spuitplekken was gaan ontsteken en ik had zweren en blauwe plekken op mijn armen. 's Nachts liep ik doelloos rond – dat was minder gevaarlijk dan slapen – en overdag zocht ik een hol om in weg te kruipen en uit te rusten.

Ik had al snel door dat plekken waar je in het volle zicht was het veiligst waren. Bedelen met een kartonnen bekertje bij de ingang van een mall bijvoorbeeld, of voor een kerk; dat prikkelde het schuldgevoel van de voorbijgangers. Sommige mensen wierpen me een muntje toe, maar niemand die iets tegen me zei. Armoede wekt weerzin en angst; het is de lepra van vroeger.

Ik meed de plaatsen waar ik vroeger kwam, zoals de Strip, want die vormden het werkterrein van Joe Martin en El Chino. Bedelaars en verslaafden markeren hun territorium, net als dieren, en ze beperken zich tot een paar blokken, maar ik zwierf in mijn wanhoop in verschillende wijken rond, zonder me iets aan te trekken van de raciale scheidsmuren: zwarten bij zwarten, latino's bij latino's, Aziaten bij Aziaten, blanken bij blanken. Ik bleef nooit langer dan een paar uur op dezelfde plek. Ik was niet meer in staat tot de meest elementaire zaken, zoals mezelf voeden of wassen, maar alcohol en drugs scoren lukte altijd. Ik was onafgebroken op mijn hoede, een opgejaagde vos. Ik bewoog me schichtig en sprak met niemand, want op elke hoek stonden vijanden.

Ik begon stemmen te horen en soms gaf ik die tot mijn eigen verbazing antwoord hoewel ik wist dat ze niet echt waren, want ik had datzelfde gedrag waargenomen bij bewoners van het gebouw van Brandon Leeman. Freddy noemde die stemmen altijd 'de onzichtbare wezens' en hij maakte er grappen over, maar als het niet goed met hem ging kwamen die wezens tot leven, net als de eveneens onzichtbare insecten die hem vaak kwelden. Als ik een glimp opving van iemand die ik kende, of van een zwarte auto die leek op die van mijn belagers, smeerde ik ’m snel de andere kant op, maar ik bleef altijd de hoop koesteren om Freddy terug te zien. Ik dacht aan hem met een mengeling van dankbaarheid en wrok, want ik begreep niet waarom hij was verdwenen, waarom hij, die de stad tot in de kleinste hoekjes en gaatjes kende, niet in staat was me te vinden.

Door de drugs voelde ik de honger en de vele pijnen die mijn lichaam kwelden niet meer, maar de krampen hielden aan. Mijn botten waren zwaar en mijn vel jeukte van al die smerigheid, en ik ontwikkelde een vreemd soort uitslag op mijn benen en mijn rug, en krabde mezelf tot bloedens toe. Soms realiseerde ik me ineens dat ik al twee of drie dagen niet had gegeten, dan slofte ik naar een vrouwenopvanghuis of sloot me aan bij de rij armen voor St.-Vincent de Paul, waar je altijd een bord warm eten kon krijgen. Een plek om te slapen was veel moeilijker te vinden. Ik was zo zwak dat ik het, hoewel het ’s nachts niet kouder werd dan twintig graden, altijd vreselijk koud had, tot ik een jas kreeg van het Leger des Heils. Die vrijgevige organisatie bleek een waardevolle hulpbron te zijn. Het was niet nodig om net als andere daklozen met een geroofd supermarktkarretje vol tassen rond te sjouwen, want als mijn kleren al te erg begonnen te stinken of te groot werden, wisselde ik ze bij het Leger des Heils gewoon om. Ik was een paar maten afgevallen, mijn sleutelbeenderen en mijn heupbotten staken uit, en mijn benen, vroeger altijd zo sterk, waren meelijwekkend. Ik had pas in december weer de gelegenheid om me te wegen, en toen ontdekte ik dat ik in twee maanden dertien kilo was afgevallen.

De openbare toiletten waren krochten vol misdadigers en griezels, maar er zat niets anders op dan je neus dichtknijpen en er gebruik van te maken, want de wc’s van winkels en hotels waren inmiddels buiten mijn bereik; daar zou ik ogenblikkelijk uit gegooid worden. Ik had ook geen toegang meer tot die van de tankstations, want het personeel weigerde me de sleutel mee te geven. En zo daalde ik met grote snelheid de trappen af naar de hel, zoals zo veel andere zielenpoten die op straat overleven, bedelend en stelend om aan een beetje crack, wat meth of acid te komen, een slok van iets sterks, iets bitters, iets wat hard aankomt. Hoe goedkoper de alcohol, des te effectiever – precies wat ik nodig had. Zo verstreken oktober en november. Ik weet niet meer precies hoe ik heb weten te overleven, maar ik kan me nog heel goed de korte momenten van euforie herinneren, met daarna altijd weer die onwaardige jacht op een nieuwe dosis.

Nooit ben ik ergens aan een tafel gaan zitten. Als ik geld had kocht ik taco's, hotdogs of hamburgers, die ik niet binnen kon houden en op handen en voeten in grote stralen weer over straat uitbraakte, brandend vuur in mijn maag, mijn mond was stuk, mijn neus en lippen zaten onder de zweren, niets meer wat schoon of lief was, alleen afval, glasscherven, kakkerlakken, vuilnisbakken, geen enkel gezicht in de menigte dat naar me lachte, geen hand die me hielp, de hele wereld bevolkt met dealers, junks, pooiers, dieven, criminelen, hoeren en gekken. Mijn hele lijf deed pijn. Ik haatte dat rotlichaam van me, ik haatte dat kloteleven, ik haatte het dat ik niet de godvergeten moed kon opbrengen om mezelf te redden, ik haatte mezelf tot in het diepst van mijn ziel, ik haatte mijn klotebestaan.

Er waren hele dagen in Las Vegas dat ik niet één groet met iemand wisselde, dat ik niet één woord, één gebaar van een ander ontving. De eenzaamheid, die ijskoude klauw om mijn borst, had me zo klein gekregen dat de eenvoudige oplossing een telefoon te pakken en naar huis te bellen, naar Berkeley, niet eens meer in me opkwam. Meer zou niet nodig zijn geweest: één telefoontje. Maar inmiddels was ik alle hoop voorbij.

In het begin, toen ik nog kon rennen, hing ik rond bij cafés en restaurants die een terras hadden, waar de rokers gaan zitten, en als iemand dan zijn pakje sigaretten op tafel liet liggen, rende ik erheen om het in te pikken, want sigaretten kon ik ruilen voor crack. Ik heb alle giftige troep die op straat te krijgen is gebruikt, behalve tabak, hoewel ik hou van de geur, omdat die me doet denken aan Popo. Ik stal ook fruit uit de supermarkten, of repen chocolade uit de kiosken op het station, maar net zoals het me niet was gelukt om de hoer te spelen omdat ik mezelf het trieste beroep niet eigen kon maken, kreeg ik het stelen niet onder de knie. Freddy was een expert. Hij was met stelen begonnen toen hij nog in de luiers liep, zei hij altijd, en hij heeft me verschillende demonstraties gegeven om me zijn trucs te leren. Hij legde me uit dat vrouwen heel slordig zijn met hun tas; ze hangen hem aan een stoel, letten er niet op als ze in een winkel iets zoeken of passen, laten hem bij de kapper zomaar op de grond staan, hangen hem in de bus over een schouder – kortom, ze vragen er gewoon om dat iemand ze van hun probleem verlost. Freddy had onzichtbare handen, magische vingers en de gracieuze heimelijkheid van een cheeta. 'Goed opletten, Laura, blijven kijken,' daagde hij me uit. Dan gingen we een winkelcentrum binnen, waar hij de mensen bestudeerde, op zoek naar zijn prooi; hij wandelde rond met zijn mobiel tegen zijn oor, alsof hij helemaal in beslag werd genomen door een luidkeels gevoerd gesprek, liep langs een vrouw die niet oplette en had haar portemonnee uit haar tas gepakt voordat ik er erg in had, waarna hij rustig weer terugwandelde, nog steeds pratend in zijn mobiel. Met diezelfde elegantie kon hij het slot forceren van elke denkbare auto, of een warenhuis binnengaan en na vijf minuten met parfums of horloges door een andere deur weer naar buiten komen.

Ik probeerde Freddy's lessen in praktijk te brengen, maar ik heb geen aanleg. Mijn zenuwen lieten me in de steek en verder zag ik er zo vreselijk uit dat ik bij voorbaat verdacht was; in winkels werd ik in de gaten gehouden en op straat deinsden mensen voor me terug: er hing een rioollucht om me heen, mijn haar was vies en vet en ik straalde wanhoop uit.

Half oktober sloeg het weer om en begonnen de nachten kouder te worden. Ik was ziek, moest om de haverklap plassen en dan deed het pijn, een stekende, brandende pijn, die alleen verdween als ik gebruikte. Blaasontsteking. Ik herkende de symptomen omdat ik er toen ik zestien was al eens last van had gehad, en daardoor wist ik dat het in een mum van tijd overgaat met antibiotica, maar zonder recept zijn die in de Verenigde Staten lastiger te krijgen dan een kilo cocaïne of een automatisch geweer. Ik had moeite met lopen en overeind komen, maar durfde me ook niet bij de afdeling Spoedeisende Hulp van het ziekenhuis te melden, omdat ze me daar vragen zouden stellen en er altijd politieagenten op wacht staan.

Ik moest een veilige plek vinden om de nachten door te brengen en besloot de daklozenopvang te proberen. Het opvanghuis dat ik trof bleek een soort loods te zijn, slecht geventileerd en met dicht opeengepropte rijen veldbedden, waar zo'n twintig vrouwen verbleven en veel kinderen. Het verbaasde me dat maar heel weinig van die vrouwen leken te berusten in hun ellende, zoals ik. Er waren er maar een paar die als gekken in zichzelf praatten of ruzie zochten; de rest deed eigenlijk heel normaal aan. De vrouwen met kinderen waren het meest resoluut, actief en schoon, vrolijk zelfs, druk bezig met hun kinderen. Ze maakten flesjes klaar, deden een wasje; ik zag er een die een boek van dr. Seuss aan het voorlezen was aan een meisje van een jaar of vier, dat het uit haar hoofd kende en met haar moeder meelas. Niet alle mensen die op straat leven zijn schizofreen of crimineel, zoals vaak wordt gedacht; soms zijn ze alleen maar arm, oud of werkloos, de meesten van hen vrouwen met kinderen, die in de steek zijn gelaten of zijn ontsnapt aan diverse vormen van geweld.

Aan de muur van het opvanghuis hing een affiche met een zin die me voor altijd bij zal blijven: EEN LEVEN ZONDER WAARDIGHEID IS DE MOEITE NIET WAARD. Waardigheid? Ineens drong het met een beangstigende zekerheid tot me door dat ik veranderd was in een alcoholist en een junk. Ik neem aan dat er nog een sinteltje waardigheid begraven lag in de as, genoeg om me kapot te schrikken, alsof ik een stomp tegen mijn borst kreeg. Ik barstte daar voor dat affiche in snikken uit, en moet een wel heel wanhopige aanblik hebben geboden, want vrijwel meteen kwam een van de vrouwen die daar werkten naar me toe; ze nam me mee naar haar kleine kantoor, gaf me een beker koude thee en vroeg me vriendelijk hoe ik heette, wat ik gebruikte, om de hoeveel tijd, wanneer de laatste keer was, of ik wel eens was behandeld en of ze iemand konden waarschuwen.

Het telefoonnummer van mijn grootmoeder kende ik uit mijn hoofd, dát was ik niet vergeten, maar haar bellen zou haar dood betekenen, ze zou kapotgaan van schaamte en verdriet, en los daarvan, voor mij zou het verplicht afkicken en een heropvoedingsprogramma betekenen. Geen denken aan. 'Heb je familie?' bleef de vrouw maar vragen. Ik ontplofte van woede, zoals dat me indertijd om de haverklap gebeurde, en vloekte haar stijf. Ze liet me uitrazen, zonder haar zelfbeheersing te verliezen, en gaf me daarna toestemming om die nacht in de opvang te blijven slapen. Daarmee ging ze tegen de regels in, want een van de voorwaarden om daar te mogen verblijven was dat je niet gebruikte.

Er waren vruchtensap, melk en koekjes voor de kinderen, de hele dag door koffie en thee; ze hadden er badkamers, telefoon en wasmachines – waar ik niets aan had, want de kleren die ik droeg waren de enige die ik bezat. De plastic tas met mijn schamele bezittingen was ik kwijt. Ik nam een eindeloos lange douche, de eerste sinds een paar weken, met volle teugen genietend van het warme water op mijn huid, de zeep, het schuim in mijn haar, de heerlijke shampoogeur.

Daarna moest ik dezelfde stinkkleren weer aan. Ik kroop in elkaar op mijn veldbed, terwijl ik heel zachtjes mompelend Nini en Popo aanriep en hun smeekte om te komen en mij in hun armen te nemen, zoals vroeger, om me te vertellen dat het allemaal goed zou komen, dat ik me geen zorgen hoefde te maken; zij zouden over me waken – slaap kindje slaap, daar buiten loopt een schaap. Slapen is altijd mijn probleem geweest, al vanaf mijn geboorte, maar hier kon ik tenminste even uitrusten, ondanks de benauwde atmosfeer en het gesnurk van de vrouwen. Sommigen schreeuwden in hun slaap.

Vlak bij mijn veldbed had zich een moeder met twee kinderen geïnstalleerd, een zuigeling en een schattig meisje van een jaar of twee, drie. Het was een jonge, blanke vrouw, met sproeten, dik, en zo te zien was ze nog niet lang dakloos want ze leek nog een doel te hebben, een plan. Toen we elkaar tegenkwamen in de badkamer had ze naar me gelachen en het meisje had me met haar ronde blauwe ogen aangekeken en gevraagd of ik een hond had. 'Ik had vroeger een hondje, en dat heette Toni,' zei ze. Toen de vrouw de baby verschoonde, zag ik een briefje van vijf dollar in een vakje van haar tas, dat ik maar niet uit mijn hoofd kon zetten. Toen het licht werd, en het eindelijk stil was in de slaapzaal en de vrouw met haar twee kindertjes in haar armen vredig lag te slapen, sloop ik naar haar bed, wroette in haar tas en haalde er het bankbiljet uit. Daarna scharrelde ik gauw terug naar mijn eigen bed, met de staart tussen mijn benen, als een hond.

Van alle fouten en zonden die ik in mijn leven heb begaan, is dit de meest onvergeeflijke. Ik heb iemand beroofd die behoeftiger was dan ikzelf, een moeder die het geld besteed zou hebben aan eten voor haar kinderen. Daar bestaat geen excuus voor. Zonder fatsoen is er niets meer van je over; zonder fatsoen verlies je je menselijkheid, je ziel.

Om acht uur die morgen, na een kop koffie met een broodje, overhandigde dezelfde vrouw die me had geholpen toen ik aankwam me een papiertje met de gegevens van een afkickcentrum. 'Vraag naar Michelle, dat is mijn zus, zij zal je helpen,' zei ze. Zonder haar te bedanken liep ik naar buiten en smeet het papiertje in een vuilnisbak op straat. De gezegende vijf dollar waren genoeg voor een dosis van iets goedkoops en effectiefs. Ik had geen medelijden nodig van ene Michelle.

Diezelfde dag nog miste ik de foto van Popo die Nini me had gegeven in de kliniek in Oregon en die ik altijd bij me droeg. Dat leek me een vreselijk slecht teken: het betekende dat mijn grootvader had gezien dat ik die vijf dollar had gejat, dat hij boos was, dat hij weg was gegaan, dat er nu niemand meer over me waakte. Angst, droefheid, me verbergen, vluchten, bedelen – alles was samengesmolten tot één enkele nachtmerrie, waarbij het niet meer uitmaakte of het dag was of nacht.

Soms word ik overvallen door de herinnering aan iets wat er in die tijd op straat is gebeurd, die als een steekvlam door me heen schiet en me bevend achterlaat. Andere keren word ik zwetend wakker met beelden in mijn hoofd die zo levendig zijn dat ze echt lijken. In die droom zie ik mezelf rondrennen, naakt, schreeuwend zonder stem, in een labyrint van smalle steegjes die kronkelen als slangen, gebouwen met blinde deuren en ramen, niemand aan wie ik hulp kan vragen, mijn lichaam brandt, mijn voeten bloeden, een galsmaak in mijn mond, alleen. In Las Vegas voelde ik me veroordeeld tot een onherroepelijke eenzaamheid, die was begonnen met mijn grootvaders dood. Hoe had ik me toen kunnen voorstellen dat ik op een dag hier zou zijn, zonder contact met de buitenwereld, weggestopt tussen vreemden, ver weg van alles wat me vertrouwd is, en me niet eens alleen zou voelen.

Toen ik Daniel net had leren kennen, wilde ik graag een goede indruk op hem maken, mijn verleden uitwissen en opnieuw beginnen, met een schone lei, een betere versie van mezelf uitvinden, maar in de intimiteit van de gedeelde liefde begreep ik dat dit niet kan en dat het ook niet goed is. Degene die ik ben is het resultaat van mijn eerdere belevenissen, zelfs van mijn grove fouten. Hem alles opbiechten was een goede ervaring. Ik begreep hoezeer het waar is wat Mike O'Kelly altijd beweert – dat de demonen hun macht verliezen als we ze maar naar boven halen uit de dieptes waar ze zich verbergen en ze bij het volle licht recht in hun gezicht kijken –, maar op dit moment weet ik niet meer of ik het wel had moeten doen. Volgens mij heb ik Daniel bang gemaakt en beantwoordt hij daarom mijn liefde niet met dezelfde hartstocht die ik voel. Hij moet me wel wantrouwen, dat kan haast niet anders. Een voorgeschiedenis als de mijne zou de dapperste man nog kunnen afschrikken. Maar aan de andere kant heeft hij mijn ontboezemingen ook uitgelokt. Het was helemaal niet moeilijk om zelfs de meest vernederende episodes op te biechten, want hij luisterde zonder te oordelen; ik neem aan dat hij dit tijdens zijn opleiding heeft geleerd. Doen niet alle psychiaters dat: luisteren en zwijgen? Toen ik het vertelde heeft hij nooit gevraagd wat er gebeurd is, hij vroeg alleen telkens wat ik op dát moment voelde, en ik beschreef het kriebelen van mijn huid, de hartkloppingen, het gewicht van de steen die me verpletterde. Hij vroeg me die gevoelens niet weg te duwen, maar ze zonder ze te analyseren toe te laten, want als ik de moed kon opbrengen om dat te doen, zouden ze als doosjes opengaan en zou mijn geest zich kunnen bevrijden.

'Je hebt het heel zwaar gehad, Maya, en niet alleen vanwege de gebeurtenissen van de laatste paar jaar, maar ook omdat je als kind in de steek bent gelaten,' zei hij.

'In de steek gelaten? Ach welnee, ik ben nooit in de steek gelaten. Je hebt geen idee hoe goed mijn grootouders altijd voor me hebben gezorgd.'

'Jawel, maar je vader en moeder hebben je in de steek gelaten.'

'Dat zeiden die therapeuten in Oregon ook altijd, maar mijn grootouders...'

'Je zult toch een keer in therapie moeten om hieraan te werken,' onderbrak hij me.

'Ach, jullie... psychiaters denken dat therapie alles oplost.'

'Het heeft geen zin om psychische wonden te begraven. Je moet ze aan de lucht blootstellen om ze te laten helen.'

'Ik heb het sinds Oregon helemaal gehad met therapeuten, Daniel, maar als er niets anders op zit, dan kun jij me misschien helpen.'

Zijn antwoord was meer verstandelijk dan romantisch. Hij zei dat het een heel langdurig project zou zijn, en dat hij niet lang kon blijven, en verder dat er geen sprake kan zijn van seks in een relatie tussen patiënt en therapeut.

'Dan vraag ik Popo om me te helpen.'

'Dat lijkt me een goed idee,' zei hij lachend.

In die vreselijke tijd in Las Vegas is mijn grootvader me één keer komen opzoeken. Ik had heroïne gescoord die zo goedkoop was dat ik had kunnen weten dat hij vervuild was. Ik had meegemaakt dat er verslaafden stierven, vergiftigd door de smerigheid waarmee het spul soms wordt versneden, maar ik had het zo ontzettend hard nodig dat ik de verleiding niet kon weerstaan. Ik snoof het, in een walgelijk smerig openbaar toilet, want ik had geen spuit om het te injecteren, en misschien is dat wel mijn redding geweest. Meteen nadat ik had gebruikt begonnen mijn slapen heftig te bonken, sloeg mijn hart op hol, en binnen een mum van tijd was er een soort zwarte sluier om me heen gewikkeld. Ik stikte en kon geen adem meer krijgen. Ik zakte in elkaar op de grond, op die veertig centimeter tussen de pot en de muur, op het gebruikte wc-papier, in de ammoniakdampen.

Ik besefte vaag dat ik doodging, maar in plaats van angst kwam er een diep gevoel van opluchting over me. Ik zweefde in zwart water, steeds dieper, steeds meer onthecht, als in een droom, en vond het helemaal niet erg dat ik zoetjes naar de bodem van die vloeibare afgrond zakte: eindelijk een eind aan al die schaamte. Ik wilde gaan, gaan naar de andere kant, ontsnappen aan de farce die mijn leven was geworden, aan mijn leugens en zelfrechtvaardigingen, aan dat onwaardige, valse, lafhartige schepsel dat ik was geworden, dat wezen dat mijn vader, mijn grootmoeder en de rest van de wereld de schuld gaf van haar eigen stompzinnigheid, die ongelukkige die, nog maar net negentien, al haar schepen al achter zich had verbrand en aan de grond zat, gevangen, verloren, dat skelet waarin ik was veranderd, onder de beurse plekken en de luizen, die zielenpoot die zich liet neuken voor een slok drank, die een arme moeder beroofde; het enige wat ik nog wilde was voorgoed ontsnappen, aan Joe Martin en El Chino, aan mijn lichaam, aan de hel van mijn bestaan.

En toen, toen ik al weg was, hoorde ik iemand roepen, van heel ver: 'Maya, Maya, haal adem! Haal adem! Haal adem!'

Verward aarzelde ik even. Ik wilde weer bewusteloos raken om geen beslissing te hoeven nemen, ik probeerde me los te maken om als een pijl naar het niets te vertrekken, maar werd vastgehouden op deze wereld door die dwingende stem die me riep: 'Haal adem, Maya!' Werktuiglijk deed ik mijn mond open, hapte naar lucht en begon met pijnlijke, korte zuchtjes adem te halen. Langzaam, verbijsterend langzaam, keerde ik terug uit mijn laatste droom. Er was niemand bij me, maar in de twintig centimeter ruimte tussen de onderkant van de wc-deur en de grond kon ik de schoenen zien van de man die aan de andere kant stond, en ik herkende die schoenen. 'Popo? Ben jij het, Popo?' Er kwam geen antwoord. De Engelse mocassins bleven nog even op dezelfde plaats en wandelden vervolgens geluidloos weg. Ik bleef zitten, met hortende ademhaling en schokkende benen die me niet gehoorzaamden, en ik riep hem. 'Popo, Popo!'

Daniel vond het helemaal niet vreemd dat mijn grootvader me was komen opzoeken, en hij probeerde ook niet met een rationele verklaring te komen voor de gebeurtenissen, zoals de psychiaters die ik tot dan toe had gekend stuk voor stuk gedaan zouden hebben. Hij wierp me niet eens een spottende blik toe, zoals Manuel Arias als ik 'esoterisch word', zoals hij dat uitdrukt. Hoe zou ik níét verliefd op Daniel kunnen zijn? Hij is niet alleen knap, maar ook nog eens gevoelig. Boven alles is hij knap. Hij lijkt op Michelangelo's David, maar zijn kleur is veel aantrekkelijker. In Florence kochten mijn grootouders indertijd een minireplica van het beeld. De Davids die ze in de winkel verkochten hadden een vijgenblaadje voor, maar ik vond zijn geslachtsdeel juist het leukst van het hele beeld; ik had dat stukje van het menselijk lichaam nog nooit in het echt gezien, alleen in Popo's anatomieboek. Maar goed, ik dwaal af. Laat ik terugkeren naar Daniel, die denkt dat de helft van de wereldproblemen zou zijn opgelost als ieder van ons een onvoorwaardelijke Popo had in plaats van een veeleisend superego, want er is geen beter middel dan de liefde om de beste deugden tot bloei te brengen.

Het leven van Daniel Goodrich is een makkie geweest vergeleken met dat van mij, maar ook hij heeft zijn portie gehad. Hij is iemand die recht op zijn doel af gaat, die al heel jong wist wat hij wilde, heel anders dan ik; ik rommel maar wat aan. De eerste indruk die hij wekt is bedrieglijk, met die rijkeluiszoontjesachtige manier van doen van hem, en zijn te vlotte lach, van iemand die het goed met zichzelf en de wereld kan vinden. Die intens tevreden houding is merkwaardig, want tijdens zijn studie medicijnen, zijn assistentschappen in ziekenhuizen en zijn reizen – te voet, met zijn rugzak – moet hij toch getuige zijn geweest van veel armoede en ellende. Als ik niet met hem had geslapen, zou ik denken dat hij de zoveelste aspirant-Siddharta was, weer zo iemand die, net als Manuel, geen contact heeft met zijn emoties.

De geschiedenis van de familie Goodrich levert genoeg stof voor een roman. Daniel weet dat zijn biologische vader zwart was en zijn moeder blank, maar hij kent hen niet en heeft nooit de behoefte gehad om naar hen op zoek te gaan want hij is dol op het gezin waarin hij is opgegroeid. Robert Goodrich, zijn adoptievader, is een Engelsman, zo eentje die zich 'sir' mag noemen, hoewel hij zijn titel niet gebruikt, want in de Verenigde Staten zou hij daar om worden uitgelachen. Maar als bewijs is er een kleurenfoto waar hij op staat terwijl hij koningin Elizabeth II begroet, met een protserige decoratie aan een oranje lint om zijn hals. Hij is een gerenommeerd psychiater met een aantal boeken op zijn naam, maar hij dankt dat 'sir' niet aan zijn wetenschappelijke verdiensten; het komt door zijn afkomst. De titel wordt namelijk doorgegeven via de eerstgeboren mannelijke telg, wat betekent dat Daniel hem zou kunnen erven, maar die heeft daar helemaal geen trek in, zoals hij me vertelde; hij voelt geen enkele affiniteit met het adeldom.

De Engelse sir trouwde met Alice Wilkins, een jonge Amerikaanse violiste op doorreis in Londen, die hij volgde naar de Verenigde Staten. Het stel vestigde zich in Seattle, waar hij zijn eigen kliniek opzette en zij in dienst trad bij het symfonieorkest. Toen was vastgesteld dat Alice geen kinderen kon krijgen, gingen ze na lang aarzelen over tot de adoptie van Daniel. Vier jaar later werd Alice onverwacht toch zwanger. In het begin dachten ze nog dat het een schijnzwangerschap betrof, maar algauw kwamen ze erachter dat ze echt in verwachting was en toen het moment daar was, beviel Alice van de kleine Frances. In plaats van jaloers te zijn vanwege de komst van een concurrent, hield Daniel van zijn zusje met een absolute, allesomvattende genegenheid, die met het verstrijken van de tijd alleen maar groter werd en door het meisje volledig werd beantwoord. Robert en Alice hadden hun liefde voor de klassieke muziek gemeen, die ze aan hun twee kinderen doorgaven, en hun hobby's; ze waren gek op de cockerspaniëls die ze altijd hielden, en waren enthousiaste bergsporters, en dat laatste zou de oorzaak worden van Frances' ongeluk.

Daniel was negen en zijn zusje vijf toen hun ouders uit elkaar gingen en Robert Goodrich een paar honderd meter verderop ging wonen, met Alfons Zaleski, de pianist van hetzelfde orkest waar Alice in speelde, een begaafde Pool met onbehouwen manieren, het lijf van een houthakker, een ontembare bos haar en een platte humor die opmerkelijk verschilde van sir Robert Goodrich' Britse ironie en verfijning. Daniel en Frances kregen een romantische verklaring voorgeschoteld over de opvallende vriend van hun vader en hadden eigenlijk het idee dat het om een tijdelijke regeling ging, maar er zijn inmiddels negentien jaar verstreken en de twee mannen zijn nog steeds bij elkaar. Alice, die is gepromoveerd tot eerste violist, is in het orkest blijven samenspelen met Alfons Zaleski, als goede vrienden, wat ze ook echt zijn, want de Pool wil alleen delen, hij heeft haar echtgenoot nooit willen inpikken.

Alice bleef in het oude huis wonen, met de helft van de meubels en twee van de cockerspaniëls, terwijl Robert zich met zijn minnaar in dezelfde wijk vestigde, in een vergelijkbaar huis, met de rest van de meubels en de derde hond. Daniel en Frances hopten sindsdien met hun koffertjes tussen beide huizen heen en weer: een week in het ene, een week in het andere. Ze bleven naar dezelfde school gaan, waar de situatie van hun ouders niets bijzonders was, feesten en verjaardagen werden gemeenschappelijk gevierd en een tijdlang hebben ze geloofd dat de omvangrijke familie Zaleski, die op Thanksgiving Day en masse afreisde naar Seattle, circusacrobaten waren, want dat was een van de vele verhalen die Alfons de kinderen op de mouw had gespeld om interessant te lijken. Hij had zich de moeite kunnen besparen, want Daniel en Frances zijn dol op hem om andere redenen: hij is een moeder voor ze geweest. En de Pool is dol op hén. Hij heeft altijd meer tijd besteed aan de kinderen dan hun natuurlijke ouders en is een vrolijke, levendige man, die de kinderen in pyjama en met sir Roberts onderscheiding om zijn nek atletische folkloristische Russische dansen placht te demonstreren.

Robert en Alice zijn uit elkaar gegaan zonder de moeite te nemen officieel te scheiden en zijn erin geslaagd hun vriendschap in stand te houden. Ze zijn verbonden door dezelfde interesses, die ze al deelden voor de komst van Alfons Zaleski. Maar ze doen niet meer aan bergsport, daaraan hebben ze zich sinds Frances' ongeluk niet meer gewaagd.

Toen Daniel nog maar net zeventien was deed hij eindexamen met goede cijfers, en werd hij toegelaten op de universiteit voor de studie medicijnen, maar het was zo duidelijk dat hij daar nog niet aan toe was dat Alfons hem wist over te halen nog een jaartje te wachten en in die tijd wat volwassener te worden. 'Je bent nog een kind, Daniel. Hoe kun je nu dokter worden als je je eigen neus nog niet eens kunt snuiten?' Ondanks de felle tegenstand van Robert en Alice stuurde de Pool hem via een uitzendorganisatie voor studenten naar Guatemala, om man te worden en Spaans te leren. Daniel woonde negen maanden bij een indiaans gezin in een dorpje aan het Meer van Atitlán, waar hij mais kweekte en touw van sisalvezels spon, zonder ook maar één bericht naar huis te sturen, en kwam na die tijd zwartgeblakerd terug met haar als ondoordringbaar struikgewas en guerrilla-ideeën, en hij sprak Quechua. Na die ervaring vond hij de studie medicijnen een fluitje van een cent.

Misschien zou de driehoeksverhouding van Robert, Alice

en Alfons uiteen zijn gevallen als de twee kinderen die ze gezamenlijk hadden grootgebracht eenmaal op eigen benen zouden staan, maar door de noodzaak om voor Frances te zorgen zijn ze nog meer met elkaar verbonden dan vroeger. Het meisje is volledig van hen afhankelijk.

Negen jaar geleden heeft Frances een noodlottige val gemaakt toen de hele familie, op de Pool na, in de Sierra Nevada aan het bergbeklimmen was; ze brak meer botten dan je kunt tellen en na dertien gecompliceerde operaties en continue revalidatie kan ze zich nog steeds nauwelijks bewegen. Daniel had besloten medicijnen te gaan studeren nadat hij zijn zus in hopeloze toestand op de intensive care had gezien en koos voor de psychiatrie omdat zij hem dat had gevraagd.

Het meisje lag drie weken lang diep in coma. Haar ouders hebben het onherroepelijke idee overwogen haar los te koppelen van de beademingsapparatuur, want ze had een hersenbloeding gehad en de medische prognose was dat ze als een kasplantje zou voortleven, maar Alfons Zaleski had zich daartegen verzet. Hij had het gevoel dat Frances zich weliswaar in het voorgeborchte bevond, maar dat ze nog terug zou komen. De familieleden wisselden elkaar af zodat er dag en nacht iemand in het ziekenhuis was om tegen haar te praten, haar te liefkozen en haar te roepen, en op het moment dat ze eindelijk haar ogen opsloeg, op een zaterdag om vijf uur 's morgens, was het Daniels beurt om aan haar bed te zitten. Frances kon niet praten, want ze had een tracheotomie, maar hij vertaalde wat haar ogen hem zeiden en berichtte de wereld dat zijn zusje heel blij was dat ze nog leefde en dat ze dat barmhartige plan haar te helpen sterven maar beter konden vergeten. Ze waren zo close als tweelingen; ze kenden de ander beter dan zichzelf en hadden geen woorden nodig om elkaar te begrijpen.

De bloeding had Frances' hersenen niet zo beschadigd als

aanvankelijk werd gevreesd. Het geheugenverlies bleek slechts tijdelijk, ze was scheel geworden en had haar gehoor aan één kant verloren, maar Daniel realiseerde zich dat er fundamenteel iets in haar was veranderd. Voorheen had zijn zus op hun vader geleken – rationeel, logisch denkend, goed in de exacte wetenschappen –, maar sinds het ongeluk denkt ze met haar hart, zoals hij vertelde. Hij zegt dat Frances de bedoelingen en de gemoedstoestand van mensen kan lezen. Het is niet mogelijk om iets voor haar verborgen te houden of haar te bedriegen, en ze heeft voorspellende ingevingen die zo raak zijn dat Alfons Zaleski haar aan het trainen is om de winnende nummers van de loterij te raden. Haar verbeelding, creativiteit en intuïtie zijn inmiddels op spectaculaire wijze ontwikkeld. 'De geest is veel interessanter dan het lichaam, Daniel. Je zou psychiater moeten worden, net als papa, om te ontdekken waarom ík het leven zo heerlijk vind en andere mensen, die gezond zijn, zich van kant maken,' zei Frances tegen hem toen ze weer kon praten.

Dezelfde moed die ze vroeger aan de dag legde bij de beoefening van haar gevaarlijke sporten, heeft er nu voor gezorgd dat Frances haar lijden aankan; ze heeft gezworen dat ze beter wordt. Op dit moment is haar leven overvol; ze heeft haar revalidatieprogramma, dat dagelijks heel wat uren in beslag neemt, haar verbazingwekkende sociale leven op internet en ze studeert – dit jaar rondt ze haar studie kunstgeschiedenis af. Ze woont bij haar merkwaardige familie. Robert, Alice en Alfons besloten dat het praktischer was om met z'n allen in één huis te gaan wonen, inclusief de cockerspaniëls, waar er inmiddels zeven van zijn, en ze zijn verhuisd naar een groot pand dat helemaal gelijkvloers is, want dan kan Frances zich in haar rolstoel gemakkelijker zelfstandig verplaatsen. Zaleski is een paar keer naar cursus geweest om Frances te leren begeleiden met haar oefeningen en niemand weet meer precies wat nu de verhouding is tussen Robert en Alice en de Poolse pianist. En wat doet dat er ook toe? Het zijn drie prima mensen die elkaar in hun waarde laten en een dochter verzorgen, drie mensen die van muziek houden, van boeken en toneel, die wijn verzamelen, en honden en vrienden delen.

Frances is niet in staat zelf haar haar te kammen of haar tanden te poetsen, maar ze kan haar vingers bewegen en haar computer bedienen, en op die manier staat ze in contact met de universiteit en met de wereld. We gingen internet op en Daniel liet me de Facebookpagina van zijn zus zien met foto's van haar van voor en na het ongeluk: een meisje met een eekhoorngezichtje, met sproeten, rossig, tenger en vrolijk. Op haar pagina vind je verschillende berichten over Daniels reis, met foto's en video's. 'Frances en ik zijn heel verschillend,' vertelde hij. 'Ik ben eerder wat eenzelvig en honkvast, terwijl zij een vaatje buskruit is. Als klein kind wilde ze ontdekkingsreiziger worden, haar lievelingsboek was dat van Núñez Cabeza de Vaca, de Spaanse avonturier uit de vijftiende eeuw. Ze zou het liefst naar alle uithoeken van de aarde zijn gereisd, naar de bodem van de zee en naar de maan. Mijn Zuid-Amerika-reis was haar idee; het is de reis die zij had gepland en nooit zal kunnen maken. Dus ik moet kijken met haar ogen, luisteren met haar oren, en filmen met haar camera.'

Ik was bang – en daar ben ik nog steeds bang voor – dat Daniel is geschrokken van mijn ontboezemingen, dat hij me labiel vindt en me daarom zal afwijzen, maar het kon niet anders; ik moest hem alles vertellen. Het is niet mogelijk iets stevigs te bouwen op hele en halve leugens. Volgens Blanca, die ik zo lang over dit onderwerp heb doorgezaagd dat ze er doodmoe van werd, heeft ieder mens recht op geheimen en heeft die neiging van mij om mezelf op z'n ongunstigst voor te doen iets arrogants. Daar heb ik ook over nagedacht. Het arrogante zou zijn dat ik wil dat mijn problemen en mijn verleden voor Daniels liefde niet uitmaken. Nini zei altijd dat de liefde voor je kinderen en kleinkinderen onvoorwaardelijk is, maar die voor je partner niet. Manuel onthoudt zich van commentaar over dit onderwerp, maar hij heeft me wel gewaarschuwd dat het onvoorzichtig is om verliefd te worden op een onbekende die ver weg woont. Wat kan hij anders zeggen? Zo is hij nu eenmaal: hij riskeert niets in de liefde, hij prefereert de eenzaamheid van zijn hol, waar hij zich veilig voelt.

In november vorig jaar was mijn leven in Las Vegas inmiddels zo uit de hand gelopen en was ik zo ziek dat mijn herinneringen aan die tijd door elkaar lopen. Ik liep in mannenkleren, met de capuchon van mijn jack zo ver mogelijk over mijn hoofd, mijn schouders opgetrokken, schichtig, en probeerde zo min mogelijk op te vallen. Om uit te rusten ging ik tegen een muur staan, liever nog ergens in een hoek die door twee muren werd gevormd, ineengekrompen, met een gebroken fles in mijn hand, waar ik weinig aan zou hebben gehad als ik me had moeten verdedigen. Ik ging niet langer naar de vrouwenopvang om daar om eten te vragen en begon in plaats daarvan naar die van de mannen te gaan, waar ik achter in de rij aansloot, mijn bord in ontvangst nam en mijn eten ergens in een hoekje haastig naar binnen schrokte. Een rechtstreekse blik kon door die mannen daar geïnterpreteerd worden als een daad van agressie, een woord te veel was gevaarlijk. Het waren anonieme, onzichtbare wezens, behalve de oude mannen die daar al jaren kwamen, die altijd een beetje gek waren; het was hún territorium, en wee degene die hen lastigviel. Ik was daar gewoon een van de vele drugsjongetjes die er rondhingen, meegesleurd door het tij van de menselijke ellende. Ik zag er zo zielig uit dat ik soms door iemand met nog een greintje meegevoel werd begroet met een 'Hi, buddy'. Ik gaf nooit antwoord, want mijn stem zou me hebben verraden.

Dezelfde dealer die me crack leverde in ruil voor sigaretten, kocht ook elektrische apparaten, cd's, dvd's, iPods, mobiele telefoons en games. Om dat soort zaken te stelen moet je heel snel en brutaal zijn, en dat was ik geen van beide. Freddy had me zijn tactiek uitgelegd: eerst het terrein verkennen om je de positie van de uitgangen en de plekken waar bewakingscamera's hangen in te prenten, vervolgens wacht je tot het vol is in de winkel en het personeel druk bezig is. Gunstige tijdstippen zijn de uitverkoop, vrije dagen en het begin en halverwege de maand, als mensen hun loon uitbetaald krijgen. Dat mag in theorie dan wel zo zijn, maar als de nood hoog is kun je niet wachten op ideale omstandigheden.

Toen agent Arana me in mijn kraag vatte was ik er de hele dag al verschrikkelijk aan toe. Ik had niets kunnen scoren, waardoor ik al urenlang trilde en last had van buikkrampen. Ik klapte dubbel van de pijn in mijn onderbuik door de blaasontsteking, die erger was geworden. Ik had alleen geen pijn als ik heroïne nam of vreselijk dure pijnstillers slikte die ik op de zwarte markt kocht. Ik hield het geen uur langer uit in die toestand en deed precies het tegenovergestelde van wat Freddy me had geleerd; wanhopig liep ik een elektronicawinkel binnen waar ik nog nooit eerder was geweest, die ik alleen gekozen had omdat er geen gewapende beveiliger voor de deur stond, zoals elders, en zonder me verder om bedienend personeel of camera's te bekommeren ging ik in blinde paniek op zoek naar de afdeling videogames. Het kan niet anders dan dat mijn houding en mijn uiterlijk de aandacht hebben getrokken. Ik vond de games, koos een Japans oorlogsspel waar Freddy gek op was, stopte het onder mijn T-shirt en haastte me weer naar de uitgang. De beveiligingstag van de game activeerde het alarm, dat met een oorverdovend gekrijs afging zodra ik in de buurt van de uitgang kwam.

Voordat het winkelpersoneel had kunnen reageren zette ik het op een lopen, met verbluffende energie, gezien mijn erbarmelijke conditie. Ik rende blindelings door, eerst midden op de weg, de auto's ontwijkend, en daarna over de stoep, waarbij ik me vuilbekkend een weg baande tussen de mensen, tot ik begreep dat er niemand achter me aan zat. Ik hield stil, hijgend, zonder adem, met kloppende polsen, een doffe pijn in mijn middel en mijn onderbuik, de warme vochtigheid van urine tussen mijn benen, en zakte neer op de stoep, met het Japanse doosje stevig tegen mijn lichaam geklemd.

Vlak daarop grepen twee zware, stevige handen me bij mijn schouders. Toen ik me omdraaide, zag ik heldere ogen en een diepbruin gezicht. Het was agent Arana, die ik niet meteen herkende omdat hij niet in uniform was en ik mijn blik niet goed scherp kreeg, ik stond op het punt flauw te vallen. Eigenlijk was het verbazingwekkend dat Arana me niet eerder tegen het lijf was gelopen. De wereld van bedelaars, zakkenrollers, hoeren en verslaafden is beperkt tot bepaalde wijken en straten die de politie door en door kent en bewaakt, net zoals ze een oogje houden op de opvangcentra voor zwervers, waar mensen die hongerlijden vroeg of laat altijd aankloppen. Verslagen haalde ik de videogame onder mijn T-shirt vandaan en reikte die hem aan.

De politieagent tilde me aan één arm van de grond en moest me overeind houden, want mijn benen hielden me niet meer.

'Kom maar mee,' zei hij, vriendelijker dan te verwachten viel.

'Alstublieft... arresteer me niet, alstublieft...' stamelde ik.

'Dat doe ik niet, rustig maar.' Hij nam me mee naar La Taquería, een Mexicaans eethuis, twintig meter verderop, waar de obers me aanvankelijk de toegang probeerden te weigeren toen ze zagen hoe ik eraan toe was, en me pas binnenlieten toen Arana zijn papieren liet zien. Met mijn hoofd tussen mijn armen zakte ik neer in een stoel, onbeheersbaar bevend en schokkend.

Ik weet niet hoe Arana me herkende, want hij had me maar een paar keer gezien en het wrak dat hij voor zich had leek in niets meer op het gezonde, modieus geklede meisje met haren als zilveren veertjes dat hij had gekend. Hij realiseerde zich ogenblikkelijk dat eten niet mijn eerste prioriteit was en nam me mee naar de wc, waarbij hij me ondersteunde zoals je dat met een invalide doet. Hij wierp een snelle blik om zich heen om zich ervan te verzekeren dat we alleen waren, drukte me iets in de hand en duwde me zachtjes naar binnen, terwijl hij voor de deur op wacht bleef staan. Wit poeder. Ik snoot mijn neus met een wc-papiertje, begerig en gehaast, en snoof het poeder op, dat als een ijskoud mes naar mijn voorhoofd schoot. Op het moment van die wonderbaarlijke opluchting die iedere junk kent, stopte ik met beven en kermen, en werd mijn geest weer helder.

Ik maakte mijn gezicht nat en probeerde met mijn vingers mijn haar een beetje te fatsoeneren, zonder in de spiegel dat lijk met die rood doorlopen ogen en die vette plukken haar in twee kleuren te herkennen. Ik walgde van mijn eigen stank, maar het had geen zin om me te wassen als ik geen schone kleren had om aan te trekken.

Buiten de wc stond Arana met zijn armen over elkaar tegen de muur geleund op me te wachten. 'Ik heb altijd wat bij me voor dit soort noodgevallen,' zei hij, en hij lachte naar me, zijn ogen tot spleetjes geknepen.

We liepen terug naar het tafeltje en de politieman bestelde een biertje voor me, dat als wijwater in mijn maag viel, en dwong me een paar kippenvleugeltjes naar binnen te werken, waarna hij me twee pilletjes gaf. Het moet wel een heel sterke pijnstiller zijn geweest dat hij er zo op hamerde dat ik ze niet mocht nemen zonder iets gegeten te hebben. In nog geen tien minuten was ik als herboren.

'Na de moord op Brandon Leeman heb ik je gezocht voor de identificatie van het lichaam en om je een verklaring af te nemen. Niet meer dan een formaliteit, want er was geen enkele onduidelijkheid omtrent zijn identiteit. Het was typisch een afrekening binnen het circuit,' zei hij.

'Weet u wie het heeft gedaan?'

'We hebben een idee, maar er zijn geen bewijzen. Ze hebben elf kogels door hem heen gejaagd en de schoten moeten door meerdere mensen gehoord zijn, maar niemand werkt met de politie mee. Ik dacht dat je al terug naar huis was, Laura. Wat is er gebeurd met je plannen om naar de universiteit te gaan? Ik had nooit gedacht je zo aan te treffen.'

'Ik was bang, agent. Toen ik wist dat ze hem hadden vermoord, durfde ik niet meer terug naar het appartement en heb ik me verstopt. Ik kon mijn familie niet bellen en ben op straat terechtgekomen.'

'En verslaafd geraakt, zo te zien. Wat je nodig hebt...'

'Nee!' onderbrak ik hem. 'Het gaat echt goed met me, agent, ik heb niets nodig. Ik ga naar huis, ze sturen me wel geld voor de bus.'

'Je bent me een verklaring schuldig, Laura. Jouw zogenaamde oom heette niet Brandon Leeman, en ook de namen op de zes identiteitsbewijzen die we bij hem thuis hebben aangetroffen, waren vals. Hij is geïdentificeerd als Hank Trevor, en heeft in Atlanta twee keer een gevangenisstraf uitgezeten.'

'Daar heeft hij het nooit over gehad.'

'Heeft hij je ook niet over zijn broer verteld, over Adam?'

'Dat zou kunnen. Ik weet het niet meer.'

De politieman bestelde nog twee biertjes en vertelde me toen dat Adam Trevor een van de beste valsemunters ter wereld was. Op zijn vijftiende was hij gaan werken op een drukkerij in Chicago, waar hij alles over inkt en papier leerde, en daarna ontwikkelde hij een techniek om bankbiljetten te drukken die zo perfect waren dat ze de test met de valsgeldstift en ultraviolet licht glansrijk doorstonden. Hij verkocht ze voor veertig of vijftig cent per dollar aan de maffia in China, India en de Balkanlanden, waar ze de biljetten mengden met echte, voordat ze op de markt in omloop werden gebracht. De handel in vals geld, een van de meest lucratieve ter wereld, vereist koelbloedigheid en absolute discretie.

'Brandon Leeman, of liever gezegd Hank Trevor, miste het talent en de intelligentie van zijn broer, hij was maar een klein crimineeltje. Het enige wat de broers gemeen hadden was hun criminele inborst. Waarom zou je je uit de naad werken in een eerlijk beroep als de misdaad meer oplevert en ook nog eens leuker is? Daar zit iets in, nietwaar, Laura? Ik moet je bekennen dat ik voor Adam wel enige bewondering kan opbrengen. Hij is een kunstenaar, die nog nooit iemand kwaad heeft gedaan – behalve de Amerikaanse regering dan,' besloot Arana.

Hij legde me uit dat het voor een valsemunter van vitaal belang is om zijn geld niet zelf uit te geven, maar het te verkopen, zo ver mogelijk weg, zonder sporen achter te laten die naar hem of de drukkerij kunnen leiden. Adam Trevor had die regel geschonden door zijn broer een som geld te geven, die het op zijn beurt in plaats van het te bewaren – zoals vast en zeker zijn instructies luidden – in Las Vegas begon uit te geven. Arana voegde eraan toe dat hij al vijfentwintig jaar ervaring had in het politiewerk en dat hij donders goed wist waar Brandon Leeman zich mee bezighield en wat ik voor hem deed, maar dat hij ons niet had gearresteerd omdat junks als wij er niet toe deden; als ze alle drugsverslaafden en dealers in Nevada aanhielden, zouden er niet voldoende cellen zijn om ze in op te sluiten. Maar door vals geld in omloop te brengen had Leeman zich in een andere categorie geplaatst en zijn hand overspeeld. De enige reden om hem niet onmiddellijk in zijn kraag te vatten was de mogelijkheid om via hem achter de oorsprong van de biljetten te komen.

'Ik hield hem al maanden in de gaten, in de hoop dat hij me naar Adam Trevor zou leiden, en je kunt je mijn frustratie voorstellen toen ze hem vermoordden. Ik ging op zoek naar jou, omdat jij weet waar je geliefde het geld dat hij van zijn broer kreeg bewaarde...'

'Hij was mijn geliefde niet!' onderbrak ik hem.

'Dat doet er niet toe. Ik wil weten waar dat geld is en hoe ik Adam Trevor kan vinden.'

'Als ik wist waar dat geld was, denkt u dat ik dan op straat zou leven?'

Een uur eerder zou ik het hem zonder enige aarzeling verteld hebben, maar de coke, de pillen, de biertjes en een glas tequila hadden me even uit mijn lethargie gewekt en ik was me er weer van bewust dat ik hierbuiten moest zien te blijven. Ik had geen idee of de biljetten in de opslag van Beatty vals waren of echt, of allebei, maar het leek me helemaal niet handig als Arana mij met die tassen in verband zou brengen. Zoals Freddy altijd zei: je kunt het best maar je mond houden. Brandon Leeman was op brute wijze vermoord, zijn moordenaars liepen vrij rond, de politieman had het over de maffia gehad, en alle informatie die ik naar hem doorsluisde zou de wraak van Adam Trevor over me uitroepen.

'Hoe komt u erbij dat Brandon Leeman mij zoiets zou toevertrouwen, agent? Ik was zijn boodschappenmeisje. Joe Martin en El Chino waren zijn compagnons, zij werkten met hem samen en brachten hem overal naartoe, ik niet.'

'Waren ze compagnons?'

'Dat denk ik, maar ik weet het niet zeker, want Brandon Leeman vertelde me nooit iets. Tot nu toe wist ik niet eens dat hij Hank Trevor heette.'

'Dus Joe Martin en El Chino weten waar het geld is?'

'Dat zou u hun moeten vragen. Het enige geld dat ik heb gezien waren de fooien die Brandon Leeman me toestopte.'

'En het geld dat je in de hotels voor hem ophaalde.'

Hij zaagde me nog verder door over de details van het leven in dat boevenhol, in dat gebouw waar Brandon Leeman had gewoond, en ik antwoordde behoedzaam, zonder Freddy erbij te betrekken of hem iets te vertellen over de EL PASO TX-tassen. Ik probeerde Joe Martin en El Chino verdacht te maken, met het idee dat ik van ze af zou zijn als zij gearresteerd werden, maar Arana leek niet in hen geïnteresseerd. We hadden ons eten al een tijdje op, het was ongeveer vijf uur in de namiddag, en er was nog maar één ober in het bescheiden Mexicaanse restaurant, die wachtte tot wij zouden vertrekken. Alsof hij nog niet genoeg voor me had gedaan, stopte Arana me tien dollar toe en gaf me zijn mobiele nummer om hem te kunnen bereiken als ik in de problemen kwam. Hij waarschuwde me dat ik verplicht was het hem te melden als ik de stad verliet en raadde me aan voorzichtig te zijn, omdat het in een aantal wijken in Las Vegas heel gevaarlijk was, met name 's nachts... Alsof ik dat niet wist. Toen we afscheid namen kwam ik ineens op het idee hem te vragen waarom hij niet in uniform was. Hij vertrouwde me toe dat hij op dat moment met de FBI samenwerkte: valsemunterij was een zaak voor de federale overheid.

Al die voorzorgsmaatregelen waarmee ik me omringde om me daar in Las Vegas verborgen te kunnen houden, waren zinloos als je ze beschouwde in het licht van de Kracht van het Noodlot, met hoofdletters, zoals mijn grootvader zou zeggen als hij doelde op een van zijn lievelingsopera's van Verdi. Popo zag wel iets in het romantische idee van het noodlot – er bestond geen andere verklaring voor het feit dat hij de vrouw van zijn leven nota bene in Toronto had ontmoet –, maar hij was minder fatalistisch dan mijn grootmoeder, voor wie het noodlot net zo zeker en concreet is als de genen die je erft. Voor haar bepalen die twee zaken, het noodlot en de genetische erfenis, wie we zijn, daar valt niet aan te tornen; als de combinatie niet goed uitpakt hebben we een probleem, maar als dat niet het geval is kunnen we enige invloed op ons eigen bestaan hebben, op voorwaarde van gunstige astrologische kaarten. Van haar uitleg heb ik begrepen dat we met bepaalde kaarten in onze hand op de wereld komen en daar ons spel mee spelen; met precies dezelfde kaarten kan de een ten onder gaan en de ander boven komen drijven. 'Het is de wet van de compensatie, Maya. Als het jouw bestemming is om blind geboren te worden, ben je niet verplícht om bij de ingang van de metro fluit te gaan zitten spelen; je kunt je reukvermogen ontwikkelen en wijnproever worden.' Typisch een voorbeeld van mijn grootmoeder.

Volgens Nini's theorie was ik bij mijn geboorte gedoemd tot verslaving. Geen idee waarom, want het zit niet in mijn genen: mijn grootmoeder is geheelonthouder, mijn vader neemt alleen zo nu en dan een glaasje witte wijn, en ook mijn moeder, de Laplandse prinses, maakte wat dat betreft een degelijke indruk op me, de enige keer dat ik haar heb gezien. Natuurlijk, het was pas elf uur 's morgens, en dan is eigenlijk iedereen wel min of meer nuchter, maar hoe dan ook, tussen mijn kaarten zit die van de verslaving, maar met doorzettingsvermogen en intelligentie zou ik een strategie kunnen ontwikkelen om die onder controle te houden. De statistieken zijn echter niet gunstig, want er zijn meer blinden die wijnproever worden dan verslaafden die blijvend afkicken. Als je daar de andere streken die het noodlot me heeft geleverd nog eens bij optelt, zoals het feit dat ik Brandon Leeman tegen het lijf ben gelopen, waren mijn mogelijkheden om terug te keren naar een normaal leven eigenlijk minimaal, tot de gelukkige tussenkomst van Olympia Pettiford. Zo heb ik het aan Nini verteld, waarop zij me antwoordde dat je de kaarten altijd nog kon belazeren. En dat is wat zij heeft gedaan door me naar dit eilandje in Chiloé te sturen: valsspelen.

Dezelfde dag nog, een paar uur na mijn ontmoeting met Arana, werd ik eindelijk gevonden door Joe Martin en El Chino, op een paar honderd meter afstand van het Mexicaanse eethuis waar de politieagent me had geholpen. Ik had het onheilspellende zwarte busje niet gezien en merkte pas dat ze er waren toen ze voor me stonden, want ik had mijn tien dollar meteen aan drugs uitgegeven en was weer van de wereld. Ze namen me tussen hen in, sleurden me mee en dwongen me de wagen in, terwijl ik luid schreeuwend wanhopig om me heen schopte. Ik maakte zo veel spektakel dat er mensen bleven staan kijken, maar niemand kwam tussenbeide, niemand die zich durft te bemoeien met een conflict tussen twee gevaarlijke uitziende bullebakken en een hysterische bedelaarster. Ik heb nog geprobeerd om me uit de rijdende auto te storten, maar Joe Martin sloeg me met een klap in mijn nek tegen de vlakte.

Ze namen me mee naar een maar al te bekend gebouw, Brandon Leemans territorium, waar zij nu degenen waren die het voor het zeggen hadden, en hoe suf ik ook was, ik kon wel zien dat het er nog verder op achteruit was gegaan: nog meer vuiligheid op de muren gekladderd, nog meer afval, nog meer gebroken ramen, en het rook er naar stront. Ze sleepten me mee naar de bovenste verdieping, maakten het hek open en droegen me het appartement in, waar verder niemand was.

'En nu ga je praten, gore slet,' zei Joe Martin dreigend, zijn mond twee centimeter van mijn gezicht, terwijl hij met zijn smerige kolenschoppen van handen mijn borsten fijnkneep. 'En nu ga je ons vertellen waar Leeman dat geld heeft opgeborgen, of we breken al je botten, een voor een.'

Op dat moment ging El Chino's mobiel. Hij sprak een paar zinnetjes in zijn telefoon en zei vervolgens tegen Joe Martin dat er nog tijd genoeg zou zijn om mijn botten te breken. Ze moesten onmiddellijk vertrekken, er werd op hen gewacht. Om te voorkomen dat ik zou gaan schreeuwen propten ze een lap in mijn mond, die ze met tape vastplakten, en smeten me op een van de matrassen, waar ze mijn enkels en polsen met een stuk elektriciteitssnoer samenbonden en die twee stroppen aan elkaar vastmaakten en zo strak aantrokken dat mijn lichaam gespannen in een boog naar achteren kromde. Toen ze weggingen lieten ze me nogmaals weten wat ze met me zouden doen als ze terugkwamen, en toen was ik alleen, zonder te kunnen schreeuwen, zonder me te kunnen bewegen, met het snoer dat in mijn enkels en polsen sneed, mijn nek die stijf was door de klap, haast stikkend door de prop in mijn mond, doodsbang voor wat me te wachten stond in handen van die moordenaars, en in paniek, want de alcohol en de drugs begonnen uitgewerkt te raken. In mijn mond die lap, en de smaak van de kippenvleugeltjes van de lunch, die ik opboerde. Ik kokhalsde en probeerde uit alle macht niet over te geven, anders zou ik zijn gestikt.

Hoelang heb ik daar op dat matras gelegen? Daar kan ik niets met zekerheid over zeggen, maar voor mijn gevoel waren het dagen, hoewel het net zo goed nog niet eens een uur kan zijn geweest. Al snel begon ik schokkend te trillen en op de lap te bijten, die al doorweekt was van het spuug omdat ik niet kon slikken. Met elke schok drong het snoer dieper in mijn vlees. Ik was zo bang en had zo veel pijn dat ik niet meer kon denken. Ik kreeg bijna geen lucht en begon te bidden om de terugkeer van Joe Martin en El Chino, bereid hun alles te vertellen wat ze wilden weten, om ze hoogstpersoonlijk naar Beatty te brengen om te kijken of ze de sloten van de opslag kapot konden schieten, en als ze mij daarna door mijn hoofd schoten, zou dat me liever zijn dan op deze manier als een beest te sterven. Dat godvergeten geld kon me niets meer schelen. Waarom had ik Arana niet alles opgebiecht, waarom, waarom? Nu, in Chiloé, maanden later, met de rust van de afstand, begrijp ik dat ze me op die manier wilden dwingen alles te bekennen. Het was nergens voor nodig om mijn botten te breken; de kwelling van de ontwenningsverschijnselen was genoeg. Het kan niet anders dan dat dit de instructies waren die El Chino via zijn mobiel had doorgekregen.

Buiten was de zon ondergegaan. Er filterde geen licht meer tussen de planken voor het raam door en binnen was de duisternis totaal, terwijl ik, zieker en zieker, lag te smeken om de terugkeer van de moordenaars. De kracht van het noodlot. Het waren niet Joe Martin en El Chino die het licht aanknipten en zich over me heen bogen, het was Freddy, zo mager en zwak dat ik hem aanvankelijk niet herkende. 'Godverdomme, Laura, godverdomme, godverdomme,' mompelde hij terwijl hij met trillende handen de prop uit mijn mond probeerde te verwijderen. Toen hij er eindelijk in slaagde de lap weg te halen kon ik, kokhalzend en hoestend, een immens diepe ademteug naar binnen zuigen en gulpten mijn longen vol lucht. Freddy, Freddy, godzijdank, Freddy. Hij kreeg me niet los, de knopen waren muurvast komen te zitten en hij had maar één hand ter beschikking, de macht over zijn andere hand, waaraan twee vingers ontbraken sinds hij zo was afgetuigd, had hij nooit meer teruggekregen. Hij liep naar de keuken om een mes te halen en worstelde daarmee net zolang tot hij het snoer door kreeg en mij, na eeuwigdurende minuten, kon losmaken. Ik had bloedende wonden aan mijn enkels en mijn polsen, maar dat merkte ik pas later, want op dat moment voelde ik alleen maar de pijn van de ontwenningsverschijnselen, en het enige waar ik aan kon denken was hoe ik aan dope kon komen.

Het was zinloos om te proberen op te staan. Ik lag krampachtig te stuiptrekken, zonder enige controle over mijn ledematen.

'Godverdomme, godverdomme, godverdomme, je moet hier weg, Laura, godverdomme, godverdomme,' herhaalde de jongen als een litanie. Hij ging opnieuw naar de keuken en kwam terug met een pijpje, een brander en een handje crack. Hij verwarmde de kristallen en stak het uiteinde van het pijpje in mijn mond. Ik ademde de rook diep in en kreeg iets van mijn krachten terug. 'Hoe komen we hier weg, Freddy?' mompelde ik klappertandend.

'Lopend, een andere manier is er niet. Sta op, Laura,' antwoordde hij.

En lopend vertrokken we, op de eenvoudigste manier: gewoon door de voordeur. Freddy had de afstandsbediening voor het hek en we slopen in het donker de trap af, tegen de muur gedrukt, hij met een hand om mijn middel om me overeind te houden en ik steunend op zijn schouders. Hij was zo klein! Maar zijn tengerheid werd ruimschoots gecompenseerd door zijn dappere hart. Misschien zijn we gezien door een paar van de spoken die de begane grond en de eerste verdieping bevolkten, misschien hebben die Joe Martin en El Chino verteld dat Freddy me had gered; dat zal ik nooit weten. Maar ook als niemand ze het heeft verteld, zullen ze wel tot die conclusie zijn gekomen. Wie anders zou zijn leven op het spel zetten om mij te helpen?

We liepen een paar honderd meter in de schaduw van de huizen, weg van het gebouw. Freddy probeerde een paar keer een taxi aan te houden, maar die reden verder zodra ze ons zagen. We moesten een erbarmelijke aanblik bieden. Hij nam me mee naar een bushalte en we stapten in de eerste de beste bus die stopte, zonder op de bestemming te letten of ons iets aan te trekken van de weerzin op de gezichten van de passagiers of van de blikken die de chauffeur ons via de achteruitkijkspiegel toewierp. Ik rook naar pis, mijn haar stond alle kanten op en er zat bloed op mijn armen en mijn schoenen. Ze hadden ons de bus uit kunnen zetten, of de politie waarschuwen, maar het geluk was met ons, want dat is niet gebeurd.

We stapten uit op het eindpunt. Daar nam Freddy me mee naar een openbaar toilet, waar hij me zo goed en zo kwaad als het ging waste, wat niet veel verschil maakte want mijn haar en mijn kleren waren weerzinwekkend smerig, en daarna stapten we op een andere bus, en daarna op weer een andere. We reden eindeloos rond door Las Vegas om onze achtervolgers op een dwaalspoor te brengen. En toen pas bracht Freddy me naar een zwarte wijk waar ik nooit eerder was geweest; het was een eenvoudige arbeiderswijk van huizen met veranda's met rotanstoelen, patio's met rotzooi en overal oude auto's. Er was weinig verlichting, en de straten waren leeg op dat tijdstip. Na de vreselijke aframmeling die ze de jongen hadden gegeven vanwege zijn aanwezigheid in een wijk waar hij niet thuishoorde, was het een staaltje van enorme moed om me hierheen te brengen, maar hij leek zich geen zorgen te maken, alsof hij wel vaker door die buurt rondzwierf.

We kwamen bij een huis dat zich in niets onderscheidde van de rest, en Freddy belde aan, dringend, een paar keer. Uiteindelijk hoorden we een donderende stem: 'Wie waagt het om ons zo laat te storen?' Op de veranda ging een lamp aan, de deur ging op een kier open en we zagen een oog dat ons opnam. 'Lieve hemel, ben jij dat, Freddy?'

Het was Olympia Pettiford, in een roze velours ochtendjas, de verpleegster die Freddy in het ziekenhuis had verzorgd toen hij zo in elkaar was geslagen, die zachtaardige reuzin, de madonna van de hulpbehoevenden, die schitterende vrouw die haar eigen kerkgenootschap leidde, de Weduwen voor Jezus. Olympia deed haar deur wijdopen en drukte me tegen haar Afrikaanse godinnenboezem. 'Arm kind, kindje toch.' Ze droeg me in haar armen naar de woonkamer en legde me daar neer met de tederheid van een moeder voor haar pasgeboren baby.

In het huis van Olympia Pettiford zat ik volledig gevangen in de hel van de cold turkey, erger dan welke fysieke pijn ook, maar minder erg dan de morele pijn van je minderwaardig voelen, minder erg dan de vreselijke pijn om iemand te verliezen als mijn Popo, van wie je zo veel houdt. Ik moet er niet aan denken om Daniel kwijt te raken...

Om me te steunen was er tijdens die ergste dagen altijd iemand bij me. Ze losten elkaar af, Jeremiah, Olympia's echtgenoot, een schat van een man, en de Weduwen voor Jezus, berustende, bazige en grootmoedige zwarte vrouwen van middelbare leeftijd. Tijdens die eerste dagen, toen mijn tanden zo klapperden dat ik nauwelijks een stem had om te smeken om een slok, één slok maar van iets sterks, alles om te overleven, toen het trillen en de buikkrampen me martelden en de octopus van de angst door mijn slapen heen groeide en me met zijn duizend tentakels probeerde te wurgen, toen ik zweette, me verzette, vocht en probeerde te ontsnappen, hielden die wonderbaarlijke Weduwen me vast, en troostten me, wiegden me; ze baden en zongen voor me en lieten me geen moment alleen.

'Ik heb mijn leven verpest, ik kan niet meer, ik wil dood,' snikte ik op een gegeven moment, toen ik even iets anders kon uitbrengen dan beledigingen, smeekbeden en verwensingen.

Olympia greep mijn schouders vast en dwong me haar recht in haar ogen te kijken, naar haar te luisteren. 'Ach kind, wie heeft je gezegd dat het makkelijk zou zijn? Hou vol. Hieraan gaat niemand dood. Ik verbied je om over doodgaan te praten, dat is zondig. Geef je over aan Jezus en leef je leven fatsoenlijk uit, de zeventig jaar die je nog voor je hebt.'

Op een of andere manier heeft Olympia Pettiford een antibioticum voor me te pakken weten te krijgen om de blaasontsteking te bestrijden, en valium om de ontwenningsverschijnselen draaglijker te maken. Ik stel me zo voor dat ze die uit het ziekenhuis heeft ontvreemd, zonder gewetensbezwaren, omdat ze bij voorbaat rekende op Jezus' vergiffenis. De blaasontsteking had zich al tot een nierbekkenontsteking ontwikkeld, legde ze me uit, maar met de injecties die ze me gaf moest het probleem binnen een paar dagen onder controle zijn, en ze gaf me ook een potje met pillen die ik de twee daaropvolgende weken moest slikken. Ik herinner me niet hoelang die vreselijke tijd van de heftige ontwenningsverschijnselen heeft geduurd, waarschijnlijk een dag of twee, drie, maar voor mij leek het een maand.

Langzaam kwam ik uit de put omhoog en verscheen aan de oppervlakte. Ik verdroeg soep en havermoutpap, ik kon uitrusten en soms zelfs even slapen; de klok speelde een vuil spelletje met me en elk uur strekte zich uit als een week. De Weduwen stopten me in bad, knipten mijn nagels, ontluisden me, behandelden de ontstoken wonden van de spuitplekken en de diepe kerven in mijn polsen en enkels die door het elektriciteitssnoer waren ontstaan; ze masseerden me met babyolie om de korsten los te weken, gaven me schone kleren en bewaakten me om te voorkomen dat ik het raam uit sprong om op zoek te gaan naar drugs. Toen ik eindelijk weer overeind kon komen en zonder hulp kon lopen, namen ze me mee naar hun kerk, een soort hemelsblauw geverfde loods waar de leden van hun kleine gemeente samenkwamen. Het waren vrijwel alleen vrouwen, en allemaal Afro-Amerikaans, en ik wist al dat de mannen die er waren niet per se weduwnaar hoefden te zijn. Ik zag geen jonge mensen. Jeremiah en Olympia Pettiford, uitgedost in paarse, met gele biezen afgezette satijnen gewaden, leidden een dienst om Jezus te danken uit mijn naam. Die stemmen! Ze zongen met hun hele lijf, wiegend als palmbomen, hun armen naar de hemel uitgestrekt, vrolijk, zo vrolijk dat hun gezangen mij vanbinnen louterden.

Olympia en Jeremiah wilden niets over mijn achtergrond weten, zelfs mijn naam niet. Voor hen was het feit dat Freddy me voor hun deur had afgeleverd genoeg om me op te nemen. Ze vermoedden wel dat ik ergens voor op de vlucht was, maar wilden daar het fijne niet van weten voor het geval iemand hun compromitterende vragen zou stellen. Voor Freddy baden ze elke dag. Ze vroegen Jezus ervoor te zorgen dat hij zou afkicken en hulp en liefde zou accepteren – 'maar soms duurt het even voor Jezus reageert, want hij ontvangt zo veel verzoeken,' legden ze me uit. Ik kon Freddy ook niet uit mijn hoofd krijgen. Ik was bang dat hij in handen van Joe Martin en El Chino zou vallen, maar Olympia had alle vertrouwen in zijn slimheid en zijn verbazingwekkende overlevingstalent.

Een week later, toen de symptomen van de blaasontsteking waren verdwenen en ik het min of meer zonder valium kon stellen, vroeg ik Olympia of ze mijn grootmoeder wilde bellen, want ik kon het zelf niet aan. Het was zeven uur 's morgens toen Olympia het nummer dat ik haar had gegeven intoetste, en Nini nam onmiddellijk op, alsof ze een halfjaar naast de telefoon had zitten wachten. 'Uw kleindochter is er klaar voor om naar huis te gaan, u kunt haar komen halen.'

Elf uur later stopte er een rode bestelbus voor het huis van de Pettifords. Nini drukte op de deurbel met de urgentie van de liefde, en ik stortte me in haar armen, onder de vergenoegde blikken van de bewoners van het huis en verschillende Weduwen, én van Mike O'Kelly, die zijn rolstoel uit de gehuurde bestelbus sjorde. 'Afschuwelijk rotkind! Wat heb je ons aangedaan! Je had ons toch minstens kunnen bellen om te laten weten dat je nog leefde!' schreeuwde Nini me luidkeels toe als begroeting, in het Spaans, zoals altijd wanneer ze vreselijk overstuur is, en meteen daarna: 'Je ziet er verschrikkelijk uit, Maya, maar je aura is groen, de kleur van de genezing, en dat is een goed teken.' Mijn grootmoeder was veel kleiner dan ik me herinnerde, ze was gekrompen in die paar maanden, en de donkere kringen onder haar ogen, vroeger zo sexy, maakten haar nu oud. 'Ik heb je vader gewaarschuwd. Hij vliegt morgen terug uit Dubai en zal er zijn als je thuiskomt,' zei ze. Ze hield mijn hand stevig vast en keek me met haar uilenogen strak aan om te voorkomen dat ik opnieuw verdween, maar ze overstelpte me tenminste niet met vragen. Kort daarna riepen de Weduwen ons aan tafel voor een waar cholesterolfestijn, om mijn weerzien met mijn familie te vieren: gebraden kip, gebakken aardappelen, gebakken gepaneerde groente en beignets.

Na het eten namen de Weduwen voor Jezus afscheid en vertrokken, en gingen wij in de huiskamer zitten, die zo klein was dat de rolstoel er nauwelijks in paste. Olympia deed Nini en Mike kort verslag van mijn gezondheidstoestand. Voordat ze zich discreet terugtrok, adviseerde ze hun om mij zodra we terug waren in Californië aan een afkickprogramma te laten deelnemen, iets wat Mike, die heel goed weet waar hij het over heeft, zelf ook allang had bedacht. En toen vertelde ik hun in het kort hoe mijn leven er sinds mei uit had gezien, maar over de nacht met Roy Fedgewick in het motel en de prostitutie zweeg ik, dat zou Nini niet hebben aangekund. Toen ik verder vertelde over Brandon Leeman – of liever gezegd Hank Trevor –, het valse geld, de moordenaars die me hadden ontvoerd en de rest, wiebelde mijn grootmoeder heen en weer in haar stoel, terwijl ze keer op keer 'Rotkind!' siste, maar Sneeuwwitjes blauwe ogen begonnen te glanzen als de lichtjes van een vliegtuig. Hij vond het geweldig eindelijk in een heuse politiezaak verwikkeld te zijn.

'Valsemunterij is een heel ernstig misdrijf, daar word je zwaarder voor gestraft dan voor moord met voorbedachten rade,' liet hij ons opgewekt weten.

'Dat zei die politieman, Arana, ook al. Misschien kunnen we hem maar beter bellen om alles op te biechten. Ik heb zijn nummer,' stelde ik voor.

'Dat is een geniaal idee! Echt iets voor die sukkel van een kleindochter van me,' riep Nini uit. 'Heb je zin in twintig jaar in de San Quentin-gevangenis, of om op de elektrische stoel te eindigen, stom kind? Nou, dan moet je dat vooral doen: als een haas naar die smeris om te vertellen dat je medeplichtig bent.'

'Rustig maar, Nini. Als eerste moeten we het bewijsmateriaal vernietigen, dan kunnen ze Maya nooit meer in verband brengen met het geld. Daarna nemen we haar mee naar Californië, zonder een spoor achter te laten van haar verblijf in Las Vegas, en dan, als ze weer gezond is, laten we haar verdwijnen. Lijkt dat je een goed plan?'

'En hoe pakken we het aan?' vroeg ze hem.

‘Hier kent iedereen haar als Laura Barron, op de Weduwen voor Jezus na. Dat klopt toch, Maya?’

‘De Weduwen weten ook niet wat mijn echte naam is,’ zei ik.

‘Uitstekend. Dan rijden we met de gehuurde bestelbus terug naar Californië,’ besloot Mike.

‘Dat is een goed idee, Mike,’ kwam Nini tussenbeide, wier ogen inmiddels ook waren gaan glanzen. ‘Voor een vliegreis heeft ze een ticket op naam nodig, en moet ze zich op een of andere manier kunnen identificeren, en dat laat sporen achter, maar met de auto kunnen we het hele land door rijden zonder dat iemand daar erg in heeft. En we kunnen de bus in Berkeley weer inleveren.’

En op die simpele manier organiseerden die twee leden van de Crimiclub mijn vertrek uit de Stad der Zonden. Het was laat, we waren moe en we moesten eerst slapen voordat we het plan ten uitvoer konden brengen. Ik bleef die nacht nog bij Olympia, terwijl mijn grootmoeder en Mike een hotel namen. De volgende morgen kwamen ze weer naar de Pettifords voor het ontbijt, dat we zo lang mogelijk rekten, want het viel ons zwaar om afscheid te nemen van mijn weldoenster. Mijn dankbare grootmoeder had het gevoel voor altijd bij de Pettifords in het krijt te staan, en bood hun haar onvoorwaardelijke gastvrijheid in Berkeley – ‘mijn huis is jouw huis’ –, maar uit voorzorg wilden ze niet eens de naam van mijn familie weten, laat staan het adres. Toen Sneeuwwitje Olympia echter vertelde dat hij jongeren als Freddy had gered en dacht dat hij hem ook zou kunnen helpen, accepteerde Olympia zijn kaartje. ‘De Weduwen voor Jezus zullen hem net zolang zoeken tot we hem vinden, en we komen hem brengen, al moeten we hem vastbinden,’ verzekerde ze hem. Ik nam met een innige omhelzing afscheid van dit aanbiddelijke echtpaar, met de belofte dat ik terug zou komen om hen te bezoeken. Dat is het eerste wat ik doe als ik terug ben in de Verenigde Staten.

Mijn grootmoeder, Mike en ik vertrokken in de rode bestelbus, richting Beatty, en onderweg bespraken we op welke manier we de sloten open zouden kunnen krijgen. De mogelijkheid om dynamiet te gebruiken, zoals Nini voorstelde, viel af, want los van de vraag of het zomaar te koop was, zou de knal mogelijk de aandacht trekken. Bovendien is bruut geweld wel het laatste waar een goede detective zijn toevlucht toe neemt. Ze lieten me wel tien keer tot in de kleinste details mijn verhaal doen over de twee keer dat ik met Brandon Leeman naar de opslagruimte was geweest.

'Wat was precies de boodschap die je zijn broer moest doorbellen?' vroeg Nini me voor de zoveelste keer.

'De plek waar de tassen waren.'

'Is dat alles?'

'Nee! Nu weet ik het weer, Leeman drong er heel erg op aan dat ik zijn broer moest zeggen waar de EL PASO TX-tassen waren.'

'Had hij het over de plaats, over El Paso in Texas?'

'Dat denk ik, maar ik weet het niet zeker. De andere tas was niet van een bepaald merk, dat was een heel gewone reistas.'

De twee amateurdetectives besloten dat de code van de sloten in de naam zat; dat moest de reden zijn waarom Leeman zo op de exactheid van de boodschap had gehamerd. Het kostte hun drie minuten om de letters in cijfers om te zetten, een sleutel die zo simpel was dat ze het wat teleurstellend vonden, omdat ze op een uitdaging op het niveau van hun capaciteiten hadden gehoopt. Het was voldoende om naar een telefoon te kijken: de acht letters kwamen overeen met acht nummers, vier voor elke combinatie: 3572 en 7689.

Onderweg stopten we om rubberen handschoenen, een dweil, een bezem, lucifers en alcohol te kopen, en daarna gingen we naar een ijzerhandel voor een plastic jerrycan en een schep, en als laatste naar een tankstation om de tank van het busje en de jerrycan te vullen. Toen reden we door naar de locatie; ik wist gelukkig nog waar het was, want er zijn daar meer van dat soort plekken in de buurt. Ik wees de juiste deur aan en Nini, met de handschoenen aan, kreeg de sloten bij de tweede poging open; ik heb haar zelden zo vergenoegd gezien. Binnen bevonden zich de twee tassen, nog precies zoals Brandon Leeman ze had achtergelaten. Ik vertelde dat ik de vorige twee keer niets had aangeraakt en dat Leeman zelf degene was geweest die de sloten had opengemaakt, de tassen uit de auto had gehaald en de opslagruimte weer had gesloten, maar Nini was van mening dat ik daar niet zeker van kon zijn omdat ik toen onder invloed van drugs was. Mike maakte met de in alcohol gedoopte dweil de plekken schoon waar mogelijk vingerafdrukken op achtergebleven waren, van de deur naar binnen.

Puur uit nieuwsgierigheid wierpen we ook nog een blik in de kisten: we troffen geweren, pistolen en munitie aan. Nini stelde voor om gewapend als guerrillastrijders naar buiten te gaan – we zaten toch al tot onze nek in de misdaad – en ook Sneeuwwitje vond dat een prachtig idee, maar ik weerhield hen daarvan. Popo had nooit een wapen willen bezitten. Hij zei altijd dat de duivel die laadt en dat iedereen die een wapen bezit dat vroeg of laat ook gebruikt, en dat je daar achteraf spijt van krijgt. Nini geloofde dat als haar man een wapen had gehad, hij haar in de eerste week van hun huwelijk zou hebben vermoord, toen ze zijn operapartituren bij het oud vuil had gezet. Wat zouden de leden van de Crimiclub er niet voor overhebben, voor deze twee kisten dodelijke speeltjes? We gooiden de tassen in de bestelbus, Nini veegde de grond aan om de sporen van onze schoenen en de rolstoel uit te wissen, we deden de sloten weer dicht en vertrokken, ongewapend.

Met de tassen in de bestelbus gingen we op zoek naar een motel om een paar uur uit te rusten, nadat we eerst nog water en proviand hadden ingeslagen voor de reis, die zo'n tien uur zou duren. Mike en Nini waren per vliegtuig gekomen en hadden de bus op de luchthaven van Las Vegas gehuurd. Ze hadden er dus geen idee van hoe lang, recht en saai die weg is, maar het was in dat jaargetijde tenminste niet die gloeiend hete hel van andere maanden, wanneer de temperatuur tot boven de veertig graden stijgt. Mike O'Kelly nam de tassen met de schat mee naar zijn kamer en ik deelde in een andere kamer een breed bed met mijn grootmoeder, die de hele nacht mijn hand vasthield. 'Ik ben niet van plan om ervandoor te gaan, Nini, maak je geen zorgen,' verzekerde ik haar, half bewusteloos van vermoeidheid, maar ze liet me niet los. We konden geen van beiden de slaap echt vatten en we gebruikten de tijd om bij te praten, want we hadden elkaar veel te vertellen. Ze vertelde over mijn vader, hoe hij had geleden onder mijn ontsnapping, en zei nogmaals dat ze het me nooit zou vergeven dat ik vijf maanden, een week en twee dagen niets van me had laten horen. Het had aan hun zenuwen gevreten en een deel van hun hart verwoest.

'Het spijt me, Nini, ik heb er niet aan gedacht...' En dat was echt waar. Het was gewoon niet in me opgekomen, ik was alleen met mezelf bezig geweest.

Ik vroeg naar Sarah en Debbie, en ze vertelde me dat ze naar de diploma-uitreiking van mijn klas was geweest, op speciale uitnodiging van Mr Harper, met wie ze bevriend was geraakt omdat hij al die tijd naar me was blijven vragen. Debbie was gelijk met mijn andere klasgenoten geslaagd, maar Sarah was van school gestuurd, volkomen verzwakt en zo uitgemergeld als een skelet, en had maandenlang in een kliniek gezeten. Na de uitreiking was Debbie naar haar toe gekomen om naar mij te vragen. Ze droeg een blauwe jurk en zag er fris en leuk uit. Er was niets meer over van haar gothic uitdossing of haar lugubere make-up, en Nini, gepikeerd, had gezegd dat ik met een rijke erfgenaam was getrouwd en op de Bahama's zat. 'Waarom zou ik haar vertellen dat je was verdwenen, Maya? Ik gunde haar die lol niet, na de slechte invloed die die onfatsoenlijke rotmeid op jou heeft gehad,' zei de onverzoenlijke don Corleone van de Chileense maffia.

En wat betreft Rick Laredo, die was gearresteerd om iets wat zo stompzinnig was dat alleen hij het had kunnen bedenken: het kidnappen van huisdieren. Hij deed het als volgt, het was ongelooflijk knullig: eerst ontvoerde hij het een of andere teerbeminde hondje, daarna belde hij de eigenaars met een eis om losgeld. 'Hij was op het idee gekomen door de ontvoeringen van die miljonairs in Colombia, weet je wel, door die rebellen, hoe heten ze ook weer, FARC? Nou goed, zoiets. Maar maak je geen zorgen. Mike heeft zich ermee bemoeid, en Rick komt gauw weer vrij,' besloot mijn grootmoeder. Ik maakte haar duidelijk dat het me totaal niet interesseerde of Laredo achter de tralies zat of niet. Integendeel, het leek me precies de plek waar hij thuishoorde op deze wereld. 'Doe niet zo flauw, Maya, die arme jongen was tot over zijn oren verliefd op je. Als ze hem vrijlaten gaat Mike werk bij de dierenbescherming voor hem regelen, dat zal hem leren andermans hondjes te respecteren. Goed, hè?' Die oplossing zou nooit in Sneeuwwitjes brein zijn opgekomen, dat moest uit Nini's koker komen.

Mike belde ons om drie uur 's morgens vanaf zijn kamer en deelde bananen en broodjes uit. We pakten ons kleine beetje bagage in de bus en vertrokken een halfuur later naar Californië, met mijn grootmoeder achter het stuur. Het was stikdonker, een goed tijdstip, met weinig verkeer en nauwelijks politiepatrouilles op de weg. Ik zat te knikkebollen, er zat slaap in mijn ogen, ik had trommels in mijn hoofd, mijn knieën waren zo slap als wat, en ik zou er alles voor overhebben om honderd jaar te slapen, als de prinses in het sprookje van Perrault. Tweehonderd kilometer verder gingen we van de hoofdweg af en sloegen een smal weggetje in, dat

Mike met de kaart in de hand had uitgezocht omdat het nergens heen leidde, en al snel bevonden we ons in een eenzaam maanlandschap.

Het was koud, maar ik kreeg het snel warm, want het was mijn taak om een diep gat te graven – een onmogelijke taak voor Mike in zijn rolstoel, of voor Nini met haar zesenzestig jaren, maar ook voor een slaapwandelaar als ik nog knap lastig. De grond was stenig, met een lage begroeiing, hard en dor, ik kón niet meer, ik had nog nooit een schep in mijn handen gehad, en de aanwijzingen van Mike en mijn grootmoeder maakten mijn frustratie alleen maar groter. Een halfuur later had ik nog niet meer dan een klein kuiltje in de grond, maar omdat de blaren in mijn handen stonden, ondanks de rubberen handschoenen, en ik de schep nauwelijks meer omhoog kreeg, moesten de twee leden van de Crimiclub het daar maar mee doen.

Een half miljoen dollar verbranden is lastiger dan we hadden gedacht, omdat we geen rekening hadden gehouden met de factor wind, de hoge kwaliteit van het sterke papier of de dichtheid van de bundels. Na een paar pogingen kozen we voor de meest platvloerse oplossing: we stopten handenvol bankbiljetten in het gat, besprenkelden die met benzine en staken ze in de fik, waarbij we de rook wegwaaierden om te voorkomen dat die van een afstand gezien kon worden, hoewel dat in het donker niet zo waarschijnlijk was.

'Weet je zeker dat dit geld allemaal vals is, Maya?' vroeg mijn grootmoeder.

'Hoe kan ik daar nu zeker van zijn, Nini? Arana zei dat valse biljetten meestal met echte worden vermengd.'

'Wat zonde om echte biljetten te verbranden, met alle kosten die we maken. We zouden er wat kunnen bewaren, voor noodgevallen...' stelde ze voor.

'Ben je gek geworden, Nidia? Dit spul is gevaarlijker dan nitroglycerine,' wierp Mike tegen.

Er volgde een verhitte discussie, terwijl ik gewoon doorging met het verbranden van de inhoud van de eerste tas en de tweede openmaakte, waarin ik naast nog eens vier bundels bankbiljetten ook twee pakketjes aantrof, verpakt in plastic en met stevig plakband omwikkeld, ter grootte van een boek. We rukten het plakband los met onze tanden, want we hadden niets scherps bij ons en moesten ons haasten, want het begon al licht te worden, met loodgrijze wolken die gejaagd langs een vermiljoenkleurige hemel raasden. In de pakjes zaten vier metalen platen waar je bankbiljetten van honderd en vijftig dollar mee kunt drukken.

'Maar dit is een fortuin waard!' riep Mike uit. 'Veel meer dan de biljetten die we hebben verbrand.'

'Hoe weet jij dat nou?' vroeg ik.

'Volgens die politieman, Maya, zijn de bankbiljetten van Adam Trevor zo volmaakt dat het haast niet mogelijk is ze op te sporen. De maffia zou miljoenen overhebben voor deze platen.'

'Maar dan kunnen we ze toch verkopen?' zei Nini hoopvol.

'Daar komt niets van in, don Corleone,' onderbrak Mike haar met een snijdende blik.

'Ze zijn niet brandbaar,' kwam ik tussenbeide.

'Dan zullen we ze moeten begraven, of in zee gooien,' besloot hij.

'Wat jammer. Het zijn gewoonweg kunstwerken,' zuchtte Nini, die ze heel voorzichtig, om te voorkomen dat ze er krassen op maakte, weer inpakte.

We verbrandden de rest van de buit en gooiden het gat weer dicht met aarde, maar voordat we vertrokken stond Sneeuwwitje erop om de plek te markeren.

'Waarom?' vroeg ik.

'Voor het geval dat. Zo doen ze dat nu eenmaal in misdaadromans,' legde hij me uit.

Ik moest stenen zoeken en een piramide bouwen op de plek van het gat, terwijl Nini de stappen telde tot de dichtstbijzijnde referentiepunten en Mike een plattegrond tekende op een van de papieren zakken. Het leek wel zeerovertje spelen, maar ik had de puf niet om er iets van te zeggen.

De rest van het traject naar Berkeley stopten we nog drie keer, om naar de wc te gaan, koffie te drinken, te tanken en ons te ontdoen van de tassen, de schep, de jerrycan en de handschoenen, in verschillende vuilnisbakken. Het vuurrood van de zonsopkomst had plaatsgemaakt voor het witte daglicht en we zweetten in de gloeiende hitte van de woestijn, want de airco van de bus werkte maar half. Mijn grootmoeder weigerde het stuur aan me over te geven, omdat ze van mening was dat mijn brein nog verward was en mijn reflexen niet goed werkten. Ze reed die hele dag, tot het donker werd, over dat eindeloze lint, zonder zich ook maar één keer te beklagen. 'Dan is mijn tijd als limousinechauffeur toch ergens goed voor geweest,' luidde haar commentaar.

Toen ik Daniel Goodrich dit verhaal vertelde, wilde hij weten wat we met de platen hadden gedaan. Nini had zich opgeworpen om ze vanaf de ferry in de Baai van San Francisco te mikken.

Ik herinner me nog hoe Daniel zijn onverstoorbaarheid van psychiater losliet toen ik hem dat deel van mijn geschiedenis vertelde. Dat belooft nog wat. Hoe heb ik al die tijd zonder hem kunnen leven? Hij luisterde met open mond en aan zijn gezicht kon ik zien dat hij zelf nooit zoiets opwindends als mijn avonturen in Las Vegas had beleefd. Hij zei dat hij zodra hij terug was in de Verenigde Staten contact zou opnemen met Nini en Sneeuwwitje, maar dat heeft hij nog niet gedaan. 'Die oma van jou is me er eentje, Maya. Ze zou een goede zijn voor Alfons Zaleski,' zei hij.

'Maar nu weet je waarom ik hier woon, Daniel. Het is geen toeristische bevlieging, zoals je je kunt voorstellen. Nini en O'Kelly hebben besloten me zo ver mogelijk weg te sturen, tot de storm is overgewaaid. Joe Martin en El Chino willen het geld, want ze weten niet dat het vals is, de politie wil Adam Trevor arresteren, en Adam Trevor wil zijn platen terug voordat de FBI ze te pakken krijgt. Ik ben de link en als ze daarachter komen, krijg ik ze allemaal op mijn nek.'

'Nee, Laura Barron is de link,' herinnerde Daniel me.

'De politie weet vast allang dat ik dat ben. Ik heb overal en nergens mijn digitale sporen achtergelaten: de kluisjes van de sportschool, het gebouw waar Brandon Leeman woonde, zelfs het huis van Olympia Pettiford als ze Freddy hebben gepakt en hem aan het praten hebben gekregen, wat de hemel mag verhoeden.'

'Vergeet je Arana niet?'

'Die deugt. Hij werkt samen met de FBI, maar toen hij de kans had om me te arresteren heeft hij dat niet gedaan, hoewel hij me wel verdacht. Hij heeft me beschermd. Het enige wat hij wil is die valsgeldzaak oplossen en Adam Trevor inrekenen. Daar krijgt hij vast een lintje voor.'

Daniel vond het een goed plan om me een tijdje weg te houden van de wereld, maar het leek hem geen kwaad te kunnen als we elkaar schreven, want het was nergens voor nodig die achtervolgingswaan al te ver door te voeren. Ik opende een e-mailaccount onder de naam juanitocorrales@gmail.com, want niemand die iets zou zoeken achter het contact van Daniel Goodrich in Seattle met een jongetje uit Chiloé – gewoon een van de vrienden die je op reis opdoet en met wie je contact houdt. Sinds Daniel weg is, heb ik dat adres elke dag gebruikt. Manuel is er niet blij mee. Hij denkt dat de FBI-spionnen en hun hackers als God zijn: alomtegenwoordig.

Juanito Corrales is de broer die ik me altijd heb gewenst, net zoals Freddy dat was. 'Neem dat joch maar mee naar je land, gringuita, ik heb toch niets aan hem,' zei Eduvigis een keer tegen me. Het was als grapje bedoeld, maar Juanito nam het zo serieus dat hij plannen maakt om met me mee te gaan naar Berkeley. Hij is de enige op de wereld die me bewondert. 'Als ik later groot ben, wil ik met je trouwen, tía Gringa,' zegt hij. We zijn met deel drie van *Harry Potter* bezig en hij droomt ervan om naar Zweinsteins Hogeschool voor Hekserij en Hocuspocus te gaan en zijn eigen vliegende bezem te hebben. Hij is er trots op dat ik zijn naam heb geleend voor een e-mailaccount.

Daniel vindt het uiteraard vreselijk stom dat we het geld in de woestijn hebben verbrand. We hadden makkelijk betrapt kunnen worden door een politiepatrouille. Er rijdt veel vrachtverkeer over de Route 15, dus wordt de weg intensief bewaakt, zowel op de grond als vanuit helikopters. Voordat Sneeuwwitje en Nini tot dat besluit kwamen hebben ze verschillende andere mogelijkheden overwogen – de bankbiljetten oplossen in Drano bijvoorbeeld, zoals ze een keer met een kilo koteletjes hebben gedaan –, maar alle opties brachten gevaar met zich mee, en niets was zo definitief en dramatisch als vuur. En over een paar jaar, als ze het verhaal kunnen opdissen zonder gearresteerd te worden, klinkt vuur in de Mojavewoestijn toch beter dan gootsteenontstopper.

Voordat ik Daniel kende, had ik nooit zo nagedacht over het mannelijk lichaam, en eigenlijk had ik er ook nog nooit echt goed naar gekeken, behalve dan naar die onvergetelijke David in Florence, die vijf meter en zeventien centimeter perfectie in marmer, maar met een nogal klein piemeltje. De jongens met wie ik naar bed was geweest leken in niets op die David; ze waren onhandig, ze stonken, waren behaard en puisterig. Tijdens mijn puberteit ben ik verliefd geweest op een stuk of wat filmsterren wier naam ik me niet meer herinner, alleen omdat Sarah en Debbie of meisjes in de ontwenningskliniek in Oregon dat ook waren, maar die waren net zo lichaamloos als mijn grootmoeders heiligen. Het was zelfs de vraag of ze wel echt menselijk waren, zo wit glansden hun tanden en zo zacht leek hun met was onthaarde, zongebruinde borstkas. Ik had ze nooit van dichtbij gezien, laat staan dat ik ze had kunnen aanraken. Ze waren geschapen voor het scherm, niet voor het verrukkelijke gefrunnik van de liefde, en geen van hen speelde een rol in mijn erotische fantasieën. Toen ik klein was heeft Popo me ooit een teer kartonnen theatertje gegeven met figuurtjes met papieren kleertjes, om me de vervelende intriges van zijn opera's uit te leggen. Mijn denkbeeldige geliefden waren, net als die kartonnen figuurtjes, identiteitsloze acteurs die ik zelf op een toneel liet bewegen. Die zijn nu allemaal vervangen door Daniel. Hij vult mijn dagen en mijn nachten, ik denk aan hem en ik droom over hem. Hij is te snel weggegaan, we hebben niets kunnen bestendigen.

Intimiteit heeft tijd nodig om te rijpen, een gedeeld verleden, vergoten tranen, overwonnen obstakels, foto's in een plakboek. Het is een langzaam groeiende plant. Ons samenzijn is opgeschort, we bevinden ons in een virtuele ruimte, en deze scheiding is een bedreiging van onze liefde. Hij is een paar dagen langer in Chiloé gebleven dan hij van plan was, en Patagonië heeft hij moeten schrappen; hij is per vliegtuig naar Brazilië gegaan en vandaar naar Seattle, waar hij inmiddels aan het werk is in zijn vaders kliniek. Ooit moet er een eind komen aan mijn verbanning naar dit eiland, en als het zover is, zullen we wel zien waar we ons vestigen, neem ik aan. Seattle is een goede plek. Het regent er niet zo vaak als in Chiloé, maar ik zou toch liever hier wonen; dan hoef ik Manuel, Blanca, Juanito en Fákin niet te missen.

Ik weet niet of er hier op Chiloé werk zou zijn voor Daniel. Volgens Manuel hebben psychiaters in dit land een schraal bestaan, hoewel er in Chili meer gekken rondlopen dan in Hollywood, maar de Chilenen vinden het idee van geluk kitsch, hebben er een hekel aan om geld uit te geven, en in tijden van tegenspoed vermannen ze zich gewoon. Hij is daar zelf een goed voorbeeld van, vind ik, want als hij geen Chileen was geweest, zou hij zich met zijn trauma's bij een professional hebben gemeld, en dan was hij nu misschien wat gelukkiger. Niet dat ik nu zo'n fan ben van psychotherapieën – dat kan natuurlijk niet na mijn ervaring in Oregon –, maar soms werkt het, zoals bij Nini toen ze net weduwe was. Misschien zou Daniel ander werk kunnen vinden. Ik ken iemand uit Oxford, een academicus, zo eentje met een tweedcolbert met leren stukken op de ellebogen, die verliefd werd op een Chileense vrouw en op Isla Grande is blijven wonen en nu een toeristenonderneming drijft. En wat te zeggen van de Oostenrijkse dame met het legendarische achterwerk en de apfelstrudel? Zij was tandarts in Innsbruck en heeft tegenwoordig een pension. Daniel en ik kunnen koekjes gaan bakken, dat klinkt veelbelovend, zoals Manuel zegt, of misschien een vicuñafokkerij opzetten, zoals mijn idee was in Oregon.

Op 29 mei nam ik met gespeelde kalmte afscheid van Daniel, want er waren verschillende nieuwsgierigen op de steiger – onze verhouding is een veelbesprokener onderwerp dan de televisiesoap – en ik gunde die Chilootse roddelkonten het drama niet, maar toen ik alleen thuis was met Manuel heb ik gehuild tot we er allebei genoeg van hadden. Daniel had geen laptop bij zich, maar toen hij in Seattle aankwam zaten er vijftig boodschappen van mij in zijn box en hij heeft me geantwoord; niet bijster romantisch; hij was vast uitgeput. Sindsdien staan we onafgebroken met elkaar in contact, en omdat we alles moeten vermijden wat maar naar mij zou kunnen wijzen, hebben we een code voor de liefde afgesproken, die hij maar mondjesmaat gebruikt, wat past bij zijn karakter, en die ik mateloos misbruik, wat past bij het mijne.

Ik heb nog maar een beperkt verleden, dus dat zou ik helder in mijn hoofd kunnen hebben, maar ik heb geen vertrouwen in mijn grillige geheugen. Ik moet opschrijven wat er is gebeurd voordat ik de werkelijkheid begin te veranderen of te censureren. Op tv zeiden ze dat Amerikaanse wetenschappers een nieuw middel hebben ontwikkeld om herinneringen te wissen, dat ze denken te kunnen gebruiken bij de behandeling van psychische problemen, met name bij soldaten die getraumatiseerd uit de oorlog terugkeren. Het middel is nog experimenteel, ze moeten het nog perfectioneren, zodat niet het hele geheugen wordt gewist. Als ik het zou kunnen krijgen, wat zou ik dan willen vergeten? Niets. Nare ervaringen uit het verleden zijn lessen voor de toekomst, en het ergste wat me is overkomen, de dood van Popo, wil ik altijd bij me houden.

Ik heb Popo gezien. Op de steile rotsen, vlak bij de grot van La Pincoya. Hij stond op het randje van het klif en keek naar de horizon, met zijn Italiaanse hoed, zijn reiskleren en zijn handkoffertje, alsof hij van ver gekomen was en nog twijfelde tussen verder trekken en blijven. Hij was daar een veel te kort moment, terwijl ik hem, onbeweeglijk en met ingehouden adem om hem niet aan het schrikken te maken, geluidloos riep, maar toen vlogen er een paar krijsende zeemeeuwen langs en verdween hij weer. Ik heb het niemand verteld om geen weinig overtuigende verklaringen aan te hoeven horen – hoewel, hier zouden ze me misschien wel geloven. Als in Cucao zielen hun verdriet uithuilen, als in de Golf van Ancud een boot vaart met spoken als bemanning en de heksen in Quicaví zich veranderen in honden, dan is de verschijning van een dode astronoom in de grot van La Pincoya alleszins mogelijk. Misschien is het geen geest, maar mijn verbeelding, een beeld in mijn hoofd dat zich materialiseert in de atmosfeer, zoals de projectie van een film. Chiloé is een goede plek voor het ectoplasma van een grootvader en de verbeelding van een kleindochter.

Ik heb Daniel veel over Popo verteld als we met ons tweetjes waren en elkaar ons leven beschreven. Ik vertelde over mijn gelukkige kindertijd in dat architectonische misbaksel in Berkeley. De herinnering aan die jaren, en aan de vurige liefde van mijn grootouders, is me altijd tot steun geweest in tijden van tegenspoed. Mijn vader had weinig invloed op me, want door zijn werk als piloot bracht hij meer tijd door in de lucht dan op de vaste grond. Voordat hij trouwde woonde hij bij ons in huis, in twee kamers op de eerste verdieping, met een eigen ingang via een smalle buitentrap, maar we zagen hem weinig, als hij niet vloog lag hij in de armen van een van zijn vele minnaressen, die hem op de raarste tijdstippen opbelden en over wie hij nooit sprak. Zijn schema wisselde om de twee weken en wij raakten er als familie aan gewend nooit op hem te wachten en hem nooit vragen te stellen. Mijn grootouders hebben me opgevoed; zij waren degenen die de ouderavonden op school bezochten, met me naar de tandarts gingen, me hielpen met mijn huiswerk, me veters leerden knopen, fietsen, met een computer omgaan; zíj droogden mijn tranen en lachten met me; ik herinner me geen moment in mijn eerste vijftien jaar dat Nini en Popo niet bij me waren, en nu, nu Popo is gestorven, voel ik hem als meer nabij dan ooit. Hij heeft zich aan zijn belofte gehouden en is altijd bij me gebleven.

Het is nu twee maanden geleden dat Daniel is vertrokken, twee maanden dat ik hem niet heb gezien, twee maanden pijn in mijn hart, twee maanden dat ik de dingen die ik in het echt tegen hem zou moeten zeggen in een schrift opschrijf. Ik mis hem zo! Dit is een vreselijk lijden, een dodelijke ziekte.

In mei, toen Manuel terugkwam uit Santiago, deed hij net of hij niet merkte dat het hele huis naar onze zoenen rook en dat Fákin zenuwachtig was omdat hij te weinig aandacht van me kreeg en zichzelf moest uitlaten, net als alle honden in dit land overigens; nog maar kortgeleden was hij zelf een bedelende zwerver en nu loopt hij rond met de verbeelding van een schoothondje. Manuel liet zijn koffer thuis staan en kondigde aan dat hij een paar zaken met Blanca Schnake moest bespreken en bij haar zou blijven slapen omdat er regen werd verwacht. Hier weten ze dat het gaat regenen als de dolfijnen dansen en als er 'lichtstrepen' zijn, zoals ze de zonnestralen noemen die door de wolken breken. Voor zover ik weet is Manuel nooit eerder bij Blanca blijven slapen. 'Dank je wel, dank je wel, dank je wel,' fluisterde ik hem in zijn oor in een van mijn lange omhelzingen waar hij zo'n hekel aan heeft. Hij heeft me nog een nacht geschonken met Daniel, die op dat moment het fornuis met hout aan het vullen was voor de kip met mosterd en pancetta die hij van plan was te maken, een uitvinding van zijn zus Frances, die nog nooit gekookt heeft in haar leven maar wel kookboeken verzamelt en zich tot een soort theoretische chef heeft ontwikkeld. Ik had me heilig voorgenomen om niet naar de scheepsklok aan de muur te kijken, die de tijd die ik nog met hem had gulzig wegtikte.

Tijdens onze te korte wittebroodsdagen heb ik Daniel verteld over de ontwenningskliniek in San Francisco, waar ik bijna een maand heb gezeten. Ik denk dat zijn vaders kliniek in Seattle net zoiets is.

Die hele negenhonderdachttien kilometer dat de reis tussen Las Vegas en Berkeley duurde, waren mijn grootmoeder en Mike O'Kelly bezig een plan uit te knobbelen om mij spoorloos te laten verdwijnen voordat autoriteiten of criminelen hun klauwen naar me konden uitslaan. Ik had mijn vader een jaar niet gezien en had hem geen moment gemist want ik schoof alle schuld van mijn narigheid op hem af, maar mijn wrok smolt weg als sneeuw voor de zon toen de rode bestelbus voor het huis stopte en hij ons in de deuropening stond op te wachten. Net als Nini was mijn vader krommer en magerder geworden in de maanden van mijn afwezigheid, en oud – niet langer de playboy, de filmster die ik me herinnerde. Hij sloot me in zijn armen, hield me stevig vast en stamelde keer op keer mijn naam, met een ongekende tederheid. 'Ach kindje, kindje, ik dacht dat we je kwijt waren.' Ik had mijn vader nog nooit zo emotioneel gezien. Andy

Vidal was normaal gesproken een toonbeeld van beheersing, heel elegant in zijn pilotenuniform, onaangeraakt door de troebelen van het leven, bemind door de mooiste vrouwen, bereisd, ontwikkeld en gezond. 'Goddank, kindje, godzijdank,' herhaalde hij steeds maar weer. Het was al nacht toen we aankwamen, maar hij had een ontbijt voor ons klaarstaan in plaats van avondeten: chocolademilkshake en geroosterd brood met slagroom en banaan, mijn lievelingskostje.

Terwijl we aan het ontbijt zaten, bracht Mike O'Kelly het ontwenningsprogramma ter sprake waar Olympia Pettiford het over had gehad, en herhaalde nogmaals dat dit programma voor zover bekend de beste manier was om met een verslaving te leren omgaan. Mijn vader en Nini krompen elke keer ineen alsof ze een stroomstoot kregen wanneer hij die afschuwelijke woorden uitsprak – 'drugsverslaving', 'alcoholiste' –, maar zelf had ik die al ingebed in mijn werkelijkheid, dankzij de Weduwen voor Jezus, die zo'n enorme ervaring hebben met dit soort zaken dat ze volslagen eerlijk tegen me hadden kunnen zijn. Mike zei dat een verslaving een sluw, geduldig beest is, niet voor één gat te vangen, dat altijd op de loer ligt, en dat als krachtigste argument gebruikt 'dat je eigenlijk niet écht verslaafd bent'. Hij vatte de verschillende opties die voor ons openstonden samen, van zijn eigen ontwenningscentrum, gratis en heel bescheiden, tot een kliniek in San Francisco die duizend dollar per dag kostte. Die laatste mogelijkheid wees ik dus meteen af, want ik zou niet weten waar dat geld vandaan moest komen. Mijn vader, die hem met opeengeklemde kaken en gebalde vuisten aanhoorde, trok wit weg. Na Mikes betoog zei hij dat hij mijn behandeling wilde betalen met het geld dat hij voor zijn pensioen opzij had gezet. Het was hem met geen mogelijkheid uit zijn hoofd te praten, hoewel volgens Mike de methode die in de kliniek werd gebruikt nauwelijks afweek van wat hij deed; het enige verschil zat 'm in de faciliteiten en het uitzicht op zee.

Ik zat de maand december in de kliniek, die in Japanse stijl was ingericht, een vredige, meditatieve omgeving met veel licht en hout, grote ramen en terrassen, tuinen met intieme paadjes en bankjes om goed ingepakt naar de mist te kijken, en een verwarmd zwembad. Het uitzicht over het water en de bossen was de duizend dollar per dag waard. Ik was de jongste bewoner. Verder zaten er mannen en vrouwen tussen de dertig en de zestig, die me vriendelijk groetten als ik ze in de gang tegenkwam of me uitnodigden voor een spelletje scrabble of tafeltennis, alsof we daar met vakantie waren. Ze deden heel normaal aan, op de dwangmatige manier waarop ze rookten en koffie dronken na zou je niet zeggen dat ze verslaafd waren.

Het programma leek op dat van de kliniek in Oregon: onthouding, herstel en nuchter zijn, plus de twaalfstappenbehandeling, en verder lezingen, lessen, groepssessies, en hetzelfde psychologische, therapeutische jargon waarin ik zo doorkneed ben. Ik deed er een week over om contact te maken met de andere bewoners en om de constante verleiding ervandoor te gaan te overwinnen, want de deur stond gewoon open en het verblijf was op vrijwillige basis. 'Dat geldt niet voor mij,' was mijn mantra gedurende die eerste week, maar de wetenschap dat mijn vader zijn spaargeld in die achtentwintig dagen had gestopt – er moest vooruit betaald worden – hield me tegen, en bovendien kon ik hem niet nog een keer teleurstellen.

Mijn kamergenote was Loretta, een aantrekkelijke vrouw van zesendertig, getrouwd, moeder van drie kinderen, makelaar en alcoholiste. 'Dit is mijn allerlaatste kans. Mijn man heeft gezegd dat als ik niet met drinken stop, hij van me gaat scheiden en de kinderen van me afneemt,' vertelde ze. Op de bezoekdagen kwamen haar man en kinderen. Ze namen tekeningen voor haar mee, bloemen en bonbons – ogenschijnlijk een gelukkig gezin. Loretta liet me keer op keer haar fotoboeken zien: 'Toen werd Patrick, mijn oudste, geboren, alleen bier en wijn; vakanties in Hawaï, daiquiri's en martini; Kerstmis 2002, champagne en gin; onze trouwdag in 2005, maagspoeling en afkickprogramma; picknick op 4 juli, eerste whisky na elf maanden droog te hebben gestaan; verjaardag 2006, bier, tequila, rum, amaretto.' Ze wist dat de gebruikelijke vier weken van het programma voor haar niet genoeg waren; ze zou twee of drie maanden moeten blijven voor ze weer naar haar gezin terug kon.

Behalve de praatjes om ons moreel op te vijzelen, kregen we alles te horen over verslaving en de gevolgen daarvan, en waren er een-op-eensessies met de therapeuten. De duizend dollar per dag gaf ons recht op het gebruik van het zwembad en de fitnessruimte, op wandelingen in het omringende parklandschap, massages, een aantal verwen- en schoonheidsbehandelingen, en op lessen in yoga, pilates, meditatie, tuinieren en beeldende kunst, maar dat alles veranderde niets aan het feit dat iedereen gebukt ging onder zijn eigen probleem, dat ze als een dood gewicht op hun schouders torsten, met geen mogelijkheid te negeren. Mijn dode gewicht was het onontkoombare verlangen ervandoor te gaan, zo ver mogelijk weg, weg van die plek, weg uit Californië, van de wereld, mezelf. Het leven was te veel werk, het was de moeite niet waard om 's morgens op te staan en dan te merken dat de uren zich doelloos voortsleepten. Uitrusten. Doodgaan. *To be or not to be,* om met Hamlet te spreken. 'Niet nadenken, Maya, probeer steeds bezig te zijn,' had Mike O'Kelly me aangeraden. 'Die negatieve fase is heel normaal, dat is zo voorbij.'

Om mezelf bezig te houden verfde ik herhaaldelijk mijn haar, tot stomme verbazing van Loretta. Van het zwart, waarin Freddy het in september had gekleurd, waren nog slechts loodgrijze restjes in de punten over. Ik vond het grappig mijn haar in plukjes te verven, in de knallende kleuren die je normaal in vlaggen ziet. Mijn therapeute vond het een teken van zelfhaat, een manier om mezelf te straffen, ik was van mening dat voor haar precies hetzelfde gold, met die tutstaart van haar.

Twee keer per week waren er bijeenkomsten met alleen vrouwen, geleid door een psychologe die aan Olympia Pettiford deed denken, zo aardig en groot was ze. We gingen op de grond zitten in een met kaarsen verlichte ruimte, en ieder van ons bracht iets mee om samen een altaar mee in te richten: een kruis, een boeddha, foto's van hun kinderen, een speelgoedbeertje, een doosje met de as van een geliefd mens of dier, een trouwring. Het schemerdonker en het vrouwelijke gezelschap maakten het praten makkelijker. De vrouwen vertelden hoe hun verslaving hun leven vernietigde; ze zaten tot hun nek in de schulden, waren verlaten door hun vrienden, hun familie en hun partner, en werden gekweld door schuldgevoelens omdat ze dronken achter het stuur iemand hadden aangereden of een ziek kind in de steek hadden gelaten om drugs te scoren. Sommigen vertelden hoe diep ze waren gezonken, over vernederingen, berovingen, prostitutie, en ik luisterde met mijn hart, want ik had hetzelfde meegemaakt. Velen van hen waren recidivist en hadden geen enkel vertrouwen meer in zichzelf, omdat ze wisten hoe moeilijk het was en zich ervan bewust waren hoe vluchtig en ontwijkend hun nuchterheid was. Geloof hielp; dan konden ze hun lot aan God of een andere hogere macht toevertrouwen, maar niet alle vrouwen hadden die steun. Die trieste kring verslaafde vrouwen was het tegenovergestelde van de groep prachtige heksen in Chiloé. In de ruca schaamt niemand zich, is alles overdaad en leven.

Op zaterdag en zondag waren er de familiesessies, heel pijnlijk, maar noodzakelijk. Mijn vader stelde praktische vragen – wat is crack en hoe wordt het gebruikt, wat kost heroïne, wat is het effect van paddo's, het slagingspercentage van de AA, en de antwoorden waren weinig geruststellend. Soms toonden familieleden hun teleurstelling en wantrouwen. Ze hadden de verslaving van hun geliefde jarenlang verdragen, zonder ook maar iets te begrijpen van diens drang tot destructie, van zichzelf en al het goede dat er ooit tussen hen had bestaan. In mijn geval was er alleen liefde in de blikken van mijn vader en Nini, geen woord van verwijt of twijfel. 'Jij bent anders, Maya, je hebt op de rand van de afgrond gestaan, maar bent niet naar beneden gevallen,' zei Nini een keer. Dat was nu precies waar Olympia en Mike me voor hadden gewaarschuwd: voor de verleiding te denken dat je beter bent dan de rest.

Om beurten moesten de families naar het midden van de kring komen om hun ervaringen met de anderen te delen. De therapeuten gaven uiterst deskundig leiding aan deze biechtrondes en wisten een veilige atmosfeer te scheppen waarin we gelijk waren. Geen van ons had een doodzonde begaan. Die bijeenkomsten lieten niemand onberoerd. De een na de ander brak; soms lag iemand op de grond te snikken, en dat was lang niet altijd de verslaafde. Misbruik door ouders, gewelddadige partners, afschuwelijke moeders, incest, genetisch bepaald alcoholisme – je kon het zo gek niet bedenken.

Toen wij aan de beurt waren, kwam Mike O'Kelly in zijn rolstoel met ons mee naar het midden, en hij vroeg of ze een extra stoel in de kring wilden zetten, die leeg bleef. Ik had Nini veel verteld over mijn belevenissen na mijn ontsnapping uit de kliniek, maar de dingen die haar dodelijk konden verwonden had ik verzwegen. Aan Mike had ik daarentegen wel alles kwijt gekund als hij me in zijn eentje kwam opzoeken; hij raakt nergens door gechoqueerd.

Mijn vader sprak over zijn werk als piloot, en vertelde dat hij zich nooit met mijn opvoeding had bemoeid; hij had het over zijn oppervlakkigheid en dat hij alles louter uit egoïstische motieven aan mijn grootouders had overgelaten, zonder zijn rol als vader serieus te nemen, dat hij pas op mijn zestiende, na mijn fietsongeluk, aandacht aan me was gaan besteden. Hij was niet boos op me en had ook het vertrouwen in mij niet verloren, zei hij; hij zou doen wat in zijn vermogen lag om me te helpen. Nini beschreef het vrolijke, gezonde meisje dat ik was geweest en vertelde over mijn fantasieën, mijn epische gedichten en mijn voetbalwedstrijden, en benadrukte nogmaals hoeveel ze van me hield.

Op dat moment kwam Popo binnen, zoals hij was voordat hij ziek werd: groot, met de geur van zijn dure tabak om zich heen, met zijn gouden bril en zijn borsalino. Hij ging op de stoel zitten die voor hem was klaargezet en opende zijn armen voor me. Nooit eerder had hij zich zo duidelijk aan me laten zien, heel ongebruikelijk voor een geest. Ik kroop bij hem op schoot en huilde en huilde. Ik vroeg hem om vergeving en accepteerde toen pas de absolute waarheid dat niemand me van mezelf kon redden en ik de enige ben die verantwoordelijk is voor mijn leven. 'Geef me je hand, Popo,' vroeg ik hem, en vanaf dat moment heeft hij die niet meer losgelaten. Wat zagen de anderen? Ze zagen hoe ik mijn armen om een lege stoel sloeg, maar Mike had verwacht dat Popo zou komen, daarom had hij om die stoel gevraagd, en Nini accepteerde zijn onzichtbare aanwezigheid als heel vanzelfsprekend.

Ik herinner me het einde van die sessie niet. Ik weet alleen nog dat ik vreselijk moe was, dat Nini me naar mijn kamer bracht, dat zij en Loretta me in bed stopten en ik voor het eerst veertien uur aan één stuk sliep. Een slaap die mijn talloze slapeloze nachten goedmaakte, die opeenhoping van vernederingen, die hardnekkige angst. Het was een helende slaap, die zich overigens niet zou herhalen. Mijn slapeloosheid stond geduldig voor de deur te wachten.

Pas vanaf dat moment ben ik van harte mee gaan werken aan het programma en heb ik de moed kunnen opbrengen om de donkere spelonken van het verleden stuk voor stuk te onderzoeken. Blindelings ging ik zo'n spelonk binnen om de strijd aan te binden met de draken, en net als ik dacht dat ik had gewonnen, opende zich nog zo'n spelonk, en nog een, een oneindig labyrint. Ik moest de vragen van mijn ziel onder ogen zien, die niet afwezig was geweest, zoals ik in Las Vegas had gedacht, maar gevoelloos was geworden, ineengekrompen en bang. Ik heb me nooit veilig gevoeld in die donkere grotten, maar ben daar wel mijn angst voor eenzaamheid kwijtgeraakt, en daardoor kan ik nu vrede hebben met mijn huidige solitaire leven in Chiloé.

Wat heb ik nu voor onzin op deze bladzijde neergeschreven? Hier in Chiloé ben ik helemaal niet alleen. De waarheid is dat ik nooit dichter bij mensen ben geweest dan op dit eiland, in dit huisje, met deze neurotische oude heer die Manuel Arias heet.

Terwijl ik in het ontwenningsprogramma zat, zorgde Nini voor de vernieuwing van mijn paspoort. Ze zocht contact met Manuel en trof de nodige voorbereidingen voor mijn reis naar Chili. Als ze er het geld voor had gehad, zou ze me persoonlijk in de handen van haar vriend in Chiloé hebben afgeleverd. Twee dagen voordat ik klaar was met de behandeling, stopte ik mijn spullen in mijn rugzak en verliet de kliniek zodra het donker was, zonder van iemand afscheid te nemen. Nini stond een paar honderd meter verderop in haar gammele Volkswagen op me te wachten, zoals we hadden afgesproken. 'Vanaf nu besta je niet meer, Maya,' zei ze samenzweerderig, met een ondeugende knipoog. Ze gaf me een geplastificeerde foto van Popo, een nieuwe afdruk van de foto die ik kwijt was geraakt, en bracht me naar de luchthaven van San Francisco.

Ik werk Manuel vreselijk op zijn zenuwen. 'Denk jij dat mannen net zo hopeloos verliefd worden als vrouwen?' 'Zou Daniel zich hier in Chiloé willen begraven, voor mij?' 'Vind je dat ik dik ben, Manuel?' 'Echt waar?' 'Vertel me de waarheid!' Manuel zegt dat hij hier in huis geen adem meer krijgt, dat de lucht is verzadigd van tranen en vrouwengezucht, van schroeiende passie en belachelijke plannen. Zelfs de katten doen raar. Gato-Literato, die normaal zo zindelijk is, kotst nu regelmatig het toetsenbord van de computer onder, en de altijd zo afstandelijke Gato-Leso gaat de strijd aan met Fákin om mijn aandacht en ligt 's morgens vroeg bij me in bed, met zijn poten in de lucht omdat hij wil dat ik hem over zijn buik kroel.

Ik heb met Manuel een paar gesprekken over de liefde gevoerd – te veel volgens hem. 'Er bestaat niets wat dieper is dan de liefde,' zeg ik, en nog meer banaliteiten, en hij – hij heeft een fabelachtig geheugen – declameert in één adem een gedicht van D.H. Lawrence, dat vertelt dat er diepere dingen bestaan dan de liefde, de eenzaamheid van iedereen, en dat er diep in die eenzaamheid het krachtige vuur brandt van het naakte leven of zoiets deprimerends, voor mij tenminste, want ik heb net het krachtige vuur van Daniels naakte lichaam ontdekt. Op zijn citaten van dode dichters na doet Manuel er het zwijgen toe. Eigenlijk zijn onze gesprekken meer een soort monologen, waarin ik mijn hart uitstort over Daniel en mij; over Blanca praat ik niet, want dat heeft ze me verboden, maar ook haar aanwezigheid zweeft rond in de atmosfeer. Manuel vindt zichzelf te oud om verliefd te worden en denkt dat hij een vrouw niets te bieden heeft, maar ik vind dat naar lafheid rieken. Dát is zijn probleem: hij is gewoon bang, bang om te delen, voor afhankelijkheid, om te lijden; hij is bang dat Blanca's kanker terugkomt en dat zij eerder doodgaat dan hij, of omgekeerd; dat hij haar als weduwe achterlaat of seniel wordt terwijl zij nog jeugdig is, iets wat niet onwaarschijnlijk is, want hij is stukken ouder dan zij. Als hij die macabere bubbel in zijn hersenen niet had, zou Manuel vast en zeker gezond en wel de negentig halen. Hoe zou dat zijn, liefde tussen oude mensen? De lichamelijke kant van de zaak, bedoel ik. Doen ze... het? Toen ik twaalf was en mijn grootouders begon te bespieden, draaiden ze de deur van hun slaapkamer op slot. Op mijn vraag aan Nini wat ze daarbinnen deden, antwoordde ze dat ze de rozenkrans baden.

Soms kan ik me niet inhouden en bestook ik Manuel met goede raad, die hij met zijn ironie ontkracht, maar ik weet dat hij naar me luistert. En hij leert. Heel langzaam gedraagt hij zich wat minder als een monnik. Hij is niet meer zo bezeten van zijn maniakale orde en heeft meer aandacht voor mij; hij schiet niet langer meteen in een stuip als ik hem aanraak en maakt zich niet meer als een haas uit de voeten als ik begin te dansen en te springen op de muziek uit mijn koptelefoon. Ik moet weer gaan trainen, anders word ik net zo vet als de Sabijnse maagden van Rubens: dikke blote vrouwen die ik in het museum in München heb gezien. De bubbel in zijn hersenen is geen geheim meer, want hij kan zijn migraineaanvallen niet voor me weghouden, of dat hij soms dubbel ziet en de letters op een bladzijde of op het scherm door elkaar lopen. Toen ik Daniel vertelde van Manuels aneurysma, kwam hij met de Mayo Clinic in Minneapolis op de proppen, het beste ziekenhuis op het gebied van neurochirurgie van de Verenigde Staten, en Blanca heeft me verzekerd dat haar vader bereid is de operatie te betalen, maar Manuel wil er niet van horen. Hij staat al te veel in het krijt bij don Lionel, zegt hij. 'Daarom juist, er kan nog wel wat bij, wat maakt dat nou uit?' sprak Blanca hem tegen. Ik heb er spijt van dat we die stapel bankbiljetten in de Mojavewoestijn hebben verbrand; vals of niet, ik zou ze nu kunnen gebruiken.

Ik heb mijn schrift een tijd verwaarloosd omdat ik zo druk was met mijn mails naar Daniel, maar ik ben er weer in begonnen. Misschien laat ik het hem wel lezen als we elkaar weer zien; dan kan hij me beter leren kennen en maakt hij kennis met mijn familie. Per e-mail kan ik hem niet alles vertellen wat ik zou willen. Het is een medium waar alleen het nieuws van de dag op past, en hier en daar een liefdeswoordje. Manuel heeft me de raad gegeven me een beetje in te houden met mijn uitbarstingen van hartstocht. Volgens hem krijgt iedereen uiteindelijk spijt van het schrijven van liefdesbrieven, en is niets zo kitscherig en belachelijk. In mijn geval vindt die hartstocht ook nog eens geen weerklank bij de geadresseerde. Daniels antwoorden zijn sober en schaars. Hij heeft het vast heel druk met zijn werk in de kliniek, of misschien neemt hij mijn grootmoeders veiligheidsmaatregelen toch serieus.

Ik houd mezelf zo veel mogelijk bezig, anders vlieg ik spontaan in de fik als ik aan Daniel denk. Dat is historisch: mensen kunnen zonder aanwijsbare reden ontbranden en in vlammen opgaan. Mijn lichaam is een rijpe perzik, klaar om verorberd te worden of van de boom op de grond tussen de mieren tot moes te vallen. Dat laatste is het meest waarschijnlijk, want het ziet er niet naar uit dat Daniel van plan is me te komen verorberen. Ik word chagrijnig van dit nonnenbestaan, ik ontplof bij de minste tegenslag, maar ik moet toegeven dat ik voor het eerst sinds ik me kan heugen goed slaap, en mijn dromen zijn interessant, hoewel niet allemaal erotisch, wat ik het liefst zou willen. Sinds de onverwachte dood van Michael Jackson heb ik een paar keer over Freddy gedroomd. Jackson was zijn idool, en mijn arme vriendje is vast heel verdrietig. Wat zal er van hem geworden zijn? Freddy heeft zijn leven gewaagd om het mijne te redden, en ik heb hem daar nooit voor kunnen bedanken.

In zekere zin heeft Freddy wel wat weg van Daniel; ze hebben dezelfde huidskleur, dezelfde enorme ogen met lange, dikke wimpers, hetzelfde kroeshaar. Als Daniel een zoon zou krijgen, zou dat een soort Freddy kunnen zijn, maar met mij als moeder van die baby zouden we het risico lopen dat het iets Deensachtigs werd. Marta Otters genen zijn buitengewoon krachtig, het is alsof ik geen druppeltje Latijns-Amerikaans bloed heb. In de Verenigde Staten wordt Daniel als neger aangemerkt, hoewel hij heel licht van kleur is en zou kunnen doorgaan voor een Griek of een Arabier. 'Jonge zwarte mannen in Noord-Amerika zijn een bedreigde diersoort. Er eindigen er veel te veel nog voor hun dertigste in de gevangenis, als ze al niet vermoord worden,' zei Daniel toen het onderwerp ter sprake kwam. Hij is zelf in een blanke omgeving opgegroeid, in een liberale stad in het westen van de Verenigde Staten, in een bevoorrechte omgeving waar zijn huidskleur hem op geen enkele manier in de weg heeft gezeten, maar elders zou zijn situatie anders zijn geweest. Voor blanken is het leven gemakkelijker. Dat wist mijn grootvader ook.

Popo bezat een krachtige uitstraling, met zijn een meter negentig en zijn honderdtwintig kilo, zijn grijze haren, zijn gouden brilletje en zijn onafscheidelijke hoeden, die mijn vader voor hem meenam uit Italië. Naast hem voelde ik me veilig voor ieder gevaar. Niemand die ook maar een vinger zou durven uitsteken naar zo'n formidabele man. Dat dacht ik tenminste, tot het incident met de fietser, toen ik een jaar of zeven was.

De Universiteit van Buffalo had mijn grootvader uitgenodigd voor een serie lezingen, en we waren ondergebracht in een hotel aan Delaware Avenue, een van die enorme negentiende-eeuwse miljonairshuizen die tegenwoordig in gebruik zijn als publiek gebouw of kantoorpand. Het was koud en er stond een ijzige wind, maar hij had het in zijn hoofd gezet om een wandeling te gaan maken in een naburig park. Nini en ik waren een stukje voor hem uit over plassen aan het springen en zagen niet wat er gebeurde; we hoorden alleen geschreeuw en het kabaal dat meteen daarop ontstond. Een jongen op een fiets, die achter ons had gereden, gleed klaarblijkelijk uit over een bevroren plas en was daarna tegen mijn grootvader aan gebotst en op de grond terechtgekomen. Popo raakte uit balans en verloor zijn hoed, en de dichte paraplu die hij over zijn arm droeg viel op de grond, maar zelf wist hij overeind te blijven. Ik holde achter zijn hoed aan, hij bukte zich om de paraplu op te pakken en stak een hand uit naar de jongen op de grond om hem overeind te helpen.

En toen liep de situatie ineens uit de hand. De geschrokken fietser begon te schreeuwen, er stopte een auto, toen nog een, en binnen een paar minuten was er politie ter plekke. Ik weet niet waar ze het vandaan haalden, maar de mensen zeiden dat mijn grootvader het ongeluk had veroorzaakt en de fietser met zijn paraplu had bedreigd. Zonder hem verder ook maar iets te vragen duwden de politiemannen hem met geweld tegen de patrouillewagen, gaven hem het bevel zijn handen omhoog te steken, schopten zijn benen uit elkaar, fouilleerden hem en boeiden zijn handen achter zijn rug. Nini verdedigde hem als een leeuwin. Ze bombardeerde de politieagenten met een serie verklaringen in het Spaans, de enige taal die ze zich herinnert als ze in de stress schiet, en toen ze haar opzij wilden schuiven pakte ze de grootste met zo veel kracht bij zijn kleren dat ze hem een paar centimeter van de grond wist te tillen – een hele prestatie voor iemand die nog geen vijftig kilo weegt.

We werden meegevoerd naar het politiebureau, maar omdat Buffalo nu eenmaal Berkeley niet is, was er geen brigadier Walczak die met cappuccino's aan kwam zetten. Mijn grootvader, met een bloedneus en een snee in zijn wenkbrauw, probeerde op een voor hem ongekend nederige toon uit te leggen wat er was gebeurd en vroeg om een telefoon om de universiteit te kunnen bellen. Als enige antwoord dreigden ze hem op te sluiten als hij zijn mond niet hield. Nini, ook met handboeien om, omdat ze bang waren dat ze opnieuw in de aanval zou gaan, moest van hen op een bankje gaan zitten, terwijl zij een formulier invulden. Niemand die oog voor mij had; ik zat ineengekrompen naast mijn grootmoeder te bibberen. 'Doe wat, Maya,' fluisterde ze in mijn oor. Aan haar blik zag ik wat ze bedoelde. Ik haalde diep adem, zoog mijn longen vol, slaakte een kreet die diep uit mijn keel kwam en door de ruimte galmde, en viel met wit weggedraaide ogen op de grond, mijn lichaam achterovergebogen, met schuim om mijn mond en schokkend van de stuiptrekkingen. Ik had in mijn driftbuien zo vaak een epileptische aanval gefingeerd als ik niet naar school wilde – verwend nest als ik was – dat ik een neurochirurg nog zou kunnen belazeren, dus een stel politieagenten in Buffalo al helemaal. Toen kregen we toestemming om de telefoon te gebruiken. Nini en ik werden per ambulance naar het ziekenhuis vervoerd, waar ik volledig hersteld van mijn aanval arriveerde, tot verbazing van de politieagente die was meegestuurd om ons te bewaken. In de tussentijd stuurde de universiteit een advocaat om de astronoom te bevrijden uit de cel die hij deelde met dronkenlappen en zakkenrollers.

Die avond waren we weer samen in het hotel, uitgeput. We aten alleen een bordje soep en sliepen met ons drieën in hetzelfde bed. Popo zat onder de blauwe plekken door de botsing met de fiets, en de handboeien hadden in zijn polsen gesneden. In het donker, tussen hun lijven, als in een veilige cocon, vroeg ik wat er nou eigenlijk aan de hand was geweest. 'Het heeft niets te betekenen, Maya, ga maar slapen,' antwoordde Popo. Ze zwegen een tijdje en deden net of ze sliepen, tot Nini uiteindelijk wel iets zei. 'Wat er aan de hand was, Maya, is dat je grootvader zwart is.' En er klonk zo veel woede door in haar stem dat ik niet verder vroeg.

Dat was mijn eerste les over de rassenongelijkheid, die volgens Daniel Goodrich niet te ontkennen valt, maar waar ik voor die tijd nog nooit iets van had gemerkt.

Manuel en ik zijn het boek aan het herschrijven. Ik zeg 'Manuel en ik' omdat hij de ideeën aanbrengt en ik het schrijfwerk doe; zelfs in het Spaans schrijf ik beter dan hij. Het idee is ontstaan toen hij Daniel vertelde over de Chilootse mythologie en Daniel, zoals een goed psychiater betaamt, overal iets achter begon te zoeken. Volgens hem vertegenwoordigen de goden verschillende aspecten van de psyche en zijn mythes verhalen over de schepping, over de natuur of over fundamentele menselijke tragedies en zijn ze gerelateerd aan de werkelijkheid, maar die van hier lijken wel met kauwgom aan elkaar geplakt, er zit geen enkele samenhang in. Manuel had twee dagen nodig om erover na te denken, en toen kondigde hij aan dat er al genoeg over de Chilootse mythen was gepubliceerd en dat zijn boek niets nieuws zou bijdragen, tenzij hij er de interpretatie van de verhalen bij zou kunnen betrekken. Hij overlegde met zijn uitgever en ze gaven hem een deadline van vier maanden om met het nieuwe manuscript te komen; we moeten dus doorwerken. Daniel levert van een afstand ook zijn bijdrage, want de materie interesseert hem, en op die manier heb ik een nieuw excuus om permanent in contact te staan met onze adviseur in Seattle.

Het winterweer beperkt de activiteiten op het eiland, maar werk is er altijd, er zijn kinderen en dieren om voor te zorgen, bij eb moeten er schelpen verzameld worden, verder zijn er netten om te boeten, moeten er provisorische reparaties worden verricht aan de huizen die stormschade hebben opgelopen, er wordt gebreid en we tellen de wolken tot het acht uur is, het tijdstip dat de vrouwen samenkomen om naar de soap te kijken en de mannen om te drinken en truco te spelen. Het heeft de hele week geregend, dat hardnekkige huilen van de zuidelijke lucht, en het water lekt door de kieren die zijn ontstaan tussen de houten dakpannen die door de storm van afgelopen dinsdag van hun plaats zijn geraakt. We zetten er potten en pannen onder om de druppels op te vangen en lopen met dweilen rond om de vloer te drogen. Zodra het opklaart ga ik het dak op, want Manuel heeft de leeftijd niet meer voor dat soort acrobatische toeren en we hebben geen hoop meer de maestro chasquilla nog te zien voor het lente wordt. Onze drie vleermuizen, die ondersteboven aan de nokbinten hangen, buiten bereik van de machteloze klauwen van Gato-Leso, worden onrustig van het roffelen van het water op het dak. Ik heb een hekel aan die gevleugelde ratten met hun blinde ogen, want ze kunnen 's nachts bloed zuigen, hoewel Manuel me bezweert dat ze geen familie zijn van de Transsylvaanse vampiers.

Meer dan ooit zijn we afhankelijk van het brandhout en het zwarte ijzeren fornuis, waarop altijd een ketel warm water klaarstaat voor maté of thee, en ook hangt er altijd een zweempje rook in huis, een pittige geur die in je kleren en je huid gaat zitten. Samenleven met Manuel is een subtiele dans. Ik maak schoon, hij haalt hout, en koken doen we samen. Een tijdlang hebben we ook samen schoongemaakt, want Eduvigis liet zich niet meer zien, hoewel ze nog wel Juanito stuurde om de vuile was, die hij dan schoon weer terugbracht, maar inmiddels komt ze weer werken.

Na Azucena's abortus heeft Eduvigis een tijdje vrijwel geen woord gezegd. Ze liet zich alleen in het dorp zien als het echt niet anders kon en sprak dan met niemand. Ze wist welke roddels er achter haar rug over haar familie gingen; veel mensen gaven haar de schuld, alsof Carmelo Corrales zich met haar instemming aan zijn dochters had vergrepen, maar er waren zelfs mensen die de méísjes de schuld gaven. Die zouden 'hun vader hebben verleid, die bezopen was en niet wist wat hij deed', zoals ik in La Taberna del Muertito had horen zeggen. Blanca heeft me uitgelegd dat in gezinnen waarin kinderen seksueel misbruikt worden dit soort dociele gedrag, zoals Eduvigis dat vertoont, vaak voorkomt, en dat het onrechtvaardig is haar van medeplichtigheid te beschuldigen. Ze was immers zelf slachtoffer, net als de rest van het gezin. Ze was bang voor haar man en heeft nooit tegen hem op gekund. 'Het is makkelijk om anderen te veroordelen als je nog nooit zoiets hebt meegemaakt,' zei Blanca tot slot.

Dat zette me aan het denken, want ik was zelf een van de eersten geweest om een hard oordeel te vellen over Eduvigis.

Ik voelde me schuldig en ging haar thuis opzoeken, waar ik haar over de wastobbe gebogen aantrof, bezig onze lakens te wassen, met een houten borstel en blauwe zeep. Zonder me aan te kijken veegde ze haar handen droog aan haar schort en nodigde me uit voor een 'bakje thee'. We gingen bij het fornuis zitten om te wachten tot het water kookte en dronken zwijgend onze thee. Het was duidelijk wat de bedoeling was van mijn bezoekje. Het zou ongemakkelijk voor haar zijn geweest als ik mijn excuses had aangeboden, bovendien zou het van weinig fijnzinnigheid getuigen om Carmelo Corrales ter sprake te brengen. We wisten allebei waarom ik daar was.

'Hoe gaat het nu, doña Eduvigis?' vroeg ik haar uiteindelijk toen we ons tweede kopje thee op hadden, getrokken van hetzelfde theezakje.

'Het gaat, het gaat. En jij, mijn kind?'

'Met mij gaat het ook wel, dank u. En uw koe, hoe is het met haar?'

'Het gaat, het gaat, maar ze wordt een jaartje ouder,' zuchtte ze. 'Ze geeft niet meer zo veel melk. Ik vind haar een beetje minnetjes.'

'Manuel en ik gebruiken gecondenseerde melk.'

'Heremijntijd! Zeg meneer maar dat ik Juanito vanmorgen nog zal sturen met melk en kaas.'

'Dat zou fijn zijn, doña Eduvigis.'

'En het huis, dat is vast niet al te schoon...'

'Nou, nee, het raakt behoorlijk vervuild. Waarom zou ik daar niet eerlijk voor uitkomen?' biechtte ik op.

'Ach, guttegut! Wat spijt me dat nou.'

'Nee, nee, u hoeft zich niet te verontschuldigen.'

'Zeg meneer maar dat hij weer op me kan rekenen.'

'Zoals altijd dan, doña Eduvigis?'

'Ja, ja, gringuita, zoals altijd.'

Daarna spraken we over ziektes en aardappels, zoals de beleefdheid dat vereist.

Dit zijn de laatste berichten. De winter in Chiloé is koud en duurt lang, maar is veel draaglijker dan de winters op het noordelijk halfrond, want hier hoef je geen sneeuw te scheppen of je in dierenvellen te hullen. Als het weer het toelaat gaan de kinderen naar school, maar dag in, dag uit, al wordt de hemel verscheurd door bliksemflitsen, wordt er in La Taberna truco gespeeld. Nooit ontbreekt het ons aan aardappels voor de soep, hout voor het fornuis of maté om met vrienden te delen. Soms hebben we elektriciteit, andere keren zorgen kaarsen voor licht.

Als het niet regent, is het Caleuche-team fanatiek aan het trainen voor het septembertoernooi. Geen van de kinderen heeft grotere voeten gekregen, dus de voetbalschoenen passen nog. Juanito staat reserve en Pedro Pelanchugay is per stemming uitgeroepen tot keeper. In dit land wordt alles opgelost door democratisch te stemmen of door een commissie te benoemen – tamelijk gecompliceerde processen. Chilenen hebben het idee dat eenvoudige oplossingen niet legaal zijn.

Doña Lucinda is honderdtien geworden. Ze krijgt de laatste weken steeds meer weg van een stoffige lappenpop en heeft de energie niet meer om wol te verven. Ze zit de hele dag maar zo'n beetje in de richting van de dood te kijken. Tot het voorjaar geen curanto meer, en geen toeristen, en in de tussentijd houden de vrouwen zich bezig met breien en maken ze hun kunstnijverheidsproducten, want het is zondig als vrouwenhanden niet steeds bezig zijn; luiheid is iets voor mannen. Om niet achter te blijven leer ik breien, en bij wijze van proeflapjes maak ik op dit moment dassen, één recht, één averecht, met dikke wol.

De helft van de eilandbewoners is ziek; ze zijn verkouden, hebben bronchitis of hun botten doen pijn, maar als het schip van het ministerie van Volksgezondheid één of twee weken te laat komt, is Liliana Treviño, die naar men zegt iets met de baardeloze dokter heeft, de enige die daarmee zit. De mensen hier wantrouwen artsen die ze niet hoeven te betalen. Ze dokteren liever zelf met natuurgeneesmiddelen, en als het om iets ernstigs gaat zoeken ze hun toevlucht tot de magische hulpmiddelen van een machi. De pastoor daarentegen is er op zondag stipt voor zijn wekelijkse mis, om te voorkomen dat de pinkstergemeente of de protestanten onder zijn duiven schieten. Volgens Manuel zal dat zo'n vaart niet lopen, omdat de katholieke Kerk in Chili nog meer invloed heeft dan in het Vaticaan zelf. Hij heeft me ook verteld dat Chili het laatste land ter wereld was dat een echtscheidingswet kreeg, en dat de wet die er uiteindelijk is gekomen vreselijk ingewikkeld is. Het is heel wat eenvoudiger om in plaats van te scheiden, je partner maar te vermoorden; vandaar dat niemand zin heeft om te trouwen en dat de meeste kinderen buiten het huwelijk geboren worden. Over abortus wordt niet gesproken, dat is een vies woord, hoewel het op grote schaal plaatsvindt. De Chilenen aanbidden de paus, maar trekken zich wat betreft hun seksleven en de gevolgen daarvan niets van hem aan, want wat weet een bejaarde celibatair, die economisch gezien niets te klagen heeft en zijn hele leven nog nooit heeft gewerkt, nu van dit soort zaken...?

De soap vordert ontzettend traag, we zijn al bij aflevering 92, en alles is nog net zoals in het begin. Het is zo'n beetje het belangrijkste wat er gebeurt op het eiland, waar de mensen meer lijden onder het ongeluk van de soappersonages dan onder dat van henzelf. Manuel kijkt geen tv en ik begrijp weinig van wat de acteurs zeggen en bijna niets van het verhaal, maar het ziet ernaar uit dat ene Elisa is ontvoerd, door haar oom, die verliefd op haar is geworden en haar ergens gevangenhoudt, terwijl haar tante naar het meisje op zoek is om het wicht te vermoorden, en niet haar echtgenoot, wat logischer zou zijn.

Mijn vriendin La Pincoya en haar zeerobbenfamilie bivakkeren niet meer in de buurt van de grot. Ze zijn verder getrokken naar andere wateren en andere rotsen, maar het komende seizoen zullen ze er weer zijn; de vissers hebben me verzekerd dat ze altijd terugkomen in de zomer, omdat het dieren met vaste gewoonten zijn.

Livingston, de politiehond, heeft zijn volwassen afmetingen bereikt en blijkt een talenwonder te zijn, want hij luistert net zo makkelijk naar bevelen in het Engels als in het Chiloots en in het Spaans. Ik heb hem de vier basistrucs geleerd die ieder huisdier kent en de rest heeft hij zich op eigen houtje eigen gemaakt: hij drijft schapen en dronkenlappen op, apporteert wild als ze hem mee op jacht nemen, slaat alarm in geval van brand en overstroming, spoort drugs op – behalve marihuana – en doet net of hij aanvalt als Humilde Garay hem dat beveelt als ze een demonstratie geven, maar in werkelijkheid is hij heel zachtmoedig. Hij heeft nog geen lijken opgespoord omdat we 'er helaas nog geen hebben gehad', om met Garay te spreken, maar wel heeft hij Aurelio Ñancupels vierjarige kleindochtertje gevonden toen ze op het klif verdwaald was. Susan, mijn ex-stiefmoeder, zou goud overhebben voor een hond als Livingston.

Ik heb de bijeenkomst van de goede heksen in de ruca twee keer gemist, de eerste keer toen Daniel hier was en deze maand voor de tweede keer, toen Blanca en ik niet naar Isla Grande konden omdat er zwaar weer dreigde en er een vaarverbod was uitgevaardigd. Ik vond het heel jammer, want we zouden het pasgeboren kindje van een van de vrouwen zegenen, en ik wilde zo snel mogelijk aan de baby snuffelen; ik hou van kinderen die nog niks terugzeggen. Ik heb het vreselijk gemist, onze maandelijkse heksensabbat in de buik van La Pachamama met die jonge, sensuele vrouwen, zo gezond van hart en geest. Bij hen voel ik me volledig geaccepteerd. Daar ben ik Maya, niet de gringa; ik ben een van de heksen en hoor thuis op deze aarde. Als we naar Castro gaan, blijven we één of twee nachten bij don Lionel Schnake slapen, op wie ik verliefd zou zijn geworden als Daniel

Goodrich niet op een van mijn astrologische kaarten was langsgekomen. Don Lionel is onweerstaanbaar en net als de mythische Millalobo enorm groot, opvliegend, besnord en wellustig. 'Kijk toch eens wat een geluk jij hebt gehad, communist: die schattige gringuita die je zomaar in huis hebt gekregen!' roept hij elke keer als hij Manuel Arias ziet.

Het onderzoek naar de zaak-Azucena Corrales is bij gebrek aan bewijs gesloten. Er is niets gevonden wat erop wijst dat de abortus was opgewekt – dat is het voordeel van het geconcentreerde aftreksel van de bladeren van avocado en borage. We hebben het meisje niet meer gezien, want ze is bij haar oudere zus ingetrokken, Juanito's moeder, die ik nog niet heb ontmoet. Na het drama zijn onze carabinero's Cárcamo en Garay op eigen houtje een onderzoek begonnen naar wie de verwekker van het doodgeboren kindje was, en ze zijn tot de conclusie gekomen dat Azucena, net als haar zus, door haar eigen vader was misbruikt, wat iedereen allang wist. Dat is 'privé', zoals ze hier zeggen. Niemand die zich geroepen voelt om zich te bemoeien met wat bij iemand binnenshuis gebeurt. 'De vuile was hou je binnen.'

De politieagenten probeerden de familie zover te krijgen dat ze het misdrijf zouden aangeven, dan 'kon justitie ingrijpen', maar dat is ze niet gelukt. Ook Blanca Schnake wist Azucena en Eduvigis niet te overtuigen. De roddels en aantijgingen waren niet van de lucht en alle inwoners van het dorp hadden er een mening over, maar uiteindelijk verzandde de discussie, hoewel er op een onverwachte manier recht geschiedde toen er gangreen optrad in Carmelo Corrales' overgebleven voet. Hij wachtte tot Eduvigis naar Castro was om alles te regelen voor de tweede amputatie en spoot zichzelf toen een hele verpakking insuline in. Hij was al buiten bewustzijn toen ze thuiskwam en ze heeft hem vastgehouden tot hij stierf, enkele minuten later. Niemand, zelfs de carabinero's niet, maakte gewag van zelfmoord; het heette dat de zieke een natuurlijke dood was gestorven, want alleen dan kon hij een katholieke begrafenis krijgen en bleef het veelgeplaagde gezin verdere vernedering bespaard.

Carmelo Corrales werd begraven zonder op de rondtrekkende pastoor te wachten, met een korte ceremonie die werd geleid door de lekenvoorganger van de kerk, die de vakkundigheid als scheepstimmerman van de overledene prees, de enige deugd die hij had weten te bedenken, en diens ziel aanbeval aan de goddelijke genade. Een handjevol buren, onder wie Manuel en ik, woonde uit mededogen met de familie de plechtigheid bij. Blanca was zo kwaad om wat er met Azucena was gebeurd dat ze niet naar het kerkhof kwam, maar ze bracht uit Castro een plastic bloemenkrans mee voor op het graf. Geen van Carmelo's kinderen was aanwezig bij de begrafenis, op Juanito na, in zijn eerstecommuniepakje, waar hij te groot voor was geworden, aan de hand van zijn grootmoeder, die van top tot teen in de rouw was.

We zijn net terug van Caguach, waar we naar het feest van Jezus de Nazarener zijn geweest. Er hadden zich duizenden pelgrims naar het eiland begeven, tot Argentijnen en Brazilianen aan toe, voor het merendeel in grote schepen waar wel twee- tot driehonderd mensen in pasten, staand en dicht opeengepakt, maar er zaten ook kleine bootjes tussen. Varen op die woeste zee, onder een hemel met dikke donderwolken, was een hachelijke onderneming. Maar niemand die zich daar druk om maakte, want men gelooft dat Jezus de pelgrims beschermt. Dat klopt niet helemaal, want in het verleden zijn meer dan eens boten vergaan en gelovigen in zee verdronken. In Chiloé verdrinken veel mensen omdat niemand kan zwemmen, behalve degenen die bij de marine werken; die worden gedwongen om het te leren.

Het wonderbaarlijke Christusbeeld bestaat uit een draadconstructie met een houten hoofd en houten handen. Het heeft menselijk haar, glazen ogen en een lijdend gelaat, dat baadt in tranen en bloed. Een van de taken van de koster is om voor aanvang van de processie het bloed opnieuw met nagellak aan te brengen. Het beeld draagt een doornenkroon, heeft een paars gewaad aan en torst een zwaar kruis. Manuel heeft geschreven over de Nazarener, die voor de Chiloten al driehonderd jaar lang een symbool is van hun geloof. Voor hem is het feest niets nieuws, maar desondanks is hij met me meegegaan. Voor mij, opgegroeid in Berkeley, was het een ongelooflijk heidens schouwspel.

Caguach is een eilandje van tien vierkante kilometer, met vijfhonderd inwoners, maar tijdens de processies in januari en augustus stromen de gelovigen met duizenden toe; er is assistentie nodig van marine en politie om de orde te handhaven tijdens de overtocht en de vier dagen dat de plechtigheden duren, die door de gelovigen massaal worden bijgewoond om alle gunsten die de Christus hun heeft bewezen terug te betalen. Als Jezus Christus je een gunst verleent, sta je bij hem in het krijt, en als je die schuld niet inlost, vergeeft hij je dat niet. Tijdens de missen raken de collectemandjes boordevol geld en sieraden. De pelgrims geven wat ze beloofd hebben; sommige laten zelfs hun mobiele telefoon achter.

Ik ben wel bang geweest, eerst in de Cahuilla tijdens de urenlange tocht over de golven, voortgedreven door een verraderlijke wind, met pater Lyon die op het achterdek stichtelijke liederen stond te zingen. Daarna op het eiland tussen al die fanatieke gelovigen, en uiteindelijk toen we teruggingen en de pelgrims zich verdrongen om in onze boot te komen, omdat er te weinig capaciteit was om de menigte te vervoeren. We namen in de Cahuilla elf volwassenen mee terug, van wie een aantal stomdronken, en vijf kinderen; de volwassenen moesten rechtop staan en elkaar in evenwicht zien te houden, de kinderen lagen rustig te slapen in de armen van hun moeder.

Ik was met een gezonde scepsis naar Caguach vertrokken. Ik ging alleen om het festijn mee te maken en te filmen, zoals ik Daniel had beloofd, maar ik moet bekennen dat ik aangestoken raakte door het religieuze vuur en uiteindelijk op mijn knieën voor de Nazarener zat om hem dank te zeggen voor twee fantastische nieuwtjes die mijn grootmoeder had gestuurd. Haar achtervolgingswaanzin inspireert haar tot cryptische boodschappen, maar omdat ze lange berichten stuurt, en vaak, weet ik wel zo ongeveer wat ze wil zeggen. Het eerste nieuwtje is dat ze eindelijk het enorme bontgeverfde huis van mijn kindertijd terug heeft, na een drie jaar durende juridische strijd – in Berkeley staat de wet aan de kant van de huurder – om de Indiase zakenman eruit te krijgen, die de huur nooit betaalde. Mijn grootmoeder heeft besloten het huis schoon te maken, de meest in het oog springende gebreken te herstellen en kamers te verhuren aan studenten, wat het haar financieel mogelijk maakt er zelf ook weer te gaan wonen. Wat zal het heerlijk zijn om weer door die wonderbaarlijke kamers te slenteren! En het tweede nieuwtje – veel belangrijker – betreft Freddy. Olympia Pettiford was opgedoken in Berkeley, in het gezelschap van net zo'n indrukwekkende dame als zijzelf, en ze sleepten Freddy mee om hem bij Mike O'Kelly af te leveren.

Omdat er op Caguach nergens accommodatie beschikbaar was, sliepen Manuel en ik in een tent. Ze zouden zich toch wat beter moeten voorbereiden op die invasie van gelovigen, die al eeuwenlang tweemaal per jaar plaatsvindt. Overdag was het vochtig en ijskoud, maar de nacht was nog veel erger. We lagen te bibberen in onze slaapzakken, met al onze kleren, dikke sokken en wanten aan, en een muts op ons hoofd, terwijl de regen die op de tent kletterde plassen vormde onder het plastic grondzeil. Uiteindelijk besloten we de twee slaapzakken aan elkaar te ritsen en er samen in te gaan liggen. Ik klampte me als een rugzakje aan Manuels rug vast, en hij noch ik had het er nog over dat we in februari hadden afgesproken dat ik nooit meer bij hem in bed zou kruipen. We sliepen een gezegende slaap, tot buiten de reuring van de pelgrims weer op gang kwam.

Honger hadden we niet, want er waren eindeloos veel eetstalletjes met empanada's, worstjes, schelp- en schaaldieren, in de hete as gepofte aardappels, lammeren aan het spit, Chileense zoetigheid en wijn uit het vat, in limonadeflessen omdat de pastoors bezwaar hadden tegen het gebruik van alcohol tijdens religieuze feesten. Er stond een rij verplaatsbare toiletten, maar veel te weinig, en na een paar uur waren ze verschrikkelijk smerig. Mannen en jongens konden stiekem achter de bomen plassen, maar voor de vrouwen lag dat moeilijker.

De tweede dag moest Manuel gebruikmaken van een van de wc's, maar op de een of andere manier kreeg hij de deur niet meer open en zat hij opgesloten. Ik zwierf op dat moment langs de rijen stalletjes met kunstnijverheidsproducten en allerlei prulletjes die naast de kerk stonden opgesteld, en merkte pas dat er wat aan de hand was toen er een opstootje ontstond. Toen ik er zonder een idee te hebben waar het om ging uit nieuwsgierigheid op afliep, zag ik een groep mensen zo heftig aan een van de plastic hokjes rukken dat het haast omviel, terwijl daarbinnen Manuel als een dolle aan het krijsen was en tegen de wanden beukte. Er waren mensen die erom moesten lachen, maar ik realiseerde me dat Manuel doodsbang was, alsof hij levend was begraven. De verwarring werd steeds groter, tot een maestro chasquilla de omstanders opzijschoof en het slot heel kalmpjes met een pennenmesje begon open te schroeven. Vijf minuten later ging de deur open en schoot Manuel naar buiten. Hij viel op de grond, rood aangelopen en kokhalzend. Toen lachte niemand meer.

Op dat moment verscheen pater Lyon. Samen hielpen we Manuel overeind en ondersteunden hem toen hij zich met aarzelende stapjes naar de tent begaf. Op het tumult waren twee politieagenten komen aanzetten, die vroegen of meneer misschien niet lekker was, hoewel ze hem er vast en zeker van verdachten te veel gedronken te hebben, want inmiddels waren er al heel wat mensen straalbezopen. Ik weet niet wat Manuel dacht, maar het was alsof de duivel aan hem was verschenen; hij duwde ons met een doodsbang gezicht van zich af, struikelde, viel op zijn knieën en kotste een groenachtig schuim uit. De carabinero's probeerden tussenbeide te komen, maar met het gezag dat zijn faam van heiligheid hem verleent duwde pater Lyon hen opzij en verzekerde hun dat het een geval van indigestie betrof en dat we heel goed zelf voor de zieke konden zorgen.

Samen met de pater bracht ik Manuel naar de tent. We poetsten hem schoon met een vochtig doekje en lieten hem uitrusten. Hij sliep drie uur achter elkaar, ineengekrompen, alsof hij een pak slaag had gehad. 'Laat hem met rust, gringuita, en vraag hem niets,' had pater Lyon me geïnstrueerd voordat hij zich weer aan zijn plichten ging wijden, maar ik wilde hem niet alleen laten en bleef in de tent om over zijn slaap te waken.

Op het plein tegenover de kerk waren verschillende tafels geplaatst waarachter de priesters zich installeerden om tijdens de mis de communie uit te delen. Daarna begon de processie, waarbij het Christusbeeld op een draagbaar door de luidkeels zingende gelovigen werd meegevoerd, terwijl tientallen boetelingen zich op hun knieën door de modder voortsleepten of zich brandwonden toebrachten met de gesmolten was van de kaarsen die ze meedroegen, smekend om vergeving van hun zonden.

Ik kon mijn belofte aan Daniel om het evenement te filmen niet nakomen, want tijdens de bewogen reis naar Caguach was mijn videocamera in zee gevallen, een overkomelijk verlies, vergeleken met dat van een mevrouw wier hondje overboord viel, dat ze overigens half bevroren, maar nog wel ademend, weer uit het water hebben gevist – alweer een wonder van Jezus, aldus Manuel.

'Kom me niet aan met atheïstische praatjes, Manuel, want we kunnen verdrinken,' luidde het antwoord van pater Lyon.

Een week na de pelgrimstocht naar Caguach ging ik met Liliana Treviño bij pater Lyon op bezoek, een merkwaardige, haast stiekeme reis, want Manuel en Blanca mochten het niet weten. Het zou lastig uit te leggen zijn, want ik heb het recht niet om in Manuels verleden te wroeten, en al helemaal niet achter zijn rug om. De liefde die ik voor hem voel ontroert me, een liefde die groeit naarmate ik langer met hem samenwoon. Sinds Daniel is vertrokken en het winter is, zijn we veel samen in dit huis zonder deuren, waar te weinig ruimte is om geheimen te kunnen bewaren. Mijn band met Manuel is hechter geworden. Eindelijk vertrouwt hij me en heeft hij me volledig toegang gegeven tot zijn papieren, zijn aantekeningen, zijn geluidsopnamen en zijn computer. Het werk is een goede smoes om in zijn laden te kunnen snuffelen. Toen ik hem een keer vroeg waarom hij geen foto's van familie of vrienden heeft, zei hij dat hij nu eenmaal veel gereisd had en een paar keer op verschillende plekken weer van nul af aan was begonnen, en dat hij zich mettertijd langzaam had ontdaan van alle materiële en emotionele ballast. Hij zegt dat hij geen foto's nodig heeft om zich de mensen die er voor hem toe doen te herinneren. In zijn documenten heb ik niets gevonden over dat deel van zijn leven waarin ik geïnteresseerd ben. Ik weet dat hij in de tijd van de militaire staatsgreep meer dan een jaar in de gevangenis heeft gezeten, dat hij daarna naar Chiloé is verbannen en in 1976 het land is uitgezet. Ik weet van zijn vrouwen, zijn scheidingen, zijn boeken, maar ik weet niets over zijn claustrofobie of zijn nachtmerries. Als ik daar niet achter kom, kan ik hem met geen mogelijkheid helpen en zal ik hem nooit écht leren kennen.

Ik kan het heel goed met Liliana Treviño vinden. Ze is net

zo iemand als mijn grootmoeder: energiek, idealistisch, koppig en gepassioneerd, maar wel minder bazig. Ze heeft het zo geregeld dat we op uitnodiging van de dokter, haar minnaar, die Jorge Pedraza heet, met het schip van het ministerie van Volksgezondheid mee konden om in het geheim een bezoek te brengen aan pater Lyon. De dokter lijkt veel jonger dan hij is, maar heeft net zijn veertigste verjaardag gevierd en werkt al tien jaar op de eilandengroep. Hij leeft apart van zijn vrouw, is verwikkeld in de trage formaliteiten van de scheiding, en heeft twee kinderen, van wie een met het syndroom van Down. Hij wil met Liliana trouwen zodra hij vrij is, maar zij ziet het voordeel daar niet van in. Ze zegt dat haar ouders negenentwintig jaar samen zijn geweest en drie kinderen hebben grootgebracht zonder dat ze daar een boterbriefje voor nodig hadden.

De tocht duurde eindeloos want de boot moest op verschillende plekken aanleggen, en toen we eindelijk bij pater Lyon aankwamen was het al vier uur 's middags. Pedraza zette ons daar af en ging verder met zijn gebruikelijke ronde, met de belofte ons over een krappe anderhalf uur weer op te pikken om ons naar ons eigen eiland terug te brengen. De haan met de regenboogveren en het moddervette schaap waarmee ik de vorige keer al kennis had gemaakt, hielden op dezelfde plek de wacht voor het houten huisje van de priester. Ik vond het een heel andere plek in het winterse licht; zelfs de plastic bloemen op het kerkhof leken verkleurd.

Pater Lyon wachtte ons op met thee en gebak, versgebakken brood, kaas en ham, die ons werden voorgezet door een buurvrouw, die voor hem zorgt en hem in de gaten houdt alsof hij haar zoon is. 'Trek toch je poncho aan, patertje, ik heb geen zin om voor een ziek oudje te moeten zorgen,' droeg ze de tegensputterende pater op in haar zangerige Chileens. Hij wachtte tot ze weg was en smeekte ons de taartjes op te eten, omdat hij het anders zelf zou moeten doen en ze hem, op zijn leeftijd, als stenen op de maag lagen.

We moesten voor het donker terug zijn, en aangezien we maar weinig tijd hadden, kwamen we meteen ter zake.

'Waarom vraag je Manuel zelf niet wat je wilt weten, gringuita?' vroeg de priester tussen twee slokjes thee in.

'Dat heb ik gedaan, pater, maar hij wil het er niet over hebben.'

'Dan moet je zijn zwijgen respecteren, mijn kind.'

'Sorry, pater, maar ik kom u heus niet uit pure nieuwsgierigheid lastigvallen. Manuels ziel is ziek en ik wil hem helpen.'

'Maar gringuita, zijn ziel is ziek, wat weet jíj daar nu van?' vroeg hij met een ironisch lachje.

'Meer dan genoeg. Toen ik in Chiloé kwam had ik zelf een zieke ziel en heeft Manuel me opgevangen en me geholpen beter te worden. Ik voel het als mijn plicht hem die dienst terug te betalen. Vindt u ook niet dat ik dat moet doen?'

Toen vertelde de pater ons over de militaire staatsgreep, over de onverbiddelijke onderdrukking die daarop volgde en over zijn werk voor *La Vicaría de la Solidaridad*, dat hij niet lang heeft kunnen doen omdat hij toen zelf ook werd gearresteerd.

'Ik had meer geluk dan de rest, gringuita, want de kardinaal heeft er hoogstpersoonlijk voor gezorgd dat ze me binnen twee dagen vrijlieten, maar ik moest evengoed in ballingschap, daar kon hij niets tegen doen.'

'Wat gebeurde er met de gedetineerden?'

'Dat hing ervan af. Je kon in handen vallen van de nationale geheime dienst, de DINA, de latere CNI, of in die van de politie of van een van de militaire veiligheidsdiensten. Manuel is eerst naar het Nationale Stadion gebracht en daarna naar Villa Grimaldi.'

'Waarom wil Manuel daar niet over praten?'

'Het is ook mogelijk dat hij het zich niet herinnert, gringuita. Soms blokkeert de geest trauma's die té diep zijn, om te voorkomen dat iemand krankzinnig of depressief wordt. Kijk, ik zal je een voorbeeld geven dat ik in mijn werk voor La Vicaría ben tegengekomen. In 1974 moest ik een vraaggesprek houden met iemand die net was vrijgelaten uit een concentratiekamp en lichamelijk en geestelijk kapot was. Ik heb het gesprek opgenomen; dat deden we altijd. We wisten hem het land uit te krijgen en daarna heb ik hem jarenlang niet meer gezien. Vijftien jaar later ging ik naar Brussel om hem op te zoeken, want ik wist dat hij in die stad woonde en ik wilde hem interviewen voor een artikel waar ik voor *Revista Mensaje* mee bezig was, het blad van de jezuïeten. Hij wist niet meer wie ik was, maar verklaarde zich bereid me te woord te staan. De tweede opname leek in niets op de eerste.'

'In welk opzicht?' vroeg ik.

'Het enige wat de man zich nog herinnerde was dat hij gevangen had gezeten. Hij had verder alles gewist – plaatsen, gebeurtenissen, details.'

'U hebt hem natuurlijk de eerste opname laten horen.'

'Nee, dat zou wreed zijn geweest. Tijdens het eerste vraaggesprek heeft hij verteld over de martelingen die hij had ondergaan, hoe hij seksueel was misbruikt. De man had het uit zijn geheugen gewist om zijn integriteit te kunnen bewaren. Misschien is dat bij Manuel ook het geval.'

'Als dat zo is, dan komen de dingen die Manuel heeft weggedrukt wel in zijn nachtmerries naar boven,' onderbrak Liliana Treviño hem, die heel aandachtig naar ons gesprek had geluisterd.

'Ik móét weten wat er is gebeurd, pater. Helpt u me alstublieft?' vroeg ik hem.

'Dan zou je eigenlijk naar Santiago moeten, gringuita, om in allerlei vergeten hoekjes te zoeken. Ik kan je in contact brengen met mensen die je kunnen helpen...'

'Dat doe ik, zo gauw mogelijk. Ik ben u heel dankbaar, pater.'

'Je mag me altijd bellen, mijn kind. Ik heb tegenwoordig mijn eigen mobiele telefoon, maar je kunt me niet e-mailen, ik heb nooit met de computer leren omgaan. Ik loop vreselijk achter op communicatief gebied.'

'U staat in verbinding met de hemel, pater, u hebt geen computer nodig,' zei Liliana Treviño.

'In de hemel hebben ze tegenwoordig ook al Facebook, mijn kind!'

Sinds Daniel is vertrokken, is mijn onrust almaar toegenomen. Er zijn inmiddels drie eindeloos lange maanden verstreken en ik maak me zorgen. Mijn grootouders gingen nooit apart op stap omdat ze elkaar dan mogelijk niet meer terug zouden kunnen vinden, en ik vrees dat dit nu aan het gebeuren is bij Daniel en mij. Ik begin te vergeten hoe hij ruikt, hoe de druk van zijn handen op mijn huid precies voelt, het geluid van zijn stem, zijn lichaam op het mijne, en ik word besprongen door voor de hand liggende twijfels: of hij wel van me houdt, of hij wel van plan is terug te keren, of onze ontmoeting niet alleen maar een grotesk backpackersavontuur was. Twijfels en nog meer twijfels. Hij schrijft, dat zou een geruststelling moeten zijn, zoals Manuel redeneert als ik hem zijn kop gek zeur, maar hij schrijft niet genoeg en zijn mails zijn weinigzeggend; het is niet iedereen gegeven om te schrijven zoals ik, al zeg ik het zelf, en verder heeft hij het er ook nooit over naar Chili komen, en dat vind ik een slecht teken.

Ik heb grote behoefte aan een vertrouweling, een vriendin, iemand van mijn eigen leeftijd bij wie ik mijn hart kan uitstorten. Blanca krijgt wat van mijn eindeloze tirades over mijn gemankeerde liefde en Manuel durf ik niet te veel lastig te vallen omdat hij de laatste tijd vaker last van zijn migraine heeft en de pijn intenser is geworden. Hij valt regelmatig als door de bliksem getroffen op de grond en er is niets wat enige verlichting geeft, geen pijnstillers, koude kompressen of homeopathische middelen. Hij heeft een tijdlang geprobeerd het probleem te negeren, maar onder druk van Blanca en mij heeft hij zijn neuroloog gebeld en binnenkort moet hij naar de hoofdstad om naar die rottige bubbel te laten kijken. Hij weet nog niet dat ik van plan ben met hem mee te gaan, wat mogelijk is dankzij de vrijgevigheid van de onvolprezen Millalobo, die me niet alleen reis-, maar ook wat zakgeld heeft gegeven. Die dagen in Santiago kan ik mooi gebruiken om de laatste stukjes van de puzzel van Manuels verleden op hun plaats te krijgen. Ik moet de feiten die ik in boeken en op internet heb gevonden completeren. De informatie is beschikbaar; het was simpel om die bij elkaar te harken, maar het was als het pellen van een ui, laag voor laag, dun en doorzichtig, zonder ooit tot de kern te komen. Ik heb gelezen over de aanklachten van martelingen en moorden. Die zijn uitgebreid gedocumenteerd, maar als ik Manuel echt wil begrijpen moet ik de plekken waar het allemaal is gebeurd zelf zien. Ik hoop dat pater Lyons contacten me daarbij kunnen helpen.

Het is moeilijk om het hier met Manuel of anderen over te hebben, want Chilenen zijn voorzichtig; ze zijn bang iemand te kwetsen of een directe mening te geven. Het Chileens is een dans van eufemismen, de gewoonte om voorzichtig te zijn is diep geworteld en onder de oppervlakte zit veel wrok, die niemand wenst te ventileren. Het is alsof er een soort collectieve schaamte heerst, bij sommigen omdat ze te lijden hebben gehad, bij anderen omdat ze er beter op zijn geworden; bij sommigen omdat ze zijn vertrokken, bij anderen omdat ze zijn gebleven; bij sommigen omdat ze hun geliefden zijn kwijtgeraakt, bij anderen omdat ze net hebben gedaan of ze niets zagen. Waarom heeft Nini me er nooit iets over verteld? Ze heeft me in het Spaans opgevoed, hoewel ik altijd in het Engels terugpraatte. Ze nam me in Berkeley mee naar La Peña Chilena, een ontmoetingsplek voor latino's, om naar muziek te luisteren en films en toneelstukken te zien. Ze liet me gedichten van Pablo Neruda, die ik nauwelijks begreep, uit mijn hoofd leren. Door haar kende ik Chili voordat ik er ooit een stap had gezet. Ze vertelde me over steile besneeuwde bergen, over slapende vulkanen die soms met een apocalyptische schok ontwaken, over de langgerekte kust langs de Stille Oceaan met zijn woelige, schuimende golven, over de woestijn in het noorden, droog als de maan, die soms bloeit als een schilderij van Monet, over koude bossen, heldere meren, vruchtbare rivieren en blauwe gletsjers. Mijn grootmoeder sprak met verliefde stem over Chili, maar ze vertelde nooit iets over de Chilenen of over de geschiedenis, alsof het maagdelijk terrein was waar geen mensen woonden, nog maar net geboren uit een tellurische zucht, onveranderlijk, gestold in de tijd en in de ruimte. Als ze samenkwam met andere Chilenen ging ze sneller praten en veranderde haar accent, en dan raakte ik de draad van het gesprek kwijt. Immigranten leven met hun blik gericht op het verre land dat ze hebben achtergelaten, maar Nini heeft nooit een poging gedaan om Chili te bezoeken. Ze heeft een broer in Duitsland, met wie ze maar zelden contact heeft, haar ouders zijn dood en het extended family-verhaal gaat in haar geval niet op. 'Ik heb er niemand meer, wat moet ik daar?' zei ze tegen me. Ik zal geduld moeten hebben, tot ik haar rechtstreeks kan vragen wat er met haar eerste man is gebeurd en waarom ze ooit naar Canada is gegaan.

LENTE

(september, oktober, november en een dramatische december)

Het eiland is blij, want de ouders van de kinderen zijn gekomen om het begin van de lente en Las Fiestas Patrias te vieren, de onafhankelijkheidsfeesten. De winterregen, die ik aanvankelijk zo romantisch vond, werd uiteindelijk onverdraaglijk. En ik vier mijn verjaardag – ik ben Weegschaal – en ben twintig, eindelijk volwassen. Christus, wat een opluchting! Het gebeurt wel vaker dat in het weekend jonge mensen bij hun ouders op bezoek komen, maar deze septembermaand zijn ze en masse toegestroomd; de boten zitten vol. Ze brengen cadeautjes mee voor hun kinderen, die ze vaak maandenlang niet hebben gezien, geld voor de grootouders en om kleren mee te kopen, spullen voor in huis en materiaal om de winterschade aan de daken te repareren. Een van de bezoekers was Lucía Corrales, Juanito's moeder, een sympathieke, aantrekkelijke vrouw, te jong om een kind van elf te hebben. Ze vertelde ons dat Azucena schoonmaakwerk heeft gevonden in een café in Quellón en dat ze niet meer naar school wil en er niet over peinst nog terug te komen naar ons eiland, omdat ze niet geconfronteerd wilde worden met de roddelpraatjes die werden rondverteld. 'Het is niet ongebruikelijk dat ze bij een verkrachting de schuld aan het slachtoffer geven,' zei Blanca tegen me, waarmee ze bevestigde wat ik eerder al in La Taberna del Muertito had gehoord.

Juanito gedraagt zich verlegen en onzeker bij zijn moeder in de buurt. Hij kent haar alleen van foto's, want ze heeft hem in Eduvigis' armen achtergelaten toen hij nog maar twee of drie maanden was en is hem nooit komen opzoeken zolang Carmelo Corrales in leven was, hoewel ze hem vaak opbelde en altijd geld heeft gestuurd voor zijn levensonderhoud. Als de jongen me over haar vertelde was dat met een mengeling van trots en woede – trots omdat ze hem zulke mooie cadeaus stuurde en woede omdat ze hem bij zijn grootouders had gedumpt. Hij stelde haar aan me voor met rode wangen en zijn blik op de grond gericht. 'Dit is Lucía, de dochter van mijn oma,' zei hij. Daarop vertelde ik hem dat mijn moeder ervandoor was gegaan toen ik een baby was en dat ik ook door mijn grootouders was opgevoed, maar dat ik veel geluk had gehad, want mijn kindertijd was zo gelukkig geweest dat ik die met niets zou willen ruilen. Hij keek me lang aan met zijn grote donkere ogen, en toen herinnerde ik me de plekken op zijn benen van een paar maanden geleden weer, toen Carmelo Corrales hem met zijn riem had geslagen, in de tijd dat hij hem nog te pakken kon krijgen. Ik gaf hem een knuffel – triest, omdat ik hem daar niet tegen kon beschermen. Hij zal de littekens de rest van zijn leven bij zich dragen.

September is de maand van Chili. Van noord tot zuid wapperen de vlaggen en tot in de meest afgelegen plekken worden *ramada's* opgericht, een soort loofhutten van vier houten palen met een dak van eucalyptustakken, waar de mensen komen om te drinken en het bouwsel doen schudden op Zuid-Amerikaanse ritmes en de *cueca*, de nationale dans die een imitatie is van de hofmakerij van de haan en zijn hen. Hier hebben we ook ramada's gebouwd en er waren bergen empanada's, en sloten wijn, bier en chicha; de mannen eindigden ladderzat, ronkend op de grond, en als het licht werd smeten onze carabinero's en de vrouwen hen in de kleine vrachtwagen van de groenteboer om ze op hun huisadres af te leveren. Geen enkele dronkenlap wordt op 18 en 19 september in het cachot gezet, tenzij hij een mes trekt.

Op Ñancupels tv heb ik naar de militaire parades in Santiago gekeken, waar president Michelle Bachelet, toegejuicht door de menigte, de troepen inspecteerde. De Chilenen houden van haar als van een moeder; nooit eerder is een president zo populair geweest. Vier jaar geleden, voor de verkiezingen, gaf niemand een cent voor haar kansen, geen mens had zich kunnen voorstellen dat de Chilenen op een vrouw zouden stemmen, en ze is ook nog eens socialist, alleenstaande moeder en agnost. Maar ze won de verkiezingen en ook het respect van Moren en christenen, zoals Manuel dat zegt, hoewel ik hier in Chiloé nog geen Moor ben tegengekomen.

We hebben prachtig weer gehad, met lauwe dagen en blauwe luchten, de winter heeft zich teruggetrokken onder die aanval van patriottische euforie. Met de lente laten ook de zeerobben zich weer zien; er zijn er al een paar gesignaleerd in de buurt van de grot. Ik denk dat ze algauw hun oude plekjes weer zullen innemen, en dan kan ik mijn vriendschap met La Pincoya weer oppakken, als ze me nog herkent. De wandeling naar het klif van de grot maak ik bijna dagelijks, want dat is de plek waar ik Popo ontmoet. Als Fákin zenuwachtig wordt, is dat het beste bewijs van Popo's aanwezigheid, en soms rent de hond hard weg, met zijn staart tussen zijn poten. Mijn grootvader is niet meer dan een vaag silhouet, de verrukkelijke geur van zijn Engelse tabak in de lucht of het gevoel dat hij me omhelst. Dan doe ik mijn ogen dicht en geef me over aan de warmte en de veiligheid van die brede borst, zijn zachte sjeikbuik en die sterke armen. Ik heb hem een keer gevraagd waar hij het afgelopen jaar toch bleef, toen ik hem het meest nodig had, en ik hoefde zijn antwoord niet eens af te wachten, omdat ik het eigenlijk al wel wist: hij is al die tijd bij me geweest. Zolang mijn bestaan in het teken stond van alcohol en drugs kon niemand me bereiken. Ik was een oester in zijn schelp, maar ook in mijn diepste ellende droeg mijn grootvader me in zijn armen. Hij heeft me nooit uit het zicht verloren en toen ik in levensgevaar verkeerde, in die openbare wc, die keer dat ik vervuilde heroïne had gebruikt, heeft hij me gered. Nu, nu het rustig is in mijn hoofd, voel ik voortdurend zijn nabijheid. Als ik moest kiezen tussen het vluchtige genot van een slok alcohol of het gedenkwaardige genoegen van een wandeling over het klif met mijn grootvader, dan wist ik het wel, dan koos ik voor het laatste. Popo heeft zijn ster eindelijk gevonden. Dit afgelegen eiland, onzichtbaar in de strubbelingen van de grote wereld, groen, altijd groen, is zijn verloren planeet; in plaats van naar de hemel te turen op zoek naar zijn planeet had hij naar het zuiden moeten kijken.

De mensen trekken hun truien uit en koesteren zich in de zon, maar ik hou mijn galgroene muts nog steeds op, want we hebben het schoolvoetbaltoernooi verloren. Mijn ongelukkige, diepbedroefde Caleuches hebben de volle verantwoordelijkheid voor mijn kale hoofd op zich genomen. Het toernooi werd gespeeld in Castro, en de halve bevolking van ons eiland was het Caleuche-team komen aanmoedigen, tot doña Lucinda aan toe, die we in Manuels boot hadden vervoerd, warm in omslagdoeken gepakt en vastgebonden in een stoel. Don Lionel Schnake, roder en luidruchtiger dan ooit, moedigde onze jongens luidkeels aan. We stonden op het punt om te winnen. We hadden niet méér nodig dan een gelijkspel, en het was een gemene streek van het lot dat we op het laatste moment, dertig seconden voor het einde van de wedstrijd, een goal tegen kregen. Pedro Pelanchugay had net een keihard schot uit zijn doel weggekopt, onder oorverdovend gejuich van onze supporters en gefluit van de tegenstanders, maar was door de klap een beetje uit het lood geslagen, en voordat hij zich kon herstellen schoof een ellendeling de bal doodleuk met de neus van zijn schoen het doel in. De algehele verbijstering was zo groot dat we een lange seconde verlamd stonden, waarna het oorlogsgekrijs losbrak en de bierblikjes en limonadeflesjes over het veld vlogen. Don Lionel en ik kregen tegelijkertijd bijna een hartaanval.

Diezelfde middag meldde ik me bij zijn huis om mijn schuld in te lossen. 'Geen denken aan, gringuita! Die weddenschap was maar voor de grap,' verzekerde Millalobo me, hoffelijk als altijd, maar als ik iets heb geleerd in Ñancupels Taberna, is het wel dat weddenschappen heilig zijn. Ik ging naar een eenvoudige kapsalon voor mannen, zo eentje waar de eigenaar zelf in de zaak staat, met zo'n ding met drie kleuren aan de deur en slechts één oude, majestueuze stoel, waar ik met een enigszins zwaar gevoel in plaatsnam, want Daniel Goodrich zou dit vast niet kunnen waarderen. De kapper schoor al mijn haar af en poetste mijn schedel daarna heel professioneel op met een zemen lap. Je ziet mijn enorme oren nu – het lijken wel handvatten van een Etruskische kruik –, en mijn hoofdhuid blijkt onder de gekleurde vlekjes te zitten, als een kaart van Afrika. Dat komt door de goedkope haarverf, volgens de kapper. Hij heeft me het advies gegeven mijn huid met citroensap en chloor in te wrijven. De muts heb ik nodig, want die vlekjes zien eruit of ze besmettelijk zijn.

Don Lionel voelt zich schuldig en weet niet hoe hij het goed kan maken, maar er valt niets goed te maken, weddenschap is weddenschap. Hij heeft Blanca gevraagd een paar charmante hoedjes voor me te kopen, want ik lijk wel een lesbienne vlak na een chemotherapie, zoals hij onomwonden zei, maar de Chilootse muts past beter bij mijn persoonlijkheid. In dit land staat haar voor vrouwelijkheid en schoonheid. Jonge vrouwen dragen het lang en verzorgen het als een schat. De uitroepen van medelijden waren niet van de lucht toen ik zo kaal als een buitenaards wezen in de ruca verscheen, tussen die prachtige gouden vrouwen met hun overdadige renaissancistische bossen haar.

Manuel pakte een tas met wat kleren en zijn manuscript, dat hij met zijn uitgever wilde bespreken, en riep me naar de woonkamer om me de laatste instructies te geven voordat hij naar Santiago vertrok. Ik meldde me met mijn rugzak en mijn ticket in de hand, met de mededeling dat ik hem met mijn gezelschap zou vereren, dankzij een sympathiek gebaar van don Lionel Schnake. 'Wie zorgt er dan voor de beesten?' vroeg hij zwakjes. Ik vertelde hem dat Juanito Corrales Fákin mee naar huis zou nemen en eenmaal per dag de katten zou komen voeren. Alles was geregeld. Ik vertelde hem niets over de gesloten envelop die de wonderbaarlijke Millalobo me had meegegeven, met de instructie die discreet aan de neuroloog te overhandigen, die overigens familie van de Schnakes bleek te zijn, want hij was getrouwd met een nicht van Blanca. Het netwerk van relaties in dit land lijkt op Popo's oogverblindende galactische spinnenweb.

Manuel klaagde en zeurde, maar moest er uiteindelijk in berusten dat ik meeging. We gingen naar Puerto Montt, waar we op het vliegtuig naar Santiago stapten. Het had me indertijd met de bus twaalf uur gekost om van Santiago naar Chiloé te komen. Het vliegtuig was er in een uur.

'Wat is er, Manuel?' vroeg ik vlak voor de landing in Santiago.

'Niets.'

'Hoezo niets? Je hebt geen woord tegen me gezegd sinds we zijn vertrokken. Voel je je niet lekker?'

'Dat is het niet.'

'Dan ben je boos.'

'Jouw besluit om onuitgenodigd met me mee te komen is nogal overdonderend.'

'Jezus, man, ik heb je niets gevraagd omdat je toch nee zou hebben gezegd. En dan kun je maar beter je verontschuldigingen aanbieden dan toestemming vragen. Vergeef je me, Manuel?'

Daar had hij niet van terug, en even later was hij weer in een beter humeur. We namen een klein hotel in het centrum – twee kamers, want hij wilde me niet bij zich op de zijne –, hoewel hij weet hoe moeilijk ik het vind om alleen te slapen. Daarna nodigde hij me uit voor een pizza en gingen we naar de bioscoop, naar *Avatar*, die we op het eiland nog niet hadden gehad en die ik dolgraag wilde zien. Manuel wilde natuurlijk liever naar die deprimerende film over een met as bedekte postapocalyptische wereld waar bendes kannibalen rondzwerven, maar dat probleem losten we op door een muntje de lucht in te gooien. Het was munt en dus won ik, zoals altijd. Het is een fantastische truc: als het munt is win ik, als het kop is verlies jij. We aten popcorn, pizza en ijsjes, een waar feestmaal. Ik had maandenlang alleen vers en gezond voedsel tot me genomen en snakte naar een portie cholesterol.

Dokter Arturo Puga houdt 's morgens spreekuur in een armenziekenhuis, waar hij Manuel ontving, en 's middags in zijn privépraktijk in de Clínica Alemana, in het hart van een chique woonwijk. Zonder de geheimzinnige brief van Millalobo, die ik hem via de receptioniste achter Manuels rug had doen toekomen, zou hij me mogelijk de toegang tot de spreekkamer hebben ontzegd. Die brief opende de deuren wagenwijd.

Het ziekenhuis leek thuis te horen in een film over de Tweede Wereldoorlog. Het was ouderwets, enorm groot en rommelig, met alle pijpleidingen zo in het zicht, met roest in de wasgelegenheden, kapotte tegels en gescheurde muren, maar het was er schoon en de zorg was efficiënt, het aantal patiënten in aanmerking genomen. We moesten bijna twee uur wachten in een ruimte met rijen metalen stoelen, tot ons nummer werd omgeroepen. Dokter Puga, chef de clinique van de afdeling Neurologie, ontving ons vriendelijk in zijn bescheiden spreekkamer, met Manuels patiëntenstaat en de röntgenfoto's op zijn bureau.

'Wat is uw relatie tot de patiënt, mevrouw?' vroeg hij.

'Ik ben zijn kleindochter,' antwoordde ik zonder enige aarzeling, onder de stomverbaasde blikken van de betrokkene.

Manuel staat al twee jaar lang op een wachtlijst voor een mogelijke operatie, en wie weet hoeveel jaren hij nog zal moeten wachten voor hij aan de beurt is, want hij is geen urgent geval. Als je al meer dan zeventig jaar met zo'n uitstulping hebt geleefd, vinden ze dat je nog wel wat kunt wachten. Het is een risicovolle operatie, en gezien de aard van zijn aandoening stellen ze die maar liever zo lang mogelijk uit, in de hoop dat de patiënt ergens anders aan doodgaat. Maar Manuels migraine en zijn duizelingen nemen zo in heftigheid toe, dat ze het nu toch tijd lijken te vinden om in te grijpen.

De traditionele operatiemethode is als volgt: ze zagen een luikje in de schedel, verwijderen het bewuste stukje weefsel, klemmen het vat af om een bloeding te voorkomen, en vervolgens sluiten ze de schedel weer. Je kunt er van alles aan overhouden en de herstelperiode bedraagt ongeveer een jaar. Kortom, een weinig aanlokkelijk vooruitzicht. In de Clínica Alemana zijn ze echter in staat om het probleem op een andere manier op te lossen. Ze maken een gaatje in je lies, waarna ze via de slagader een katheter naar de hersenen brengen. Via die katheter gaat er een platina spiraaltje naar het bewuste vat, dat zich daarbinnen opkrult en het hele aneurysma opvult. Die operatie is veel minder riskant, het verblijf in de kliniek bedraagt zesendertig uur en de herstelperiode ongeveer een maand.

'Elegant, eenvoudig en volledig buiten bereik van mijn portemonnee, dokter,' zei Manuel.

'Maakt u zich geen zorgen, meneer Arias, dat kan geregeld worden. Het hoeft u geen cent te kosten. Kijk, deze methode is nieuw, en om me de techniek eigen te maken ben ik naar de Verenigde Staten geweest, waar dit al een routineoperatie is. Nu moet ik een collega opleiden om met hem een team te kunnen vormen; uw operatie zou een soort college zijn,' legde Puga hem uit.

'Maar dat betekent dat een maestro chasquilla met een

draadje in Manuels hersenen gaat zitten peuteren,' onderbrak ik hem vol afgrijzen.

De dokter barstte in lachen uit, en toen hij me een samenzweerderig knipoogje gaf moest ik ineens weer aan de brief denken en drong het tot me door dat dit een een-tweetje met Millalobo was, om de operatie te betalen buiten Manuels medeweten. Tegen de tijd dat hij erachter zou komen, was het al niet meer terug te draaien. Ik ben het met Blanca eens: als je toch al bij iemand in het krijt staat, wat maakt het dan nog uit? Om kort te gaan: Manuel werd opgenomen in de Clínica Alemana, waar alle tests die nodig waren werden uitgevoerd, en de volgende dag werd hij door dokter Puga en zijn zogenaamde leerling geopereerd, met volledig succes, naar ze ons verzekerden, hoewel ze niet kunnen garanderen dat de uitstulping voor altijd stabiel blijft.

Blanca Schnake liet haar school over aan de zorgen van een vervanger en vloog meteen nadat ik haar had gebeld met het verslag van de operatie naar Santiago. Als ik overdag met mijn onderzoek bezig was, waakte zij als een moeder over Manuel. 's Nachts ging ze bij haar zus slapen en bleef ik bij Manuel in de Clínica Alemana, waar ik sliep op een bank die lekkerder lag dan mijn Chilootse bed. Ook het eten in de ziekenhuiscafetaria was van vijfsterrenkwaliteit en ik kon voor het eerst sinds maanden douchen met de deur dicht. Maar met wat ik nu weet zal ik nooit meer aan Manuels kop kunnen zaniken om deuren in huis.

Santiago heeft zes miljoen inwoners en groeit nog steeds in de hoogte, in een delirium van torens in aanbouw. De stad is omgeven door heuvels en hoge, met sneeuw gekroonde bergen; een schone stad, welvarend en jachtig, met goed onderhouden parken. Het verkeer is agressief, want de ogenschijnlijk zo vriendelijke Chilenen reageren zich af achter het stuur. Tussen de auto's door wemelt het van de straatventers, die fruit, tv-antennes, pepermuntjes en alle denkbare prullen te koop aanbieden, en bij ieder stoplicht staan acrobaten voor een aalmoes circusachtige salto mortales uit te voeren. We troffen mooi weer, al kon je door de smog soms niet eens zien welke kleur de hemel had.

Een week na de operatie keerden we met Manuel terug naar Chiloé, waar de dieren op ons wachtten. Fákin begroette ons met een pathetisch dansje, broodmager, want hij had het verdomd om te eten tijdens onze afwezigheid, vertelde Juanito ons bezorgd. Dokter Puga had Manuel eigenlijk nog langer in de gaten willen houden. Er stond een maand voor het herstel, maar Manuel wilde niet al die tijd in Santiago bij Blanca's zus in huis zitten, daar waren we het gezin tot last, zoals hij zei. Het is een ultrarechtse familie, en Blanca had me gevraagd om niet met hen te praten over de dingen die we omtrent Manuels verleden hadden uitgevonden, want dat zou slecht vallen. We waren allerhartelijkst ontvangen en alle gezinsleden, tot de grote kinderen aan toe, hadden zich uitgesloofd om voor Manuel te zorgen en met hem mee te gaan naar het ziekenhuis.

Ik deelde een kamer met Blanca en heb daar kunnen meemaken hoe de rijken leven in hun omheinde wijken, met huishoudelijke hulp, tuinlieden, een zwembad, rashonden en drie auto's. We kregen ontbijt op bed, ons bad werd voor ons gevuld, compleet met het heerlijkste badzout, en zelfs mijn spijkerbroeken werden gestreken. Ik had nog nooit zoiets meegemaakt en vond het heerlijk; ik zou heel snel kunnen wennen aan een luxeleventje.

'Ze zijn niet echt rijk, Maya, ze hebben niet eens een eigen vliegtuig,' zei Manuel spottend toen ik het er met hem over had.

'Jij hebt een armeluismentaliteit, dat is het probleem met al die linkse lui,' antwoordde ik, waarbij ik dacht aan Nini en Mike O'Kelly, die arm zijn uit roeping. Ik ben anders dan zij; ik vind gelijkheid en socialisme maar ordinair.

Ik stikte haast in Santiago, door de smog, het verkeer en

de onpersoonlijke manier waarop iedereen je behandelt. In Chiloé weet je dat je met iemand van buiten te maken hebt als die je niet groet op straat; in Santiago is iemand die een voorbijganger gedag zegt verdacht. Toen ik in de lift van de Clínica Alemana alle aanwezigen als een idioot goedemorgen wenste, staarden zij strak voor zich uit, om niet te hoeven antwoorden. Ik vond Santiago maar niets, en telde de uren tot ik weer op ons eiland zou zijn, waar het leven voortkabbelt als een kalme rivier, waar de lucht schoon is en waar stilte heerst, en er genoeg tijd is om je gedachten af te maken.

Manuels herstel zal enige tijd in beslag nemen. Hij heeft nog steeds last van hoofdpijn en is nog zwak. Dokter Puga's orders waren zeer strikt. Manuel moet dagelijks een half dozijn pillen slikken en rust houden tot december, als hij terug wordt verwacht in Santiago voor een nieuwe scan, en zal de rest van zijn leven lichamelijke inspanning moeten vermijden en moeten vertrouwen op zijn goede gesternte of op God, het was maar waar hij in geloofde, want het platina spiraaltje is niet onfeilbaar. Ik vind eigenlijk dat we er best ook nog een machi bij kunnen halen. Je weet maar nooit, baat het niet...

Blanca en ik hebben besloten rustig af te wachten tot zich een gelegenheid voordoet om met Manuel te bespreken wat we moeten bespreken, zonder hem op zijn huid te zitten. Voorlopig zorgen we zo goed mogelijk voor hem. Hij is eraan gewend dat Blanca en die gringa die in zijn huis woont zich nogal autoritair gedragen. Vandaar dat hij onze recente zoetsappigheid maar verdacht vindt. Hij denkt dat we de waarheid voor hem verzwijgen en dat hij er veel slechter aan toe is dan dokter Puga hem heeft gezegd. 'Als jullie van plan zijn me verder als een invalide te behandelen, heb ik liever dat jullie me met rust laten,' moppert hij.

Met een kaart en de lijst met plaatsen en personen die pater Lyon me heeft gegeven, heb ik Manuels leven tijdens die sleuteljaren tussen de militaire staatsgreep en zijn ballingschap kunnen reconstrueren. In 1973, op zijn zesendertigste, was hij een van de jongste docenten aan de faculteit sociale wetenschappen. Hij was getrouwd en – zo heb ik gereconstrueerd – zijn huwelijk wankelde. Hij was geen communist, zoals Millalobo denkt, en ook geen lid van een andere politieke partij, maar hij sympathiseerde met de regering van Salvador Allende en nam deel aan de massale manifestaties die in die periode plaatsvonden, waarbij mensen hun steun betuigden aan de regering of tegen de oppositie demonstreerden. Toen de staatsgreep plaatsvond, dinsdag 11 september 1973, was het land verdeeld in twee partijen die lijnrecht tegenover elkaar stonden; niemand kon nog neutraal blijven. Twee dagen na de staatsgreep, toen de avondklok die tijdens de eerste achtenveertig uur was ingesteld werd opgeheven, ging Manuel weer naar zijn werk. Toen hij op de universiteit kwam, bleek die bezet door tot de tanden gewapende militairen in gevechtstenue, met zwartgemaakte gezichten om niet herkend te worden. Hij zag kogelgaten in de muren en bloed in het trappenhuis en iemand waarschuwde hem nog dat alle in het gebouw aanwezige studenten en docenten gearresteerd waren.

Een dergelijk geweld was zo ondenkbaar in Chili, waar men altijd zo trots was op de democratie en het staatsbestel, dat Manuel de ernst van de situatie niet goed wist in te schatten en zich naar het dichtstbijzijnde politiebureau begaf om naar het lot van zijn collega's te informeren. Hij is niet meer buiten gekomen. Ze hebben hem geblinddoekt naar het Nationale Stadion gevoerd, dat als detentiecentrum in gebruik was genomen. Daar zaten al duizenden mensen, die tijdens die laatste dagen gearresteerd waren; ze waren mishandeld en hadden honger. 's Nachts sliepen ze op de betonnen vloer en overdag zaten ze op de tribunes, in stilte biddend dat zij niet bij de ongelukkigen zouden horen die ter ondervraging naar de ziekenafdeling werden gevoerd. Ze hoorden het geschreeuw van de slachtoffers en 's nachts de kogels van de executies. De gevangenen waren afgesloten van de buitenwereld en hadden geen contact met hun families, die echter wel pakketten met voedsel en kleding konden achterlaten, in de hoop dat de bewakers die zouden geven aan degenen voor wie ze bestemd waren. Manuels vrouw, die lid was van de linkse MIR, de Movimiento de Izquierda Revolucionaria, de groep waar de militairen het hardst op inbeukten, vluchtte onmiddellijk naar Argentinië en vandaar naar Europa, en zou pas drie jaar later met haar man herenigd worden, toen beiden asiel kregen in Australië.

Langs de tribunes liep een man met een bivakmuts op – met zijn eigen last van schuld en smart –, van dichtbij bewaakt door twee soldaten. De man wees vermeende socialistische of communistische activisten aan, die daarop stante pede naar de ingewanden van het gebouw werden gebracht om daar te worden gemarteld of ter dood gebracht. Per ongeluk of misschien uit angst wees de onheilspellende man met de bivakmuts ook naar Manuel Arias.

Dag na dag, stap na stap volgde ik hem op zijn lijdensweg, en tijdens dit proces begon ik te begrijpen hoe onuitwisbaar de littekens zijn die de dictatuur in Chili en in Manuels ziel heeft veroorzaakt. Nu weet ik wat er onder de uiterlijke schijn van dit land zit. Op een bankje in een park aan de Mapocho, de rivier waarin vijfendertig jaar geleden de lijken van de gemartelden dreven, las ik het verslag van de commissie die de misdaden van die tijd heeft onderzocht, een omvangrijk relaas van wreedheid en lijden. Een met pater Lyon bevriende priester had ervoor gezorgd dat ik toegang kreeg tot de archieven van La Vicaría de la Solidaridad, een organisatie van de katholieke Kerk die de slachtoffers van de repressie steunde en de tel bijhield van het aantal mensen dat vermist werd; zij hebben de dictatuur getrotseerd vanuit het hart van de kathedraal zelf. Ik heb honderden foto's bekeken van gearresteerde mensen die waren verdwenen zonder een spoor achter te laten, haast allemaal jong, en heb de aangiftes gelezen van de vrouwen die tot de dag van vandaag op zoek zijn naar hun kinderen, hun mannen, en soms hun kleinkinderen.

Manuel zat de zomer en de herfst van 1974 in het Nationale Stadion en andere detentiecentra, waar hij zo vaak werd ondervraagd dat niemand de tel nog bijhield. Bekentenissen hadden niets te betekenen en raakten uiteindelijk zoek in met bloed bevlekte archieven, die alleen de ratten interesseerden. Net als veel andere gevangenen heeft hij nooit geweten wat zijn beulen wilden horen, en uiteindelijk begreep hij dat het er ook niet toe deed, want zij wisten zelf niet eens waar ze naar op zoek waren. Het waren helemaal geen ondervragingen; het was de bedoeling om te straffen, om een regime van onderdrukking in te stellen en ieder spoortje van verzet bij de bevolking volledig de kop in te drukken. Het voorwendsel was dat ze op zoek waren naar arsenalen met de wapens die de regering-Allende aan de bevolking overhandigd zou hebben, maar na maanden zoeken was er nog steeds niets gevonden en niemand die nog geloofde dat die zogenaamde arsenalen bestonden. De terreur verlamde de mensen, en bleek het meest efficiënte middel om het land een ijzige kazernediscipline op te leggen. Het was een langetermijnplan om het land totaal te veranderen.

In de winter van 1974 zat Manuel gevangen in de buitenwijken van Santiago, in een villa die in het bezit was geweest van een machtige familie van Italiaanse afkomst, de familie Grimaldi, wier dochter, die ook was gearresteerd, in ruil voor de villa werd vrijgelaten. Het pand kwam in handen van de DINA, de infame Chileense geheime dienst, die een vuist met een boksbeugel als embleem had en verantwoordelijk is geweest voor vele misdaden, tot in het buitenland aan toe, zoals de moord op de voormalige opperbevelhebber van het leger in Buenos Aires en die op een ex-minister in hartje Washington, op een paar honderd meter van het Witte Huis vandaan. Villa Grimaldi werd een van de meest gevreesde ondervragingscentra, waar meer dan vierenhalf duizend gevangenen verhoord zouden worden, van wie er velen de villa niet levend verlieten.

Aan het eind van mijn week in Santiago bracht ik het obligate bezoek aan Villa Grimaldi, tegenwoordig een stille tuin waar de ongelukkige herinnering aan hen die hier geleden hebben nog steeds voelbaar is. Toen het moment daar was, kon ik het niet opbrengen om alleen te gaan. Mijn grootmoeder gelooft dat bepaalde plekken voor altijd getekend zijn door wat mensen daar hebben meegemaakt, en ik had de moed niet om zonder een bevriende arm om me heen de confrontatie aan te gaan met al het kwaad en verdriet dat daar voor eeuwig zit opgesloten. Ik vroeg Blanca Schnake, de enige die ik, op Liliana en pater Lyon na, had verteld waarnaar ik op zoek was, om met me mee te gaan. Blanca deed nog een zwakke poging om het me uit mijn hoofd te praten – 'Waarom zou je wroeten in iets wat zo lang geleden is gebeurd?' –, maar ook zij had het gevoel dat daar de sleutel te vinden was van het leven van Manuel Arias, en haar liefde voor hem was sterker dan haar verzet tegen een confrontatie met iets wat ze liever niet wilde weten. 'Het is goed, gringuita. Laten we maar meteen gaan, voordat ik me bedenk,' zei ze.

Villa Grimaldi, het tegenwoordige Parque de la Paz, het Park van de Vrede, is een groene hectare met dommelende bomen. Er is zo goed als niets over van de gebouwen die er stonden in de tijd dat Manuel er zat, omdat ze door de dictatuur zijn gesloopt in een poging de sporen van het onvergeeflijke uit te wissen, maar de bulldozers hebben de vasthoudende geesten niet kunnen verjagen, noch de wanhopige jammerklachten tot zwijgen kunnen brengen, die daar nog steeds in de lucht zweven. We liepen langs afbeeldingen en gedenktekens, en grote panelen met de gezichten van doden en vermisten. Een gids vertelde ons hoe de gevangenen behandeld werden en legde de meest gebruikelijke martelmethodes uit, met schematische plaatjes van menselijke gedaanten die aan hun armen hingen, hoofden die in watervaten werden ondergedompeld, metalen rekken waar stroom op werd gezet, vrouwen die door honden werden verkracht, mannen die ze een bezemsteel in hun anus ramden. Op een stenen muur, tussen tweehonderdzesenzestig andere namen, ontdekte ik die van Felipe Vidal, en toen had ik de puzzel compleet. In die troosteloosheid van Villa Grimaldi hebben Manuel Arias, de docent, en Felipe Vidal, de journalist, elkaar leren kennen. Hier hebben ze geleden, en een van hen heeft het overleefd.

Blanca en ik hebben ons voorgenomen om Manuel met zijn verleden te confronteren en we vinden het jammer dat Daniel er niet is om ons bij te staan, want een dergelijke interventie zou de aanwezigheid van een professional rechtvaardigen, ook al is het een onervaren psychiater als hij. Blanca is van mening dat we Manuels ervaringen met dezelfde zorg en voorzichtigheid moeten omgeven als zijn aneurysma, omdat ze zijn ingekapseld in een uitstulping van zijn geheugen en als die plotsklaps openspringt, zou dat zijn dood kunnen betekenen. Manuel was die dag naar Castro om boeken te halen en wij hadden gebruikgemaakt van zijn afwezigheid om te koken, in de wetenschap dat hij altijd thuiskomt als de zon ondergaat.

Ik ging brood bakken, zoals ik altijd doe als ik zenuwachtig ben. Het is een karweitje dat me rust geeft: het deeg stevig kneden, het brood vormen, wachten tot het rijst onder een witte doek, het bakken in de oven tot het goudgeel is en het vervolgens nog lauw op tafel zetten voor vrienden – een traag, heilig ritueel. Blanca maakte Frances' onovertroffen kip met mosterd en pancetta, Manuels lievelingskostje, en had kastanjes op siroop meegenomen voor het toetje. Het huis was warm en gezellig, het rook naar versgebakken brood en naar de kip die langzaam stond te garen in een aardewerk pan. Het was een wat kille avond, vredig, met een grijze hemel en zonder wind. Binnenkort was het vollemaan en zou er weer een bijeenkomst van de heksen zijn in de ruca.

Sinds zijn operatie is er iets veranderd tussen Blanca en Manuel. Hun aura glanst, zou mijn grootmoeder zeggen. Er hangt van dat twinkelende licht om hen heen, alsof ze net verlicht zijn geraakt. Er zijn ook minder subtiele tekenen, zoals de verstandhouding in hun blikken, hun behoefte elkaar aan te raken, de manier waarop ze elkaars bedoelingen en wensen voorvoelen. Aan de ene kant ben ik blij voor hen – het is immers waar ik al maanden naartoe werk –, maar aan de andere kant maak ik me zorgen om mijn eigen toekomst. Wat moet er van mij worden als ze besluiten zich over te geven aan die liefde die ze zo veel jaren voor zich uit hebben geschoven? Dit huis is te klein voor ons drieën en ook in dat van Blanca passen we niet. Maar goed, ik hoop dat mijn toekomst met Daniel tegen die tijd duidelijk is.

Manuel kwam thuis met een tas vol boeken die hij bij zijn bevriende boekhandelaren had besteld, en met Engelstalige romans die mijn grootmoeder naar Castro had gestuurd.

'Is er iemand jarig?' vroeg hij, terwijl hij de lucht opsnoof.

'We vieren de vriendschap. Dit is een heel ander huis sinds de gringuita hier is ingetrokken,' zei Blanca.

'Heb je het over de rommel?'

'Ik bedoel de bloemen, het heerlijke eten en het gezelschap, Manuel. Doe niet zo nukkig. Je zult haar nog ontzettend missen als ze weer weg is.'

'Gaat ze dan weg?'

'Welnee, Manuel. Ik ben van plan om met Daniel te trouwen en hier bij jou te blijven wonen, met de vier kinderen die we krijgen,' grapte ik.

'Ik hoop dat je geliefde het met dat plan eens is,' zei hij op dezelfde toon.

‘Waarom niet? Is het geen perfect idee?’

‘Maar hij zou zich suf vervelen op deze rots! Buitenstaanders die zich op het eiland terugtrekken zijn teleurgesteld in de wereld. Hier vestigt iemand die nog niet eens begonnen is met leven zich niet.’

‘Ik ben hier gekomen omdat ik op de vlucht was, en kijk eens wat ik allemaal heb gevonden: jullie, Daniel, veiligheid, de natuur, een dorp met driehonderd Chiloten om van te houden. Zelfs Popo heeft het hier naar zijn zin. Ik heb hem over het klif zien wandelen.’

‘Je hebt gedronken!’ riep Manuel gealarmeerd.

‘Geen druppel, Manuel. Ik wist wel dat je me niet zou geloven. Daarom heb ik er niets over gezegd.’

Het was een uitzonderlijke avond, waarin alles bijdroeg aan de sfeer van vertrouwelijkheid: het brood en de kip, de maan die zich tussen de wolken liet zien, de bewezen vriendschap die we voor elkaar koesterden, het gesprek vol anekdotes en lichte grappen. Ze vertelden me hoe ze elkaar hadden leren kennen, de indruk die ze op elkaar hadden gemaakt. Manuel vertelde hoe mooi Blanca was geweest toen ze jong was – ze is het nog. Ze was een gouden walkure, een en al benen, lokken en tanden, die de zekerheid en de vreugde uitstraalde van iemand die altijd alles heeft gehad wat haar hartje begeert. ‘Ik zou haar eigenlijk verfoeid moeten hebben omdat ze zo bevoorrecht was, maar ik bezweek voor haar aardigheid. Het was niet mogelijk om níét van haar te houden. Maar ik verkeerde niet in de situatie om iemand het hof te maken, en een meisje als zij was al helemaal onbereikbaar.’ Voor Blanca bezat Manuel de aantrekkingskracht van het verbodene, van het gevaar. Hij was afkomstig uit een totaal andere wereld dan de hare, uit een heel ander milieu, hij vertegenwoordigde de politieke vijand, ook al was ze bereid hem te accepteren omdat hij te gast was bij haar familie. Ik vertelde hun op mijn beurt over het huis in Berkeley, waarom ik er zo Scandinavisch uitzie, over de enige keer dat ik mijn moeder heb ontmoet, over een paar mensen die ik in Las Vegas had ontmoet, zoals een dikke dame van honderdtachtig kilo met een verrukkelijke stem, die de kost verdiende met telefoonseks, en over een stel transseksuele vrienden van Brandon Leeman, die tijdens een formele plechtigheid waren getrouwd, zij in smoking en hij in een jurk van witte organza.

We aten zonder ons te haasten en gingen daarna, zoals we altijd doen, voor het raam naar de nacht kijken, zij met hun glas wijn, ik met mijn thee. Blanca en Manuel zaten op de bank dicht tegen elkaar aan, ik lag op een kussen, met Fákin, die last heeft van verlatingsangst sinds we zonder hem naar Santiago zijn gegaan. Hij volgt me met zijn blik en wijkt niet van mijn zijde; ik krijg er wat van.

'Ik heb de indruk dat dit feestje een valstrik is,' mopperde Manuel. 'Er hangt al dagenlang iets in de lucht. Ter zake, dames.'

'Je slaat ons de wapens uit handen, Manuel. We waren van plan het onderwerp wat omzichtiger aan te snijden,' zei Blanca.

'Wat willen jullie?'

'Niets, alleen maar praten.'

'Waarover?'

En toen vertelde ik hem dat ik al maanden bezig was om op eigen houtje uit te zoeken wat er met hem was gebeurd na de militaire staatsgreep, omdat ik het idee had dat diep binnen in hem zijn herinneringen, die als een etterende wond aan het zweren waren, hem vergiftigden. Ik verontschuldigde me voor mijn bemoeizucht; ik had het alleen gedaan omdat ik zo veel van hem hield, omdat het me pijn deed hem 's nachts te horen lijden als zijn nachtmerries hem overvielen. Verder zei ik nog dat het rotsblok dat hij op zijn schouders torste te zwaar was, dat het hem verpletterde, dat hij maar voor de helft leefde, alsof hij alleen de tijd moest zien door te komen tot zijn dood. Hij zat zo potdicht dat hij geen vreugde kon voelen, of liefde. Ik voegde eraan toe dat Blanca en ik hem konden helpen om die steen op te lichten.

Manuel onderbrak me niet. Hij zag heel bleek en zijn ademhaling klonk als die van een oude hond, zijn hand in die van Blanca, zijn ogen gesloten. 'Wil je weten wat die gringuita heeft ontdekt, Manuel?' vroeg Blanca zachtjes, en hij knikte, zonder iets te zeggen.

Ik bekende hem dat ik in de tijd dat hij in Santiago aan het herstellen was van de operatie, in de archieven van La Vicaría was gedoken en de mensen had gesproken met wie pater Lyon me in contact had gebracht: twee advocaten, een priester en een van de samenstellers van het Rettig-rapport, waarin meer dan vijfendertighonderd aangiften van gevallen van mensenrechtenschendingen tijdens de dictatuur zijn vastgelegd, onder andere dat van Felipe Vidal, Nini's eerste echtgenoot, en dat van Manuel Arias.

'Ik heb niets te maken gehad met dat rapport,' zei Manuel met gebroken stem.

'Pater Lyon heeft de aangifte voor je gedaan, want hem heb je alles verteld over die veertien maanden dat je gevangen hebt gezeten, Manuel. Je was net vrijgekomen uit het concentratiekamp Tres Alamos en naar Chiloé verbannen, waar je een tijdlang bij pater Lyon hebt gewoond.'

'Dat herinner ik me niet.'

'De pater herinnert het zich wel, maar hij kon me er niet over vertellen, omdat hij het als een biechtgeheim beschouwt. Hij heeft me alleen de weg gewezen. De aangifte van Felipe Vidal is door zijn vrouw ingediend, door Nini, voordat ze in ballingschap ging.'

Ik deed Manuel verslag van wat ik had ontdekt tijdens die zo belangrijke week in Santiago, en van het bezoek dat Blanca en ik aan Villa Grimaldi hadden gebracht. De naam van de plek deed verder geen bellen bij hem rinkelen. Hij had weliswaar een vaag idee dat hij daar was geweest, maar die herinneringen verwarde hij met die aan andere detentiecentra. In de ruim dertig jaar die er sindsdien verstreken waren had zijn geheugen die ervaring gewist. Het was alsof het iets betrof waarover hij in een boek had gelezen, geen persoonlijke belevenis, hoewel hij op zijn lichaam littekens van brandwonden droeg en hij zijn armen niet hoger kon heffen dan zijn schouders, omdat ze die indertijd uit de kom hadden getrokken.

'Ik wil geen details horen,' zei hij tegen ons.

Blanca legde hem uit dat hij de details zelf nog bij zich droeg, maar dat ze ergens in hem begraven lagen en dat er een immense moed voor nodig was om die plek te betreden, maar hij zou niet alleen zijn; zij en ik zouden hem vergezellen. Hij was geen weerloze gevangene meer in de handen van zijn beulen, maar hij zou nooit echt vrij zijn als hij de confrontatie met die diepe pijn uit het verleden niet aanging.

'Villa Grimaldi is het ergst geweest, Manuel. Aan het eind van de rondleiding heeft de gids ons voorbeelden van de cellen laten zien. Er zaten er bij van één bij twee meter, waar ze meerdere gevangenen in stopten, staand, dicht opeengepakt, dagen, weken. Ze werden er alleen uit gehaald om ze te martelen of voor een bezoek aan de wc.'

'Ja, ja... In zo'n cel heb ik gezeten, met Felipe Vidal en anderen. Ze gaven ons geen water... Het was een hok zonder ventilatie; we waren kletsnat van het zweet, van het bloed, de stront,' stamelde Manuel, dubbelgevouwen, zijn hoofd op zijn knieën. 'En andere cellen waren afzonderlijke nissen, graftombes, hondenhokken... De elektrische schokken, de dorst... Haal me hieruit!'

Blanca en ik omhelsden hem – een cirkel van armen en borsten –, we kusten hem, we hielden hem vast en huilden met hem mee. We hadden een van die cellen gezien. Ik had net zolang doorgedramd tot de gids me toestemming gaf er eentje binnen te kruipen. Ik moest op mijn knieën. Daarbinnen zat ik helemaal opgevouwen, gehurkt, het was onmogelijk om van houding te veranderen of me te verroeren, en nadat het deurtje achter me was dichtgeslagen zat ik in het donker, in de val. Na een paar seconden hield ik het niet meer en zette ik het op een krijsen, tot ze me er aan mijn armen weer uit trokken. 'De gevangenen werden levend begraven, weken-, soms zelfs maandenlang. De paar mensen die hier levend uit kwamen, waren gek geworden,' had de gids ons verteld.

'Wij weten nu waar je bent als je droomt, Manuel,' zei Blanca.

Uiteindelijk werd Manuel uit zijn cel bevrijd omdat de ruimte nodig was voor een andere gevangene. Ze waren het zat om hem te martelen en stuurden hem naar andere detentiecentra. Nadat hij zijn strafperiode in Chiloé had uitgezeten kon hij in Australië terecht, waar zijn vrouw al zat, die meer dan twee jaar niets van hem had gehoord en ervan uit was gegaan dat hij dood was. Ze was een nieuw leven begonnen, waar Manuel, getraumatiseerd, niet in paste. Korte tijd later scheidden ze, zoals de meeste echtparen in ballingschap. Ondanks alles had Manuel meer geluk dan andere ballingen. Australië is een gastvrij land; hij vond er werk binnen zijn vakgebied en was in de gelegenheid om twee boeken te schrijven, terwijl hij zich verdoofde met alcohol en vluchtige avontuurtjes die zijn peilloze eenzaamheid alleen maar groter maakten. Zijn tweede huwelijk, met een Spaanse balletdanseres die hij in Sydney had ontmoet, duurde nog geen twee jaar. Hij was niet in staat om iemand te vertrouwen of zich te geven in een liefdesrelatie; hij had last van paniek- en woedeaanvallen – voor altijd vast in zijn cel in Villa Grimaldi of naakt vastgebonden op een metalen rek, terwijl zijn bewakers stroomschokken door hem heen joegen, voor de lol.

Op een dag botste Manuel in Sydney met zijn auto tegen een paal van gewapend beton. Een onwaarschijnlijk ongeluk, zelfs voor iemand die zo stomdronken was als hij toen ze hem uit de auto peuterden. De dokters in het ziekenhuis, waar hij dertien dagen in levensgevaar verkeerde en een maand gefixeerd in bed moest liggen om te herstellen, besloten dat het een zelfmoordpoging was geweest en brachten hem in contact met een internationale organisatie die slachtoffers van martelingen hulp bood. Een psychiater die ervaring had in het behandelen van zijn soort gevallen kwam hem al opzoeken toen hij nog in het ziekenhuis lag. Het lukte hem niet om de trauma's van zijn patiënt te ontrafelen, maar hij hielp hem te leren omgaan met zijn stemmingswisselingen en zijn aanvallen van geweld en paniek te beheersen, te stoppen met drinken en een ogenschijnlijk normaal leven te leiden. Manuel, die zichzelf als genezen beschouwde, zonder het minste belang te hechten aan zijn nachtmerries of zijn diepgewortelde angst voor liften en afgesloten ruimtes, bleef zijn antidepressiva slikken en raakte gewend aan de eenzaamheid.

Tijdens Manuels verhaal viel het licht uit, zoals gebruikelijk op het eiland rond die tijd, en geen van ons drieën was opgestaan om kaarsen aan te steken. We zaten in het donker, heel dicht bij elkaar.

'Vergeef me, Manuel,' mompelde Blanca na een lange stilte.

'Je vergeven? Jou kan ik alleen maar dankbaar zijn,' zei hij.

'Vergeef me voor het onbegrip, voor mijn blindheid. De misdadigers zul je nooit kunnen vergeven, Manuel, maar mij misschien wel, en mijn familie. We hebben gezondigd uit nalatigheid. We hebben ons hoofd afgewend van de bewijzen omdat we niet medeplichtig wilden zijn. In mijn geval is het nog erger, want ik reisde indertijd veel en ik wist wat de buitenlandse pers over de regering-Pinochet schreef. Leugens, dacht ik, communistische propaganda.'

Manuel trok haar naar zich toe en omhelsde haar. Ik stond op, gooide op de tast een paar houtjes in het fornuis en ging op zoek naar kaarsen, nog een fles wijn en meer thee. Het was koud geworden in huis. Ik legde een deken over hun benen en installeerde me aan de andere kant van Manuel op de krakkemikkige bank.

'Dus je grootmoeder heeft het je verteld, Maya, over haar en mij?' zei Manuel.

'Dat jullie vrienden waren. Verder niets. Ze heeft het nooit over die tijd gehad. Ze zegt haast nooit iets over Felipe Vidal.'

'Maar hoe wist je dan dat ik je grootvader ben?'

'Popo is mijn grootvader,' wierp ik tegen, en ik schoof een stukje bij hem vandaan.

Zijn onthulling was zo ongehoord dat het me een eeuwigdurende minuut kostte om de reikwijdte ervan te beseffen. De woorden baanden zich met grote halen een weg in mijn geblokkeerde brein en mijn verwarde hart, maar de betekenis drong niet tot me door.

'Ik begrijp het niet...' mompelde ik.

'Andrés, jouw vader, is mijn zoon,' zei Manuel.

'Maar dat kan niet. Nini zou dat nooit meer dan veertig jaar hebben verzwegen.'

'Ik dacht dat je het wist, Maya. Je zei toch tegen dokter Puga dat je mijn kleindochter was?'

'Omdat ik erbij wilde blijven!'

In 1964 werkten Nini en Manuel Arias op de universiteit voor dezelfde professor, zij als secretaresse en hij als assistent. Zij was tweeëntwintig, en net getrouwd met Felipe Vidal. Manuel was zevenentwintig, met een beurs op zak om te promoveren in de sociologie aan de Universiteit van New York. Nini en Manuel hadden heel jong al eens een verliefdheid samen beleefd, maar waren elkaar uit het oog verloren en toen ze elkaar na een paar jaar bij toeval op de faculteit weer ontmoetten, werden ze meegesleurd in een nieuwe, vlammende passie, heel anders dan de onschuldige verliefdheid van weleer. Die passie zou op brute wijze eindigen, want hij zou naar New York vertrekken en dan moesten ze weer uiteen. Felipe Vidal, die een razendsnelle carrière maakte als journalist, zat in die tijd in Cuba en heeft nooit geweten dat zijn vrouw hem bedroog, net zomin als hij er ooit aan heeft getwijfeld dat het kind dat in 1965 werd geboren zijn zoon was. Hij had geen idee van Manuel Arias' bestaan, tot ze die afgrijselijke cel deelden, maar Manuel had Felipes journalistieke successen van een afstand gevolgd. De liefde tussen Manuel en Nidia kende verschillende onderbrekingen, maar vlamde elke keer als ze elkaar weer ontmoetten onontkoombaar op, tot Manuel in 1970 trouwde, hetzelfde jaar dat Salvador Allende de presidentsverkiezingen won en het politieke drama in gang werd gezet dat drie jaar later zou uitmonden in de militaire staatsgreep.

'Weet mijn vader het?' vroeg ik Manuel.

'Dat denk ik niet. Nidia voelde zich schuldig over wat er tussen ons was gebeurd en had zich voorgenomen haar geheim ten koste van alles te bewaren. Ze wilde het vergeten en wilde dat ik het ook vergat. Ze heeft het er niet meer over gehad tot december vorig jaar, toen ze me over jou schreef.'

'Nu begrijp ik waarom je me in huis hebt genomen, Manuel.'

'Uit mijn sporadische correspondentie met Nidia wist ik van jouw bestaan, Maya. Ik wist dat ik een kleindochter had omdat jij Andrés' dochter bent, maar ik heb me daar verder nooit druk om gemaakt omdat ik nooit had verwacht je in levenden lijve te ontmoeten.'

De atmosfeer van bezinning en intimiteit van enkele minuten geleden was ineens heel gespannen. Manuel was de vader van mijn vader, we waren van hetzelfde bloed. Er waren geen dramatische reacties, geen ontroerde omhelzingen of tranen van herkenning, geen gestamelde liefdesverklaringen; voor het eerst sinds ik in Chiloé was voelde ik die bittere hardheid van mijn slechte tijden. Met één haal waren ze weggevaagd, die knusse maanden van studie en samenleven met Manuel, die ik ineens als een onbekende ervoer, wiens overspel met mijn grootmoeder me afkeer inboezemde.

'Mijn god, Manuel, waarom heb je me dit nooit verteld? De soap is er niets bij,' zei Blanca met een zucht.

Dit doorbrak de betovering en haalde de kou uit de lucht. We keken elkaar aan in het gelige kaarslicht, glimlachten verlegen en schoten daarna in de lach, aanvankelijk aarzelend en daarna steeds harder, over de absurditeit en de onbenulligheid van dat alles, want het zal me worst wezen wie mijn biologische voorvader is, tenzij het een orgaandonatie of de erfenis van een fortuin betreft. Alleen de liefde telt, en gelukkig houden we van elkaar.

'Popo is mijn grootvader,' peperde ik hem nogmaals in.

'Dat betwist niemand, Maya,' antwoordde hij.

Van de boodschappen van Nini, die Manuel via Mike O'Kelly mailt, weet ik dat Freddy ergens in Las Vegas bewusteloos op straat is gevonden. Een ambulance heeft hem naar hetzelfde ziekenhuis vervoerd waar ik indertijd heb gelegen en waar Olympia Pettiford werkte, die hem al kende, een van die gelukkige toevalligheden die de Weduwen voor Jezus toeschrijven aan de macht van het gebed. De jongen lag op de intensive care en haalde adem door een slang die was verbonden met een luidruchtige machine, terwijl de artsen een dubbele longontsteking onder controle probeerden te krijgen. Het scheelde niets of hij had in het crematorium gelegen. Verder hebben ze de nier bij hem weg moeten nemen die indertijd kapot was getrapt toen ze hem zo te pakken hadden genomen, en de talloze kwalen moeten behandelen die het gevolg waren van het leven aan de zelfkant van de maatschappij. Uiteindelijk kreeg hij een bed op de afdeling waar Olympia werkte. Zij had intussen het reddende leger van Jezus en haar andere contacten gemobiliseerd om te voorkomen dat de kinderbescherming of de wet de jongen weg zou snaaien.

Tegen de tijd dat Freddy uit het ziekenhuis werd ontslagen had Olympia Pettiford, die een denkbeeldige verwantschap met de jongen had aangevoerd, officieel toestemming gekregen om hem onder haar hoede te nemen, en op die manier redde ze hem van een jeugdinrichting of de gevangenis. Het ziet ernaar uit dat agent Arana haar daarbij heeft geholpen. Toen hij hoorde dat een jongen in het ziekenhuis was opgenomen die mogelijkerwijs Freddy was, was hij hem op een vrij moment komen opzoeken. Hij vond de toegang geblokkeerd door de indrukwekkende Olympia, die vastbesloten was alle bezoek weg te houden bij het zieke kind, dat nog half verloren rondzwierf in dat onzekere gebied tussen het leven en de dood.

De verpleegster was bang dat Arana haar beschermeling wilde arresteren, maar hij wist haar ervan te overtuigen dat hij Freddy alleen wilde vragen wat hij wist over een vriendin van hem, Laura Barron. Arana zei dat hij bereid was de jongen te helpen, en omdat ze dat allebei wilden, nodigde Olympia hem uit om in de cafetaria een sapje te drinken en wat te praten. Ze vertelde hem dat Freddy aan het eind van het jaar daarvoor een zekere Laura Barron bij haar thuis had afgeleverd, een ziek, drugsverslaafd meisje, en dat hij daarna in rook was opgegaan. Ze had niets meer van hem gehoord tot hij met nog maar één nier de operatiekamer uit werd gerold en op haar afdeling terechtkwam. Wat betreft Laura Barron, daar kon ze alleen maar over vertellen dat ze een paar dagen voor haar had gezorgd, en dat het meisje zodra ze weer wat was opgeknapt door familie was opgehaald, die haar waarschijnlijk had ingeschreven voor een ontwenningsprogramma dat zij hun zelf had aangeraden. Ze wist niet waar ze nu was en had ook het telefoonnummer niet meer dat het meisje haar had gegeven om haar grootmoeder te bellen. En Freddy moest met rust worden gelaten, waarschuwde ze Arana op een toon die verdere discussie uitsloot, want de jongen wist niets van die Laura Barron af.

Freddy zag eruit als een vogelverschrikker toen hij uit het ziekenhuis kwam. Olympia Pettiford nam hem mee naar huis en leverde hem af in de handen van het geduchte commandoteam van de Weduwen voor Jezus. De jongen was inmiddels twee maanden clean en had maar net genoeg energie om tv te kijken; verder was hij nergens toe in staat. Op het frituurdieet van de Weduwen kwam hij op krachten en toen Olympia het idee had dat hij sterk genoeg was en ze bang werd dat hij weer naar de straat zou ontsnappen, terug naar de hel van de verslaving, herinnerde ze zich de man in de rolstoel, wiens kaartje ze tussen de bladzijden van haar bijbel bewaarde, en belde hem op. Ze haalde haar spaarcenten van de bank, kocht tickets, en met nog een Weduwe als versterking bracht ze Freddy naar Californië. Volgens Nini meldden ze zich vervolgens in hun zondagse kleren in het benauwde hok waar Sneeuwwitje werkte, vlak bij de jeugdgevangenis. Hij verwachtte hen.

Het verhaal vervult me met hoop, want als iemand op deze wereld Freddy kan helpen, is het Mike O'Kelly.

Daniel Goodrich nam samen met zijn vader in San Francisco deel aan een symposium van jungiaanse psychoanalytici, met als belangrijkste onderwerp *Het Rode Boek* (*Liver Novus*) van Carl Jung, dat net was gepubliceerd nadat het tientallen jaren in een Zwitserse kluis had gelegen, verborgen voor de ogen van de wereld en omgeven met groot mysterie. Sir Robert Goodrich kocht voor goudgeld een van de luxe replica's, een exacte kopie van het origineel, dat Daniel, tegelijk met de adellijke titel, zal erven. Daniel maakte gebruik van zijn vrije zondag om naar Berkeley te gaan om mijn familie te bezoeken en nam de foto's van zijn verblijf in Chiloé mee.

In de beste Chileense traditie stond mijn grootmoeder erop dat hij die nacht zou blijven logeren, en installeerde hem in mijn kamer, die in wat rustiger kleuren was geschilderd dan het schelle mango van mijn kindertijd, en was ontdaan van de gevleugelde draak aan het plafond en de ondervoede kindertjes aan de muur. De gast was verbijsterd over mijn schilderachtige grootmoeder en het enorme huis in Berkeley, dat nog weerbarstiger, krakkemikkiger en bonter was dan ik het had kunnen beschrijven. De sterrentoren was door de huurder als opslag gebruikt, maar Mike had een aantal van zijn boetvaardige delinquenten gestuurd om de smerigheid weg te schrapen en de oude telescoop op zijn plek terug te zetten. Nini zegt dat Popo, die voor die tijd struikelend over kisten en balen uit India door het huis zwierf, sindsdien rust heeft. Ik heb haar maar niet verteld dat Popo in Chiloé is, want misschien verschijnt hij wel op verschillende plaatsen tegelijk.

Nini heeft Daniel de bibliotheek laten zien, de oude hippies van Telegraph Avenue, het beste vegetarische restaurant van de stad, het Chileense ontmoetingscentrum en natuurlijk heeft ze hem aan Mike O'Kelly voorgesteld. 'Die Ier is verliefd op je grootmoeder en volgens mij laat hij haar ook niet helemaal koud,' schreef Daniel me, maar ik kan me haast niet voorstellen dat mijn grootmoeder Sneeuwwitje serieus zou kunnen nemen; vergeleken bij mijn grootvader is hij een doetje. Natuurlijk is er helemaal niets mis met O'Kelly, maar iedereen is nu eenmaal een doetje vergeleken met mijn Popo.

In Mikes appartement heeft hij Freddy ontmoet, die wel heel erg veranderd moet zijn de laatste maanden, want Daniels beschrijving komt totaal niet overeen met de jongen die tot twee keer toe mijn leven heeft gered. Freddy zit in Mikes afkickprogramma. Hij is nuchter en zichtbaar in goede gezondheid, maar vreselijk gedeprimeerd; hij heeft geen vrienden, gaat de straat niet op, en wil niet werken of studeren. O'Kelly is van mening dat hij tijd nodig heeft en dat we er vertrouwen in moeten hebben dat hij er goed uit komt, want hij is nog heel jong en heeft zijn hart op de goede plek, wat altijd scheelt. Freddy reageerde nauwelijks op de foto's uit

Chiloé en op het nieuws over mij, en als hij niet twee vingers aan één hand had gemist, zou Daniel gedacht hebben dat hij iemand anders was.

Mijn vader kwam die zondag rond het middaguur thuis van het een of andere Arabisch emiraat, en heeft met Daniel geluncht. Ik kan die drie zo voor me zien, in de ouderwetse keuken van het huis: de witte servetjes, een beetje rafelig van het vele gebruik, de groene aardewerken kan voor het water, de fles Veramonte Sauvignon Blanc, mijn vaders lievelingswijn, en Nini's geurige vissoep, een Chileense variant van de Italiaanse *cioppino* en de Franse bouillabaisse, zoals zij haar *caldillo de pescado* zelf omschrijft. Mijn vriend heeft ten onrechte geconcludeerd dat mijn vader nogal sentimenteel is, omdat hij een traantje moest wegpinken toen hij de foto's van mij zag, en ook dat ik op niemand van mijn kleine familie lijk. Hij zou Marta Otter eens moeten zien, de Laplandse prinses.

Na een dag van Nini's overstelpende gastvrijheid heeft hij Berkeley weer verlaten met het idee dat het een soort derdewereldland is. Hij kon het goed met Nini vinden, hoewel ik het enige ben wat ze gemeen hebben, behalve dan hun wederzijdse zwakheid voor muntijs. Na afweging van de risico's besloten ze contact met elkaar te houden via de telefoon, naar hun idee de veiligste manier, mits ze er maar voor zorgden mijn naam niet te noemen.

'Ik heb Daniel voor Kerstmis uitgenodigd,' kondigde ik Manuel aan.

'Op visite, om te blijven of om je te halen?' vroeg hij.

'Dat weet ik toch niet, Manuel.'

'Wat zou jij willen?'

'Dat hij bleef!' antwoordde ik zonder te aarzelen, zelf verbaasd over die zekerheid.

Sinds ik op de hoogte ben van onze familieband kijkt Manuel me regelmatig met vochtige ogen aan, en vrijdag nam hij uit Castro bonbons voor me mee.

'Je bent mijn verloofde niet, Manuel, en je kunt het wel vergeten dat je Popo's plaats zou kunnen innemen.'

'Maar dat komt helemaal niet in me op, rare gringa,' antwoordde hij.

Onze relatie is hetzelfde gebleven. Geen geflikflooi en een behoorlijke dosis ironie, maar hij lijkt een ander mens, dat heeft Blanca ook gemerkt. Ik hoop maar dat hij niet te week wordt, anders eindigt hij nog als een seniel oudje. De verhouding tussen die twee is ook veranderd. Manuel slaapt een paar nachten per week bij Blanca en laat mij dan alleen achter, met drie vleermuizen, twee maniakale katten en een manke hond als enig gezelschap. We hebben een paar keer de gelegenheid gehad om over zijn verleden te praten. Er rust geen taboe meer op, maar ik durf er nog niet over te beginnen; ik wacht liever tot hij zelf het initiatief neemt, wat met een zekere regelmaat gebeurt, want nu het deksel van zijn doos van Pandora is, heeft Manuel er van tijd tot tijd behoefte aan zijn hart te luchten.

Ik heb inmiddels een redelijk goed beeld van het lot dat Felipe Vidal heeft getroffen, dankzij Manuels herinneringen en Nini's gedetailleerde aangifte bij La Vicaría de la Solidaridad, waar ze zelfs een aantal brieven hadden gearchiveerd die hij haar heeft geschreven voordat hij werd opgepakt. Ik lapte alle veiligheidsvoorschriften aan mijn laars en mailde Nini via Daniel om meer informatie, die haar mijn verzoek doorstuurde. Ze antwoordde me via dezelfde weg, en daarmee was de puzzel compleet.

In de verwarring van de eerste tijd na de militaire staatsgreep dachten Felipe en Nidia Vidal nog dat ze, als ze maar uit de wind bleven, hun oude leventje zouden kunnen voortzetten. Felipe Vidal had tijdens de drie jaar van het Allende-bewind een actualiteitenprogramma op tv geregisseerd – meer dan genoeg reden om verdacht te zijn in de ogen van de militairen, maar ze hadden hem nog steeds niet opgepakt. Nidia was ervan overtuigd dat de democratie spoedig hersteld zou worden, maar hij vreesde voor een langdurige dictatuur, hij had tijdens zijn carrière als journalist oorlogen, revoluties en militaire staatsgrepen verslagen, en wist dat geweld, eenmaal ontketend, onbeheersbaar is. Kort voordat de staatsgreep plaatsvond kreeg hij het angstige gevoel dat ze op een kruitvat leefden dat elk moment kon ontploffen, en na een persconferentie waarschuwde hij de president onder vier ogen.

'Is jou iets bekend wat ik niet weet, compañero Vidal, of is het een voorgevoel?' vroeg Allende.

'Ik hou de vinger aan de pols van dit land, en ik denk dat de militairen in opstand gaan komen,' antwoordde Felipe zonder omhaal van woorden.

'Chili kent een lange democratische traditie. Niemand die hier met geweld naar de macht grijpt. Ik ben me bewust van de ernst van de crisis, compañero, maar ik heb ook vertrouwen in de opperbevelhebber van onze strijdkrachten en het eergevoel van onze soldaten. Ik ben ervan overtuigd dat ze hun plicht zullen vervullen,' zei Allende op plechtige toon, alsof hij een officiële toespraak hield. Die opperbevelhebber was generaal Augusto Pinochet, een man uit een militair geslacht, afkomstig uit de provincie, die hij nog maar net had aangesteld, op aanbeveling van diens voorganger, generaal Prats, die onder politieke druk was afgetreden.

Vidal gaf dit gesprek letterlijk weer in zijn column in de krant. Negen dagen later, op dinsdag 11 september, hoorde hij op de radio Allendes laatste woorden, waarmee de president afscheid nam van het volk voor hij stierf, met op de achtergrond het geraas van de bommen die op het regeringspaleis La Moneda vielen. Toen bereidde hij zich op het ergste voor. Hij geloofde niet in het zogenaamd beschaafde gedrag van de Chileense militairen, want hij had geschiedenis gestudeerd en te veel voorbeelden van het tegenovergestelde gezien. Hij voorvoelde dat de onderdrukking afgrijselijk zou worden.

De militaire junta kondigde de noodtoestand af, en een van de eerste maatregelen was een strenge censuur van alle communicatiemiddelen. Er was geen nieuws, er deden alleen geruchten de ronde. De officiële propaganda probeerde die overigens niet tot zwijgen te brengen, want het was in hun voordeel om angst te zaaien. De geruchten spraken van concentratiekampen, martelcentra, van duizenden en duizenden gevangenen, verbanningen en doden, tanks die arbeiderswijken met de grond gelijkmaakten, soldaten die gefusilleerd werden omdat ze weigerden te gehoorzamen, gevangenen die vanuit helikopters in zee werden gegooid, vastgebonden aan ijzeren rails, van boven tot onder opengesneden, om zeker te zijn dat ze zonken. Felipe Vidal zag de tot de tanden gewapende soldaten, de tanks, de mensen die met slaag werden voortgedreven; hij hoorde het geraas van de militaire vrachtwagens, het gezoem van de helikopters. Nidia rukte de posters van protestzangers van de muren en verzamelde alle boeken, zelfs onschuldige romans, om ze naar een vuilnisbelt te brengen, want het was niet mogelijk ze te verbranden zonder op te vallen – een zinloze bezigheid overigens, want er bestonden honderden compromitterende artikelen, documentaires en opnamen van de hand van haar man.

Het was Nidia's idee om Felipe te laten onderduiken, dan zouden ze geruster zijn. Ze stelde hem voor om naar het zuiden te gaan, naar een tante van haar. Doña Ignacia was een tamelijk merkwaardige tachtigjarige dame, die al vijftig jaar lang stervende mensen verpleegde in haar huis. Drie dienstboden, bijna net zo oud als zijzelf, assisteerden haar in de nobele taak terminaal zieken met aanzienlijke namen, voor wie de eigen familie niet kon of niet wilde zorgen, bij te staan in het stervensproces. Er kwam – op een verpleegster en een diaken na, die tweemaal per week medicijnen en de communie uitdeelden – nooit iemand op bezoek in dat naargeestige huis, want het was algemeen bekend dat de doden daar spookten. Felipe Vidal geloofde absoluut niet in dat soort zaken, maar gaf in een brief aan zijn vrouw wel toe dat de meubels zich op eigen houtje verplaatsten en dat je 's nachts geen oog dichtdeed vanwege het onverklaarbare slaan van de deuren en het gestommel op het dak. De eetkamer werd regelmatig als rouwkapel gebruikt, en er was een kast vol kunstgebitten, brillen en medicijnpotjes, door de gasten achtergelaten bij hun vertrek naar de hemel. Doña Ignacia ontving Felipe Vidal met open armen. Ze herinnerde zich niet wie hij was en dacht dat hij een van de vele door God gezonden patiënten was; vandaar dat het haar verbaasde dat hij er zo gezond uitzag.

Het vierkante huis, van adobe, met dakpannen en een centrale patio, was een overblijfsel uit de koloniale tijd. De kamers kwamen uit op een galerij waar stoffige geraniumplanten stonden weg te kwijnen en loslopende kippen rondscharrelden. De balken en pilaren waren kromgetrokken, de muren weken, de luiken waren gammel van ouderdom en door de aardbevingen, het dak lekte op verschillende plaatsen, en tocht en dolende zielen deden de kleren van de heiligenbeelden in de kamers bewegen. Het was de volmaakte antichambre van de dood, ijskoud, vochtig en naargeestig als een kerkhof, maar voor Felipe Vidal was het pure luxe. De kamer die hij toegewezen kreeg was zo groot als zijn hele appartement in Santiago, met een verzameling zware meubels, getraliede ramen, en een plafond dat zo hoog was dat de deprimerende schilderijen van Bijbelse taferelen iets schuin waren opgehangen om er van beneden af van te kunnen genieten. Het eten was er fantastisch, want tante was een smulpaap en liet het haar stervenden, die kalm en met hortende ademhaling in hun bed bleven liggen en nauwelijks van hun eten proefden, aan niets ontbreken.

Vanuit zijn schuilplaats in de provincie probeerde Felipe aan verschillende touwtjes te trekken om meer helderheid te krijgen omtrent zijn situatie. Hij had geen werk meer, want het tv-kanaal was in beslag genomen, zijn krant opgeheven en het gebouw tot de grond toe afgebrand. Zijn gezicht en zijn pen waren verbonden met de linkse pers. Hij hoefde zich geen illusies te maken nog werkzaam te kunnen blijven in zijn vakgebied, maar hij had wat spaargeld waarmee hij het een maand of wat zou kunnen uithouden. Zijn meest urgente probleem was om erachter te komen of hij op de zwarte lijst stond, want in dat geval moest hij het land ontvluchten. Hij stuurde gecodeerde berichten en pleegde voorzichtige telefoontjes, maar zijn vrienden en kennissen weigerden hem te antwoorden of verscholen zich achter smoezen.

Na drie maanden zat hij op een halve fles pisco per dag en was hij gedeprimeerd en beschaamd, want terwijl anderen ondergronds streden tegen de militaire dictatuur, at hij als een prins op kosten van een demente oude dame die om de haverklap een thermometer in hem wilde stoppen. Hij stierf van verveling. Tv-kijken verdomde hij, om de militaire verordeningen en marsen niet te hoeven horen, hij las niet, want er waren alleen negentiende-eeuwse boeken in huis, en zijn enige sociale activiteit bestond uit het dagelijkse rozenhoedje dat hij elke avond met tante en de dienstboden bad voor de zielen van de stervenden, want daartoe had hij zich verplicht; het was de enige tegenprestatie die doña Ignacia van hem had geëist in ruil voor kost en inwoning. In die periode heeft hij een aantal brieven naar zijn vrouw geschreven waarin hij vertelt over de details van zijn leven, en daarvan heb ik er twee kunnen lezen in het archief van La Vicaría. Gaandeweg nam hij een beetje meer bewegingsvrijheid, eerst naar de deur, toen naar de bakker op de hoek, naar de krantenkiosk en daarna een paar rondjes om het plein en naar de bioscoop. Het bleek ineens hartje zomer te zijn, en de mensen maakten aanstalten om op vakantie te gaan alsof er niets aan de hand was, alsof de patrouilles soldaten met helmen en mitrailleurs altijd al deel hadden uitgemaakt van het stadslandschap. Kerstmis ging voorbij, en voor hem begon het jaar 1974 zonder zijn vrouw en zijn kind, maar in februari, toen hij al vijf maanden als een rat zat ondergedoken, zonder dat de geheime politie ook maar enigszins blijk had gegeven in hem geïnteresseerd te zijn, vond hij dat het tijd werd om terug te keren naar de hoofdstad en de brokstukken van zijn leven en zijn gezin bijeen te vegen.

Felipe Vidal nam afscheid van doña Ignacia en de dienstmeisjes, die ontroerd zijn koffer volstopten met kaas en empanada's, want in een halve eeuw was hij de eerste patiënt die negen kilo was aangekomen in plaats van dood te gaan. Hij droeg contactlenzen, had zijn haren kort geknipt, zijn snor afgeschoren, en was onherkenbaar. Hij keerde terug naar Santiago en aangezien de omstandigheden nog niet zo waren dat hij werk kon zoeken, besloot hij zich te wijden aan het schrijven van zijn memoires. Een maand later, toen zijn vrouw na haar werk de kleine Andrés van school had gehaald en boodschappen had gedaan voor het eten, zag ze dat de deur van het appartement was opengebroken. De kat hing met ingeslagen schedel in de deuropening.

Nidia Vidal legde het gebruikelijke traject af op zoek naar haar echtgenoot, net als honderden andere ongeruste mensen die in de rij stonden voor politiebureaus, gevangenissen, detentiecentra, ziekenhuizen en mortuaria. Haar man stond niet op de zwarte lijst en was nergens geregistreerd. Hij was nooit gearresteerd – 'Ach mevrouwtje, hou toch op met dat gezoek, die is er vast met een vriendinnetje vandoor naar Mendoza.' Haar zoektocht zou jarenlang door zijn gegaan als ze die ene boodschap niet had ontvangen.

In Villa Grimaldi, nog maar net als detentiecentrum in gebruik genomen door de DINA, verbleef Manuel Arias in een van de martelcellen, tegen andere gevangenen aan gedrukt, staand; niemand kon zich bewegen. Een van de mannen in zijn cel was Felipe Vidal, die iedereen kende van zijn tv-programma. Uiteraard kon Vidal niet weten dat zijn celgenoot, Manuel Arias, de vader van Andrés was, het kind dat hij als zijn zoon beschouwde. Na twee dagen werd Felipe Vidal voor ondervraging opgehaald. Hij kwam niet meer terug.

De gevangenen plachten te communiceren met klopjes en gekrabbel tegen de houten schotten die de cellen van elkaar scheidden, en op die manier kwam Manuel te weten dat Vidal aan een hartaanval was bezweken op de *parilla*, de barbecue, het stalen frame waarop gevangenen werden vastgebonden als ze elektrische schokken toegediend kregen. Zijn stoffelijke resten waren, net als die van zo veel anderen, in zee gedumpt. In contact komen met Nidia werd nu een obsessie voor hem. Dat was het minste wat hij kon doen voor de vrouw die hij zo had bemind: ervoor zorgen dat ze haar leven niet zou verspillen met een zoektocht naar haar man en haar waarschuwen dat ze moest maken dat ze wegkwam voordat ze haar ook lieten verdwijnen.

Het was niet mogelijk om boodschappen naar buiten te sturen, maar door een wonderbaarlijke samenloop van omstandigheden vond in die tijd net – de verhalen over mensenrechtenschendingen waren de wereld al over gegaan – de eerste inspectie plaats door het Rode Kruis. Voor die inspectie werden gevangenen weggehouden, de bloedsporen moesten worden weggeruimd en de parilla's gedemonteerd. Een aantal gevangenen echter die er wat minder erg aan toe waren – onder hen Manuel – lapten ze zo goed en zo kwaad als mogelijk was op; ze werden gebaad, kregen schone kleren aan en werden aan het inspectieteam getoond, met de waarschuwing dat bij de minste loslippigheid hun familie daar de gevolgen van zou ondervinden. Manuel maakte gebruik van de enige paar seconden die hij had om een boodschap naar Nidia Vidal te sturen: twee gefluisterde zinnetjes in het oor van een van de leden van het inspectieteam van het Rode Kruis.

Toen Nidia die boodschap ontving, wist ze meteen van wie die kwam en twijfelde ze geen moment aan de authenticiteit. Ze nam contact op met een Belgische priester die ze kende, die voor La Vicaría werkte. Hij wist haar met haar kind de ambassade van Honduras binnen te krijgen, waar ze nog twee maanden moesten wachten op een vrijgeleide om het land uit te mogen. Het ambassadegebouw zat tot de nok toe vol met gemiddeld zo'n vijftig mannen, vrouwen en kinderen, die overal op de grond sliepen en de drie toiletten permanent bezet hielden, terwijl de ambassadeur zijn best deed om de mensen toegelaten te krijgen tot andere landen dan zijn vaderland, want Honduras zat al vol en kon niet nog meer vluchtelingen hebben. Het leek een gebed zonder eind, want er bléven maar slachtoffers van het regime zijn ambassade binnenkomen, die vanaf de straat over de muur sprongen en op zijn patio neerkwamen. Toen Canada zich bereid verklaarde om er twintig op te vangen, onder wie Nidia en Andrés Vidal, huurde hij een bus, zette daar een diplomatiek nummerbord en twee Hondurese vlaggen op, en bracht, vergezeld van zijn militair attaché, de twintig ballingen persoonlijk naar de luchthaven en vervolgens naar de deur van het vliegtuig.

Nidia nam zich voor haar kind een normaal leven te bieden in Canada, zonder angst, haat of wrok. Ze deed de waarheid geen geweld aan door hem te vertellen dat zijn vader aan een hartaanval was gestorven, maar hield de afschuwelijke details voor hem weg, want het kind was nog veel te jong om dat aan te kunnen.

De jaren gleden voorbij zonder dat zich de gelegenheid of een goede reden voordeed om hem over de omstandigheden van die dood te vertellen, maar nu ik het verleden heb opgegraven, zal Nini wel moeten. En ze zal hem ook moeten vertellen dat Felipe Vidal, de man van de foto die altijd op zijn nachtkastje heeft gestaan, zijn vader niet was.

In La Taberna del Muertito was met de post een pakje voor ons gekomen. We hoefden het niet open te maken om te weten wie het had gestuurd, want het was afkomstig uit Seattle. Het bevatte de brief waar ik zo naar hunkerde, lang en vol informatie, maar zonder de verliefde toon die een eind zou hebben gemaakt aan mijn twijfels over Daniel. Het pakje bevatte ook de foto's die hij in Berkeley had gemaakt: van Nini, die er beter uitzag dan vorig jaar omdat ze haar haar had geverfd, arm in arm met mijn vader in zijn pilotenuniform, knap als altijd; van Mike O'Kelly, staand, vastgeklampt aan zijn rollator, met het bovenlichaam en de armen van een worstelaar en zijn verlamde, misvormde benen; van het magische huis in de schaduw van de pijnbomen op een heldere najaarsdag; van de Baai van San Francisco, met overal spikkeltjes van witte zeilen. Freddy kwam op die foto's niet voor, alsof hij zich opzettelijk had weggehouden van de camera. Van hem was er alleen een polaroid, wellicht genomen toen hij even niet oplette. Dat graatmagere, trieste wezen met die hongerige ogen kon zo doorgaan voor een van de zombies in het gebouw van Brandon Leeman. Die arme Freddy heeft zo lang gebruikt dat afkicken van zijn verslaving jaren kan duren, als hem dat al lukt, en intussen lijdt hij.

In het pakje zat ook een boek over de maffia, dat ik later zal lezen, en een uitgebreide tijdschriftreportage over de meest gezochte vervalser van dollars ter wereld, een vierenveertigjarige Amerikaan, Adam Trevor, die in augustus op de luchthaven van Miami was aangehouden toen hij vanuit Brazilië onder een valse naam de Verenigde Staten in probeerde te komen. Hij had halverwege 2008 de FBI en Interpol om de tuin weten te leiden en was indertijd met vrouw en kind zijn land ontvlucht. Achter slot en grendel in een federale gevangenis, mogelijk voor de rest van zijn leven in een cel, had hij de inschatting gemaakt dat hij maar beter in ruil voor strafvermindering met de autoriteiten kon samenwerken. De informatie die Trevor had verstrekt, zou mogelijkerwijs leiden tot het oprollen van een internationaal netwerk dat de financiële markten van Wall Street tot Beijing had kunnen verstoren, aldus het artikel.

Trevor was in Georgia met zijn productie van valse dollars begonnen, maar had die later naar Texas verplaatst, in de buurt van de Mexicaanse grens, die zo lek was als een mandje. Hij installeerde de machine waarmee hij zijn biljetten maakte op de zolder van een schoenenfabriek die al een paar jaar leegstond, op een industrieterrein waar het overdag heel druk, maar 's avonds uitgestorven was, zodat hij zijn spullen kon vervoeren zonder de aandacht te trekken. Zijn bankbiljetten waren inderdaad zo volmaakt als agent Arana in Las Vegas me had verzekerd, want Trevor had de hand weten te leggen op stalen van hetzelfde stijfselvrije papier als waar de echte biljetten van gemaakt worden en had een ingenieuze techniek ontwikkeld om er de metalen veiligheidsstrip op aan te brengen; zelfs de beste kassier kon ze niet van echt onderscheiden. Bovendien bestond een deel van zijn productie uit briefjes van vijftig, die maar zelden net zo grondig gecontroleerd worden als biljetten van een hogere waarde. Het artikel herhaalde wat Arana me al had verteld, namelijk dat de valse dollars altijd naar plaatsen buiten de Verenigde Staten werden gezonden, waar criminele bendes ze mengden met echt geld voordat ze ze in omloop brachten.

In zijn bekentenis gaf Adam Trevor toe dat hij de fout had begaan zijn broer in Las Vegas een half miljoen dollar in bewaring te geven; deze was vermoord voordat hij hem had kunnen doorgeven waar hij de buit had verborgen. Er zou niets aan de hand zijn geweest als die broer, een onbeduidend drugshandelaartje dat onder de naam Brandon Leeman opereerde, het geld niet was gaan uitgeven. In die oceaan van contant geld van de casino's in Nevada zouden de biljetten jarenlang hebben kunnen circuleren zonder ontdekt te worden, ware het niet dat Brandon Leeman ze ook gebruikte om politiemensen mee om te kopen, en dit nu was voor de FBI het draadje waarmee ze de kluwen waren gaan ontrafelen.

De politie in Las Vegas had het omkopingsschandaal min of meer stil weten te houden, maar er was toch iets naar de pers gelekt. Om de publieke verontwaardiging te sussen was vervolgens in een oppervlakkige zuiveringsactie een aantal corrupte politiemensen vervangen. De journalist eindigde zijn reportage met een alinea waar ik ontzettend van schrok:

> *Dat half miljoen aan valse dollars is onbelangrijk. Waar het echt om gaat is de clichés te vinden waarmee de biljetten gedrukt zijn, voordat die in handen vallen van terroristische groeperingen of regeringen als die van Noord-Korea of Iran, voor wie het interessant is om de markt te overspoelen met valse dollars en op die manier de Amerikaanse economie te ontwrichten. En die clichés zijn door Adam Trevor aan zijn broer in bewaring gegeven.*

Mijn grootmoeder en Sneeuwwitje zijn ervan overtuigd dat privacy niet meer bestaat, dat niemand zich nog verborgen kan houden en dat je achter de meest intieme zaken van iemands leven kunt komen. Je hoeft maar een creditcard te gebruiken, de tandarts te bezoeken, in een trein te stappen of iemand op te bellen, of je laat al een onuitwisbaar spoor achter. Niettemin verdwijnen er jaarlijks honderdduizenden kinderen en volwassenen om diverse redenen: ontvoering, zelfmoord, moord, omdat ze geestesziek zijn of een ongeluk krijgen. Velen van hen ontsnappen aan huiselijk geweld, zijn op de vlucht voor de wet, sluiten zich aan bij een sekte of reizen onder een andere identiteit, om nog maar te zwijgen over de slachtoffers van vrouwenhandel of degenen die als slaven geëxploiteerd worden. Volgens Manuel zijn er vandaag de dag zevenentwintig miljoen slaven, en dat terwijl de slavernij toch wereldwijd is afgeschaft.

Het afgelopen jaar was ikzelf zo'n vermist persoon, en Nini was niet in staat me te vinden, terwijl ik niet eens speciaal moeite deed om me te verbergen. Zij en Mike denken dat de Amerikaanse regering onder het mom van terrorismebestrijding al onze bewegingen en voornemens controleert, maar ik heb daar zo mijn twijfels over, ik kan niet geloven dat ze in staat zijn die miljarden en miljarden e-mails en telefoongesprekken na te trekken. De atmosfeer is verzadigd van woorden in honderden talen; volgens mij is het domweg niet mogelijk om het gebrabbel van die toren van Babel te ordenen en te ontcijferen. 'Dat kunnen ze wel, Maya. Ze beschikken over de technologie, en ze hebben miljoenen flutambtenaren in dienst wier enige taak het is ons te bespioneren. En luister goed: als onschuldige mensen al moeten uitkijken, heb jij helemaal reden om voorzichtig te zijn,' peperde Nini me in toen we in januari in San Francisco afscheid van elkaar namen. Het bleek dat, toen een van die naïevelingen uit haar vriendenkring – die Norman, dat onuitstaanbare genie dat haar heeft geholpen mijn mails en mijn mobiel te kraken – op internet grappen had verspreid over Bin Laden, er binnen een week twee FBI-mensen op de stoep stonden om hem te ondervragen. Obama heeft het binnenlandse spionagenetwerk van zijn voorganger niet ontmanteld, zodat je niet voorzichtig genoeg kunt zijn, voert mijn grootmoeder aan, en Manuel Arias is het met haar eens.

Manuel en Nini gebruiken een code als ze het over mij hebben: het boek dat hij aan het schrijven is, ben ik. Als hij mijn grootmoeder bijvoorbeeld wil laten weten hoe ik me in Chiloé heb aangepast, zegt Manuel dat het boek beter vordert dan verwacht, dat hij geen enkel serieus probleem is tegengekomen en dat de normaal zo stugge Chiloten meewerken. Nini kan zich wat meer vrijheden permitteren, mits ze dat niet via de computer doet. Vandaar dat ik weet dat de scheiding tussen mijn vader en Susan inmiddels is uitgesproken, dat hij nog steeds op het Midden-Oosten vliegt en dat Susan weer terug is uit Irak en voor de veiligheidsdienst van het Witte Huis werkt. Mijn grootmoeder houdt contact met haar, want ze zijn bevriend geraakt, ondanks hun aanvankelijke strubbelingen in de tijd dat de schoonmoeder de privacy van de schoondochter te weinig respecteerde. Ik ben van plan Susan te schrijven zodra de situatie dat toestaat, want ik wil haar ook niet kwijt. Ze is heel aardig voor me geweest.

Nini werkt nog steeds bij de bibliotheek, ze begeleidt de stervenden in het hospice en staat Mike O'Kelly bij. De Crimiclub heeft de Amerikaanse pers gehaald omdat twee leden achter de identiteit van een seriemoordenaar in Oklahoma zijn gekomen. Door logisch deduceren kregen ze voor elkaar wat de politie ondanks alle moderne onderzoekstechnieken niet was gelukt. Die bekendheid heeft een stortvloed aan aanmeldingen voor de club teweeggebracht. Nini wil nieuwe leden een maandelijks bedrag laten betalen, maar O'Kelly is van mening dat dit ten koste zou gaan van hun idealisme.

'Die platen van Adam Trevor kunnen een enorme ramp veroorzaken in de internationale economie. Ze zijn net zo gevaarlijk als een atoombom,' zei ik tegen Manuel.

'Ze liggen op de bodem van de Baai van San Francisco.'

'Daar kunnen we nooit helemaal zeker van zijn, maar al was het zo, dan weet de FBI dat niet. Wat moeten we doen, Manuel? Als ze me eerst al zochten voor een handjevol valse bankbiljetten, dan hebben ze nu vanwege die platen pas echt reden om achter me aan te gaan. Ik denk dat ze serieus hun best zullen gaan doen om me te vinden.'

Vrijdag 27 november 2009. De derde klotedag op een rij. Al sinds woensdag werk ik niet, ga ik het huis niet uit, houd ik mijn pyjama aan, heb ik geen honger, maak ik ruzie met Manuel en Blanca – uitzichtloze dagen, in een achtbaan van emoties. Vlak voor dat telefoongesprek op die vervloekte woensdag was ik nog in de zevende hemel, in het licht en het geluk, maar meteen daarna viel ik als een baksteen naar beneden, als een vogel met een doorboord hart. Ik ben drie dagen buiten mezelf geweest, drie dagen heb ik lopen krijsen en jammeren om mijn liefde, mijn fouten, mijn verdriet, maar nu heb ik eindelijk tegen mezelf gezegd dat het genoeg moet zijn en ik heb zo lang onder de douche gestaan dat al het water op is. Mijn verdriet heb ik met zeep van me af geschrobd en daarna ben ik in het zonnetje op het terras gaan zitten om het geroosterde brood met tomatenjam dat Manuel voor me had gesmeerd te verorberen, en dat hielp om weer grond onder mijn voeten te krijgen na mijn alarmerende aanval van liefdesverdriet. Ik kon weer met een iets objectievere blik naar mezelf kijken, hoewel ik wist dat het kalmerende effect van het geroosterde brood maar tijdelijk zou zijn. Ik heb veel gehuild, en zal net zolang blijven huilen als nodig is uit medelijden met mezelf en om mijn afgewezen liefde, want ik weet wat er gebeurt als ik me probeer groot te houden, zoals ik heb gedaan toen Popo doodging. Overigens trekt niemand zich iets aan van mijn gejank; Daniel hoort het niet en de wereld draait onverstoorbaar door.

Daniel Goodrich heeft me laten weten dat hij 'grote waarde hecht aan onze vriendschap en contact met me wil blijven houden', dat ik 'een opmerkelijke jonge vrouw ben' en bla bla bla – kortom, hij houdt niet van me. Hij komt niet naar Chiloé met Kerstmis, dat was een idee van mij, hij had nog niets toegezegd, net zoals hij nooit plannen heeft gemaakt om terug naar mij te komen, ons avontuur in mei was heel romantisch, hij zal het altijd in zijn herinnering koesteren, en nog meer gelul, maar zijn leven is nu eenmaal in Seattle. Toen ik deze boodschap ontving op juanitocorrales@gmail.com, dacht ik nog dat het een misverstand was, een vergissing die te wijten was aan de afstand, en ik belde hem meteen op – mijn eerste telefoontje, mijn oma kon mijn rug op met haar veiligheidsmaatregelen. Het was een kort gesprek, heel pijnlijk, dat ik niet kan herhalen zonder ineen te krimpen van schaamte en vernedering. Ik smekend, hij steeds meer op afstand.

'Ik ben lelijk, stom, en ook nog eens een alcoholiste! Logisch dat Daniel niets met me te maken wil hebben,' snikte ik.

'Heel goed, Maya, haal jezelf nog maar verder naar beneden,' luidde Manuels advies. Hij was naast me komen zitten met zijn koffie en nog meer geroosterd brood.

'Is dit mijn leven: eerst in de stront van Las Vegas wegzakken, overleven, ontsnappen, dan toevallig hier in Chiloé belanden, een prachtige liefde beleven met Daniel en hem weer verliezen? Sterven, herrijzen, beminnen en opnieuw sterven? Ik ben een ramp, Manuel.'

'Kom nou, Maya, overdrijf niet zo, het is de opera niet. Je bent niet zo handig geweest, maar jouw schuld is het niet. Die jongeman had wel wat zorgvuldiger met je gevoelens om mogen gaan. Wat een psychiater! Een klootzak, dat is het.'

'Jawel, maar wel een heel sexy klootzak.'

We lachten, maar ik barstte meteen weer in snikken uit. Hij reikte me een papieren zakdoekje aan om mijn neus te snuiten en sloeg zijn armen om me heen.

'Het spijt me vreselijk van je computer, Manuel,' mompelde ik, met mijn gezicht in zijn colbertje verstopt.

'Het boek is bewaard gebleven, ik ben niets kwijt, Maya.'

'Ik koop een nieuwe computer voor je, dat zweer ik.'

'Hoe denk je dat te doen?'

'Ik kan Millalobo een lening vragen.'

'Als je dat maar laat!' waarschuwde hij.

'Dan zal ik met de wiet van doña Lucinda de boer op moeten. Er staan nog wat planten in haar tuin.'

Het is niet alleen de kapotgeslagen computer die ik zal moeten vervangen. Ik heb mijn woede ook botgevierd op de boekenkasten, de scheepsklok, de kaarten, borden en glazen, alles wat ik in mijn woede maar te pakken kon krijgen, krijsend als een kind van twee, de meest stuitende woedeaanval van mijn leven. De katten vlogen weg door de ramen en Fákin kroop doodsbang onder tafel. Toen Manuel om een uur of negen 's avonds terugkwam, trof hij zijn huis als door een tyfoon getroffen en lag ik stomdronken op de grond. Dat is nog het ergste, over dat laatste schaam ik me het meest.

Manuel belde Blanca, die op een holletje aan kwam zetten, terwijl ze de leeftijd helemaal niet meer heeft om te hollen, en samen wisten ze me met zwarte koffie weer tot leven te wekken. Ze wasten me, legden me in bed en pakten de troep aan. Ik had een fles wijn leeggezopen en daarna alle restjes wodka en goudlikeur die ik in de kast had kunnen vinden achterover geklokt, ik was ladderzat. Ik had het op een zuipen gezet zonder er verder bij na te denken. Ik, die nota bene opschepte dat ik mijn problemen had overwonnen, dat ik zonder therapie kon en de AA niet nodig had omdat ik meer dan genoeg wilskracht bezat en eigenlijk niet eens verslaafd was, ik had in een automatisme naar de fles gegrepen zodra die rugzaktoerist uit Seattle me de bons had gegeven. Ik moet toegeven dat het een overtuigende reden was, maar daar gaat het niet om. Mike O'Kelly had gelijk: de verslaving ligt altijd op de loer, wachtend op een kans om toe te slaan.

'Wat ben ik dom geweest, Manuel!'

'Het is geen kwestie van dom zijn, Maya. Dit noem je verliefd raken op de liefde.'

'Hè?'

'Je kent die jongen nauwelijks. Je bent verliefd op de euforie die hij bij je veroorzaakt.'

'Maar dat is het enige wat telt, Manuel. Zonder Daniel kan ik niet leven.'

'Natuurlijk kun je zonder hem leven. Die jongeman is de sleutel geweest die je hart heeft geopend. Verslaving aan de liefde zal je gezondheid niet te gronde richten, of je leven verwoesten, zoals crack of wodka; je moet alleen nog leren onderscheid te maken tussen het object van je liefde – Daniel in dit geval – en de opwinding die het veroorzaakt als je je hart openstelt.'

'Zeg dat nog eens. Jezus, man, je lijkt die therapeuten in Oregon wel.'

'Je weet best dat ik de helft van mijn leven potdicht heb gezeten, Maya. Ik begin me nog maar sinds kort open te stellen, maar ik heb mijn gevoelens niet voor het uitkiezen, en wanneer ik de liefde toelaat, sluipt de angst mee. Wat ik bedoel is dat je, als je in staat bent om diep lief te hebben, ook veel zult lijden.'

'Ik ga dood, Manuel. Ik kan hier niet tegen. Het is het ergste wat me ooit is overkomen.'

'Welnee, gringuita, deze narigheid is maar tijdelijk, peanuts vergeleken met de ellende die je het afgelopen jaar hebt meegemaakt. Die rugzakker heeft je een dienst bewezen: hij heeft je de gelegenheid gegeven jezelf beter te leren kennen.'

'Ik heb geen flauw idee meer wie ik ben, Manuel.'

'Je bent hard op weg om daarachter te komen.'

'Weet jij wie Manuel Arias is?'

'Nog niet, maar ik heb nog maar net mijn eerste stapjes gezet. Jij bent al een stuk verder, Maya en bovendien heb je meer tijd voor de boeg dan ik.'

Manuel en Blanca verdroegen de crisis van deze belachelijke gringa, zoals ze me tegenwoordig noemen, met een voorbeeldige ruimhartigheid; lijdzaam lieten ze mijn gejank, mijn verwijten, mijn jeremiades vol zelfmedelijden en schuldgevoelens over zich heen komen, maar ze trokken de streep bij scheldpartijen, beledigingen en mijn dreigementen om andermans spullen stuk te slaan, in dit geval die van Manuel. We hadden een paar klinkende ruzies, die ons alle drie goeddeden. Het kan niet altijd zen zijn. Ze zijn zo chic geweest het niet meer over mijn dronkenschap te hebben of over de kosten van de vernielingen; ze weten dat ik tot alles bereid ben om het goed te maken. Toen ik tot mezelf kwam en de computer op de grond zag liggen was ik even in de verleiding om me in zee te storten – hoe kón ik Manuel in vredesnaam nog onder ogen komen? Mijn nieuwe grootvader moet wel heel veel van me houden dat hij me het huis niet uit heeft gezet! Dit is de laatste driftbui van mijn leven geweest, ik ben twintig, en dat kan gewoon niet meer. En ik moet natuurlijk aan een nieuwe computer zien te komen.

Manuels raad me open te stellen voor gevoelens blijft in me naklinken, want Popo zou het gezegd kunnen hebben, of Daniel Goodrich zelf. Ach! Ik kan zijn naam niet eens opschrijven zonder in snikken uit te barsten! Ik ga dood van verdriet, ik heb nog nooit zo geleden... Dat is niet waar; het was erger, duizend keer erger toen Popo doodging. Daniel is niet de enige die mijn hart heeft gebroken, zoals dat heet in de Mexicaanse smartlappen die Nini altijd loopt te neuriën.

Toen ik acht jaar was, besloten mijn grootouders me mee te nemen naar Denemarken om eens en voor altijd een eind te maken aan mijn weeskindfantasieën. Het idee was dat ik bij mijn moeder zou logeren; dan konden we elkaar leren kennen. Zij zouden me twee weken later, nadat ze eerst een reis door het Middellandse Zeegebied hadden gemaakt, weer oppikken om gezamenlijk terug naar Californië te reizen. Het zou mijn eerste directe contact zijn met Marta Otter, en om een goede indruk te maken hadden ze mijn koffer volgepropt met nieuwe kleren en sentimentele cadeautjes, zoals een medaillon met een paar van mijn melktandjes en een haarlok. Mijn vader, die het aanvankelijk niet eens was met de reisplannen en alleen toegaf omdat hij zwaar onder druk werd gezet door zowel mijn grootouders als mijzelf, had ons nog gewaarschuwd dat zo'n medaillon met tanden en haren niet gewaardeerd zou worden, omdat Denen niets hebben met het verzamelen van lichaamsdelen.

Hoewel ik verschillende foto's van mijn moeder bezat, stelde ik me voor dat ze er ongeveer uit zou zien als de otters in het aquarium van Monterrey, vanwege haar achternaam, Otter. Op foto's die ze een paar keer met de kerst had gestuurd, was ze slank en elegant, met platinablond haar;

vandaar dat ik verbaasd stond toen ik haar bij haar thuis in Odense in het echt zag, een beetje dik, met een joggingbroek aan en lelijk geverfd wijnrood haar. Ze was getrouwd en had twee kinderen.

Volgens de reisgids die Popo in Kopenhagen op het station had gekocht, is Odense een betoverende stad op het eiland Funen, in het hart van Denemarken, de geboorteplaats van de beroemde schrijver Hans Christian Andersen, wiens boeken op een ereplaats in mijn boekenkast stonden, naast *Astronomie voor beginners*, omdat ze met de letter A beginnen. Dat was nog een reden voor discussie geweest, want Popo stónd op de alfabetische volgorde en Nini, die in de bibliotheek van Berkeley werkte, hield vol dat boeken op onderwerp gerangschikt dienen te worden. Ik heb nooit geweten of Funen zo betoverend is als de gids beweerde, want we hebben het eiland nooit leren kennen.

Marta Otter woonde in een wijk waar alle huizen er hetzelfde uitzagen, met een gazonnetje aan de voorkant, maar het hare onderscheidde zich van de rest door een stenen zeemeermin die op een rots zat, net zo eentje als mijn meerminnetje in de glazen bol. Ze deed de deur open met een verbaasde uitdrukking op haar gezicht, alsof ze was vergeten dat Nini haar al maanden van tevoren had geschreven om ons bezoek aan te kondigen, dat nogmaals had gedaan toen we uit Californië vertrokken en haar de dag daarvoor nog vanuit Kopenhagen had gebeld. Ze begroette ons met een formele handdruk, noodde ons binnen en stelde ons haar twee kinderen voor, Hans en Vilheim, van vier en twee jaar, kinderen die zo bleek waren dat ze licht gaven in het donker.

Binnen was het keurig netjes, onpersoonlijk en deprimerend, dezelfde stijl als het hotel in Kopenhagen, waar we ons niet hadden kunnen douchen omdat we de kranen in de badkamer niet hadden kunnen vinden op al die gladde, minimalistische witmarmeren oppervlakken. Het eten in het hotel bleek net zo sober als de inrichting en Nini, die zich opgelicht voelde, eiste korting. 'Ze rekenen ons een fortuin en er zijn niet eens stoelen,' foeterde ze op de receptie, waar alleen een stalen bureau stond met een bloemstuk van een artisjok in een glazen buis. De enige opsmuk in het huis van Marta Otter was een reproductie van een schilderij van koningin Margarethe, best goed; als Margarethe geen koningin was, zou ze meer gewaardeerd worden als kunstenaar.

We namen plaats op een ongemakkelijke grijze bank met een skai bekleding, Popo met mijn koffer aan zijn voeten. Die koffer leek ineens veel groter. Nini hield me stevig bij een arm vast om te voorkomen dat ik ervandoor ging. Ik had hen jarenlang aan hun kop gezeurd dat ik mijn moeder wilde leren kennen, maar op dat moment wilde ik alleen nog maar weg, doodsbang bij het idee dat ik twee weken bij die onbekende vrouw en die albinokonijnen, mijn broertjes, zou moeten logeren. Toen Marta Otter naar de keuken ging om koffie te zetten, fluisterde ik Popo in het oor dat ik zelfmoord zou plegen als hij me daar in dat huis achterliet. Hij fluisterde dat op zijn beurt in het oor van zijn vrouw en binnen de kortste keren hadden beiden besloten dat de reis een vergissing was geweest; hun kleindochter kon de rest van haar leven maar beter blijven geloven in het verhaal van de Laplandse prinses.

Marta Otter kwam terug met koffie in zulke piepkleine kopjes dat er geen oortjes aan pasten, en het ritueel van het doorgeven van suiker en room haalde de spanning een beetje uit de lucht. Mijn inwitte broertjes installeerden zich voor de tv om naar een natuurprogramma te kijken, met het geluid uit om niet te storen – ze waren heel goed opgevoed –, en de grote mensen begonnen over mij te praten alsof ik dood was. Mijn grootvader haalde het familiefotoboek uit zijn tas en besprak de foto's een voor een met mijn moeder: een blote Maya van twee weken, als een bolletje in een van de grote handen van Paul Ditson II, Maya van drie, verkleed als Hawaïaanse, met ukelele, en een voetballende Maya van zeven. Intussen zat ik met overdreven aandacht de veters van mijn nieuwe schoenen te bestuderen. Marta Otter zei dat ik veel op Hans en Vilheim leek, hoewel de enige overeenkomst was dat we alle drie tweevoetige wezens waren. Volgens mij was mijn uiterlijk stiekem een opluchting voor haar, want de Latijns-Amerikaanse genen van mijn vader waren nergens aan af te zien, en in geval van nood zou ik kunnen doorgaan voor een Scandinavische.

Veertig minuten later, die wel veertig uren leken te duren, vroeg mijn grootvader of hij gebruik mocht maken van de telefoon om een taxi te bellen, en algauw namen we afscheid, zonder dat iemand het nog over de koffer had, die steeds maar groter was geworden en inmiddels zo zwaar woog als een olifant. In de deuropening gaf Marta Otter me een verlegen kus op mijn voorhoofd en zei dat we contact zouden houden, en dat ze over één à twee jaar naar Californië zou komen omdat Hans en Vilheim Disneyland wilden bezoeken. 'Dat is in Florida,' vertelde ik haar. Nini kneep me in mijn arm om me tot zwijgen te brengen.

In de taxi zei Nini luchthartig dat de afwezigheid van mijn moeder eigenlijk verre van vreselijk te noemen was; uiteindelijk was die zelfs een zegen gebleken, want nu had ik frank en vrij kunnen opgroeien in het magische huis in Berkeley, met zijn kleurige muren en zijn astronomietoren, in plaats van opgevoed te worden in de minimalistische leefsfeer van de een of andere Deense. Ik viste de glazen bol met de kleine zeemeermin uit mijn tas en liet die bij het uitstappen achter op de bank van de taxi.

Na het bezoek aan Marta Otter was ik maandenlang uit mijn doen. Dat jaar bracht Mike O'Kelly om me te troosten een bijzonder kerstcadeautje mee: een rieten mandje met een geruite theedoek erover. Toen ik die lap weghaalde, bleek er een wit hondje in te zitten, zo groot als een grapefruit, dat vredig lag te slapen op een andere theedoek. 'Ze heet Daisy, maar je mag haar een andere naam geven,' zei de Ier. Ik viel als een blok voor Daisy, en rende na school naar huis om geen minuut van haar gezelschap te missen. Ze was mijn vertrouwelinge, mijn vriendin, mijn speelgoed; ze sliep in mijn bed, at van mijn bord en ik droeg haar rond in mijn armen, ze woog nog geen twee kilo. Dat dier bezat het vermogen me tot rust te brengen en ze maakte me zo gelukkig dat ik niet meer aan Marta Otter dacht. Toen Daisy een jaar was, werd ze voor het eerst loops, haar instinct won het van haar onzekerheid en ze ging de hort op. Ze kwam niet ver: op de hoek werd ze al door een auto aangereden. Ze was op slag dood.

Nini, die het niet kon opbrengen de boodschap over te brengen, waarschuwde Popo, die zijn werk op de universiteit liet voor wat het was en naar school kwam. Toen ik hem daar zag wachten nadat ik de klas uit was geroepen, wist ik al wat er was gebeurd voor hij me het had kunnen vertellen. Daisy! Ik zag haar rennen, ik zag de auto, ik zag het levenloze lichaam van het hondje. Popo nam me in zijn enorme armen, drukte me tegen zijn borst en deelde mijn tranen.

We legden Daisy in een kistje en begroeven haar in de tuin. Nini wilde een nieuwe hond voor me kopen, eentje die zo veel mogelijk op Daisy leek, maar Popo zei dat het probleem niet werd opgelost door haar te vervangen, dat ik moest leren zonder haar verder te gaan. 'Ik kan het niet, Popo, ik hield zo veel van haar!' snikte ik ontroostbaar. 'Die liefde zit in jou, Maya, niet in Daisy. Je kunt je liefde aan andere dieren schenken, en wat je dan nog overhebt, geef je maar aan mij,' antwoordde mijn wijze grootvader. Die les over verdriet en liefde kan ik nu goed gebruiken, want ik heb inderdaad van Daniel meer gehouden dan van mezelf, maar niet meer dan van Popo of van Daisy.

Slecht nieuws, heel slecht nieuws. Een ongeluk komt nooit alleen, zoals ze hier zeggen als zich pech op pech stapelt, eerst dat van Daniel en nu dit weer. Waar ik al bang voor was: de FBI is me op het spoor, en agent Arana is in Berkeley opgedoken. Dat wil nog niet zeggen dat hij ook naar Chiloé zal komen, zoals Manuel zegt om me gerust te stellen, maar ik ben er wel bang voor, want als hij al sinds november vorig jaar naar mij op zoek is, zal hij het heus niet opgeven nu hij mijn familie heeft gespot.

Arana klopte aan bij mijn grootouders, in burger, maar wel met zijn insigne wapperend. Nini was in de keuken en mijn vader liet hem binnen, in de veronderstelling dat die man iets te maken had met Mike O'Kelly's boefjes. Het was een onaangename verrassing toen ze vernamen dat Arana bezig was met een onderzoek naar een valsmunterijzaak en dat hij Maya Vidal, alias Laura Barron, een paar vragen wilde stellen; de zaak was zo goed als afgerond, voegde hij eraan toe, maar het meisje verkeerde in gevaar en hij voelde zich verplicht haar te beschermen. De schok zou vast nog veel groter zijn geweest als ik Nini en mijn vader niet over Arana had verteld dat hij een fatsoenlijke politieman is, die het altijd goed met me voor heeft gehad.

Toen mijn grootmoeder vroeg hoe hij me op het spoor was gekomen, had Arana er geen bezwaar tegen om haar dat uit te leggen, trots op zijn speurneus zeker, zoals haar commentaar luidde in haar bericht naar Manuel. Arana was simpelweg begonnen met de database van de politie en had alle lijsten uitgeplozen van meisjes die in 2008 in Californië verdwenen waren. Het leek hem zinloos om die van eerdere jaren na te lopen, want toen hij mij voor het eerst tegenkwam had hij zich gerealiseerd dat ik nog niet lang op straat kon leven; zwerfjongeren hebben al heel snel een onmiskenbare uitstraling van verlatenheid. Er kwamen tientallen meisjes op de lijsten voor, maar hij had zich beperkt tot die tussen de vijftien en de vijfentwintig jaar en tot Nevada en de aangrenzende staten. In de meeste gevallen zaten er foto's bij, hoewel die niet altijd even recent waren. Omdat hij goed gezichten kon onthouden wist hij de lijst terug te brengen tot niet meer dan vier meisjes, en van die vier trok er eentje zijn bijzondere aandacht, want de datum van aangifte viel samen met die waarop hij het zogenaamde nichtje van Brandon Leeman voor het eerst had ontmoet, in juni 2008. Na het bestuderen van de foto en de beschikbare informatie was hij tot de conclusie gekomen dat die Maya Vidal degene was die hij zocht; vandaar dat hij op de hoogte was van mijn echte naam, mijn antecedenten, het adres van de kliniek in Oregon en dat van mijn familie in Californië.

Het blijkt dat mijn vader, in tegenstelling tot wat ik steeds had gedacht, maandenlang naar me op zoek was geweest en mijn gegevens had achtergelaten bij alle politiebureaus en ziekenhuizen van het land. Arana belde naar de kliniek, kwam via een gesprek met Angie de laatste details die hij nog nodig had aan de weet en belandde op die manier op het oude adres van mijn vader, waar de nieuwe bewoners hem naar het veelkleurige huis van mijn grootouders doorstuurden. 'U hebt geluk dat ze mij op de zaak hebben gezet en geen collega, want ik ben ervan overtuigd dat Laura, of Maya, een prima kind is, en ik wil haar helpen, voordat de boel uit de hand loopt. Ik ben van plan aan te voeren dat haar aandeel in het geheel van ondergeschikt belang is geweest,' sloot de politiefunctionaris zijn verhaal af.

Gezien Arana's soepele opstelling nodigde Nini hem uit voor het eten en mijn vader trok zijn beste wijn open. De politieman was van mening dat de soep een uitgelezen gerecht was voor een mistige novemberdag – was het misschien een typisch gerecht uit mevrouws vaderland? Hij had haar accent opgemerkt. Mijn vader antwoordde dat de kipstoofschotel een Chileens recept was, dat ook de wijn Chileens was, en dat zijn moeder en hij in dat land waren geboren. Daarop vroeg Arana of ze vaak naar Chili gingen, en legde mijn vader uit dat ze daar al meer dan dertig jaar niet meer waren geweest. Nini, die alert was op elk woord van de politieagent, gaf haar zoon een trap onder tafel omdat hij te veel kletste. Hoe minder Arana van de familie wist, hoe beter. Ze had de politieman op een onwaarheid betrapt en was op haar hoede. Want hoe kon de zaak gesloten worden als het valse geld nog niet was gevonden, net zomin als de platen? Ze had het tijdschriftartikel over Adam Trevor zelf ook gelezen, en had maandenlang de internationale handel in vals geld bestudeerd; ze beschouwde zichzelf als een expert en was maar al te goed op de hoogte van de handelswaarde en strategische waarde van die clichés.

Natuurlijk was ze bereid om samen te werken met justitie, zoals hij dat uitdrukte, maar Nini verstrekte Arana alleen informatie waar hij zelf ook achter kon komen. Ze vertelde hem dat haar kleindochter in juni vorig jaar was weggelopen van de kliniek in Oregon, dat ze haar tevergeefs hadden gezocht, tot ze een telefoontje kregen van een kerk in Las Vegas en dat zij haar toen zelf was gaan ophalen omdat Maya's vader op dat moment vloog. Het meisje was er vreselijk aan toe geweest, ze was onherkenbaar, en het was een hard gelag voor haar geweest om haar meisje, dat een mooi, slim en sportief kind was geweest, veranderd te zien in een junk. Op dat punt van haar verhaal aangekomen kon mijn grootmoeder nauwelijks nog een woord uitbrengen van verdriet. Mijn vader voegde eraan toe dat ze zijn dochter hadden laten opnemen in een afkickkliniek in San Francisco, maar dat ze een paar dagen voor het einde van het programma opnieuw was ontsnapt en dat ze geen idee hadden waar ze zat. Maya was inmiddels twintig, ze hadden geen zeggenschap meer over haar, en als zij haar eigen leven verwoestte, konden ze daar niets tegen doen.

Ze hebben nooit geweten of Arana hun verhaal geloofde. 'Het is heel belangrijk, ik moet Maya zo snel mogelijk vinden. De criminelen die achter haar aan zitten zijn vastbesloten om haar te pakken te krijgen,' zei hij, en hij liet hun vervolgens terloops weten wat de straf was die stond op achterhouden van informatie en op medeplichtigheid aan een federale misdaad. De politieman dronk zijn glas leeg, deed het toetje alle eer aan, bedankte voor het heerlijke eten en liet zijn kaartje achter voor als ze iets hoorden van Maya Vidal of hun iets te binnen schoot wat nuttig kon zijn voor het onderzoek, hoe onbetekenend ook. 'Vind haar, agent, alstublieft,' smeekte mijn grootmoeder hem in de deuropening, haar handen om zijn revers, haar wangen nat van tranen. Zodra Arana vertrokken was stopte ze met haar theatrale geween, trok haar jas aan, greep mijn vader bij zijn kladden en sleurde hem in haar ouwe brik mee naar Mike O'Kelly's kantoor.

Freddy, die zich sinds zijn komst in Californië had gehuld in een ondoordringbare stilte, ontwaakte uit zijn lethargie toen hij hoorde dat agent Arana in Berkeley aan het rondsnuffelen was. De jongen had niets losgelaten over het leven dat hij had geleid sinds hij me had achtergelaten in Olympia Pettifords armen. Hij zweeg in alle toonaarden over de periode tussen die dag in november van het afgelopen jaar tot zijn nieroperatie, zeven maanden later, maar de angst dat Arana hem zou arresteren maakte zijn tong los. Hij vertelde dat hij niet meer terug had gekund naar het appartement van Brandon Leeman nadat hij mij had geholpen; Joe Martin en El Chino zouden hem in stukken hebben gescheurd. Hij zat met de sterke navelstreng van de wanhoop vast aan dat gebouw, want waar elders zou hij kunnen beschikken over die overdaad aan drugs? Maar het was veel te riskant om zich daar te vertonen. Hij zou die bullebakken er nooit van hebben kunnen overtuigen dat hij niets te maken had gehad met mijn vlucht, zoals hem eerder wel was gelukt na de dood van Brandon Leeman, toen hij me net op tijd de sportschool uit had weten te krijgen om aan hen te ontsnappen.

Van Olympia's huis was Freddy met de bus naar een dorp aan de grens gereisd, waar een vriend van hem woonde. Daar had hij het met veel moeite een tijdje uitgezongen, tot de drang om terug naar Las Vegas te gaan onverdraaglijk werd. De stad was bekend terrein voor hem; hij kon er met zijn ogen dicht de weg vinden en wist er aan spullen te komen. Hij was wel zo voorzichtig om uit de buurt te blijven van zijn oude werkgebied, om Joe Martin en El Chino niet tegen het lijf te lopen. Hij overleefde, maar daar was dan ook alles mee gezegd; hij dealde, stal, sliep op straat en werd zieker en zieker, tot hij in het ziekenhuis belandde en vervolgens opgevangen werd door Olympia Pettiford.

In de tijd dat Freddy nog op straat leefde, werden de lijken van Joe Martin en El Chino gevonden, in een uitgebrande auto in de woestijn. Misschien heeft de jongen even iets van opluchting gevoeld toen hij van die gangsters af was maar dat kan niet lang hebben geduurd, want in het kleine wereldje van verslaafden en delinquenten ging al snel het gerucht dat die misdaad alle kenmerken vertoonde van een wraakactie van de politie. In de pers waren de eerste berichten verschenen over corruptie binnen het politieapparaat, en de dubbele moord op Brandon Leemans compagnons moest daar haast wel mee in verband staan. In een stad vol verslaafden en maffiosi was omkoping normaal, maar in dit geval was er vals geld bij betrokken en was de FBI zich ermee gaan bemoeien; de corrupte politieagenten waren vastbesloten de schade zo veel mogelijk te beperken, en de lijken in de woestijn waren een waarschuwing voor mensen die van plan waren hun mond voorbij te praten. De moordenaars wisten dat Freddy bij Brandon Leeman had gewoond en zouden niet toestaan dat die kleine junk het voor hen zou verpesten, al wist hij in werkelijkheid niet eens om wie het ging, want hij had hen nooit gezien. Brandon Leeman had een van zijn bekenden bij de politie de opdracht gegeven Joe Martin en El Chino om te brengen, zei Freddy, en dat klopte met wat Brandon mij had toevertrouwd tijdens onze reis naar Beatty, maar Brandon was zo stom geweest om met valse biljetten te betalen, ervan overtuigd dat hij die ongestraft kon gebruiken. Toen alles misliep, en die politieman merkte dat hij met vals geld was uitbetaald, nam hij wraak door het plan aan Joe Martin en El Chino door te brieven, die Brandon Leeman diezelfde dag nog vermoordden. Freddy was erbij geweest toen de twee gangsters telefonische instructies ontvingen om Leeman te vermoorden en later begreep hij dat die door dezelfde politieman waren gegeven. Nadat hij getuige was geweest van de moord, rende hij naar de sportschool om mij te waarschuwen.

Maanden later, toen Joe Martin en El Chino me van straat plukten en me meesleurden naar het appartement om me te dwingen te bekennen waar de rest van het geld was, hielp Freddy me opnieuw. Het was geen toeval dat de jongen me daar vond op dat matras, vastgebonden en met een prop in mijn mond, want hij had gehoord dat Joe Martin eerst in zijn mobiel praatte en daarna tegen El Chino zei dat Laura Barron was gespot. Hij kroop weg op de bovenste verdieping en zag daar hoe ze me naar binnen sleepten en kort daarop weer zonder mij vertrokken. Hij wachtte meer dan een uur, in grote twijfel over wat hem te doen stond, tot hij besloot het appartement binnen te gaan om te kijken wat ze met me hadden gedaan. Wat we nu alleen nog niet wisten, was of de stem in de telefoon die had bevolen om Brandon Leeman te vermoorden dezelfde was die de moordenaars later had verteld waar ze me konden vinden, én of die stem toebehoorde aan de corrupte politieman. In dat geval was het een en dezelfde persoon, maar het waren mogelijk ook meer mensen.

Mike O'Kelly en mijn grootmoeder gingen nog net niet zover met hun speculaties dat ze zonder verdere bewijzen naar Arana wezen, maar ze bleven hem wel als verdachte beschouwen. Dat deed Freddy trouwens ook; daarom was hij zo bang. Als de man – of de mannen – door wie Joe Martin en El Chino in de woestijn waren geëlimineerd, hem te pakken kregen, zou hem hetzelfde lot beschoren zijn. Nini wierp tegen dat als Arana de boosdoener was, hij zich al in Las Vegas van Freddy zou hebben ontdaan, maar volgens Mike was het zo goed als onmogelijk om in een ziekenhuis een patiënt of een beschermeling van de krijgshaftige Weduwen voor Jezus om te brengen.

Manuel vertrok samen met Blanca naar Santiago, naar dokter Puga, voor een controle, en Juanito Corrales trok zolang bij me in, om eindelijk deel vier van *Harry Potter* uit te lezen. Er was meer dan een week voorbij sinds het uit was met Daniel, of liever gezegd: sinds hij het had uitgemaakt, en ik liep nog steeds te snotteren, met een onwezenlijk gevoel, alsof ik een pak slaag had gekregen, maar ik was al wel weer aan het werk gegaan. We hadden nog maar een paar weken tot de zomervakantie en ik kon niet gemist worden.

Op donderdag 3 december ging ik met Juanito naar doña Lucinda om wol te kopen, want ik was van plan een van mijn afgrijselijke dassen voor Manuel te breien; dat was wel het minste wat ik voor hem kon doen. Ik had onze eigen weegschaal – een van de weinige dingen die mijn vernietigende woedeaanval hadden overleefd – meegenomen om de wol te wegen, want op die van haar zijn door het vuil van de tijd de cijfers niet meer te lezen, en om haar dag een beetje op te vrolijken had ik een perentaart voor haar meegenomen. Hij was weliswaar een beetje ingezakt, maar ze zou het gebaar toch wel weten te waarderen. Haar voordeur kan sinds de aardbeving van 1960 niet meer open en daarom komt sindsdien iedereen door de achterdeur, via de patio met de wietplantage, het fornuis en de blikken tonnen waarin ze haar wol verft; er staan hokken met konijnen, het krioelt er van de loslopende kippen en er lopen wat geiten die oorspronkelijk melk gaven voor kaas en nu van een onbezorgde oude dag genieten. Fákin volgde ons op zijn manke drafje en met zijn neus in de lucht, snuffelend. Daardoor wist hij al voor we in het huis waren wat er aan de hand was en begon doordringend te janken. Meteen daarop vielen de honden in de buurt in, die het bericht doorgaven, en binnen de kortste keren waren alle honden op het hele eiland aan het janken.

Binnen troffen we doña Lucinda aan in haar rieten stoel naast het koude fornuis, in haar zondagse jurk, een rozenkrans in haar hand en de paar witte haren die ze nog had in een keurig staartje. Ze was al koud. Toen ze had voorvoeld dat dit haar laatste dag op deze wereld was, had ze zich alvast netjes aangekleed om niemand tot last te zijn na haar dood. Ik ging op de grond naast haar zitten, terwijl Juanito de buren ging waarschuwen, die al onderweg waren, gealarmeerd door het hondenkoor.

Die vrijdag werkte niemand op het eiland vanwege de wake, en zaterdag gingen we allemaal naar de begrafenis. De dood van de meer dan honderd jaar oude doña Lucinda veroorzaakte een algemeen gevoel van ontsteltenis, want niemand had zich kunnen voorstellen dat ze sterfelijk was. Voor de dodenwake in het huis bracht iedereen zijn eigen stoel mee en de menigte werd langzaam steeds groter, tot de patio en de straat mudvol zaten. Ze hadden de oude vrouw opgebaard op de tafel waaraan ze altijd had gegeten en haar wol had gewogen, in een standaarddoodskist, met daaromheen een zee van bloemen in kannen en plastic flessen: rozen, hortensia's, anjers en irissen. Doña Lucinda was in de loop der jaren zo gekrompen dat haar lichaam de kist maar voor de helft vulde, en haar hoofd op het kussen was als dat van een kind. Op de tafel hadden ze een paar blikken kandelaars met kaarsstompjes en haar trouwfoto neergezet, die met de hand was ingekleurd en waarop ze in haar bruidsjapon arm in arm stond met een soldaat in een ouderwets uniform, de eerste van haar zes echtgenoten, vierennegentig jaar geleden.

De lekenvoorganger van het eiland voerde de vrouwen aan bij het bidden van de rozenkrans en eindeloos durende gezangen, terwijl de mannen rond de tafels op de patio hun smart verlichtten met bier en een gerecht van varkensvlees met veel uien. De volgende dag werd in de tjokvolle kerk de mis opgedragen door de rondreizende pastoor, een missionaris die ze Drie Getijden noemden omdat zijn preken zo lang duren dat ze met eb beginnen en pas ophouden als het opnieuw eb wordt. De atmosfeer was zo vervuld van de rook van de kaarsen en de geur van de veldboeketten dat ik er visioenen van hoestende engelen van begon te krijgen.

De kist stond voor het altaar, op een metalen skelet met twee kandelaars ervoor, een zwarte lap met een wit kruis erover en een wasbak eronder, 'voor als het lichaam knapt', zoals ze me uitlegden. Ik wist niet wat ik me daarbij moest voorstellen, maar het klonk niet goed. De verzamelde gemeente bad en zong Chilootse liederen, begeleid door twee gitaren, en toen nam Drie Getijden het woord en hield dat vijfenzestig minuten lang. Hij begon met een lofzang op doña Lucinda maar dwaalde al snel af naar andere onderwerpen, de politiek, de zalmindustrie en voetbal, terwijl de gelovigen zaten te knikkebollen. De missionaris was al vijfentwintig jaar in Chili en sprak nog steeds met een buitenlands accent. Op het moment van de communie begonnen verschillende mensen te grienen; de rest probeerde zich in te houden maar uiteindelijk waren zelfs de gitaristen in tranen.

Toen de mis was afgelopen en de doodsklok werd geluid, tilden acht mannen de kist op, die zo licht was als een veertje, en droegen die met plechtige stappen naar buiten, gevolgd door het hele dorp. Alle bloemen werden meegenomen. Op het kerkhof zegende de pastoor doña Lucinda nogmaals en net toen ze haar in de kuil wilden laten zakken kwamen de scheepstimmerman en zijn zoon hijgend aanzetten; ze hadden een huisje bij zich voor op het graf, haastig in elkaar geflanst, maar helemaal goed en passend. Omdat doña Lucinda geen levende verwanten had en Juanito en ik haar lichaam hadden gevonden, namen wij de condoleances in ontvangst. De mensen dromden langs ons en we kregen van ieder één enkele handdruk met een door het vele werk vereelte hand, alvorens ze massaal afzakten naar La Taberna del Muertito om voor het laatst het glas te heffen op de overledene.

Ik was de laatste die van het kerkhof vertrok, toen de zeemist al kwam opzetten. Ik was in gedachten bij Manuel en Blanca, want ik had hun aanwezigheid vreselijk gemist tijdens deze dagen van rouw, en bij doña Lucinda, van wie iedereen zo had gehouden, en bedacht hoe eenzaam de begrafenis van Carmelo Corrales was geweest vergeleken bij die van haar, maar boven alles dacht ik toch aan Popo. Nini wilde zijn as op een berg verstrooien, zo dicht mogelijk bij de hemel, maar hij is nu al vier jaar dood en zijn as staat nog steeds in de keramische pot op de kast in haar slaapkamer te wachten. Ik liep via het pad het klif op, naar de grot van La Pincoya, in de hoop dat ik Popo in de lucht zou voelen, want dan zou ik hem toestemming kunnen vragen om zijn as naar dit eiland te brengen en die hier op het kerkhof te begraven en het graf dan te markeren met een kleine replica van zijn sterrentoren, maar Popo komt niet op afroep, alleen als hij daar zelf zin in heeft, en ditmaal wachtte ik tevergeefs, daar boven op het klif. Ik ben vreselijk kriegel sinds het uit is met Daniel, en ook bang, want ik heb allerlei akelige voorgevoelens.

De zee kwam steeds hoger en de mist werd dichter en dichter, maar de ingang van de grot was van bovenaf nog zichtbaar; een stukje verder lagen de zware gestalten van de zeerobben te dommelen op de rotsen. Van het klif naar beneden is niet meer dan zes meter, maar het is steil. Ik ben een paar keer met Juanito naar beneden geklauterd, en je moet er handig voor zijn en geluk hebben; je kunt zo uitglijden en je nek breken, vandaar dat ze het de toeristen verbieden.

Ik zal proberen om de gebeurtenissen van deze afgelopen dagen samen te vatten, en vertellen wat ik me er zelf van herinner en wat ik van anderen heb, hoewel mijn brein maar half functioneert door de klap. Er zitten onbegrijpelijke kanten aan het ongeluk, maar ik heb niet het idee dat er hier ook maar iemand van plan is om dat serieus te onderzoeken.

Daar boven op het klif staarde ik lang uit over het landschap, dat snel verdween in de opkomende mist; de zilveren spiegel van de zee, de rotsen en de zeerobben waren verdwenen in het grijs van de mist. December kent kraakheldere dagen, maar het kan ook koud zijn, zoals die dag, met mist of een miezerig regentje dat je haast niet voelt maar dat elk moment kan omslaan in een stortbui. Die zaterdag was begonnen met een stralend zonnetje, maar in de loop van de morgen waren er wolken komen opzetten. Op het kerkhof hing een tere mist, die een melancholieke sfeer had geschapen die goed paste bij het afscheid van doña Lucinda, de overgrootmoeder van het hele dorp. Een uur later, boven op het klif, was de wereld gehuld in een wattige deken, de volmaakte belichaming van mijn geestestoestand. De woede, de schaamte, de teleurstelling en het verdriet, gevoelens die me tot waanzin dreven toen ik Daniel kwijtraakte, maakten langzaam plaats voor een vaag, ondefinieerbaar gevoel van triestheid, als de mist. Dat is nu liefdesverdriet, volgens Manuel Arias het meest triviale gevoel in de hele geschiedenis van de mensheid, maar hij moest eens weten hoeveel pijn het doet. De mist is verontrustend, je ziet niet verder dan twee meter en wie weet welke gevaren daar dreigen, zoals in de misdaadromans waar Mike O'Kelly zo dol op is die in Londen spelen, waarin de moordenaar rekent op de bescherming van de mist die van de Theems opstijgt.

Ik had het koud, het vocht drong langzaam door mijn jack heen, en ik begon bang te worden, want het was een volkomen verlaten plek. Ik voelde de aanwezigheid van iets – Popo was het niet –, van iets vaag bedreigends, als een groot dier, en ik wilde die angst al opzijschuiven als het zoveelste monster dat mijn verbeelding, die me wel vaker een hak zet, voortbracht, toen ik Fákin hoorde grommen. Hij stond aan mijn voeten, op zijn hoede, zijn rugharen overeind, met een stijve staart en opgetrokken lippen. Ik hoorde slepende stappen.

'Wie is daar!' riep ik.

Ik hoorde nog twee stappen en kon toen pas een menselijke gestalte onderscheiden, wazig in de mist.

'Hou die hond bij je, Maya, ik ben het...'

Het was agent Arana. Ik herkende hem meteen, ondanks de mist en zijn merkwaardige uitdossing, alsof hij zich had vermomd als een Amerikaanse toerist, met een geruite broek, een baseballpet en een fototoestel op zijn buik. Ik voelde een grote vermoeidheid over me heen komen, een ijzige rust: dus zo eindigde een jaar van onzekerheid, van op de vlucht zijn en me verstoppen.

'Goedenavond, agent, ik verwachtte u al.'

'Hoezo?' vroeg hij, terwijl hij dichterbij kwam.

Waarom zou ik hem uitleggen wat ik had afgeleid uit Nini's berichten en wat hij zelf maar al te goed wist; waarom zou ik hem vertellen dat ik al een tijdlang iedere onverbiddelijke stap die hij in mijn richting zette voor me zag, en dan uitrekende hoelang het zou duren voor hij me bereikte, in angstige afwachting tot het zover zou zijn? Toen hij mijn familie in Berkeley bezocht, had hij ontdekt dat we oorspronkelijk uit Chili kwamen; daarna moet hij de datum hebben gecheckt waarop ik uit de afkickkliniek in San Francisco was verdwenen. Met zijn connecties moet het niet moeilijk zijn geweest om erachter te komen dat mijn paspoort was vernieuwd, en om de hand te leggen op de passagierslijsten van die betreffende dagen van de twee luchtvaartmaatschappijen die op Chili vliegen.

'Dit land is heel groot, agent. Hoe bent u in Chiloé terechtgekomen?'

'Ervaring. Je ziet er erg goed uit. De laatste keer dat we elkaar troffen was je een bedelaarster die Laura Barron heette.'

Zijn toon was vriendelijk en gewoon, alsof er niets bijzonders aan de hand was. Hij vertelde me in een paar zinnen dat hij na het etentje bij Nini en mijn vader op straat was blijven wachten, waar hij hen, zoals hij al had gedacht, na vijf minuten naar buiten zag komen. Het had hem geen enkele moeite gekost om het huis binnen te komen, dat hij grondig doorzocht, waarbij hij de envelop met de foto's vond die Daniel Goodrich had meegenomen, wat zijn vermoeden bevestigde dat ze me ergens verborgen hielden. Een van de foto's had zijn speciale belangstelling gewekt.

'Een huis dat door ossen wordt voortgetrokken,' onderbrak ik hem.

'Precies. Jij rende voor de ossen uit. Op Google zocht ik uit welke vlag het was die op het dak van het huis wapperde, ik tikte "transport, huis, ossen, Chili" in, en hup, daar verscheen Chiloé. Ik vond een aantal foto's van een tiradura, en nog drie video's op YouTube. Het is ongelooflijk hoeveel makkelijker speurwerk is geworden sinds de komst van de computer. Ik zocht contact met de mensen die de filmpjes hadden gemaakt en kwam uit bij een zekere Frances Goodrich, in Seattle. Ik stuurde haar een mailtje waarin ik haar uitlegde dat ik van plan was naar Chiloé te reizen en dat iedere informatie welkom was. We hebben wat gechat en toen vertelde ze dat zij er niet zelf was geweest, maar haar broer Daniel, en ze gaf me zijn e-mailadres en zijn telefoonnummer. Daniel heeft geen van mijn mails beantwoord, maar toen ik naar zijn site ging, vond ik de naam van dit eiland, waar hij eind mei meer dan een week had doorgebracht.

'Maar daar staat niets over mij op, agent, ik heb die site ook bekeken.'

'Nee, maar hij staat samen met jou op een van de foto's die ik in je grootmoeders huis in Berkeley heb gezien.'

Tot dat moment had ik me vastgeklampt aan het absurde idee dat Arana me in Chiloé niets kon maken zonder een opsporingsbevel van Interpol of de Chileense politie, maar de beschrijving van al die moeite die hij zich had getroost om me te vinden bracht me terug in de realiteit. Als hij tot zo veel bereid was om mijn schuilplaats te achterhalen, had hij ongetwijfeld de macht om me te arresteren. Hoeveel wist die man?

Instinctief zette ik een stapje naar achteren, maar hij pakte me zachtjes bij mijn arm en zei wat hij ook tegen mijn familie had gezegd: dat ik hem moest vertrouwen, dat hij me alleen wilde helpen. Hij had de opdracht het geld en de platen te vinden, zei hij, want de clandestiene drukkerij was al ontmanteld, Adam Trevor zat achter slot en grendel en had alle informatie die nodig was over de handel in valse dollars al gespuid. Hij was op zijn eigen houtje naar Chiloé gekomen, ging hij verder, het was een soort erekwestie voor hem, want hij had zich voorgenomen de zaak persoonlijk af te ronden. De FBI was nog niet van mijn verblijfplaats op de hoogte, maar hij waarschuwde me dat de aan Adam Trevor gelieerde maffia net zo hard achter me aan zat als de Amerikaanse regering.

'Je begrijpt zeker wel dat als ik je heb weten te vinden, die criminelen het ook kunnen,' zei hij.

'Niemand die mij met die valse dollars in verband kan brengen,' sprak ik hem tegen, maar de toon van mijn stem verraadde mijn angst.

'Natuurlijk wel. Waarom denk je dat die twee gorilla's, Joe Martin en El Chino, je in Las Vegas hebben ontvoerd? En trouwens, ik zou wel eens willen weten hoe je eigenlijk aan hen bent ontsnapt, en niet één, maar zelfs twee keer.'

'Ze zijn niet zo heel slim, agent.'

Ergens moet ik er toch wat aan gehad hebben, aan die opvoeding in de schaduw van de Crimiclub met een paranoide grootmoeder en een Ier die me zijn misdaadromans leende en me leerde redeneren en deduceren als Sherlock Holmes. Hoe wist agent Arana dat Joe Martin en El Chino na Brandon Leemans dood achter me aan hadden gezeten, en dat ze me dezelfde dag nog dat ik door hem was betrapt op het stelen van een videospelletje hadden ontvoerd? De enig mogelijke verklaring was dat hij het zélf was geweest, dat híj hun had opgedragen Leeman en mij te vermoorden toen hij had ontdekt dat de dollars die hem waren toegestoken vals waren, en dat hij het ook die tweede keer was geweest, toen hij hen op hun mobiel had gebeld om door te geven waar ze me konden vinden en op welke manier ze de informatie over de rest van het geld uit me konden trekken. Die dag in Las Vegas, toen agent Arana me meenam naar een Mexicaans eethuis en me tien dollar had gegeven, was hij niet in uniform, net zomin als toen hij mijn familie opzocht. Ook nu niet, op het klif. En niet omdat hij incognito samenwerkte met de FBI, zoals hij had gezegd, maar omdat hij wegens corruptie was ontslagen. Hij was een van de politiemannen die steekpenningen hadden aangenomen en het met Brandon Leeman op een akkoordje hadden gegooid. Het was niet uit plichtsbesef, en al helemaal niet om mij te helpen, dat hij de halve wereld over was gereisd. Hij wilde de buit. Ik denk dat Arana aan mijn gezicht kon zien dat hij zijn mond voorbij had gepraat. Hij reageerde voordat ik in staat was weg te rennen en greep me vast met twee ijzeren klauwen.

'Je denkt toch niet dat ik hier met lege handen vandaan ga?' zei hij dreigend. 'Je geeft me wat ik wil, goedschiks of kwaadschiks, maar ik doe je liever niets aan. Laten we het op een akkoordje gooien.'

'Een akkoordje?' vroeg ik, doodsbang.

'Je leven en je vrijheid. Ik zorg ervoor dat je zaak wordt gesloten, dat je naam nergens genoemd wordt en dat niemand je nog lastigvalt. Verder geef ik je twintig procent van het geld. Je ziet: ik heb het goed met je voor.'

'Brandon Leeman bewaarde twee zakken met geld in een opslagruimte in Beatty, agent. Ik heb ze daar weggehaald en de inhoud van die zakken verbrand in de Mojavewoestijn, omdat ik bang was dat ik van medeplichtigheid beschuldigd zou worden. Ik zweer het u, het is de waarheid!'

'Denk je dat ik gek ben? Het geld! En de platen!'

'Die platen heb ik in de Baai van San Francisco gesmeten.'

'Daar geloof ik niets van, godvergeten slet! Ik vermoord je!' schreeuwde hij, terwijl hij me door elkaar schudde.

'Ik heb dat rotgeld en die kloteplaten niet!'

Fákin begon weer te grommen, maar Arana haalde met een felle trap naar hem uit. Hij was een gespierde man, getraind in vechtsporten en niet bang om geweld te gebruiken, maar ik ben ook geen doetje en ging met blinde wanhoop in de aanval. Ik wist dat Arana me in geen geval in leven zou laten. Ik heb van jongs af aan gevoetbald en mijn benen zijn sterk. Ik probeerde hem in zijn ballen te schoppen, maar hij zag het op tijd aankomen en de trap belandde op zijn been. Als ik geen sandalen aan had gehad, zou ik misschien zijn dijbeen hebben gebroken, maar het waren mijn eigen tenen die braken en ik voelde de pijn als een witte steekvlam door mijn hersenen schieten. Arana reageerde met een stomp in mijn maag, en happend naar adem heb ik nog wel gezien hoe hij zich op me stortte, maar verder weet ik niks meer. Misschien heeft hij me met een klap in mijn gezicht buiten westen gemept, want mijn neus is gebroken en ik zal naar de tandarts moeten om de tanden die ik kwijt ben te laten vervangen.

Ik zag Popo's vage gezicht tegen een witte, doorzichtige achtergrond, vele gazen lagen die wapperden in de wind, een bruidssluier, de staart van een komeet. Ik ben dood, dacht ik, gelukkig, en ik gaf me over aan het genot samen met mijn grootvader de ruimte in te zweven, lichaamloos, overal los van, maar Juanito Corrales en Pedro Pelanchugay houden bij hoog en bij laag vol dat ze nergens een zwarte man met een hoed hebben gezien. Ze zeggen dat ik heel even bijkwam op het moment dat ze me op probeerden te tillen, maar dat ik meteen weer buiten bewustzijn raakte.

In het ziekenhuis in Castro kwam ik bij uit de narcose, met Manuel aan de ene en Blanca aan de andere kant van mijn bed. Laurencio Cárcamo, een van onze carabinero's, stond aan het voeteneind. 'Als je zover bent, mevrouwtje, wil ik je een paar vraagjes stellen, oké?' luidde zijn hartelijke begroeting. Maar dat zou nog twee dagen moeten wachten, ik was zo toegetakeld dat ik nergens toe in staat was.

Uit het speurwerk van de twee carabinero's bleek dat een toerist, die geen Spaans sprak, vlak na de begrafenis van doña Lucinda op het eiland was aangekomen en zich direct naar La Taberna del Muertito had begeven, waar de mensen bijeen waren, en daar had hij de eerste de beste die hij in de deuropening tegenkwam, Juanito Corrales, een foto van mij laten zien. De jongen stuurde hem het smalle, steile pad naar het klif op en de man vertrok in die richting. Juanito Corrales trommelde zijn vriend op, Pedro Pelanchugay, en uit nieuwsgierigheid besloten de jongens de man te volgen. Op het klif hoorden ze Fákin blaffen, en dat leidde hen naar de plek waar ze mij en de vreemdeling zagen, precies op tijd om getuige te zijn van het ongeluk, hoewel ze vanwege de afstand en die mist niet zeker waren van wat ze zagen, en dat verklaart dat ze elkaar op kleinigheden tegenspraken. Volgens de twee jongens stonden de onbekende en ik over de rand van het klif gebogen naar de grot te kijken; hij struikelde en ik probeerde hem steun te geven, waarna we ons evenwicht verloren en uit het zicht verdwenen. Van bovenaf konden ze in de dichte mist niet zien waar we terecht waren gekomen en omdat we niet antwoordden op hun geroep, klauterden de jongens naar beneden, zich vastklampend aan richels en wortels. Ze hadden het vaker gedaan en de ondergrond was min of meer droog, wat de afdaling vergemakkelijkte, want als het nat is wordt het er akelig glibberig.

Toen ze dichterbij kwamen, voorzichtig, want ze zijn bang voor de zeerobben, merkten ze dat die het water in waren gestoven, zelfs het mannetje dat normaal vanaf een rots over zijn harem waakte.

Juanito heeft verklaard dat ik op de smalle strook zand tussen de grot en de zee lag toen hij me vond, en dat de man op de rotsen terecht was gekomen en half in het water lag. Pedro had geen idee meer of hij het lichaam van de man had gezien, want hij was zo geschrokken toen hij mij zag, onder het bloed, dat hij niet meer kon nadenken, zei hij. Hij had geprobeerd me op te tillen, maar Juanito herinnerde zich de eerstehulplessen van Liliana Treviño, en besloot dat het beter was om me niet te verplaatsen. Hij stuurde Pedro op hulp uit terwijl hij bij mij bleef en me vasthield, bezorgd om het tij, dat ons kon meeslepen. Het was niet in hem opgekomen om de man te helpen; hij ging ervan uit dat die dood was, want niemand die een val van die hoogte op de rotsen overleeft.

Pedro klom als een aap tegen de rotswand omhoog, rende naar de politiepost, waar niemand aanwezig was, en sloeg daarna alarm in La Taberna del Muertito. In enkele minuten was de redding georganiseerd: een aantal mannen begaf zich naar het klif, en iemand wist de carabinero's te traceren, die in hun jeep aan kwamen rijden en de leiding van de operatie op zich namen. Ze deden geen poging me met touwen omhoog te takelen, zoals de paar mannen in het gezelschap die te veel gezopen hadden opperden, want ik bloedde als een rund. Iemand leverde zijn T-shirt in om mijn kapotte hoofd mee te verbinden en anderen knutselden een draagbaar in elkaar, in afwachting van de reddingsboot, die er even over deed omdat hij het halve eiland om moest varen. Pas een paar uur later gingen ze op zoek naar het tweede slachtoffer, toen de opwinding omtrent mijn vervoer wat was bedaard, maar inmiddels was het donker en moesten ze wachten tot de volgende dag.

Het officiële rapport van de carabinero's wijkt af van wat ze tijdens hun speurwerk hebben ontdekt, het is een meesterwerk van nietszeggendheid:

Ondergetekenden, carabinero's Laurencio Cárcamo Ximénez en Humilde Garay Renquileo, verklaren hierbij gisteren, zaterdag 5 december 2009, de redding te hebben uitgevoerd van Maya Vidal, Amerikaans staatsburger, woonachtig in Californië, en tijdelijk verblijvend in dit dorp, die een val heeft gemaakt van het zogenoemde La Pincoya-klif, op het noordoostelijk deel van het eiland. Voornoemde vrouw bevindt zich in stabiele toestand in het ziekenhuis in Castro, waar ze met een legerhelikopter die ondergetekenden hebben laten komen naartoe is vervoerd. De verongelukte vrouw werd ontdekt door de minderjarige Juan Corrales (11) en de minderjarige Pedro Pelanchugay (14), inwoners van het onderhavige eiland, die zich op voornoemd klif ophielden. Na zorgvuldige ondervraging hebben voornoemde getuigen verklaard dat ze een ander verondersteld slachtoffer hebben zien vallen, een bezoeker van buiten het eiland, van het mannelijk geslacht. Er is een fotocamera in slechte toestand aangetroffen op de rotsen van de zogenoemde Grot van La Pincoya. Uit het feit dat voornoemde fotocamera van het merk Canon is, concluderen ondergetekenden dat het slachtoffer een toerist was. De politie van Isla Grande houdt zich momenteel bezig met het onderzoek naar de identiteit van voornoemd slachtoffer. De minderjarige Corrales en Pelanchugay vermoeden dat de twee slachtoffers op voornoemd klif zijn uitgegleden, maar vanwege het door de mistige weersomstandigheden gebrekkige zicht zijn ze daar niet zeker van. De vrouw, Maya Vidal, kwam in het zand terecht, maar de mannelijke toerist viel op de rotsen en overleed aan de gevolgen van zijn val. Het lichaam is bij opkomende vloed door de stroom de zee op gedreven en is niet gevonden.

Ondergetekenden, de carabinero's, verzoeken nogmaals om het aanbrengen van een veiligheidshek op het zogenoemde La Pincoya-klif, vanwege de gevaarlijke omstandigheden, voordat nog meer vrouwen en toeristen er het leven bij laten, wat grote schade zou toebrengen aan de reputatie van voornoemd eiland.

Niet één woord over het feit dat de 'bezoeker van buiten het eiland' met een foto in zijn hand naar me op zoek was geweest. Er wordt ook geen melding gemaakt van het feit dat er nog nooit een toerist op eigen houtje naar ons kleine eiland is gekomen, dat nu eenmaal weinig attracties kent, buiten de curanto; ze komen altijd in groepen van de ecotoeristische reisbureaus. Toch heeft niemand enige twijfel geuit over het rapport van de carabinero's, misschien omdat ze geen problemen op het eiland willen. Sommigen beweren dat de verdronken man door de zalmen zal worden opgegeten en dat het mogelijk is dat de zee een dezer dagen de afgekloven botten op het strand uitspuugt; anderen zijn er heilig van overtuigd dat hij is meegenomen door *El Caleuche*, het spookschip, en in dat geval zullen we zelfs de baseballpet niet terugvinden.

De politiemannen ondervroegen de jongens op de post, in aanwezigheid van Liliana Treviño en Aurelio Ñancupel, die erop toe moesten zien dat de kinderen niet geïntimideerd werden, en met op de patio een stuk of tien eilandbewoners die zaten te wachten op de uitkomst, onder aanvoering van Eduvigis Corrales, die uit het emotionele gat is gekrabbeld waar ze na Azucena's miskraam in terecht was gekomen, haar rouw heeft afgeworpen en zich strijdbaar is gaan opstellen. De kinderen konden niets toevoegen aan hun eerdere verklaring. Carabinero Laurencio Cárcamo ging naar het ziekenhuis om mij te ondervragen over de manier waarop we waren gevallen, maar had het verder niet over de zaak van de foto, een kleinigheid die de boel alleen maar nog ingewikkelder zou hebben gemaakt. Zijn ondervraging vond twee dagen na de gebeurtenissen plaats, en toen had Manuel Arias me het enige antwoord dat ik moest geven inmiddels al ingeprent: ik was in de war door de hersenschudding, ik wist niet meer wat er was gebeurd. Maar het was helemaal niet nodig om te liegen, want de carabinero vroeg niet eens of ik de veronderstelde toerist kende; hij was geïnteresseerd in de details omtrent het terrein en de val, vanwege het veiligheidshek waar hij al vijf jaar om vraagt. 'Deze dienaar van het vaderland had zijn superieuren gewaarschuwd voor het gevaar van voornoemd klif, maar zo gaat het nu eenmaal, mevrouwtje; er moet eerst een onschuldige buitenstaander doodvallen voordat er iets aan wordt gedaan.'

Volgens Manuel zal het hele dorp ervoor zorgen dat elk spoor wordt uitgewist en zullen ze de kwestie van het ongeluk begraven om de jongens en mij te vrijwaren van iedere verdenking. Het zou niet voor het eerst zijn dat ze, voor de keuze gesteld tussen de naakte waarheid waar in bepaalde gevallen niemand beter van wordt en een discreet zwijgen waarmee ze hun eigen mensen helpen, kiezen voor het laatste.

Toen ik alleen was met Manuel Arias gaf ik hem *mijn* versie van de gebeurtenissen, inclusief het lijf-aan-lijfgevecht met Arana, dat volgens mij helemaal niet aan de rand van het klif had plaatsgevonden; zoals ik het me herinnerde was het eerder een heel stuk ervandaan geweest. Ik heb de scène duizend keer in mijn hoofd afgedraaid, zonder te begrijpen hoe het is gebeurd. Nadat hij me bewusteloos had geslagen heeft Arana mogelijk geconcludeerd dat ik de platen toch niet had. Omdat ik te veel wist moest hij me elimineren en besloot hij me van het klif naar beneden te gooien, maar ik ben niet licht, en in de inspanning is hij zijn evenwicht verloren, of misschien is Fákin hem wel van achteren aangevallen en viel hij tegelijk met mij naar beneden. Na Arana's trap moet de hond even buiten westen zijn geweest, maar we weten dat hij kort daarna weer moet zijn bijgekomen, want de twee jongens zijn afgegaan op zijn geblaf. Zonder Arana's lichaam, dat mogelijk enige aanwijzingen zou opleveren, of de medewerking van de jongens, die vastbesloten leken hun mond te houden, zullen deze vragen nooit opgehelderd worden. Ik begrijp ook niet hoe het komt dat de zee alleen hem heeft meegenomen als we ons allebei op dezelfde plek bevonden, maar het is mogelijk dat ik niet goed op de hoogte ben van de kracht van de zeestromingen in Chiloé.

'Denk je niet dat de jongens hier iets mee te maken hebben, Manuel?'

'Wat bedoel je?'

'Misschien hebben zij Arana's lichaam naar het water gesleept om het te laten meevoeren door de zee.'

'Waarom zouden ze dat nu doen?'

'Nou, omdat ze hem misschien zelf van het klif hebben geduwd toen ze zagen dat hij mij probeerde te vermoorden.'

'Zet dat uit je hoofd, Maya. Ik wil je daar absoluut nooit meer over horen. Wat denk je dat de gevolgen zouden zijn voor het leven van die jongens?' waarschuwde hij me. 'Is dat wat je wilt?'

'Natuurlijk niet, Manuel, maar het zou goed zijn om de waarheid te weten.'

'De waarheid is dat jouw Popo je heeft gered, en ervoor heeft gezorgd dat je niet op de rotsen bent gevallen. Dat is de verklaring. Vraag er verder niet meer naar.'

Ze hebben nog een paar dagen naar het lichaam gezocht, onder het bevel van de Chileense marine en het leger. Ze kwamen met helikopters en schepen, ze gooiden netten uit en lieten twee duikers naar de zeebodem zakken. Die vonden de verdronken man nergens, maar haalden wel een motorfiets uit 1930 omhoog die helemaal vol gegroeid was met schelpen, als een surrealistische sculptuur, en die het pronkstuk zal worden van het museum op ons eiland. Humilde Garay heeft met Livingston de kust centimeter voor centimeter afgezocht, zonder een spoor van de ongelukkige toerist te vinden. Ze gaan ervan uit dat het om ene Donald Richards gaat, want er heeft zich onder die naam een Amerikaan voor twee nachten ingeschreven in hotel Galeón Azul in Ancud. Hij is daar een nacht gebleven en is vervolgens niet meer komen opdagen. Toen de man niet terugkeerde veronderstelde de bedrijfsleider van het hotel, die het bericht over het ongeluk in een lokale krant had gelezen, dat zijn gast en de verongelukte toerist wel eens een en dezelfde persoon konden zijn, en hij alarmeerde de politie. In de koffer vonden ze kleren, een fotolens van het merk Canon en het paspoort van Donald Richards, uitgegeven in Phoenix, Arizona, in 2009, dat er nieuw uitzag, met maar één stempel erin: Chili, 4 december, de dag voor het ongeluk. Volgens de verklaring die bij binnenkomst van het land moet worden ingevuld, was het doel van de reis toeristisch. Die Richards was dus aangekomen in Santiago, had dezelfde dag nog het vliegtuig naar Puerto Montt genomen, was één nacht in het hotel in Ancud gebleven en was van plan om de dag daarna 's morgens vroeg weer te vertrekken – een onbegrijpelijk reisschema, want niemand reist helemaal van Californië naar Chiloé om hier vervolgens maar achtendertig uur te blijven.

Het paspoort bevestigt mijn theorie dat Arana de Verenigde Staten niet onder zijn eigen naam uit kon omdat er in Las Vegas een politieonderzoek naar hem liep. Aan een vals paspoort komen was een koud kunstje voor hem. Het Amerikaanse consulaat heeft niemand naar het eiland gestuurd om poolshoogte te nemen; ze stelden zich tevreden met het officiële politierapport. Als ze al de moeite hebben genomen om familie van de overledene op te sporen om hen in te lichten, hebben ze die vast en zeker niet gevonden, want onder de driehonderd miljoen inwoners van de Verenigde Staten moeten zich duizenden Richards bevinden. Er is dus geen enkel verband meer te leggen tussen mij en Arana.

Ik moest tot en met vrijdag in het ziekenhuis blijven en zaterdag de 12de vervoerden ze me naar het huis van don Lionel Schnake, waar ik werd onthaald als een oorlogsheld. Ik was bont en blauw, met drieëntwintig hechtingen in mijn hoofdhuid, en moest plat op bed blijven liggen vanwege mijn hersenschudding, zonder kussens en in het schemerdonker. In de operatiekamer hadden ze de helft van mijn hoofd kaalgeschoren om me te kunnen hechten, het is klaarblijkelijk mijn lot om kaal rond te hobbelen. Mijn haar was sinds mijn vorige scheerbeurt in september drie centimeter gegroeid, vandaar dat ik wist wat mijn natuurlijke kleur is: net zo geel als de Volkswagen van mijn grootmoeder. Mijn gezicht is nog ontzettend opgezet, maar Millalobo's tandarts is al langs geweest, een vrouw met een Duitse naam, een ver familielid van de Schnakes (is er iemand in dit land géén familie van de Schnakes?) en ze bleek bereid om me aan nieuwe tanden te helpen. Ze zei dat ze zelfs mooier zouden zijn dan de oorspronkelijke en bood aan om de rest van mijn gebit gratis te bleken, als gebaar naar Millalobo, die ooit voor haar had bemiddeld toen ze een lening nodig had bij de bank. Een carambole over de band, waar ik van profiteerde.

De dokter had gezegd dat ik in bed moest blijven en rust moest houden, maar het was een komen en gaan van bezoekers: de mooie heksen van de ruca – een van hen met haar baby –, de voltallige familie Schnake, vrienden van Manuel en Blanca, Liliana Treviño, samen met dokter Pedraza, haar geliefde, veel mensen van het eiland, mijn voetballertjes en pater Luciano Lyon.

'Ik kom je het laatste oliesel brengen, gringuita,' zei hij lachend, en hij overhandigde me een doosje bonbons. Hij legde me uit dat het tegenwoordig de ziekenzalving genoemd wordt, en dat je niet per se stervende hoeft te zijn om die te mogen ontvangen.

Kortom, van rust houden kwam weinig.

Die zondag volgde ik vanuit mijn bed de presidentsverkiezingen, samen met Millalobo, die op mijn voeteneind zat; hij was helemaal opgewonden omdat zijn kandidaat, Sebastián Piñera, de conservatieve multimiljonair, kans maakte om te winnen, en een beetje wiebelig omdat hij om het te vieren in zijn eentje een hele fles champagne achterover had geslagen. Toen hij mij ook een glas aanbood, maakte ik van de gelegenheid gebruik om hem te vertellen dat ik niet mag drinken omdat ik alcoholverslaafd ben. 'Wat vreselijk, gringuita, niet drinken, dat is nog erger dan geen vlees eten!' riep hij uit.

Geen van de kandidaten kreeg voldoende stemmen en er komt in januari nog een ronde, maar Millalobo is er zeker van dat zijn vriend zal winnen. Zijn politieke theorieën lijken me wat tegenstrijdig: hij bewondert de socialistische vrouwelijke president, Michelle Bachelet, omdat ze een uitstekend beleid heeft gevoerd en een dame is die deugt, maar hij heeft de pest aan de centrumlinkse partijen die de afgelopen twintig jaar aan de macht zijn geweest. Hij vindt dat nu rechts aan de beurt is. Verder is de nieuwe president een vriend van hem, en dat is heel belangrijk in Chili, waar alles via vrienden en familie wordt geregeld.

Voor Manuel is de uitkomst van de verkiezingen teleurstellend, onder andere omdat Piñera rijk is geworden met steun van de dictatuur van Pinochet, maar volgens Blanca zal het in de praktijk niet veel uitmaken. Geen ander land in Zuid-Amerika is zo welvarend en stabiel als Chili, en een nieuwe president zou wel heel onhandig bezig zijn als hij allerlei zaken ging veranderen. En dat is hij niet; je kunt van alles over Piñera zeggen, maar niet dat hij onhandig is. Hij is zelfs verbluffend slim.

Manuel heeft mijn grootmoeder en mijn vader gebeld om hen op de hoogte te brengen van mijn ongeluk, zonder hun de stuipen op het lijf te jagen met bloedstollende details over mijn gezondheidstoestand, en zij hebben besloten om Kerstmis bij ons te komen vieren. Nini heeft het weerzien met haar land al veel te lang uitgesteld en mijn vader heeft nauwelijks nog herinneringen aan Chili; het is tijd dat ze komen. Ze konden nu met elkaar praten zonder al die sleutels en codes, want met Arana's dood is alle gevaar geweken en hoef ik me niet meer te verstoppen. Ik kan terug naar huis zodra mijn benen me weer kunnen dragen. Ik ben vrij.

Laatste bladzijden

Mijn familie van een jaar geleden, die bestond uit een dode – Popo – en drie levenden – mijn grootmoeder, mijn vader en Mike O'Kelly –, is tegenwoordig uitgedijd tot een complete clan, hoewel we nogal verspreid over de wereld leven. Zo voelde ik het tenminste tijdens die onvergetelijke kerst die we in het deurloze huis van het hout van de Gualtecascipres hebben gevierd. Het was mijn vijfde dag op ons eiland, na een herstelperiode van een week bij Millalobo thuis. Nini en mijn vader waren al een dag eerder aangekomen, met vier koffers, want ik had gevraagd om boeken, twee voetballen, lesmateriaal voor de school, de dvd's van de Harry Potterfilms en nog wat meer cadeautjes voor Juanito en Pedro, plus een computer voor Manuel, die ik hun in de toekomst terug zal betalen, zodra ik dat kan. Ze wilden hun intrek nemen in een hotel, alsof het hier Parijs is; de enige hotelkamer op het eiland is een vunzig hok boven een van de viszaken. Vandaar dat Nini en ik in Manuels bed sliepen, mijn vader in het mijne, en Manuel de nachten bij Blanca doorbracht. Onder het mom van het ongeluk en de verplichte rust mag ik helemaal niets van ze doen en ze verwennen me als een *guagua*, zoals ze zuigelingen hier in Chili noemen. Ik zie er nog verschrikkelijk uit, met blauwe ogen, een neus als een aubergine en een enorme kale plek op mijn schedel; verder zijn mijn tenen gebroken en beginnen de blauwe plekken op mijn lichaam groen te worden, maar ik heb al tijdelijke tanden.

In het vliegtuig heeft Nini haar zoon de waarheid opgebiecht over Manuel Arias. Omdat hij werd tegengehouden door zijn veiligheidsriemen, was mijn vader niet in staat een scène te trappen, maar ik weet niet of hij het zijn moeder makkelijk zal vergeven dat ze hem vierenveertig jaar lang heeft voorgelogen.

De ontmoeting van Manuel en mijn vader was uiterst beleefd; ze gaven elkaar eerst een hand, met daarna een verlegen omhelzing, geen sprake van enorme verklaringen. Wat konden ze ook zeggen? Ze zullen elkaar moeten leren kennen tijdens de dagen die ze bij elkaar zijn, en als ze elkaar aardig blijken te vinden een vriendschap cultiveren voor zover de afstand dat toelaat. Het is of je naar de maan reist, zo ver is het van Berkeley naar Chiloé. Toen ik ze samen zag, realiseerde ik me hoe ze op elkaar lijken. Over dertig jaar zal mijn vader net zo'n knappe oude man zijn als Manuel.

Het weerzien tussen Nini en Manuel, haar vroegere geliefde, was ook niet om over naar huis te schrijven: een paar lauwe zoenen op de wangen, zoals de Chilenen dat doen, meer niet. Blanca Schnake hield hen nauwlettend in de gaten, hoewel ik haar al had laten weten dat mijn grootmoeder zo ontzettend verstrooid is dat ze zich vast niets meer herinnert van haar hartstochtelijke liefdesavontuur met Manuel Arias.

Blanca en Manuel verzorgden het kerstdiner – lam, absoluut geen zalm – en Nini versierde het huis in haar eigen kitschstijl, met lichtjes en wat papieren vlaggetjes die nog over waren van de Nationale Feestdagen. We misten Mike O'Kelly ontzettend; het was de eerste keer sinds hij Nini kent dat hij Kerstmis niet met ons doorbrengt.

Aan tafel vielen we elkaar luidkeels in de rede in onze haast elkaar alles te vertellen wat ons was overkomen. We lachten veel en we waren in zo'n opperbeste stemming dat we zelfs op Daniel Goodrich konden drinken. Nini vond dat ik me zodra mijn haar weer was aangegroeid maar moest inschrijven aan de universiteit van Seattle, dan zou ik mijn glibberige rugzakker misschien toch nog te pakken kunnen krijgen, maar Manuel en Blanca vonden dat een buitengewoon slecht idee, want ik heb nog heel wat zaken op te lossen voordat ik me weer in de liefde kan storten. 'Dat kan wel zo zijn, maar ik moet steeds maar aan Daniel denken,' hield ik hun voor, en het scheelde niet veel of ik barstte weer in snikken uit. 'Dat gaat voorbij, Maya. Geliefden vergeet je binnen de kortste keren,' zei Nini.

Manuel verslikte zich in een stukje lamsvlees, en de rest van het gezelschap viel even stil.

Tijdens de koffie vroeg ik wat er met de platen van Adam Trevor was gebeurd, die bijna mijn dood hadden betekend. En precies wat ik al dacht: Nini heeft ze nog en peinst er niet over ze in zee te gooien, zegt ze, al helemaal niet nu de economische wereldcrisis ons allemaal in de armoe dreigt te storten. En als mijn gewetenloze grootmoeder het niet in haar hoofd haalt er bankbiljetten mee te gaan drukken of ze aan de maffia te verkopen, zal ze me de platen nalaten als ze sterft, samen met mijn grootvaders pijp.